ullstein

Das Buch

Stéphane Kismet träumt von grausigen Morden. Er weiß, dass diese Morde noch nicht geschehen sind, aber er ahnt auch, dass sie nur allzu bald Wirklichkeit werden könnten.

Victor Marchal, ein junger, unerfahrener Polizist, wird gleich in seiner ersten Mordermittlung auf einen Serienmörder angesetzt, der seine Opfer brutal foltert. Die Spur führt in ein anatomisches Museum, das auch Stéphane in seinen Träumen gesehen hat. Victor erfährt von Stéphanes rätselhaften Visionen, doch er glaubt ihm erst, als seine Frau, wie von Stéphane vorhergesagt, durch eine missglückte Untersuchung ihr ungeborenes Kind verliert. Obwohl es Stéphane zunehmend gelingt, seine Träume zu deuten, müssen er und Victor bald einsehen, dass sie die Morde nicht verhindern können – jeder Versuch, sie zu verhindern, wird zum Auslöser des vorhergesehenen Todes. Stéphane ist in einer Art Zeitschleife gefangen, aus der es nur einen Ausweg gibt: Der Mörder muss getötet werden.

Der Autor

Franck Thilliez ist Ingenieur und auf neue Technologien spezialisiert. Er hat bereits mehrere Thriller veröffentlicht, *Bluttäume* ist sein vierter Roman.

Von Franck Thilliez sind in unserem Hause bereits erschienen:

Die Kammer der toten Kinder
Im Zeichen des Blutes
Der rote Engel

Franck Thilliez

BLUTTRÄUME

Psychothriller

Aus dem Französischen
von Ingrid Kalbhen

Ullstein

Besuchen Sie uns im Internet:
www.ullstein-taschenbuch.de

Mix
Produktgruppe aus vorbildlich bewirtschafteten Wäldern und anderen kontrollierten Herkünften
www.fsc.org Zert.-Nr. GFA-COC-001278
© 1996 Forest Stewardship Council
FSC

Dieses Taschenbuch wurde auf FSC-zertifiziertem Papier gedruckt. FSC (Forest Stewardship Council) ist eine nichtstaatliche, gemeinnützige Organisation, die sich für eine ökologische und sozialverantwortliche Nutzung der Wälder unserer Erde einsetzt.

Deutsche Erstausgabe im Ullstein Taschenbuch
1. Auflage April 2010
2. Auflage 2010

Titel der französischen Originalausgabe: *L'anneau de Moebius*
(Le Passage – New York Editions)
Umschlaggestaltung: HildenDesign, München
Titelabbildung: HildenDesign unter Verwendung
eines Motivs von © Chepko/iStockphoto
Satz: LVD GmbH, Berlin
Gesetzt aus der Minion und Eurostile
Papier: Pamo Super von Arctic Paper Mochenwangen GmbH
Druck und Bindearbeiten: CPI – Ebner & Spiegel, Ulm
Printed in Germany
ISBN 978-3-548-28145-2

Für meinen Vater

Das Antlitz vom Schrecken entstellt,
das Leben für immer vergällt.
Dem Monster gleich in düstrer Nacht,
so kehrst du heim aus blut'ger Schlacht.

Gedicht eines Kriegsversehrten,
anonym, 1914–18

Die Lektüre eines Romans hat insofern etwas Magisches, als sie es erlaubt, in der Zeit vor- und zurückzuspringen. Wenn Sie sich dem Ende eines Buches nähern, hindert Sie nichts daran, die ersten Kapitel noch einmal zu lesen und auf diese Weise die Figuren wiederzufinden, so wie sie eine Stunde, einen Monat oder Jahre zuvor waren.

Leider ist die Wirklichkeit völlig anders. Was vergangen ist, ist vergangen. Normalerweise …

Die Zeit spielt in dieser Erzählung eine maßgebliche Rolle. Sie beginnt am Donnerstag, dem 3. Mai 2007, um 6 Uhr 30 morgens, und endet, wenn man vom Epilog absieht, am Dienstag, dem 15. Mai 2007, gegen 9 Uhr. Um die Geschichte richtig würdigen zu können, sollten Sie auf die Zeitangaben zu Beginn eines jeden Kapitels achten.

Zwölf Tage und zwölf Nächte sind zu durchqueren. Ein Abstieg in die Hölle.

Gute Reise.

Franck Thilliez

1. Donnerstag, 3. Mai, 6 Uhr 30
Die Weinflaschen

Das Bild vor seinen Augen flackerte, wurde größer, dann wieder kleiner. Ihm wäre beinah der Schädel geplatzt. Stéphane blieb mitten auf der Treppe stehen, drehte sich kurz um und stieg dann weiter ins Erdgeschoss hinab. Im Wohnzimmer tastete er nach dem Lichtschalter, betätigte ihn mehrmals, doch das Licht ging nicht an. Er erblickte nur die Blutspur, die seine Finger auf dem Putz hinterlassen hatten. Er starrte auf seine zitternden Hände, die rot befleckt waren von Leben und Tod, dann ging er rasch weiter. Der Strahl seiner Taschenlampe zerschnitt die Dunkelheit. Sein Atem brannte. Vor Schmerz. Und vor Angst.

Die Gegenstände in seinem Blickfeld verschwammen miteinander. Vor ihm, zwischen zwei Säulen, hing das nüchterne bösartige Porträt der Baronin von Reille. Links davon stand eine wunderschöne asiatische Keramikfigur, die er mit dem Ellbogen zu Boden fegte. Und auf den Fliesen schließlich lagen zerrissene Kartons, übereinandergestapelte Koffer, ein Teppichmesser mit ausgefahrener Klinge.

Er rannte auf eine Tür zu, eilte die acht Stufen ins Kellergeschoss hinab. In diesem kalten Teil des riesigen Hauses hatten die Räume nur Fenster auf Höhe der Grasdecke, als versinke das steinerne Schiff unter der Erde. Zu dieser Tageszeit waren nur Schatten erkennbar. Ein Stück weiter fiel der Lichtkegel auf einen Spiegel. Stéphane blieb stehen. Er strich mit den Fingern über die drei Kratzer auf seinem Gesicht und berührte sein linkes Auge, das angeschwollen war und voller Tränen.

Mit dumpfer Gewalt ließ er seine Faust gegen die reflektierende Oberfläche krachen. Die khakifarbene Anglerjacke, die er trug, schien wie eine Granate zu bersten.

Er lief weiter durch einen von Rohren gesäumten Gang. Der gelbliche Lichtstrahl streifte eine Reihe Fleischerhaken an der Decke. Auf der rechten Seite lagen unförmige, dicht behaarte Knäuel, dem Zahn der Zeit überlassen.

Es waren abgetrennte Köpfe. Dutzende von abgetrennten Köpfen, die Gesichter angstvoll erstarrt in ihrem letzten Schrei.

Beunruhigt hob Stéphane den Kopf. Aus dem Erdgeschoss drangen Geräusche, es waren Schritte zu hören. Jemand rannte umher. Als er sich umdrehte, schoss ein Schatten aus einer schwärzlichen Öffnung hervor und verschwand laut fauchend wieder. Seine eigene Katze erkannte ihn nicht mehr.

Von Angst gepackt, lief er an mehreren Räumen vorbei, die links und rechts von ihm im Halbdunkel lagen. In einem befanden sich Augäpfel, Gläser voll mit Fingernägeln, durchsichtige Tüten mit Haaren. In einem anderen mehrere Filmplakate: *Die Fliege* von Cronenberg, *Das Kettensägenmassaker* von Hooper, *Nightmare* von Wes Craven.

Hier war es. Im vorletzten Raum. Nachdem er über Kabel, Eierbriketts und zerbrochene Ziegelsteine hinweggestiegen war, stürzte er zu den Weinflaschen. Alles andere verblasste: seine Flucht, der Tod, das Blut. Jetzt zählte nur noch eins: die Anordnung der Weinflaschen.

Wie erstarrt blieb Stéphane vor dem Weinregal stehen. Der Lichtkegel seiner Taschenlampe fiel auf die oberste Reihe, den 96er Bordeaux. Darunter lag ein weiterer Wein bester Qualität: ein 99er Burgunder.

Der Bordeaux oben, der Burgunder darunter.

Unmöglich.

Er überprüfte es noch einmal. Der Bordeaux oben, der Burgunder darunter.

Da ließ Stéphane seine Lampe fallen. Als sie auf den Boden prallte, beleuchtete sie die Einstichspuren auf seinem rechten Unterarm. Eine von ihnen war bläulich verfärbt, beinah schwarz. Jemand musste ihm eine Spritze ins Fleisch gestoßen haben.

Voller Verzweiflung ließ er sich auf die Knie sinken, stöhnte wie ein in die Enge getriebenes Tier. Er begann zu weinen, mit dem Gesicht am Boden, die Nase im Staub, der Mund voller Staub, doch dann packte ihn die Wut, und er stand wieder auf.

Er stürzte zu dem Kohlehaufen und nahm das Stück Kreide, das obenauf lag. Er begann, blindlings auf die Wände aus Ziegelstein zu schreiben. Wörter, ganze Sätze. Immer mehr.

»Wann wirst du das alles lesen?«

Dreimal brach die Kreide ab. Am Ende schien er beinah mit den Fingern zu schreiben.

Erst im letzten Moment bemerkte er die kräftige Gestalt hinter ihm, die eine Pistole auf ihn gerichtet hatte.

Der Kreislauf begann von neuem.

2. Donnerstag, 3. Mai, 6 Uhr 32

Mit zusammengebissenen Zähnen klappte Vic Marchal sein Handy zusammen. Er stand in einer Ecke des kleinen Schlafzimmers und tastete nach seinem Hemd, der schwarzen Jeans, dem Levi's-Gürtel und dem Lederholster, das am Griff eines Rudergeräts hing. Als er die Tür zur Diele öffnete, fiel ein schwacher Lichtstrahl auf den Linoleumboden. Boulogne-Billancourt erwachte bei strahlendem Sonnenschein.

»Das war Mortier«, sagte er, als er das Bett knarren hörte.

»Und?«

»Willst du wissen, was dieses Arschloch als Letztes gesagt hat?«

Seine Stimme wurde tiefer und ganz schroff:

»Beeil dich, Chip, wir haben einen harten Fall. Doch vorher solltest du noch ordentlich frühstücken.«

»Chip?«

Im Halbdunkel zog Vic seine Hose an.

»Habe ich dir das noch nicht erzählt?«

»Du bist gestern Abend spät nach Hause gekommen.«

»Das haben sie sich als Neuestes ausgedacht. Ein Chip, der hat jede Menge Kontakte.«

Céline schaltete das Nachtlicht an, richtete sich gähnend im Bett auf und strich sich die langen schwarzen Haare aus dem Gesicht. Vic betrachtete sie voll Begierde. Er mochte diese weibliche Geste, diese kaum wahrnehmbare Kopfbewegung, die sie noch immer so begehrenswert machte. Die junge Frau streckte sich wie eine Katze, die Handflächen zur Decke gerichtet.

»Meinst du, es wird gehen?«

Vic stieg über einen noch verpackten Kinderwagen hinweg, umrundete einen Schachtisch aus Marmor und setzte sich neben sie.

»Wenn man von der vergifteten Atmosphäre absieht?«

»Wenn man von der vergifteten Atmosphäre absieht.«

»Heute ist mein großer Tag. Sie setzen mich auf einen Fall an. Ein richtiger Mord in Saint-Ouen. Es scheint, als ob ...«

Als er den beunruhigten Blick seiner Frau sah, wechselte er lieber das Thema.

»Weißt du, wo meine Turnschuhe sind?«

»Deine Turnschuhe?«

»Alle im Team tragen Turnschuhe. Sie machen sich ständig über mich lustig, nennen mich abwechselnd Chip oder Mulder.«

»Ihretwegen musst du dich nicht ändern, mein Schatz.«

»Ich versuche nur, mich zu integrieren.«

Er beugte sich vor und streichelte Célines Bauch.

»Heute Nacht habe ich gespürt, wie sie sich bewegt hat. Du lagst an mich geschmiegt, und die Kleine hat mich in den Rücken geboxt.«

»Vic. Ich bin erst im vierten Monat, da kannst du noch nichts spüren. Die Kleine, hast du gesagt?«

»Das machen nur Mädchen bei ihrem Vater, wenn sie noch so klein sind. Noch nicht geboren und schon eine kleine Furie.«

»Es wird ein Junge werden.«

Behutsam fuhr der Polizist mit der Spitze des Zeigefingers über die Wölbung ihrer Brüste.

»Wir haben die Ultraschallaufnahmen«, flüsterte er. »Wir müssen nur ...«

»Nein! Wir warten noch! Und außerdem kann man darauf nichts erkennen!«

»Ich werde dich wohl nicht überzeugen können, selbst wenn du noch halb schläfst, was?«

Sie setzte sich auf und zwirbelte die Haare auf seiner Brust. Aufmerksam beobachtete er ihre zierlichen, langen Hände. Er mochte es, ihnen zuzusehen, während er versuchte, ihre geheimen Absichten zu erraten.

»Ich habe mir einen anderen Vornamen überlegt«, murmelte sie.

»Und?«

»Was hältst du von Tao, so wie mein Großvater?«

»Tao? Ist dir das heute Nacht eingefallen?«

»Ja, genau. Ich hatte einen seltsamen Traum. Auf Vietnamesisch bedeutet Tao ›Schöpfung‹.«

Er umfasste ihre dargebotene Brust.

»Hmm … Das ist ein schöner Vorname. Sehr weich, rund, zart. Mal was anderes als Théo oder Matéo. Aber darüber müssen wir uns keine Gedanken machen, schließlich wird es ein Mädchen.«

Céline lächelte gedankenverloren, doch ihr Gesichtsausdruck wurde viel zu schnell wieder ernst. Sie zog das Bettlaken über ihre Brust, als wolle sie sich schützen. Sie war nicht sehr groß und hatte die langen glänzenden Haare, den schelmischen Blick und die leicht ovale Gesichtsform von ihrer vietnamesischen Mutter geerbt.

»Ich habe Angst, Vic.«

»Bitte hör auf, dir Sorgen zu machen. Nicht schon am frühen Morgen.«

»Ja, aber es ist das alles hier. Diese kleine Wohnung, die gehetzten Leute draußen. Wie ein riesiger Hühnerstall.«

»Ist es so schlimm?«

Sie antwortete leise:

»Ich habe ein ungutes Gefühl für das Baby.«

Er nahm ihre kleinen Fäuste und umfasste sie zärtlich.

»Ein ungutes Gefühl. Schon wieder.«

»Du kannst sagen, was du willst, ich glaube daran.«

Céline verspürte ständig das Bedürfnis, beruhigt zu werden. Sie durchlebte ihre Schwangerschaft wie eine Art Prüfung, ein Martyrium. »Das Baby bewegt sich nicht mehr, es atmet nicht mehr, es wird missgebildet zur Welt kommen.«

Vic sagte: »Okay, ich erkläre es dir noch einmal. Im vierten Monat sind die Nasenknochen auf dem Ultraschallbild oft noch nicht zu erkennen. Sie piken dir nur in den Bauch und entnehmen ein wenig Fruchtwasser, um sicherzugehen, dass der Fötus keine angeborene Krankheit hat. Sie werden ihm nicht den Kopf durchbohren oder ein Loch in den Bauch stechen. Heutzutage lassen das fast alle werdenden Mütter machen. Einverstanden?«

»Trotzdem besteht ein gewisses Risiko.«

»Das ist minimal!«

»Kommst du am Montag mit?«

Vic wich ein wenig zurück.

»Wir sind doch erst so kurze Zeit hier, mein Schatz! Ich arbeite noch nicht mal drei Wochen! Stell dir vor, ich fehle jetzt schon!«

»Also kommst du nicht mit. Okay, schon verstanden. Deine Turnschuhe sind im Badezimmerschrank.«

Céline schaltete das Nachtlicht aus.

Vic hätte das Gespräch gerne fortgesetzt, doch er ging mit hängenden Schultern aus dem Zimmer. Es war besser, nicht weiterzumachen. Er kleidete sich fertig an, zog einen Rollladen hoch und warf einen Blick auf die Stadt. Vom dritten Stockwerk aus konnte man die Seine erkennen, den Turm des Fernsehsenders TF1 sowie ein ganzes Heer unpersönlicher Hochhäuser. Ein seltsames Geflecht aus Stahl und Beton. Er streifte sein Holster über und steckte den Polizeiausweis in die Innentasche seiner Jacke. Im Badezimmer nahm er seine Sig Sauer, legte den Finger auf den Abzug und drückte vier-, fünfmal hintereinander ab, bis sich sein Gesicht vor Schmerz verzerrte. Mit schweißbedeckter Stirn steckte er die Waffe zurück ins Holster. Dann bog er den rechten Arm, so weit es ging, nach hinten und stieß einen lautlosen Schrei aus.

Nachdem er das Licht ausgeschaltet hatte, ging er zurück ins Schlafzimmer.

»Bis heute Abend, mein Schatz.«

Er beugte sich hinab, um seine Frau zu küssen, doch sie drehte sich weg. Ihre Haut duftete nach der Sonne des Südens.

Schweren Herzens machte sich der junge Leutnant auf den Weg. Céline würde den ganzen Tag lang in diesem Loch hier bleiben und ihren Gedanken nachhängen. Es wurde Zeit, dass das Baby kam. Noch fünf Monate. Dann begann ein neues Leben.

Kommandant Mortier hatte ihm empfohlen, gut zu frühstücken. Natürlich hatte Vic diesen heimtückischen Rat nicht befolgt.

Es kam nicht in Frage, dass er sich an seinem ersten Tatort übergeben musste.

3. Donnerstag, 3. Mai, 6 Uhr 50

Stéphane Kismet tauchte die Nase ins eiskalte Wasser, um sicherzugehen, dass er auch wirklich wach war. Vor dem Badezimmerspiegel blickte er noch einmal auf seinen rechten Unterarm. Natürlich waren keine Einstichspuren zu sehen. Auch keine Kratzer auf der Wange oder ein Bluterguss am Auge. Er zog seine Jeans an, ein T-Shirt und einen Pullover, der ebenso schwarz war wie seine langen Haare, die ihm über die Schultern fielen. Es war Anfang Mai, doch die Frühlingssonne konnte die schweren Mauern des Hauses noch nicht erwärmen. In der Eingangshalle drehte Stéphane eine der elektrischen Heizungen auf, die anderen standen noch in ihren Kartons an einer Wand. Fast überall lagen noch eingepackte oder gerade erst ausgepackte Gegenstände herum. Die Tragödie hatte ihnen jegliche Lust genommen, aufzuräumen oder die Zimmer einzurichten.

Seine Frau Sylvie saß zusammengesunken vor einer Tasse Kaffee und frühstückte alleine. Das Sonnenlicht färbte ihr Gesicht golden. Durch das Fenster hinter ihr blickte man auf eine dicke Mauer aus Eichen und Buchen – Wachposten eines fünfzehn Hektar großen Waldgrundstücks in Lamorlaye im Departement Oise.

»Es hat wieder angefangen«, flüsterte Stéphane.

Sylvie schaute müde auf.

»Wo denn diesmal?«

»In Darkland. Als ich aufgewacht bin, lag ich auf dem Boden.«

»Darkland … Du hast mich schon wieder die ganze Nacht allein gelassen.«

»Ich muss noch die Prothese von Martinez fertigmachen, der Terminplan für die Dreharbeiten in Saint-Ouen ist äußerst knapp. Ich muss bei der Arbeit eingeschlafen sein und …«

»Natürlich«, entgegnete Sylvie schroff.

Stéphane schenkte sich eine Tasse Kaffee ein und trank einen Schluck.

»Es ist wirklich verrückt. Diesmal kann ich mich an meinen Traum erinnern.«

»Das ist ja nach einunddreißig Jahren mal was Neues. Und wovon handelte dein Traum?«

»Wie soll ich das erklären? Es war, als hätte ich ihn wirklich erlebt. Ich weiß noch genau, was ich empfunden habe. Ich erinnere mich an die Töne, die Bilder. Das Geräusch meines Atems. Ich habe noch immer eine Gänsehaut!«

Sylvie blickte ihn nur kurz an.

»Ich habe dir eine Frage gestellt, und du weichst mir aus, so wie immer.«

Sie stand auf und stellte ihre Tasse ins Spülbecken. Ihre Katze saß in einer Ecke und schleckte gewissenhaft ihre Milch aus einem Schälchen.

»Ich fahre jetzt los. Ich habe einen langen Tag vor mir, sechs Wohnungsbesichtigungen im 18. Arrondissement. Erwarte mich nicht vor 22 Uhr.«

Stéphane zog die Ärmel seines Pullovers zurecht und berauschte sich am Koffein.

»Schon wieder so spät?«

»Warum? Hier sehen wir uns doch sowieso kaum noch. Ich frage mich seit zwei Monaten, ob ich ein Gespenst geworden bin.«

Sie blickte ihn streng an und fügte mit verbissener Miene hinzu:

»Vielleicht würdest du mir mehr Aufmerksamkeit schenken, wenn ich aussähe wie eins deiner Monster?«

Stéphane zuckte mit den Schultern. Sylvies Mentalität ähnelte bisweilen einem Blitzschlag, sie konnte im Bruchteil einer Sekunde Tausende von Volt entladen.

»Das ist es nicht. Ich brauche Zeit, um zu vergessen.«

»Vergessen? Glaubst du, es geht nur darum zu vergessen?«

Stéphane trat zu ihr, doch sie wandte sich zum Kühlschrank und nahm einen Eiswürfel heraus, den sie vorsichtig über ihre Lippen rieb.

»Deine Tabletten liegen auf dem Büfett«, sagte sie, während sie mit einem Taschenspiegel ihr Make-up überprüfte. »Für heute Mittag habe ich dir etwas in den Kühlschrank gestellt. Versuch diesmal, es zu essen.«

Keine Reaktion. Stéphane starrte reglos auf seine knochigen Hände. In dem trüben Blick ihres Mannes spürte Sylvie etwas, das schlimmer war als nur die Geistesabwesenheit. Ein schleichender Schatten, den sie schon des Öfteren bemerkt hatte und der ihr Angst machte.

Stéphane fing an zu erzählen:

»Diese Nacht hatte ich Pauls khakifarbene Jacke an, die damals viel zu groß für mich war. Die er mir immer geliehen hat, wenn wir Forellen angelten. Diese Jacke habe ich seit über zwanzig Jahren nicht mehr gesehen, mein Vater muss sie verloren haben. Ich konnte mich nicht mehr an ihre Farbe erinnern, nicht einmal daran, dass sie existierte. Und doch habe ich genau den angerosteten Metallring an einer der Taschen gesehen. Den Riss an der einen Klappe. Den Ölfleck am Kragen. Mit einem Mal ist mir alles wieder eingefallen.«

»Und?«

»Und? Wieso kann ich mich auf einmal an solche Einzelheiten erinnern, während ich sonst keine Erinnerung an meine Träume habe?«

Plötzlich zog er seine Frau am Arm.

»Was soll das?«, schrie Sylvie.

Sie durchquerten die Eingangshalle, er vorneweg, sie hinterher. Der achteckige Raum war mit wunderschönen, mit Schnitzereien versehenen Balustern verziert. Er war das Zentrum des Hauses, seine Seele.

»Hier, genau an dieser Stelle, stand eine asiatische Keramikfigur. Dreißig, vierzig Zentimeter groß, mit einem Hut aus Palmblättern und einem knöchellangen Kleid. Ich sehe sie noch genau vor mir, so wie ich dich jetzt sehe, als hätte sie schon immer dort gestanden. Und dann habe ich sie mit einer heftigen Armbewegung zu Boden gefegt. Es kommt mir vor wie ein schlechtes Déjà-vu!«

»Ich habe auch gerade ein Déjà-vu. Ich sehe einen Zug, der soeben abgefahren ist, und eine dumme Gans in ihrem Kostüm, die ihn leider verpasst hat. Wie soll ich den ersten Kunden mein Zuspätkommen erklären?«

Stéphane ließ sie los und betrachtete ihre blauen Augen, die golden schimmerten.

»Nur ganz kurz. Bitte, ja? Ich muss etwas überprüfen. Erinnerst du dich noch, dass du den Wein eingeräumt hast, als wir eingezogen sind?«

»Den Wein? Ja, wieso?«

»Komm mit. Es ist sehr wichtig.«

Sie zögerte, warf einen Blick auf die Uhr und folgte ihm zur Kellertür. Im Licht der staubigen Glühbirnen stiegen sie hinab.

»In meinem Traum gab es keinen Strom. Ich hatte eine Taschenlampe, die offenbar nicht mir gehörte. Und es waren … ja, acht Stufen. Woher wusste ich, dass es acht waren?«

Sylvie zitterte. Sie hasste es, dieses makabre unterirdische Kellergewölbe mit seinen düsteren Räumen und Gängen zu betreten, wo ihr Mann sich sein Reich eingerichtet hatte. In diesem Haus war alles viel zu groß, zu maßlos. Sie liebte Paris mit seinem Lärm und seinen Lichtern.

Sie antwortete, damit der Hall ihrer Stimme sie beruhigte:

»Soll ich es dir erklären? Wir wollten nach Vietnam fahren. Bei deiner Figur handelt es sich um ein Urlaubssouvenir, das du gerne von dort mitgebracht hättest. Und was die Anzahl der Stufen und die khakifarbene Jacke deines Vaters betrifft, so lies mal bei Freud nach. Wahrscheinlich verarbeitet dein Unbewusstes lauter Details aus deiner Vergangenheit. Verdammt, oben stehen Tausende von Büchern, die beweisen, dass du dich mit Freud und mit Träumen besser auskennst als ich, nicht wahr?«

Sie kamen an dem Raum vorbei, in dem Stéphane seine *Dummies* mit den ramponierten Körpern und den zerbrochenen Köpfen aufbewahrte, dann an einem weiteren, in dem Unterlagen alter Filmproduktionen angehäuft waren. Filmplakate, Papiere zum Vorspann, Arbeitsentwürfe, alte *Mad Movies* und zerknitterte Storyboards. Dann gingen sie an einer verschlossenen Tür vorbei, die mit einer abscheulichen Kohlezeichnung bemalt war: ein Baby, dessen Gliedmaßen von einer Krankheit zerfressen wurden. Rasch wandte Sylvie den Kopf ab. Weiter hinten befand sich sein »Arbeitsraum«, an dessen Tür ein Schild hing: »Darkland«.

Stéphane bog in den Weinkeller ab und kniete sich vor den Weinflaschen nieder.

»Du hattest doch den 99er Burgunder oben und den 96er Bordeaux darunter eingeräumt, nicht wahr?«

Ohne zu zögern, antwortete sie:

»Genau. Entsprechend der Trinkreife. Warum?«

Behutsam nahm er den Burgunder und den Bordeaux aus dem Regal, vertauschte die beiden Flaschen und betrachtete sie anschließend, während er über seinen sprießenden Spitzbart strich.

»Nun, in meinem Alptraum lagen sie so herum.«

»Ist das alles? Und das war jetzt so wichtig?«

»Als ich sah, dass sie vertauscht waren, habe ich angefangen zu weinen, zu schreien. Was könnte das bedeuten?«

»Dass du es nicht magst, wenn man deine Flaschen anfasst

oder, generell gesagt, deine Sachen. Dass du dich an Details klammerst, an Zufälle, dass dich das alles auf gefährliche Weise verfolgt. Wie auch immer, ich gehe jetzt!«

»Und außerdem hatte ich drei Kratzer auf der Wange, und mein Auge war übel zugerichtet. Jemand hatte eine Pistole auf mich gerichtet, genau hier an dieser Stelle, während ich etwas an die Wand schrieb.«

»Was hast du denn geschrieben?«

»Ich weiß es nicht. Es war dunkel. Auf dem Boden lag eine Taschenlampe, aber ich habe sie nicht benutzt.«

»Wirklich zu schade.«

Sylvie zupfte ihr beigefarbenes Kostüm zurecht und rieb sich über die Schultern. Vor ihr schimmerte ein Spinnennetz in einem Luftzug.

»Das war nur ein Traum, Stéphane. Ein dummer Traum, wie du ihn schon tausendmal geträumt hast, nur dass du dich früher nicht daran erinnern konntest. Deshalb kommt es dir merkwürdig vor. Es ist wie das erste Mal.«

»Nein! In Träumen ändert sich die Umgebung ständig, man ist nicht in der Lage, sich zu konzentrieren, zu lesen, zu schreiben oder zu rechnen. Das haben Untersuchungen gezeigt. Ich aber habe die Etiketten auf den Flaschen gelesen, habe geschrieben, alles war ganz logisch.«

»Du findest es logisch, wenn jemand beim Anblick von Weinflaschen anfängt zu weinen? Also, ich gehe jetzt. Und vergiss deine Tabletten nicht.«

Stéphane stand auf.

»Ich nehme sie nicht mehr, es geht schon besser.«

»Es geht besser? Findest du? Es ist nicht besser geworden. Ich will diese Hölle nicht noch einmal durchmachen. Dieses Mal nicht.«

Stéphane setzte sich eine Kopie der Latexmaske aus dem Film *Die Maske* auf, hüpfte vor seine Frau und begann mit glucksender Stimme, Jim Carrey zu imitieren:

»Heute Abend, das verspreche ich dir, werden wir Liebe machen, mein Schatz! Hohoho!«

Dann nahm er seine Maske wieder ab.

»Sehe ich aus, als ginge es mir nicht gut?«

»Doch, blendend.«

Sie schob ihn von sich.

»Früher hättest du mich zum Lachen gebracht, weil du dich damals nicht zwanghaft bemüht hast, du warst immer ganz natürlich. Jetzt wirkst du eher wie ein verkrachter Schauspieler, der versucht, einen misslungenen Gag zu retten. Bis heute Abend.«

Stéphane blieb wie angewurzelt stehen, die Maske hielt er noch in der Hand. Durch ein Fenster, das vor Schmutz starrte, erblickte er die schlanken Beine seiner Frau vor dem Audi. Während die Tür zuschlug, wurde ihm bewusst, dass er diese Beine schon lange nicht mehr angesehen hatte. Dass er seine Frau schon lange nicht mehr angesehen hatte.

Im Halbdunkel seiner Werkstatt warf er das grüne Gesicht auf einen Stapel Bretter. Er schaltete die starken Halogenlampen und die Belüftung an und strich über einige seiner düsteren Werke.

»Wie geht's dir? Und dir? Und dir?«

Er sprach mit Peperbrain, mit Mabouloff, mit Hauntedmouth. Dieses Monster, halb Mensch, halb Tier, mit seinem riesigen Maul – hundertachtzig spitze Zähne, eine Lappalie –, hatte er für die Dreharbeiten eines B-Movies angefertigt, *Neuronal Attack*. Viele seiner Puppen dämmerten hier vor sich hin. Die Filmgeschöpfe endeten genauso wie ihre Schöpfer: in anonymen Kellern.

Unter all den Figuren gab es eine, auf die Stéphane besonders achtgab. Sie hatte Charisma und war genauso groß wie er: 1,79 m. Für ihre Herstellung hatte er einen Abdruck von seinem eigenen Gesicht genommen, mit Strohhalmen in den Nasenlöchern, während das Latex auf die Gipsstreifen tropfte. Im offenen Schädel des Monsters befand sich anstelle des Gehirns eine weitere winzige Kopie von ihm. Die Puppe war nie für Dreharbeiten verwendet worden.

Er hatte sie Darkness genannt. Dunkelheit.

Seine Dunkelheit.

Er schloss seine Kaffeemaschine an, machte sich eine Tasse Kaffee und stellte sich vor die Büste einer jungen, etwa dreißigjährigen Frau. In dem Film *Die Spur des Bösen* würde ein Liebhaber Carla Martinez die Kehle durchschneiden. Die Dreharbeiten hatten vor zwei Wochen begonnen, seine Prothese wurde am Montag benötigt, also in vier Tagen. Bei dieser Szene würde die Kamera auf ihre Augen zoomen, dann auf die eindrucksvolle Schnittwunde an ihrem Hals. In diesem Augenblick wäre Carla Martinez schon seit fünf Tagen tot.

Er musste also die Verwesung und die von Hitze und Insekten bedingten Verfallsstadien berücksichtigen. Er war Maskenbildner, Fachmann für plastische Chirurgie, Spezialist für Latexguss in einem, musste Ärzte treffen, Thanatopraktiker, Gerichtsmediziner. Und Fotos von Leichen sammeln, von Männern, Frauen, Dicken und Dünnen, in unterschiedlichen Stadien des Todes.

Er schob seinen elektrischen Mixer, die Haarschneidemaschine, die Zufuhrschläuche und seine Atemschutzmasken beiseite, holte ein zusammengerolltes Originalplakat hervor, das er mit der Post erhalten hatte – *The Wicked Darling* von Tod Browning mit Lon Chaney –, und befestigte seine Standlupe vor der Latexbüste. Nachdem er seinen Kaffee ausgetrunken hatte, zog er mit einer Pinzette das linke Glasauge aus der Augenhöhle, während im Hintergrund die psychedelischen Gitarrenklänge der White Zombies liefen. Die Wimpern anzubringen war stets eine heikle und langwierige Angelegenheit.

Sein Unterarm juckte, mit einer zwanghaften Bewegung schob er den Ärmel hoch. Natürlich waren keine Einstichspuren zu sehen. Er unterbrach seine Arbeit und schlug ein Notizheft auf, eines dieser vielen unnützen Geschenke – Bleistifte, Taschenrechner –, die er regelmäßig von ZFX Méliès Films bekam.

Seit er im Alter von sieben Jahren das erste Mal geschlafwandelt war, hatte ihm sein Arzt empfohlen, seine Träume in einem Notizbuch festzuhalten. Doch seit fast vierundzwanzig Jahren waren die Seiten leer geblieben.

Nun schrieb er seinen Alptraum genau auf. Zumindest all das, woran er sich erinnerte. Die blutverschmierten Hände. Der Abstieg in den Keller, die Verletzungen im Gesicht. Er notierte alles. Die Anzahl der Stufen, die Anordnung der Weinflaschen, die asiatische Figur, die Einstiche auf dem rechten Unterarm. Dann gab er dem Traum einen Titel: »Die Weinflaschen«.

Anschließend las er das Ganze noch einmal. Was hatten diese Sätze ohne Zusammenhang zu bedeuten?

Er erinnerte sich an seine letzte Handlung im Keller. Der andere, sein virtueller Doppelgänger, also er selbst, hatte ein Stück Kreide von dem Kohlehaufen genommen und in unleserlicher Schrift etwas an die Wand aus Ziegelstein geschrieben. Er hörte noch das Knirschen der weißen Kreide.

Er stand auf, ging durch die lange Reihe der Masken hindurch und betrat den endlosen Gang mit den Fliesen im Schachbrettmuster und der rissigen Decke, von der Fleischerhaken herabhingen. Er hatte nichts verändert, um die Atmosphäre zu erhalten. Vor allem aufgrund dieser dem Tod geweihten Räume hatte er sich auf Anhieb in das Haus verliebt. Seine eigene Werkstatt, bei sich zu Hause, in der Stille eines zugewachsenen Waldgrundstücks. Eine wahre Inspirationsquelle.

Er erblickte den Kohlehaufen, die zerbrochenen Ziegelsteine, über die er hinweggestiegen war, wie er sich erinnerte. In seinem Traum kamen verstreut umherliegende Eierbriketts vor. Hier jedoch waren sie alle zu einem perfekten Haufen aufgeschichtet.

Auch ein Stück Kreide konnte er nicht entdecken. Doch er hatte noch immer dieses hartnäckige Gefühl eines Déjà-vu.

Ohne richtig nachzudenken, hob er eine Holzlatte auf, stieß sie in den schwärzlichen Haufen und verteilte die Briketts, so dass sie wie in seinem Traum angeordnet dalagen. Auf einmal erstarrte er.

Dort, mitten in dem Haufen, erblickte er die weiße Spitze einer Kreide.

Sie existierte tatsächlich.

Verblüfft griff er danach.

Warum lag ein weißes Stück Kreide in dem Kohlehaufen?

4. Donnerstag, 3. Mai, 10 Uhr 14

Vic hatte mehr als eineinviertel Stunden für den Weg von Boulogne-Billancourt nach Saint-Ouen gebraucht. Auf dem Autobahnring war in Höhe der Porte Maillot ein Lieferwagen mit einem Motorrad zusammengestoßen. Daraufhin hatte sich eine Krake aus Blech und Gummi gebildet, die mit rasender Schnelligkeit die Straßen im Westen der Hauptstadt verstopfte. Ein Grund, weshalb er Paris hasste. Bereits jetzt.

Seine Hände hinterließen Schweißspuren auf dem Lenkrad. Er konnte das Team nicht über seine Verspätung informieren, da der Akku seines Handys sich ständig entlud, und seit Antritt seines neuen Jobs hatte Vic noch keine Zeit gefunden, ihn auszutauschen. Mortier würde toben. Ein schlechter Start für seine Bluttaufe.

Schließlich führte ihn das GPS-System zu einer Lagerhalle, die in ein Loft umgewandelt worden war. Sie lag am Rand eines Industriegebiets, weit weg von den Hauptverkehrsstraßen. In der Nachbarschaft befanden sich die Filmstudios Calendrum sowie mehrere veraltete Gebäude. Überall waren Spezialisten der verschiedenen Polizeiabteilungen zu Gange. Kofferraumdeckel wurden zugeschlagen, Türen von Lieferwagen zugeschoben, meist handelte es sich um die Wagen der Spurensicherung. Blaue, grüne, weiße Uniformen – ein trauriges vielfarbiges Ballett inmitten dieser tristen grauen Umgebung.

»Lust auf einen Ricard und drei Oliven?«

Vic drehte sich zu Leutnant Joffroy um, der seit '88 bei der Ersten Division war. Joffroy hatte noch die Büros Beaujon im 8. Arrondissement kennengelernt, später dann die am Boulevard Bessières mitten im 17. gelegenen. Ein alter Hase, einer von den »Unbeugsamen«, denen man besser aus dem Wege ging. So wie im Übrigen auch vielen anderen.

»Es gab einen Unfall auf dem Ring und mein …«

»Du machst alles falsch, Chip. Wozu ist denn das Blaulicht da?«

»Das Blaulicht? Welches Blaulicht?«

»Verstehe.«

»Was ist passiert?«

»Keine Zeit für Erklärungen. Wir sehen uns im Büro.«

Bevor Joffroy in seiner abgewetzten Motorradjacke in den Wagen stieg, rief er ihm noch zu:

»Übrigens sind deine Schuhe kaputt.«

Vic betrachtete seine schwarzen Turnschuhe, die völlig schäbig waren, und schlug dann den Kragen seiner Jacke hoch. Der Himmel war bleifarben und die Temperaturen nicht gerade milde für Mai. Anders als in Avignon. Von den Oliven ganz zu schweigen.

Dann tauchte Mortiers imposante Gestalt im Eingang zum Loft auf. Diesmal war er gerade mal nicht dabei, Paprika-Chips zu verzehren. Mortier musste alles scharf würzen. Vielleicht eine Art, seine Persönlichkeit anzukündigen: schneidend, scharf, zerstörerisch. In den zwanzig Tagen, die Vic ihn nun kannte, hatte er gelernt, dass er jederzeit explodieren konnte. Und überall.

Als er näher kam, fielen dem jungen Leutnant seine steifen, angespannten Hände auf – wie bei einem Soldaten. Ein schlechtes Zeichen.

»Kommandant, ich …«

»Erzähl mir nichts, Marchal. Spar dir deine Erklärungen. Aus dem Weg.«

Die beiden Männer ließen eine Tragbahre vorbei. Darauf lag

kein Leichensack, stattdessen war ein undurchsichtiges Tuch darübergespannt, damit das Nylon nicht die Leiche berührte. Die Träger, die einen Mundschutz trugen, schienen ein kleines Zelt zu transportieren. Hinter ihnen kamen drei Techniker der Spurensicherung, mit versiegelten Tüten in der Hand. Keiner machte den Mund auf, die Blicke waren zu Boden gerichtet. In einer der durchsichtigen Tüten erblickte Vic ein weißes Stück Kreide. In einer anderen ein seltsames Gerät, kreisrund, rostig und blutbefleckt. Und noch weitere Dinge: ein Stück Stoff, Haare …

»Ist noch jemand drinnen?«, fragte Mortier.

»Wang und zwei Techniker. Sie sind gleich mit den Fotos fertig und müssen dann noch die Bettlaken und die ganzen Puppen einpacken.«

»Puppen?«, wiederholte Vic.

»Ja. Am Fußende des Bettes lagen alte Puppen. Achtzehn Stück, der Mörder hat sie mitgebracht.«

Mortier folgte den Technikern, ohne seinem Leutnant die geringste Beachtung zu schenken.

»Und ich? Was soll ich machen, Kommandant?«

»Du? Du gehst jetzt da rein und sprichst mit Wang. Danach fahrt ihr schleunigst nach Arcueil.«

»Arcueil?«

»Um ihre Tusse zu nerven.«

»Ihre Tusse? Das Opfer war …«

»Sehr wahrscheinlich lesbisch.«

Vic starrte auf das Tuch, das sich im Wind auf und ab bewegte. Mortier hielt ihm einen Mundschutz aus Baumwolle hin.

»Hier, zieh das an, für drinnen. Es sei denn, du hast Lust, dein Frühstück wieder von dir zu geben.«

»Da besteht keine Gefahr, ich habe nicht gefrühstückt.«

Der Kommandant verzog kaum merklich die Lippen, was unter seinem kahlen Schädel beinah wie ein Lächeln aussah.

»Keine schlechte Reaktion. Aber wenn du den Job schon länger gemacht hättest, wüsstest du, dass man besser gut isst und das Risiko eingeht zu kotzen, als nüchtern zu bleiben und nachher umzukippen.«

Als Vic sich gerade entfernen wollte, rief ihm sein Vorgesetzter noch zu:

»Übrigens, Chip!«

»Ja?«

»Willst du sie sehen?«

»Wie bitte?«

»Willst du einen Blick auf die Leiche werfen? Komm her.«

Vic spürte, wie sein Herz auf einmal laut pochte, sich all seine Muskeln anspannten. Dann hob Mortier ohne jede Vorwarnung eine Seite des Tuchs an.

Der Leutnant spürte, wie es ihm hochkam.

»Mein Gott …«, konnte er noch hervorbringen, während er die Hand auf den Bauch presste.

»Lass Gott da, wo er ist, er lässt sich nicht oft hier blicken.«

Mortier ließ das Tuch los.

»So, jetzt weißt du, was Sache ist. Eine gewaltige Sache. Ich hoffe, du bist ihr gewachsen. Ich gehe ein gehöriges Risiko ein, indem ich dich darauf ansetze.«

»Was ist mit ihr passiert?«

»Das werden wir wohl nicht von ihr erfahren.«

Der Chef trat ganz nah an Vics Gesicht heran, sein Atem roch nach kaltem Tabak und Paprika.

»Noch eins, Chip. Wenn du noch mal zu spät kommst oder bei dieser Sache irgendwas schiefgeht, dann landest du in Argenteuil oder Seine-Saint-Denis. Ich pfeif auf Beziehungen, verstanden?«

»Gut … verstanden, Kommandant … Aber ich hatte keine Beziehungen. Wenn ich hier bin, dann nur aufgrund meiner Leistungen.«

»Mit derart miesen Noten im Schießen und Nahkampf? Deinen Ausbildern zufolge könnte dich jeder Krüppel zusammenschlagen.«

»Deshalb habe ich die Kripo gewählt und nicht die Drogenfahndung oder das Sondereinsatzkommando. Eine Leiche leistet nicht so viel Widerstand.«

Er hätte ihm erzählen können, dass Demosthen, einer der berühmtesten griechischen Redner, stotterte oder dass Beethoven besonders genial war, nachdem er das Gehör verloren hatte, aber er spürte, dass es besser war, auf dem Boden zu bleiben.

Der kahlköpfige Polizist nahm eine Zigarette heraus.

»Nun … Geh jetzt rein. Und komm mit Neuigkeiten wieder. Ich mag es, wenn die Dinge schnell vorangehen.«

5. Donnerstag, 3. Mai, 10 Uhr 26

Vic war erstaunt, hinter einer derart gewöhnlichen Fassade, umgeben von lauter anonymen Häusern, eine solch luxuriöse Innenausstattung vorzufinden – hell, weiträumig, geschmackvoll eingerichtet. Ein Meer aus Chrom, Alabaster und Ebenholz. Wohl vier- bis fünfmal so groß wie seine eigenen fünfundsechzig Quadratmeter.

Nachdem er einen Fitnessraum durchquert hatte – mit Laufband, Hantelbank, Crosstrainer –, stieg ihm ein beißender Gestank in die Nase. Vic blieb stehen, um den Mundschutz überzuziehen. Er roch ihn zum ersten Mal, doch instinktiv wusste er, dass dies der Geruch des Todes sein musste: der Gestank von Fleisch, das zu lange in der Sonne gelegen hat.

Bevor er das Schlafzimmer betrat, rieb er sich über die Schläfen und atmete tief durch. Er brannte vor Erregung und hatte zugleich gehörigen Schiss, wie vor einer Schachpartie. Er war auf dem Weg zu seinem ersten Tatort. Er dachte an Brad Pitt in *Seven,* an dessen eisernen Willen, seine Sache gut zu machen, obwohl er noch so unerfahren war.

Am Ort des Gemetzels prasselten zahlreiche Eindrücke auf ihn ein. Leutnant Wang, der vor einem Laptop stand. Links davon die beiden Techniker, über ihre Utensilien gebeugt. Hinten rechts die blutbefleckte Matratze. Die verschmierten Bettlaken, die in großen Plastiksäcken steckten. Über dem Bett ein Poster, das eine nackte Frau zeigte, darauf stand mit Kreide geschrieben: »78/100«. Und auf dem Boden lauter Puppen, teils zu einem Haufen zusammengelegt, teils eng umschlungen. Darunter waren auch erwachsene Puppen, sie sahen aus wie Mütter, die ihre Kinder beschützten. Ihre Glasaugen schimmerten im künstlichen Licht und warfen blaue, grüne und braune Farbtöne zurück. Vic kam es vor, als versuchten diese Wesen aus Gummi zu schreien.

Eine Stimme riss ihn aus seinen Gedanken.

»Beeindruckend, nicht wahr? Sie sind nicht aufs Geratewohl dorthin geworfen worden, dieses Arschloch hat sich die Zeit genommen, sie sorgfältig anzuordnen.«

Das war Moh Wang. Chinese, ein Zentner Muskeln, 1,57 m groß. Pechschwarzes Haar. Er sah aus wie dreißig, war jedoch fünfzehn Jahre älter. Er beugte sich vor, packte eine Puppe und ließ sie mit den Augen klappern. Die beiden Männer gaben sich nicht die Hand.

»Witzig«, bemerkte Wang, als spräche er zu sich selbst. »Bei uns haben die Puppen meist keine Augenlider. Und wenn doch, dann fehlen die Wimpern. Keine Ahnung, weshalb.«

»Dafür haben sie unheimlich viele Haare, genauso schwarz wie deine. Meine Frau hat eine zu Hause. Von ihrer Großmutter.«

Wangs Blick trübte sich. Er trug keinen Mundschutz und machte Vic ein Zeichen näher zu treten.

»Hast du die hier gesehen?«

Er wies auf eine Babypuppe mit deformiertem Körper, aufgedunsenen Gliedmaßen und pockennarbigem Gesicht. Ein Bein war kürzer als das andere, und der linke Unterarm fehlte, er war sauber abgetrennt worden.

»Er hat das Gummi geschmolzen, um diese ganzen Entstellungen hinzubekommen. Wahrscheinlich mit einem Bunsenbrenner. Den hinteren Teil des Schädels und das rechte Bein hat er langgezogen und überall Dellen reingedrückt, vor allem auf der rechten Seite des Gesichts. Und den Unterarm hat er ihr fein säuberlich abgeschnitten. Es sind achtzehn Puppen, und nur diese eine hier ist deformiert.«

Als Vic diese erstarrten Mütter mit den zerbrechlichen Babys sah, musste er an Céline denken. An ihren Bauch. Die Nasenknochen, die nicht zu sehen waren. Seine Angst vor Missbildungen und angeborenen Krankheiten. Er wandte den Kopf ab und blickte zum Eingang.

»Ich begreife nicht, wie du diesen Gestank aushalten kannst. Erzähl mir nicht, dass man sich auch daran gewöhnt.«

Leutnant Wang stand wieder auf und rieb sich über den Mund. Der Nagel seines kleinen Fingers war gut zwei Zentimeter lang und durchbohrte seinen Latexhandschuh.

»Mein Vater hat in einem Restaurant der unteren Kategorie gearbeitet, dem My Phuong. Ich kann dir versichern, verglichen mit ihrer Küche duftet das hier nach Rose.«

»Ein Grund, weshalb ich niemals nach China fahren werde.«

»Das Restaurant hat immer geöffnet. Es ist auf der Avenue d'Ivry, im 13. Arrondissement.«

Plötzlich hatte Vic großen Durst. Und ihm wurde ganz heiß.

»Ich habe die Leiche kurz gesehen«, bemerkte er und befeuchtete sich unter dem Mundschutz die Lippen. »Nicht das Gesicht, nur den Körper. Ich kenne mich nicht so gut aus, aber die Verwesung schien noch nicht eingesetzt zu haben.«

»Stimmt. Den ersten Schätzungen zufolge ist der Tod diese Nacht eingetreten.«

»Aber woher kommt dann dieser Gestank?«

»Wir wissen es nicht. Auch über diese Puppen wissen wir nichts. Weshalb liegen sie da? Warum achtzehn? Warum erwachsene Puppen und Babys? Und warum hat er die eine so übel zugerichtet? So was mag ich nicht. Das ist immer ein schlechtes Zeichen, Mörder mit so was wie Grips.«

Vic stand ebenfalls auf. Er fühlte sich ein wenig schwach auf den Beinen, doch ihm war nicht übel. Er blickte auf das beschmutzte Bett, wo sich das Blut dunkelrot gefärbt hatte. Letztendlich war er froh über sein Zuspätkommen. Da die Leiche schon abtransportiert worden war, wirkte der Tatort beinah anonym. Ja, er war gewaltig froh darüber, das Schlimmste verpasst zu haben.

Er drehte sich zu Wang um und zeigte dabei mit dem Finger auf eine Krücke, die in einer Ecke stand.

»Gehörte die ihr? Hatte sie ein Bein gebrochen?«

»Das werden wir bei der Obduktion feststellen. Witzigerweise finden sich drei oder vier Fingerabdrücke von unterschiedlichen Personen auf der Krücke.«

»Und die kleinen Wasserlachen auf den Fliesen? Ich habe auch vor der Zimmertür eine gesehen.«

»Was meinst du?«

»Wir wissen es nicht?«

»Gut. Du lernst schnell. Erstaunlich schnell.«

Vic atmete tief ein, dann wagte er zu sagen:

»Erzähl mir, was du gesehen hast, als du hier eingetroffen bist. Ganz genau.«

Moh Wang wartete, bis die beiden Techniker der Spurensicherung das Zimmer verlassen hatten.

»Ich weiß nicht, warum sie dich darauf angesetzt haben. Das ist nicht gut für dich.«

»Und warum nicht?«

»Das ist ein falsches Geschenk. Du bist noch sehr jung, verheiratet, glatt rasiert. Deiner Frau wird das nicht gefallen.«

»Das geht nur mich etwas an.«

»Du bist ein Neuling, mein Junge. In Japan bekommen Sumo-Lehrlinge Stockschläge auf den Kopf, damit sie besser werden. Und weißt du was? Die meisten geben sofort am Anfang auf.«

Nachdem Vic einen Latexhandschuh übergestreift hatte, ging er zum Lichtschalter und versuchte, Licht zu machen.

»Das Leben besteht aus Stockschlägen«, erwiderte er. »Ich kann welche einstecken.«

»Du hast ein schönes Leben gehabt, richtig französisch, mit reichlich Kohle. Von was für Schlägen redest du?«

Er zuckte mit den Schultern und fuhr dann fort:

»Vergiss das Licht, es funktioniert nicht. Das war schon so, als wir hier eingetroffen sind. In dem Haus gibt keine einzige Sicherung mehr. Und sag mir nicht, das sei seltsam, das weiß ich bereits.«

Wang trat näher an die Blutlache heran und zeigte auf das Poster: eine Frau, umgeben von Sonne und weißem Sand.

»Das ist das Opfer. Annabelle Leroy.«

»Scheiße.«

»Ja, Scheiße. Früher Pornostar, dann hat sie sich als Nobelhure selbständig gemacht. Nur die dicken Fische. Geschäftsführer, Manager, Rechtsanwälte.«

Es folgte eine beredte Stille.

Vic betrachtete die mit Silikon gespritzten Lippen, die sonnengebräunte Haut auf dem Glanzpapier.

»Eine richtige Sexbombe.«

»Und sie ist explodiert. Sie war ans Bett gefesselt, mit gespreizten Beinen.«

»Mit dem Gesicht nach oben? Hatte man ihr die Augen verbunden? War sie nackt?«

»Ja, nein, ja. Spiel hier nicht den Profiler, mein Junge, du wirst bald verstehen, dass das nicht so funktioniert. Ich bin nicht dein Lehrer. Du kommst von der Schule, und du bist begierig, das ist normal. Aber das wird schnell vergehen. Vielleicht willst du schon morgen lieber zu Hause bleiben.«

Wang ließ seine Finger knacken, eine Bewegung, die er den ganzen Tag über wiederholte.

»Du wirst es auf den Fotos sehen. Der Gerichtsmediziner hat über hundert Nadeln gezählt, sie steckten überall im Körper des Opfers. Stirn, Backenknochen, Schultern, Oberkörper, Beine.«

Vic rieb sich den Arm.

»Akupunktur? Sadomaso-Spielchen?«

»Ein Blutbad, weiter nichts. Das ist fast immer so. Außerdem hat er ihr das letzte Glied von jedem Finger abgetrennt, ebenso Zunge und Lippen. Sie war nackt, doch er hat ihr ein Bettlaken wie ein Kleid um die Taille geschlungen, um ihr Geschlecht zu bedecken. Ihr Mund wurde mit Hilfe eines alten, verrosteten Apparats offengehalten, eine Art … Scheiße, wie sagt man?«

Regungslos starrte Vic auf die Matratze. Wangs drastische Worte hallten in seinem Kopf wider.

»He, Marchal, wie sagt man?«

»Ein Mundspreizer?«

»Ja, genau, ein Mundspreizer. Aufgrund der unterschiedlichen Vernarbung der Wunden und der Tatsache, dass das Opfer stark geschwitzt hat, glaubt Demectin, dass die Folter eine ganze Weile gedauert hat.«

»Demectin?«

»Unser Gerichtsmediziner.«

Bei Vic kam der Rest des Satzes – »eine ganze Weile gedauert hat« – erst mit Verspätung an. Wie im Film oder im Roman. Nur besonders sadistische Mörder hielten sich noch länger am Ort des Verbrechens auf.

Er versuchte, sachlich zu bleiben. »Keine Gefühle«, hatten sie in den Psychologiekursen erzählt. Als ob man auch seine Eingeweide unter Kontrolle hätte.

»Gab es Misshandlungen sexueller Art?«

»Nein. Ah, noch etwas. In ihrer rechten Handfläche wurden Hautschuppen gefunden. Sie sehen seltsam aus. Wie von einer Schlange.«

Dann wies er auf den Teppich vor dem Bett.

»Diese drei Vertiefungen in Form eines Dreiecks, sagt dir das was?«

Der junge Polizist hockte sich nieder.

»Sieht aus wie … Abdrücke von einem Stativ?«

»Ja. Wahrscheinlich wurde das Verbrechen gefilmt.«

»Das kann doch nicht wahr sein.«

Moh Wang ging zu den Schubladen.

»Wie es aussieht, hat Leroy dieses Loft erst seit zwei Monaten gemietet. Wir haben Rechnungen von einem Immobilienbüro aus dem 17. Arrondissement gefunden. Die erste stammt von März.«

Vic riss sich den Mundschutz vom Gesicht, er hatte das Gefühl zu ersticken. Er deutete auf die Wand hinter dem Bett.

»Und was haben diese Zahlen auf dem Poster zu bedeuten, ›78/100‹? Irgendeine Idee? 78 von 100? 78 %? 78 Hundertstel?«

Er trat näher an das Poster. Die Schrift war sehr gerade und ließ weder Angst noch Panik oder Wut erkennen.

»Es ist zu früh, um etwas zu sagen«, antwortete Wang. »Vielleicht eine Note? Ich persönlich hätte 100 von 100 gegeben. Geile Blondinen, das ist genau mein Typ. Das Problem ist, in der umgekehrten Richtung funktioniert es nicht.«

»Hat er die Kreide liegenlassen?«

»Sie ist auf dem Boden zerbrochen, und ein Stück ist unter einen Schrank gerollt. Und da hat er vielleicht einen Fehler begangen, weil sich Teile von Fingerabdrücken darauf befinden. Sie sind zwar nicht wirklich für eine Datenbankrecherche verwertbar, aber gut ... Und jetzt hör auf mit deiner Fragerei, es reicht.«

Im Team stand Wang im Ruf, aufbrausend zu sein. Seit Vic näher mit ihm zu tun hatte – nicht ganz freiwillig, da sie ein Büro miteinander teilten –, war er auf Céline zu sprechen gekommen, auf ihre asiatische Herkunft, Vietnam. Und nachdem er ihm ein Foto seiner Frau gezeigt hatte, redete der Chinese auf einmal in einem anderen Ton mit ihm.

»Wir fahren los«, befahl Wang. »Wir müssen einmal quer durch Paris, das reinste Vergnügen.«

»Um ihre Tusse zu nerven, nicht wahr?«

»Juliette Poncelet. Sie arbeitet im Pornogeschäft.«

»Als Schauspielerin?«

»Hängt ganz von der Definition ab. Warte … Komm mal kurz.«

Vic trat zum Laptop.

»Wir haben die Papiere durchsucht«, erklärte Wang. »Diese Juliette Poncelet bekam ihre Post bereits hierher geschickt, sie sollte wohl bald hier einziehen.«

Er spielte ein Video ab, das Vic ganz aus der Fassung brachte.

»Mein Gott, hör auf!«

»Übel, was? Ich verstehe nicht, was eine scharfe Biene wie Leroy an diesem Pummelchen gefunden hat.«

Wang schaltete den Bildschirm wieder aus und zeigte auf einen Terminkalender.

»Wie es scheint, besaß unsere Nobelhure ein randvoll gefülltes Adressbuch.«

»Wenn der Mörder das Heft nicht mitgenommen hat, dann war er wohl kein Kunde.«

»Nun, das werden wir noch sehen. Vielleicht ist er auch einfach nur intelligent. Das kommt selten vor, aber es kommt vor. Und er hat diese Adressen liegenlassen, um sich zu entlasten.«

»Wie ist er reingekommen?«

Wang runzelte die Stirn. Sein Kollege hob beide Arme empor.

»Okay, ich hör schon auf. Ich nehme an, die Tür wurde aufgebrochen. Das habe ich beim Hereinkommen gesehen.«

»Siehst du, wenn du selber nachdenkst … Man muss erst nachdenken, bevor man anfängt zu reden. Los, wir hauen ab. Ich habe kein Auto, wir nehmen deins.«

»Gerne. Aber dann fahren wir ohne Blaulicht.«

»Verdammt, mein Junge, ich glaube, wir beide werden nicht zusammenkommen.«

Während er sich schon entfernte, rief Vic ihm hinterher:

»He, Moh!«

»Was denn noch?«

»Danke, dass du mich nicht Chip nennst. Nach zwanzig Tagen klingt sogar ›mein Junge‹ richtig gut.«

Wang ließ seinen Kopf von einer Schulter zur anderen kreisen.

»Ich habe genau einen Freund in Paris, und das ist ein Wels.«

Vic holte ihn ein.

»Ich habe keine Beziehungen spielen lassen.«

»Und du bist direkt in die Erste Division gekommen? Soll das ein Scherz sein?«

»Ich hatte gute Noten. Vor allem in Psychologie.«

»Psychologie, soso. Dann hättest du Psychologie studieren sollen. Wie es aussieht, hast du beim Schießen und im Nahkampf komplett versagt.«

»Neuigkeiten scheinen sich ja schnell zu verbreiten.«

»Weißt du, mit Psychologie kommt man nicht weit. Mit einem Vater dagegen, der früher stellvertretender Direktor bei der Pariser Kripo war ...«

»Ich habe keine Beziehungen spielen lassen, habe ich gesagt.«

Wang machte eine abwehrende Handbewegung.

»Ich auch nicht. Beschwer dich nicht, dass du Chip genannt wirst. Ich war über drei Jahre lang Moh Viet.«

»Polizei und Scharfsinn, das geht wohl nicht zusammen. Außerdem bist du doch Chinese, oder?«

»Vietnamese, Chinese, Japaner ... Das ist für die doch dasselbe.«

Bevor Vic in seinen Peugeot einstieg, wollte er seinem Kollegen eine Hand auf die Schulter legen, doch als er dessen finsteren Blick sah, zog er seinen Arm rasch zurück und sagte:

»Noch eine Sache. Was hast du empfunden, als du heute Morgen dieses Zimmer betreten hast?«

»Warum willst du das wissen?«

»Um zu erfahren, wie ich in ein paar Jahren sein werde. Mein Vater hat zu Hause nie etwas erzählt. Das Bild, das er mir von einem Polizisten vermittelt hat, gibt es so nicht.«

»Und das merkst du erst jetzt?«

»Scheint so. Also, was hast du empfunden?«

Als Wang im Wagen saß, fuhr er mit dem Finger den großen Riss entlang, der sich fast über die gesamte Windschutzscheibe zog.

»Ich habe nichts empfunden. Rein gar nichts. Das scheint bei mir so veranlagt zu sein. Als würde irgendetwas in mir drin nicht richtig ticken. Aber gut ...«

Er fischte eine Zigarette aus seinem Päckchen und sagte:

»Ich habe eben gesehen, wie du eine Streichholzschachtel eingesteckt hast. Hast du früher geraucht?«

Vic holte eine alte Schachtel heraus und öffnete sie.

»Da sind zwei Streichhölzer drin. Das eine habe ich an meinem Hochzeitstag angezündet, als ich meine letzte Zigarette geraucht habe.«

»Und das andere?«

»Es ist noch unbenutzt und bedeutet viel für mich. Wenn ich eines Tages wieder Lust haben sollte zu rauchen, dann kann ich diese Schachtel öffnen, das Streichholz anzünden und wäre mir dann der ganzen Tragweite meiner Handlung bewusst.«

Wang drehte am Rädchen seines Feuerzeugs.

»Hat dein Alter geraucht?«

»Er raucht noch immer.«

»Wir rauchen alle. Wenn man raucht, muss man sich nicht jeden Tag die Hände bis aufs Blut schrubben. Wenn dir dein Vater nichts erzählt hat, dann sicher nur zu deinem Besten. Damit du glaubst, dass unser Job klasse ist.«

6. Donnerstag, 3. Mai, 12 Uhr 58

»Darf ich Licht machen?«, fragte Vic.

»Nein. Lassen Sie es aus, ich mag kein Licht.«

Juliette Poncelet lebte zurückgezogen in einer kleinen Wohnung in Arcueil, im Süden von Paris. Die Rollläden waren bis auf einen Spalt heruntergelassen, so dass das Wohnzimmer in ein eisiges Halbdunkel getaucht war. Moh Wang saß auf einem unbequemen Metallstuhl, die Hände auf den Knien, und blickte seine Gesprächspartnerin an.

»Sie wollten bei Annabelle Leroy einziehen, nicht wahr?«

Juliette war geschminkt wie Marilyn Manson, ihr Gesicht war krankhaft weiß. Als Wang ihre Augen betrachtete, hatte er das Gefühl, in zwei düstere Höhlen mitten in einem Kreidefelsen zu sinken. Seltsamerweise hatte das wohlgenährte Weibsbild mit dem Aussehen eines Gothic nicht eine Träne vergossen, als sie die Nachricht vom Tod ihrer Freundin erhielt.

»Mit uns beiden war es ernst. Wir kannten uns seit Januar, und Anna ist sofort auf mich abgefahren.«

Wang konnte seine Überraschung nicht verbergen. Unter seinem Topfschnitt bildeten sich drei tiefe Furchen, was auch Juliette nicht entging.

»Das will Ihnen nicht in den Kopf, was, dass eine Frau mit ihrem Körper sich für einen Fettkloß wie mich interessiert?«

»Jedem das Seine.«

Juliette rümpfte die Nase.

»Riechen Sie so streng?«

»Wir kommen gerade aus einem China-Restaurant«, erwiderte Wang.

Vic, der hinter ihm im Dunkeln stand, deutete ein Lächeln an. Aus den Augenwinkeln nahm er die Wohnzimmereinrichtung unter die Lupe. Viel Leder, Metall und Vinyl. CDs von *Cradle of Filth, Paradise Lost*, *Opeth*, jede Menge Death Metal. Doch nichts in diesem Loch deutete darauf hin, dass Juliette in Sadomaso-Filmen mitspielte.

»Und Sie? Sind Sie auch sofort auf sie abgefahren?«, fragte Wang weiter.

Sobald sie woandershin blickte, saugte der Polizist jede Einzelheit ihres Verhaltens auf: die reglosen gefalteten Hände, die in Lederhandschuhen steckten, die Bewegung ihrer Schultern, die Spannung an ihrem Hals, das Zucken der Augenlider.

»Am Anfang war Anna nicht mein Fall.«

»Was ist denn Ihr Fall?«

Juliette fuhr sich mit der behandschuhten Hand über das Gesicht, als sei dies doch offensichtlich. Ihr Sessel knarzte, als sie ihre vielen Kilos nach vorne beugte.

»Was denken Sie?«

Wang wandte sich zu Vic um und trommelte mit den Fingerspitzen auf den Stuhl neben sich. Der junge Leutnant hatte sich gerade hingesetzt und streckte die Beine aus.

»Warum dann Anna, wenn sie nicht Ihr Fall war?«, fragte Wang weiter.

Sie zögerte kurz.

»Weil sie Kohle hatte. Und mit der Kohle hätte ich aus dieser Scheiße hier rauskommen können.«

Wang hatte immer mehr das Gefühl, ein Stück kaltes Fleisch vor sich zu haben. Kalt und verdorben. Denn selbst mit der dicken Schicht Make-up sah Juliette ziemlich hässlich aus.

»Verdient man denn nichts mit dem, was Sie machen?«

»Was mache ich denn Ihrer Meinung nach?«

Wang entschied sich für die Verhörmethode *No limit*, wie er sie nannte. Damit setzte man alles auf eine Karte, genau wie beim Poker.

»Beim Blick ins Internet habe ich herausgefunden, dass Sie die Männer fesseln, auf sie draufpinkeln und ihnen in die Eier treten. Ist das richtig zusammengefasst?«

Volltreffer. Juliette ließ ein dünnes Lächeln sehen, nicht zu Wang hin gerichtet, sondern zu Vic. Der junge Leutnant fühlte sich durchbohrt, er musste schlucken und wiederholte die Frage seines Kollegen mit einer Stimme, die sicher klingen sollte.

»Verdient man denn nichts mit dem, was Sie machen?«

»Das gehört nicht zur Sache.«

»Wie, das gehört nicht zur Sache?«, wiederholte Wang.

»Anna ist umgebracht worden, und Sie befragen mich über Sachen, die absolut nichts damit zu tun haben. Wollen Sie vielleicht nur Ihre krankhafte Neugier befriedigen?«

»Sie wissen doch, wie die Männer sind.«

»Versuchen Sie besser, den Dreckskerl zu schnappen, der sie umgelegt hat. Und lassen Sie mich in Ruhe. Ich habe nichts mit dieser Geschichte zu tun.«

»Ist das alles, was die Nachricht von ihrem Tod bei Ihnen auslöst?«

»Warum sagen Sie das?«

»Ich weiß es nicht. Normalerweise weinen die Leute, wenn jemand stirbt, den sie geliebt haben. Sie fangen an zu stöhnen, zu schreien, zu brüllen. Sie dagegen verhalten sich, als sei nichts geschehen.«

»Tränen sind nicht mein Ding.«

»Alle weinen, sogar die härtesten Männer, Gangsterbosse, Typen, die sonst nichts erweichen kann. Sogar einen Stein kann man zum Weinen bringen. Glauben Sie mir.«

Juliette zuckte mit ihren schweren Schultern, die nackt waren und voller Tätowierungen. Über ihre mit schwarzem Stift nachgezogenen Augenbrauen fielen ein paar Haarsträhnen.

»Ich versinke nicht in Selbstmitleid. Anna wollte mich aufnehmen. Sie hat mir Geld gegeben. Wir haben auch gevögelt. Und das war gut.«

Sie stand auf und schenkte sich einen Tequila ein, den sie in einem Zug hinunterstürzte. Sie trug ein abscheuliches schwarzes Kleid, dazu Stiefel mit Reißverschluss und dicken Sohlen. Oben auf ihrem Rücken bemerkte Vic ein eintätowiertes keltisches Kreuz, um das sich eine Viper schlängelte. Die beiden Polizisten blickten sich unschlüssig an, dann nahm Juliette wieder Platz.

Sie hielt den Kopf gesenkt und verschanzte sich hinter einer Mauer aus Schweigen, bis Wang die Stille schließlich unterbrach.

»Hat Anna Ihre Meisterwerke gesehen, bevor sie Sie kennenlernte?«

»Natürlich, darüber ist sie auf mich gestoßen. Wir sind uns nicht auf dem Filmfestival von Cannes begegnet.«

»Mochte sie SM, die sanfte Form der Folter?«

Sie legte die Hände zwischen ihre Beine und presste sie zusammen.

»Nein.«

»Warum hat sie sich Ihre Heldentaten dann angeschaut?«

»Nur so, reiner Zufall.«

»Seltsamer Zufall«, bemerkte Wang.

»Ich schaue mir ja auch schon mal Zeichentrickfilme an. Sie nicht?«

»Nur Mangas. Albator, Goldorak ... Ich mag Filme, in denen Raumschiffe vorkommen. Hatte sie denn nichts gegen Ihre ›außerehelichen‹ Aktivitäten einzuwenden?«

Mit finsterer Miene starrte Juliette an die Decke. Vic wusste nicht, wie er sich verhalten sollte, und beschränkte sich darauf zuzuhören.

»Was hat *sie* denn gemacht?«, entgegnete die junge Frau boshaft. »Sie schlief dauernd mit wem anders, hat jedem, der ihr über den Weg lief, einen geblasen, das war auch nicht viel besser.«

»Abgesehen davon, dass sie ihnen nicht die Eier mit dem Absatz zermalmt hat.«

»Arschloch«, murmelte sie.

Vic fühlte sich immer unwohler. Diese Frau hypnotisierte ihn, ließ ihn erstarren. Wang ignorierte die Beleidigung und fuhr äußerst professionell fort:

»Wann haben Sie Anna das letzte Mal gesehen?«

Jetzt fuhr sie sich mit der Zunge über die Lippen, leckte die Tequila-Tropfen ab.

»Vorgestern Abend.«

»Wo?«

»Bei ihr zu Hause.«

»Und gestern?«

»War ich die ganze Nacht beschäftigt. Wir haben einen Film fürs Internet gedreht.«

Wang fragte sich, welche Bedeutung das Wort »beschäftigt« wohl für sie hatte.

»Gut. Wo war das?«

»Auf einem Landsitz in Fontainebleau.«

Sie wandte sich an Vic und fügte hinzu:

»Ich hab ein paar Fotos von dem Abend, falls dich das anmacht.«

»Ich mag keine Fotos«, erwiderte er und spielte mit seinem Ehering.

»Geben Sie uns einfach die Adresse, das reicht«, sagte Wang, während er seinen Kollegen vorwurfsvoll ansah.

Juliette hatte Vics Schwäche bemerkt und ließ nicht locker:

»Du brauchst dich nicht so zu sträuben, das ist nicht gut. Nimm dir ein Beispiel an dem Chinesen. Er zuckt nicht mit der Wimper. Ich kann nicht mal sehen, ob er schon mal gevögelt hat oder nicht.«

Sie kritzelte die Adresse auf ein Stück Papier und hielt es Vic hin. Als er es ergriff, strich sie ihm mit ihrem Handschuh über die Finger. Er wich zurück.

»Hatte sie Feinde?«, fragte Wang weiter.

»Feinde? Wer hat die nicht?«

»Bitte beantworten Sie meine Frage.«

Sie schien nachzudenken. Vic konnte nicht anders, er stellte sich diese Frau in Aktion vor. Mit zusammengebissenen Zähnen, im scharfen Vinylanzug, über einen Typen in Handschellen gebeugt, den sie an der Leine umherführte.

»… jede Menge zwielichtige Produzenten, mit denen sie früher zusammengearbeitet hat. Andere Schauspielerinnen, die neidisch auf ihren Erfolg waren. Dann all die Scheißtypen, die ihre Adresse herausgefunden haben und ihr Briefe schickten, auf die sie onaniert hatten. Nicht zu vergessen einige ihrer wohlhabenden Kunden, die nicht kapieren wollten, dass eine Nutte keine Ehefrau ist.«

»Ist sie deshalb so oft umgezogen?«

»Ich glaube, ja.«

»Hat sie ernsthafte Drohungen erhalten?«

»Davon hat sie nie was erzählt.«

»Was hat sie denn sonst erzählt?«

»Wir haben nicht viel miteinander geredet.«

Wang und Vic warfen sich einen Blick zu.

»Hatten Sie gemeinsame Freunde?«

»Nein. Niemand wusste von unserer Beziehung, das behielten wir für uns. Außerdem lebten wir in unterschiedlichen Welten.«

»Dennoch ging es um Sex. Ein recht begrenztes Feld.«

Sie lachte hämisch.

»Ganz im Gegenteil, ein sehr weites. Schließlich geht Sex uns alle an. Sie, mich, den jungen Mann da. Sie könnten Bücher füllen mit all den Perversionen, die in einem jeden von uns stecken. Man muss nur ein bisschen suchen.«

Sie wandte sich an Vic.

»Die Schlimmsten sind nicht die, an die man zuerst denkt. Mach die Augen auf, dann wirst du verstehen …«

Er runzelte die Stirn. Von wem sprach sie? Von ihm selbst? Von Wang? Annabelle Leroy?

Sie stand auf, um sich noch ein Glas einzugießen. Moh gab Vic einen Klaps auf die Schulter, damit er sich nicht unterkriegen ließ.

Juliette ballte die Faust, während sie ganz zu sich selbst sprach.

»Scheiße, Anna … Was hat du getrieben?«

Vic fiel auf, dass ihre andere Hand geöffnet war, ganz reglos und steif. Plötzlich wurde ihm ganz heiß.

Die junge Frau drehte sich zu Wang um.

»Was wird jetzt mit ihr geschehen? Ich meine … mit ihrer Leiche.«

»Wir werden versuchen herauszufinden, wie sie getötet wurde.«

»Man wird sie also zerstückeln.«

»Wenn man so will.«

Sie kippte den Alkohol hinunter. Über ihr Kinn lief ein durchsichtiger Faden.

»Wirklich lustig.«

»Ich verstehe nicht, was daran lustig sein soll.«

»Das können Sie auch nicht verstehen.«

Vic zögerte, seine Oberlippe zitterte vor Nervosität. Dann wagte er zu sagen:

»Ich …«

»Was willst du?«

»Ich habe verstanden.«

Sie starrte ihn an und bedeutete Wang mit einer Kopfbewegung weiterzureden.

»Danach wird der Staatsanwalt oder Untersuchungsrichter die sterblichen Überreste ihrer Familie übergeben.«

»Sie hat keine Familie.«

»In diesem Fall wird sie im Leichenschauhaus bleiben. Und anschließend nach nebenan auf den Friedhof befördert.«

Juliette ließ die Rollläden noch weiter herunter, so dass auch der letzte Lichtstrahl im Zimmer erstarb.

»Vielleicht hätte sie eingeäschert werden wollen.«

Wang stand auf und ließ seine Knochen knacken.

»Mademoiselle Poncelet, man wird Sie wahrscheinlich bald vorladen. Verlassen Sie die Stadt nicht.«

»Warum?«

Der Polizist wies auf eine Opiumpfeife, die hinter ihr lag.

»Benares, Yunnan?«

»Wie bitte?«

»Ich habe gefragt: Rauchen Sie Benares oder Yunnan?«

»Ich rauche nicht. Das ist nur Deko.«

Wang kratzte sich mit seinem riesigen Fingernagel an der Nase.

»Aha. So ähnlich wie Weihnachtskugeln.«

Vic, der immer noch auf seinem Stuhl saß, rieb sich über die Wangen. Dann fragte er mit fester Stimme:

»Wenn Sie Mademoiselle Leroy in punkto Sex hätten benoten müssen, welche Note hätten Sie ihr gegeben?«

Juliette blickte ihn herausfordernd an. Sie hatte die Arme verschränkt.

»Was willst du denn jetzt schon wieder? Bei deinem Vorgesetzten punkten? Ihn beeindrucken?«

Sie wandte sich an Wang:

»Nehmen Sie sie jetzt schon, wenn sie noch grün hinter den Ohren sind?«

»Das ist nicht mein Vorgesetzter«, verteidigte sich Vic.

Sie kniete sich vor ihn hin.

»Das alles kennst du doch noch gar nicht. Den menschlichen Abschaum, das Halbdunkel, die feuchten Keller. Das Schlitzauge hier hat das im Blut. Aber du bist noch rein und unschuldig.«

Ohne ihn aus den Augen zu lassen, erhob sie sich, so dass das Leder knarrte.

»Was erzählst du deiner Braut von deinem Tag?«

»Die Wahrheit.«

»Da bin ich mir nicht so sicher. Ich kenne die Männer, weißt du? Du gehörst zu denen, die Probleme mit sich ausmachen, du willst nicht, dass dein dreckiger Job auf deine Frau abfärbt. Und was deine Frage angeht, so werde ich sie nicht beantworten. Was dagegen?«

Wang legte seinem Kollegen eine Hand auf die Schulter.

»Los jetzt!«

Vic stand ebenfalls auf, doch er ließ nicht locker:

»Sie sind in allem das Gegenteil von Leroy. In Ihrem Äußeren, Ihren Neigungen, Ihrer finanziellen Situation. Hier ist alles dunkel, bei ihr überall Licht. Sie war der Tag, und Sie sind die Nacht.«

»Jekyll und Hyde, was?«

»Nein. Hyde und Hyde.«

Juliette senkte die Augenlider.

»Nicht schlecht, Kleiner. Bist du das Hirn von euch beiden? Los! Haut jetzt ab.«

Vic fuhr fort:

»Nur Ihre sexuellen Neigungen konnten Sie zusammenbringen. Als wir Sie gefragt haben, ob Annabelle einen Hang zu SM hatte, haben Sie Ihre linke Hand zwischen den Beinen versteckt. Auch wenn es dunkel hier drin ist, Ihre Unterarm-Prothese ist nicht zu übersehen. Hast du sie auch bemerkt, Moh?«

»Hab ich …«

»Im Schlafzimmer Ihrer Freundin haben wir eine Krücke gefunden. Sagt Ihnen das irgendwas?«

»Absolut nicht.«

»Wir haben Fingerabdrücke auf der Krücke gefunden. Ich weiß, dass sich auch Ihre darauf befinden. Wollen Sie das lieber auf dem Kommissariat erklären, vor einer verspiegelten Scheibe?«

Wang wusste nicht, worauf Vic mit der Krücke hinauswollte. Juliette hinkte nicht.

»Lassen Sie mich in Ruhe«, stieß sie hervor. »Ja, ich habe

diese Krücke benutzt. So wie andere auch. Und? Wollen Sie sich jetzt beim Institut für Handchirurgie beschweren?«

»War Mademoiselle Leroy akrotomophil?«

»Was?«

Der Ausruf kam nicht von Juliette, sondern von Wang. Als er die junge Frau betrachtete, sah er, dass sie verstanden hatte. Sie flüchtete sich in die Dunkelheit, in den hinteren Teil des Wohnzimmers, wie eine Fledermaus in ihre Höhle.

»Sehr scharfsinnig. Wirklich sehr scharfsinnig, kleiner Schnüffler. Du schaust den Leuten immer auf die Hände, was?«

»Sie zeigen die Gefühle. Also, war sie es?«

»Ja ...«

Sie stürzte noch einen Tequila hinunter. Wahrscheinlich war das ihre Art zu trauern.

»Eigentlich bist du gar kein Anfänger.«

»Oh, oh! Könnte mir das mal jemand erklären?«, regte sich Moh Wang auf. »Akrotowas?«

»Vielleicht kann uns das Mademoiselle Poncelet erklären ...«, antwortete Vic.

Juliette stellte ihr Glas ab und schaltete eine gedimmte Halogenlampe an. Ihre Iris war nicht schwarz, sondern dunkelblau. Beinahe hübsch.

»Woher weißt du, dass es so was gibt?«, fragte sie. »Du hast eine Frau, vielleicht ein Kind. Du bist ein Anfänger, hast noch Flaum unterm Kinn. Sogar der Asiate hat keine Ahnung davon. Also, woher weißt du das?«

Jetzt wandte Wang den Blick nicht mehr von ihrer falschen Hand mit den Fingern, die steif wie Kerzen waren.

»Also?«, wiederholte sie. »Schämen wir uns?«

Vic wagte es nicht, seinen Kollegen anzusehen.

»Ich ... Ich habe Nachforschungen über angeborene Krankheiten angestellt. Und dabei bin ich darauf gestoßen.«

»Dabei ... Glaubst du, das nehme ich dir ab? Ich weiß, wann ein Mann lügt.«

»Ob Sie es mir glauben oder nicht, es ist die Wahrheit.«

Juliette war fast genauso groß wie er: 1,80 m. Sie drehte sich kurz um, die Polizisten hörten ein klickendes Geräusch. Dann legte sie einen klobigen Gegenstand auf den Tisch: ein Unterarm aus gegossenem Harz. Schwerfällig trat sie zu Vic und schob den Ärmel ihres Kleides hoch, so dass ein Stumpf sichtbar wurde, glatt wie ein Schädel.

»Wissen Sie, wozu ihre Krücke gut war? Anna wollte, dass ich sie benutze und hinke, bevor ich zu ihr ins Bett kroch. Das hat sie aufgegeilt. Amputierte Gliedmaßen, angeborene Missbildungen, genetische Anomalien, wie zum Beispiel Füße mit sechs Zehen oder *Hallux valgus*. Sie war Nutte, aber bezahlte dafür, um Krüppel wie mich zu vögeln. Sie trieb es gern mit den unglücklichen Exemplaren, die ihr der Zufall in die Arme trieb. Mit denen es das Leben nicht so gut gemeint hatte.«

Sie kam noch näher, so dass Vic den Alkohol in ihrem Atem riechen konnte.

»Also, was ist schlimmer? Leute wie ich, die ihre sexuellen Neigungen mit ihrer Haltung ausdrücken, mit ihrer Art, sich zu kleiden, und auf diese Weise warnen: ›Vorsicht, Sie begeben sich auf gefährliches Terrain.‹ Oder Teufel wie sie, die sich hinter einer Traumfigur verstecken. Glauben Sie mir, diese Frau wurde von der Finsternis angezogen. Und diesmal ist sie anscheinend zu weit gegangen.«

Sie machte eine Pause und fügte dann hinzu, während sie sich tief in ihrem Sessel verkroch:

»Du hast mich eben gefragt, welche Note ich ihr gegeben hätte … Du hättest ihr wahrscheinlich null Punkte gegeben, weil Anna anderen gerne weh getan hat. Ja, äußerst weh. Aber mir gefiel das. Also, was für eine Note? Ich weiß es nicht … Vielleicht 80 von 100?«

Entnervt packte Wang Poncelet am Handgelenk.

»Wir nehmen Sie mit aufs Kommissariat. Dort werden Sie alles ausspucken. Wen sie traf. Wo. Wann. Wie.«

»Wollen Sie mich verarschen?«

Sie versuchte, sich zu befreien, doch der Polizist hielt sie fest.

»Seh ich so aus? Wir können die Sache auch ohne Aufsehen regeln und uns wie vernünftige Erwachsene in meinem Büro unterhalten. Andernfalls werde ich die Kavallerie einschalten.«

Juliette zuckte mit den Schultern.

»Ist mir letztlich auch egal. Solange ich heute Abend zurück bin. Ich habe Dreharbeiten.«

»Die nächste Goldene Palme?«

7. Donnerstag, 3. Mai, 23 Uhr 26
Der zweite Traum: Fahrt nach Sceaux

Im Rückspiegel sah Stéphane die drei tiefen Kratzer auf seinem Gesicht, die bis zu seinem Spitzbart verliefen. Seine Finger zitterten nervös. Nichts konnte ihn beruhigen.

Er trat noch fester aufs Gaspedal und drehte das Radio laut.

Während die Musik dröhnte, fiel sein Blick auf eine gelbe Eintrittskarte, die auf dem Armaturenbrett lag. Er nahm sie in die Hand. »Museum Dupuytren.«

»Dupuytren … Dupuytren … Dupuytren …«

Von blinder Wut gepackt, ließ er das Lenkrad los, um das Papier in Stücke zu reißen.

Durch die Windschutzscheibe hindurch war der Vollmond zu sehen, gelb und rund, beinah durchscheinend. Und die Sonne färbte den Horizont golden. Beim Anblick dieser beiden Himmelskörper trübte sich Stéphanes Blick. Er fing an zu weinen.

Dann holte er tief Luft und strich entschlossen über seinen kahlrasierten Schädel. Mit Tränen in den Augen nahm er sich ein Taschentuch, das neben einer Haarschneidemaschine, einer Latexmaske und blutbefleckten Kleidern lag. Ein rosafarbenes Taschentuch, hübsch bestickt mit einem Teddybär. Das Taschentuch eines Kindes.

Im Radio wurden die Nachrichten verlesen.

»… durch eine unglaubliche Verkettung von Umständen erhielt dieser Mann Kenntnis von den Lottozahlen. Hören wir ihn an …«

Stéphane spitzte die Ohren.

»... Normalerweise fahre ich nie durch Méry, doch dieses Mal musste ich nach Pontoise. Und da ist dann plötzlich mein Auto liegen geblieben. Wirklich Pech, weil ich sonntags arbeite, und da sind sie nicht gerade zimperlich, wenn man fehlt. Ich war es leid, schon wieder so ein beschissener Tag, dachte ich mir. Was also sollte ich tun? Ich laufe bis zu einem Tabakladen, nun, ich habe kein Handy. Und was sehe ich da? Der Typ direkt vor mir läuft raus und lässt seinen Lottoschein liegen! Nun gut, ich nehme ihn rasch an mich, schließlich war er bezahlt. Wissen Sie, ich glaube nicht an diese Phänomene, Zufälle, Glück und das alles. Aber trotzdem, ich weiß nicht ... Ich habe ihn einfach genommen und mir gesagt: Man kann nie wissen. Und dann, am Tag der Ziehung, bin ich zu meinem Kumpel gegangen, weil mein Fernseher kaputt ist. Und wissen Sie, was dann geschah? Die Gewinnzahlen! 4–5–19–20–9–14, ich glaubte zu träumen. Gut, ich war nicht der einzige Gewinner, wir waren zwei, noch ein Typ in Paris, glaube ich, doch mit der Superzahl, die ich hatte, ist ihm nicht viel geblieben! Es ist gemein, das zu sagen, aber vielen Dank an den Mann, der sein Los vergessen hat. Mein Auto ist genau in dem Moment liegen geblieben, als der Typ sein Los gekauft hat, und ich glaube, das war ein Zeichen des Schicksals. Wenn du mir zuhörst, Mann ...«

Stéphane umklammerte das Lenkrad und schlug dann mit der Faust auf das Armaturenbrett seines Fords.

Nachdem er das Ortsschild »Sceaux« passiert hatte, bog er nach rechts in eine schmale Straße ab. Schweiß und Tränen rannen ihm in die Augen und machten ihn wahnsinnig. Während er weiterfuhr, holte er eine Pistole aus dem Handschuhfach und legte sie neben sich. Mit dem Zeigefinger strich er über den Lauf mit dem eingeprägten Namenszug »Sig Sauer«.

»Du bist nicht verrückt. Nein, du bist nicht verrückt.«

Die Lautsprecherboxen kreischten noch immer:

»... ein sehr trauriger Zufall. Vor wenigen Stunden fanden

drei Höhlenforscher die Leiche der kleinen Mélinda. Sie waren in den Steinbruch hinabgestiegen, um dort Proben zu entnehmen. Unseren Informationen zufolge hat das Mädchen einen Schädelbruch erlitten und ist dann in einem der Stollen ertränkt worden, Dutzende von Metern unter der Oberfläche. Der Steinbruch von Hennocque ist seit den großen Überschwemmungen letzten März für die Öffentlichkeit gesperrt. Dennoch wagen sich immer wieder Höhlenforscher dort hinein …«

Stéphane lauschte gebannt. Beinah hätte er vergessen abzubiegen.

»Wir hören nun Kapitän Lafargue von der Gendarmerie Méry-sur-Oise, der mit den Ermittlungen betraut ist …«

Stéphane rieb seine Stirn, blickte auf das rotgefärbte Taschentuch mit der Stickerei und ließ dann die Fensterscheibe herunter, so dass es davonflatterte. Im Rückspiegel sah er, wie das Stück Stoff im Wind davonflog. Dann verfuhr er mit den blutverschmierten Kleidungsstücken auf dieselbe Weise. Darunter befand sich auch die khakifarbene Anglerjacke.

»… Über ein Dutzend Männer sind bereits an der Sache dran, es wurde eine Großfahndung aufgegeben. Die Personenbeschreibung ist sehr präzise: männliche Person, europäischer Typus, dreißig, fünfunddreißig Jahre alt, etwa 1,80 m groß, schwarze Augen, langes schwarzes Haar. Er …«

Stéphane hatte sein Ziel erreicht. Er schaltete den Motor aus.

»Zufälle … Nichts als Zufälle.«

Die Autoschlüssel fielen auf den Boden, er beugte sich herunter, um sie aufzuheben. Als er sich wieder aufrichtete, stieß er mit dem Kopf gegen das Lenkrad. Auf der Bodenmatte unter dem Handschuhfach lag der herausgerissene Griff der Beifahrertür. Er starrte ihn an und stieg dann leise aus, in der Hand hielt er die Waffe.

Er ging zu einem Porsche 911 und hockte sich hinter dem Kofferraum nieder. Er betrachtete das Nummernschild, die geprägten Ziffern und Buchstaben, und wiederholte mit lauter Stimme:

»8866 BCL 92 … 8866 BCL 92 … 8866 BCL 92 …«

Dann stand er wieder auf.

Im ersten Stock des Hauses war Licht angegangen, davor hob sich der dunkle Umriss einer katzenartigen Gestalt ab. Kurz darauf trat ein stämmigerer Schatten, der eines Mannes, hinzu.

Stéphane verschwand auf dem von Zypressen gesäumten Weg.

»8866 BCL 92 … 8866 BCL 92 … 8866 BCL 92 …«

Er drückte sich an die Eingangstür und presste die Pistole an die rechte Wange – bereit, das Feuer zu eröffnen.

Da ertönte auf einmal ein gewaltiger Krach, als würde ein riesiger Kristallpalast explodieren. Um ihn herum wurde alles schwarz.

8. Donnerstag, 3. Mai, 23 Uhr 33

Da ertönte auf einmal ein gewaltiger Krach, als würde ein riesiger Kristallpalast explodieren. Um ihn herum wurde alles weiß.

Ein schwacher Lichtschein erhellte die Dunkelheit. Stéphane hob den Arm, um seine Augen vor dem Licht der Glühbirne zu schützen. Sylvie starrte ihn an, verblüfft und verängstigt zugleich.

»Mein Gott! Du bist ja schweißgebadet!«

Stéphane lag mit angezogenen Beinen auf dem Boden. Er stand auf und wäre beinah wieder umgefallen, so benommen war er. Mit blutunterlaufenen Augen blickte er sich um. Seine Monster. Sein Werkzeug. Sein Schreibtisch.

»Sylvie?«

»Nein, ich bin der Weihnachtsmann. Wie ich sehe, bist du schon wieder mitten bei der Arbeit eingeschlafen.«

Taumelnd trat Stéphane näher. Er blickte sich genau um. An der Wand hingen Originalfotos berühmter *Freaks*: Grace Mac Daniel, Mary Ann Bevans, Bill Durks, der Mann mit den drei Augen. Vor ihm stand die unvollendete Büste von Carla Martinez, mit aufgeschlitztem Hals.

»Donnerwetter! Das ist wirklich verblüffend!«

Er rannte zu einem Spiegel. Nichts. Keine Kratzer, kein Bluterguss am Auge. Er stürzte zurück zu seiner Frau.

»Das wirst du mir nicht glauben!«

Sie hielt sich die Nase zu.

»Du stinkst kilometerweit nach Schweiß. Lass mich raten … Ein Alptraum?«

»Das war kein Alptraum, das war …«

»Was denn?«

Stéphane wusste nicht mehr, wo er seine Hände lassen sollte. Er sprang umher wie ein Jagdhund vor einer Jagdpartie.

»Ich war er! Ich habe seinen Platz eingenommen! Ich bin mit meinem Ford gefahren!«

»So ist das im Traum. Man nimmt seinen eigenen Platz ein.«

»Nein! Das verstehst du nicht! Ich …«

Sylvie nahm die Klammer aus ihrem Haarknoten und löste ihre langen Haare.

»Du hast recht, ich verstehe nicht. Wenn du mal auf die Uhr schaust, wirst du feststellen, dass gleich Mitternacht ist und ich gerade von der Arbeit nach Hause gekommen bin, nachdem ich über zwei Stunden im Zug und in der Metro zugebracht habe, weil irgendein Typ auf den Gleisen Selbstmord begangen hat … Hast du deinen Keller heute ein einziges Mal verlassen? Hast du ein einziges Mal Tageslicht gesehen?«

Stéphane warf einen kurzen Blick auf sein Heft. Er wollte alles aufschreiben, bevor er es wieder vergaß, wollte verstehen, warum in diesem zweiten Traum wieder diese Kratzer über seine Wange verliefen. Warum er erneut diese khakifarbene Anglerjacke dabeihatte. Warum er über unbekannte, doch anscheinend reale Straßen fuhr. Warum er eine Feuerwaffe, das rosafarbene Taschentuch eines Kindes, blutbefleckte Kleidungsstücke und einen herausgerissenen Türgriff neben sich liegen hatte.

»Ja, natürlich bin ich oben gewesen. Ich bin bei den Pferdekoppeln spazieren gegangen.«

Seufzend rieb sich Sylvie über die Schläfen.

»Ich hatte dir Curryreis in den Kühlschrank gestellt. Du hast ihn nicht angerührt.

»Ich hatte keinen großen Hunger. Aber ich werde jetzt etwas essen.«

»Natürlich. Um Mitternacht zu Mittag essen. Sehr logisch.«

Stéphane lief bestürzt im Kreis herum.

»Wir müssen zur Polizei gehen.«

»Warum? Was ist passiert?«

Stéphane schüttelte den Kopf. Auf seiner Stirn bildeten sich Sorgenfalten.

»8866 BCL 92. Dieses Kennzeichen habe ich ständig wiederholt. Wir müssen das Auto und seinen Besitzer finden. In meinem Traum war alles sehr konkret ...«

Er wies auf eins seiner Monster.

»... Ich hatte die Sachen von Darkness an, sein schwarzweiß kariertes Hemd und seine Hose, und meine eigenen Kleider lagen blutverschmiert auf dem Beifahrersitz! Und ich bin tatsächlich mit einer Knarre zu dem Besitzer des Wagens gefahren. Und ich glaube, ich war dabei, eine Dummheit zu begehen.«

Die junge Frau hatte genug. Sie packte ihren Mann am T-Shirt.

»Eine Dummheit? Hast du noch nicht genug angestellt? Willst du uns jetzt alle auf den Arm nehmen?«

Er wurde ebenfalls laut.

»Nein, ich nehme niemanden auf den Arm! Ich hatte zwei Alpträume, die jede Menge Parallelen aufwiesen, Alpträume, an die ich mich ganz genau erinnere, die noch hier sind, in mir drin! Ich träume von einem Stück Kreide, das mitten in einem Kohlehaufen liegt, und dann finde ich diese Kreide!«

»Als wir hier eingezogen sind, lag eine ganze Packung Kreide auf dem Kohlehaufen, zusammen mit alten Schreibtafeln. Ich habe alles weggeschmissen. Was ist daran so merkwürdig?«

»Davon hast du mir nichts erzählt!«

»Hätte ich das tun sollen?«

Stéphane fasste sich mit beiden Händen an den Kopf.

»Da sind noch viele andere Dinge, die mir sehr real vorkamen!«

»So real, dass sie dich dazu bringen, von einem fahrenden

Zug zu springen? Oder … Ich sage lieber nichts mehr. Das gehört der Vergangenheit an, ich möchte nicht, dass das alles wieder von vorne anfängt.«

»Ich bin überzeugt davon, dass es dieses Kennzeichen tatsächlich gibt, dass … dass dieses Haus in Sceaux wirklich ex …«

Stéphane hielt mitten im Satz inne.

»Was ist los?«, fragte Sylvie mit stockender Stimme. »Warum siehst du mich so an? Manchmal kannst du einem wirklich einen Schrecken einjagen. Ich habe solche Angst, dass die Dämonen der Vergangenheit wieder zurückkehren …«

Sie wich drei Schritte zurück, diesmal fiel Stéphane ihr ins Wort.

»Sceaux. Als ich Sceaux gesagt habe, hat sich dein Gesichtsausdruck plötzlich verändert.«

»Nein, nein, es ist nur …«

»Was? Was ist nur?«

Sie brauchte eine Weile, bevor sie antwortete. Ihre Pupillen wanderten hin und her.

»Dieser Name sagt mir irgendetwas. Wir haben schon einmal von dieser Stadt gesprochen, bei …«

»In welchem Zusammenhang?«

Sie schüttelte den Kopf.

»Mist, es fällt mir nicht ein. Eine Party, ein Cocktail zum Abschluss von Dreharbeiten, irgend so was in der Art. Hör zu, ich bin wirklich hundemüde. Bitte vergiss deine Alpträume, diese ganzen Zufälle.«

Doch Stéphane ließ nicht locker. Vielleicht hatte er ein Detail gefunden, den Beginn einer Spur, die bewies, dass er nicht verrückt war.

»Dieses Kennzeichen 8866 BCL 92! Ein roter Porsche! Ein schönes Bürgerhaus, mit Spitzdach, mit blauen und schwarzen Dachziegeln und riesigen ovalen Fenstern! Sag mir, dass du dich erinnerst!«

Sylvie schaltete eines der Lichter aus.

»Dass ich mich erinnere? Ich bin doch nicht irre! Das sagt mir absolut nichts!«

Sie blieb erschöpft im Türrahmen stehen, ihre Augen waren rot vor Müdigkeit.

»Komm, lass uns schlafen gehen. Wir reden morgen darüber, einverstanden? Wenn du unbedingt willst, nehme ich mir einen Tag Urlaub, und wir gehen zur Polizei. Wir werden das alles klären. Aber nicht heute Abend. Bitte …«

Sie schmiegte sich an ihn, presste das Gesicht lange an seinen Hals, den Tränen nahe.

»Ich habe Angst, dass das alles wieder von vorne anfängt.«

Stéphane erwiderte ihre Umarmung, den Blick in die Dunkelheit gerichtet. Er sah noch das rosafarbene blutbefleckte Taschentuch vor sich. Die Schreckensmeldungen aus dem Radio klangen ihm noch in den Ohren. Ein Mädchen war ertränkt worden. In Méry-sur-Oise. Diese Stadt war nur eine halbe Stunde von Lamorlaye entfernt.

Ohne sich zu bewegen, sprach Sylvie leise auf ihn ein.

»Was geschehen ist, war nicht deine Schuld. Nicht deine Schuld …«

Stéphane spürte, wie ihn ein tiefer Schmerz überkam: all diese alten Bilder, die Schreie, das Blut … Sylvie redete weiter, doch er nahm nur Bruchstücke davon wahr.

»… Alpträume, deine Vorahnungen, deine Unfruchtbarkeit, all das macht dir zu schaffen, kommt wieder hoch. Ich will nicht, dass man dich wieder mit Medikamenten betäubt. Ich will diese Hölle nicht noch einmal durchmachen.«

Sie umarmte ihn liebevoll und murmelte:

»Du musst mir sagen, weshalb wir hierhergezogen sind, Stéphane. Was du in diesem einsamen Haus, in dieser abgelegenen Stadt suchst.«

Stéphane holte tief Luft. Er hätte sie gerne noch fester an sich gedrückt, sie mit Zärtlichkeiten überhäuft, hoch ins Schlafzimmer getragen. Doch das Verlangen stellte sich nicht ein, nicht mehr. Zu viele furchtbare Gedanken gingen ihm durch den Kopf. Sie zehrten ihn auf, nahmen ihm die Luft, schnürten ihm die Kehle zu – so lange schon.

»Ich suche nichts. Überhaupt nichts.«

Sylvie flüsterte weiter und schluchzte dabei immer wieder auf:

»Ich erinnere mich noch sehr gut, als du mich das erste Mal mitten in der Nacht mit in deine Werkstatt genommen hast, die alte Werkstatt in Bagnolet, wo du angefangen hast. Erinnerst du dich?«

»Ich ... Es tut mir leid. Die Medikamente haben so einige Neuronen bei mir zerstört.«

Sie schlug die Augen nieder.

»Du hattest dir die Latexmaske von einem alten Greis aufgesetzt, hast dich vor mich hingekniet, mit einem Plastikblumenstrauß in der Hand, und mich gefragt, ob ich dich auch noch lieben würde, wenn du alt und verbittert wärst.«

»Und was hast du geantwortet?«

»Ich habe dir die Blumen aus der Hand gerissen, sie beiseitegeworfen, habe dich auf den Boden gedrückt, und wir haben miteinander geschlafen, zwischen all den falschen verkohlten Leichen, wir waren beide nackt, du jedoch hattest deine Maske und die Schuhe anbehalten. Und ich habe zu dir gesagt: ›Wie du aussiehst, ist mir egal, es kommt darauf an, wie ...‹«

»... ›wie es in deinem Herzen aussieht.‹«

Sylvies Brust schnürte sich zusammen.

»Lass uns hochgehen, bitte. Es ist noch nicht alles so lange her.«

Stéphane schaltete die Halogenlampe wieder an, so dass ein rötlicher Schimmer auf seine Monster fiel. Umgeben von all diesen schrecklichen Gestalten, streichelte er das zarte Gesicht seiner Frau.

»Ich mache mir nur schnell ein paar Notizen und komme dann, einverstanden? Ich habe bereits ein paar Einzelheiten von dem letzten Traum vergessen und muss alles aufschreiben, wenn ich irgendetwas davon behalten und das alles verstehen will.«

»Du willst verstehen, dass es nichts zu verstehen gibt?«

»Bitte ...«

Sie nickte mit zusammengepressten Lippen und ging rückwärts hinaus, ohne noch ein Wort zu sagen.

Die hohen Absätze klapperten noch in dem langen Gang, als Stéphane bereits zu seinem Heft stürzte. Er schlug es auf Seite drei auf.

Er notierte Datum und mutmaßliche Uhrzeit des neuen Traums: Donnerstag, 3. Mai 2007, 23 Uhr 25, und gab ihm den Titel »Fahrt nach Sceaux«. Dann schrieb er in allen Einzelheiten auf, was er gesehen und gehört hatte. Er kam sich vor wie ein Zeuge, wie eine Kamera, die die Ereignisse aufzeichnete, ihnen jedoch keinen Sinn zu geben vermochte. Er sah und hörte genau dasselbe wie der imaginäre Stéphane. Mehr nicht. Er war nicht allwissend, wie sonst meist im Traum, wo man sich in einer unbeständigen und unwahrscheinlichen Umgebung bewegt. Nein. Er war einfach nur er selbst: eine Gestalt in einer realen Welt. Einer allzu realen Welt.

Dann verglich er den Inhalt seiner beiden Alpträume. Ihm fiel auf, dass er ständig weinte. Dass seine Hände zitterten. Die Kratzer im Gesicht, die im zweiten Traum ein wenig mehr vernarbt waren als im ersten. Die Einstichspuren auf dem rechten Unterarm. Die Pistole. Und das Blut. An seinen Händen, seinen Kleidern, dem rosafarbenen Taschentuch eines kleinen Mädchens. Spielten sich diese beiden Geschichten »in der richtigen Reihenfolge« ab, stellten sie eine logische Folge von Ereignissen dar? Und um was für Ereignisse handelte es sich?

Stéphane rutschte auf seinem Drehstuhl zurück. Was für ein seltsames Phänomen. Er, der sich sonst an nichts erinnerte! Schon als Kind und auch später als Erwachsener. Wie die meisten Schlafwandler kannte er Träume nur aus Büchern. Und aus den Erzählungen anderer.

Warum also strömten ihm die Bilder nun in solcher Deutlichkeit zu? Lag dies an seinem Schädeltrauma, dem Unfall? Oder daran, dass er die Antidepressiva, die Neuroleptika so plötzlich abgesetzt hatte? Bewirkte beides zusammen eine Störung in seinem Gehirn? Oder waren dies wieder sichere Anzeichen von Schizophrenie?

Stéphane starrte auf seine Handflächen, die Lebenslinien. Er war nicht schizophren oder psychisch gestört, war es nie gewesen. Es waren Zufälle, nichts als furchtbare Zufälle.

Er blätterte erneut in seinem Notizbuch, dessen Seiten sich bereits lösten.

Die Waffe.

Im ersten Traum hatte jemand eine »schwarze Pistole« auf ihn gerichtet. Und im zweiten präzisierte er: »Sig Sauer«.

Eine solche Pistole wurde oft bei Dreharbeiten für Krimis benutzt.

Die Waffe eines Polizisten.

Er stand auf, fasste sich an die Stirn, sein T-Shirt war schweißnass.

»Nur keine Panik. Ganz ruhig.«

Vielleicht hatte er von einer Sig Sauer geträumt, weil er nur eine solche Waffe kannte. Das war sogar logisch. Und was war mit Sceaux? Handelte es sich um Erinnerungsfetzen? Warum glaubte auch Sylvie, diese Stadt zu kennen?

Er trank einen großen Schluck Wasser und rannte dann zum Computer, der direkt hinter Hauntedmouth stand, einem riesigen Monster mit Haifischmaul, das einen fein strukturierten Schatten auf den Bildschirm warf.

Er gab das Kennzeichen bei Google ein. 8866 BCL 92. Natürlich ohne Ergebnis.

Dann suchte er nach Méry-sur-Oise. Der Name »Enoc« sagte ihm irgendetwas, er hatte ihn schon einmal gehört. Aber wann? Es fiel ihm nicht ein, sein Gedächtnis ließ ihn wirklich im Stich.

Er versuchte verschiedene Schreibweisen, gab »Enok« ein,

»Enoc« »Ennok«, »Henoc«. Nichts. Plötzlich machte sein Herz einen Satz, als »Hennocque« Ergebnisse lieferte. Der Steinbruch »Hennocque« existierte tatsächlich. In Méry-sur-Oise. Dort, wo der Mann aus dem Radio im Lotto gewonnen hatte. Wo die kleine Mélinda ermordet worden war. Diese Stadt lag nur dreißig Kilometer von ihm entfernt.

Beklommen klickte Stéphane auf einen Link, der zu einer Seite von Amateurhöhlenforschern führte.

Hennocque … Den Berichten zufolge handelte es sich um einen furchterregenden Steinbruch, der in zwei Abschnitte unterteilt war. Es gab eine Pilzkultur und einen unterirdischen Bahnhof, den die Deutschen während des 2. Weltkriegs dort errichtet hatten. Der Steinbruch war von natürlichen Gewölben durchzogen, und in einigen Gängen war das Wasser so klar, dass die Wände wie in einem Spiegel reflektiert wurden. Aus der Website ging hervor, dass die Stollen seit März unter Wasser standen.

Mélinda war ertränkt worden. Noch ein Zufall?

Auf der Website stand ebenfalls, dass im Jahr 1988 ein Film in Hennocque gedreht worden war, *Am Rande des Abgrunds*. Das erklärte wahrscheinlich, warum er diesen Namen zu kennen glaubte. Vielleicht hatte sein Unbewusstes auf ihn zurückgegriffen.

Als Stéphane die Website verließ, zitterte er. Er verstand überhaupt nichts mehr.

Er nahm die Kaffeekanne und schenkte sich eine Tasse kalten Kaffee ein. Die Nacht hatte gerade erst angefangen. Er musste weitersuchen, analysieren, Nachforschungen anstellen. Vielleicht fand er Informationen über eine gewisse Mélinda? Über eine Entführung? Über den Polizeikapitän Lafargue? Die Ziffernfolge 4–5–19–20–9–14?

Er musste an den Film *Die Vorahnung* denken, an *Déjà-vu* und an *Lost*. In dieser amerikanischen Serie spielte einer der Helden Lotto, mit Zahlen, die ein Geistesgestörter unablässig wiederholte. Unheilvolle Zahlen.

Vorahnungen ... Das Wort kreiste in seinem Kopf, immer schneller. Dieses Wort hatte ihm schon mehrmals das Leben gerettet und das so vieler anderer ausgelöscht. Und Jahre später hatte es erneut angefangen, Leben zu zerstören, als er in einer Kurve plötzlich bremste. Elf Buchstaben, die aus ihm einen »psychisch gestörten Menschen« machten. Selbst für seine Adoptiveltern, zu denen er seit seinem achtzehnten Lebensjahr keinen Kontakt mehr hatte.

Seine Uhr zeigte 3 Uhr morgens an, als er todmüde »Dupuytren« in die Suchmaschine eingab. Dieser Name stand auf der gelben Eintrittskarte, die er in seinem Traum zerrissen und aus dem Fenster geworfen hatte.

Die Antworten sprudelten nur so hervor.

Stéphane rutschte auf seinem Stuhl nach hinten, bog den Kopf zurück und blickte dann erneut auf den Bildschirm.

Das Museum Dupuytren.

Ein Museum über angeborene Krankheiten.

9. Donnerstag, 3. Mai, 23 Uhr 54

Vic stand reglos im grellen Licht einer Straßenlaterne und blickte zu dem Bauwerk aus rotem Ziegelstein empor, das sich in dem glänzenden Asphalt widerspiegelte. Was für ein seltsames Gefühl, vor diesem Gebäude zu stehen, das bei allen Einheiten der Polizei berüchtigt war! Hier im fahlen Mondlicht, am Quai de la Rapée, lag das gerichtsmedizinische Institut von Paris, das einer Festung glich.

Nachdem er Wang am Kommissariat abgesetzt hatte – wie es schien, schlief sein Kollege wenig und arbeitete viel –, hätte Vic nach Hause zu Céline fahren und ihren Bauch streicheln können. Doch irgendetwas hatte ihn hierhergetrieben, eine Anwandlung von Neugier, Wissensdrang, der Wille, seine Sache gut zu machen, Präsenz zu zeigen, und vor allem der übermächtige Wunsch, nicht zu schlafen. Nicht in dieser ersten Nacht. In dieser Nacht wollte er versuchen, Polizist zu werden. Es versuchen.

Als Vic das alte Gebäude betrat, spürte er die drückende Allgegenwart des Todes. Er lief an leeren Räumen vorbei, in denen große Tische aus Edelstahl standen. Die Wände verströmten einen ranzigen Geruch. Zu viele Leichen waren hier schon aufeinandergefolgt, und das schon seit vielen Jahren.

Als der Polizist gerade den Raum betreten wollte, in dem die Obduktion stattfand, ging die Tür auf, und Kommandant Mortier kam mit gesenktem Kopf heraus. Beim Anblick des jungen

Leutnants riss er die Augen auf. Er zog seinen Mundschutz aus und nahm Schutzbrille und Haube ab.

»Marchal? Was treibst du denn hier?«

Die Tür schloss sich quietschend hinter dem Kommandanten. Aus dem Raum drang eine Stimme. Eine Frauenstimme. War der Gerichtsmediziner eine Frau?

»Ich habe erfahren, dass die Obduktion um 21 Uhr 30 anfangen sollte. Ich habe Wang im Büro abgesetzt und gedacht, dass ich mit ein bisschen Glück …«

»Glück?«

»Nur so eine Redensart.«

Mortier nickte mit seinem wuchtigen kahlrasierten Kopf.

»Ich gehe draußen eine rauchen. Danach muss ich wieder da rein. Sie sind fast fertig. Komm mit.«

Draußen auf dem nassen Asphalt zog er nervös an seiner Zigarette.

»Eine üble Sache. Eine verdammt üble Sache.«

»Was hat die Obduktion ergeben?«

Der Kommandant blies eine ganze Weile den Rauch in den Himmel. Die Atmosphäre war aufgeladen, die Spannung greifbar.

»Was erzählt diese Sadomaso-Frau, Juliette Poncelet?«

»Sie traf Leroy zwei- oder dreimal pro Woche. Ihre Beziehung war rein sexueller Natur. Ausgefeilte Sadomaso-Praktiken und Akrotomophilie.«

»Hast du was darüber rausgefunden?«

»Wang hat bei Poncelet gute Arbeit geleistet. Sie hat einiges ausgespuckt.«

»Das kann er, wenn es sein muss. Er versteht was von der Kunst, Zungen zu lösen.«

Vic nickte. Er hatte gerade mit Moh Wang in einem Schnellimbiss zu Abend gegessen und ihm dabei sein ganzes Leben erzählt. Als sie das Restaurant verließen, war ihm bewusst geworden, dass er umgekehrt von seinem Kollegen überhaupt nichts wusste, nicht einmal, wo er wohnte. Er kannte nur den Namen von seinem Wels. »Wels«.

»Wie Poncelet geschildert hat, war das Opfer schon immer von Amputationen fasziniert. Wenn sie auf der Straße jemandem mit amputierten Gliedmaßen begegnete, verspürte sie sofort Lust auf eine sexuelle Beziehung.«

»Verrückt.«

»Ja und nein. Entstellte Körper haben die Menschen schon immer fasziniert beziehungsweise Abscheu erregt. Diese absonderliche Neigung ist weiter verbreitet, als man annimmt. Leroy war Mitglied in zahlreichen Internetforen, unter dem Pseudonym ›Bareleg‹. Diese Foren bringen sogenannte *Devotees* miteinander in Kontakt. Dort findet sich alles. Jugendliche, verheiratete Mütter, Rechtsanwälte, Lehrer, sie alle fühlen sich von Amputierten angezogen. Auch Behinderte besuchen diese Seiten, und auf diese Weise bilden sich Paare aus *Devotees* und Amputierten.«

»Haben sich Leroy und Poncelet hierüber kennengelernt?«

»Nein, Juliette Poncelet hat diese Foren nicht benutzt. Leroy hat sich die Filme mit Poncelet angeschaut, dabei ihre Amputation bemerkt und dann alles darangesetzt, sie ausfindig zu machen. Und es ist ihr gelungen.«

Mortier zog dreimal hintereinander an seiner Zigarette. Vor dem Gitterzaun ging ein Hund mit seinem alten Herrchen spazieren, so wie wahrscheinlich jeden Tag zur selben Zeit. Die gebeugte Gestalt grüßte sie mit einer Kopfbewegung.

»Was gibt es noch?«

Vic spielte mit seinem entladenen Handy. Mortier hatte noch immer denselben harten, bestimmten Tonfall. Nicht ein einziges »Danke, gut gemacht, Marchal« oder »Gute Arbeit«. Nein, offensichtlich war Vic nur dazu da, Informationen zu liefern, wie ein blutiger Anfänger, dem niemand etwas schuldig war.

»Auf dem Computer des Opfers befanden sich jede Menge ekelerregende Fotos und Videos.«

»Hat Wang dir das erzählt?«

»Warum immer Wang?«

»Weil er normalerweise für diesen Dreck zuständig ist, es macht ihm nichts aus. Selbst bei Fällen von Pädophilie ruft die Sitte ihn, damit er sich die Fotos ansieht. Kinder bedeuten ihm nichts. Wie im Übrigen alles andere auch. Es ist traurig, das zu sagen, aber wir brauchen Leute von seinem Schlag. Also, was ist auf dem Computer?«

Vic verzog leicht das Gesicht.

»Aufnahmen von Operationen, blutende Wunden, abgetrennte Knochen in Nahaufnahme. Sie hat auch mehrere Obduktionen gefilmt. Ab und zu sieht man sie, wie sie die abgetrennten Gliedmaßen des Toten streichelt. Wahrscheinlich hatte sie einen Freund oder Kunden, der als Gerichtsmediziner arbeitet.«

»Als Gerichtsmediziner? Du willst mir doch nicht etwa sagen, dass …«

»Dass das hier geschehen ist? Ich weiß es nicht. Ich habe noch nie einen Obduktionssaal betreten. Jedenfalls hat auch der Mörder sein Werk gefilmt, das belegen die Abdrücke von einem Stativ auf dem Schlafzimmerteppich. Als hätte er es Leroy mit gleicher Münze heimzahlen wollen.«

»Ist der Gerichtsmediziner auf dem Video zu erkennen?«

»Nein, aber so viele gerichtsmedizinische Institute gibt es hier doch nicht.«

»Allerdings jede Menge Gerichtsmediziner.«

Mortier drückte seine Zigarette mit dem Absatz aus.

»Deshalb treibst du dich also hier herum, nicht wahr? Du willst herausfinden, ob es sich um den Ort auf dem Video handeln könnte?«

»Zum Teil. Es gibt einiges, das ich gerne wüsste.«

»Ja, du bist aufgeregt wie ein Floh.«

»Eher wissbegierig. Ich bin neugierig, mich interessiert alles.«

»Weißt du, dass du Glück hast, als Neuling an einem solchen Fall mitzuarbeiten?«

»Glück? Das kann wohl nur ein überzeugter Polizist sagen.«

»Und bist du einer?«

Instinktiv antwortete Vic:

»Ich weiß es noch nicht.«

»Das ist gut. Wenigstens trägst du den Kopf nicht so hoch für jemanden, der seine Beziehungen hat spielen lassen.«

»Ich habe keine Beziehungen spielen lassen.«

Mortier hing noch eine Weile seinen Gedanken nach, dann fuhr er fort:

»Sag mal, Chip, ich denke über diese deformierte Puppe nach, die am Fuß des Bettes lag.«

Vic atmete geräuschvoll ein, dieser Spitzname brachte ihn langsam zur Weißglut.

»Und?«

»Ein Arm war abgetrennt. Was hältst du davon?«

»Ich habe den ganzen Nachmittag darüber nachgegrübelt. Das hat wahrscheinlich einen Bezug zu dieser Geschichte mit den *Devotees*. Unser Mörder hat die Puppe absichtlich so zugerichtet. Das bedeutet, dass er Leroys Neigung kannte. Vielleicht jemand, der über das Internet mit ihr Kontakt aufgenommen hatte …«

»Oder einer von den drei Millionen Typen, die sie seit ihrer Geburt gevögelt haben muss. Wir haben jede Menge Verdächtige.«

»Nicht wirklich, wenn wir es mit einem Amputierten zu tun haben.«

Mortier schüttelte den Kopf.

»Wenn man bedenkt, was er mit ihr angestellt hat, so würde es mich sehr wundern, wenn es ein Amputierter war.«

»Heutzutage werden gute Prothesen hergestellt. Mit Gelenken und allem. Es gibt Athleten mit Beinprothesen, die über hundert Meter schneller laufen als Sie über fünfzig.«

»Du gibst nicht so schnell auf, was?«

Vic verspürte einen Anflug von Stolz. Es war richtig gewesen, hierherzukommen, zum Kommandanten, auch wenn man ihn am nächsten Tag wahrscheinlich als Arschkriecher bezeichnen würde.

»Es ist wie beim Schach. Man darf nie aufgeben.«

»Das macht aus dir noch lange keinen guten Polizisten.«

Mortier kniff die Augen leicht zusammen.

»Hast du die Läden für Prothesen und die Krankenhäuser in der Umgebung abgeklappert?«

»Zeit ist leider nicht dehnbar. Darum werde ich mich morgen kümmern.«

»Morgen, ja. Tu das.«

Vic nahm ein Bonbon aus seiner Tasche, befreite es von seinem durchsichtigen Papier und legte es auf seine Zunge.

»Das erklärt uns immer noch nicht, weshalb noch siebzehn weitere Puppen dort lagen«, fuhr er fort. »Und was diese Inszenierung zu bedeuten hat. Mütter, die ihre Kinder im Arm halten, als wollten sie sie vor dem Zorn Gottes schützen.«

Mortier starrte auf das Cellophanpapier. Der junge Leutnant kramte in seiner Tasche. Er holte eine Schachtel Streichhölzer hervor, die er gleich wieder einsteckte, und eine Handvoll Süßigkeiten.

»Möchten Sie eins? Wang hat sie mir gegeben. Sie sind mit Paprika und wirklich gut. Er nennt sie ›Atem des Drachen‹.«

Mortiers Gesicht erhellte sich.

»Noch nie was von gehört. Die sind wohl eher selten. Woher hat er sie?«

»Aus dem Supermarkt.«

Vic räusperte sich.

»Sagen Sie … Im Kommissariat lag eben etwas Seltsames in meiner Schublade.«

»Ein Kondom?«

»Eine nasse Klopapierrolle. Haben Sie eine Idee?«

»Frag Wang.«

»Wang? Das war doch wohl nicht er?«

»Du bist wahrscheinlich der Einzige, der nicht weiß, wer das war. Nicht gerade berauschend für einen Kripobeamten.«

»War es Joffroy?«

Der Kommandant machte sich wieder auf den Weg ins gerichtsmedizinische Institut und ließ Vic einfach stehen. Dann drehte er sich um.

»Und? Kommst du, oder willst du warten, bis die Toten davongelaufen sind?«

Vic warf sein widerliches Bonbon unauffällig weg und folgte ihm.

»Bist du verheiratet?«, fragte Mortier, der das Bonbon zu mögen schien, so wie er darauf herumlutschte.

Vic lächelte, dann antwortete er:

»Ja, meine Frau heißt Céline. Und wir erwarten ein Baby. Es wird bestimmt ein Mädchen.«

»Ah ja, richtig. Das ist gut …«

Mortier stieß einen Seufzer aus und fügte hinzu:

»Mit einem Kind hält eure Ehe vielleicht.«

10. Freitag, 4. Mai, 0 Uhr 10

Wenn man einen Obduktionssaal betritt, so schockiert einen vor allem der direkte Blick auf den nackten Körper, der unter der hellen Operationslampe liegt. Aufgeschnitten und entblößt wirkt die menschliche Gestalt wie ein blutiges Tal, ein Beben aus Fleisch, das nur organische Trümmer hinterlassen hat.

Hinter seinem Mundschutz versuchte Vic, Haltung zu wahren. Er wusste nicht recht, ob er weiter vor- oder wieder zurückgehen sollte. Auf der rechten Seite bemerkte er einen mit einem Fenster ausgestatteten abgetrennten Raum. Von dort hätte eine ängstliche Hand die Proben entgegennehmen können, ohne dem Gemetzel beizuwohnen. Ein Zufluchtsort für diejenigen, die den Anblick nicht ertrugen.

»Und?«, flüsterte Mortier. »Sieht es so aus wie auf dem Video?«

Vic antwortete nicht sofort. Die Darmgase, die Gerüche der verschiedenen Körperflüssigkeiten drangen durch seinen Mundschutz.

»Ich weiß es nicht. Ich nehme an, dass diese Räume alle gleich aussehen.«

»Sind Sie neu?«, fragte Demectin.

Über ihre weiße Plastikschürze verliefen lange Blutspuren, ihre Schultern waren mit Knochensplittern bedeckt. Sie war gut vierzig Jahre alt und hatte strenge hagere Gesichtszüge.

Der junge Leutnant nickte.

»Sie haben sich nicht gerade den besten Zeitpunkt ausgesucht. Wir sind fast fertig, es gibt nichts mehr zu sehen.«

»Das ist eine Angewohnheit von ihm«, bemerkte Mortier. »Aufzutauchen, wenn die anderen gerade wieder gehen.«

Vic hörte nicht zu. Sein Blick war auf ein Stahlbecken gerichtet, in dem lange blutbefleckte Nadeln lagen.

»Es sind exakt hundert Stück«, erklärte die Gerichtsmedizinerin. »Die meisten steckten tief im Fleisch, teils in Nervensträngen, teils in Muskeln. Das muss äußerst schmerzhaft gewesen sein.«

Die Gerichtsmedizinerin blickte kurz zu Mortier, der zustimmend nickte.

»Kommen Sie näher, Leutnant«, sagte Gisèle Demectin. »Wird es gehen? Normalerweise instruiere ich die Neuen, für alle Fälle. Aber mit Ihnen haben wir nicht gerechnet.«

Vic atmete tief ein und zwang sich, an ein Stück Fleisch zu denken. Er musste sich ein kaltes Steak vorstellen, weiter nichts. Die Riechzellen seiner Nase waren übersättigt, er nahm den Gestank kaum noch wahr. Nun musste er nur noch an das Stück Fleisch herantreten.

Er blickte auf einen großen blutigen Körper, den man in der Mitte aufgeschnitten hatte, um ihm die wichtigsten Organe zu entnehmen. Es kam ihm vor wie ein Rinderfilet. Rippchen am Knochen. Dann kamen Nieren, Gedärme, Hirn. Beinah hätte er sich übergeben müssen.

»Die kurze oder lange Fassung?«, fragte Demectin.

Vic machte drei winzige Schritte nach hinten und wandte den Kopf ab. Zwei Meter. Nur noch zwei Meter zurückgehen, von hier abhauen und Céline fest in die Arme nehmen. Dieser dem Tod geweihte Ort, dieses Massaker am Fleisch widerten ihn zutiefst an.

»Diekurzebitte.«

Er hatte in einem Atemzug gesprochen. Die Gerichtsmedizinerin lächelte ihm zu.

»Ich weiß nicht, warum, aber das habe ich mir gedacht. Sie sind ja ganz blass. Sie können …«

»Es wird schon gehen.«

Demectin nahm das Herz, das auf einer Organwaage lag, steckte es in eine Tüte und legte es zurück in das Gerippe. Die Leiche wurde wieder »angekleidet«.

»Ausgehend vom Henssge-Nomogramm, einer Raumtemperatur von 18 Grad bei Entdeckung der Leiche, dem Körpergewicht des Opfers und der Temperatur der Leber schätze ich, dass sie in der Nacht von Mittwoch, dem 2. Mai, zu Donnerstag, dem 3. Mai 2007, gegen Mitternacht gestorben ist, in der Folge von zahlreichen Verletzungen im Gesicht, der Brust sowie den oberen und unteren Gliedmaßen.«

Vic war bemüht, mit dem Blick den entsprechenden Körperstellen zu folgen, die Demectin gerade erläuterte. Jeder Striemen, jeder blaue Fleck, jeder Bluterguss grub sich tief in sein Gedächtnis ein. Bilder, die man lieber für sich behält, ohne jemals darüber zu reden.

»Ober- und Unterlippe, sämtliche Fingerkuppen und etwa zwei Zentimeter der Zungenspitze wurden sauber abgetrennt. Der Täter hat einen alten Mundspreizer benutzt, wahrscheinlich, damit sie ihn nicht beißen konnte, während er das Fleisch abschnitt. Das Teil war ganz rostig. Ich glaube, diese Dinger wurden vor dem Aufkommen der Kiefer- und Gesichts-Chirurgie verwendet. Das muss noch überprüft werden.«

Demectin drehte die Leiche um und forderte Vic mit einer Handbewegung auf, wieder näher zu treten. Mortier dagegen blieb im hinteren Teil des Raumes, wo er an die gekachelte Wand gelehnt dastand.

»An ihrer rechten Handfläche hafteten Hautschuppen, die wahrscheinlich der Mörder dort hinterlassen hat. Oder vielmehr Stücke von abgestorbener, ausgetrockneter Haut. Wie die abgestreifte Haut einer Schlange. Die Proben liegen dort hinter mir. Außerdem habe ich an verschiedenen Stellen ihres Körpers

– an Brüsten, Schenkeln, Schamgegend – Spuren von Maisstärke entdeckt, eine Substanz, die man hauptsächlich auf der Innenseite von gepuderten Latexhandschuhen findet.«

Auf dem linken Unterschenkel des Opfers bemerkte Vic eine eintätowierte Schlange. Eine Art Pythonschlange, mit großem, weit aufgerissenem Maul und gut sichtbaren Giftzähnen.

»Dieser Dreckskerl hat also seine Handschuhe ausgezogen, um sie zu berühren«, stellte Mortier fest.

»Ja, aber seine Fingerabdrücke hat er sorgfältig wieder abgewischt. Noch ein Detail: Die Haare sind an den Spitzen teilweise angesengt. Er muss sich mit einem Feuerzeug oder etwas Ähnlichem amüsiert haben.«

Sie rückte ein kleines Stück zur Seite und fuhr fort:

»Jetzt schauen Sie hier, auf dem rechten Unterarm. Spuren einer Injektion. Er hat mehrere Anläufe benötigt, die Einstiche haben einen leichten Bluterguss hinterlassen. Das Opfer muss sich heftig gewehrt haben, obwohl es gefesselt war. Auch hiervon schicken wir Proben in die Toxikologie.«

Vic blickte konzentriert auf den Unterarm, der zahlreiche bläuliche Flecke aufwies.

»Was wurde ihr gespritzt? Drogen? Beruhigungsmittel?«

Jedes Mal, wenn er den Mund aufmachte, fürchtete er, sich zu übergeben. Daran würde er sich niemals gewöhnen.

»Vielleicht ein blutstillendes Mittel. Das Blut an den Wunden ist geronnen. Möglicherweise wollte ihr Peiniger die Blutungen hinauszögern.«

Vic schaute Mortier an.

»Ja«, bemerkte der Kommandant. »Dieses Arschloch wollte sein Vergnügen in die Länge ziehen. Und anscheinend ist es ihm gelungen.«

Vic versuchte, einen Blick auf das geschundene Gesicht zu werfen, auf den verzerrten Mund, den nur noch die Leichenstarre offen hielt. Selbst im Tod schien diese Frau noch zu schreien. War sie dem leibhaftigen Teufel begegnet?

Der junge Polizist trommelte nervös mit den Fingern auf den Oberschenkel und fragte sich die ganze Zeit, was er hier, im gerichtsmedizinischen Institut, eigentlich tat. In der Ersten Division. In Paris. Wo hatte er Céline da hineingezogen? Er durfte nicht scheitern, sich rausschmeißen lassen, zu einem anderen Kommissariat wechseln. Was würde sein Vater dazu sagen? Für wen würden sie ihn halten in seiner Polizistenfamilie?

»… gen Sie?«

»Wie bitte?«

Sichtlich aufgebracht umrundete die Gerichtsmedizinerin den Tisch, packte das Handgelenk des Opfers und hielt es Vic unter die Nase.

»Nehmen Sie Ihren Mundschutz ab, und riechen Sie.«

Vic kam der Aufforderung nach.

»Essig?«

»Fast ihr gesamter Körper war damit eingerieben.«

Vic hörte auf, mit den Fingern herumzutrommeln. Sein Mund verzerrte sich. Er verspürte einen heftigen Schmerz im rechten Unterarm.

»Was … Was hat das zu bedeuten?«

Die Ärztin ließ ein spöttisches Lachen hören, das beinah so dunkel klang wie bei einem Mann.

»Das ist Ihr Job, mein Guter! Genauso wie es an Ihnen ist, diesen verdammten Verwesungsgeruch am Tatort zu erklären!«

»Ent … Entschuldigen Sie.«

Vic lief aus dem Raum und lehnte sich draußen im Gang an die Wand. Er hielt sich den rechten Arm. Ausgehend von der Brust strahlte ein brennender Schmerz bis in die Fingerspitzen aus.

Kaum hatte der Schmerz nachgelassen, da trat Mortier zu ihm. Der Kommandant warf ihm einen schiefen Blick zu und reichte ihm dann die Visitenkarte der Gerichtsmedizinerin.

»Ihre Adresse und Telefonnummer, falls du Fragen hast. Du kannst sie jederzeit anrufen, sie hat oft Bereitschaftsdienst.

Keine Sorge, Chip. Das ist beim ersten Mal immer so. Bei dir war es auch nicht schlimmer als bei den anderen.«

Bevor er Richtung Ausgang ging, reichte er dem jungen Leutnant noch ein Päckchen.

»Die Fotos vom Tatort, falls du deine Reise ins Grauen fortsetzen willst. Auf jedem Foto befindet sich ein schwarzer Fleck, achte nicht weiter darauf, es handelt sich um einen fehlerhaften Film. Du kannst sie behalten, wir haben noch die digitalisierte Fassung. Übrigens lässt Demectin dich grüßen und richtet dir aus ›Willkommen im Club‹.«

11. Freitag, 4. Mai, 2 Uhr 26

Als Vic in der kalten Dunkelheit vor dem Eingang zu ihrem Mietshaus stand, fühlte er sich unwohl, er war ganz aufgewühlt und verspürte den heftigen Drang, irgendetwas Starkes zu trinken.

Oben in der dritten Etage färbte ein schwacher Lichtschein die Fensterscheibe gelb. Leise trat der junge Leutnant in das Treppenhaus, einen stickigen, unpersönlichen Raum, der ihn zutiefst anwiderte.

Céline saß am Tisch, den Kopf in die Hände gestützt, vor ihr stand eine Tasse kalter Tee. Sie drehte sich nicht einmal um, als er hereinkam. Sie hatte seinen leeren Teller und das Besteck absichtlich nicht abgeräumt.

Vic schlang von hinten die Arme um seine Frau und vergrub das Kinn an ihrer Schulter.

»Alles in Ordnung, mein Schatz? Hmm … Hast du Parfüm benutzt?«

»Das kann man von dir nicht gerade behaupten. Du stinkst.«

Sie erhob sich, warf ihm einen vernichtenden Blick zu und schüttete ihren Tee in den Ausguss, dann verschwand sie Richtung Schlafzimmer, in ihrem perfekt sitzenden blauen Kimono, der hinter ihr herwogte.

»Das darf doch nicht wahr sein«, flüsterte Vic zu sich selbst.

Er vergaß, dass er etwas trinken wollte. Er zog seine Turnschuhe aus, ohne sie aufzuschnüren, kleidete sich rasch aus, warf die Kleider blindlings auf das Rudergerät, stellte sich kurz unter die Dusche und schlüpfte dann unter die Bettlaken. Er schmiegte sich an seine Frau, die mit dem Rücken zu ihm lag, und strich zärtlich über ihr Becken bis hin zum Bauchnabel. Doch sie packte sein Handgelenk und stieß ihn von sich.

»So sieht also mein zukünftiges Leben aus? Ich soll zusammen mit dem Baby brav zu Hause warten, bis mein Mann zu den unmöglichsten Zeiten heimkommt? Ich habe auf deinen Anruf gewartet!«

»Ich habe dich vom Kommissariat aus angerufen! Ich war noch bei der Obduktion!«

Er machte eine lange Pause und fuhr dann fort:

»Mein Kollege Moh Wang ist zwar ein wenig sonderbar, aber sehr nett, wir haben uns …«

»Dein Moh Wang interessiert mich nicht. Du hättest mit mir zu Abend essen sollen, nicht mit ihm. So etwas hast du mir noch nie angetan. Was ist los mit dir?«

»Was? Du regst dich auf, weil ich ein einziges Mal nicht zu Hause gegessen habe?«

Vic fuhr sich mit der Hand durch sein nasses kurzgeschnittenes Haar.

»Ich bin neu, und sie haben mich genötigt, bei der Obduktion zuzuschauen. Das ist eine Art Feuertaufe. All das wird sich wieder ändern.«

»Dasselbe hat auch dein Vater immer zu deiner Mutter gesagt.«

Vic rollte sich auf den Rücken und verschränkte die Hände im Nacken. Er fühlte sich gut, nun, da er endlich im Bett lag. Doch selbst mit offenen Augen sah er jedes einzelne morbide Detail noch genau vor sich. Überall das Blut. Juliette Poncelet, die Sadomaso-Queen. Leroys entblößte Leiche. Das Mikado aus Nadeln. Die unerträgliche Kakophonie der Gerüche.

Er rieb sich lange die Schläfen.

»Ich glaube, ich habe den Kommandanten heute beeindruckt.

Bei einer Vernehmung bin ich auf einen wichtigen Anhaltspunkt für die Ermittlungen gestoßen.«

»Umso besser. Vielleicht wirst du doch noch ein guter Polizist.«

»Hast du daran gezweifelt?«

»Ob ich daran gezweifelt habe? Du hast doch selbst nicht daran geglaubt. Man könnte meinen, du handelst aus einem Zwang heraus.«

»Natürlich glaube ich daran! Ich werde ein guter Polizist sein!«

»Du hast immer das gemacht, was ›Papa‹ wollte! Er ist nicht ganz unschuldig daran, dass du Polizist geworden bist, nicht wahr? Und dass wir an diesen schrecklichen Ort gezogen sind!«

Sie schaltete das Nachtlicht ein und blickte ihn mit strenger Miene an.

»Was willst du in dieser verkommenen Stadt, in der Ersten Division, wenn nicht die Laufbahn einschlagen, zu der dich dein Vater gedrängt hat?«

»Diese Stadt ist nicht verkommen.«

»Das ist sie doch.«

Nach diesem anstrengenden Tag musste er sich jetzt auch noch rechtfertigen.

»Wir konnten nicht in Avignon bleiben! Hättest du gewollt, dass ich bis an mein Lebensende Taschendiebe verfolge oder Knöllchen verteile?«

Mit zur Decke gerichteten Augen strich Céline unbewusst über ihren Bauch.

»Warum nicht? Man kann doch nicht eine Arbeit annehmen, die man verabscheut, nur um in den Augen der anderen gut dazustehen oder wegen des Geldes. Ich hatte einen guten Job, Vic, und sie würden mich wieder nehmen, wenn …«

»Hier wirst du auch rasch einen finden. Es gibt genügend Modeboutiquen in Paris.«

»Das wollte ich damit nicht sagen. Du hättest weiter Psychologie studieren und nebenbei in der Praxis meines Bruders arbeiten können. Und außerdem rede ich auch von unserem Leben. Von unserer Lebensqualität. Du, ich, ein Garten. Unser Kind …«

Vic unterdrückte einen Seufzer.

»Zwei Jahre. Gib mir zwei Jahre in der Ersten Division. Danach wird alles sehr schnell gehen. Es wird uns gutgehen. Du kannst doch nicht leugnen, dass mein Vater ein gutes Leben führt?«

»Für jemanden, der geschieden ist, ja. Für jemanden, der Paris mag, ja. Für einen Arbeitswütigen, der in seinem Büro Quartier bezogen hat, ja. Aber ich werde nicht hinnehmen, dass du so wirst wie er.«

Sie blickte traurig drein.

»Ich bin heute an einem Kindergarten vorbeigekommen.«

»Schon wieder? Das kann doch nicht wahr sein.«

»Und ich habe die Weißen gezählt. Willst du wissen, wie viele …«

Vic hätte sich gerne beherrscht, doch er fuhr dazwischen:

»Darüber musst ausgerechnet du urteilen! Wer warst du denn, als dein Vater dich in Marseille in die Schule gesteckt hat? Die Tochter eines Vietnamesen!«

Die Ohrfeige kam ohne Vorwarnung. Anschließend schmiss Céline die Bettlaken auf den Boden, fegte die Schachfiguren vom Brett und verschwand mit dem Kopfkissen in der Hand im Kinderzimmer.

»Arschloch!«

Man hörte eine Tür zuknallen. Vic verpasste der Matratze einen Fausthieb.

»Scheiße! Scheiße, scheiße, scheiße!«

Er stand auf, ging zur Tür, kehrte wieder um. Nein, nein, warum sollte er sie um Verzeihung bitten? Verärgert zögerte er. Nein. War es denn seine Schuld, wenn sie nicht begriff? Sie hatte nicht einmal gefragt, wie es ihm ging, wen er getroffen hatte und weshalb. Er hatte heute mehr schreckliche Dinge gesehen, als sie in ihrem ganzen Leben zu Gesicht bekommen würde. Und es interessierte sie nicht.

Er bückte sich, hob die Marmorfiguren wieder auf und stellte sie sorgfältig zurück auf das Schachbrett. Er musste noch einen angemessenen Platz für das Spiel finden. Doch wo? Diese verdammte Wohnung war kleiner als eine Sardinenbüchse.

Er ging ins Wohnzimmer, um sich einen Cognac einzugießen. Die Flasche war noch von seinem Vater. Wie lange hatte er schon keinen Alkohol mehr getrunken? Seit der Hochzeit? Heute Nacht würde er eine Ausnahme machen und ein bisschen entspannen nach diesem Tag in der Hölle.

Er schaltete den Computer an, schob einen Stapel Schachzeitschriften beiseite und ließ sich auf den Drehstuhl fallen. Er hatte keine Lust zu schlafen. Er sah wieder Moh Wangs abgespannte Gesichtszüge vor sich, seinen gewaltigen Überdruss, und nahm ein Aspirin aus der Schachtel, die hinter dem Bildschirm lag. Die Worte der Gerichtsmedizinerin gingen ihm nicht aus dem Kopf. Das starke Schwitzen des Opfers, die mit Essig eingeriebene Leiche, der unerklärliche Verwesungsgeruch.

Wo war er da hineingeraten?

Er hoffte von ganzem Herzen, dass er diesen Job lieben würde. Bei all seinen Verpflichtungen – der Umzug, das Baby, sein Vater – war dies unabdingbar.

Er trank einen Schluck Cognac und verzog das Gesicht. Ein scheußlicher Geschmack.

Nachdem er sein durch ein Passwort geschütztes Benutzerkonto geöffnet hatte, startete er den Browser und öffnete die Lesezeichen. Es erschienen zahlreiche Einträge. »Trisomie«, »Fruchtwasseruntersuchung«, »Gynäkologie«. Dann präzisere Angaben. »Muskelschmerz im Unterarm«, »Zervikobrachiale Neuralgie«. Vic bewegte die Maus und klickte ein medizinisches Forum an, wo er, nachdem er sich mit seinem Pseudonym »ncb« angemeldet hatte, verschiedene Suchanfragen startete. »Schwitzen«, »Verwesung«, »Essig«, »Nadeln im Nerv«, »blutstillendes Mittel«. Was den Schweiß anging, so war beispielsweise von Hyperhidrose die Rede, einer Krankheit, bei der die Menschen ständig schwitzen. Aber davon hatte Juliette Poncelet in Bezug auf ihre Partnerin nichts gesagt. Warum also hatte Annabelle Leroy so stark geschwitzt? Zu welcher Anstrengung hatte ihr Peiniger sie gezwungen? Wie lange hatte die Folter gedauert? Warum hatte er sie gefilmt? Lauter Fragen ohne Antworten. Wang zufolge bestand der Beruf des Polizisten darin, in Eingeweiden zu stochern und Fragen wiederzukäuen. Letztendlich hatte er nicht ganz unrecht.

Vic drehte den Kopf zur Seite. Aus dem Kinderzimmer drang ein Geräusch. Er kippte einen Bilderrahmen mit Célines Foto um, auf dem sie allein vor einem wunderschönen Landhaus zu sehen war. Sie hatten immer davon geträumt, es zu kaufen. Einer dieser Träume, die nie Wirklichkeit werden.

Der nächste Schluck Alkohol schmeckte besser, eigentlich war er gar nicht so schlecht. Seine Kopfschmerzen verflogen. Er blickte auf die Uhr, klickte auf ein Icon, das ein Schach-Online-Programm startete, und ließ sich von einem Unbekannten in achtzehn Zügen schlagen. Alles ging so schnell verloren.

Achtzehn Züge ... Achtzehn Puppen, eine von ihnen grauenhaft entstellt. Was hatte das zu bedeuten? Vic fühlte sich völlig durcheinander, alleingelassen auf dem Polizeiplaneten. Er hatte noch nie mit einem Kriminalpsychologen oder Verhaltensspezialisten gesprochen, konnte den Anblick von Blut nicht ertragen und war heute zum ersten Mal in seinem Leben einem Gerichtsmediziner begegnet. Er hatte so viel zu lernen, hier und jetzt. Er wollte diesen Mörder verstehen, ihn spüren, seine Bewegungen voraussagen, doch er sah nur eine schwarze eiskalte Gestalt, die dazu fähig war, ihrem Opfer in die Augen zu blicken, die Lippen und Finger abzuschneiden und es dabei zu filmen. War es ein Psychopath, ein grausames Raubtier? Tötete er aus Leidenschaft, Hass oder Herrschsucht, dem Wunsch nach

Macht oder Rache? Würde er wieder zuschlagen? Wann? Wo? Und warum?

Der junge Leutnant schloss das Programm und massierte sich den rechten Unterarm, während er mit entblößtem Oberkörper dasaß. Er war nicht mal in der Lage, eine Waffe richtig zu halten. Wenn sie das im Kommissariat mitbekämen …

Er trat ans Fenster. Neben der Seine, im Licht des zunehmenden Mondes, wirkte der Turm von TF1, in dem einige Büros noch erleuchtet waren, wie ein Totempfahl, begierig nach Bildern und Gewinn. Wer mochte zu dieser Uhrzeit noch arbeiten?

Er fragte sich, ob es Menschen gab, die diesen Anblick schön fanden, die diese Welt aus Blech, Beton und Abgasen tatsächlich mochten.

Er betrachtete den Wald von Antennen auf den Dächern, die alle in dieselbe Richtung ausgerichtet waren. Schaute Annabelle Leroys Mörder jetzt gerade fern? Besaß er ein Haus, eine Wohnung, hatte er Frau, Kinder? Grüßte er jeden Tag seine Nachbarn und streichelte ihren Hund? Schloss er sich abends in einem Keller ein, um sich das Video seines widerlichen Verbrechens anzusehen? Gab er sich Phantasien hin, bei denen sich jeder andere hätte übergeben müssen?

Gestern um diese Zeit hatte dieser Sadist gerade seines Amtes gewaltet, nachdem er über hundert Nadeln in den Körper einer jungen Frau gebohrt hatte. Und heute Nacht hatte er sich irgendwo verborgen, er, der als Einziger den Schlüssel zu seinem Mord in den Händen hielt.

Und es kam ihnen zu, Wang, Mortier und Joffroy, seinen Wahn zu verstehen. Seinen blutigen Weg nachzuvollziehen.

Ein wenig hilflos ging Vic zurück zu seinem Computer und setzte seine Internetrecherche fort, während das bauchige Glas neben ihm stand. Er hatte seine Nase schon immer gerne in alles Mögliche gesteckt. Und für jemanden, der neugierig war wie er, war das Internet wirklich genial. Zumindest auf diesem Gebiet war er unschlagbar.

Ein paar Stunden später surfte er auf einer Seite über die Medizin des Mittelalters, mit hervortretenden Augen, sein Atem roch nach Alkohol.

Ein letzter Adrenalinschub hielt ihn noch eine Weile wach, bevor ihn die Müdigkeit endgültig überwältigte.

Er ging schlafen. Der PC war noch eingeschaltet, auf dem Bildschirm war ein Mann zu sehen, dessen Gesicht von der Krankheit gezeichnet war.

Auf der Seite war die Rede von Essig. Von Verwesung. Von Lepra. Und der Schwarzen Pest.

12. Freitag, 4. Mai, 8 Uhr 22

Als Sylvie Kismet vor der Gendarmerie in Lamorlaye aus dem Ford stieg, konnte sie es noch immer nicht fassen.

»Ist dir klar, dass ich meine Termine verschoben habe, um mit dir auf Schnitzeljagd zu gehen?«

Stéphane stand hinter ihr auf der Straße und blickte einem Reiter hinterher. Lamorlaye grenzte an Chantilly, die Hauptstadt des Pferdesports. Eine der wenigen Städte in Frankreich, wo es Pferdeäpfel vor den Ampeln gab oder Verkehrsschilder, die Reitern den Vortritt einräumten.

»Niemand hat dich davon abgehalten, zur Arbeit zu gehen«, erwiderte er. »Jedenfalls muss ich demnächst wieder anfangen, selber zu fahren.«

»Demnächst, ja. Aber nicht jetzt.«

Sie betraten die Gendarmerie. Ein junger Brigadier empfing sie. An diesem wunderschönen arbeitsfreien Tag, den sie mit den Phantasien ihres Mannes vergeudete, sah Sylvie strahlend aus in ihrem leichten Rock und der dazu passenden apfelgrünen Bluse. Anscheinend mochte der Gendarm Äpfel.

Stéphane erklärte, man habe ihm sein Fahrrad geklaut, und er habe das Kennzeichen des Fahrzeugs notieren können: 8866 BCL 92.

»Ein Porsche, sagen Sie?«

»Rot wie der Nagellack meiner Frau.«

Brigadier Toussard blickte fragend auf.

»Seltsam, der Besitzer eines Porsche soll ein Fahrrad geklaut haben?«

»Vielleicht war der Porsche auch geklaut?«, wandte Sylvie ein. »Könnten Sie das nicht rasch überprüfen?«

Es war ihr peinlich, ihn anzulügen, sie fand die ganze Situation lächerlich. Doch nach langem Zögern hatte sie es vorgezogen, ihren Mann zu begleiten, statt zuzusehen, wie er in seiner Verfassung allein zu Rande kam. Anschließend würden sie in dieses seltsame Museum Dupuytren fahren. Offenbar mussten sie es besichtigen, damit Stéphane endlich einsah, wie sinnlos seine Nachforschungen waren.

Während der Gendarm auf dem Computer herumtippte, fragte er:

»Sagen Sie mir zuvor noch Ihre Adresse? Wegen der Strafanzeige.«

Stéphane nannte sie ihm. Der Polizist setzte eine besorgte Miene auf.

»Donnerwetter, Sie ...«

Verlegen räusperte er sich und beendete den Satz in einem anderen Tonfall.

»... wohnen also in dem Kasten, wo die Horrorfilme gedreht worden sind?«

Stéphane lächelte ihn genervt an. Er wusste, dass sein Gesprächspartner ihn erkannt hatte, genauso wie jeder andere Einwohner von Lamorlaye auch: Der Mann, der vor zwei Monaten den Tod der kleinen Gaëlle Montieux verschuldet hatte.

»Die damaligen Besitzer haben das Haus tatsächlich für Dreharbeiten vermietet, aber es wurden nicht nur Horrorfilme dort gedreht.«

»Als Kinder sind wir dort eingestiegen und haben es gehörig mit der Angst zu tun bekommen. Vor allem im Kellergeschoss, es sah aus wie das Haus in *Das Kettensägenmassaker*.«

»Danke für das Kompliment. Was ist nun mit diesem Nummernschild? Haben Sie etwas gefunden?«

Toussard wandte sich an Sylvie.

»Macht es Ihnen nichts aus, in diesem Haus zu wohnen? Bevor es für Dreharbeiten genutzt wurde, im letzten Jahrhundert, war es der Jagdsitz einer Adelsfamilie aus der Gegend. Dort müssen so einige Tiere zerlegt worden sein ...«

»Mein Mann schneidet jeden Tag Leuten die Kehle durch oder stößt ihnen ein Messer in die Brust. Wissen Sie, da sind zerlegte Tiere ...«

Der Gendarm runzelte die Stirn.

»Ich fertige Monster und Modelle für Kinofilme oder Ausstellungen an«, versuchte Stéphane zu erklären.

Der Brigadier schien beruhigt zu sein. Mit einer ausladenden Handbewegung drückte er auf die »Enter«-Taste.

Ungeduldig fragte Stéphane:

»Und?«

Toussard beugte den Kopf zum Bildschirm vor.

»Gut, wir haben ihn. Ihr besagter Porsche erscheint in der Zulassungsdatenbank, aber ist nicht als gestohlen gemeldet.«

Sylvie und Stéphane blickten sich an, sie waren beide verblüfft. Dann trat Stéphane nervös ein paar Schritte zurück und murmelte:

»Der Besitzer eines Porsche klaut mir mein Fahrrad. Das ist doch nicht zu glauben.«

Dann schnalzte er plötzlich mit den Fingern und fing an zu lachen. Er wurde immer lauter.

»Was ist daran so witzig?«

»Sceaux, nicht wahr? Sie wohnt in Sceaux?«

Überrascht überprüfte der Brigadier, dass Stéphane von der Stelle, wo er stand, nicht auf seinen Bildschirm blicken konnte.

»Woher wissen Sie das?«

Daraufhin lachte Stéphane noch lauter. Sylvie zuckte mit den Schultern und tat so, als würde sie nicht recht verstehen. Doch sie wusste, dass ihr Mann nur Theater spielte, um den Namen des Besitzers herauszubekommen.

»Sie hat es gewagt! Himmelherrgott noch mal, sie hatte es mir angedroht, und sie hat es tatsächlich getan!«

Er ging auf Toussard zu und schwenkte die Hand hin und her.

»Ich ziehe die Anzeige zurück, wir lassen es fallen! Wir lassen alles fallen!«

Er zog Sylvie am Arm.

»Komm, Liebling, wir gehen wieder!«

Der Gendarm blieb einen Moment lang fassungslos stehen, dann fragte er:

»Könnten Sie mir die Sache wenigstens erklären?«

Stéphane kam wieder zu Atem, tupfte sich die Wangen mit einem Taschentuch ab und wandte sich dann an seine Frau:

»Das war Caro, eine Freundin von mir aus Kindertagen! La-Baule-les-Pins! 1989! Mai 89! Wir waren damals dreizehn! Eines Tages habe ich ihr das Fahrrad geklaut und es bis zum nächsten Morgen in einem alten, verlassenen Schuppen versteckt! Nur leider war das Fahrrad am nächsten Tag tatsächlich verschwunden! Es war ein Mountainbike mit zehn Gängen und hatte ein Vermögen gekostet. Caro hat mir die Sache sehr übelgenommen und mir geschworen, dass sie sich rächen würde! Und nun hat sie es tatsächlich getan, achtzehn Jahre später!«

Stéphane brach in ein ansteckendes Lachen aus, so dass auch der Gendarm lachen musste.

»Caroline Duvareuil? Der Fahrzeugschein ist auf Caroline Duvareuil ausgestellt, nicht wahr? Ah! Sagen Sie mir nicht, dass sie geheiratet hat, sie ist bestimmt ledig! Schon mit zehn war sie ...«

Toussard unterbrach ihn.

»Oh doch, sie ist verheiratet, mein Herr! Der Wagen ist auf den Namen Hector Ariez angemeldet.«

*

Draußen klopfte er Sylvie auf die Schulter.

»Nicht schlecht, die Nummer, was?«

Sie blickte ihn scharf an.

»Was soll das? Was genau willst du?«

»Ich will nur meine Träume verstehen. Der Porsche kommt wirklich aus Sceaux.«

»Bist du sicher, dass es nur das ist?«

»Was sollte es sonst noch sein?«

Sie stiegen wieder ins Auto und machten einen Abstecher nach Hause. Im Internet fanden sie schnell die Adresse von Hector Ariez heraus. Alles existierte tatsächlich.

Fast zwei Stunden später, nachdem sie Paris einmal von Norden nach Süden durchquert hatten, fuhren sie am Park von Sceaux vorbei, an seinem Schloss, den französischen Gärten. Stéphane, der auf dem Beifahrersitz saß, war ganz erregt und wiederholte ständig, dass er das alles letzte Nacht schon einmal gesehen hatte. Die Straßennamen, die Bürgerhäuser. Sylvie saß am Steuer und versuchte, Ruhe zu bewahren.

Im Stadtteil Marie Curie tauchte plötzlich das Haus vor ihnen auf, umgeben von einem riesigen Garten voller Blumen. Ein roter Porsche war nicht zu sehen.

»Das ist es«, sagte Stéphane mit bewegter Stimme. »Liebling, es ist genau dasselbe Haus.«

Sylvie atmete geräuschvoll ein.

»Diese Häuser sehen doch alle gleich aus. Bist du sicher?«

»Absolut.«

Stéphane gefiel ihr Blick nicht, in dem Mitleid, Angst und Unverständnis geschrieben standen.

»Du siehst nicht gut aus«, bemerkte er, während sie parkte.

»Es *geht* mir nicht gut! Mein Mann dreht völlig durch und fängt wieder an, seltsame Dinge zu tun. Und das ruft ungute Erinnerungen in mir wach! Ich habe keine Lust, dich zu Hackfleisch gemacht oder von Medikamenten betäubt im Krankenhaus wiederzufinden.«

»Du glaubst mir also nicht?«

»Dir glauben? Deine Halluzinationen haben bislang immer zu einer Katastrophe geführt!«

Stéphane blickte sie traurig an.

»Das sind keine Halluzinationen. Ich sehe es.«

»Erklär mir den Unterschied.«

»Sylvie, du musst mich verstehen. Seit gestern habe ich richtige Träume.«

Sie wandte den Kopf ab.

»Klingel an der Tür, und sieh selbst, was für einen Schwachsinn du redest, dann können wir endlich weiterfahren. Ich habe es wirklich satt, einem Phantom zu folgen, das nicht mal mehr mit mir im selben Bett schläft.«

Stéphane schloss behutsam die Tür hinter sich. Vom Auto aus beobachtete Sylvie, wie er zögerlich, beinah verängstigt zum Haus ging. Sie atmete tief ein und wischte sich mit dem Daumen eine Träne von der Wange.

Als Stéphane die Eingangstür erreicht hatte, blieb er einen Augenblick lang reglos stehen und beschloss dann zu klingeln. Er hörte, wie sich Schritte näherten. Endlich wurde geöffnet. Eine sehr hübsche Frau, etwa dreißig Jahre alt, stand in der Tür. Ihr fielen lange blonde Haare über die nackten Schultern.

»Monsieur Kismet?«, fragte sie überrascht.

»Ke … Kennen wir uns?«, fragte er verblüfft.

Die Frau tat einen Schritt zur Seite, um einen Blick in Richtung des Ford zu werfen, und nickte zum Gruß mit dem Kopf.

»Wie ich sehe, haben Sie Ihren Humor nicht verloren. Sind Sie auf der Suche nach John?«

»John?«

Sie griff nach der Türklinke.

»Mein Mann ist heute früh zu Dreharbeiten nach Antibes geflogen, er wird spät zurückkommen. Was genau wollen Sie?«

»John … Meinen Sie John Lane? Den Szenenbildner? John Lane ist Hector Ariez?«

»John Lane ist sein Pseudonym, ja.«

»Und wir sind uns bereits begegnet …«

Sie fragte sich, ob er etwas getrunken hatte.

»Bei dem Cocktail zum Abschluss der Dreharbeiten von *Blutiges Erbe*. Darf ich Sie noch einmal fragen, was Sie wollen? Geht es um den Film, an dem John und Sie gerade arbeiten, *Die Spur des Bösen*?«

»Ihr Mann arbeitet auch an *Die Spur des Bösen* mit?«

»Wussten Sie das nicht?«

»Nein … An einem Film arbeiten immer viele Leute.«

Stéphane erinnerte sich an die Dreharbeiten zu *Blutiges Erbe*, die letzten November stattgefunden hatten. Er hatte die Masken für die entstellten Opfer entworfen, zwei oder drei Puppen angefertigt, und John Lane hatte das gesamte Szenenbild gestaltet. Die beiden Männer kannten sich vom Hörensagen und waren sich einige Male am Drehort begegnet. Stéphane trat ein Stück näher.

»Meine Frage mag Ihnen seltsam vorkommen, aber … bin ich schon einmal hier gewesen? Ich weiß es nicht mehr … nach dem Cocktail zum Beispiel. Ich … Ich erinnere mich an nichts mehr. Da ist nur ein schwarzes Loch.«

Sie lächelte.

»Das ist nicht verwunderlich, Sie und Ihre Frau hatten einige Gläser Bordeaux getrunken. Ich erinnere mich an Sie. Sie sind ein sehr ausdrucksvoller Mensch und können die Leute gut imitieren! Besonders Jim Carrey, mit Ihrer grünen Maske.«

»Das ist nicht weiter schwer, meine Stimme klingt fast wie seine französische Synchronstimme, das ist hilfreich.«

Victoria begann zu erklären:

»Genau genommen sind Sie nicht hier gewesen, doch am Abend nach der Feier herrschte dichter Nebel auf der Straße. Deshalb hat John beschlossen, Sie nach Hause zu fahren. Doch vorher hat er mich noch hier abgesetzt, da Ihre Frau und Sie hinten im Porsche sehr eingezwängt saßen.«

»Der rote Porsche 911 GT?«

»Genau. Sie erinnern sich an die Marke unseres Autos, nicht jedoch an den Rest?«

»Ich erinnere mich tatsächlich vor allem an diese Gegend hier, an die Straßen, Ihre Hausfassade.«

Sichtlich verstört wich er einen Schritt zurück.

»Es tut mir leid, dass ich Sie gestört habe, Madame.«

»Kein Problem.«

Sie machte wieder eine Kopfbewegung zum Ford hin.

»Könnten Sie mir denn jetzt endlich erklären, weshalb Sie gekommen sind?«

Zum Zeichen der Kapitulation ließ er den Arm sinken.

»Ein schlechter Traum, es war nur ein schlechter Traum.«

»Sie sind extra hierhergekommen, weil Sie einen schlechten Traum hatten?«

»Sagen Sie, ich … ich habe doch noch eine letzte Frage. Ist an jenem Abend irgendetwas vorgefallen? Gäbe es einen Grund, weshalb ich böse auf Ihren Mann sein könnte?«

Die Frau sah überrascht aus.

»Nein, nein, absolut nicht.«

»Wie war noch gleich Ihr Vorname?«

»Victoria.«

Sie lehnte sich an den Türrahmen.

»Es ist schon seltsam, wenn die Leute betrunken sind.«

»Warum?«

»Weil es aussah, als sei mein Mann an jenem Abend Ihr bester Freund geworden.«

*

Als Stéphane wieder im Ford saß, schlug er mit beiden Händen auf das Armaturenbrett.

»Verdammt!«

»Was ist los?«, fragte Sylvie. »Erzähl schon!«

Er schilderte ihr das Gespräch. Sie schlug die Augen nieder und seufzte erleichtert.

»Umso besser. Das beweist, dass du keinen Rückfall erlitten hast. Und endlich erkennst, dass es sich nicht um Visionen handelt, sondern lediglich um einen Durchbruch deines Unbewussten. Oder deines Unterbewusstseins, der Unterschied war mir noch nie klar.«

Stéphanes Gesicht blieb undurchdringlich. Er war sich sicher, dass er mit einer Pistole in der Hand aus dem Auto gestiegen war, um in dieses Haus einzudringen. Die Bilder hatten sich tief in ihm eingebrannt. Was war an jenem Abend wirklich passiert? Hatte ihm Johns Frau Victoria die ganze Wahrheit erzählt?

»Nein, ich bin nicht verrückt.«

»Können wir dann nach Hause fahren? Oder müssen wir noch in dieses Dingsdamuseum?«

»Ja, das müssen wir.«

»Aber es liegt mitten in Paris! Ich habe um 18 Uhr 30 einen Friseurtermin, ich rufe dich an!«

»Du hast noch Zeit. Wir fahren jetzt sofort dorthin.«

Sylvie musste an sich halten, um nicht zu explodieren.

»Einverstanden, gut! Aber schwör mir, dass du mich danach mit deinen Alpträumen in Ruhe lässt!«

Stéphanes Blick trübte sich.

»Du wirst mich nie wieder davon reden hören.«

13. Freitag, 4. Mai, 9 Uhr 54

Als Erstes an diesem Morgen öffnete Vic seine Schublade. Um zu überprüfen, ob ihm nicht irgendein Witzbold einen Tampax oder sonstigen Hygieneartikel dort hineingelegt hatte. Doch alles war in Ordnung, wenn man davon absah, dass jemand die Tasten seiner Tastatur herausgenommen und vermischt wieder eingesetzt hatte, so dass nun dort zu lesen stand: »CHIP«. Seitdem er vor drei Wochen angefangen hatte, war ihm schon Schlimmeres widerfahren.

Der junge Polizist hängte sein Holster an den Kleiderhaken, schloss seine Sig Sauer weg und holte sich einen Becher Wasser. Er hatte noch nicht daran gedacht, eine Thermoskanne mitzunehmen. Der Kaffee aus dem Automaten war schlichtweg ungenießbar. Dann kehrte Vic in sein Büro zurück, das er mit Jérôme Joffroy teilte, einem glühenden Verehrer von Pamela Anderson und Paris Saint-Germain, wie die Poster an den Wänden bezeugten, und mit Wang, dessen Schreibtisch sinnvollerweise am Fenster stand. Ein perfekter Platz, um verbotene Videos anzusehen.

Letzterer kam kurz nach ihm an.

Vic begrüßte ihn.

»Hast du eine Ahnung, wer das mit meiner Tastatur war?«

Wang warf seine Jacke auf den Kleiderhaken. Sie blieb dort hängen, wie immer gleich beim ersten Mal.

»Wovon redest du?«

»Irgendein Scherzbold hat die Tasten vertauscht. Du bist

doch gestern Abend noch mal hier gewesen. Du hast nicht zufällig was bemerkt?«

»Das war wohl jemand aus der Gegend.«

»Super Neuigkeit.«

Danach erledigte er die Routinearbeiten. Er überprüfte seinen Postkorb, stellte den Bilderrahmen mit einer Luftaufnahme von Macao wieder auf, nahm seine Maus auseinander und entfernte mit dem Fingernagel den Schmutz. Dann ließ er seine Knochen knacken, vom verlängerten Rücken bis zum Hals, und setzte sich schließlich hin.

»Hast du eine Ahnung, was die Typen mit dem Schweißbrenner drüben in den Büros machen?«, fragte Vic.

»Was, du weißt nicht Bescheid? In knapp zwei Wochen ziehen wir alle in ein neues Gebäude zwei Kilometer von hier entfernt. Diese Büros hier gehen bald in Besitz des Justizministeriums über. Wir werden wirklich verwöhnt, du wirst sehen, die neuen Räumlichkeiten sind absolut spitze.«

Er zündete sich eine Zigarette an, machte einen tiefen Zug und blies einen Ring aus Rauch in die Luft.

»Wie war die Obduktion?«

Vic zuckte mit den Schultern.

»Dafür, dass es meine erste war, habe ich mich ganz gut gehalten. Zuerst dachte ich schon, dass …«

»Mich interessiert vor allem das Ergebnis. Weißt du, der Rest …«

»Das Ergebnis, ja. Natürlich.«

Vic beendete gerade seinen Bericht, als Joffroy mit einem Stapel Akten unter dem Arm hereinkam.

»Die ersten Ergebnisse der Toxikologie, Leute.«

Er warf die Papiere auf seinen Schreibtisch, zog seine Motorradjacke aus und schenkte sich einen Espresso aus seiner Thermoskanne ein. Dann legte er eine Packung Kekse daneben, die er gleich mit gesalzenem Butterkaramell aus der Bretagne bestreichen würde.

»Und du hast es letzte Nacht mit einer Leiche getrieben, Chip? Gut geschlafen?«

»Dann müsste ich lügen.«

»Willkommen im Club.«

Joffroy war klein, jedoch größer als Wang – niemand war kleiner als Wang. Er war beinah kahlköpfig und hatte mehrere Zahnlücken – Backenzähne, die durch den übermäßigen Konsum von gesalzenem Butterkaramell ausgefallen waren. Er schlug seine Akten auf, ohne Vics Tastatur die geringste Beachtung zu schenken. Wenn er das Unschuldslamm spielte, so machte er seine Sache gut.

»Also. Im Körper des Opfers wurden zwei Substanzen gefunden. Zunächst ein blutstillendes Gel, das auf sämtliche Wunden aufgetragen wurde, um die Blutung zu stoppen. Der Drecksack wollte, dass die Sache möglichst lang dauerte.«

Wang stieß den Rauch genießerisch durch die Nase aus.

»Lässt sich das leicht beschaffen?«

Joffroy fischte eine Kippe aus dem Päckchen seines Kollegen.

»Du erstaunst mich. Das ist wie Mercurochrom, nur nicht so eklig. Die andere Substanz dagegen ist schwieriger zu bekommen. Erinnerst du dich an die Einstiche auf ihrem Unterarm?«

»Bläulich verfärbte Wunden auf ihrem rechten Unterarm«, bemerkte Vic.

Endlich würdigte ihn Joffroy eines Blickes.

»Worum handelt es sich deiner Meinung nach?«

»Drogen?«

»Morphium. Da sich keine Spuren dieser Substanz in ihren Haaren fanden, kann ausgeschlossen werden, dass sie sich so was in letzter Zeit schon einmal gespritzt hat. Und weißt du, wozu Morphium hauptsächlich benutzt wird?«

»Man gibt es vor allem Patienten in den Krankenhäusern. Ich glaube, es ist ein Schmerzmittel.«

Joffroy presste den Zeigefinger auf die Blätter.

»Du glaubst richtig, es ist ein Schmerzmittel, das auf das

Zentralnervensystem wirkt. Man verabreicht es Menschen, die kurz vor dem Tod stehen, Unfallopfern ... Es lindert den Schmerz, macht die Qualen erträglicher.«

Mit dem ganzen Rauch sah das Zimmer aus wie ein türkisches Bad für Krebskandidaten. Vic öffnete das Fenster und griff zu seinem Glas.

»Willst du sagen, unser Mörder hätte ihr ...«

»Der Matador. Im Augenblick nennen wir ihn Matador.«

»Matador?«

Joffroy ließ seine Hand sinken.

»Ich weiß, es ist saublöd, aber die Idee stammt vom Chef. Hinter diesem Spitznamen verbirgt sich kein Geistesblitz.«

»Gut. Du denkst also, der Matador hätte ihr Morphium gespritzt, damit sie keine Schmerzen empfand, während er ihr die Nadeln in Nerven und Muskeln gebohrt hat?«

Der Leutnant mit der besorgniserregenden Glatze drückte seine kaum gerauchte Zigarette aus. Wang steckte sein Päckchen unauffällig wieder ein.

»Nein, nein, nicht damit sie keine Schmerzen empfindet. Ich glaube, diesmal brechen wir in punkto Sadismus alle Rekorde.«

»Es ist noch früh am Morgen«, meckerte Wang. »Hör bitte auf, in Rätseln zu sprechen.«

Joffroy wies auf die Kurven einer Grafik in seiner Akte.

»Schau mal hier. Da steht genau, wie Morphium zu dosieren ist, in Abhängigkeit vom Gewicht des Patienten sowie der Dauer der Wirkung.«

Vic und Wang traten näher.

»Morphium beginnt bereits fünf Minuten nach der Injektion zu wirken und erreicht nach einer halben Stunde seine größte Wirksamkeit. Danach hält die Wirkung noch etwa drei Stunden an. Und dann ...«

Joffroy nahm Vics Unterarm und drückte fest zu.

»Stell dir das einmal vor, Chip: ich fessle dich, indem ich dich zum Beispiel an einen Pfahl binde, und spritze dir dann zwischen zehn und zwanzig Milligramm Morphium. Fünf Minuten später bist du leicht benebelt, jedoch völlig wach. Du ahnst, was ich mit dir vorhabe. Du siehst, wie ich mein Werkzeug hervorhole. Skalpelle, Messer, Nadeln. Etwa hundert riesengroße Nadeln, die ich langsam vor deinen Augen hin und her schwenke, wie Kerzen. Die Kerzen deiner eigenen Beerdigung.«

Joffroy drückte immer fester zu. Vic verspürte einen brennenden Schmerz und wich einen Schritt zurück. Der Polizist mit der verschlissenen Jacke stand im Ruf, ein guter Schläger zu sein. Er warf seinem Kollegen einen eisigen Blick zu und fuhr dann fort:

»Dieses ganze Vorspiel dauert vielleicht zwanzig Minuten. Zwanzig Minuten lang redet er zu ihr, erzählt ihr, wie die Operation ablaufen wird, und währenddessen wärmt sich dieses Arschloch auf. Schließlich erreicht das Morphium seine volle Wirkung. Dann stößt er ihr in aller Ruhe seine Nadeln ins Fleisch. Er hat es nicht eilig. Wie geht er vor? Umkreist er sein Opfer? Läuft er langsam hin und zurück, um eine Nadel nach der anderen zu holen, oder nimmt er mehrere gleichzeitig? Er schneidet ihr die Lippen ab, die Finger, die Zunge, und benutzt dabei sein blutstillendes Gel, damit die Wunden nicht zu sehr bluten und sie nicht krepiert, bevor er seine Arbeit beendet hat. Während dieser Vorbereitungen spürt sein Opfer unter dem Einfluss des Morphiums rein gar nichts. Sie sieht nur, wie ihr Körper aufgeschnitten und zerstückelt wird, wie eine Orange. Sie weiß, was mit ihr passieren wird.«

Wang stützte sich auf den Schreibtisch. An seinem Arm bemerkte Vic unter einem eintätowierten Schriftzeichen die Linien einer älteren Tätowierung, die mit Laser entfernt worden war. Ein Drache.

»Ich glaube, ich verstehe«, sagte Wang. »Oh ja, ich verstehe.«

Er stieß einen Pfiff aus und sprach dann weiter:

»Der ist echt gut.«

An ihren glühenden Blicken sah Vic das geheime Einverständnis zwischen den Kollegen. An wie vielen Fällen hatten sie wohl schon zusammen gearbeitet, wie viele Schläge eingesteckt, wie viele schlaflose Nächte verbracht, bis sie so vertraut waren?

Joffroy fuhr fort:

»Bleibt noch eine Viertelstunde, der Matador ist fertig. Leroy ist bereit. Dann lässt die Wirkung des Morphiums rasch nach. Und der Körper erwacht. Ein regelrechtes Feuerwerk.«

Er ahmte mit den Armen eine Explosion nach. Vic, der ein wenig abseits stand, trat mit undurchdringlichem Gesicht näher an die Wand aus Rauch und sagte:

»Er wollte nicht, dass der Schmerz allmählich anschwillt.«

»Der hat ja ein Hirn im Kopf, der Chip!«

Joffroy suchte das Päckchen Zigaretten seines Kollegen und fischte schließlich eine aus der Tasche seiner Lederjacke. Doch er zündete sie nicht an. Er wandte sich an Wang:

»Eine Frage geht mir nicht aus dem Kopf. Sie lässt mich nicht mehr los.«

»Was für eine?«

»Kann man vor Schmerzen sterben? Nur vor Schmerzen, noch bevor ein lebenswichtiges Organ aussetzt?«

Wang blickte ihm fest in die Augen. Sein Blick wurde schwarz.

»Kann man, verdammt noch mal. Das kannst du mir glauben.«

Seine Antwort ließ die Atmosphäre gefrieren. Durch das Fenster hindurch war der Lichtbogen eines Schweißbrenners zu sehen. Joffroy zerdrückte seinen Kaffeebecher.

»Dieser Dreckskerl hat mehrere Stunden bei seinem Opfer zugebracht, hat zum Spaß einen Haufen Puppen mitgebracht und sie übereinandergestapelt, und wir haben nichts in der Hand! Nur einen lächerlichen partiellen Fingerabdruck auf dem Stück Kreide, der jedoch kaum verwertbar ist. Keine Spuren an den Puppen, keine Zeugen! Nun, zumindest noch nicht.«

»Besteht denn noch Hoffnung?«

»Ja, wir haben auf dem Parkplatz gegenüber von der Lagerhalle leere Flaschen gefunden. In den Filmstudios haben sie uns erzählt, dass sich ein Penner in der Ecke herumtrieb, er war beinah jeden Tag da. Wir sind auf der Suche nach ihm.«

»Und was ist mit den angesengten Haaren?«

»Wir haben keine Ahnung. Vielleicht hat sie sich selbst mit einem Föhn die Haare verbrannt? Oder aber dieser Sadist hat sich mit einem Feuerzeug amüsiert. Wer weiß?«

»Gibt es was Neues in Bezug auf die Hautschuppen an ihrer Hand?«

»Das ist in Arbeit. Wir dürfen nicht zu viel von der Spurensicherung erwarten, denn wenn die DNA ausgewertet werden muss …«

Joffroy setzte sich an seinen Computer und sah seine E-Mails durch. Vic wies auf die Thermoskanne.

»Darf ich?«

»Bist du wahnsinnig?«

Erfreut über die Wirkung, die er erzielt hatte, sagte er schließlich:

»Mach schon, ich will nicht als der Bösewicht vom Dienst dastehen, der anderen Leuten nasse Klopapierrollen in die Schublade legt. Aber bring dir beim nächsten Mal selber welchen mit. Übrigens … Moh hat mir von deiner Frau erzählt. Darf ich mal sehen?«

»Was sehen?«

»Ein Foto? Du hast doch sicher eins dabei, nicht wahr? Unter Kollegen zeigen wir uns immer die Fotos von unseren Frauen. So ist die Regel.«

Vic holte ein Passfoto aus seiner Brieftasche.

»Verdammt!«, rief Joffroy aus. »Jetzt verstehe ich, wieso Moh dich ins Herz geschlossen hat. Dieser Beruf ist nichts für dich, mein Junge.«

»Warum nicht?«

Er nahm sich einen Zwieback und tunkte ihn in einen Topf mit Karamellcreme.

»Solche Frauen muss man verhätscheln. Hat sie dich dazu gebracht, bei eurer Hochzeit mit dem Rauchen aufzuhören?«

Vic warf Wang einen vernichtenden Blick zu.

»Sagen wir, das waren wir beide.«

»Du wirst bald wieder anfangen zu rauchen.«

»Da besteht keine Gefahr.«

»Du wirst wieder rauchen.«

Vic Marchal schenkte sich einen Kaffee ein und verkündete: »Ich habe heute Nacht ein paar Nachforschungen angestellt.«

»Worüber?«

»Ich habe ein paar interessante Dinge herausgefunden, die erklären könnten, weshalb das Opfer mit Essig eingerieben wurde. Und heute Morgen hat mir ein befreundeter Arzt, der sich mit Geschichte befasst, die Information bestätigt.«

Joffroy zog die Augenbrauen hoch.

»Na, dann lass mal hören, du Grünschnabel. Man kann ja nie wissen.«

»Bei meiner Suche bin ich auf eine Abhandlung aus dem Jahr 1839 gestoßen: *Die Medizin und die Chirurgie der Armen*. Um sich vor der Pest zu schützen, haben die Leute sich damals mit alkoholischen Dämpfen oder weißem Essig umgeben. Man bestrich die Briefe mit Essig, die Türgriffe, alles, was mit der Haut in Berührung kam. Es heißt auch ›Essig der vier Diebe‹.« Während der großen Epidemie raubte eine Bande von vier Banditen die Häuser der infizierten Familien aus, nachdem sie sich die Haut mit selbst hergestelltem Essig aus Lavendel, Thymian, Salbei und Kapuzinerkresse eingerieben hatten.«

Mit einer leichten Fußbewegung stieß Joffroy seinen Stuhl nach hinten.

»Die Pest? Du hast nicht vielleicht zu viel Vargas gelesen?«

Wang runzelte die Stirn.

»Vargas? Was ist das? Ein Medikament?«

»Kennst du Vargas nicht, Moh? Die Krimis!«

»Genau das habe ich auch gedacht«, fuhr Vic fort. »Wir sind hier nicht in einem Roman. In unserer Welt ist die Spur mit der Pest völlig abwegig. Also habe ich mich mit dem Essig näher befasst. Dieses Produkt benutzt man täglich, es besitzt eine Reihe von interessanten chemischen Eigenschaften. Weißt du, warum es gegen die Pest geholfen hat?«

»Weil die Pest keinen Essig mochte?«

»Du sagst es. Essig ist ein Antiseptikum, es tötet die Bakterien auf der Oberfläche eines Körpers ab oder verhindert zumindest, dass sie sich dort vermehren. Die Ägypter strichen ihre Toten damit ein, um die Verwesung hinauszuzögern, die ja durch die Vermehrung von Mikroben verursacht wird.«

»Es ist eine Ewigkeit her, dass ich die Schulbank gedrückt habe. Was weiter?«

»Es wäre doch denkbar, dass der Matador den Körper mit Essig eingerieben hat, um die Verwesung hinauszuzögern, vielleicht, um uns über den Todeszeitpunkt in die Irre zu führen.«

»Ja. Nur dass der Gestank am Tatort nicht vom Opfer stammte.«

»Genau! Der Matador muss ihn also an sich gehabt haben.«

»Wir haben eine sagenhafte Neuigkeit, Moh. Und weiter?«

»Was ich jetzt sage, mag verrückt klingen. Doch so viele Krankheiten gibt es in Frankreich nicht, die einen derartigen Geruch an einem lebenden Menschen hinterlassen.«

Joffroy kniff die Augen zusammen.

»Denkst du an Wundbrand?«

Vic nickte.

»Wundbrand, Amputationen, Akrotomophilie … Seht ihr den Zusammenhang?«

»Ja, Mensch!«, rief Wang begeistert aus und ließ seine Handgelenke knacken.

Zum ersten Mal fühlte sich Vic seinen Kollegen ebenbürtig. Stolz fuhr er fort:

»Der Zusammenhang ist zwar winzig, doch er existiert. Bei

meinen Nachforschungen über die *Devotees* habe ich herausgefunden, dass einige Fetischisten sogar so weit gehen, sich selbst zu amputieren, weil sie ihre Triebe nicht mit Hilfe anderer befriedigen können.«

»Von sich selbst wird man immer am besten bedient«, bemerkte Wang. »Und ich kann mir nicht vorstellen, dass jemand im Krankenhaus auftaucht und sagt: ›Guten Tag, könnten Sie mir bitte den Arm abtrennen? Das macht mich echt an.‹«

Er warf seine Kippe aus dem Fenster.

»Das heißt also, der Typ hätte sich selbst ein Körperglied abgetrennt, auf die harte Tour?«

»Das ist doch denkbar, nicht wahr? Ohne geeignete Instrumente, ohne Behandlung und Medikamente hat sich sein amputiertes Körperglied möglicherweise entzündet und ist schließlich abgestorben. Daher der scheußliche Gestank.«

»Und warum war Leroy dann mit Essig eingerieben?«, fragte Joffroy, während er in einen Zwieback biss.

Vic schüttelte den Kopf.

»Ich weiß es nicht. Vielleicht hat er sie angefasst, mit seiner faulenden Hand gestreichelt und wollte keine Spuren seiner Krankheit hinterlassen, um uns keine Anhaltspunkte für unsere Analysen zu liefern. Der Essig hat die Bakterien zerstört, sämtliche Spuren beseitigt.«

Joffroy führte den Gedanken weiter:

»Oder aber er wollte, dass sein Opfer rein blieb, damit er einen Körper ohne jeden Schmutz, ohne Makel berühren konnte. Vielleicht ekelt ihn sein eigenes verfaultes Fleisch an.«

»Das ist stimmig, mein Lieber. Der Geruch, die Hautschuppen, die Puppe mit dem abgetrennten Arm. Das erklärt auch, weshalb er im Besitz von Morphium ist und die Dosierungen so genau kennt. Er spritzt es, um die eigenen Schmerzen zu ertragen. Wundbrand muss nämlich verdammt weh tun.«

»Vor allem bei feuchtem Brand oder Gasgangrän. Das Gewebe schwillt an, nässt und zersetzt sich.«

Joffroy stürzte zu seiner Thermoskanne.

»Jetzt bräuchte ich was Stärkeres als meinen Kaffee.«

»Gibt es das?«

»Ich meinte was Alkoholisches. Und wenn du ihn nicht magst, dann trinkst du ihn halt nicht.«

Vic leerte seinen Becher in einem Zug.

»Hast du eine Idee, mit was für einem Mörder wir es zu tun haben?«, fragte er.

Joffroy zog seine abgewetzte Lederjacke über und bedeutete Wang mit einem Kopfnicken, ihm zu folgen.

»Ja. Er muss ganz schön bekloppt sein und Sinn für Humor haben.«

»Nett gesagt. Und was machen wir jetzt?«

»Brauchst du ein Kindermädchen? Der Kommandant ist nicht aufgetaucht, wir legen los. Wang und ich nehmen uns Leroys Kunden vor. Und bearbeiten auch ihre früheren Bekannten aus dem Pornomilieu. Du schnappst dir zwei, drei Mann und klapperst die Krankenhäuser, Arztpraxen, Apotheken ab. Erkundige dich nach dem Morphium, aber vor allem nach dem Wundbrand. Ein lebendiger Toter, der den Gestank eines verreckten Tiers hinterlässt oder mit einem bläulich angelaufenen Arm rumläuft, das dürfte nicht unbemerkt bleiben.«

Bevor Joffroy das Zimmer verließ, drehte er sich noch einmal um.

»Hey, Chip?«

Vic blickte auf.

»Was?«

»Du rührst meinen Kaffee nicht mehr an. Verstanden?«

14. Freitag, 4. Mai, 14 Uhr 09

Stéphane wunderte sich, wie leicht es war, in das Zentrum für Biomedizin hineinzukommen, das sich im 6. Arrondissement auf dem Gelände der Universität Pierre und Marie Curie befand. Er hätte zumindest einen privaten Zugang mit Wachmann erwartet, doch das Institut war von der Rue de l'École de Médecine aus frei zugänglich.

Er ging zusammen mit Sylvie unter den eindrucksvollen breiten Arkaden hindurch, vorbei an einem in voller Blüte stehenden Garten. Helle Sonnenstrahlen fielen auf das üppig bewachsene Quadrat und enthüllten kalte bläuliche Farben, die an einen Operationstrakt erinnerten. Das Paar blieb vor mehreren Schildern stehen, die den Weg zu den Hörsälen, der medizinischen Fakultät und dem Institut für Chirurgie wiesen.

»Dort entlang«, verkündete Stéphane und deutete auf das Wort »Dupuytren«. »Museum für pathologische Anatomie.«

»Und diesen Ort kennst du?«

»Keineswegs.«

»Dabei müsstest du ihn kennen. Er hat Ähnlichkeit mit Darkland. Jede Menge Monster und Missbildungen.«

»Tut mir leid. Ich kenne viele Museen, aber das hier noch nicht, das kann ich dir versichern.«

Schweigend gingen sie weiter, er voraus, sie hinterher. Stéphane wies auf eine andere Tafel.

»Universität Marie Curie ... John Lane, alias Hector Ariez,

wohnt im Viertel Marie Curie. Seltsam, nicht wahr? Zwei Orte hintereinander, die wir aufgrund meiner Träume aufsuchen, und zweimal Marie Curie.«

»Es gibt überall eine nach Marie Curie benannte Straße oder einen Platz. Ich hoffe, du fängst nicht schon wieder mit deinen Zufällen an.«

Sie stieß ihm leicht mit dem Ellbogen in die Seite.

»Ich scheine noch Wirkung zu erzielen. Der Student, dem wir gerade begegnet sind …«

»Der große Dunkelhaarige mit dem feurigen Blick?«

»Genau der. Er hat sich schon zweimal nach mir umgedreht.«

»Wenn du gesehen hast, wie er sich umdreht, dann musst du dich ebenfalls umgedreht haben.«

»Eifersüchtig?«

»Kein Stück.«

»Früher hättest du ja gesagt.«

Das Klappern ihrer Schritte verlor sich auf den Zementplatten. Sie gingen an einer Statue vorüber, die den Tod darstellte und mit einem weißen Tuch umhüllt war – ein Symbol für den besonderen Humor der Ärzteschaft. Wieder fragte sich Sylvie, was sie an einem derart eisigen und nüchternen Ort eigentlich machte. Sie kamen zu einer schlichten Holztür mit der Aufschrift: »Museum Dupuytren«. Daneben hing ein Plakat: »Ausstellung über John Merrick und die Fibromatose. 2. April bis 31. Mai 2007«.

»John Merrick … John Lane …«

»John Fitzgerald Kennedy, John Malkovich, John Lennon … Willst du noch mehr?«

Stéphane ließ es dabei bewenden und öffnete die wuchtige Tür. Das Museum war öffentlich zugänglich. Sie bezahlten fünf Euro Eintritt. So früh am Nachmittag besuchten nur wenige Studenten diesen trostlosen Ort, der den Missbildungen gewidmet war.

»Um 16 Uhr zeigen wir einen noch unveröffentlichten Dokumentarfilm über das Leben von John Merrick, den Elefantenmenschen«, erklärte der Museumsverwalter.

»Wir sind nicht hier, um uns einen Dokumentarfilm anzusehen«, entgegnete Sylvie schroff.

»Schade. Der Film stellt zwei wichtige Punkte heraus. Zum einen, dass die Natur diesen Mann mit einer großen Intelligenz ausgestattet hat, um das Unrecht, das sie ihm angetan hat, wiedergutzumachen. Und zum anderen die Tatsache, dass nicht die Krankheit, sondern die Gesellschaft Monster erschafft.«

Achille Delsart, so stand auf seinem Anstecker zu lesen, hielt jedem eine Eintrittskarte hin. Stéphane betrachtete seine genau, während er sie nervös in der Hand hielt.

»Sieh nur! Genau dieselbe wie in meinem Traum! Gelb, mit dem Aufdruck Dupuytren! Unmöglich!«

»Du sagst es, das ist völlig unmöglich.«

Sie wandte sich erneut an den Verwalter, der damit beschäftigt war, Fotos zu sortieren.

»Sagen Sie! Haben Sie den Mann, der mich begleitet, schon einmal gesehen?«

Der junge Mann im weißen Kittel sah Stéphane an und zuckte mit den Schultern.

»Ich arbeite erst seit zwei Jahren hier, es kommen viele Besucher her. Die Ausstellung über den Elefantenmenschen ist ein voller Erfolg.«

»Wie man sieht.«

»Kann er Ihnen das nicht selber sagen?«

»Vielen Dank, ähm … Monsieur Delsart.«

Stéphane trat neben den Verwalter und warf einen Blick auf die Fotos.

»Siamesische Zwillinge mit dem Krankheitsbild Pygopagus«, bemerkte er interessiert. »Am Becken und dem unteren Teil des Rückgrats verwachsen.«

Achille Delsart warf ihm einen neugierigen Blick zu.

»Sie kennen sich hervorragend aus.«

Stéphane lächelte und wies mit dem Finger auf ein anderes Foto.

»Ein kleines Mädchen mit vier Armen und vier Beinen. Da muss ich passen.«

»Sie ist 2005 geboren und leidet an einer sehr seltenen Missbildung, *Ischiopagus* genannt. Ich bin letztes Jahr nach Indien gereist, um sie zu sehen.«

»Das ist ein ganz schönes Stück Weg.«

»Aber das war es wert. Die Einwohner sehen in ihr die Wiedergeburt der Fruchtbarkeitsgöttin Lakshmi. So heißt sie im Übrigen auch.«

Sylvie seufzte und zog Stéphane am Arm.

»Wenn ich dich störe, sagst du es mir. Und was machen wir jetzt?«

»Was glaubst du?«

»Gut … Warum musst du mich immer an so seltsame Orte mitnehmen?«

»Das Bizarre zieht uns doch alle in den Bann.«

»Venedig ist mir lieber.«

»Dabei stehen Missbildungen für das Zusammentreffen des Skandalösen mit dem Obszönen, sie vereinen das Unvereinbare, sind die Vereinigung von Gegensätzen. Sie faszinieren mich, und sie faszinieren auch dich, ob du es willst oder nicht.«

»Was für ein tiefsinniger Vortrag. Woher hast du ihn?«

»Der Text dort vor dir.«

Sie betraten einen Raum voller Glasvitrinen, in denen Hunderte von Gliedmaßen von Skeletten sowie Wachsmodelle ausgestellt waren. Sylvie trat näher, die Hand am Mund. Es war ekelhaft, noch abscheulicher als Stéphanes Figuren, denn hier war fast alles real. Es handelte sich um Menschen, die einmal gelebt hatten, die eine Krankheit ertragen und sehr gelitten hatten. Sie blickte zu einer Reihe deformierter Münder. In Gips, Holz und Wachs modellierte Verletzungen stellten Krankheiten mit unaussprechbaren Namen dar. Das vollständige Skelett eines Mannes, der an Osteoperiostitis litt und Schienbeine krumm wie Säbelklingen hatte. Es gab Knochensyphilis, Gliomzysten, Beckendystokie, Tuberkulose der Knochen und Gelenke, chronische Knochenmarkentzündung, Kallus, Osteosarkome. Alles, was die Natur an Entsetzlichem hervorgebracht hatte, was sie dem Menschen antun konnte, war hier, in diesem Museum, ausgestellt.

»Faszinierend«, wiederholte Stéphane. »Wie ist es möglich, dass ich so etwas bis jetzt verpasst habe?«

Von der linken Seite trat der Verwalter näher. Sylvie betrachtete ihn, diesen gutaussehenden jungen Mann mit den dunklen Haaren, und sah dann Stéphane an, der mit verschlossener Miene seinen düsteren Gedanken nachhing. Der eine wurde von seinen inneren Monstern gequält, der andere stellte sie zur Schau. Waren sie so verschieden?

»Gibt es ein Problem?«, fragte Achille Delsart, da er sich beobachtet fühlte.

Verlegen schaute Sylvie zu ihrem Mann.

»Nein«, erwiderte sie. »Ich verbringe nur meine freien Tage sonst selten in einem Museum für Missbildungen. Ich finde das alles widerlich.«

Achille lächelte sie mitfühlend an.

»Wissen Sie, nicht immer war es die Krankheit, die diese Menschen getötet hat.«

»Aha? Und was sonst?«

»Die Blicke der anderen.«

Sylvie hatte das Gefühl zu ersticken. Ihr fiel ein scheußliches Foto auf. Ein Vater, der eine Apparatur für seinen Sohn anfertigte. Das Kind stand vor ihm auf dem Werktisch, es hatte weder Arme noch Beine. Ein menschlicher Rumpf, nur vierzig Zentimeter groß, mit einem Gesicht, das engelsgleiche Züge trug, doch von tiefer Verzweiflung gezeichnet war.

Die junge Frau rannte zu Stéphane.

»Wir gehen!«

Dieser lief nervös an den Vitrinen entlang.

»Ich weiß nicht, was ich tun soll, was genau ich hier suche. Ich bin noch nie in diesem Museum gewesen, da bin ich mir sicher. Aber es muss etwas zu bedeuten haben, dass diese Eintrittskarte in meinem Alptraum aufgetaucht ist.«

Sylvie packte ihn an den Schultern und schüttelte ihn fest.

»Sieh dich doch um, Himmelherrgott! Du stellst den ganzen Tag lang Monster her, und was befindet sich hier in den Vitrinen?«

»Das ist was anderes.«

»Was anderes als die städtischen Hospitäler in Lyon?«

»Die wollten Wachsfiguren für ihre Ausstellung, das war keineswegs dasselbe, das war …«

»Doch, es war dasselbe! Von diesem verdammten Museum musst du doch schon einmal gehört haben! Im Internet, bei Dreharbeiten, bei einer Party, bei der du betrunken warst! Und was ist mit diesem Zimmer im Kellergeschoss, mit all diesen furchtbaren Zeichnungen von den Babys? Das ist nichts anderes als das hier! Du bist schon einmal hier gewesen, du hast es nur wieder vergessen aufgrund deiner Unfälle und all der Tabletten, aber dein Gehirn hat sich durch deinen Alptraum daran erinnert. So einfach ist das.«

Die Studenten drehten sich zu ihnen um.

»Schrei doch nicht so«, sagte Stéphane, um sie zu beruhigen.

»Wir fahren jetzt sofort zurück, oder du kannst sehen, wie du nach Hause kommst! Weißt du, ich habe es satt, dich dauernd herumzukutschieren, seitdem du in diesen verdammten Wald ziehen musstest!«

Stéphane blickte sich ein letztes Mal um, dann ging er mit entschlossenem Schritt auf den Verwalter zu.

»Kennen Sie einen gewissen John Lane? Oder Hector Ariez?«

»Nein. Warum?«

»Und Mélinda? Méry-sur-Oise? Sagen Ihnen die Zahlen 4–5–19–20–9–17 etwas?«

»Ich verstehe nicht recht.«

Stéphane reichte ihm seine Visitenkarte. Sylvie wartete am Eingang auf ihn, sie war fuchsteufelswild.

»Ich weiß nicht, wie ich es Ihnen erklären soll«, murmelte er, »aber könnten Sie mich anrufen, wenn Ihnen irgendetwas merkwürdig vorkommt?«

»Merkwürdig?«

»Ja. Wenn mich zum Beispiel jemand sucht. Oder etwas Ungewöhnliches in Ihrem Museum vorfällt.«

Der Verwalter steckte die Karte hektisch ein. An seinem Blick bemerkte Stéphane ein leichtes Zögern.

»Was gibt es?«, fragte er.

»Nein, nichts«, erwiderte der junge Mann. »Absolut nichts.«

»Doch, doch! Ich habe es gesehen! Was ist passiert?«

Stéphane folgte Delsarts Blick. Die Eingangstür. Er schnippte mit den Fingern.

»Das Schloss! Beim Hereinkommen habe ich gesehen, dass es ganz neu ist! Die Tür wurde aufgebrochen!«

»Hören Sie, ich …«

»Jemand ist hier drin gewesen, nicht wahr? Erzählen Sie es mir!«

Achille Delsart wich einen Schritt zurück.

»Gehen Sie, Monsieur, bitte.«

Außer sich vor Wut trat Stéphane näher und packte ihn am Kragen.

»Sagen Sie mir, was passiert ist! Was wurde gestohlen? Dokumente, Ausstellungsstücke, Akten?«

»Lassen Sie mich los! Lassen Sie mich los, Himmelherrgott, oder ich rufe die Polizei!«

Die Studenten kamen angerannt.

»Gibt es ein Problem?«, fragte der Kräftigste von ihnen.

Stéphane atmete tief durch und schüttelte rasch den Kopf.

»Nein, nein, alles in Ordnung. Alles in Ordnung, nicht wahr?«

Der Verwalter rückte seinen Kittel zurecht.

»Sie müssen sich wieder beruhigen, mein Guter. Wir haben das Schloss ausgetauscht, so wie in der ganzen Fakultät. Was haben Sie denn für ein Problem?«

Stéphane wich ein Stück zurück und fasste sich an den Kopf.

»Ich bin manchmal leicht zu erregen.«

»Das habe ich gemerkt.«

»Entschuldigen Sie … Vergessen Sie nicht … Meine Karte, wenn … wenn Ihnen irgendetwas einfällt.«

Ein wenig ratlos rannte er zu seiner Frau, die vor dem Museum wartete. Sie schäumte vor Wut.

»Mein Schatz, ich bitte dich …«

»Bist du fertig? Können wir jetzt fahren?«

Als Sylvie endlich am Steuer des Ford saß, atmete sie tief aus. Stéphane drehte sich zu ihr um.

»Ich bin überzeugt, dass … Hör zu, diese Geschichte mit den Schlössern … In dem Museum ist irgendetwas vorgefallen, vielleicht weiß die Polizei Bescheid und …«

»Noch ein einziges Wort, und ich steige aus dem Wagen.«

Stéphane verstummte.

Sie bogen auf den Boulevard Saint-Michel. Beinah hätte sie ein Polizeiwagen mit heulender Sirene und Blaulicht gerammt.

»Scheiß Schlitzauge!«, schrie Sylvie dem Fahrer hinterher. »Hast du den Zwerg gesehen! Da fragt man sich glatt, ob das Auto nicht von selbst fährt!«

Sie war ganz aus der Fassung, ihre Hände auf dem Lenkrad zitterten.

»Soll ich fahren, bis du dich wieder beruhigt hast?«, bot Stéphane an. »Wo sind deine Beruhigungspillen?«

»Ich habe sie vergessen. Ich mache einen Termin beim Arzt für dich aus. Und zwar bald. Er muss dir Medikamente verschreiben. Irgendwas Starkes.«

Stéphane blickte nach vorne.

»Ich will weder deine verdammten Medikamente noch irgendwelche Psychologen. Das ist vorbei.«

»Sieh dich doch an, verdammt noch mal! Du legst dich mit jedem an! Alle halten dich für verrückt! Du siehst überall Zufälle! Du igelst dich immer mehr in deiner Werkstatt ein. Das alles sind eindeutige Zeichen, und das weißt du.«

Stéphane warf seine Eintrittskarte aus dem Fenster, Sylvie legte ihre auf das Handschuhfach.

»Hältst du mich immer noch für verrückt?«

»Ich möchte dir helfen, dich nicht unterkriegen zu lassen. Damit du das Mädchen und all das andere endlich vergisst. Mit ärztlicher Hilfe kann …«

»Ich bin nicht schizophren! Meine Träume sind kohärent, logisch und präzise! Und sie haben eine Reihenfolge! Das Blut an meinen Händen! Die Pistole, die jemand auf mich richtet! Dann, im folgenden Traum, fahre ich mit der Waffe zu John Lane, um ihn umzulegen! Gleichzeitig höre ich im Radio, dass dreißig Kilometer von uns entfernt ein kleines Mädchen ermordet wurde!«

Er band seine langen schwarzen Haare, die von einem Gummiband gehalten wurden, neu zusammen.

»Und weißt du, was am schlimmsten ist? Dass sie im Radio nach einem Verdächtigen suchten, der sich auf der Flucht befand. Mit einer Personenbeschreibung, die genau auf mich passte! Ich war dieser Mann, ich hatte mir den Kopf kahl rasiert, wahrscheinlich, damit man mich nicht erkennt.«

Er packte seine Frau an der Schulter und murmelte:

»Ich muss mich in der Nähe befunden haben, als die kleine Mélinda getötet wurde. Ich habe mit Sicherheit etwas gesehen.«

Er lehnte den Nacken an die Kopfstütze und schloss die Augen.

»Oder aber … ich habe sie getötet. Noch ein Zufall, noch ein Unfall … Mein Gott. Vielleicht bin ich kurz davor zu verstehen, was ich mein ganzes Leben lang nicht verstanden habe, und kann beweisen, dass ich nicht verrückt bin. Glaubst du nicht, das ist die Mühe wert?«

15. Freitag 4. Mai, 16 Uhr 17

Es war ein kleiner Friedhof, der von einer Reihe wunderschöner Zypressen überragt wurde. Um diese Uhrzeit war es still hier, nur das fröhliche Zwitschern der Vögel war zu hören.

Stéphane ging in den sechsten Gang hinein. Sein Herz pochte laut, so wie jedes Mal, wenn er heimlich hierherkam, nur wenige hundert Meter von ihrem Haus entfernt. Als er den Namen auf dem grauweißen Marmorstein las, verspürte er einen Stich im Herzen. »Gaëlle Montieux – 1997–2007«.

Es gibt nicht Schlimmeres, als vor dem Grab eines Kindes zu stehen. Das Grab war bedeckt mit Platten, Vasen und Liebesbezeugungen. Zwei Monate nach der Tragödie kam die Mutter noch immer jeden Tag gegen 17 Uhr 30 hierher und blieb lange Minuten dort stehen, um das Leben zu verfluchen. Mehrmals hatte Stéphane wieder kehrtmachen müssen, aus Angst, ihr zu begegnen, ihr gegenüberzutreten.

Den Ehemann dagegen sah man nicht mehr.

Der Strauß weiße Rosen, den er am Vortag dort abgelegt hatte, war verschwunden, wahrscheinlich hatte ihn die Mutter weggeworfen. Diesmal stellte er einen Strauß malvenfarbene Chrysanthemen in eine Vase. Plötzlich klingelte sein Handy. Eilig stellte Stéphane den Ton ab. Bestimmt wollte Everard, der Produzent von *Die Spur des Bösen*, wissen, wie weit er mit der Prothese von Martinez war. Er schaltete ab, ohne dranzugehen, und brauchte ein paar Minuten, um sich wieder zu sammeln.

Schließlich schlug er den Kragen seiner Jacke hoch und ging zum Eingang. Dort blickte er in die Ferne, holte ein Diktiergerät aus seiner Tasche, zögerte einen Augenblick, steckte es wieder ein und lief rasch weiter. Sylvie glaubte, dass er bei den Pferdekoppeln spazieren ging. Doch für ihn war die Stunde gekommen, sich dem Schlimmsten zu stellen. Und diese Abscheulichkeiten ein für alle Mal aus seinem Kopf zu vertreiben.

Er bog auf die Avenue de la Libération und lief dann zwei Kilometer an der N16 entlang, bis zu der verfluchten Kurve. Wo die Motorhaube seines Wagens das Lächeln eines zehnjährigen Mädchens ausgelöscht hatte. Wo er seit der Tragödie nicht mehr vorbeigefahren war.

Er hatte die Stelle fast erreicht. Die Straße wurde abschüssig und ging allmählich in eine Kurve über. Weit hinter ihm lag Lamorlaye, wie eingehüllt in ein Leichentuch aus grünen Blättern. Und vor ihm öffnete sich ein Bogen aus dunklem Asphalt, wie eine Sense. Am Rand stand ein weißgelber Kilometerstein. Dort war es.

Zitternd las Stéphane sein Blatt Papier. Im Polizeibericht stand, dass der Zusammenprall genau achtzehn Meter von dem Stein entfernt stattgefunden hatte.

Stéphane ging in den Wald hinein. Er wollte anhand der zerstörten Vegetation nachvollziehen, welchen Weg sein Wagen genommen hatte. Selbst zwei Monate nach dem Unfall lagen noch immer zerbrochene Äste und herausgerissene Sträucher auf dem Boden. Die Natur vergaß nicht so schnell.

Endlich erblickte er den kleinen Feldweg, der im Bericht erwähnt wurde. Den Behörden zufolge hatten die Eltern und das Mädchen ihre Wanderung von Chaumontel nach Lamorlaye fast beendet. Diesen Weg gingen sie mehrmals im Jahr.

Dann sah er den Baum und spürte, wie sich sein Herz vor Schmerz verkrampfte. Die Buche mit den eingeritzten Buchstaben, in der noch Metallstücke steckten. Beinah hätte Stéphane wieder kehrtgemacht, doch er ging weiter.

Seine Finger strichen über den eiskalten Stamm. Plötzlich kam alles wieder hoch. Er brach zusammen.

Der Auftreffpunkt war noch gut sichtbar. Sein Wagen war zunächst auf den Seitenstreifen geschlittert, den Abhang hinuntergestürzt, über den Waldweg gerutscht und dann vor den Augen der Eltern gegen das Mädchen geschleudert worden. Anschließend war der Mercedes seitlich gegen einen Baum geprallt, das Blech wurde deformiert, der Airbag ausgelöst. Stéphane sah noch seine blutverschmierten Hände, dann hatte er das Bewusstsein verloren. An diesem Tag war er nicht wie gewöhnlich mit dem Ford unterwegs, sonst wäre er jetzt wohl ebenfalls tot. Er hatte unglaubliches Glück gehabt, dass er den anderen Wagen genommen hatte, sagte man.

Unglaubliches Glück …

Er schloss die Augen, presste die Hände auf die Ohren. Und fing an zu schreien. Die Bilder ließen ihm keine Ruhe. Wurde er wirklich langsam verrückt? War er es schon immer gewesen?

Er flüchtete, den Tränen nahe.

Mühsam stieg er den Steilhang zur Nationalstraße wieder hinauf und schleppte sich bis zu dem Kilometerstein an der N16. Dort hatte er laut Polizeibericht angefangen zu bremsen. An der Stelle, wo die Reifenspuren noch deutlich sichtbar waren, bückte er sich zum Asphalt hinunter. Mitten in der Kurve. Die Spuren zogen sich über drei Meter hin, bevor das Auto von der Straße abkam.

Stéphane durchlebte jede einzelne Sekunde des Unfalls noch einmal. Und die Sekunden kurz vor dem Unfall. Den Gendarmen zufolge und wie aus den typischen Bremsspuren auf dem Asphalt hervorging, hatte er plötzlich gebremst, um einem Hirsch oder Wildschwein auszuweichen. An dieser Stelle überquerten häufig Wildtiere die Straße, darauf deutete ein Verkehrsschild hin.

Doch Stéphane hatte weder einen Hirsch noch ein Wildschwein gesehen. Man vermutete, dass durch den Zusammenstoß und das Schädeltrauma die Erinnerung ausgelöscht worden war. Doch er glaubte nicht daran. Er hatte *nichts* gesehen.

Er blickte noch immer aufmerksam zu Boden, dann schaute er sich um. Nichts konnte beweisen, dass er nicht verrückt war. Er hatte tatsächlich ohne jeden Grund gebremst.

Er ging wieder in den Wald hinein und kehrte über den kleinen Pfad zu dem Baum zurück. Dort setzte er sich auf den Boden und holte sein digitales Diktiergerät hervor. Er durchsuchte die Dateien, bis er die richtige fand: eine Hypnosesitzung bei einem Freund, vor etwa anderthalb Monaten, am 18. März 2007. Wenige Tage, nachdem er aus dem Krankenhaus entlassen worden war. Er hörte sie zum ersten Mal wieder an.

»... Das Auto schlittert an den Straßenrand! Ich schreie, ich ...«

»Stopp! Meine Stimme, du hörst nur meine Stimme. Wir gehen noch ein wenig weiter zurück. Bevor du auf die Bremse trittst. Einverstanden?«

»Einverstanden.«

»Du sitzt im Auto. Du fährst aus Lamorlaye heraus, auf die Nationalstraße N16. Und dann?«

»Ich habe das Radio angeschaltet. Es läuft *Nothing Else Matters*. Ich mag dieses Lied.«

»Bist du entspannt an diesem Tag?«

»Absolut. Ich habe einen Termin mit einem Produzenten und einem Chefszenenbildner, es geht um einen großen Auftrag. Der Himmel ist blau, es ist recht warm. Ich habe die Fenster heruntergelassen.«

»Gut. Du befindest dich kurz vor der Kurve, es sind noch etwa zehn Meter. Wie schnell fährst du?«

»Etwa fünfundsechzig Stundenkilometer. Mir kommt ein Auto entgegen, das mit hoher Geschwindigkeit fährt.«

»Was für ein Auto?«

»Ich weiß es nicht mehr.«

»Und dann?«

»Ich werde langsamer. Die Straße steigt an, und … ich habe die Kurve gleich erreicht.«

»Sehr gut. Und was machst du da?«

»Ich … Ich sehe am rechten Straßenrand einen gelbweißen Kilometerstein. Darauf steht N16! N16! Ich fange an zu bremsen. Ich trete mit voller Kraft aufs Bremspedal!«

»Warum? Warum fängst du an zu bremsen? Was hast du noch gesehen vor oder hinter dem Stein? Schau genau hin, Stéphane. Schau genau hin.«

»Nichts. Da ist sonst nichts. Nur der Kilometerstein.«

»Gut, nur der Kilometerstein. Warum bremst du?«

»Ich weiß es nicht. Ich weiß es nicht!«

»Gehen wir noch ein wenig weiter zurück. Du fährst in aller Ruhe … Du hörst Musik … Du siehst den Stein … Und genau in dem Moment trittst du mit voller Wucht aufs Bremspedal. Warum?«

»Weil ich …«

»Weil du was?«

»Weil ich mich habe bremsen sehen! Ich habe mich genau an dieser Stelle bremsen sehen, also habe ich gebremst!«

»Wann hast du dich bremsen sehen?«

»Ich … Ich weiß es nicht …«

»In einem Traum?«

»Nein. Ich erinnere mich nie an meine Träume.«

»Niemals?«

»Niemals.«

»Du hast dich also tatsächlich bremsen sehen? Wie bei einem Déjà-vu?«

»Ich … Ich weiß es nicht. Ich weiß es nicht!«

»Du wachst auf, Stéphane!«

Stéphane hielt das Diktiergerät an und ließ es auf den Boden fallen, neben die Kopie des Polizeiberichts. Seine Schirmmütze war schweißnass.

Er blieb still sitzen, desinteressiert an allem, was um ihn vorging. In seinem Kopf waren nur noch das Quietschen der Bremsen und die gelbe und weiße Farbe des Kilometersteins.

Plötzlich stand er auf, das Adrenalin schoss ihm ins Blut.

Er blickte auf die Uhr und begann plötzlich zu laufen.

Er würde noch rechtzeitig da sein.

*

Sie stand tatsächlich da, in einer engen schwarzen Jacke, die ihr bis zu den Knöcheln reichte. Ihre gebeugten Schultern, die Haare, die ihr wirr in den Nacken fielen, ließen sie erheblich älter erscheinen, als sie war. Mit vierzig Jahren hatte man Gaëlles Mutter jeglichen Sinn im Leben geraubt.

Die Chrysanthemen zitterten in der Vase, wunderschön in dem Schmerz, den sie ausdrückten.

Die Frau drehte sich zu Stéphane um und senkte den Blick dann wieder zum Grab.

»Die Blumen … Ich wusste, dass Sie das waren. Ich habe es immer gewusst …«

Sie blickte starr auf die Marmorplatte, sie weinte nicht. Nach einem kurzen Schweigen wagte Stéphane zu fragen:

»Madame Montieux … Sie müssen mir etwas sagen … Etwas, das wichtig für mich ist … Sehr wichtig … Im Polizeibericht steht ausdrücklich, dass Sie diesen Weg mehrmals im Jahr gegangen sind, zusammen mit Ihrem Mann und …«

»Was wollen Sie?«

Ihr Tonfall war schneidend. Stéphane hob eine Chrysantheme auf und stellte sie wieder an ihren Platz. Ohne sie anzusehen, sprach er weiter:

»Sagt Ihnen der gelbweiße Kilometerstein in der Kurve irgendetwas?«

Eva Montieux ging vor dem Grab in die Hocke und strich über die glatte Oberfläche.

»Ein befreundeter Detektiv hat Erkundigungen über Sie eingezogen«, sagte sie.

»Über mich? Aber …«

»Informationen, die nicht im Polizeibericht stehen, Einzelheiten, die die Polizei nicht interessieren, aber mich. Ihre Vergangenheit.«

Stéphane krallte die Finger in seine Jeans, die voller Latexflecken war.

»Meine Vergangenheit? Aber warum?«

»Ich wollte alles über den Mörder meiner Tochter erfahren. Wo Sie zuvor gelebt haben, die Vornamen Ihrer Eltern, Ihren Beruf, Ihre Interessen. Und warum Ihr verdammtes Auto sich genau in diesem Augenblick an dieser Stelle befand.«

»Sie … Sie wissen nichts über mich …«

»Ist es schlimm zu wissen, dass man adoptiert worden ist?«

Sie blickte ihn mit glühenden Augen an.

»Wollen Sie immer noch behaupten, dass ich nichts über Sie weiß?«

Stéphane spürte, wie er den Boden unter den Füßen verlor. Sie hatte ihm ein Messer ins Herz gestoßen.

»In meinem Unglück gibt es wenigstens etwas, das mich beruhigt«, sagte sie mit harter Stimme. »Und zwar die Tatsache, dass Ihre Kinder Sie nicht alt werden sehen, da Sie niemals welche haben werden. Irgendwo gibt es Gerechtigkeit.«

Stéphane biss sich in die Wangen, ihm stiegen Tränen in die Augen.

»Meine Krankenakten, meine Sterilität. Woher …«

Die Frau riss die Blütenblätter einer Chrysantheme eins nach dem anderen aus.

»Mit Geld kann man Berge versetzen, das wissen Sie doch. Wollen wir vielleicht über die kleine Ludivine Coquelle sprechen?«

»Nein, ich …«

»Juli 1992, Sie waren fünfzehn Jahre alt. Erinnern Sie sich?

Das Bahngleis in Coye? Nur wenige Kilometer von Lamorlaye entfernt. Ja, natürlich. Wie könnte man das vergessen?«

»Hören Sie auf!«

»Und 1995?«

»Hören Sie auf, habe ich gesagt!«

Sie zermalmte die Blütenblätter in ihrer Faust. Ein böser Dämon trieb sie an.

»Juli 1995. Sie hatten gerade erst Ihren Führerschein gemacht, und schon haben Sie einen Unfall! Sie kommen von der Straße ab und schlittern auf ein Feld, dabei demolieren Sie einen Zaun und töten zwei Schafe. Diesmal ist kein menschliches Opfer zu beklagen, aber es gibt auch keine logische Erklärung für Ihr plötzliches Bremsen. ›Sie dachten, da sei jemand‹, so haben Sie ausgesagt. Das bringt Ihnen mehrere Sitzungen bei einem Psychiater sowie eine medikamentöse Behandlung ein. 1998 ziehen Sie in einem Zug die Notbremse und springen aus dem fahrenden Zug, ebenfalls ohne Grund. Sie finden sich im Krankenhaus wieder, schwer verletzt, doch wie durch ein Wunder am Leben. Leider hatten zahlreiche Passagiere nicht dieses Glück. Sie sind durch Ihre Schuld gestorben! Denn als Sie die Notbremse gezogen haben, ist aufgrund von defekten Bremsen der Zug entgleist! Die Justiz lässt Sie bald darauf in Ruhe, doch es folgen wieder Sitzungen beim Psychiater, weitere Behandlungen. Welch gewaltige psychiatrische Vergangenheit. Was hat Ihre Frau dazu gesagt?«

Stéphane war geschockt und musste an sich halten, um ihr nicht die Kehle zuzudrücken.

»Es reicht! Es reicht, haben Sie verstanden?«

»Wer sind Sie, Stéphane Kismet? Wer sind Sie, dass Sie in derart viele Tragödien verwickelt waren?«

Er schüttelte den Kopf.

»Ich weiß es nicht. Ich schwöre Ihnen, ich weiß es nicht.«

Sie betrachtete wieder das Grab, nun ohne jedes Gefühl von Hass, völlig leer.

»Ihr Leben ist von schwer begreiflichen Unfällen gesäumt, und meine Tochter ist nun Teil davon. Warum sie? Warum ist Ihr Schicksal gegen das ihre geprallt?«

Stéphane wischte sich mit dem Handrücken über die Augen.

»Das würde ich auch gerne wissen.«

»Und genau das verstehe ich nicht. Meine Tochter glaubte fest an Gott, sie betete jeden Tag, sie hätte weiterleben müssen. Und Sie, glauben Sie an Gott?«

»Wie sollte ich an Gott glauben?«

Nach einem bedrückenden Schweigen fügte er hinzu:

»Ich habe noch nie den Fuß in eine Kirche gesetzt.«

»Warum?«

»Weil … Weil ich es nicht kann.«

»Auch der Teufel kann keine Kirche betreten.«

Auf dem Friedhof war kein einziger Laut mehr zu hören. Die Natur schien den Atem anzuhalten. Eva Montieux zwang sich zu lächeln, während ihr eine Träne über die Wange lief.

»Auf dem Rückweg von unserer Wanderung gingen wir immer zu einem kleinen Fluss im Wald, der angeblich Glück bringt. Zu dritt, wir sind immer zu dritt dorthin gegangen.«

Sie unterdrückte einen Schluchzer und fuhr dann fort:

»Ich habe mir das Geschehen wieder und wieder vorgestellt.«

Stéphane hätte gerne ihre Hand genommen und sie getröstet, doch er blieb wie erstarrt stehen. In ihren Augen würde er immer das Monster bleiben, das ihre Tochter getötet hatte.

»Was für ein Geschehen?«

»Den Unfall.«

»Erklären Sie mir das.«

»Wir liefen durch den Wald, wenige Meter von der Nationalstraße entfernt. Der Kilometerstein, wo wir immer die Straße überquert haben, um zum Fluss zu kommen, war noch etwa zwanzig Meter entfernt. Kurz vor dieser Stelle bat Gaëlle uns stehen zu bleiben, weil sie ihren Schnürsenkel neu zubinden wollte. Also haben wir gewartet, neben diesem Baum, gegen den

Sie geprallt sind. Sie hatte Schwierigkeiten, den Knoten aufzumachen, das hat eine Minute gedauert. Und in dem Moment, als sie ihren Schnürsenkel endlich zugeschnürt hatte, hörten wir dieses entsetzliche Bremsgeräusch. Wenn Gaëlle ihren Schnürsenkel nicht zugebunden hätte, wären wir wahrscheinlich schon mitten auf der Straße gewesen, ein paar Meter hinter dem Kilometerstein, wo Sie angefangen haben zu bremsen.«

Stéphane war erschüttert, er fühlte, wie ihm der Boden unter den Füßen entzogen wurde.

»Ein trauriger Schicksalsschlag, nicht wahr?«, sagte sie, während sie sich die Wangen mit einem Taschentuch abtupfte. »Sie wollten meiner Tochter ausweichen, und zwar genau dort, wo sie sich befunden hätte, wenn sie nicht ihren Schnürsenkel neu gebunden hätte, und deshalb haben Sie sie an einer anderen Stelle überfahren. Als wäre Gaëlles Tod vorprogrammiert gewesen, egal, was man hätte tun wollen. Ich glaube, ich weiß, wer Sie sind, warum Sie auf dieser Welt sind. Sie kommen, um den Menschen das Leben zu rauben.«

Sie senkte die Augen und blickte dann wieder auf.

»Sie sind der leibhaftige Tod.«

16. Freitag, 4. Mai, 17 Uhr 53

Vic hatte gerade seine Jacke angezogen und wollte das Büro verlassen, als Wang auftauchte, genervt von seinem Arbeitstag. Seine Haare, die sonst immer einwandfrei saßen – ein pechschwarzer Topfschnitt –, waren nun ganz zerzaust.

»Und?«, fragte er. »Gibt's was Neues?«

Mit verquollenen Augen schaltete Vic den Bildschirm seines Computers aus.

»Nicht viel. Wir haben die Pariser Region durchkämmt, drei oder vier Telefonanrufe habe ich mir noch für den Rückweg aufgespart. Also, ein paar Zehen mit Wundbrand. Im Henri Mondor wurde einem achtundachtzigjährigen Mann das Bein amputiert, weil es völlig zerfressen war. Ein Jugendlicher wurde halbtot aufgefunden, nachdem er sich bei einem Unfall mit der Axt den Fuß abgetrennt hatte, und noch ein paar weitere Fälle, die nichts mit unseren Nachforschungen zu tun zu haben scheinen. Aber das muss natürlich trotzdem überprüft werden.«

»Und was ist mit dem Morphium?«

Vic konnte ein Gähnen nicht unterdrücken. Er hatte nur noch einen Wunsch: möglichst schnell nach Hause fahren und schlafen gehen.

»Das ist kompliziert. Morphium wird häufig gestohlen. Aus Apotheken oder Krankenhäusern, wo die Bestände auf geheimnisvolle Weise abnehmen. Wir brauchen Zeit. Und Leute.«

»Leute, ja. Wie immer.«

»Und bei euch?«

Wang verschlang eins seiner Bonbons.

»Willst du eins?«

»Sie sind wirklich gut, aber danke, nein.«

»Was das Pornogeschäft und frühere Beziehungen angeht, so könnte sich auch das in die Länge ziehen. Einige Leute haben wir bereits ausgequetscht. Die meisten glaubten, sie wohne noch immer im 16. Arrondissement, oder sie haben ein Alibi, was diese Nacht angeht. Das Tolle am Pornogeschäft ist, dass sie nachts alle ein Alibi haben, im Gegensatz zu uns Normalos.«

»Hältst du uns für normal?«

»Halbwegs.«

»Das beruhigt mich. Halbwegs …«

»Was die technische Seite betrifft, so machen wir Fortschritte. Joffroy hat Neuigkeiten vom Labor zu diesem Teil, das in ihrem Mund steckte.«

»Der Mundspreizer.«

»Der Mundspreizer, ja. Ein Ding ohne Alter, das man während des Ersten Weltkriegs benutzte, um den Mund der Verletzten zu fixieren, damit sie ihren Kiefer nicht bewegten. Damals wurde noch mit Hammer und Säge hantiert.«

»Das Teil ist fast hundert Jahre alt. Warum hat er kein neueres genommen? Haben wir es mit einem Sammler zu tun? Jemandem, der sich für Kriege begeistert?«

»Möglich. Auch die Puppen sind nicht brandneu. Man müsste die Trödelläden abklappern, die Flohmärkte und dergleichen. Kurz, noch mehr Spuren, denen wir nachgehen müssten.«

»Was noch?«

Wang ließ seinen Kopf von einer Schulter zur anderen kreisen.

»Willst du mal was zu lachen haben?«

»Eigentlich nicht. Ich fahre jetzt nach Hause.«

»Komm mal kurz mit.«

Vic blickte auf die Uhr.

»Ich muss jetzt los. Ich habe die ganze Nacht nicht geschlafen, und meine Frau wartet auf mich.«

»Sie muss sich daran gewöhnen zu warten. Komm mit …«

Er zog ihn mit ins Erdgeschoss hinab, vor eine der Ausnüchterungszellen.

»Wow!«, rief Vic aus und verzog das Gesicht. »Wer ist denn dieser Penner?«

»Wir haben ihn in der Nähe der Filmstudios Calendrum aufgelesen. Hast du schon mal so einen Zinken gesehen?«

»Ist der echt?«

»Hundertprozentig.«

»Scheiße, Mann …«

Sie traten näher.

»Er lungerte fast jeden Tag in der Ecke rum, wo Leroy wohnte, vor allem wenn Dreharbeiten stattfanden.«

»Ein Kinofan?«

»Sieht er so aus?«

»Stammen die Weinflaschen von ihm?«

»Genau. Er kommt regelmäßig und fischt das Essen der Kantine aus den Mülleimern. Essen und nicht leer getrunkene Weinflaschen. Im Moment ist es die reinste Orgie für ihn, seit zwei Wochen wird dort ein Horrorfilm mit großem Budget gedreht. *Die Spur des Bösen*, mit Carla Martinez.«

Vic riss die Augen auf.

»Ist das dein Ernst? Diese Schauspielerin ist toll! Hast du sie gesehen?«

Wang betrachtete den Nagel seines kleinen Fingers.

»Leibhaftig, Mann.«

»Und?«

»Ich weiß nicht, sie war voller Blut. Ich habe gefragt, sie benutzen Schweineblut. Kurz, unser Mann heißt Raymond. Réré. Und er behauptet, in der Mordnacht etwas gesehen zu haben.«

Der Mann dämmerte in einer Ecke mit gespreizten Beinen

vor sich hin, er hatte Augen wie ein Salamander. Er mochte fünfzig Jahre alt sein. Oder zehn Jahre jünger. Oder zwanzig.

Wang hockte sich vor dem Gitter nieder.

»He, Réré! Willst du uns nicht noch mal erzählen, was du vorgestern gesehen hast?«

Der Penner fuchtelte mit der Hand vor seinem Körper, als wollte er Fliegen verscheuchen.

»Ihr nervt …«

»Er hat ganz schön einen sitzen«, flüsterte Vic. »Wir könnten die Sache abkürzen, wenn du es mir erzählst.«

Réré streckte den Zeigefinger aus.

»Will der da auch die kleine Fee sehen?«

»Ja, Réré, die kleine Fee. Erinnerst du dich an die kleine Fee?«

Er kratzte sich an der Nase.

»Oh! Sie war schön! Ganz klein, etwa so …«

Er hob den Arm über den Kopf.

»Mit kleinen, ganz schwarzen Augen.«

Vic zog die Augenbrauen hoch und rieb sich über die Stirn.

»Und was hat die kleine Fee gemacht?«, fragte Wang weiter.

»Sie … Sie ist in … ihr Haus gegangen mit … all ihren Freunden. Hat dir schon mal jemand gesagt, dass du Bruce Lee ähnlich siehst?«

»Ja, du, vor einer Stunde. Wie ist sie hereingekommen?«

Der Penner ahmte weite Flügelbewegungen nach.

»Sie ist nicht gegangen, sie ist geflogen. So! Sie hatte zwei weiße Gitter als Flügel!«

»Ah, sie ist geflogen. Also eine Frau?«

»Kleine Feen sind immer Frauen. Du bist nicht nur ein Schlitzauge, du bist auch noch blöde.«

»Was waren das für Freunde?«

»Zwerge. Nackt wie Würmer und alle ganz kahl …«

Die Polizisten warfen sich einen vielsagenden Blick zu. Beide dachten an die Puppen. Vic ging neben Wang in die Hocke.

»Und was noch? Was hast du noch gesehen? Ihr Auto?«

Réré lächelte unter seinem struppigen, silbernen Bart. Er zeigte auf imaginäre Sterne.

»Es war ein Raumschiff aus Metall, ganz grau.«

»Erinnerst du dich an die Uhrzeit?«

Es kam keine Antwort mehr. Die Verbindung war unterbrochen.

Vic und Wang standen auf.

»Wir werden wohl warten müssen, bis er wieder nüchtern ist«, sagte Vic genervt.

»Er ist nüchtern.«

»Scheiße.«

»Er schwafelt ständig dasselbe, ohne weitere Einzelheiten zu nennen. Die Fee mit den weißen Flügeln, die Freunde, das graue Raumschiff. Völlig ungereimtes Zeug.«

»Also ein graues Auto oder ein grauer Lieferwagen?«

»Nein, glaubst du? Man kann seine Worte nicht für bare Münze nehmen, hast du das nicht bemerkt?«

»Und die Geschichte mit der kleinen Fee? Es könnte doch sein, dass er eine Frau gesehen hat, oder?«

»Oder ein Nilpferd, oder eine Giraffe. Dieser Bursche redet ganz schönen Unsinn daher.«

»Jemand, der sich regelmäßig in der Gegend herumtreibt, sagst du?«

»Die Leute vom Filmteam haben erzählt, dass er jeden Tag ihre Mülltonnen durchwühlt. Er haust direkt gegenüber von Leroy. Der Besitzer der Lagerhalle sammelt jeden Morgen die Rotweinflaschen vor den Türen auf.«

Vic legte einen Finger an seine Lippen.

»Das könnte beweisen, dass der Mörder nicht regelmäßig als ›Kunde‹ zu Leroy kam. Sonst hätte er auf diesen Penner geachtet. Und er hätte die Tür nicht aufbrechen müssen. Das könnte auch beweisen, dass wir es nicht mit einem dieser Geistesgestörten zu tun haben, die ihre Opfer Wochen im Voraus ausspionieren, so wie der ›Rote Drache‹.«

»Der *Rote Drache*, ja. Ich kenne den Film«, erwiderte Wang.

Vic strich sich über das Kinn, während er nachdachte.

»Dennoch ist er sehr gewissenhaft. Denk an die Puppen, an die Nadeln, das Morphium, den Essig …«

Der junge Leutnant zog den Reißverschluss seiner Jacke bis oben hin zu.

»Vielleicht ist dieser Typ Leroy einmal begegnet, nur ein einziges Mal, und daraufhin hat er beschlossen, sie zu seinem Opfer zu machen. Also schlägt er rasch zu, wahrscheinlich noch in derselben Woche. Sadismus, ein ausgefeiltes, gut organisiertes Verbrechen, das er noch dazu filmt, wahrscheinlich, um eine Nachricht zu übermitteln. Scheiße, die Sache ist nicht ganz koscher. Weißt du, was das bedeuten könnte?«

Wang rieb sich über den Mund.

»Hör auf, Mann. In den fünfzehn Jahren meiner Laufbahn habe ich nur ein einziges Mal einen zu Gesicht bekommen.«

»Einer alle fünfzehn Jahre, das scheint mir durchaus möglich zu sein, nicht wahr?«

»Los, hau schon ab. Schau dir lieber *Roter Drache* an, und nerv mich nicht mit deinen Serienmördern. Ich mache dich darauf aufmerksam, dass wir es nur mit einem Verbrechen zu tun haben! Was ist das für eine Manie bei den jungen Leuten, dass sie immer nur dieses Wort im Mund haben?«

»Nicht ich habe dieses Wort ausgesprochen, ich habe nichts von einem Serienmörder gesagt. Das warst du.«

Wang zeigte ihm den ausgestreckten Mittelfinger und verkündete:

»Wir gehen nachher noch was trinken, mit Joffroy und zwei, drei Kollegen. Wir treffen uns jeden Freitagabend. Bist du dabei?«

»Nein, tut mir leid. Céline wartet auf mich.«

»Die anderen haben auch eine Braut zu Hause, na und? Willst du einen guten Rat von mir? Komm mit uns. Wir wollen sehen, wie du dich volllaufen lässt.«

Vic schüttelte den Kopf.

»Ich trinke keinen Alkohol, tut mir leid.«

»Dann brauchst du dich nicht zu beschweren, wenn sie dich nicht mögen, Mann. Du ziehst Turnschuhe an, du kriechst Mortier in den Arsch und glaubst, das macht dich unantastbar? Bulle zu sein bedeutet nicht nur, sich an Tatorten rumzutreiben.«

Statt einer Antwort drehte Vic sich um und verschwand.

Er verspürte eine unbändige Lust, ihm seine Faust ins Gesicht zu knallen.

17. Freitag, 4. Mai, 17 Uhr 53

Nachdem Stéphane vom Friedhof zurückgekehrt war, hatte er sich einen kräftigen Schluck Whisky genehmigt und sich dann im Halbdunkel seiner Werkstatt eingeschlossen. Sylvie hatte ihm auf dem Küchentisch eine Nachricht hinterlassen, dass sie zum Friseur gefahren sei. Auch er hatte ihr einen Zettel hingelegt. »Ich bin in Darkland. Bitte stör mich nicht. Ich komme gleich wieder hoch.« Dann hatte er noch hinzugefügt: »Küsschen«.

Carla Martinez' Büste stand unvollendet vor ihm, mit den halbfertigen Wimpern, der halb durchschnittenen Kehle und dem schmerzverzerrten Gesicht. Sie starrte ihn seltsam an, als hätte sie ihren Henker vor sich stehen, der ihr gerade das Messer ins Fleisch gerammt hatte. Stéphane legte die Glasaugen in ein Schälchen. Diese verdammten Puppen sahen wirklich täuschend echt aus.

Dann breitete er in einer Ecke zwischen Hauntedmouth und Darkness eine Decke aus, setzte sich darauf und warf die Maske eines verbrannten Gesichts beiseite. Er zitterte. Eva Montieux' gehässiges Gesicht und ihre giftigen Worte ließen ihn nicht los.

Vor allem ein Gedanke machte ihm zu schaffen: Hätte das Mädchen nicht den Schnürsenkel zugebunden, dann hätte sie sich wohl auf der Straße, direkt vor seinem Wagen befunden. Er war also nicht verrückt, es hatte einen Sinn, dass er gebremst hatte. Nicht im Raum, sondern in der Zeit.

Ja, er hatte gesehen, wie Gaëlle Montieux die Straße überquerte. Wahrscheinlich hatte er sie in einem Traum gesehen, an den er sich nicht mehr erinnerte. Und ein Teil dieses in Vergessenheit geratenen Traums musste wohl bis zu seinem Bewusstsein durchgedrungen sein, so dass er das Gefühl eines Déjà-vu hatte.

Nur hatte irgendetwas nicht funktioniert. Aufgrund einer leichten zeitlichen Verschiebung zwischen dem Imaginären und der Realität hatte er die Tragödie nicht verhindern können. Dieser zugebundene Schnürsenkel …

Seit seiner Kindheit hatten ihm seine Träume immer etwas mitteilen, ihn vor einem Unglück warnen wollen. Er erinnerte sich an seine Zeichnungen in der Schule, mit denen sich die Psychiater befasst hatten. All diese nichtssagenden Zeichen, die für die anderen unverständlich waren, genauso wie für ihn selbst.

Er starrte auf Darkness, der vor ihm stand. Dieses Monster, das seine eigenen Gesichtszüge trug und in dessen geöffnetem Schädel sich ein weiteres winziges Ich befand.

Ein weiteres Ich …

Er erschauderte.

»Und Sie, glauben Sie an Gott?«

Seit gestern, Donnerstag, den 3. Mai 2007, 6 Uhr 30 morgens, war irgendetwas anders. Etwas Grundlegendes. Stéphane erinnerte sich deutlich an seine Träume.

Das, was er von der anderen Seite aus sah, war nicht wirklich schön, doch handelte es sich lediglich um Zeichen? Um eine aufgeblähte, verzerrte Version all dessen, was sich um ihn herum ereignen würde, in düsteren Farben geschildert? Sollte er gewarnt werden? Doch wer wollte ihn warnen? Wovor? Und warum ihn?

Er dachte wieder an Eva Montieux' Worte, an die Tatsache, dass sein eigenes Schicksal mit dem des Mädchens zusammengeprallt war. Warum hatte er an dem Kilometerstein gebremst? Und wenn er versucht hätte, einen Unfall zu verhindern, der sich so oder so ereignet hätte? Und wenn er versucht hätte, den Lauf der Dinge zu verändern?

Stéphane schloss die Augen. Hier im Keller hörte man nur das Gurgeln im alten Leitungsnetz und in der Ferne das Anspringen des Warmwasserboilers. Hypnotisierende Geräusche, perfekt, um dabei einzuschlafen.

Er musste sich seinen Träumen stellen. Und begreifen, was sie zu bedeuten hatten.

Er wickelte sich in die Decke ein. In seinem Kopf schwirrten zu viele Bilder, zu viele Schreie. Es tat ihm leid, dass er Sylvie nichts erklären konnte. Natürlich würde er ihr nichts von seinem Gespräch mit der Mutter des Mädchens sagen, das würde die ohnehin kritische Situation weiter verschärfen. Sylvie hatte an seiner Seite schon genug ertragen. Die endlosen Monate der Genesung, nachdem er aus dem Zug gesprungen war. Sein Schädeltrauma nach dem Unfall mit Gaëlle Montieux. Die ständigen Fahrten zu den Psychologen, Hypnotiseuren und Psychiatern. Die langanhaltenden Angstzustände, seine Abkapselung, die abstumpfenden Medikamente.

Nicht zu vergessen die Furcht, dass ihr Mann eines Tages vielleicht tatsächlich ums Leben kam.

Stéphane fühlte sich verloren, machtlos. Sollte er das alles für sich behalten? Wer sollte ihn verstehen, wenn er sich selbst nicht einmal verstand? Wie lange würde Sylvie noch durchhalten?

Und wie lange würde er noch überleben, eingeigelt im Keller seines riesigen Hauses?

Er schaltete die Lampe aus, neben ihm lag eine Schachtel Schlaftabletten. Falls notwendig, würde er eine nehmen. Er musste schlafen. Um jeden Preis.

Der Schlafmangel der vergangenen Nächte machte sich bemerkbar. Nach wenigen Minuten schwebte er bereits auf einer Wolke. Von Sylvie blieb nur noch ein Schatten zurück, von Gaëlle ein erstickter Schrei, der irgendwo in seinem Unbewussten ertönte. Nur die Umrisse seiner furchterregenden Monster flackerten noch in diesem kalten, tief unter der Erde gelegenen Raum.

Als seine Augenlider nur noch zwei schwere unüberwindbare Pforten waren, wusste er, dass er bereit war.

Bereit, sich der Hölle seiner Alpträume zu stellen.

18. Freitag, 4. Mai, 18 Uhr 25
Dritter Traum: Das Trois Parques

Mit kahlrasiertem Schädel stand Stéphane vor einem Spiegel. Er kniff die Augen zusammen und zog an der Haut seiner Wangen. Von den drei Kratzern waren nur noch schwache rosafarbene Spuren zu sehen, die gerade vernarbten. Er fasste an sein Auge und zog eine Grimasse, dann drehte er den Wasserhahn auf und spritzte sich kaltes Wasser ins Gesicht.

Er ging ins Schlafzimmer, einen winzigen quadratischen Raum mit Rigipswänden und grüner Tapete mit gelben Streifen. Er stellte den Ton des Fernsehers lauter, der über einem kleinen Schrank an der Wand befestigt war.

Er trat an ein Doppelbett, auf dem Hotelbettlaken und eine schreckliche weiße Daunendecke lagen. Selbst bei voller Lautstärke konnte man noch das Keuchen und die unmissverständlichen Schreie aus den Nachbarzimmern hören.

Draußen kreischten Motorsägen, die Bäume stürzten mit ohrenbetäubendem Getöse zu Boden.

Stéphane setzte sich auf die Matratze. Vor ihm an der Wand stand in seiner Schrift: »Halte dich von Mélinda fern«, »Pass auf Sylvie auf«. Darunter, ein Stück weiter links: »Fliehe sofort mit Sylvie von hier«, »Ignoriere die Träume«. Dann noch: »Deine Nachrichten PF 101«, »Noël Siriel« …

Plötzlich blickte Stéphane zum Fernseher auf. Die Lokalnachrichten fingen an.

Langsam nahm er die Sig Sauer und steckte sich den Lauf in

den Mund. Das Metall schlug gegen seine Schneidezähne. Mit zitterndem Finger berührte er den Abzug. Dann zog er die Waffe zurück, spuckte aus und blieb völlig zusammengesunken sitzen. Ein paar Sekunden später warf er die Knarre gegen den Schrank.

Neben seinem ausgeschalteten Handy, einer Latexmaske und einer Haarschneidemaschine lag – dem Format zufolge – ein altes Polaroidfoto von seiner Frau Sylvie. Er nahm es in die Hand und strich darüber. Seine Frau lächelte nicht, sie sah wütend aus und hatte kurzgeschnittenes Haar. Sie, die immer lange Haare gehabt hatte, konnte einem nun Angst einjagen.

Stéphane legte das Foto wieder hin und griff zu einem Stapel anderer Abzüge, die aufgrund eines fehlerhaften Films allesamt in der linken Ecke Flecken aufwiesen. Wer benutzte heutzutage noch klassische Fotoapparate?

Auf den Fotos war überall Blut zu sehen. Blutgetränkte Matratzen, Kopfkissen in einer klebrigen Flüssigkeit. Dann ein Gesicht. Oder vielmehr ein völlig zerquetschtes Etwas. Der Mund war zertrümmert, hatte weder Lippen noch Zunge. Auch die Finger waren abgeschnitten worden. Wenn man den Körper betrachtete, die zurzeit bei der Jugend angesagten Tätowierungen, musste die verstümmelte Frau sehr jung gewesen sein.

Stéphane zerknüllte das Foto in seiner Hand.

Um ihn herum lagen Dutzende solcher Bilder.

Das Geräusch von schlagenden Türen holte ihn zurück in die Wirklichkeit. Mit der Waffe in der Hand stürzte er ans Fenster. Kein Grund zur Besorgnis, es waren nur zwei Jugendliche mit Rucksack auf dem Weg zum Hotel. Der eine betatschte den Po des anderen, dessen Gesicht ganz verbrannt war. Beruhigt beschloss Stéphane, sein Handy einzuschalten.

Das Display war kaputt, hatte tiefe Risse. Stéphane rief sein Adressverzeichnis auf, drückte mehrmals auf die Pfeile und wählte dann eine Nummer. Nach dem ersten Klingeln ertönte eine Männerstimme.

»Stéphane?«

»Ja …«

»Was treibst du, mein Gott? Wo steckst du? Die Polizei sucht überall nach dir!«

Stéphane war am Ende seiner Kräfte und konnte kaum das Telefon halten.

»Das ist das dritte Mal hintereinander, dass ich schlafe, ohne zu träumen.«

Am anderen Ende der Leitung war ein Schnaufen zu hören.

»Du musst dich stellen! Ich werde dir helfen! Ich verspreche dir, dass ich dir helfen werde! Wir werden dich da herausholen!«

Stéphane nahm erneut das Polaroidbild von Sylvie und strich über ihr Gesicht, die lebendigen Farben.

»Wie geht es deiner Frau?«, fragte er mit bedrückter Stimme. Langes Schweigen.

»Es ist … Es ist schwierig … Sie … Scheiße … Ich müsste eigentlich bei ihr sein.«

Stéphane seufzte.

»Geh zu ihr. Oder du wirst es dein ganzes Leben lang bereuen. Tu ein einziges Mal, was ich dir sage. Und geh zu ihr.«

»Ich kann nicht, Stéphane, ich kann nicht … Es ist verrückt, wie der Tod so plötzlich hereinbrechen kann, wie das Schicksal sich wegen einer Lappalie derart verändern kann. Sechsundvierzig oder siebenundvierzig, was macht das schon aus?«

»Zumal es siebenundvierzig nie gegeben hat.«

»Ich hasse die Wissenschaft und diesen ganzen Blödsinn. Scheiße, warum hast du das nicht verhindern können?«

»Ich habe es versucht, Victor. Ich schwöre dir, ich habe es versucht.«

»Du hättest mehr tun können. Du hättest …«

»Was hätte ich denn tun sollen? Eine schwangere Frau entführen? Falls du es vergessen hast, du bist dafür verantwortlich, dass das passiert ist!«

Es klopfte an der Tür. Stéphane legte hastig auf.

Er packte die Sig Sauer, setzte sich die Latexmaske auf und

stürzte geräuschlos zur Tür. Doch der Fernseher hinter ihm lief noch immer mit voller Lautstärke.

»Stell gefälligst leiser, du Arschloch«, brüllte eine Stimme. »Glaubst du, du bist allein auf der Welt?«

Zu der ersten Stimme gesellten sich weitere.

»Zimmer Nummer 6?«, schrie jemand im Gang. »Da ist doch normalerweise niemand! Was ist da los?«

Man hörte das Geräusch eines Schlüssels. Als die Tür aufging, rannte Stéphane mit der Waffe in der Hand los. Die verkrüppelten Gestalten wichen zurück.

Draußen drehte er sich ein letztes Mal zum Hotel um, zu dem wackligen Schild Trois Parques, dann verschwand er im Wald.

19. Freitag, 4. Mai, 18 Uhr 31

Mit dem Handy am Ohr lief Stéphane in Darkland auf und ab. Am anderen Ende der Leitung ging Sylvie ran.

»Stéphane?«

»Wo bist du, Schatz? Sag mir, wo du bist!«

»Beim Friseur, das steht auf dem Zettel in der Küche. Hast du meine Nachricht nicht gesehen?«

»Habe ich! Genau! Ich …«

»Ich bin gleich dran. Könntest du bitte aufhören, so in den Hörer zu schreien.«

»Ich will nicht, dass du dir die Haare abschneiden lässt!«

»Was soll das?«

»Lass sie dir nicht abschneiden, ja?«

Stéphane hörte eine männliche Stimme. Jemand sprach mit Sylvie. Sie antwortete, dass sie gleich komme, und murmelte dann:

»Wer hat dir gesagt, dass ich sie mir abschneiden lassen will? Seitdem wir uns kennen, habe ich das noch nie gemacht. Ich lasse sie mir nur nachschneiden.«

Sylvie wechselte ein paar Worte mit ihrem Friseur und fuhr dann fort:

»Willst du wirklich, dass ich sie mir abschneiden lasse? Würde dir das gefallen? Würdest du mich dann mit begierigeren Blicken ansehen?«

»Nein, nein, nein!«

»Warum denn nicht? Ich brauche eine Veränderung. Wenn das die Sache wieder einrenkt ...«

Stéphane stieg die Treppe hinauf und rannte in die Küche. Jetzt brüllte er:

»Nein, das ist kein Scherz! Du darfst dir auf kei ...«

Zu spät, ein Pfeifton erklang. Er wählte die Nummer noch einmal, doch ohne Erfolg.

»Scheiße!«

Von Panik erfasst, holte er die Schlüssel seines Ford. Als er in den Wagen stieg, wurde ihm bewusst, dass er nicht einmal die Adresse des Friseurs kannte. In welcher Stadt mochte er sein? In Lamorlaye, Chantilly, Gouvieux, Senlis?

Er kehrte rasch in den Keller zurück und nahm sein Heft in die Hand, wo er gerade seinen dritten Traum niedergeschrieben hatte. »Das Trois Parques«. Einige Blätter lösten sich bereits. Völlig ungeordnet steckte er sie wieder zurück.

Ein Polizist, er musste schnellstmöglich mit einem Polizisten sprechen. Er sah noch deutlich die verstümmelten Körper auf den Fotos vor sich. Die zerquetschten Gesichter. Frauen, die man zu Tode gefoltert hatte.

War es schon zu spät, oder konnte er diesen Frauen noch helfen? Was hatte diese Geschichte mit ihm zu tun?

Bevor er bei der Polizei anrief, überlegte er sich, was er fragen sollte. Er wollte sich erkundigen, ob gerade der Fall eines Serienmörders bearbeitet wurde. Ob die Polizei auf der Jagd nach einem Mann war, der seinen Opfern Lippen, Zunge und Finger abtrennte. Ein Sadist, der seine Opfer regelrecht zerstückelte.

Zwei ... Er hatte zwei verschiedene Frauen gesehen. Eine Blonde mit einer eintätowierten Schlange auf dem linken Unterschenkel, deren Körper von Nadeln durchbohrt war. Und eine Dunkelhaarige, die man mit Stacheldraht an einen Schrank gefesselt hatte, mit kurzen Haaren und übel zugerichtetem Gesicht.

Doch dann besann er sich eines Besseren. Was wäre, wenn

die Polizei herausfände, woher der Anruf kam? Wie sollte er erklären, dass er die Fotos von zwei potentiellen Opfern gesehen hatte? Und wie sollte er ihnen helfen? Er hatte nichts in der Hand, nur die Erinnerung an einen Traum von zu Mus gemachten Leichen.

Wenn er anrief und alles erzählte, würde man ihn verdächtigen oder, wahrscheinlicher noch, für verrückt erklären. Man brauchte nur einen Blick in seine psychiatrische Akte zu werfen.

Er saß in der Falle. Er konnte nichts tun. Nicht bevor er mehr wusste.

Er suchte im Internet nach Informationen über einen Mörder, der nach dieser Vorgehensweise handelte. Er ging auch die Nachrichtenseiten, die Newsgroups und die auf Serienmörder spezialisierten Seiten durch. Doch er fand nichts Konkretes. Das Internet löste nicht jedes Problem.

Dann gab er »Noël Siriel« ein. Keine Ergebnisse. Nicht mal im Telefonbuch. Der Mann war abgetaucht. Wer war er, welche Rolle spielte er in dieser Geschichte, weshalb schrieb der andere Stéphane seinen Namen an die Wand?

Und was hatte der Text direkt daneben zu bedeuten: »Deine Nachrichten PF 101«? Handelte es sich um ein Postfach? Morgen würde er bei der Post in Lamorlaye vorbeigehen. Er musste es überprüfen. Alles genau überprüfen.

Nun befasste er sich näher mit dem Hotel, wo der Stéphane aus seinem Traum Zuflucht gesucht hatte. Als er über den Parkplatz in den Wald floh, hatte er auf einem alten, rostigen Schild einen Namen gelesen: Trois Parques.

Die Suchmaschine lieferte massenhaft Treffer. Die meisten standen in Zusammenhang mit der Mythologie und nahmen Bezug auf die Drei Parzen, aber ein Ergebnis schien zu passen. In einem Fetischisten-Forum sprach ein Internetnutzer vom Trois Parques. Es handelte sich nicht um ein richtiges Hotel, sondern um eine Art Gasthof, der westlich von Paris abgelegen in einem Wald lag. Und schenkte man den Aussagen des Typen

Glauben, so war er nicht auf gastronomische Genüsse spezialisiert.

Mit versteinertem Gesicht schaltete Stéphane den Bildschirm aus. Diese Orte, die er noch nie betreten hatte, existierten tatsächlich. Orte, die in irgendeiner Weise mit ihm zu tun hatten. Und dieses Mal konnte keine Rede sein von Amnesie oder Geisteskrankheit. Es war zu präzise. So wie die drei Kratzer auf Stéphanes imaginärem Gesicht oder der Bluterguss an seinem Auge, die von Traum zu Traum immer schwächer wurden. Dies bewies, dass seine Träume nicht einfach nur Träume waren, sondern Visionen, die einen Menschen zeigten, der sich im selben Rhythmus wie er in der Zukunft bewegte.

Der imaginäre Stéphane hatte sich eine Pistole in den Mund gesteckt, war bereit gewesen abzudrücken. Warum diese Verzweiflung? Wegen der kleinen Mélinda? Gehörte das rosafarbene blutbefleckte Taschentuch diesem Mädchen? Wer war dieser »Victor« am Telefon? Was hatten diese Zahlen 46 und 47 zu bedeuten?

Er ging hinauf, nahm zwei Äpfel aus einem Korb, zog eine graue Jacke über und rannte zu seinem Ford. Seit dem Unfall war er nicht mehr mit dem Auto gefahren. Es war Zeit, wieder damit anzufangen.

Als der Motor aufheulte, verspürte er keine besondere Regung, keine Angst, er zitterte nicht. Er würde den Rückwärtsgang einlegen und losfahren, so wie immer.

Zum Trois Parques.

Und diesmal würde er versuchen, nicht ohne triftigen Grund zu bremsen und von der Straße abzukommen.

20. Freitag, 4. Mai, 18 Uhr 54

Nachdem er Céline benachrichtigt hatte, dass er später käme, machte Vic einen Abstecher am Krankenhaus Victor Dupouy in Argenteuil vorbei. Bei seinem vorletzten Anruf war er möglicherweise auf eine Spur gestoßen. Der Bereitschaftsarzt hatte ihm am Telefon erzählt, dass vor zwei Monaten ein Mann mit schwerem Wundbrand da gewesen sei.

»Ein Fall wie aus dem Lehrbuch«, erklärte der Arzt, während er sich vor dem Krankenhaus eine Mentholzigarette anzündete. »Der obere Teil seiner Hand war ganz warm, die Haut schwarzgrünlich verfärbt, mit lauter Blasen und dem typischen Geruch. Eine MRT-Aufnahme hat gezeigt, dass sich die Bakterientoxine bereits bis ins Gewebe ausgebreitet hatten. Der Wundbrand war schon weit fortgeschritten. In der Chirurgie wollten sie ihn umgehend amputieren. Daraufhin haben wir ihn schnellstens ins IFCM bringen lassen, das Französische Institut für Handchirurgie. Ein paar Tage später, und er hätte eine Blutvergiftung erlitten und wäre gestorben.«

»Hat er Ihnen gesagt, wie es zu der Verletzung gekommen ist?«

»Angeblich hat er sich den kleinen Finger beim Werken abgetrennt, als er versehentlich in die Kreissäge geraten ist. Er hat behauptet, er hätte sich zunächst selbst behandeln wollen, auf die harte Tour. Wissen Sie, die Geschichte von den Eltern, die den Krieg mitgemacht haben, und all das …«

Er fuhr entrüstet mit der Hand durch die Luft.

»Aber das war gelogen. Die Röntgenaufnahmen haben ergeben, dass der Knochen sauber durchtrennt worden war, es gab keine Splitter. Als hätte er ihn beispielsweise mit einer Axt abgehackt. Wollen Sie meine Meinung hören?«

»Deshalb bin ich hier.«

»Der Typ war ein zäher Bursche, groß und kräftig, mit zahlreichen Tätowierungen. Ich musste eher an einen Racheakt denken, in der Art der Yakuza. Das würde erklären, warum er nichts gegen den Wundbrand unternommen hat. Denn der erste Reflex, wenn man sich den Finger abschneidet, ist doch, ins Krankenhaus zu fahren, oder?«

Vic berührte den Bereitschaftsarzt am Arm. Dieser war noch sehr jung und, wie es schien, äußerst cool.

»Zum Glück ist mir so etwas noch nie passiert. Aber das würde ich tun, selbstverständlich.«

Vic hielt es nicht für notwendig, ihm von den *Devotees* zu erzählen und von ihren abnormen Verhaltensweisen, die bis zur Selbstverstümmelung gingen.

»Ist es möglich, dass sich sein Körperglied neu entzündet hat, auch nachdem er behandelt wurde?«

Der junge Mann zog heftig an seiner Mentholzigarette.

»Das ist möglich, ja. Im Krankenhaus ist man bemüht, eine Amputation so durchzuführen, dass ein sauberer Stumpf entsteht, an den zu einem späteren Zeitpunkt eine Prothese angebracht werden kann. Doch am wichtigsten ist die Behandlung nach der OP. Sie wird teilweise im Krankenhaus durchgeführt, danach kümmert sich eine Krankenschwester zu Hause um den Verband. Das ist eine ganze Wissenschaft für sich. Der Blutkreislauf darf nicht behindert werden, man darf den Verband nicht zu fest ziehen, damit das Gewebe nicht abstirbt oder sich Wülste bilden, sonst würde ein missgestalteter Stumpf entstehen. Außerdem muss der Patient darauf achten, dass er seinen Arm immer richtig ablegt, um eine gute Durchblutung zu gewährleisten, und zudem regelmäßig zum Arzt zur Kontrolle gehen.«

»Steht das alles in seiner Krankenakte?«

»Ja. Allerdings befindet sich diese nicht hier, sondern in der Chirurgie, wo die Amputation durchgeführt wurde, im IFCM. Hier in der Notfallaufnahme führen wir Untersuchungen durch und stellen die Diagnose, doch wir operieren nicht. Was danach geschieht, entzieht sich unserer Kenntnis. Auch als Polizist werden Sie keinen Zugang zu diesen Informationen bekommen.«

Vic ballte die Faust.

»Aber Sie können mir wenigstens den Namen des Mannes nennen?«

»Ja, das kann ich. Kommen Sie mit.«

Der Bereitschaftsarzt tippte auf seiner Tastatur herum.

»Was ist das Problem mit diesem Patienten?«

»Sagen Sie ... Wie lange kann ein Mann mit Wundbrand, der einen regelrechten Leichengeruch hinterlässt, überleben?«

»Dieser Geruch bedeutet, dass sich bereits Gase unter der Haut gebildet haben. Die Haut wird angegriffen, färbt sich braun oder schwarz. Innerhalb weniger Tage bekommt der Patient Fieber, starke Schmerzen, der Blutdruck nimmt ab, und schließlich fällt er ins Koma. Im günstigsten Fall lässt sich das Fortschreiten der Krankheit mit Hilfe von Antibiotika und Antiseptika um ein paar Tage verzögern. Doch ohne Operation läuft es auf dasselbe Ende hinaus.«

»Ein tödliches.«

Vic blieben Zweifel. Fieber, Schmerzen, Koma ... War er mit dem Wundbrand auf der richtigen Spur?

»Hier«, sagte der Arzt zum Abschluss. »Grégory Mache. Er wohnt nicht weit von hier. In der Nähe von Maisons-Laffitte. Wollen Sie mir immer noch nicht sagen, weshalb Sie ihn suchen?«

Vic schüttelte leicht den Kopf.

»Das gehört zu den Dingen, die man besser nicht weiß ...«

21. Freitag, 4. Mai, 19 Uhr 05

Die Sonne ging zwischen den Eichen und Buchen unter, als Stéphane durch ein mitten im Wald gelegenes Nest fuhr, etwa dreißig Kilometer westlich der Hauptstadt. Kurz darauf erblickte er hinter einer Kurve endlich den Gasthof, der von üppiger Vegetation umgeben war. Das Haus ähnelte dem aus seinen Träumen: Ein großes Gebäude mit großem Parkplatz, ohne ein einziges Hinweisschild oder Werbeplakat, es gab nur dieses seltsame, blinkende Schild: Trois Parques.

Wie aus dem Internet hervorging, war dieses Haus nicht illegal. Man konnte sich dort für eine Nacht ein Zimmer nehmen, wie in jedem anderen Hotel auch. Allerdings musste man hier wirklich Lust dazu haben.

Stéphane biss in einen Apfel, während er sich vom Fahrersitz aus mit wachsamen Blicken umsah.

Auf dem Parkplatz standen Autos, Lieferwagen und eine Harley Davidson. Einige Fahrzeuge fuhren umher und kommunizierten per Lichthupe miteinander. Andere waren geparkt, während ihre Fahrer Ausschau hielten. Stéphane parkte ein Stück abseits und beobachtete aufmerksam das seltsame Geschehen. Wer waren diese Leute? Tauschpartner? Sadomasos? Fetischisten? Sollte er zu einem von ihnen Kontakt aufnehmen? Welche Rolle sollte er hier spielen?

Er wagte sich besser direkt in die Höhle des Löwen und gab sich dort als Single aus. Stéphane wollte seinen Ehering schon im Handschuhfach verstecken, doch dann besann er sich: In seinen Alpträumen trug er keinen Ehering. Wenn er den Ring anbehielt, konnte er das Schicksal vielleicht abwenden.

Mit gesenktem Kopf und tief herabgezogener Schirmmütze ging er zu der Steinfassade.

Der Mann an der Rezeption trug eine viel zu große ärmellose Lederjacke, darunter einen schwarzen Rollkragenpulli. Er hatte einen riesigen bläulichen Weinfleck im Gesicht. Die auf Gothic gemachte Deko bestand aus einigen Aquarellen, auf denen Eulen, Fledermäuse und Waldkäuze zu sehen waren, zwei oder drei ausgestopften Hirsch- und Wildschweinköpfen sowie einem großen Kronleuchter mit erloschenen Kerzen.

Der ideale Ort, um unterzutauchen, dachte Stéphane. In seinem Traum war er auf der Flucht, er hatte sich sogar den Schädel rasiert und sich draußen eine Latexmaske aufgesetzt, um nicht erkannt zu werden.

»Es ist voll«, erklärte der Mann und räumte eine Zeitschrift mit vielen Bildern und wenig Text unter die Theke.

Stéphane verspürte eine seltsame Form von Erregung. Er führte Ermittlungen durch, wie ein richtiger Polizist, und das gefiel ihm.

»Hinter Ihnen hängen doch jede Menge Schlüssel.«

»Ja. Es ist trotzdem voll.«

Stéphane blickte sich unauffällig in dem Raum um, vielleicht fiel ja der Groschen bei ihm.

»Ich brauche trotzdem ein Zimmer. Die Nummer 6.«

Auf die Unterarme gestützt beugte sich der Mann über die Empfangstheke.

»Hast du nicht richtig verstanden? Ich habe gesagt, es ist voll.«

Stéphane legte zwei Hunderteuroscheine vor sich.

»Die Nummer 6 … Ich bestehe darauf …«

»Bist du Bulle?«

»Was glauben Sie?«

»Bei deiner Frisur würde mich das sehr wundern. Weißt du, dass Friseure für Leute wie dich da sind?«

Dann kam ein regelrechter Koloss die mit rotem Teppich ausgelegte Treppe herunter. Er war 1,95 m groß und trug ein enges Lederband um den Hals. Einer der Jackenärmel steckte in seiner Tasche. Offensichtlich fehlte ihm eine Hand.

Stéphane erkannte in ihm den Mann aus seinem Traum wieder, der bei ihm an die Tür gehämmert hatte, weil sein Fernseher zu laut war. Es war unglaublich.

»Gibt's ein Problem?«, fragte der Hüne und leerte eine Bierflasche.

Der Mann an der Rezeption steckte die Geldscheine ein und machte eine beschwichtigende Handbewegung.

»Ist schon okay, Machine. Der Herr wird eine schöne, ruhige Nacht bei uns verbringen. Ich nehme an, dass wir zu Ihnen kommen? Oder bevorzugen Sie das einsame Vergnügen?«

»Nachher kommen noch ein paar Kumpel von mir vorbei«, erwiderte Stéphane, der versuchte, sich den Gepflogenheiten des Hotels anzupassen.

Mit lautem Knurren bedeutete Machine ihm, die Arme zu heben, und er begann, ihn mit einer Hand zu durchsuchen.

»Haben wir uns schon einmal gesehen?«, fragte Stéphane.

Keine Antwort. Er setzte ein verkrampftes Lächeln auf.

»Das beruhigt mich in gewisser Weise. Ist die Durchsuchung zwingend notwendig?«

Da Hulk offensichtlich nicht viel redete, antwortete der Mann am Empfang an seiner Stelle.

»Wir mögen Neulinge nicht besonders.«

Stéphane hätte die Männer gerne mit Fragen bestürmt, doch er musste seine Neugier bezwingen und so tun, als wäre er ein »gewöhnlicher« Kunde.

Der Mann mit dem Weinfleck hielt ihm einen Schlüssel hin.

»Die 18. Die Nummer 6 ist schon belegt, tut mir leid. Zweiter Stock. Wie heißt du? Nur damit wir Bescheid wissen, wenn deine Kumpel aufkreuzen.«

»Cage … Nicolas Cage …«

Stéphane entfernte sich bereits, als der Riese ihm hinterherrief:

»Hast du keine Tasche dabei, keine Utensilien, nichts?«

»Nur eine Angelrute, in meinem Wagen.«

Sein Gesprächspartner sah ihn misstrauisch an.

»Meine Kumpel bringen alles mit«, erklärte Stéphane, um ihn zu beruhigen.

»Das wird deine Frau bestimmt witzig finden.«

Er schloss sich im Zimmer 18 ein. Kurz darauf hörte er, wie der Fußboden im Gang knarrte. Sicherlich Machine, der ihn überwachte.

Stéphane legte sich kurz auf die Matratze und stand dann leise auf. Er warf einen Blick aus dem Fenster. Der Parkplatz, der Wald. Ein wahres Luxushotel – in etwa so attraktiv wie das Hotel in *Psycho* –, über fünfzig Kilometer von ihm zu Hause entfernt. Fehlten nur noch Norman Bates und sein hübsches kleines Messer.

Er las in seinem Heft noch einmal die Beschreibung seines letzten Traums nach. Dieses Zimmer Nummer 18 ähnelte dem aus seinem Alptraum, der Nummer 6, bis auf wenige Details. Es gab keinen Fernseher, das Bett war sehr viel breiter, und die prächtige blaue Tapete hatte gelbe statt grüne Streifen. Was den Lärm aus den Nachbarzimmern anging, so gab es keinen Unterschied. Stöhnen, kurze, erstickte Schreie, das Knallen von Handschellen gegen das alte eiserne Bettgestell.

Er wartete gut zwanzig Minuten, das Ohr an die Tür gepresst, und beschloss dann, sein Zimmer zu verlassen. Vor ihm befand sich ein leerer Gang, er war dunkel und lang, wie in *Shining*. Stéphane ging ihn entlang und stieg in den ersten Stock hinab. Der Mann an der Rezeption hatte nicht gelogen. Aus Zimmer Nummer 6 drang das glucksende Gelächter von Frauen.

Stéphane klopfte leise an. Die Stimmen verstummten. Man hörte das Quietschen von Federn, dann panikartige Bewegungen.

»Einen Moment! Einen Moment, okay?«, rief eine dünne Stimme.

In der Tür erschienen zwei funkelnde Augen. Eine Frau mit roten Haaren, Piercings in der Nase und im ganzen Gesicht, etwa zwanzig Jahre alt. Sie rieb sich mit dem Handrücken über die Lippen, ihre Stirn war schweißbedeckt.

»Worum geht es?«

Verlegen holte Stéphane einen Hunderteuroschein aus der Tasche.

»Ich brauche unbedingt dieses Zimmer. Nehmen Sie meins, die Nummer 18.«

Hinter ihr flüsterte jemand. Die Frau wandte den Blick nicht mehr von dem Geldschein.

»Wo ist da der Haken?«

»Es gibt keinen Haken. Dieses Zimmer ist das Zimmer meiner Träume.«

»Das kann ja nicht so schwer sein.«

»Nehmen Sie nun die Kohle oder nicht?«

Diesen Satz ließ sie sich nicht zweimal sagen. Das Geld verschwand in ihrer Hand.

»Dein Zimmer interessiert uns nicht. Wir wollten sowieso los. Gib uns noch eine Minute, okay?«

Stéphane öffnete die Tür und stürzte hinein. Eine andere Frau mit dunklen kurzrasierten Haaren und Ringen in den Lippen packte gerade ihre Fotoausrüstung ein.

»Wer ist dieser Typ, verdammt?«

Stéphane schloss die Tür hinter sich und bedeutete ihnen, leiser zu reden.

»Hören Sie, ich muss wissen, was in diesem Gasthof vor sich geht.«

Er legte zweihundert Euro auf das Bett. Misstrauisch hob die Braunhaarige sie auf.

»Wir wollen keinen Ärger …«

»Ich bin kein Bulle. Ich brauche nur diese Information.«

»Das heißt, du treibst dich hier rum, aber weißt nicht, weshalb.«

»Gut gefolgert.«

»Verstehe.«

Die beiden Frauen blickten sich fragend an, die Rothaarige beschloss zu reden.

»Leg noch hundert Euro drauf.«

»Francs waren mir lieber. Damals hätten Sie gesagt ›Gib mir hundert Eier‹, das hätte mich nicht ganz so ruiniert.«

Sie steckte den Geldschein ein und antwortete:

»Das hier ist eine Art Puff für Leute mit einem etwas anders gearteten Geschmack.«

»Ich glaube, ich verstehe. Welcher Art?«

»Derart …«

Sie wies mit dem Zeigefinger auf den Boden. Stéphane war fassungslos: Sie hatte sechs Zehen an jedem Fuß.

»Nun«, lächelte die Rothaarige. »Hierher kommen Leute, die es gerne mit Krüppeln treiben. Leute mit Verbrennungen, mit verstümmelten oder deformierten Gliedmaßen. Du wirst hier keine Frauen mit drei Brüsten finden, aber etwa so in der Art. Sagen dir *Freak Shows* was?«

»Ein bisschen, ja. Ich sammle welche in meinem Keller.«

»Das hier ist dasselbe. Eine moderne *Freak Show*, nur mit Freiwilligen, mit Leuten, die darauf stehen.«

Stéphane erinnerte sich an den Mann mit dem verbrannten Gesicht aus seinem Traum. An Machine, dem eine Hand fehlte. An den Mann von der Rezeption mit dem riesigen Feuermal. An die unheimlichen Gestalten und ihre Lichthupen.

»Und wie kommen Sie zusammen?«

Die Braunhaarige, die hinter ihr stand, machte rasch den Reißverschluss ihrer Tasche zu und packte ihre Freundin am Arm.

»Halt jetzt den Mund. Wir verschwinden. Auch für Geld musst du nicht alles ausplaudern, verdammt noch mal!«

Stéphane war völlig durcheinander. Er wusste nicht, was er fragen, wo er suchen sollte.

»Hören Sie, ich bräuchte Ihre Namen, für den Fall, dass.«

»Für welchen Fall?«, erwiderte die Rothaarige.

»Das kann ich Ihnen nicht erklären.«

»Mach, dass du wegkommst, dreckiger Perverser.«

Sie warf ihm die Schlüssel der Nummer 6 und der 18 vor die Füße. Das seltsame Paar verschwand lachend.

Verwirrt schloss sich Stéphane im Zimmer ein. Woher kannte er einen solchen Ort?

Er sah wieder die zwölf Zehen der Frau vor sich. Diese angeborene Missbildung, diese genetisch übertragene Anomalie ... Plötzlich sah er einen Zusammenhang. Dupuytren, das Museum der Anomalien ... Hatte der Besuch dieses Museums den Stéphane aus seinen Träumen hierher, ins Trois Parques, geführt?

Wieder hatte er eine Verbindung zwischen seinen Alpträumen gefunden, eine gewisse Logik. Diese Träume hingen miteinander zusammen, der imaginäre Stéphane versuchte, etwas herauszufinden. Doch was?

Stéphane blickte sich suchend um. Der Fernseher stand dort, an derselben Stelle. Das Bett war identisch, das Quietschen klang ähnlich. Doch irgendetwas störte ihn. Er nahm sein Heft heraus. Er hatte sich die Farbe der Tapete notiert: grün mit gelben Streifen. Doch diese hier war blau, wie in der Nummer 18. Seltsam, dieser erste Unterschied zwischen seinen Träumen und der Realität. Hatte er etwas falsch aufgeschrieben? Oder aber war diese Unstimmigkeit normal? Schließlich handelte es sich bloß um Träume.

Nur um Träume ...

Vor dem Badezimmerspiegel sah sich Stéphane aufmerksam an. Nichts. Kein Kratzer. Der andere Stéphane hatte blaue Flecken im Gesicht, Schrammen, Blutergüsse. Vielleicht hatte er sich geprügelt, einem Polizisten die Pistole geklaut und sich hier versteckt, nachdem man im Radio die Suchmeldung durchgegeben hatte.

Mit dem Heft in der Hand ging Stéphane auf und ab. Und wenn er den Ort von früher kannte und nach dem Zugunfall 1998 nur wieder vergessen hatte? Seine kurze Amnesie ... Das würde erklären, warum eine andere Tapete im Zimmer hing. Dann wäre das alles unbewusst in seinen Träumen zum Vorschein gekommen.

Er las noch einmal, was er über sein Telefongespräch mit dem Mann notiert hatte. Diesem Victor. Er kannte keinen Victor.

Aus dem Notizbuch fielen ein paar lose Blätter zu Boden. Er hob sie auf und steckte sie in die Tasche.

Er ging wieder hinunter zur Rezeption und fragte ein wenig außer Atem:

»Sagt Ihnen der Name Noël Sirius etwas?«

Er dachte an die Buchstaben auf der Wand in seinem Traum: »Noël Sirius«.

»Absolut nichts.«

»Dann vielleicht Mélinda? Oder John Lane? Hector Ariez?«

»Willst du das ganze Telefonbuch runterleiern? Nein, das sagt mir nichts.«

»Ein gewisser Victor?«

»Nein!«

»Ich brauche eine Liste mit sämtlichen Leuten, die das Zimmer Nummer 6 gemietet haben. Irgendetwas muss dort vorgefallen sein.«

»Von 1990 bis heute?«

»Ja, ja, perfekt.«

Der Mann brach in lautes Gelächter aus.

»Glaubst du im Ernst, wir führen ein Gästebuch? Du scheinst ja wirklich an der Nummer 6 zu hängen. Meine beiden Schätzchen sind gerade abgehauen und haben mir erzählt, du hättest ihnen eine nette Summe zugesteckt. Für jemanden, der *clean* ist, sitzt dir das Geld ein wenig zu locker. Was genau geht hier vor? Was suchst du?«

»Diese beiden Frauen … Geben Sie mir ihre Namen und Adressen.«

»Das soll wohl ein Scherz sein, oder was?«

Stéphane schloss die Augen. Die Rothaarige hatte nichts mit seinen Träumen zu tun, aber die Braunhaarige mit den kurzen Haaren möglicherweise schon. Die Piercings, die Tätowierungen … Das Opfer mit dem entstellten Gesicht auf den Fotos, das mit Stacheldraht gefesselt war. Und wenn …

»Es ist wichtig! Ich brauche die Adresse der Braunhaarigen! Sie wird vielleicht sterben!«

»Gib's auf. Oder ich rufe Machine.«

Mit erhobenen Armen wich Stéphane zurück.

»Okay, okay … Aber die Nummer 6 habe ich bezahlt. Ich kann sie bis morgen früh haben, okay?«

»Was willst du eigentlich? Verschwindest du jetzt, oder bleibst du?«

»Ich … Ich weiß es nicht. Vielleicht komme ich wieder.«

»Du bist echt gestört, Mann. Hat dir das noch keiner gesagt?«

Stéphane rannte hinaus. Vor ihm bewegte sich der Reigen der Fahrzeuge, die Lichthupen leuchteten auf. Die endlosen Baumreihen. Nichts! An nichts davon erinnerte er sich! Was trieb er hier? Wurde er langsam wahnsinnig?

Er brauste davon und gab Vollgas, als er allein auf der Straße war. Er hatte die Nase voll von diesen Visionen! Sie führten ihn doch nur in eine Sackgasse. Seine Träume jagten ihn wie einen Hund durch die Gegend. Wenn er so weitermachte, würde er seine Beziehung, sein ganzes Leben zerstören. Endgültig.

Er würde nie wieder ohne Grund bremsen. Dieser Wahnsinn war endgültig vorbei.

Da kam ihm ein Lastwagen mit geschnittenem Holz entgegen … und er bremste schlagartig ab.

Die Reifen hinterließen eine lange Spur auf dem Asphalt. Der Ford blieb ein paar Sekunden lang auf der Fahrbahn stehen, bis Stéphane sich wieder gefasst hatte.

Er wendete und fuhr zurück zum Gasthof.

Der Mann an der Rezeption warf ihm einen finsteren Blick zu.

»Was willst du denn jetzt noch?«

»Die Motorsägen!«

»Was für Motorsägen?«

Stéphane schnappte nach Luft, er erinnerte sich an den Lärm in seinem Traum.

»Werden ... Werden ... bei Ihnen in der nächsten Zeit Bäume gefällt?«

Der Mann runzelte die Stirn.

»Was willst du eigentlich?«

»Antworten Sie!«

»Es werden ein paar störende Äste und Bäume abgesägt, die das Hotel behindern. Warum?«

Stéphane war fassungslos. Er sah nicht nur etwas in der Zukunft, er konnte es auch hören. Der Krach der Motorsägen, den er im Zimmer Nummer 6 gehört hatte.

»Wann kommen sie?«

»Gleich am Montag. Sie werden die ganze nächste Woche arbeiten, bis Freitag.«

Zurück im Wagen nahm Stéphane eilig sein Heft. Es war Freitagabend. Am Montag würden die Auslichtarbeiten beginnen und dann fünf Tage lang dauern.

»Mein Gott, wie ist das möglich?«

Diesmal konnte von Amnesie keine Rede sein. Es war nicht möglich, dass er Geräusche gehört hatte, die in der Zukunft lagen.

Zwei Schlussfolgerungen drängten sich auf. Zum einen war er nicht verrückt. Und zum anderen kannte er nun das Zeitfenster seiner Träume.

Vielleicht würde sich zwischen dem 7. und 11. Mai irgendetwas ereignen, in das er verwickelt war.

Heute war bereits der 4. Mai.

Er blätterte die Seiten seines Hefts durch, las noch einmal jede Zeile, jedes Wort, auf der Suche nach genaueren zeitlichen Angaben.

Der erste Traum von gestern, »Die Weinflaschen«. Er sah sich wieder mit blutigen Händen in den Keller hinabsteigen. Es gab keinen Strom, war überall dunkel. War es Nacht? Welche Nacht? Montag, der 7. Mai? Dienstag, der 8.?

Der zweite Traum, »Fahrt nach Sceaux«. Das Radio. Der Nachrichtenüberblick, die Werbespots. Er schloss die Augen und versuchte, sich zu erinnern … Die Verkehrsschilder zur Geschwindigkeitsbegrenzung, die Richtungsangaben. Dann … Dort, oben am Himmel.

Der Mond.

Völlig zerstreut stieg er aus dem Ford, den er in einer Ecke des schäbigen Parkplatzes geparkt hatte, und blickte zum Mond empor.

Durch die Baumwipfel hindurch sah er den zunehmenden Mond, der im zweiten Viertel stand.

Seinem Heft zufolge hatte er im Traum einen Vollmond gesehen.

Einen richtigen schönen Vollmond, wie er nur alle achtundzwanzig Tage einmal vorkommt.

Er kannte die Mondphasen auswendig. Früher hatten er und Sylvie gerne zusammen die Sterne betrachtet. Es war lange her.

Heute war der neunte Tag der Mondphase. Vollmond wäre am vierzehnten Tag.

Stéphane rechnete rasch nach. Er hatte gestern, am Donnerstag, den 3. Mai, von dem Vollmond geträumt. In dieser Nacht hatte er von den Motorsägen geträumt. Arbeiten, die für die kommende Woche geplant waren.

Er ging zurück zu seinem Wagen und lehnte sich an die Tür.

Ihm wäre beinah der Schädel geplatzt. Er hatte das Gefühl, in eine unwirkliche Welt zu versinken.

Das konnte nicht sein.

Und doch …

Sechs Tage. Sechs Tage Zeitdifferenz zwischen dem Zeitpunkt, als er geträumt hatte, und dem Moment, in dem der Traum sich möglicherweise ereignete.

Und wenn er richtiglag, blieben nur noch vier Tage, bis er mit blutüberströmten Händen durch sein Haus laufen würde. Fünf, bis man Mélinda ertränkt im Steinbruch Hennocque auffinden würde. Und ebenfalls fünf, bis er selbst in diesem schäbigen Hotel sitzen würde, vor sich die abscheulichen Fotos verstümmelter Frauen.

Heute war Freitag.

Vielleicht würde sich am nächsten Mittwoch oder Donnerstag etwas ereignen.

Nein, wie konnte er so etwas glauben? Wie konnte jemand in die Zukunft sehen? Diese Entwicklungen konnten so einfach verhindert werden! Und wenn er sich hier und jetzt eine Kugel in den Kopf jagte? Sich in Darkland einschloss und wartete, bis der Sturm vorüber war? Oder mit Sylvie zusammen weit weg fuhr?

Er würde sein Leben im Griff haben, nichts konnte ihn daran hindern.

Er nahm ein Schweizer Taschenmesser aus dem Handschuhfach und war im Begriff, sich den rechten Unterarm aufzuschlitzen. Dort, wo in seinem Traum die Einstichspuren zu sehen waren.

Würde die Verletzung in seinem nächsten Traum sichtbar sein, wie durch ein Wunder? Würde sich dann nicht eine Inkohärenz ergeben? Eine unmögliche Verzerrung, ein Widerspruch? War der Stéphane aus seinen Träumen wirklich er selbst oder doch ein anderer Stéphane, der sich in einer Art Parallelwelt bewegte?

Langsam klappte er das Messer auf und näherte es seiner Haut. Er wollte es wissen. Ihm war die ganze Tragweite seiner Handlung bewusst: Er war im Begriff, sich den Unterarm einzuritzen. In seinem Kopf hallten Worte wider. Halluzinationen. Schizophrenie. Selbstverstümmelung.

Doch in dem Moment, als er sich gerade in die Haut schneiden wollte, wurde er von einem Schlag auf die Motorhaube überrascht. Machine packte ihn am Kragen.

»Mach deine Ferkeleien woanders, du Dreckskerl! Verschwinde von hier!«

Der Koloss drückte ihn gewaltsam in den Wagen. Stéphane stieß mit dem Handgelenk gegen die Tür, so dass das Messer zu Boden fiel.

»Dein Messer behalte ich zur Erinnerung«, knurrte Machine und hob die Klinge auf. »Dir scheint das Geld ja locker zu sitzen, wenn du es also zurückhaben willst, musst du bezahlen.«

Verwirrt fuhr Stéphane los. Im selben Augenblick stieg ein Mann eilig aus einem Peugeot, über dessen Windschutzscheibe ein langer Riss verlief. Stéphane fragte sich, zu welcher Gruppe er wohl gehörte. Ficker oder Krüppel? Welcher morbide Trieb brachte diese Männer und Frauen dazu, ihre dunkle Seite herauszufordern?

Stéphane verstand überhaupt nichts mehr. Er musste mit jemandem reden. Musste versuchen zu begreifen, was ihm bevorstand, um auf diese Weise die Zukunft zu erfassen und die Gesetze der Natur zu brechen.

Kurz darauf hielt er erneut an, nahm sein Handy heraus und wählte eine Nummer. Die eines alten Freundes, Jacky Duval.

Ein Physiker.

22. Freitag, 4. Mai, 20 Uhr 41

Vic hatte nicht vor, Grégory Mache alleine zu befragen oder eigenmächtig vorzugehen, er wollte nicht gegen die Grundregeln verstoßen. Normalerweise vermied er neue Wege. Doch dieses Mal wollte er beweisen, dass er seine Sache gut machen konnte. Zeigen, dass er sein Abzeichen zu Recht trug.

Und so hatte er nach seinem Abstecher ins Krankenhaus von Argenteuil beschlossen, einen kleinen Umweg von ein paar Kilometern im Westen von Maisons-Laffitte zu machen. Er wollte bei Mache anklopfen, sich für einen Nachbarn oder einen Vertreter ausgeben – ihm würde schon etwas einfallen – und im Wesentlichen den Zustand seines Armstumpfs überprüfen. Das barg kein Risiko.

Doch sein GPS-System führte ihn nicht zu einem Haus in der Stadt, wie er angenommen hatte. Sondern zu einem trostlosen Gasthof mitten im Wald von Saint-Germain.

Er bog ab, hielt auf dem Parkplatz an und blieb in seinem Peugeot sitzen, um das unglaubliche Szenario aus Blech und Licht auf dem Lehmboden zu beobachten. Die Wagen fuhren langsam aneinander vorbei und kommunizierten dabei mit Hilfe der Scheinwerfer. Dreimal aufblenden, und die Fahrer stiegen aus ihrem Auto, um gemeinsam in den Gasthof zu gehen.

Genau in diesem Moment kam vor seinen Augen ein Paar zusammen. Der Mann sah »normal« aus, die Frau jedoch hinkte so stark, dass sie bei jedem Schritt ihren ganzen Körper verrenkte.

Vic begriff. An diesem Ort trafen sich die Leute. Sie kamen zu diesem Parkplatz, beobachteten sich, beurteilten ihre körperlichen Missbildungen, und wenn sie sich zueinander hingezogen fühlten …

War Mache der Besitzer des Gasthofs?

Vic fühlte sich unwohl bei dem Gedanken, zu dieser Uhrzeit an diesem abscheulichen Ort umherzuirren, während Céline allein in ihrem Wohnsilo saß und auf ihn wartete. Am meisten widerte ihn die Tatsache an, dass die anderen ihn vielleicht für einen der Ihren hielten. Mit dieser Welt hatte er nichts zu schaffen.

Mit einem Mal erschien ihm alles ganz klar. Wahrscheinlich war Annabelle Leroy schon einmal hier gewesen, um andere *Devotees* zu treffen, darunter wahrscheinlich auch Grégory Mache. Dieser war krank im Kopf, ließ sich einen Finger abschneiden und die Wunde infizieren, um seine abnormen Triebe zu befriedigen. Oder die seiner Partnerin.

Vic blickte auf. Hinten auf dem Parkplatz war ein Streit ausgebrochen. Er beugte sich zur Windschutzscheibe vor. Ein wahrer Hüne hatte einen Mann am Kragen gepackt und stieß ihn gewaltsam in sein Fahrzeug. Dann beugte er sich hinab und hob ein Messer auf.

Als sich der Koloss in seine Richtung drehte, stockte Vic der Atem. Der Ärmel seiner Jacke steckte in seiner Hose, wie es manche Amputierte machen, um ihre Behinderung zu verbergen. Die Statur. Die Tätowierung am Hals. Es bestand kein Zweifel, dieser Mann war Grégory Mache.

Der junge Leutnant geriet in Panik. Was sollte er tun? Verstärkung rufen? Etwas unternehmen? Weiterfahren und nichts dagegen tun, dass diese Männer sich gegenseitig abschlachteten? Später wiederkommen? Nein. Ein Mann hatte eine Waffe auf einen anderen Menschen gerichtet.

Und er war Polizist.

Er zögerte kurz, dann stieg er aus und lief rasch zu Mache hinüber, während das Auto des zweiten Mannes in einer Staubwolke verschwand.

»Alles in Ordnung?«, rief Vic, während er in gebührender Entfernung stehen blieb. »Es sah aus, als hätten Sie ein Problem, da …«

Machine klappte das Messer zusammen und steckte es ein.

»Kümmer dich um deine eigenen Angelegenheiten, du Arschloch.«

Als der Hüne bedrohlich näher kam, griff Vic mit ungeschickter Bewegung nach seiner Sig Sauer.

»Hände hoch!«

»Oh! Oh! Ganz sachte, ja?«

»Hände hoch, hab ich gesagt!«

Machine blieb reglos stehen. Sein kantiges Gesicht wurde rot vor unterdrücktem Zorn.

»Ich kann meine Hände nicht hochheben, siehst du das nicht? Was willst du jetzt tun? Mich erschießen?«

Hinter ihnen verließen einige Autos den Parkplatz. Scheinwerfer gingen aus, die Köpfe verschwanden unauffällig unter den Armaturenbrettern. Machine biss die Zähne zusammen.

»Was willst du, verdammt noch mal?«

Vics Finger zitterte auf dem Abzug. Was sollte er tun? Und wenn der Koloss auf ihn losging? Er versuchte, eine selbstsichere Miene zu wahren, auch wenn die Angst in ihm emporkroch.

»Ich will bloß deinen linken Arm sehen … Zeig ihn mir, dann ist alles okay.«

Machine fing an zu lachen.

»Machst du Scherze, oder was?«

Vic umklammerte seine Pistole noch fester. Er betete, dass der Schmerz der Neuralgie nicht gerade jetzt auftrat.

»Sehe ich so aus?«

»Normalerweise bitten mich die Leute nicht mit der Knarre in der Hand darum.«

Machine kam langsam näher. Vic wich zurück.

»Zeig mir deinen Arm, verdammt noch mal!«

Der Mann mit dem Weinfleck erschien im Eingang.

»Was …«

Vic richtete die Waffe auch auf ihn. Er wich noch weiter zurück, seine Stirn war schweißbedeckt. Mit einer raschen Armbewegung befahl er ihm, neben Machine zu treten. Die Sache wurde allmählich heikel.

»Was soll der Scheiß?«, knurrte der Verwalter.

Grégory Mache zuckte mit seinen klobigen Schultern.

»Keine Ahnung. Er will meinen Arm sehen.«

»Dann zeig ihn dem geilen Bock halt, verdammte Scheiße!«

Machine kam der Aufforderung nach. Mit einer langsamen Handbewegung schob er den Ärmel über seinem amputierten Arm hoch.

Der Stumpf war vollkommen glatt und vernarbt, die Wunde nässte nicht. Vic ließ seine Waffe sinken, ihn verließen die Kräfte. Was für ein blödsinniger Einfall! Wie hätte er es mit echten Mördern aufnehmen wollen? In einem einzigen Augenblick hatte er alles vergessen, was er im Training und seinen Kursen gelernt hatte – Warnrufe, Überprüfung der Personalien, Anlegen von Handschellen – und stattdessen völlig unüberlegt gehandelt und sich seine Angst anmerken lassen.

»Reicht es jetzt?«, fragte der Verwalter ungeduldig. »Hörst du jetzt auf, hier zu randalieren? Sonst hauen noch all meine Kunden ab!«

Vic, der noch immer unter Schock stand, zog hektisch seinen Polizeiausweis hervor und ging dann mit ihnen nach drinnen.

»Jetzt kommst du auf einmal damit an?«, fragte Machine aufgebracht, während er den Ärmel wieder in seine Tasche stopfte. »Mit deinem zaghaften Auftreten wirkst du eher wie ein

Drogenabhängiger und nicht wie ein Bulle. Was wolltest du mit meinem Stumpf?«

Der Polizeileutnant legte ein Passfoto auf die Theke.

»Annabelle Leroy ... Sagt Ihnen das etwas?«

»Ja«, erwiderte der Mann an der Rezeption. »Sie ist gelegentlich hier gewesen. Aber das ist schon eine Weile her.«

»Das heißt?«

»Keine Ahnung. Zwei oder drei Monate. Was, Machine?«

»Mit wem war sie hier?«

»Ausschließlich mit Frauen.«

»Amputierten?«

»Ja. Wie ich sehe, schockt dich das nicht. Hast du gesehen, Machine, das schockt ihn nicht.«

Endlich schlug Vics Herz wieder im normalen Rhythmus.

»Woher kamen diese Frauen? Aus Paris?«

»Ich weiß es nicht. Ich stelle grundsätzlich keine Fragen. Deshalb kommen die Leute hierher.«

»Gehört Ihnen der Gasthof?«

»Machine und ich verwalten ihn. Und unsere Papiere sind in Ordnung. Da bist du platt, was?«

Vic wies auf den Parkplatz.

»Wie kommen sie zusammen?«

»Was?«

»Das hier ist kein Schönheitswettbewerb. Woher kennen die Leute diesen Ort?«

»Wir machen keine Werbung, das können wir nicht. Mundpropaganda, Internet und der gute Ruf.«

»Ah ja, der gute Ruf.«

Vic wandte sich an Grégory Mache. Dieser Hüne mit der amputierten Hand war keine dreißig Jahre alt.

»Kennst du Wundbrand?«

Machine ballte die Faust. Ein Vorschlaghammer.

»Was soll das?«, knurrte er.

Vic schluckte.

»Ich suche jemanden, der mit Wundbrand infiziert ist und vor kurzem hier war. Er hinterlässt einen regelrechten Leichengeruch. Sagt dir das was?«

»Absolut nicht.«

Er hatte ohne zu zögern geantwortet. Vic warf einen Blick auf den Gastwirt, der dabei war, Geldscheine zu zählen.

»Und dir?«

»Auch nicht. Glaubst du, du bist bei der Ambulanz? Sag ihm mal, dass wir hier nicht bei der Ambulanz sind, Machine.«

Der Mann an der Rezeption schloss seine Registrierkasse.

»Hör zu, statt uns hier mit deinem Polizeiausweis zu nerven, solltest du dich besser mal für den Typen interessieren, der sich eben verdrückt hat.«

»Und warum sollte ich mich für ihn interessieren?«

»Weil er sehr merkwürdig war. Was, Machine? Er hat ziemlich viele Fragen gestellt. Und schien nicht so genau zu wissen, was er wollte.«

»Ist Merkwürdigkeit nicht ein Merkmal Ihres Hauses?«

Die Bemerkung missfiel dem Verwalter.

»Ich würde eher sagen durchgeknallt«, präzisierte Machine. »Dieser Typ war ein Irrer, er wollte um jeden Preis die Adresse einer Kundin, er hat gut gezahlt und hat sie sogar in ihrem Zimmer, der Nummer 6, belästigt. Außerdem hätte er sich auf dem Parkplatz beinah den Arm aufgeritzt. Wahrscheinlich ist er aus einer psychiatrischen Anstalt abgehauen. Oder aber es ist sein Ding, sich den Arm aufzuschlitzen.«

Vic wies auf Grégory Maches Stumpf.

»Das ist offensichtlich auch dein Ding. Tut mir leid, aber ich kann mich nicht um alle Verrückten auf dieser Welt kümmern.«

Er blickte auf die Uhr. Schon nach 21 Uhr. Céline würde ihn wieder zusammenstauchen. Im Weggehen blieb er noch einmal stehen und kehrte zur Theke zurück, dabei konnte er seine Wut nur mühsam unterdrücken.

»Was macht euch dabei eigentlich so an, verdammt noch mal? Bekommt ihr nur bei diesem Horror einen hoch?«

Der Mann mit dem Weinfleck machte ihm ein Zeichen zu verschwinden und flüsterte ihm zu:

»Das geht über dein armseliges Leben als Familienvater hinaus, was? Aber so ist die Natur nun mal: Einige laufen nicht vor dem Minotaurus davon, sondern suchen seine Nähe. Leute mit entstelltem oder verbranntem Gesicht werden von der Gesellschaft verurteilt, doch zum Glück gibt es Menschen, die sie lieben. Wo ist das Problem?«

»Es gibt kein Problem.«

»Ich werde dir jetzt auch nicht die vielen hundert abnormen Sexpraktiken aufzählen, die existieren, weil dich die meisten davon zum Kotzen bringen würden. Und glaub mir, selbst dein Erbrochenes würde einigen Leuten noch gefallen. Aber wenn es Leute gibt, die darauf abfahren, was können wir dafür? Da können wir doch nichts für, was, Machine?«

Er schnipste mit den Fingern und fügte noch hinzu:

»Du willst doch nicht etwa mitmischen, Mann? Dann hättest du nicht Bulle werden dürfen.«

23. Freitag, 4. Mai, 22 Uhr 02

»Du musst mir erklären, was du uns vor einigen Jahren mal erzählt hast. Weißt du, deine Auffassung von einer Reise durch die Zeit.«

»Bist du jetzt Fan von H. G. Wells?«

»Nicht wirklich.«

Jacky Duval hatte ein Faible für Neutronen, er war Physiker am Nationalen Forschungsinstitut und spezialisiert auf die Entwicklung und Untersuchung von Nanowerkstoffen. Mit seinen ultrapräzisen Maschinen konnten er und sein Team beispielsweise eine molekulare Zahnstange auf der Basis von Motorproteinen bauen, hunderttausend Mal kleiner als der Durchmesser eines Haares. Im Augenblick waren diese Spitzenleistungen zu nichts nutze, doch Jacky war überzeugt davon, dass in der Zukunft solche Zahnstangen in der Mikrochirurgie und zahlreichen neuen Technologien eingesetzt würden.

»Geht es um einen Film?«, fragte der Physiker.

»Einen Film, ja. Den Film meines Lebens.«

Jacky wohnte in Paris an der Place de Clichy. Seine Wohnung war vollgestellt mit Büchern, Zeitschriften, elektronischen Bauteilen und Oszilloskopen. Als Stéphane klingelte, war er gerade dabei, Kondensatoren auf eine kleine Platte zu löten.

»Noch eine Minute, wenn du erlaubst«, sagte er, während er seinen Lötkolben zurücklegte.

»Was fabrizierst du da?«

»Eine elektronische Insektenfalle. Sie ist für meine Schwester.«

»Und das funktioniert wirklich?«

»Wenn man noch Insektenspray dazunimmt, ja.«

Die beiden Männer kannten sich seit dem Collège und trafen sich regelmäßig. Stéphane kamen oft Ideen für seine Monster, wenn er mit den Hochleistungsmikroskopen im Labor seines Freundes Bakterien, Läuse und Mikroben betrachtete.

Schließlich nahm Jacky seine Brille mit den Lupengläsern ab und setzte eine andere mit schwarzem Designer-Gestell auf. Der einzige modische Gegenstand in seiner Wohnung.

»Du siehst seltsam aus«, stellte er fest. »Als würdest du unter Schlaflosigkeit leiden. Bist du sicher, dass du okay bist?«

»Kannst du mir was zu trinken anbieten?«

»Whisky?«

»Mindestens …«

Jacky holte eine Flasche J&B hervor und goss einen ordentlichen Schluck in ein mit Manga-Figuren verziertes Senfglas. Jacky trank nicht, ging nie aus, aß nie im Restaurant, und das sah man ihm an.

»Du tauchst um zehn Uhr abends hier bei mir auf. Was ist passiert? Probleme mit Sylvie? Zu viel Arbeit?«

»Ja, genau. Zu viel Arbeit.«

Der Wissenschaftler wurde ein wenig verlegen.

»Entschuldige, wenn ich dich seit deinem Krankenhausaufenthalt nicht besucht habe. Aber …«

»Du hast ebenfalls zu viel Arbeit. Kein Problem.«

Die Gläser klirrten. Whisky gegen Wasser.

»Hör dir mal den an«, verkündete Jacky. »Forscher, die etwas suchen, findet man leicht, aber Forscher, die etwas finden, die muss man suchen. Gut, nicht wahr?«

»Ja. Und zu welcher Kategorie gehörst du?«

»Ehrlich gesagt weiß ich es nicht. Ich suche noch, was es zu finden gibt.«

Stéphane trank seinen Whisky in einem Zug aus. Ihm war nicht nach Scherzen zumute.

»Erzähl mir von den Reisen durch die Zeit, wie du es früher getan hast.«

»Diese Geschichte, die allen Kopfschmerzen bereitet hat?«

»Nein, bitte nicht die physische Betrachtungsweise, dieses Blabla über das Raum-Zeit-Kontinuum, Schrödingers Katze, Quanteneffekte oder ich weiß nicht was. Ich will wissen, was du von einem vereinfachten Standpunkt hältst. Gehen wir von der Annahme aus, dass ein Mann seinen Doppelgänger in der Zukunft sieht, jedoch nur wenige Minuten lang, mit Hilfe von Träumen.«

»Wie macht er das, fällt er in ein Schwarzes Loch? Reitet er auf einem Kometen?«

»Es ist mir ernst, Jacky.«

Der Physiker schwenkte sein Wasserglas, als hielte er einen guten Cognac in der Hand.

»Weißt du, seit der Schulzeit hat sich vieles verändert. Als Erwachsener wird man zunehmend rational. Die Kurven werden zu Geraden, ein Regenbogen zu einem Phänomen der Lichtbeugung und ein Stern zu einem Himmelskörper, der durch Kernfusion Energie freisetzt. Das ist beinah schade.«

Stéphane wies auf die goldene Kette, die sein Freund um den Hals trug.

»Und deine Medaille trägst du noch immer? Gott wohnt noch immer in deinem Haus, nicht wahr?«

Beinah verlegen rückte Jacky rasch den Kragen seines alten karierten Hemdes zurecht.

»Zurzeit hilft mir Gott nicht besonders.«

»Früher hast du aber immer von vorgezeichneten Schicksalen gesprochen, von ...«

»Ich glaube immer noch, dass die Wissenschaft sich damit begnügt, das zu entdecken, was es zu entdecken gibt, dass der Zufall nur eine Art Deckmantel ist und dazu dient, das zu erklären, was wir noch nicht begreifen. Aber, Herrgott noch mal, in der Natur ist alles verdammt gut verborgen. Und das macht mir wirklich zu schaffen, das bereitet mir schlaflose Nächte. Es ist schrecklich ... dieser Wunsch zu entdecken, voranzukommen, um dann wieder zurückzuweichen, das grenzt fast an Obsession. Je mehr man findet, umso mehr gibt es zu suchen.«

Auch Jacky schien nicht in der besten Verfassung zu sein. Davon zeugten die Ringe unter seinen Augen.

Mit einer schroffen Handbewegung stellte er sein Glas ab.

»Und du? Selbst nach all deinen Problemen glaubst du noch, dass man sein Schicksal verändern kann? Dass man Ereignisse, die stattfinden sollen, verhindern kann?«

»Davon bin ich überzeugt. Heute mehr als je zuvor.«

»Oje.«

»Das funktioniert wirklich, ich schwöre es dir«, erwiderte Stéphane mit gezwungenem Lächeln. »Bitte sag etwas zu meinem Beispiel.«

Jacky seufzte ein wenig müde.

»Gut, gut. Nehmen wir deinen Fall und gehen die verschiedenen Möglichkeiten durch. Ich mache es ganz einfach, damit du verstehst.«

»Nett, dass du auf mein beschränktes Hirn Rücksicht nimmst.«

»Nun, stellen wir uns vor, dass man dich in einer Lagerhalle eingesperrt hat. Um wieder herauszukommen, musst du den Schlüssel zu der Tür finden, der irgendwo in der Halle versteckt ist. Du wirst heute, am 4. Mai 2007, dort eingesperrt. Okay?«

»Okay.«

»Nach einer Woche, am 11. Mai 2007, bist du immer noch eingesperrt, weil du den Schlüssel noch nicht gefunden hast. Dieses Du nennen wir Tofur. Das ›Du in der Zukunft‹.«

Stéphane spürte Hoffnung aufkeimen, als hätte Jacky eine Antwort auf das Unmögliche parat.

»Machen wir weiter mit diesem Tofur«, erwiderte er mit wachsender Begeisterung.

Jacky begann, durch das Wohnzimmer zu schreiten, wie er es vor fünfzehn Jahren auf dem Rasen vor dem Gymnasium getan hatte. Einige Dinge ändern sich, altern mit der Zeit, andere dagegen bleiben immer gleich.

»Nehmen wir an, ein Beobachter von außen hätte die Möglichkeit, in die Vergangenheit zurückzukehren. Folglich gibt es noch ein anderes Du, das ›Du in der Vergangenheit‹, Topas, das mit derselben Herausforderung in derselben Lagerhalle eingesperrt wurde. Am 4. Mai 2007.«

»Du meinst … jemand, der nicht Tofur ist?«

»Topas ist niemand anders als der Tofur vom 4. Mai 2007.«

»Gut, gut.«

»Topas fängt an, den Schlüssel zu suchen, doch der Beobachter von außen weiß, dass er ihn nicht finden wird, da auch Tofur noch immer auf der Suche ist. Kannst du folgen?«

»Klar. Tofur hat den Schlüssel nicht gefunden, also wird auch Topas ihn nicht finden, da Topas und Tofur dieselbe Person sind, mit denselben Gedanken, denselben Reaktionen. Es gibt keinen Grund, weshalb sich das ändern sollte.«

»Genau. Dann treten bei Topas diese Zukunftsträume auf. Eines Nachts träumt er von Tofur. In seinem Traum sieht Topas, wie Tofur an dem Schlüssel vorbeigeht! Dieser liegt neben einer großen weißen Kiste hinten in der Lagerhalle! Topas sieht ihn, Tofur jedoch nicht!«

Stéphane goss sich noch einen Schluck Whisky in sein Senfglas und nippte daran.

»Als Topas aufwacht, macht er sich also auf die Suche nach der weißen Kiste, er findet den Schlüssel und verlässt sofort darauf die Lagerhalle. Und was passiert dann?«

Jacky hob den Zeigefinger.

»Nun kommen wir endlich zu den interessanten Dingen. Auf dieser Ebene gibt es verschiedene Optionen. Zunächst einmal greift Topas beim Aufwachen tatsächlich auf seinen Traum zurück, findet den Schlüssel und verlässt die Lagerhalle. Er geht nach Hause und schläft ein. Dann träumt er erneut von Tofur. Und was sieht er dort? Tofur, der sich immer noch in der Lagerhalle befindet und nach dem Schlüssel sucht?«

Stéphane hing wie gebannt an seinen Lippen. Der Fall, den sein Freund gerade beschrieb, entsprach genau seinem eigenen. Er antwortete:

»Nein, ich glaube nicht. Sein Schicksal hat sich verändert, weil Topas den Schlüssel gefunden hat.«

Jacky ließ sich auf ein Sofa fallen und warf den Kopf zurück, dann stand er wieder auf.

»Ach ja? Und du glaubst, Tofur hätte sich plötzlich teleportieren lassen, so dass er sich nun in einer völlig anderen Situation wiederfindet? In seiner eigenen Vergangenheit hat er den Schlüssel nicht gefunden! Aufgrund des Traumes verändert sich Topas' Zukunft, Tofurs Vergangenheit jedoch kann sich nicht verändern, weil sie bereits stattgefunden hat! Tofur wird weitersuchen!«

Stéphane kniff die Augen zusammen, während Jacky mit seinen Erklärungen fortfuhr:

»Du verstehst es nicht ganz, und du hast recht. Denn mit diesem Fall befinden wir uns mitten in einem Paradoxon. Das ist ein Problem, das physikalisch unlösbar ist und zu den schlimmsten Inkohärenzen führt, wenn man die Theorie der Parallelwelten ausschließt.«

»Was für Inkohärenzen?«

»Zum Beispiel, dass du existierst, bevor deine Mutter dich geboren hat. Oder dass du älter bist als dein Vater. Noch schlimmer, du begegnest dir selbst auf der Straße.«

»Und mit der Theorie der Parallelwelten?«

»Das ist nur Geschwätz, daran glaube ich nicht.«

Er hielt inne.

»Mit diesen Paradoxen verstehst du, warum es so schwierig

ist, sich eine Zeitreise zu erklären, wenn man zu analytisch vorgeht und streng wissenschaftlichen Grundsätzen folgt.«

»Und wenn man sich von der Wissenschaft entfernt?«

Jacky schüttelte den Kopf.

»Die andere Lösung wird dir nicht gefallen, genauso wenig wie der wissenschaftlichen Gemeinschaft. Es ist meine Auffassung und die einiger Philosophen, doch ich spreche nicht gern darüber.«

Stéphane beugte sich vor.

»Tu es trotzdem.«

Jacky ließ sich nicht lange bitten.

»Egal, was man tut, man kann die Zukunft niemals verändern, selbst wenn man kommende Ereignisse kennt. Wenn sie geschehen sollen, so geschehen sie auch, bis ins letzte Detail. Du kennst vielleicht das Beispiel von Leibniz, der einen sehr interessanten Gedanken in Bezug auf die Kontingenz und die Notwendigkeit entwickelt hat. Für ihn war es notwendig, dass Caesar den Rubikon überschreitet, da er Kaiser werden sollte. Und obwohl dieses Ereignis selbst nur zufällig erscheinen mag, war es doch notwendigerweise im Begriff des Caesar enthalten.«

Bei diesem Gedanken fühlte sich Stéphane unwohl, als ob alles geschrieben stände, ohne dass wir etwas dagegen tun könnten. Er erinnerte sich, wie er in der Kurve gebremst hatte. Indem er Gaëlle ausweichen wollte, hatte er sie getötet. Vielleicht stand geschrieben, dass sie sterben sollte, und das ließ sich nicht verhindern. Er dachte auch an den Film *Final Destination*, an diese Jugendlichen, die dem Tod nicht entgehen können, weil dies ihr Schicksal ist.

Dennoch versuchte er, Jacky zu widersprechen, um sich selbst zu beruhigen:

»Aber Topas hat in dem Traum gesehen, wo der Schlüssel lag! Neben einer großen weißen Kiste! Als er aufwacht, muss er ihn nur nehmen und hinausgehen! Und folglich kann es nicht sein, dass er eine Woche später immer noch durch die Lagerhalle irrt!«

»Und wenn sich der Schlüssel in Wirklichkeit neben einer großen schwarzen Kiste befand und nicht neben einer weißen?«

»Ich verstehe nicht recht.«

»Stell dir vor, Tofur findet nach zwei Tagen Gefangenschaft den Schlüssel, noch bevor Topas träumt. Er liegt neben einer großen schwarzen Kiste. Er hebt ihn auf und rennt überglücklich zum Ausgang. Nur leider stolpert er auf dem Weg dorthin über ein Seil und stößt sich den Kopf. Der Schlüssel fällt zu Boden und bleibt neben einer großen weißen Kiste liegen. Durch den Stoß verliert Tofur das Gedächtnis. Er weiß also nicht mehr, was er dort tut, und in deinem Traum siehst du lediglich, wie er umherirrt, an dem Schlüssel vorbeigeht, ohne ihn zu sehen. Als du aufwachst, glaubst du, der Schlüssel läge neben der weißen Kiste, doch dem ist nicht so, denn ursprünglich lag er neben der schwarzen Kiste! Nun fängst du ebenfalls an zu suchen, genau wie Tofur. Dein Traum hat dir nichts genutzt, er hat dich vielmehr getäuscht, weil du nicht den ganzen Kontext kanntest und nicht das richtige Beobachtungsfenster zur Verfügung hattest. Du findest den Schlüssel also erst, wenn Tofur ihn gefunden hat, im selben Moment und an derselben Stelle. Dann läufst du los und stolperst ebenfalls über das Seil. Alles wiederholt sich auf identische Weise, mit oder ohne Traum. Und so weiter und so fort. Wir bewegen uns auf einem Möbiusband.«

»Einem was?«

Jacky lächelte und ahmte mit der Hand das Symbol für die Unendlichkeit nach. Eine Art waagerechte Acht.

»Eine mathematische Rarität, die nur einen einzigen Rand hat, einen Weg, den du nie mehr verlassen kannst, wenn du ihn einmal betreten hast. Du gehst unaufhörlich denselben Weg, egal, was du tust, immer weiter. Ein ständiger Neubeginn.«

»Was du da erzählst, klingt ganz schön an den Haaren herbeigezogen.«

»Absolut nicht. Und um die Frage zu beantworten, die du mir gestellt hast, so gibt es noch eine andere Theorie, die ebenso Gültigkeit besitzt. Die vom Wassertropfen im Fluss.«

Stéphane seufzte.

»Erklär schon …«

»Egal, ob man der Rhône einen Wassertropfen hinzufügt oder wegnimmt, dies hat keinen Einfluss auf den Lauf des Flusses, er wird immer im Mittelmeer münden. Nehmen wir an, dieser Fluss steht für dein Schicksal, dann heißt dies: Auch wenn du eine Handlung auslässt, so wird der Leitgedanke immer derselbe bleiben, und Ereignisse, die geschehen sollen, werden geschehen. Das ist vielleicht der plausibelste Standpunkt, weil er dem Zufall und gewissermaßen auch der Freiheit einen Platz einräumt. Um auf unseren Fall zurückzukommen: Angenommen, der Schlüssel läge zu Beginn tatsächlich neben der weißen Kiste, und Tofur sähe ihn nicht, dann würdest du nach deinem Traum aufwachen, zu der weißen Kiste rennen und den Schlüssel finden!«

»Einverstanden! Dann wird sich mein Schicksal also aufgrund des Traums ändern!«

»Tut mir leid, aber nicht sein Leitgedanke. Denn bei deiner Suche nach dem Schlüssel bist du so ungeduldig, dass du über das besagte Seil stolperst, dir den Kopf stößt und vergisst, wo sich der Schlüssel befand! Der Wassertropfen, das ist deine leichte Amnesie, die Tofur in diesem Fall nicht erlitten hat, das gestehe ich dir zu. Der Fluss ist die Tatsache, dass du immer noch in dieser Lagerhalle umherirrst, egal, was du tust.«

»Nein, nein. Völlig ausgeschlossen.«

Plötzlich stand Jacky lachend auf.

»Ach ja? Ist dir das Paradoxon lieber? Weißt du, es wäre wirklich besser, das Paradoxon würde nicht existieren, weil …«

Er ahmte eine Explosion nach und fügte hinzu:

»*Hasta la vista, Baby*. Sich teleportieren oder spalten zu lassen, muss ganz schön weh tun.«

Jacky rieb sich nervös über die wulstigen Lippen.

»Weißt du, am schlimmsten ist, dass es Reisen durch die Zeit in der Quantenphysik tatsächlich gibt, ebenso wie die Teleportation. Und die Relativitätstheorie besagt, dass sich die Zeit ausdehnt, wenn man sich der Lichtgeschwindigkeit annähert. Es ist nachweislich so, dass die Uhren in den GPS-Satelliten langsamer gehen als auf der Erde. Wenn wir in diesen Satelliten säßen, würden wir weniger schnell altern als auf unserem guten alten Planeten, um einige Mikrosekunden pro Tag. Vom wissenschaftlichen Standpunkt aus gesehen ist die Reise durch die Zeit möglich. Zugleich ist sie aber auch unmöglich, da sich bis zum heutigen Tag kein Teilchen schneller bewegt als das Licht.«

»Offensichtlich gelingt dies meinen Träumen aber.«

Stéphane wusste nicht mehr, was er denken sollte. Schenkte er seinen Träumen Glauben, so würde in wenigen Tagen die gesamte Polizei Frankreichs nach ihm fahnden. Man würde ihn des Mordes an einem kleinen Mädchen verdächtigen, das er nicht einmal kannte. Konnte er zulassen, dass sich so etwas Furchtbares ereignete, ohne etwas dagegen zu tun? Ohne dass er versuchte, es zu verhindern?

Er setzte sich aufrecht hin, sein Blick war ins Leere gerichtet. Er konnte Einfluss nehmen auf sein Schicksal. Verhindern, dass all dies Wirklichkeit wurde. Aber was, wenn er bei dem Versuch, etwas zu unternehmen, über dieses Seil stolperte? Der Tritt auf die Bremse bei dem Kilometerstein der N16 … Das Ziehen der Notbremse, weil er verhindern wollte, dass der Zug entgleiste … Der schreckliche Tod von Ludivine Coquelle …

Schuf man nicht erst seine Zukunft, indem man sie zu verhindern suchte?

Was also sollte er tun? Handeln oder seine Träume ignorieren?

»Ignoriere die Träume.«

Plötzlich holte er ganz erregt sein Heft hervor.

»›Ignoriere die Träume‹! Die Sätze, die an der Wand des Hotels standen, waren an mich gerichtet! Mein Gott! Der Stéphane aus der Zukunft …«

Plötzlich erinnerte er sich an das voll aufgedrehte Radio, den laut gestellten Fernseher. Die mit Kreide verfassten Mitteilungen im Keller, in seinem allerersten Traum. Die mit Textmarker an die Wand geschriebenen Nachrichten. »Noël Siriel«. »Deine Nachrichten PF 101«. Eindeutige Zeichen, die zeigten, dass der Stéphane aus der Zukunft mit allen Mitteln versuchte, mit ihm zu kommunizieren.

Stéphane nahm die Flasche und schenkte sich einen großzügigen Schluck ein. Der Flaschenhals schlug gegen den Glasrand.

»Ihm ist bewusst, dass ich da bin, dass ich von ihm träume! Er dreht Radio und Fernseher voll auf, um sicherzugehen, dass ich ihn höre! Er schreibt Nachrichten an die Wände, die an mich gerichtet sind! Verdammt, Jacky, dieses zukünftige Ich versucht, mir etwas zu sagen, mich vor etwas zu warnen!«

Der Physiker kratzte sich am Kopf und sah Stéphane mit skeptischer Miene an.

»Du hattest schon getrunken, bevor du hierhergekommen bist, nicht wahr?«

Stéphane hielt es nicht länger auf seinem Platz, er biss sich in die Faust.

»Das heißt, dass er möglicherweise verschieden von mir ist und tatsächlich in der Zukunft existiert. Vielleicht erwartet er, dass ich ihm ein Zeichen gebe, dass ich ihm antworte.«

Er nahm einen schwarzen Textmarker aus einer Schachtel mit Stiften.

»Den nehme ich mit, wenn du nichts dagegen hast.«

»Ach so, in deinem Film will dein Held also seinem ›zukünftigen Ich‹ antworten, indem er auf die Wände schreibt, ja? Und du glaubst, die Worte könnten die Zeit durchqueren und wie durch Zauberhand sichtbar werden?«

»Genau.«

»Nein, nein. Wie ich dir gesagt habe, Paradoxe existieren ni …«

»Doch, sie existieren. Diese verdammten zeitlichen Paradoxe existieren sehr wohl. Ich möchte glauben, dass man frei ist zu tun, was man will, und man sein Schicksal ändern kann. Ich werde niemals auf einem Möbiusband gehen, ich bin doch kein Herdentier.«

»Weißt du, das Schicksal ist unerbittlich, es lässt sich nicht alles gefallen.«

»Ich lasse mir auch nicht alles gefallen.«

Er kritzelte rasch etwas auf ein Blatt Papier und hielt es Jacky dann hin.

»Danke, Jacky, ich muss los, es ist sehr wichtig.«

Der Wissenschaftler nahm den Zettel.

»4–5–19–20–9–14? Was ist das?«

»Wahrscheinlich die Lottozahlen vom nächsten Mittwoch. Zum Dank an dich.«

»Super Geschenk, danke. Deinen Humor hast du jedenfalls nicht verloren. Kein Stück.«

»Wenn ich dir einen Rat geben kann, so spiel sie.«

»Da besteht keine Gefahr. Ich spiele nie Lotto.«

Als Stéphane schon zur Tür hinausging, fügte er noch hinzu:

»Diesmal wirst du bestimmt eine Ausnahme machen. Davon bin ich sogar überzeugt. Denn das ist vermutlich dein Schicksal.«

24. Freitag, 4. Mai, 22 Uhr 34

»Morgen ist Samstag. Ich würde gerne den Tag mit dir im Wald verbringen. Wir könnten ein Picknick machen und …«

Vic, der neben Céline im Bett lag, hielt seiner Frau einen Finger auf die Lippen.

»Weißt du, dass ich an einer großen Sache mitarbeite? Einer sehr großen Sache?«

»Dein Vater hat heute angerufen und mir dasselbe gesagt. Dass ich dir für diese Ermittlungen freie Hand lassen müsste. Natürlich hat es ihn nicht interessiert, ob es mir gutgeht und was ich so mache. Er interessiert sich nur für dich. Und für deine Karriere, als ginge es um seine eigene.«

»Du kennst …«

Sie schaltete das Nachtlicht an. Das Schlafzimmer wurde von braunen Farbtönen erhellt, die die Kurven der nackten Körper hervorhoben.

»Du hast mich noch nie am Wochenende allein gelassen. Und du hast mir versprochen, dass das nie vorkommen würde. Ich will, dass du hierbleibst.«

Vic krabbelte über seine Frau hinweg und umschlang sie von hinten. Er betrachtete die Schatten an der Decke und sah nur unförmige Gestalten, pockennarbige Gesichter, amputierte Gliedmaßen. Er kniff die Augen zusammen und vergrub sein Gesicht in ihren langen pechschwarzen Haaren. Seine Finger wurden unternehmungslustiger, Céline stieß einen Seufzer aus.

»Was ist also mit morgen?«, murmelte sie.

»Nur das Jetzt zählt. Das, was wir jetzt tun werden. Und das ist besser als alle Wälder dieser Welt.«

Er drehte sie unsanft zu sich um, ihre Körper schmiegten sich aneinander.

»Huch, vorsichtig!«, rief sie lächelnd. »Das Baby.«

Vic lächelte ebenfalls.

»Ich glaube nicht, dass es etwas gegen eine kleine Kasperle-Vorstellung hat.«

»Ach! Erzähl doch keinen Unsinn. Weißt du nicht, dass es alles verstehen kann?«

»Aha! Es kann also alles verstehen!«

Er beugte sich zu Célines Bauch.

»Weißt du, deine Mama und ich haben dich an meinem Geburtstag gezeugt, auf einem noch verpackten Schachtisch!«

»Pst!«

»Weil Schachtische für deine Mama nicht nur dazu da sind, um Figuren herumzuschieben!«

»Sei doch still!«

»Weißt du, dass das Schachbrett direkt hier neben mir steht?«

»Glaubst du, ich vollführe jetzt akrobatische Übungen? Bald wird das alles nicht mehr möglich sein. Dann wirst du warten müssen. Also nutz es aus.«

»Ich werde warten wie ein guter König, der von Turm, Springer und Königin beschützt wird.«

Die junge Frau schloss die Augen.

»Ich möchte, dass unser Leben ruhig verläuft, dass du deine Kinder von der Schule abholst, sie zum Sport bringen und an ihrer Weihnachtsfeier teilnehmen kannst. Sie aufwachsen siehst. Nicht so wie dein Vater.«

»Bitte sprich nicht mehr von meinem Vater …«

Sie nahm behutsam seine Hände und berührte seine Fingerspitzen. Vic runzelte die Stirn. Er strich ebenfalls über die Finger seiner Frau und wiederholte diese Bewegung mehrmals.

»Erregt dich das sehr?«, flüsterte sie.

Vic legte seine Lippen auf Célines Mund und richtete sich plötzlich auf.

»Mein Gott! Ich …«

Nun befühlte er seine Zungenspitze.

»Ich muss telefonieren! Nur ganz kurz. Um etwas zu überprüfen!«

Céline wich zurück.

»Soll das ein Scherz sein?«

Völlig unbekleidet stürzte Vic zu seiner Jacke und holte die Visitenkarte der Gerichtsmedizinerin hervor.

»Eine Minute, okay? Nur eine Minute!«

»Nein, Vic! Das kannst du nicht machen!«

»Eine Minute, mein Gott!«

Er rannte in die Küche und rief vom Festnetz aus an.

»Doktor Demectin? Hier Vic Marchal.«

»Wer?«

»Ich war gestern Abend bei der Obduktion von Annabelle Leroy dabei.«

»Ah ja. Der Mann aus dem Süden. Was wollen Sie?«

»Ich habe noch einmal über die Verstümmelungen des Opfers nachgedacht.«

»Um diese Uhrzeit? Haben Sie nichts Besseres zu tun?«

Vic warf einen Blick in Richtung Schlafzimmer, wo gerade das Licht ausgegangen war.

»Ich habe nur eine Frage. Zunge und Lippen reagieren doch besonders empfindlich auf Berührung, ebenso wie die Fingerkuppen, nicht wahr?«

»Ja. Diese drei Körperregionen weisen die meisten Nervenendigungen auf und sind besonders sensibel für Berührungen. Die zwei Quadratmeter unserer Haut verfügen insgesamt über etwa siebenhunderttausend Nervenendigungen, aber allein eine Fingerkuppe beispielsweise besitzt über zweitausendfünfhundert Sensoren pro Quadratzentimeter. Diese drei Regionen eignen sich besonders zur taktilen Erforschung. Haben Sie sich noch nie gefragt, warum man sich mit der Zunge küsst?«

»Und sie wurden wirklich abgeschnitten, als das Opfer noch lebte?«

»Genau, lesen Sie im Bericht nach.«

»Der Geruch. Der Tastsinn. Er hat eine Vorliebe für die Sinne. Wie funktioniert der Tastsinn?«

»Ich mache es kurz. Der Mensch besitzt verschiedene Arten von Nervenendigungen. Die Nozizeptoren, die auf Schmerz reagieren, werden nur dann erregt, wenn eine gewisse Schwelle überschritten wird. Dann warnen sie das Gehirn vor einer Gefahr, indem sie ein Signal über das Rückenmark aussenden. Es gibt jedoch Nervenendigungen, die sehr viel sensibler als die Nozizeptoren sind und bei Berührung aktiv werden. Das sind die Mechanorezeptoren, die auf Druck ansprechen, sowie die Thermorezeptoren, die auf Wärme und Kälte reagieren. Tauchen Sie Ihre Hand in Wasser und erhitzen es auf 45 Grad, dann übertragen die Thermorezeptoren Signale, die immer schmerzhafter, jedoch noch erträglich sind. Überschreitet man die 45 Grad, dann werden die Nozizeptoren erregt und warnen das Gehirn, das daraufhin dieses furchtbare Gefühl von Verbrennung auslöst. Die Nozizeptoren wachen über die Unversehrtheit unseres Körpers. Schmerz ist sinnvoll. Ohne ihn würden wir sterben, ohne uns einer Verletzung bewusst zu werden. War das alles? Ich habe eine Leiche auf dem Tisch liegen.«

»Ich danke Ihnen.«

Als Vic sich umdrehte, stand Céline vor ihm, sie war nackt, hatte die Hände auf dem Bauch. Sie lächelte nicht mehr.

»Denkst du sogar daran, wenn wir miteinander schlafen? Sogar wenn du mich berührst?«

»Nein, nein.«

Vic blickte hinter seine Frau, ins Leere. Wenn der Matador diese Tastsinnesorgane abgeschnitten hatte, dann wollte er vermeiden, dass sein Opfer ihn berührte. Empfand er Abscheu vor

Leroy? Wollte er nicht, dass sie ihn beschmutzte – im übertragenen Sinn –, indem sie ihn anfasste? Hatte er Angst davor, dass man ihn berührte? Ein Trauma aus seiner Vergangenheit? Wurde er als Kind misshandelt?

Irgendwo hallte eine Stimme wider.

»… nicht nur das Aussehen deines Vaters geerbt. Du hast auch dieselben Obsessionen. Dieselben zerstörerischen Obsessionen.«

Vic schüttelte den Kopf.

»Ich komme, mein Schatz. Ich komme, ja? Wir werden miteinander schlafen, wir …«

»Ich will jetzt nicht mehr mit dir schlafen. Ich will nur, dass du wieder der Vic von früher wirst.«

»Der vorausschauende Vic? Der Vic, der immer nur den vorgegebenen Bahnen folgt? Der Vic, der brav an seinem Schachbrett sitzt?«

»Das bist du, ja. Und daran wirst du nichts ändern können, auch wenn du bei einer Obduktion zusiehst oder den starken Mann markierst. Sie werden dich rausschmeißen, Vic. Sie werden dich rausschmeißen wie einen treuen Hund. Du bist kein richtiger Bulle. Bloß einer, der seine Beziehungen hat spielen lassen.«

Die Tür knallte zu. Vic zuckte mit den Schultern, ging zum Kühlschrank und suchte nach einem Bier. Nichts. Er nahm die angebrochene Flasche Cognac und schenkte sich ein großes Glas ein.

»Jemand, der seine Beziehungen hat spielen lassen, genau! Und wenn schon.«

Er trank einen kräftigen Schluck, dann noch einen. Das reinste Glück. Erst ein guter Tropfen und dann eine Zigarette.

Nein, keine Kippe. Diese Dreckskerle würden ihn nicht kriegen.

Während er ein weiteres Glas leerte, musste er wieder an sein Telefongespräch mit der Gerichtsmedizinerin denken.

Die Entfernung der Körperpartien, die sensibel auf Berührung reagierten, war möglicherweise rein symbolischer Natur.

Der Mörder wollte nicht von seinem Opfer Besitz ergreifen, indem er es einfach missbrauchte. Sondern er raubte ihm den Tastsinn, während er es mit seinen nackten Händen berührte. Der Beweis waren die Spuren von Maisstärke, mit denen die Handschuhe eingepudert waren.

Man musste nur noch begreifen, warum er dies tat.

25. Freitag, 4. Mai, 22 Uhr 52

Stéphane hielt dem Mann an der Rezeption des Trois Parques ein dickes Bündel Geldscheine hin.

»Die Nummer 6. Ich miete sie für eine Woche.«

Der Mann mit dem Feuermal steckte das Geld ein und händigte ihm lächelnd den Schlüssel aus. Er wartete, bis Stéphane sich entfernte, um ihm dann stolz zu verkünden:

»Übrigens, ich glaube, du wirst von einem Bullen gesucht.«

Stéphane drehte sich um.

»Einem Bullen?«

»Das lässt dich nicht kalt, was? Dieser Bulle hat gewisse Ähnlichkeit mit dir. Er hat nach einer Frau gefragt. Eine Blondhaarige, die auf Amputierte stand, sie hieß Annabelle Leroy. Sagt dir das was?«

Besorgt trat Stéphane an die Theke.

»Aber warum sollte er mich suchen?«

»Nun … Vielleicht hat er nicht nach dir gesucht, aber du bist genau in dem Moment, als er eintraf, völlig überstürzt losgefahren. Also dachte ich mir …«

»Das Auto mit dem Riss in der Windschutzscheibe«, erinnerte sich Stéphane.

»Wie hieß er?«

»Er hat keinen Namen genannt.«

Stéphane dachte an die Fotos mit den Leichen, die der Stéphane aus der Zukunft vor sich liegen hatte.

»Diese Frau, Annabelle Leroy … Hatte sie eine Tätowierung auf dem rechten Unterschenkel? Eine Schlange?«

»Keine Ahnung, ich hab's mir nicht angesehen. Du anscheinend schon. Hmm … Ich kann meinen Mund halten. Aber wenn du willst, dass ich diskret bin …«

»Was soll das heißen?

Er leckte sich die Lippen.

»Du verstehst schon, was ich meine. Ich kenne dein Auto, habe mir dein Nummernschild gemerkt. So ein Anruf ist schnell gemacht, weißt du?«

Stéphane fühlte sich bedrängt, in die Enge getrieben. Nun war tatsächlich die Polizei auf der Bildfläche erschienen, als nähme die düstere Welt seiner Träume langsam Gestalt an.

Angewidert ließ er drei Hunderteuroscheine auf der Theke liegen und verschwand in Richtung erster Stock.

Im Zimmer Nummer 6 nahm Stéphane den schwarzen Textmarker aus seiner Tasche und schrieb auf die blau tapezierte Wand gegenüber vom Fernseher: »Ich bin Stéphane, und ich glaube, dass die Nachrichten, die du aus der Zukunft auf die gegenüberliegende Wand schreibst, an mich gerichtet sind. Heute ist Freitag, der 4. Mai, kurz vor Mitternacht. Und welcher Tag ist bei dir? Ich konnte nicht alle Nachrichten lesen. Du musst mir sagen, wie ich dir helfen kann. Warum man dich sucht. Die Polizei ist hier gewesen, im Trois Parques. Warum?«

Er trat zurück, da ihm auf einmal bewusst wurde, wie missverständlich sein Vorgehen war. Er glaubte tatsächlich, dass der Stéphane aus der Zukunft existierte, mit einem Abstand von sechs Tagen, und dass er in diesem Augenblick sein zukünftiges Leben lebte. Dies war durchaus möglich, weil sein Doppelgänger in der Zeit Nachrichten an ihn verfasste und er in eine Geschichte verwickelt zu sein schien, die mit ihm selbst anscheinend nichts zu tun hatte.

Plötzlich fiel ihm ein wichtiger Punkt ein: Wenn Stéfur nicht mehr in diesen Gasthof zurückkehren würde, wie sollte er dann die Nachrichten lesen?

Als Stéphane gerade den Schlüssel der Nummer 6 hinter der Sonnenblende seines Autos verstaute, hatte er eine ausgezeichnete Idee, wie er sicherstellen konnte, dass die Nachricht aus der Gegenwart ihren Weg in die Zukunft fand.

Er schob langsam sein T-Shirt hoch …

*

»Sind Sie sicher?«

»Ja. Diesen Satz, Wort für Wort.«

Der Mann mit dem kahlrasierten Schädel zog die Augenbrauen hoch.

»Sie sind der Boss. In welcher Schrift? Gothic, Tahoma?«

»Egal. Hauptsache, es ist gut lesbar.«

In der Werkstatt war ein leichtes Knistern zu hören. Überall an den Wänden hingen Farbdrucke von herrlichen Tätowierungen: Adler, keltische Kreuze, buntgemusterte Drachen. Und auf dem Unterarm des Tätowierers prangte ein prächtiger Wolfskopf.

»Ich habe ein seltsames Gefühl«, vertraute ihm der Künstler an. »Als ob ich das schon einmal gemacht hätte. Sind wir uns schon einmal begegnet? Haben Sie sich schon mal tätowieren lassen?«

»Das kann nicht sein«, erwiderte Stéphane, »ich hasse Tätowierungen. Machen Sie sich keine Sorgen. Solche Déjà-vus habe ich ständig.«

Stéphane hoffte, dass Sylvie die Nachricht dort, auf seiner linken Hüfte, nicht sofort bemerken würde. Er wagte nicht, sich ihre Reaktion vorzustellen, wenn sie sie entdeckte.

Die Buchstaben nahmen langsam Gestalt an, schwarzblau auf blasser Haut. Kranke, schlecht durchblutete Haut, dachte er, während er im Neonlicht saß. War er wirklich krank? Psychisch krank? Er musste an *A beautiful Mind* denken, mit Russell

Crowe. Dieser Mathematiker, John Nash, der an Schizophrenie litt und glaubte, an einer geheimen Mission für die Regierung teilzunehmen.

Schizophrenie …

»Monsieur? Sie zittern ja!«

»Nein, nein. Es geht schon …«

Stéphane blickte zu Boden. Wen sollte er retten? Sich selbst oder den anderen Stéphane? Was würde mit Stéfurs Körper passieren? Würde die »Übermittlung« funktionieren, oder war Stéfur tatsächlich eine andere Person, die in einer anderen Welt lebte? Stéphane musste an Schrödingers Katze denken, dieses Gedankenexperiment mit der Katze, die in eine Kiste gesperrt wird und laut Quantenmechanik tot und lebendig zugleich ist, solange man die Kiste noch nicht geöffnet hat. Öffnet man die Kiste jedoch, so erfolgt zwangsläufig eine Wahl. Es würden also zwei verschiedene Welten entstehen, die jeweils einen möglichen Zustand der Katze darstellten: eine Welt, in der die Katze tot wäre, und eine andere, in der sie lebte. Dieser Theorie zufolge wären auch der Beobachter und alles um ihn herum in beiden Welten geteilt.

Die Stimme des Tätowierers riss Stéphane aus seinen Gedanken.

»Fertig, Monsieur. Gefällt es Ihnen?«

Stéphane starrte auf seine Hüfte.

»Perfekt«, sagte er und zog sein T-Shirt wieder herunter.

*

Stéphane schlüpfte unauffällig unter die Bettlaken. Sylvies warmer Körper krümmte sich leicht.

»Warum machst du kein Licht an?«, fragte sie schroff. »Weil du mich nicht wecken wolltest, oder weil du erst um kurz vor drei Uhr nachts nach Hause kommst?«

»Ich wollte dich nicht wecken.«

»Liebst du mich noch?«

»Natürlich liebe ich dich.«

Sie stieß einen Seufzer aus.

»Siehst du jemanden?«

In der kalten Dunkelheit des Schlafzimmers hatte Stéphane seiner Frau den Rücken zugewandt.

»Nein, niemanden. Nun, nicht in dem Sinne, wie du meinst. Du machst dir zu viele Gedanken.«

Unauffällig berührte er seine linke Hüfte. Er hatte nur einen Wunsch: Er wollte schlafen. Um herauszufinden, ob er mit Stéfur kommunizieren konnte, ob dieser in das Hotel zurückgekehrt war, die Nachrichten gelesen und ihm die Bedeutung seiner Träume erklärt hatte.

»Du riechst nach Alkohol, du nimmst nicht ab, wenn ich dich anrufe, und wir schlafen nicht mehr miteinander. Also darf ich mir wohl Gedanken machen. Wo warst du?«

»Bei Jacky. Meinem Freund, dem Physiker.«

Seine rasche Antwort verunsicherte die junge Frau.

»Jacky, gut … Was gab es so Wichtiges, dass du so spät noch nach Paris gefahren bist, obwohl du keinen Führerschein mehr hast?«

Stéphane presste die Hände auf das Bettlaken. Egal, was er antwortete, er kannte den Ausgang: Sylvie würde explodieren, sie würde aufstehen und im Wohnzimmer schlafen. Oder mit dem Auto wegfahren.

»Das Bedürfnis, ein Gespräch unter Männern zu führen. Es hat mir gutgetan. Ich mache gerade eine schwere Zeit durch. Ich brauche nur ein bisschen Zeit.«

»Du hast morgen um 15 Uhr einen Termin bei Robowski.«

»Wer ist das?«

»Ein Psychiater. Du musst wieder mit einer Therapie anfangen, deine Dämonen besiegen, und zwar indem du mit jemandem redest, der Ahnung hat, und nicht mit irgendwelchen Physikern.«

Stéphane atmete ruhig ein.

»Ich werde hingehen, wenn du willst.«

»Das ist kein Wunsch. Ich habe geglaubt, dass du dich ändern könntest, dich nicht mehr von deiner Arbeit und deiner makabren Welt aufzehren lässt. Ich bin nicht nur eine Filmgestalt. Ich habe Gefühle, empfinde Freude und Schmerz.«

Sie stand auf, packte das Kopfkissen und zog die Daunendecke hinter sich her. Dann schaltete sie plötzlich das Licht an. Stéphane zuckte leicht zusammen, ohne sie anzusehen.

»Seit wann trägst du beim Schlafen eine Unterhose?«, fragte sie überrascht.

»Mir war ein wenig kalt, deshalb ...«

Sylvie spürte, wie ihr die Tränen in die Augen traten.

»Ich habe dir immer geholfen. Habe Tage und Nächte bei dir im Krankenhaus verbracht und versucht, dich zu verstehen. Ich war bei dir, als du dir sämtliche Knochen gebrochen hattest. Zusammen haben wir immer gegen das ankämpfen können, was keiner von uns verstanden hat. Wir sind hierhergezogen, weil du es wolltest, und ich bin mit dir gekommen, so wie immer, ohne mich zu beklagen. Weil ich dich liebe ...«

Nun weinte sie, doch Stéphane blieb mit angezogenen Beinen liegen. Er war nicht in der Lage, aufzustehen und sie an sich zu drücken.

»Aber diesmal geht es über meine Kräfte«, fuhr sie fort. »Was mit dir geschieht, was du vor mir verbirgst, hat nichts Außergewöhnliches mehr, wie du glaubst, wie du es immer geglaubt hast. Es sind Halluzinationen. Schlicht und einfach Halluzinationen.«

Endlich drehte er den Kopf zu ihr um.

»Das waren kei ...«

Er erstarrte, sein Mund blieb offen stehen. Sylvie trat zu ihm und legte ein Foto aufs Bett.

»Ich habe es gemacht, während ich auf dich gewartet habe, mit der alten Polaroidkamera, die wir zur Hochzeit bekommen haben. Unsere Hochzeit, erinnerst du dich? Bewahr dieses Foto gut auf, vielleicht ist dies die einzige Erinnerung, die du bald noch von mir haben wirst. Ich verspüre noch das Bedürfnis, dir zu gefallen, Stéphane. Ich will mich nicht neben einem Ehemann verkriechen, der mich nicht mal mehr anrührt und sich weigert, etwas gegen seine Krankheit zu unternehmen.«

Sie zog eine schwarze Jeans und einen grauen Pullover an und sagte im Weggehen:

»Mir hätten die Augen aufgehen müssen, bei dir ist eine Schraube locker, schon seit Jahren. Ich habe den Ärzten nie glauben wollen, genau wie du. Doch sie hatten recht. Von Anfang an.«

Zitternd stand Stéphane auf und nahm das Foto.

Wenige Augenblicke später zerriss das Geräusch des Motors die Stille.

Sylvie fuhr einfach weg, wie so oft. Und er wusste nicht, wohin.

Er blickte wieder zu der Polaroidaufnahme.

Seine Frau hatte sich die Haare kurzgeschnitten. Auf dem Glanzpapier ließ die Wut ihre Züge härter erscheinen. Genau wie im Traum.

Alleine, unverstanden und voller Angst öffnete Stéphane eine Whiskyflasche und betrank sich.

Bis er endgültig einschlief, die Hand auf der Tätowierung.

Dort stand: »Erzähl mir von Mélinda. Meine Nachrichten stehen an der Wand von Zimmer Nummer 6. Im Trois Parques. Schreib auch deine dort auf.«

26. Samstag, 5. Mai, 2 Uhr 21

Als ihr Handy klingelte, ließ Cassandra Liberman die Maus ihres Computers los und nahm ab. Um zwei Uhr nachts chattete sie noch.

»Ja, Cousin. Gibt's was Neues?«, fragte sie.

»Ich habe einen aufgetrieben. Er ist okay.«

»Einzelzimmer?«

»Ja.«

»Und wie ist seine Hand?«

»Erste Sahne.«

»Was heißt das?«

»Vertrau mir. Wegen einer halben Sache hätte ich dich nicht angerufen.«

»Wann beginnt die Operation?«

»In ein paar Stunden. Also, mach schon, jetzt oder nie.«

»Ich komme schon, Cousin. Bin in gut einer Stunde da. Rühr dich nicht von der Stelle.«

»Wohin sollte ich fahren?«

Mit einem breiten Grinsen legte Cassandra auf. Eine ausgezeichnete Neuigkeit. Wenn Jacques die Wahrheit sagte, würde der Abend mit einem krönenden Abschluss zu Ende gehen.

Die dunkelhaarige Frau beendete den Chat mit ihrer hübschen rothaarigen Freundin, zog sich wieder an – Jeans, schwarzes T-Shirt mit dem Bild von AC/DC, schwarze Doc Martens – und packte rasch ihre Fotoausrüstung in eine Tasche. Dann verließ sie ihr Haus und fuhr eilig von Chevreuse nach Kremlin-Bicêtre ins Krankenhaus. Ein ganz schönes Stück Weg, doch das war die Sache wert.

Das Geniale an Jacques war, dass er nie Fragen stellte. In ihrem Job brauchte sie Leute wie ihn.

Vor dem Krankenhaus begrüßte Jacques sie nicht gerade überschwänglich.

»Verdammt, hättest du nichts anderes anziehen können? Wir sollten wirklich unauffällig vorgehen.«

»Was ist denn unauffälliger als eine Fledermaus?«

Er verschwand hinter einer Flügeltür, sie lief ihm hinterher. Sie durchquerten lange, leere Gänge, die von grellem Neonlicht erhellt wurden.

»Bist du sicher, dass dein Patient keine Schwierigkeiten machen wird?«, fragte die junge Frau.

»Wenn es nicht zu lange dauert.«

Sie blieben vor Zimmer Nummer 18 stehen.

»Hier ist es«, erklärte Jacques.

»Verdammt, schon wieder die 18? Das darf doch nicht wahr sein!«

»Was hast du denn gegen die 18?«

»Nur so eine verrückte Sache heute Nachmittag.«

Jacques hob warnend den Zeigefinger.

»Fünf Minuten. Und wenn jemand kommt …«

»Hast du mich noch nie gesehen.«

Cassandra betrat das Zimmer.

»Hervé Tourelle?«

Der Mann wandte den Blick langsam vom Fernseher.

»Ich bin Cassandra Liberman. Ein Pfleger hat Ihnen von mir erzählt, ich komme wegen der Fotos.«

Der Mann war etwa fünfzig Jahre alte, hatte rosige Wangen und einen Walfisch-Bauch. Er schien vom Aussehen seiner Gesprächspartnerin überrascht zu sein.

»Sie haben wohl eine Frau im weißen Kittel erwartet?«

»Nein, nein, es ist nur ... Bei einem medizinischen Wörterbuch, da dachte ich ... Nun, Sie verstehen, was ich meine?«

Cassandra hatte dunkle kurzgeschnittene Haare, mehrere Piercings und die Finger voller Ringe.

»Nicht wirklich ... Es wird nur ein paar Minuten dauern, Monsieur. Ich fotografiere nur Ihre Hand, Sie bleiben natürlich anonym. Darf ich sehen?«

Behutsam zog der Mann seine Hand unter dem Bettlaken hervor.

Cassandra versuchte, ihre Freude zu verbergen und professionell vorzugehen. Sie hatte noch nie eine derart ausgeprägte Dupuytren-Krankheit gesehen. Wirklich vollkommen. Der fünfte Finger war von der Krankheit befallen, er stand rechtwinklig ab.

»Und Sie können Ihren Finger tatsächlich nicht bewegen?«

»Unmöglich.«

»Genial«, dachte sie.

Es sah aus, als wäre unter der Haut ein dickes Seil gespannt, von der Daumenbasis bis hin zur Kuppe des kleinen Fingers, so dass alle drei Fingerglieder verkrampft waren und keinerlei Bewegung des Fingers mehr möglich war. Eine prächtige Adlerklaue.

»Sehr gut«, sagte Cassandra mit betont nüchterner Stimme. »Wann findet die Operation statt?«

Sie wusste es bereits. Doch es interessierte sie nicht.

»Morgen früh. Oder besser gesagt in ein paar Stunden. Sie haben mir empfohlen zu schlafen, sehr witzig.«

»Sie kennen nicht zufällig jemanden, der an Morbus Ledderhose oder der Peyronie-Krankheit leidet? So jemanden suche ich ebenfalls.«

»Glauben Sie, wir tun uns in einer Gruppe zusammen, oder was? Ich weiß nicht einmal, wovon Sie reden.«

»Nicht weiter schlimm.«

Sie nahm behutsam seine Hand, legte sie flach auf die Bettlaken, holte ihre digitale Spiegelreflexkamera aus der Tasche und setzte ein 70–200-Objektiv sowie ein Profi-Blitzgerät auf.

»Los geht's.«

Sie schoss etwa dreißig Fotos von der rektilen Fibrose, aus sämtlichen Perspektiven. Die vollständige Hand, Nahaufnahme von den Knötchen, den Verhärtungen, dem dicken Strang unter der Haut – dem »Nerv« der Krankheit.

»Stört es Sie nicht, so spät noch zu arbeiten?«, fragte der Patient.

»Man kann es sich nicht immer aussuchen.«

Dann steckte sie ihre Ausrüstung rasch wieder ein und hängte die Tasche über die Schulter.

»Vielen Dank, Monsieur Tourelle. In gewisser Weise helfen Sie der Wissenschaft.«

Er setzte ein breites, interessiertes Lächeln auf.

»Wann wird Ihr Wörterbuch erscheinen?«

»Wahrscheinlich nächstes Jahr.«

Sie holte einen Stift aus der Tasche.

»Geben Sie mir Ihre Adresse, dann schicke ich Ihnen ein Exemplar zu.«

Er kam der Aufforderung nach. Sie verabschiedete sich und ging hinaus. Im Gang wartete Jacques schon nervös auf sie.

»Fünf Minuten hatte ich gesagt! Du warst fast eine Viertelstunde drin, verdammt noch mal!«

Sie warf den Zettel mit der Adresse in einen Mülleimer.

»Schon gut, ich habe die absoluten Wahnsinnsfotos. Los, verschwinden wir.«

»Du verschwindest, ich bleibe hier.«

Sie küsste ihn auf die Wange.

»*Ciao*, Cousin. Und wenn du noch mehr hast …«

»Irgendwann wirst du mir erklären, was du damit treibst. Deine Geschichte mit diesen Ausstellungen glaube ich nämlich nicht so ganz.«

»Du brauchst nur mal vorbeizukommen. Ich zeige gerade

eine im städtischen Hospital von Lyon. Und die läuft super. Das Morbide, Bizarre zieht die Leute immer in Massen an. Je schlimmer, umso besser.«

»Gut, aber mein Ding ist das nicht, Krüppel ohne Beine oder behaarte Frauen.«

Wieder zu Hause angekommen, stürzte Cassandra an ihren Computer, lud die Fotos und startete das Bildbearbeitungsprogramm.

Eine Stunde später, nachdem sie drei Bier getrunken hatte, druckte sie auf ihrem Farblaserdrucker ein Foto im Format 30 x 45 aus.

»Phantastisch … Wirklich phantastisch … Verdammt, das ist wahre Kunst.«

Sie schaltete ihre Stereoanlage aus und stellte das Album der Smashing Pumpkins zurück ins Regal, neben Werke über die Kiefer- und Gesichts-Chirurgie zur Zeit des Ersten Weltkriegs. Dann ging sie – nur mit einem Bademantel bekleidet – in den Keller hinunter, dabei leuchtete sie sich nur mit einer kleinen, batteriebetriebenen Lampe. Es wurde unmerklich kälter, an ihren Wangen kribbelte es leicht.

Sie steckte einen Schlüssel in das Schloss einer alten Holztür. Ein langes schrilles Quietschen ertönte.

In geduckter Haltung betrat sie ihr geheimes Zimmer. Bordeauxroter Teppich, schwarze Vorhänge, eine Matratze, ein Totenkopf-Aschenbecher und ein Riegel Hasch. Und überall an den Wänden Fotos. Knochenwucherungen, zertrümmerte Gesichter, merkwürdige Verformungen, und dazwischen Poster von Stars. Mickey Rourke. Johnny Depp. Kurt Cobain.

An einer der Wände befand sich oben eine Lüftungsöffnung, die zum Garten hinging. Cassandra stopfte einen Stofffetzen hinein.

Sie stellte das Foto, das sie gerade ausgedruckt hatte, vor sich auf ein Pult und trank einen großen Schluck Bier. Ihr schwirrte der Kopf. Genau das, was sie brauchte.

Bei dem Licht war die Illusion perfekt. Wirklich perfekt. Sie legte sich auf die Matratze und onanierte mehrere Minuten lang vor dem Porträt von David Bowie, dem sie digital Hervé Tourelles abscheuliche Hand »transplantiert« hatte.

Jedes Mal, wenn sie gerade kurz vor einem Orgasmus war, hörte sie auf, um gleich darauf von vorne anzufangen.

»Verdammt, David, mit dieser Hand siehst du echt geil aus.«

Es war beinah 5 Uhr morgens, als das Knacken eines Astes ihre Sinne in Alarmbereitschaft versetzte.

Sie schaltete rasch das Licht aus und verharrte reglos in der Dunkelheit.

Irgendwo im Garten waren Schritte.

Im Dunkeln suchte Cassandra nach ihrem Bademantel und stellte zu ihrem Schrecken fest, dass der Stofffetzen auf dem Boden lag. Sie blickte zu der Lüftungsöffnung empor. Draußen war die Mondsichel zu sehen. Und es wehte kein Lüftchen.

Der Stofffetzen konnte nicht von allein hinabgefallen sein.

»Scheiße … Das darf doch nicht wahr sein.«

Sie rannte nach oben, nahm ein Messer aus der Küchenschublade, stürzte zum Fenster und riss es auf.

»Hey! Ist da jemand?«

Kein einziger Laut. Dann ertönte in der Ferne das Geräusch eines Motors. Leicht taumelnd rannte die junge Frau zur Eingangstür. Am Ende der Einfahrt, neben den Bäumen, startete ein Auto. Als das Fahrzeug unter einer Straßenlaterne herfuhr, konnte Cassandra die Farbe erahnen. Weiß. Oder grau. Ja, eher grau.

»Dreckskerl! Lass dich bloß nicht noch mal hier blicken!«

Vorsichtig wagte sie sich in den Garten und ging zu der Lüftungsöffnung. Dort hielt sie sich die Nase zu.

»Was ist das für ein widerlicher Gestank?«

Beinah hätte sich Cassandra übergeben müssen. Es stank nach Verwesung, wie Eiter oder verdorbenes Fleisch.

Vor der Öffnung war das Gras zertrampelt worden.

Sie rieb sich über die Arme, ein Schauder lief ihr über den Rücken. Sie musste diese Lüftungsöffnung wirklich mit Zement ausgießen.

Anscheinend hatte irgendein Geistesgestörter ihre Adresse herausgefunden. Das musste ja so kommen! Sie verteilte ihre Visitenkarten an alle und jeden. Und unter den Besuchern ihrer Ausstellungen befanden sich zwangsläufig auch geile Böcke. Oder Verrückte.

Dann musste sie an den Typen im Trois Parques denken. Den Mann mit den langen schwarzen Haaren und dem von Schlafmangel gezeichneten Gesicht, der an ihre Tür geklopft hatte, weil er ihr Zimmer haben wollte. Die Nummer 6. Und wenn das nur ein Vorwand gewesen war, um an sie ranzukommen? Und wenn er sich ihre Adresse irgendwoher beschafft hätte? Von dem Mann an der Rezeption vielleicht? Nein. Sie war immer vorsichtig gewesen. Das Trois Parques war nicht die Art von Luxusherberge, wo man seine Adresse hinterließ. Sie bezahlte immer bar, schoss unauffällig ihre Fotos und achtete darauf, kein Aufsehen zu erregen.

Sie ging wieder zurück ins Haus, drehte den Schlüssel zweimal im Schloss und legte sich sofort wutentbrannt schlafen. Dieser Spanner hatte gesehen, wie sie vor ihren Missbildungen onanierte.

Und das war nicht gerade cool …

27. Samstag, 5. Mai, 4 Uhr 05
Vierter Traum: Schwarzer Rauch

Stéphane rannte, er hustete, spuckte aus, hielt sich die Hand an die Kehle. Vor ihm stürzten schreiende Gestalten die Treppe hinab. Überall war Rauch. Ein Monster, grau vor Wut und völlig ausgehungert, kroch unter den Türen hindurch und ergriff Besitz vom Raum.

Stéphane lief in die entgegengesetzte Richtung. Auf das Feuer zu.

Er stieg über eine Ledertasche hinweg und hob einen schwarzen Schal auf, den er sich vor die Nase presste. Vor ihm befand sich ein Raum mit Plexiglasscheibe und einem großen Spiegel, an der Wand hing ein vollbeschriebenes großes, weißes Blatt Papier.

Als er das Zimmer betreten wollte, packte ihn jemand am Kragen.

»Was hast du vor? Wir hauen ab, verdammt noch mal!«, schrie ihm eine Stimme zu.

Stéphane drehte sich um. Ihm verschwamm alles vor Augen, die Sicht trübte sich, die Dinge verschwanden im Nebel. Dichter Rauch stieg ihm in Nase und Mund, brannte ihm in den Augen. Das Feuer tobte.

»Eine Minute!«, schrie Stéphane. »Ich will nur eine Minute da rein! Er muss es wissen! Wir müssen es ihm erklären!«

»In einer Minute wird es zu spät sein! Du wirst bei lebendigem Leib verbrennen! Wir haben keine Zeit mehr! Los!«

»Nein!«

»Los!«

Stéphane warf einen letzten Blick in das Zimmer und folgte schließlich widerstrebend dem Strom der Fliehenden. In der wild davoneilenden Menge erblickte er undeutlich ein Paar große schwarze Springerstiefel.

Taumelnd ließ er sich in Richtung Treppe mitreißen. Plötzlich zog sich alles um ihn herum zusammen.

Dann wurde es schwarz. Tiefschwarz.

28. Samstag, 5. Mai, 9 Uhr 14

Leutnant Vic Marchal hatte die Hände in den Taschen vergraben und lief eilig die Seine entlang, auf dem Weg zum Labor der Spurensicherung. Es ging ein böiger Wind, und die Sonne verschwand immer wieder hinter großen, dunklen Wolken. Der Frühling ließ wirklich auf sich warten.

Leutnant Joffroy hatte ihn telefonisch gebeten, die Ergebnisse von der genetischen Untersuchung der Hautschuppen an Annabelle Leroys rechter Hand abzuholen. Vic hatte berichtet, dass ihn die Sache mit dem Wundbrand ins Trois Parques geführt hatte, einer Art Hotel, das Leroy gelegentlich aufgesucht hatte. Daraufhin hatte Joffroy beschlossen, einen kleinen Ausflug dorthin zu unternehmen, in Begleitung seines unvermeidlichen Partners Wang.

Der leitende Ingenieur des Labors hieß César Ravicci und hatte einen eisigen Blick. Hinter ihm wartete noch ein weiterer Mann. Dieser war kleiner, hatte weniger Haare auf dem Kopf und sah aus wie ein Spezialist.

»Das hier ist Étienne Lambert«, teilte Ravicci mit. »Er ist auf Fetalmedizin spezialisiert.«

»Auf Fetalmedizin?«, wiederholte Vic, während er ihn begrüßte. »Besteht da ein Zusammenhang zu unserem Fall?«

»Mehr als das. Kommen Sie mit.«

Das Labor schwirrte vor Leben, alles war in Bewegung, es gab ein geschäftiges Hin und Her. Sämtliche Handgriffe liefen präzise und geräuschlos ab, jeder wusste genau, was er zu tun hatte. Die Beweisstücke vom Tatort kamen hier im Kellergeschoss an und wurden dann an die entsprechenden Abteilungen weitergeleitet. Ballistik, Rauschgift, Feuer und Sprengstoff, Toxikologie, physikalische Chemie, Biologie ... Dort wurde das Unsichtbare genau untersucht, nicht um mögliche Motive des Mörders aufzuspüren, sondern auf der Suche nach dem Teil von ihm, den er möglicherweise am Tatort hinterlassen hatte. Seine materielle Intimsphäre sozusagen.

Die drei Männer blieben im Bereich für Molekularbiologie stehen, wo sich alles vor allem um DNA, RNA, genomische Informationen oder Polymerase-Kettenreaktion drehte. Es war eine Welt, die aus Pipetten bestand, aus Monitoren, PCR-Röhrchen und Mikrotiterplatten, aus Kryoboxen und Zentrifugen. Eine Welt, in der Mensch und Wissenschaft sich verbündeten, um winzigste Spuren zu analysieren.

Ravicci blieb vor etikettierten Objektträgern stehen, zwischen denen Hautfetzen lagen.

»Das hier sind die Hautschuppen, die in der Hand des Opfers gefunden wurden und die wir sofort mit Hilfe der Polymerase-Kettenreaktion analysiert haben. Damit wir nicht zehn Tage lang warten mussten.«

Vic beobachtete das geschäftige Treiben. Er war beeindruckt davon, was an Technik und Intelligenz aufgeboten wurde, um das Verbrechen zu bekämpfen. Wenn jemand einen Mord beging, wusste er wohl kaum, dass er damit Millionen von Euro an Material sowie mehrere Dutzend Personen im Hintergrund mobilisierte, die Jagd auf das Unvorstellbare machten.

»Was haben Sie herausgefunden?«, fragte er.

Ravicci nahm zwei aufeinander befestigte Glasplatten und legte sie unter eine Operationslampe. Der Lichtkegel drang durch die Haut, die durchscheinend wie eine Eimembran wurde.

»Schon vor der Untersuchung kam es uns seltsam vor, dass

diese Probe aussah wie ›Schlangenhaut‹. Ein gesunder, normal entwickelter Mensch hätte nicht so viel Haut verloren. Mit Hilfe unserer semi-quantitativen PCR und weiteren Analysen haben wir festgestellt, dass ein bestimmtes Gen, das sogenannte Sonic-Hedgehog-Gen, eine Mutation aufwies.«

»Eine Mutation?«

Der Spezialist für Fetalmedizin ergriff das Wort.

»Das Sonic-Hedgehog-Protein spielt bei der embryonalen Entwicklung der Wirbeltiere eine große Rolle, vor allem bei der Ausbildung des Neuralrohrs, das … ähm … Wie lässt sich das auf einfache Weise erklären? Dabei handelt es sich um …«

»… einen röhrenförmigen Entwurf des zentralen Nervensystems, in dem bereits Gehirn, Rückenmark, Haut und vieles mehr angelegt sind?«

Étienne Lambert nickte anerkennend.

»Woher wissen Sie das?«

»Meine Frau erwartet ein Kind.«

»Darüber wissen trotzdem nicht alle werdenden Eltern Bescheid.«

»Ich habe ein wenig über Embryonen recherchiert. Ich interessiere mich für die verschiedensten Gebiete.«

»Gut, kommen wir zur Sache zurück. Eine Mutation in diesem besagten SHH-Gen ist Ursache verschiedener angeborener Anomalien und stört die künftige Entwicklung des Embryos. Diese Anomalien entstehen hauptsächlich während der Gastrulation, also drei Wochen nach der Zeugung. Während dieser Phase ist der Embryo sehr anfällig für teratogene Einflüsse.«

»Teratogen … Wie Teratologie?«

»Ja, die Erforschung von Ursachen und Entwicklung angeborener Missbildungen, auch Lehre von den Missbildungen genannt. Bei der Zeugung ist der Embryo vollständig gesund. Irgendwann während der Entwicklung in der Gebärmutter bildet sich dann die Anomalie heraus. Je nach Typ der Mutation, das heißt nach Schwere der Anomalie, kann es sein, dass das

Kind auf die Welt kommt und sich weiterentwickelt, doch es besteht eine hohe Wahrscheinlichkeit, dass es stirbt.«

Vic betrachtete die durchsichtigen Glasplättchen. Er dachte an die verformte Puppe, die zwischen all den anderen lag, an ihr abscheuliches Gesicht.

»Sie wissen also aufgrund dieser Hautanalyse, dass der Mörder von Annabelle Leroy an einer schweren angeborenen Anomalie leidet?«

Ravicci ergriff wieder das Wort.

»Wir glauben nicht, dass der Mörder an einer solchen Anomalie leidet, denn in dem Fall, mit dem wir es zu tun haben, sterben die betroffenen Menschen meist sehr früh. Bereits nach wenigen Tagen.«

Vic verstand nicht.

»Ist es möglich, dass es sich um zwei Mörder handelt?«

Ravicci bemerkte seine Verwirrung und wandte sich an Lambert.

»Zeigen Sie es ihm?«

Mit zusammengekniffenen Lippen holte der Experte ein Foto aus einem Lederetui und legte es vor Vic.

Der Polizist runzelte die Stirn. Das Foto zeigte ein Baby mit aufgedunsenem Gesicht, riesigen, missgebildeten Ohren. Die zwei Beine waren zusammengewachsen und sahen aus, als steckten sie in einem Sack, der direkt mit der Haut verbunden war.

Lambert fuhr mit dem Zeigefinger über das Glanzpapier.

»Kaudale Dysgenesie, und hier gibt es Anzeichen dafür, dass es zur Familie der Symmelien gehört.«

»Der Symmelien?«

»Ja. Symmelie, Sympodie oder im vorliegenden Fall auch Sirenomelie.«

Vic schüttelte den Kopf.

»Sirenomelie? Sie wollen doch nicht etwa sagen, dass …«

»Die in der Hand des Opfers gefundenen Hautstücke stammen von einem Baby mit Meerjungfrauen-Syndrom, einer sogenannten Sirene. Doch, genau das will ich sagen.«

Vic fuhr sich mit der Hand über die Stirn. Er konnte den Blick nicht von dem grauenhaften Foto abwenden. Er umklammerte das Handy in seiner Hosentasche, da er plötzlich das Bedürfnis verspürte, Céline anzurufen und zu fragen, ob alles in Ordnung war und sie keine Schmerzen im Bauch verspürte.

Der junge Polizist fasste sich wieder. Er musste seinen Job machen, alles andere ausblenden.

»Geht es?«, fragte Ravicci. »Sie sehen aus, als sei Ihnen nicht gut. Sind Sie neu in der Ersten Division?«

»Seit drei Wochen, ja. Dieses Sirenenbaby hat doch nicht etwa gelebt?«

»Nein, nein. Die Haut, die wie gegerbt aussieht, lässt darauf schließen, dass es bereits tot war. Außerdem ist Sirenomelie, abgesehen von sehr seltenen Fällen, nicht mit dem Leben vereinbar. Sirenenbabys haben nicht nur verwachsene Beine, die von einer Hauthülle umgeben sind. Meist sind auch keine Blase und kein After vorhanden, sie haben Nierenprobleme und missgebildete Lenden, um nur das zu erwähnen. In der Regel überleben sie, wie Monsieur Ravicci bereits sagte, nur wenige Tage. Oder sogar nur wenige Stunden.«

Vic wagte sich nicht vorzustellen, welches Martyrium Annabelle Leroy durchlitten haben musste, wie sie mit ausgebreiteten Armen ans Bett gefesselt dalag, während ihr ein Dämon dieses Ding vor das Gesicht hielt. Er versuchte, einen kühlen Kopf zu bewahren, und fragte:

»Und wie hat sich der Mörder dieses Baby beschaffen können?«

»Kennen Sie *Freak Shows*?«, erwiderte der Embryologe.

»Die Zurschaustellung von Missbildungen?«

»Die Zurschaustellung von Missbildungen, wie Sie sagen, ist nichts anderes als die Ausstellung von Teratologie-Sammlungen. Siamesische Zwillinge, Kühe mit zwei Köpfen, Hermaphroditen, Menschen mit Fibromatose und so weiter. Einer der bekanntesten Fälle ist nach wie vor der von John Merrick, dem sogenannten Elefantenmenschen, aber es gibt noch zahlreiche weitere, wie Kobelkoff, Eck oder die siamesischen Zwillinge Blazek. Sie können sich nicht vorstellen, was für eine Fülle von Abscheulichkeiten die Natur hervorgebracht hat. Heutzutage finden sich diese in großen öffentlichen oder privaten Sammlungen wieder.«

Vic deutete auf das Foto.

»Das Sirenenbaby stammt also aus einer solchen Sammlung?«

Der Arzt nickte.

»Oder aus einem Museum. Die Haut, die bei Ihrem Opfer gefunden wurde, ist alt und zerknittert, das Baby ist schon seit längerem tot.«

»Durch unsere Analysen mit dem Massenspektrometer konnten wir nachweisen, dass sich auf der Haut Formalin befand«, fügte Ravicci hinzu. »Anscheinend wurde dieses Baby in einem Glas aufbewahrt, so wie in der guten alten Zeit.«

Die drei Männer sahen sich schweigend an.

»Ich werde das alles an Mortier faxen«, verkündete Ravicci.

»Dann verfügen wir also nicht über die DNA des Mörders?«

»Nein. Nur über die Ihrer Sirene. Aber ich zweifle stark daran, dass Ihnen das von großem Nutzen sein wird.«

Vic versuchte, einen klaren Kopf zu bewahren.

»Denken Sie, der Mörder rechnet damit, dass wir dieser Spur nachgehen?«

»Er hat sich nicht wirklich darum bemüht, diese Hautschuppen zu beseitigen, andererseits hat er von sich selbst keine einzige Spur hinterlassen. Wenn er sich mit angeborenen Krankheiten befasst, worauf die Art des Verbrechens und die speziellen Vorlieben unseres Opfers hindeuten, und wenn er sich die derzeit angesagten TV-Serien anschaut, dann müsste ihm dies klar sein.«

Nachdem Vic das Labor verlassen hatte, sah er nicht mehr die Seine fließen, hörte nicht mehr das Plätschern des Wassers an den Rümpfen der Frachtkähne. Er sah nur noch eine Frau vor sich, die an ein Bett gefesselt war und laut schrie, während ein Geistesgestörter ihr eine Aberration der Natur in die Hand schob.

Annabelle Leroy hatte gerne mit Menschen verkehrt, die vom Schicksal gezeichnet waren, mit den Unglückseligen, deren Körper verstümmelt waren.

Sie hatte sich dem Minotaurus nähern wollen, diesem Monster aus der Mythologie, das man in ein Labyrinth gesperrt hatte, die schändliche Frucht einer Vereinigung von einer Frau und einem Tier.

Doch dann war der Minotaurus zu ihr gekommen.

29. Samstag, 5. Mai, 10 Uhr 34

Stéphane saß am Steuer seines Ford und raste vor Wut. Nichts hatte so geklappt wie vorgesehen. Er erinnerte sich nur vage an seinen Traum. Schuld daran war wahrscheinlich der schwere Whisky-Rausch vom Vorabend, nach seinem Streit mit Sylvie. Er hatte nur noch Bruchstücke im Kopf. Rote Farbtöne, Rauch, Menschen außer Atem, ein Paar schwarze Springerstiefel auf einer Treppe. Mehr nicht. Hatte Stéfur die Tätowierung auf der Hüfte gesehen, war er in das Zimmer Nummer 6 zurückgekehrt, um die Nachrichten an der Wand zu lesen?

Stéphane verfluchte sich, einen Teil des Puzzles begriff er nicht. Er drehte die Worte seines Freundes Jacky hin und her. Diese Geschichte mit den Paradoxen, den Zeitschleifen, Parallelwelten, dem Schicksal. Je mehr er darüber nachdachte, umso weniger verstand er. In dem Alptraum vom Hotel beispielsweise hatte Stéfur diesem Victor am Telefon mitgeteilt, dass er nicht mehr träume. Sah auch er in seinen Träumen die Zukunft? Handelte er entsprechend? Hieß dies, dass es noch einen anderen Stéfur gab, den Stéfur in einer noch weiter entfernten Zukunft sah? Stéphane musste an dieses Möbiusband denken, von dem Jacky gesprochen hatte, an seine ständigen Déjà-vus, und hätte plötzlich am liebsten laut geschrien. Diese Sache war schlimmer als diese russischen Puppen. Wahrscheinlich würde sich eine Sitzung beim Psychiater lohnen.

Sein Handy klingelte.

»Sylvie?«

»Nein, Everard. Was treibst du? Ich versuche seit zwei Tagen, dich zu erreichen! Hast du die Prothese fertig?«

Everard war im Moment seine geringste Sorge.

»Ich arbeite daran. Du bekommst sie bald.«

»Was heißt bald? Du weißt, dass wir nächsten Dienstag drehen!«

»Du bekommst sie, habe ich gesagt! Im schlimmsten Fall bringe ich sie dir am Montag ins Studio, okay?«

»Das wäre auch besser für dich. Martinez ist eine regelrechte Furie, sie zerstört die Stimmung am Set und im gesamten Team. Du weißt, was dich erwartet, wenn du uns in Verzug bringst? Das ist vertraglich geregelt, mein Lieber. Also mach voran.«

Stéphane überfuhr eine dunkelgelbe Ampel, ohne es zu merken.

»Warte! Leg noch nicht auf!«, rief er. »Arbeitet Hector Ariez, alias John Lane, wirklich an dem Film mit?«

»An zwei Szenenbildern, warum?«

»Ist er bei dir?«

»Nein, ich glaube, er ist zu Hause in Sceaux.«

»Gib mir seine Nummer.«

Stéphane prägte sie sich ein und fügte hinzu:

»Die Büste ist am Montag fertig, allerspätestens. *Ciao ciao.*«

Er legte auf und gab Arielz' Nummer in sein Handy ein, während er gerade eine Brücke über die Oise passierte. Er war so abgelenkt, dass er schon wieder aus Méry herausgefahren war. Er wendete.

Ihm gingen zu viele Bilder, zu viele Fragen durch den Kopf. Auf dem Weg hierher war er bei der Post in Lamorlaye vorbeigefahren und hatte versucht, das Postfach 101 zu mieten, wegen dieser Notiz »PF 101« an der Wand im Hotel. Er war sich nicht sicher, dass es sich um ein Postfach handelte, und noch weniger, dass es sich auf der Post in Lamorlaye befand. Jedenfalls waren die Fächer 100 und 102 bereits vergeben, die 101 jedoch nicht.

Er hatte es reserviert, würde es allerdings erst benutzen können, wenn er die notwendigen Papiere mitgebracht und die Formulare ausgefüllt hätte.

Es war ihm sehr wohl bewusst, dass er intuitiv vorging. Warum hatte sich Stéfur in seinen verdammten Nachrichten nicht klarer ausgedrückt?

»Weil Stéfur du ist, du Blödmann, und logische, klar verständliche Erklärungen noch nie deine Stärke waren. Du hast dein ganzes Leben lang Medikamente geschluckt, das hat Spuren hinterlassen.«

Stéphane erblickte das Gebäude der Gendarmerie, bremste und fuhr wieder ein Stück zurück. Dann blieb er lange im Wagen sitzen und dachte nach. Diese Leute in Uniform oder vielmehr ihre Doppelgänger in der Zukunft waren wahrscheinlich auf der Jagd nach Stéfur.

Er parkte ein wenig abseits und lief ein paar Meter. Bevor er das Gebäude betrat, zog er seine Schirmmütze auf, um seine Augen und die langen Haare zu verbergen.

»Ich würde gerne mit Kapitän Lafargue sprechen«, sagte er zu dem Brigadier am Empfang.

Stéphane kannte den Namen dieses Gendarmen bestens. Er war in einem seiner Träume im Radio interviewt worden und leitete die Ermittlungen im Fall Mélinda.

»Was soll ich ihm ausrichten?«

Plötzlich fühlte sich Stéphane verunsichert.

»Es ... Es gibt ihn also wirklich?«

»Wen?«

»Lafargue?«

Der Brigadier blickte ihn mit seltsamer Miene an.

»Das kann ich Ihnen versichern.«

»Und ... Woran arbeitet er?«

Der Mann stützte die Hände in die Hüften.

»Was genau wollen Sie?«

»Auf Wiedersehen. Oder eher auf Nimmerwiedersehen.«

Stéphane rannte zu seinem Ford und raste zu der ersten der fünf Grundschulen, deren Adressen er ausfindig gemacht hatte. Auf der Suche nach Mélinda.

Schweren Herzens betrat er die Schule mit dem grünen Dach und den Mauern aus Ziegelstein. Seit wann war er nicht mehr über einen Pausenhof gegangen? Wie lange hatte er kein Kinderlachen gehört?

Er entdeckte die Linien für das Spiel Himmel und Hölle auf dem Boden. Zerbrochene Glasmurmeln im Rinnstein. Die ersten Kastanien, die bereits Knospen trieben, in den vom Wind bewegten Bäumen. Eine ganze Welt erstand wieder vor ihm auf, die der Rangeleien und der Wettrennen zwischen den Bäumen. Die der Zauberkugeln, die auf der Zunge explodierten und die Zähne blasslila färbten. Der Weg zum Haus seiner Adoptiveltern, im Hintergrund die Umrisse der Vogesen.

Mit einem wehmütigen Lächeln auf den Lippen blieb er vor einer Klassenzimmertür stehen. Die Lehrerin schrieb gerade langsam etwas an die Tafel: »Haus, Maus, Laus«. Und die Schüler schrieben die Worte eifrig ab, während sie sich vor Aufregung mit den Zungen über die Lippen fuhren. Hinter ihnen standen Vivarien mit Gespenstheuschrecken und Marienkäfern. Und ringsumher an den Wänden hingen bunte Zeichnungen.

Sein Blick fiel auf ein blondes Mädchen mit hübschen blauen Augen. Genau wie die von Sylvie. Und die von Ludivine Coquelle. Juli '92.

»… sieur … Monsieur?«

Stéphane drehte sich um.

»Suchen Sie etwas?«, fragte ihn eine Frau, deren Haare zu einem Pferdeschwanz gebunden waren.

Er nahm seine Schirmmütze ab.

»Sind Sie die Direktorin?«

»Ja. Wissen Sie nicht, dass es verboten ist, das Schulgelände zu betreten?«

Durch die Scheibe hindurch wies Stéphane auf die Zeichnungen an der Wand.

»Als Kind habe ich oft Regenbogen gemalt. Und darunter habe ich jedes Mal einen Mann gekritzelt, der grau gekleidet und ganz klein war. Beinah unsichtbar. Bei den Häusern habe ich es genauso gemacht. Und auch bei jeder anderen Zeichnung. Mal befand sich dieser Mann im Himmel, mal unter der Erde, dann wieder irgendwo versteckt, doch er war immer da. Ich habe nie gewusst, warum ich ihn gemalt habe, und es hat mir nie jemand erklären können. Könnten Sie es?«

Leicht verblüfft verschränkte die Frau die Arme.

»Nein. Aber könnten Sie mir vielleicht erklären, was Sie vor dieser Klasse hier zu suchen haben?«

Stéphane blickte sie lächelnd an.

»Ich suche Mélinda. Ich würde gerne wissen, ob sie auf Ihre Schule geht.«

»Mélinda wie?«

»Ich weiß es nicht, ihre Mutter hat wieder geheiratet, und ich kenne den Familiennamen ihres Mannes nicht. Ich weiß nur, dass sie zehn Jahre alt ist.«

»Wer sind Sie?«

»Ihr Onkel. Ein Onkel, der sie nicht mehr gesehen hat, seit sie drei Jahre alt war. Ich verstehe mich nicht sehr gut mit meiner Schwester. Ich wollte nur kurz einen Blick auf sie werfen. Sehen, wie sie sich verändert hat. Ich fliege heute Abend nach New York, deshalb …«

Die Direktorin setzte eine strenge Miene auf.

»Tut mir leid, wir müssen unsere Schüler schützen, und ich kann Ihnen keine Auskunft geben. Wenn Sie ein Kind nach der Schule abholen wollen, brauchen Sie eine von beiden Eltern unterzeichnete Genehmigung, die die Eltern eigenhändig abgegeben haben müssen.«

»Aber ich will sie doch nicht abholen! Nur sehen!«

Sie gab Stéphane einen leichten Stoß in den Rücken, um ihn

Richtung Ausgang zu bugsieren. Doch er wehrte sich und drückte ihr Handgelenk ein wenig zu fest.

»Sagen Sie mir wenigstens ihren Nachnamen! Sagen Sie mir nur, ob sie auf Ihre Schule geht!«

Sie löste sich mit entschiedener Geste aus der Umklammerung.

»Gehen Sie bitte, Monsieur! Oder ich rufe die Polizei!«

Stéphane wollte aufschreien, dass man Mélinda vielleicht bald tot in einem Steinbruch finden würde, doch er musste sich zurückhalten. Er gehorchte, ohne zu protestieren. Diese alte Hexe hatte nicht einen Millimeter weit nachgegeben.

Er verließ das Schulgelände und schloss sich in seinem Auto ein, das er ein Stück entfernt abgestellt hatte. Damit nicht irgendjemand sein Nummernschild notierte, er musste vorsichtig sein, vor allem, wenn er sich in der Nähe von Schulgebäuden herumtrieb.

Er wählte eine andere Schule aus, die neben einem kleinen Wald auf den Hügeln von Méry lag, und parkte ein wenig abseits hinter einem Lieferwagen, so dass er die Schüler beim Verlassen der Schule beobachten konnte.

Um 11 Uhr 30 ergoss sich eine regelrechte Flut von Farben vor der Schule, begleitet vom Geschrei blonder und brauner Schöpfe. Die Eltern lachten, unterhielten sich, fragten ihre Sprösslinge, wie der Vormittag verlaufen sei. Was für eine Freude, sein Kind abzuholen, zu sehen, wie es aufwuchs, sich entfaltete. Stéphane umklammerte sein Lenkrad. Er hatte keine Eltern mehr, weder biologische – er wusste nichts über seine Herkunft – noch Adoptiveltern – zu ihnen hatte er keinerlei Kontakt mehr. Und er würde nie eigene Kinder haben.

Er sah zu, wie die Schüler nacheinander an ihm vorbeigingen. Lärmende Kinder, blühend vor Leben, mit vom Wind zerzausten Haaren. Vielleicht befand sich die kleine Mélinda unter ihnen. Der Lieferwagen fuhr los und verschwand langsam hinter einer Straßenecke. Nun war sein Ford nicht mehr verdeckt. Stéphane beschloss, aus seinem Wagen zu steigen und sich ein Stück entfernt hinzustellen.

Es war fast 12 Uhr, als endlich ein Mann herauskam und das Gittertor abschloss.

Schnell rannte Stéphane auf das Tor zu und versuchte hinüberzuklettern. Doch dabei rutschte er ab und stürzte auf der anderen Seite zu Boden. Sein Heft glitt ihm aus den Händen, und ein paar Blätter, die sich gelöst hatten, begannen, im Wind davonzuflattern.

»Oh nein!«

Er stand auf und versuchte, sie einzufangen, doch fünf oder sechs Blätter flogen bereits auf die Straße.

»Das darf nicht wahr sein.«

Mit dem Heft in der einen Hand und mehreren losen Blättern in der anderen humpelte er um das Schulgebäude herum. Dort konnte man ihn nicht mehr sehen.

Er holte Atem, massierte sich lange den Unterschenkel und suchte dann in der Tasche nach seinem Handy. Er klappte es auf. Das Display war geborsten.

Da hätte er sich am liebsten zu Boden sinken lassen und aufgegeben. Zuerst Sylvies neue Frisur, jetzt das zerbrochene Display, genau wie in den Träumen. Die unbedeutendsten Ereignisse wurden Wirklichkeit.

Damit musste jetzt Schluss sein. »Halte dich von Mélinda fern.«

Beinah hätte er kehrtgemacht, doch dann beschloss er weiterzumachen. Das Schicksal wollte, dass er aufgab. Aber vielleicht würde sich das alles nur dann ereignen, wenn er genau dies tat. Woher sollte er das wissen?

Er würde weitermachen!

Stéphane legte die Blätter, die er eingefangen hatte, in sein Heft. Was fehlte? Ein Teil des zweiten Traums, »Fahrt nach Sceaux«, die Stelle, wo er mit der Sig Sauer zu Ariel fuhr. Und auch das Ende der Passage im Trois Parques, als er in den Wald floh.

Nachdem er das Heft in die Tasche gesteckt hatte, zog er rasch seine Jacke aus, wickelte sie um seine Faust und schlug eine Fensterscheibe ein. Glasscherben fielen zu Boden.

Wenige Minuten später drang er in das Büro der Direktorin ein und trat dort die Tür eines verschlossenen Schrankes ein.

Die Schulakten.

Er benutzte seine Jacke, um nichts direkt anzufassen.

Die zehnjährige Mélinda musste in der 5. oder 6. Klasse sein. Zum Glück war dieser Name nicht sehr verbreitet. Nicht wie Claire oder Marie. Er fand die Listen und sah sie aufmerksam durch. Er zählte zwei Mélindas, in verschiedenen Klassen.

Pech.

Er suchte noch weiter in den Schubladen und fand die persönlichen Akten der beiden Mädchen.

Zunächst schaute er in die Akte von Mélinda Potier. Rote Haare, rundes Gesicht und Sommersprossen bis zum Kinn. Wirklich niedlich. Sie wohnte in Méry, der Vater war Zahnarzt, die Mutter Hausfrau.

Dann warf er einen Blick in die andere Akte. Mélinda Grappe lächelte, ihr fehlte ein Zahn. Das Gesicht von hellbraunen Locken eingerahmt, grüne Augen, eine Kette mit einem Kreuz um den Hals. Unweigerlich entstand zwischen dem Mädchen und Stéphane eine Art Verbindung. Das unerklärliche Gefühl eines Déjà-vu. Da wusste er, dass sie es war.

Stéphane notierte sich die Adresse und stellte die Akten zurück an ihren Platz. Bestimmt würden nach seinem Einbruch Ermittlungen aufgenommen, doch man würde Jugendliche verdächtigen. Auf ihn würde die Polizei niemals kommen.

Mit schweißbedeckter Stirn gelangte er zurück zu seinem Wagen, ohne dass ihm jemand begegnete.

Er hatte sie, seine Mélinda. Dieses Gefühl, das Schicksal des Mädchens in seinen Händen zu halten …

Zehn Minuten später parkte er vor einem Tabakladen, gegenüber vom Haus der Grappes – einem schönen Gebäude aus weiß gekalktem Stein, mit einem Garten, der zur Oise hinging. Sie mussten zu Hause sein, da zwei Autos in der Einfahrt standen.

Doch was sollte er jetzt tun? Hineingehen und ihnen mit unschuldsvoller Miene von seinen Visionen erzählen? Dass das Kind wahrscheinlich sterben würde, ertränkt in einem für die Öffentlichkeit gesperrten Steinbruch? Und dass er obendrein der Hauptverdächtige sei? Völlig ausgeschlossen.

Warum verdächtigte man eigentlich ihn, warum hatte man im Radio seine Personenbeschreibung durchgegeben? Welche Rolle spielte er in dieser Geschichte? Er dachte an die Nachricht, die Stéfur auf die Tapete seines Zimmers im Trois Parques geschrieben hatte: »Halte dich von Mélinda fern.« Konnte Stéfur keine präziseren Angaben machen? Aber nein, Kurzformen, unverständliche Mitteilungen, verworrene Gedanken, das war ganz er, Stéphane Kismet.

Und nun? Sollte er sich fernhalten und sie sterben lassen? Zulassen, dass irgendein Sadist sie entführte, vergewaltigte und ertränkte?

Irgendjemand hatte dieses hübsche kleine Mädchen auf seinen Weg gestellt. Vielleicht der kleine graugekleidete Mann, den er immer auf seine Zeichnungen kritzelte, seit er sechs Jahre alt war. Vielleicht war dieses Phantom niemand anders als Stéfur, der schon seit Jahren versuchte, mit ihm zu reden, ihn vor Unglücken zu warnen – mit Hilfe von Träumen, an die er sich nicht erinnerte. Vielleicht hatte ihn Stéfur schon die ganze Zeit über begleitet, mit einem Abstand von etwa sechs Tagen.

Plötzlich brach Stéphane auf seinem Sitz zusammen, als würde er mit einem Mal den Sinn seines Lebens begreifen. Als erhellten sich nun all diese dunklen Spuren seines Daseins.

13 Uhr 30. Sein Herz schlug schneller.

Mélinda kam aus dem Haus, sie trug ein helles Kleid, weiße Söckchen und rote Stiefeletten. An ihrem Hals hing das Kreuz. Ein hübsches Mädchen …

Unauffällig fotografierte Stéphane sie aus dem Ford heraus und legte die Digitalkamera dann auf den Beifahrersitz.

Danach stieg er eilig aus dem Wagen und wollte gerade die Straße überqueren, als er eine männliche Stimme vernahm.

»Mélinda! Warte bitte auf uns!«

Stéphane änderte rasch die Richtung. Nachdem er sich weit genug entfernt hatte, drehte er sich um. Mélinda und ihre Eltern stiegen gerade in einen Geländewagen.

Das Auto fuhr an ihm vorüber. Das Mädchen presste eine Hand an die Scheibe und warf Stéphane einen gleichgültigen Blick zu, dann setzte sie sich Kopfhörer auf.

Schließlich verschwand der Wagen hinter der Straßenecke.

Stéphane blickte auf die Uhr und beschloss, nicht zu seinem Termin beim Psychiater zu gehen. Er würde hierbleiben, würde warten, beobachten, aufpassen. In wenigen Tagen würde ein Ungeheuer Mélinda angreifen. Vielleicht erkundete dieser Dreckskerl bereits das Terrain.

Wenn dem so war, würde Stéphane ihn finden. Und entsprechend handeln.

30. Samstag, 5. Mai, 14 Uhr 07

»Du bist dran, Marchal …«

Wang, Joffroy, Mortier und Vic befanden sich in einem kleinen, fensterlosen Raum. Sie hatten ihre Büros verlassen müssen, weil dort Installations- und Renovierungsarbeiten stattfanden. In wenigen Tagen würde das Gebäude vollständig ausgeräumt sein und in neuem Glanz erstrahlen – bereit, die Neuankömmlinge aus dem Justizministerium zu empfangen.

Vic trank seinen Kaffee – aus dem Automaten – und ergriff das Wort.

»Zuerst zu den Indizien. Unsere Ermittlungen konzentrieren sich auf das Sirenenbaby: Museen, Krankenhäuser, Ausstellungen. Was das Morphium angeht, so ist dies im Moment ein zu weites Feld. Das Gleiche gilt für den Mundspreizer und die Puppen, auch das ist viel zu vage, wir brauchen mehr Zeit. Die Spur mit dem Wundbrand hat nicht viel ergeben. Immerhin wissen wir nun, dass Leroy gelegentlich einen Gasthof namens Trois Parques aufsuchte, um dort ihre speziellen Neigungen zu befriedigen. Wie Moh und Jérôme heute Morgen herausgefunden haben, handelt es sich um einen Treffpunkt für Menschen mit Missbildungen und solchen, die darauf stehen. Unfallopfer, Leute mit Verbrennungen, Krüppel.«

»Dazu werden wir noch jede Menge Informationen erhalten«, schaltete sich Joffroy ein. »Wir haben zwei Männer darauf angesetzt, ihre ehemaligen Kunden ausfindig zu machen und zu befragen. Vielleicht ist der Matador ebenfalls ein Anhänger dieser abnormen Sexpraktiken, es würde mich nicht wundern, wenn er diesen Gasthof kennt.«

»Und Juliette Poncelet, unsere Sadomaso-Frau mit dem großen Tequila-Durst?«, fragte Mortier. »Kennt sie diesen Ort?«

»Nein«, erklärte Wang. »Für sie hat SM nichts mit diesem krankhaften Wahn in Bezug auf das Äußere zu tun.«

»Ja, ich weiß nicht, was besser ist. Sich von Poncelet die Eier zermalmen zu lassen oder eine Frau mit Bart zu vögeln.«

Sie lachten über den Scherz. Dann forderte der Kommandant Vic auf fortzufahren:

»Mach weiter, Marchal!«

»Ähm ... Was die Indizien angeht, bin ich fertig. Machen wir mit den Motiven weiter?«

Mortier rollte eine erloschene Zigarette zwischen den Fingern.

»Davon wird uns Joffroy berichten. Los, Joffroy.«

Mit zusammengekniffenen Lippen setzte sich Vic auf seinem Stuhl zurück. Der Leutnant mit der Motorradjacke meldete sich zu Wort.

»Ich glaube, wir sind uns alle einig, dass es sich nicht um einen einfachen Racheakt handelt, sondern dass der Fall komplizierter ist.«

»Nämlich?«, fragte Mortier.

»Es handelt sich eher um die Tat eines Verbrechers, der Gefallen daran gefunden hat, sein Opfer zu töten. Der mit Hilfe des Mordes einen Trieb oder eine Phantasie befriedigt. Irgendetwas, das mit dem Aussehen, dem Leiden, einer Perversion zu tun hat. Kommen wir zur Handlung an sich. Zunächst einmal misst er dem Tastsinn große Bedeutung bei. Es muss lange gedauert haben, Leroys Körper mit Essig einzureiben, bevor er ihr seine Nadeln ins Fleisch gebohrt hat. Da wir Spuren von Maisstärke gefunden haben, muss er seine Handschuhe ausgezogen haben, um sie zwischen den Schenkeln zu berühren. Er hat das

Bedürfnis nach körperlicher Berührung. Andererseits will er nicht, dass sein Opfer ihn selbst anfasst. Deshalb hat er die Frau nicht nur gefesselt, sondern ihr auch den Tastsinn geraubt, indem er ihr die drei empfindlichsten Elemente abgetrennt hat: Fingerkuppen, Lippen und Zungenspitze.«

»Ich stelle jetzt mal eine blöde Frage, um sicherzugehen, dass auch Chip versteht. Warum will er nicht, dass sie ihn anfasst?«

Die Frage brachte alle außer Vic zum Lachen. Joffroy sprach nun wieder:

»Vielleicht, weil sie ihn anwidert. Der Essig ist lediglich ein Symbol. Der Matador versucht nicht, sein Opfer vor einer Infektion zu schützen, sondern er desinfiziert es. Für ihn ist die Frau schmutzig, besudelt, weil sie mit Krüppeln, mit Missgebildeten vögelt.«

Vic schäumte vor Wut. Joffroy wiederholte Wort für Wort, was er selbst ihm vor der Besprechung erzählt hatte. Wang schien dies zu amüsieren.

»Alle Spuren führen uns zu den angeborenen Krankheiten, den körperlichen Missbildungen: die verstümmelte Puppe, Leroys Neigungen, ebenso wie das Sirenenbaby. Dies deutet darauf hin, dass unser Mörder eine schwere Missbildung aufweist, die wahrscheinlich sehr schmerzhaft ist, da er Morphium benutzt. Doch wie es aussieht, hat er seinem Opfer nicht die Augen verbunden, also erträgt er durchaus die Blicke anderer, auch wenn er nicht will, dass man ihn berührt. Wir haben es also wohl mit einem nicht mehr ganz jungen Mann zu tun, der sein Anderssein akzeptiert hat. Oder aber seine Krankheit ist unsichtbar, innerlich, was unsere Aufgabe verkomplizieren würde.«

»Innerlich? Was heißt das?«

»Ich weiß es nicht. Dazu müsste man einen Spezialisten befragen. Jedenfalls schämt sich der Matador nun nicht mehr, er will seine Stärke demonstrieren, indem er tötet. Geht man davon aus, dass der Matador eine Körperbehinderung aufweist, dann wäre es denkbar, dass er als Kind unter der Krankheit gelitten hat, unter den Schikanen und Spötteleien der anderen, vor allem auf dem Collège oder Gymnasium. Und schließlich ist es möglich, dass diese achtzehn Puppen für die Kinder aus seiner Klasse stehen. Oder für die Öffentlichkeit. Völlig normale Leute und dazwischen er selbst, der anders ist als die anderen.«

»Nicht blöd«, musste Mortier zugeben. »Übrigens, schreiben Sie auf, dass wir in Leroys Vergangenheit recherchieren müssen. Vielleicht kennt er sie seit der Schule oder so was in der Art. Stellt euch mal die Klassenfotos vor, all die Schüler und in der Mitte der Elefantenmensch.«

»Inzwischen erträgt der Matador Leute wie Leroy nicht mehr, die das menschliche Elend ausnutzen, um ihre eigenen Phantasien zu nähren. Sie symbolisiert für ihn all die Spötteleien aus der Vergangenheit, und er hat beschlossen, hier mit seiner Rache anzusetzen. In diesem Sinne ist die Wahl der Sirene durchaus von Bedeutung. Hinter dem wunderschönen und bezaubernden Aussehen der Sirene verbirgt sich ein Wesen, das nur ein Ziel verfolgt, nämlich die Unglückseligen in die Falle zu locken. Und Leroy verkörpert für ihn solch ein mythologisches Monster.«

»Böses wird mit dem Bösen bestraft.«

»Genau. Heben wir zum Schluss noch hervor, dass der Matador das Bedürfnis nach absoluter Herrschaft hat, dass er methodisch vorgeht und nicht in Panik gerät. Auch wenn wir dem Penner nicht wirklich trauen können, so hat er uns doch von einem grauen Fahrzeug erzählt, aus dem der Matador in aller Ruhe seine Utensilien, die Puppen und das Sirenenbaby geholt hat.«

Er schwieg einen Augenblick und fuhr dann fort:

»Wir müssen auch in Betracht ziehen, dass es sich um eine Frau handeln könnte.«

»Um eine Frau? Kannst du dir wirklich vorstellen, dass eine Tusse zu so was in der Lage ist?«

»Ebenso wenig, wie ich mir bis heute Vormittag vorstellen konnte, dass eine Frau ihren Partner zwingt, sich die Finger oder eine Hand amputieren zu lassen.«

»Das hat uns der Typ vom Trois Parque erzählt«, erklärte Wang, »dieser Grégory Mache. Eine Frau, die regelmäßig kam, um mit ihm zu vögeln, und die seit mehreren Wochen nicht mehr aufgetaucht ist, hat ihn gezwungen, sich zu verstümmeln. Wir haben ihre Personenbeschreibung, wir werden nach ihr suchen.«

»Ist das alles?«

»Das ist alles.«

»Und die Tatsache, dass er sein Opfer filmt?«

»Ein Mittel, die Tat in die Länge zu ziehen«, antwortete Joffroy. »Seinen Mord immer wieder zu verlebendigen.«

Mortier applaudierte leise.

»Nicht schlecht. Das ist Psychologengeschwätz, aber zugegebenermaßen deckt sich das ganz gut mit meiner eigenen Einschätzung. Die ausgefeilte Tat eines Perversen. Gut … Hat sich jemand näher mit den angeborenen Anomalien befasst?«

Niemand reagierte.

»Ich will wissen, ob die betroffenen Menschen Spezialeinrichtungen besuchen, welche Krankheiten körperliche Missbil dungen verursachen können, die gut sichtbar, kaum sichtbar oder überhaupt nicht sichtbar sind, und aus welchem Grund. Ich brauche eine Liste der Institute und Patienten, die werden wir dann mit dem Morphium abgleichen, vielleicht funktioniert das. Joffroy, du kümmerst dich um Leroys Vergangenheit, Wang, du übernimmst das Trois Parques, führst die notwendigen Vernehmungen. Marchal, du hast dich bereits mit den Krankheiten beschäftigt, das ist dein Job. Noch was? Was ist mit dem Schweiß? Dem Verwesungsgeruch? Den Zahlen 70 von 100? Den gestohlenen Sicherungen? Irgendeine Idee?«

Die drei Männer schüttelten den Kopf.

»Nun … Marchal, noch was?«

»Leutnant Joffroy hat alles gesagt. Ich hätte es nicht besser machen können.«

Vic zögerte, dann fügte er hinzu:

»Ach ja. Ich habe mir erlaubt, die Kopie eines Fotos vom Tatort an einen befreundeten Arzt zu schicken, der sich mit Geschichte befasst.«

»Willst du mich verarschen?«

Vic sackte leicht zusammen. Der Kommandant warf ihm einen vernichtenden Blick zu.

»Ich wollte, dass er möglichst schnell darauf schaut. Er ist sehr beschlagen, er hat uns auf die Spur mit dem Essig gebracht. Hören Sie, wenn der Mörder uns eine Nachricht hinterlassen wollte, so hat er dies möglicherweise durch die Gestaltung des Tatorts gemacht. Die Puppen sind nicht auf natürliche Weise angeordnet, sie wirken wie Mütter, die ihre Kinder beschützen. Ich bin überzeugt davon, dass es sich um eine Inszenierung handelt. Auch sieht das Opfer aus, als würde es schreien. Vielleicht ist der Mörder nach einem genauen Plan vorgegangen?«

»Tu das nie wieder. Oder du bist gefeuert.«

Vic nickte zaghaft, während er sein Handy nahm, das in seiner Tasche vibrierte. Er entschuldigte sich und ging aus dem Zimmer.

Kaum dreißig Sekunden später öffnete er die Tür wieder.

»Kommandant?«

»Was?«

»Wir wissen jetzt, was es mit dem Sirenenbaby auf sich hat. Es handelt sich um einen Diebstahl. Ein Museumsverwalter hat vor drei Monaten Anzeige erstattet, die Tür seines Museums wurde aufgebrochen.«

»Bingo! Welches Museum?«

»Dupuytren. Ein Museum für angeborene Krankheiten.«

31. Samstag, 5. Mai, 16 Uhr 07

Vic wollte seinen Arbeitstag möglichst rasch beenden, abschließen mit diesem Horror und all diesen Idioten, mit denen er zu tun hatte. Heute Abend wollte er Céline zu einem Glas auf die Champs-Élysées einladen und sie anschließend in ein kongolesisches Restaurant ausführen, wo Hühnchen an Moambe, Krokodilfleisch und gegrillte Antilope serviert wurden. Von der schönsten Avenue der Welt mitten ins tiefste Afrika, das würde ihr bestimmt gefallen.

Von der Rue de l'École de Médecine aus kam der Leutnant direkt in die Fakultät, die an diesem Tag wie ausgestorben war. Während er unter den langen Arkaden herging, vernahm er nur das Geräusch seiner eigenen Schritte. Ihm lief ein Schauder über den Rücken.

Achille Delsart wartete am Eingang vor der schweren Holztür des Museums auf ihn. Vic hatte damit gerechnet, einen alten verstaubten Mann anzutreffen, doch mit seinen 1,80 m und dem kurzgeschorenen Haar wirkte der Verwalter sehr jung und sah in dem weißen Kittel und den Nike-Turnschuhen beinahe hübsch aus. Die beiden Männer gaben sich die Hand. Vic setzte ein freundliches Lächeln auf.

»Schön, dass Sie Zeit für mich haben. Ich weiß, dass die Uni heute geschlossen ist.«

»Keine Ursache. Ich habe die Zeit genutzt, um auszusortieren. Schädel, Knochen, kurz und gut, das Übliche. Und es ist eine angenehme Abwechslung, Leute von außerhalb der Uni zu treffen.«

»Ich werde Sie jedenfalls nicht lange belästigen. Ich habe noch Verpflichtungen.«

»Eine Frau, die zu Hause auf Sie wartet?«

Achille zeigte seinen eigenen Ehering.

»Das Problem kenne ich.«

Vic nickte und wies auf das neue Schloss.

»Erklären Sie es mir?«

»Letzten Februar habe ich gegen 8 Uhr morgens die Tür aufgebrochen vorgefunden. Ich habe sofort Anzeige erstattet. So etwas ist das erste Mal passiert, seit dieses Museum existiert.«

Vic trat näher an die Tür heran und blickte sich um. Die Arkaden, der Garten, die vielen hundert Fenster der Unterrichtsräume, die sich über mehrere Etagen erstreckten.

»Seit wann gibt es das Museum?«

»Seit 1835. Guillaume Dupuytren, der an dieser Universität als Professor für operative Chirurgie lehrte, hat einen Teil seines Vermögens für die Errichtung eines Lehrstuhls für pathologische Anatomie zur Verfügung gestellt. Heute wird der Lehrstuhl von einem bedeutenden Privatfonds finanziert, so dass wir in der Lage sind, ihn ständig zu erweitern, hervorragende Ausstellungen zu organisieren und Untersuchungen über angeborene Anomalien durchzuführen.«

»Und wer steht hinter diesem Privatfonds?«

Mit einer Handbewegung bat Achille seinen Gesprächspartner in das Museum.

»Ein alter Sammler, seine Adresse liegt bei den Unterlagen der Verwaltung. Wenn Sie wollen, gebe ich sie Ihnen nachher.«

Vic nahm sein Handy heraus und steckte es wieder ein. Es war fast leer, das wurde langsam zu einer Gewohnheit.

»Sehr gut. Haben die Medizinstudenten freien Eintritt?«

Sie gingen am Archivraum vorbei. Dort standen Hunderte von Bulletins der Anatomischen Gesellschaft von Paris, Bücher über alle Arten von Krebs, Tumoren, Zysten. Dann kamen sie zu einer langen Reihe von Vitrinen. Vic stutzte und blickte sich neugierig um. Natürlich fand er die Missbildungen widerlich, doch er konnte auch nicht leugnen, dass er sich von ihnen angezogen fühlte.

»Selbstverständlich. Die Studenten kommen so oft hierher, wie sie es für richtig erachten. Dupuytren ist ein obligatorischer Bestandteil des Studiums, es ist ausschließlich nachmittags geöffnet.«

Vic betrachtete das Filmplakat von *Freaks*, einem Film von Tod Browning aus dem Jahr 1932.

»Dieser Film ist ein Meisterwerk«, bemerkte Achille. »Er zeigt zahlreiche Sehenswürdigkeiten seiner Zeit, darunter einen Rumpfmenschen, Kleinköpfige, Liliputaner. Um auf die Studenten zurückzukommen, wir haben hier Exemplare, die einzigartig in ganz Europa sind und die jeder Arzt mindestens einmal im Leben gesehen haben muss.«

»Zum Beispiel Hände mit sieben Fingern oder Füße mit acht Zehen?«

»Genauso wie steife, verkrümmte oder zusammengewachsene Finger, Elephantiasis des Mittelfingers oder übermäßig vergrößerte Finger. Allein über die Hände könnte ich Ihnen einen ganzen Tag lang erzählen.«

Vic konnte nicht umhin, die ein Stück entfernt stehenden Skelette zu betrachten, die mit ihren unverhältnismäßig großen Schädeln und den deformierten Knochen wie seltsame Wachposten aussahen.

»Erzählen Sie mir lieber von der Sirene, die entwendet wurde.«

Achille breitete die Arme aus.

»Gehen wir nach hinten. Darf ich erfahren, warum dieser Diebstahl nach drei Monaten auf einmal die Kripo interessiert?«

»Leider kann ich Ihnen dazu nichts sagen. Tut mir leid.«

Plötzlich blieb Vic vor einer Reihe abscheulicher Porträts stehen.

»Diese Fotos gehören nicht dem Museum Dupuytren«, erklärte Achille, »sondern dem Medizinmuseum von Brüssel, das sie uns für die Ausstellung ausgeliehen hat. Kommen Sie, ich werde es Ihnen zeigen.«

Sie blieben vor einem großen Plakat stehen, das den Elefantenmenschen zeigte.

»Kennen Sie den Zusammenhang zwischen John Merrick und Jack the Ripper?«

»Ich nehme an, sie stehen beide für die Vorstellung, die man sich von einem Monster macht, jeder auf seine Weise«, antwortete Vic. »Der eine in Bezug auf das Äußere, der andere in moralischer Hinsicht.«

»Schlimmer noch, man setzte sie gleich. 1888 beherrschte dieses Duo die Titelseiten der Zeitungen. Die Menschen damals glaubten, dass nur Leute wie Merrick in der Lage waren, so grauenhafte Verbrechen zu begehen wie Jack the Ripper. Merrick geriet sogar in Verdacht, was in Anbetracht seiner Behinderung und seiner Schwierigkeiten, sich zu bewegen, völlig absurd ist. Für das Volk konnte Jack the Ripper kein Mensch mit normalem Gesicht und Körperbau sein, so wie Sie und ich.«

»Sie haben Ted Bundy oder Roberto Succo nicht gekannt.«

»In der Literatur und dem Kino hat man diese beiden Personen immer in Verbindung gebracht, wenn auch auf subtile oder unbewusste Art und Weise. Patricia Cornwell hat ein Buch über Jack the Ripper geschrieben, in dem sie auch Merrick und Hyde anführt. In ihrem Film *From Hell* haben Albert und Allen Hughes eine Passage über Merrick eingebaut. Warum erzählt man dort nicht von den Malern, den Schriftstellern, den Künstlern der Zeit? Es ist doch ziemlich fragwürdig, einen Unglückseligen, der an einer äußerst seltenen Krankheit leidet – dem Proteus-Syndrom –, systematisch mit dem schlimmsten Verbrecher, den die Menschheit hervorgebracht hat, in Verbindung zu bringen. Man kann sagen, was man will, aber als Merrick im Alter von siebenundzwanzig Jahren starb, so lag dies nicht nur an seiner Krankheit. Sondern vor allem an seiner Verzweiflung.«

Vic schüttelte verständnisvoll den Kopf. Achille trat zu einem Bilderrahmen und rückte ihn gerade.

»Diese Frau hier hieß Grace Mac Daniels, sie litt an einer genetischen Besonderheit, dem sogenannten ›Sturge-Weber-Syndrom‹. Die Aufnahme stammt aus dem Jahr 1935, die Unglückliche wurde zum Star der größten Shows Amerikas, nachdem sie den Wettbewerb der hässlichsten Frau der Welt gewonnen hatte. Als sie mit vierzig Jahren starb, hatte ihr Gesicht nichts Menschliches mehr, und trotzdem kamen die Gaffer noch zu Hunderten und zahlten Eintritt, um sie auf ihrem Totenbett zu sehen.«

»Wie schrecklich!«

»Was? Sie oder das Verhalten der Leute?«

»Das Verhalten der Leute. Diese Gier nach Bildern, nach Morbidität.«

Achille nickte.

»Heute macht man Jagd auf das kleinste Fältchen, lässt sich die Lippen mit Botox aufspritzen, doch wenn meine Besucher dieses Museum betreten, wird ihnen das wahre Ausmaß der Realität bewusst, und sie gehen beinahe glücklich über ihre Gesundheit wieder nach Hause.«

»Hier relativiert man so einiges, in der Tat.«

»All diese Menschen, diese Skelette in ihren Vitrinen, haben einmal gelebt. In Griechenland stürzte man sie in den Abgrund, im Mittelalter wurden sie wegen Ketzerei verbrannt, zu Beginn des 20. Jahrhunderts gab man ihnen gemeine Spitznamen: ›Der Unbeschreibliche‹, ›Irische Hündin‹, ›Elefantenmensch‹, ›Walfrau‹ oder ›Nervio Nono‹, ein Mann, der sogar im Stehen mit den Händen den Boden berührte. Wurde ein behaartes Baby geboren, beschuldigte man seine Mutter, Geschlechtsverkehr mit einem Tier gehabt zu haben oder mit dem leibhaftigen Teufel. Man spuckte ihnen ins Gesicht oder warf mit Steinen nach ihnen.«

Vic blieb vor anderen, noch weit schlimmeren Fotos stehen. Dann ging er weiter und versuchte, das Gespräch wieder auf die Ermittlungen zu lenken.

»Sind all die angeborenen Krankheiten oder Anomalien immer sichtbar?«

»Nein. Wir richten unser Auge besonders auf Eigenarten im Gesicht oder an den sichtbaren Körperteilen, aber es gibt auch sehr viel unauffälligere, intimere, wie beispielsweise Hermaphroditismus, behaarte Zungen, Zähne, die an den seltsamsten Stellen durchbrechen.«

»Zähne, die an den seltsamsten Stellen durchbrechen?«

»In der Nase, am Gaumen, unter der Zunge oder sogar unter dem Augenlid.«

Was Vic hörte, ging über seinen Verstand.

»Was noch?«

»Oh, es gibt unzählige weitere Fälle, die mehr oder weniger außergewöhnlich sind. Missbildungen der Stimmbänder, wie bei Tino Rossi, Herzen, die auf der rechten Seite schlagen, *Situs inversus* genannt, oder zwei Lungen auf derselben Seite. Oder aber Zysten von mehreren Kilo Gewicht im Körper. Der Rekord liegt bei sechs oder sieben Kilo. Manchmal sind auch einfach die Blutmerkmale betroffen. Einige Menschen gehören nicht erfassten Gruppen an. Zum Beispiel haben nicht einmal zehn Menschen auf der Welt die Blutgruppe A-H. Oder Joe Thomas aus Detroit. Er produziert in großer Menge einen sehr seltenen Blutantikörper, den Anti-Lewis B, den er zu eintausendfünfhundert Dollar pro Liter an einen bedeutenden Pharmakonzern verkauft. In etwa fünfzig Jahren hat er fast tausend Liter abgegeben.«

Sie kamen zu einer Reihe von Gläsern und Wachsfiguren. Achille blieb vor einem großen Behälter stehen, in dem neben einer einäugigen Katze und einem Fötus mit Anencephalus ein Baby mit Meerjungfrauen-Syndrom lag.

»Er hat nur das weibliche Exemplar mitgenommen«, erklärte er. »Ein totgeborenes Baby aus dem Jahr 1956.«

Das menschliche Wesen in dem Glas hatte das Gesicht verzogen, die durchsichtigen, fein geäderten Augenlider waren niedergeschlagen. Seine winzigen Beine ohne Füße waren zusammengewachsen und von einer Hauthülle umgeben.

»Und sonst hat er nichts gestohlen?«, fragte Vic.

Achille schüttelte den Kopf.

»Nein, das kam mir in der Tat merkwürdig vor. Ein seltsamer Sammler, schließlich sind im Museum sehr viel bedeutendere Stücke ausgestellt.«

»Wenn du wüsstest, was er mit der Sirene gemacht hat …«, dachte Vic, während er sich ein paar Notizen machte.

»Gab es Zeugen?«

»Ich habe den Diebstahl an einem Montagmorgen bemerkt. Diese Fakultät ist nicht mit einem Alarmsystem ausgestattet, hier kann sich jeder Zutritt verschaffen.«

Vic glaubte, dass der Mörder den Ort zuvor ausgekundschaftet haben musste.

»Führen Sie Besucherlisten?«

»Nein. Ich gebe die Eintrittskarten aus, und alle Personen, die nicht zur Fakultät gehören, bezahlen fünf Euro Eintritt, meist in bar.«

»Und ich nehme an, Ihnen ist auch nichts Außergewöhnliches aufgefallen? Zum Beispiel jemand, der öfters hier gewesen ist? Oder jemand mit einer sichtbaren Anomalie?«

»Es kommen regelmäßig Besucher mit Missbildungen hierher, um sich zu informieren oder vielleicht, damit sie sich nicht mehr ganz so andersartig vorkommen. Aber ich könnte Ihnen keine Adressen nennen.«

Vic holte die Aufnahme von Leroy aus der Tasche.

»Sagt Ihnen diese Frau etwas?«

Achille nahm das Foto und betrachtete es aufmerksam.

»Noch nie gesehen. Nun, zumindest glaube ich das. Jedenfalls kann ich Ihnen versichern, dass sie nicht zur Fakultät gehört, das wäre mir aufgefallen.«

»Das kann ich Ihnen bestätigen, sie gehörte nicht zur Fakultät.«

Vic steckte das Foto wieder ein. Noch eine Spur, die im Sande verlief. Er reichte Achille seine Visitenkarte, da er es eilig hatte, fertig zu werden. Es wurde Zeit, die Arbeit zu vergessen und zu Céline zurückzukehren.

»Falls Ihnen noch etwas einfällt, auch wenn es nur ein Detail ist, rufen Sie mich an.«

Der junge Mann nickte.

»Ich weiß nicht, ob Sie das interessiert, aber gestern am frühen Nachmittag ist ein Mann hier gewesen, zusammen mit seiner Frau. Es war sehr seltsam, weil er irgendetwas zu suchen schien, ohne zu wissen, was. Er hat das Museum besichtigt, wollte unbedingt, dass ich ihm sage, ob irgendetwas Ungewöhnliches vorgefallen sei. Natürlich habe ich ihm nichts erzählt, vor allem, da er recht aggressiv wurde. Als ob er ebenfalls Ermittlungen durchführte, genau wie Sie.«

Es war wie ein Schlag in den Nacken. Vic hatte das Gefühl, genau das Gleiche schon einmal gehört zu haben. Zuerst gestern Abend im Trois Parques. Und nun hier in Dupuytren.

»Er führte Ermittlungen durch? In welcher Sache?«

»Wie ich Ihnen bereits gesagt habe, ich weiß es nicht, und am Schlimmsten ist, dass er es selbst nicht wusste. Er hat mich sogar gebeten, ihn anzurufen, falls irgendetwas Merkwürdiges vorfallen sollte oder wenn jemand komische Fragen stellte. Offensichtlich hat er Ihren Besuch vorausgesehen.«

»Er hat Sie gebeten, ihn anzurufen? Das heißt …«

Stolz holte Achille eine Karte aus seiner Tasche.

»Die Adresse des Mannes. Sind Sie daran interessiert?«

32. Samstag, 5. Mai, 18 Uhr 14

Vic klappte sein Handy zu, dessen Akku schon wieder fast leer war, und bog direkt am Ortseingang von Lamorlaye in die »Allée de la côte«, so besagte ein Straßenschild. Anderthalb Stunden zuvor – direkt im Anschluss an seinen Museumsbesuch – hatte er Wang im Kommissariat abgeholt.

»Deine Frau schien nicht sonderlich erfreut zu sein«, bemerkte Letzterer, während er ein Paprikabonbon lutschte.

»Ach, findest du? Seit ich arbeite, bin ich nicht ein einziges Mal rechtzeitig zu Hause gewesen.«

»Sei unbesorgt, ich auch nicht, und das seit zwanzig Jahren.«

Nach einer letzten Kurve passierte das Auto ein Tor und bog dann in einen breiten Waldweg ein. Unter dem dichten Laubwerk war die Abendsonne nur noch gelegentlich zu sehen. Nach fünfhundert Metern zeichnete sich das Haus ab, ein gewaltiger weißlicher Block, der inmitten der Bäume lag. Wang drückte seine Nase an die Windschutzscheibe.

»Wow! Sieht aus wie die bürgerliche Variante von Alcatraz.«

Sie stiegen aus und drehten sich um, als sie hinter sich Äste knacken hörten. Ein grauer Audi kam angefahren, mit dem Motor im Leerlauf. Eine blonde Frau stieg aus dem Wagen, strahlend und gertenschlank, in der Hand trug sie zwei Pakete. Beim Anblick der beiden Männer runzelte sie die Stirn.

»Kann ich Ihnen helfen?«

Wang konnte nicht umhin, sie von oben bis unten zu betrachten. Überwältigende Beine, außerdem liebte er Frauen mit kurzen Haaren, vor allem blonde. Mit einem angemessenen Lächeln zog er seinen Polizeiausweis hervor.

»Wir hätten ein paar Fragen an Monsieur Kismet.«

»Die Pariser Kripo, hier, in Lamorlaye? Was wollen Sie denn?«

»Ihn zu einem Mordfall befragen.«

Sylvie erstarrte. Vic bot an, ihr ein Paket abzunehmen.

»Machen Sie sich keine Sorgen, wir sind oft gezwungen, Leute zu befragen, die keinen direkten Bezug zu einem Fall haben. Den Bankier eines Opfers beispielsweise oder den Lehrer seiner Tochter. Kein Grund zur Beunruhigung.«

»Welchen Zusammenhang gibt es im Fall meines Mannes?«, fragte sie.

Die beiden Polizisten sahen sich kurz an. Dann wagte Wang sich vor:

»Wie soll ich sagen ... Unsere Ermittlungen führen uns manchmal zu recht ungewöhnlichen Orten, und einen solchen hat Ihr Mann vor kurzem ebenfalls aufgesucht.«

»Ist das alles?«

»Wissen Sie, Ermittlungen sind oft reine Routine. Könnten wir drinnen weiterreden?«

Sylvie bat die Polizisten, ihr zu folgen. Schweigend stiegen sie die drei großen Stufen der Eingangstreppe hinauf.

»Wo ist mein Mann gewesen?«

»Zunächst einmal in einem Museum für angeborene Krankheiten, dann ... in einem Gasthof, dem Trois Parques.«

Sie durchquerten eine große Eingangshalle und kamen in die Küche. Überall lagen noch verpackte Gegenstände herum, Elektroradiatoren, Baumaterial. Sägen, Meißel, Zement, Gips. Die Zimmer waren riesig, mit fünf Meter Deckenhöhe. An den Wänden hingen Porträts. Menschen in strenger Kleidung, mit undurchdringlichen Gesichtern. Dieses Haus verströmte die Atmosphäre einer jahrhundertealten Kälte.

»Nun, Madame?«, hakte Wang nach. »Was ist mit dem Museum Dupuytren, dem Trois Parques?«

Sylvie holte tief Luft, während sie ihre Tasche auf den Tisch stellte.

»Er hat mich gestern mit in dieses furchtbare Museum im 6. Arrondissement genommen. Eine plötzliche Laune, wie so oft. Mein Mann ist Maskenbildner, er stellt Masken und Figuren her und entwirft Monster für das Kino. Außerdem arbeitet er mit zahlreichen Museen in ganz Frankreich zusammen und fertigt Modelle für Ausstellungen an, wie die, die zurzeit in Lyon stattfindet.«

Vic sah sie skeptisch an.

»Ich bin selbst in Dupuytren gewesen. Der Museumsverwalter hat behauptet, dass Monsieur Kismet nicht so recht wusste, was er dort wollte. Er kam ihm sogar recht aggressiv vor.«

»Er muss sich getäuscht haben. Mein Mann ist sehr exzentrisch und leicht erregbar. Er hat bloß seine Nummer abgezogen. Er hat ein Talent für Improvisation. Er führt die Leute gern an der Nase herum. Wenn er sich nicht mit Hilfe seiner Figuren ausdrücken kann, so tut er es auf andere Weise. Ist das ein Verbrechen?«

Sie bot den beiden Polizisten, die am Eingang zur Küche standen, nicht an, sich zu setzen.

»Und was ist mit dem Trois Parques?«, fragte Wang weiter.

Sylvie drehte sich zum Spülbecken um und wusch sich die Hände. Ihre Katze schlupfte schnurrend zwischen ihren Füßen hindurch.

»Ich weiß es nicht. Ich weiß nicht einmal, wovon Sie reden.«

»Es handelt sich um einen etwas merkwürdigen Treffpunkt. Dort kommen Leute mit abstoßenden körperlichen Besonderheiten zusammen.«

Sylvie hielt kurz inne, ein Umstand, der den Polizisten nicht entging.

»Sie sind verpflichtet, uns alles zu erzählen, was Sie wissen«, bemerkte Wang. »Wir werden es sowieso herausfinden. Also wäre es besser, sich kooperativ zu zeigen.«

»Es erstaunt Sie, dass Stéphane im Trois Parques gewesen ist?«

»In der Tat. Das ist nicht gerade das passende Ausflugsziel für einen verheirateten Mann.«

Sie ließ ein kurzes, nervöses Lachen hören.

»Nun, wissen Sie, mich erstaunt das keinesfalls. Stéphane liebt das Düstere, das Bizarre, er jagt gerne sich selbst oder anderen einen Schrecken ein. Er ist ständig auf der Suche nach neuen Inspirationsquellen für seine Monster. Er stützt sich nicht nur auf das Imaginäre, sondern schöpft auch aus der menschlichen Natur und ihren zahlreichen Fehlern. Wenn er in die Hölle hinabsteigen müsste, um das wahre Gesicht des Teufels zu erblicken, dann würde er auch dies tun, das kann ich Ihnen versichern.«

Sylvie wischte sich die Hände an einem Handtuch ab.

»Sie sollten warten, bis er nach Hause kommt. Er kann Ihnen bestimmt eine Erklärung liefern.«

»Wo ist er gerade?«

»Ich weiß es nicht.«

Die junge Frau kehrte zurück an den Tisch und packte ihre Einkäufe aus. Sie musste ihre Hände beschäftigen.

»Ich weiß nicht, was Sie hier wollen, aber mein Mann hat wirklich nichts getan. Ich sehe nicht, was so seltsam daran ist, dass er diese beiden Orte aufgesucht hat. Das steht alles in Zusammenhang mit seiner Arbeit. Nicht er begibt sich auf Ihr Terrain, sondern Sie sich auf seins, verstehen Sie?«

»Wir verstehen vollkommen«, erwiderte Wang, während er sich am Kopf kratzte. »Was hat Ihr Mann in der Nacht von Mittwoch, dem 2., auf Donnerstag, den 3. Mai, gegen Mitternacht gemacht?«

Sylvie überlegte kurz, dann strahlte ihr Gesicht plötzlich eine gewisse Heiterkeit aus.

»Ich gebe zu, dass Stéphane und ich nicht mehr oft zusammen ausgehen, aber an diesem Tag haben wir im Restaurant gegessen. La Cravache d'argent, in Chantilly.«

Sie suchte weiter in ihren Taschen, und als sie merkte, dass die Polizisten sich nicht rührten, erklärte sie:

»Natürlich brauchen Sie weitere Einzelheiten. Also, wir waren gegen 22 Uhr da und sind … ja, um halb zwei Uhr morgens wieder gegangen. Wir hatten eine heftige Auseinandersetzung. Dafür gibt es Dutzende von Zeugen. Das Restaurant war proppenvoll.«

Sie blickte Vic in die Augen.

»Wollen Sie auch noch wissen, was wir gegessen haben?«

»Nein, das geht schon in Ordnung.«

»Sind Sie jetzt zufrieden? Wenn Sie erlauben …«

»Wir würden trotzdem gerne noch Ihren Mann sehen, um uns seine Version anzuhören. Danach werden wir Sie endgültig in Ruhe lassen.«

»Ich sage es Ihnen noch einmal, ich weiß nicht, wo er steckt!«

»Er hat doch bestimmt ein Handy. Können Sie nicht versuchen, ihn anzurufen?«

»Tut mir leid, aber ich hasse Handys.«

Sylvie packte zwei hübsche Keramikfiguren aus und wandte sich dann an die Polizisten.

»Sehen Sie, dass ich diese Zwillingsfiguren aus Saigon hier gekauft habe, steht ebenfalls in Zusammenhang mit den Nachforschungen meines Mannes, mit seinen Träumen, seinen Phantastereien. Normalerweise hätte ich dem keine Beachtung geschenkt. Aber in diesem Fall hat er so oft davon gesprochen.«

Sie ging in die Eingangshalle, gefolgt von den beiden Polizisten. Eine der beiden Figuren fand ihren Platz auf einem schwarzen Holzbrett. Stéphane hatte recht: Es war genau die richtige Stelle. Die andere Figur stellte sie in eine Ecke hinter eine Kiste.

Vic trat näher an die Figur und streichelte sie.

»Sie sagten, dass Ihr Mann Monster herstellt. Vielleicht finden wir ihn an seinem Arbeitsplatz?«

»Ich denke nicht. Sein Arbeitsplatz befindet sich im Keller.«

»Könnten wir uns dort umsehen? Nur ganz kurz?«

Sylvie zögerte. Diese Typen waren schlimmer als Kletten.

»Gut. Hoffentlich verstehen Sie dann besser, warum sich mein Mann für Museen über angeborene Krankheiten oder andere ungewöhnliche Orte interessiert. Vielleicht kann ihn das ja entlasten, wovon auch immer.«

Mit einem Augenzwinkern gratulierte Wang seinem Kollegen zu der Idee, während Sylvie bereits auf die Tür zuging.

»Wie kommt man dazu, Monster herzustellen?«, fragte der junge Leutnant, während er zu ihr trat.

Sie stiegen die Treppe in die Dunkelheit hinab.

»Mein Mann ist mit leeren Händen nach Paris gekommen, um als Statist zu arbeiten, da er insgeheim hoffte, Schauspieler zu werden. Dafür hat er wirklich eine Begabung. Aber in dieser Branche ist alles sehr schwierig … Also schaffte er es so gerade zu überleben, von Casting zu Casting, bis es ihm schließlich gelang, eine Stelle als Leiter einer Statisterie zu bekommen. Gleichzeitig fing er an, in einer Maskenbildnerei zu arbeiten, und ihm wurde klar, dass er ein gewisses Talent dafür besitzt.«

»Was für ein Talent genau?«

»Er erschafft außergewöhnliche Figuren. Geschöpfe, die man sonst nirgendwo auf der Erde findet, die nur im Kopf der Menschen existieren. Stéphane macht seinen Job ausgezeichnet.«

Plötzlich krümmte sich Vic und presste die linke Hand auf den rechten Unterarm. Er biss die Zähne zusammen. Wang drehte sich zu ihm um.

»He, Marchal? Gibt's ein Problem?«

Vic richtete sich wieder auf, er sah mitgenommen aus.

»Es ist nichts …«, sagte er mit verzerrtem Gesicht. »Nur ein leichter Schmerz im Unterarm. Ich habe in der letzten Zeit zu Hause ziemlich oft auf der Ruderbank gesessen. Dabei habe ich mir wohl eine Muskelzerrung oder Sehnenentzündung zugezogen. Gehen Sie schon weiter, ich komme gleich …«

»Sind Sie sicher?«, fragte Sylvie.

»Ja.«

Als sie ihm den Rücken zugedreht hatten, ballte er seine Faust etwa ein dutzendmal fest zusammen. Schließlich ließ der unerträgliche Schmerz nach, und er holte die anderen wieder ein.

»Was ist das für ein Geruch?«, fragte er.

Sylvie rieb sich über die Schultern, es war kalt unten im Keller.

»Ammoniak, ein Stabilisator für Latex. Ich rieche es schon gar nicht mehr.«

»Dieses Kellergeschoss ist ja riesig. Wie viele Räume gibt es?«

»Etwa fünfzehn. Das hier ist ein ehemaliger Jagdsitz. Früher waren hier die gesamten Räumlichkeiten untergebracht, die notwendig waren, um eine aristokratische Familie zu beherbergen. Waschküche, Küchen und Räume, in denen das Wild abgehangen, gehäutet und geräuchert wurde. Aus dieser Zeit stammen die Fleischerhaken an der Decke. Dann, vor etwa vierzig Jahren, wurde der Besitz für Dreharbeiten vermietet. Einige Zimmer im ersten Stock oder hier im Keller sind noch im Originalzustand.«

Sie öffnete eine Tür. Vic wich zurück. An den blutverschmierten, mit Kratzspuren überzogenen Wänden klebten Fingernägel. Auf dem Boden lagen Haarbüschel, an denen eine braune Flüssigkeit haftete.

»Was soll das?«, fragte Wang, plötzlich wachsam.

Sylvie betrat den Kellerraum.

»Das ist kein echtes Blut, da kann ich Sie beruhigen. Es handelt sich um eine alte Filmkulisse. Aber wir werden hier bald renovieren, dann wird das alles verschwinden.«

Sie gingen weiter den Gang entlang, vorbei an weiteren Holztüren. Als Vic an einer von ihnen die Zeichnung eines Babys mit deformierten Gliedmaßen erblickte, blieb er stehen und beschloss, die Tür zu öffnen. Doch Sylvie stürzte zu ihm und hielt seine Hand fest.

»Nein. Diese hier nicht.«

Überrascht hielt Vic inne. Sylvie zog ihre Hand rasch weg und glaubte, sich rechtfertigen zu müssen:

»Mein Mann und ich werden nie Kinder haben, er hat … Nein, dort dürfen Sie nicht hineingehen, Stéphane war nicht in der besten Verfassung, als er die Bilder da drin gemalt hat. Das ist eine sehr, sehr düstere Vorstellung von der Geburt und würde Ihnen kein gutes Bild von ihm vermitteln.«

Vic spürte, wie ihm ein Schauder über den Rücken lief. Übermorgen würde Céline ihre Fruchtwasseruntersuchung machen lassen.

»Ich würde es trotzdem gerne sehen.«

Sylvie nickte nicht sonderlich überzeugt.

»Dann aber ohne mich. Das ist der einzige Raum, den ich nicht betreten kann. Der Lichtschalter befindet sich links.«

Die beiden Polizisten gingen nacheinander hinein. Vic schloss die Tür und schaltete das Licht an. Es gab ein elektrisches Brummen.

Über alle vier Wände erstreckte sich von der Decke bis zum Boden ein gewaltiges Fresko. Hunderte von Kohlezeichnungen.

»Dieser Typ ist verrückt«, flüsterte Wang. »Wenn man mal das Alibi im Restaurant außer Acht lässt, dann könnten wir unseren Mann haben.«

Vic antwortete nicht. Vor ihnen entfaltete sich eine gewaltige Abfolge von Missbildungen. Jede Zeichnung stellte ein missgestaltetes Baby dar, darunter stand der Name der Anomalie, an der es litt. Es gab einfache Anomalien, wie Hermaphroditismus oder siamesische Zwillinge. Aber auch Autositen, wie Sirenen, Gestalten mit Exemphalie, Otozephalie oder Zyklozephalie – mit nur einem Auge in der Mitte der Stirn. Je weiter man kam, umso schlimmer wurde es. Omphalositen wie amorphe Feten, die statt eines Körpers nur einen Hautsack mit Nabelschnur hatten, parasitäre Zwillinge.

Wang trat näher an die Zeichnung der Sirene.

»Hast du das gesehen? Ein seltsamer Zufall, nicht wahr?«

Vic stellte sich zwischen zwei Spiegel, die an zwei gegenüberliegenden Wänden angebracht waren, und sah, wie sein Spiegelbild unendlich vervielfacht wurde.

»Es hat von Anfang an jede Menge Zufälle gegeben, und meiner Meinung nach suchen wir da zu viel. Ich will damit sagen, dass all das hier – die Sirene und diese Missbildungen – aus ihm noch lange keinen Schuldigen machen. Alles in allem erscheint mir seine Welt logisch, es deckt sich mit dem Trois Parques oder Dupuytren. Wie seine Frau gesagt hat, begeben wir uns auf sein Terrain. Wir sind die Eindringlinge, nicht er.«

Wang verschlang jede Zeichnung mit seinen kleinen schwarzen Augen.

»Richtig, was für einen Eindruck hast du von der Frau? Sie verbirgt irgendetwas vor uns, nicht wahr?«

»Anscheinend haben sie Beziehungsprobleme. Sie weiß nicht, wo er steckt, und spricht von ihm wie von einem Fremden. Weißt du, manchmal leben Leute in großen Häusern, um sich aus dem Weg zu gehen. Lass uns wieder rausgehen. Ich fühle mich unwohl hier drinnen.«

»Ich bleibe noch kurz.«

»Okay, ich warte im Gang auf dich.«

Vic trat zu Sylvie, die ein Stück weiter auf sie wartete.

»Jetzt verstehe ich besser, was Sie meinten. Das ist sehr beeindruckend.«

Dann blieb er einige Sekunden lang schweigend neben ihr stehen, noch unter dem Eindruck dessen, was er gesehen hatte. Dieser Tag hatte es wirklich in sich. Dieses Haus hier … Zuvor das Museum Dupuytren … Er dachte an seine Unterhaltung mit dem Museumsverwalter. Und vor allem an seine Erklärungen zu den mehr oder weniger sichtbaren Anomalien. Er fragte leise:

»Ich würde gerne wissen, weshalb Ihr Mann keine Kinder bekommen kann, an welcher Krankheit er leidet. Das bleibt unter uns.«

Sylvie war empört.

»Weshalb sollte ich Ihnen erzählen, woran mein Mann leidet? Das ist sehr persönlich.«

Vic setzte alles auf eine Karte.

»Ich werde Ihnen jetzt ebenfalls etwas sehr Persönliches sagen«, murmelte er. »Meine Frau und ich können ebenfalls keine Kinder bekommen. Es steht fest, dass es an mir liegt, aber im Moment kennen wir die Ursache noch nicht. Ich lasse gerade eine Reihe von Untersuchungen durchführen, diese Situation ist furchtbar … Deshalb interessiert es mich.«

Sylvie wollte an sich halten, doch die Worte sprudelten wie von selbst hervor.

»Bei meinem Mann fehlen von Geburt an die Samenleiter.«

Vic kniff die Augen leicht zusammen.

»Ist diese Krankheit unsichtbar?«

»Unsichtbar? Was heißt das?«

»Ich meine … Von außen.«

»Absolut.«

Sylvie senkte den Kopf und blickte dann wieder auf.

»Könnten Sie bitte Ihren Kollegen holen, damit wir diesen Besuch jetzt beenden?«

Eine Minute später gingen sie weiter von Zimmer zu Zimmer. In einem anderen Kellerraum waren jede Menge Plakate von Horrorfilmen gestapelt, im nächsten Farbdrucke von Insekten, in tausendfacher Vergrößerung. Beine von Läusen, Hinterleiber von Milben, Saugrüssel von Mücken. Dazwischen gab es abgetrennte Köpfe, herausgerissene Arme, Kanister mit falschem Blut oder Erbrochenem.

»Bildet Ihr Mann neben den Figuren auch Gerüche nach?«, fragte Vic.

»Wie bitte?«

»Wenn er eine Leiche herstellt, fügt er dann auch den entsprechenden Verwesungsgeruch hinzu? Ich glaube, in Amerika gehen einige Regisseure so vor, um die Dreharbeiten realistischer zu gestalten und die Schauspieler stärker einzubeziehen.«

»In Amerika vielleicht, aber bestimmt nicht hier. Sie riechen nur das Ammoniak.«

Sie bedeutete ihnen, Darkland zu betreten. Vic betrachtete das Ganze mit den Augen des Kindes. Er strich mit den Fingern über die spitzen Zähne, die gummiartigen Augenlider, die Glasaugen, die Ohren aus Harz. Wang blieb vor der Werkbank stehen.

»Ist das nicht Carla Martinez?«

»Richtig«, bestätigte Sylvie. »Mein Mann arbeitet zurzeit an einem Film, in dem sie mitspielt, er heißt …«

»Die Spur des Bösen«, vervollständigte Wang und blickte seinem Kollegen in die Augen. »Der Film, den sie gerade in den Studios Calendrum drehen, etwa hundert Meter von dem Ort entfernt, wo unser Opfer gefunden wurde.«

Sein Satz ließ die Atmosphäre gefrieren. Leicht verblüfft setzte Sylvie sich auf einen Drehstuhl.

»Und was heißt das?«

Vic trat zu Darkness, einem überaus hässlichen Monster. Es bestand aus zwei Wesen, von denen das eine das andere zu beseelen schien. Er betrachtete es neugierig, während Wang das Verhör fortsetzte.

»Es ist an der Zeit, dass Sie uns etwas erklären, nicht wahr?«

»Ich soll Ihnen etwas erklären? Sind diese Werkstätten nicht Erklärung genug? Die Welt meines Mannes besteht aus Monstern! Das alles ist nur reiner Zufall!«

»Bitte, Madame Kismet.«

Sie knetete ihre Finger.

»Vielleicht geht Ihr Mörder gerne ins Kino? Das ist doch möglich, nicht wahr? Ich habe Ihnen nichts mehr zu sagen. Gehen Sie jetzt.«

Vic, der gerade ein Paar Latexhandschuhe entdeckt hatte, sagte mit beschwichtigender Stimme:

»Ich habe in Ihrer Küche neben dem Kühlschrank Tabletten liegen sehen. Steht Ihr Mann unter Antidepressiva?«

Sylvie verschloss sich wie eine Auster.

»Nein, ich … ich habe Probleme.«

Die junge Frau spürte, wie sich ihr die Kehle zusammenschnürte. Sie wollte Stéphanes Geschichte nicht vor irgendwelchen Fremden ausbreiten, denen jedes Mittel recht war, um ihn zu belasten.

Wang kam näher wie eine Dampfwalze und fragte:

»In der Ecke liegt eine Decke und daneben jede Menge Kaffeebecher. Schläft Ihr Mann hier im Keller? Leidet er unter Persönlichkeitsstörungen? War er schon einmal bei einem Psychiater?«

Sylvie stand wieder auf, mit dem furchtbaren Gefühl, dass der Polizist ihre Gedanken gelesen hatte.

»Für wen halten Sie sich eigentlich? Sie tauchen hier bei mir auf, um meinen Mann zu beschuldigen! Und jetzt bezeichnen Sie ihn auch noch als geistesgestört?«

Plötzlich ertönte die Melodie von *Rhapsody in Blue* und unterbrach ihr Gespräch. Sylvie griff nach ihrem Handy. Auf dem Display wurde ein Vorname angezeigt: »Stéphane«. Sie wollte gerade den Anruf annehmen, doch Wang hielt sie davon ab und wies sie an:

»So, Sie mögen also keine Handys, hm? Sie werden jetzt auf laut stellen und ihn fragen, wo er sich befindet. Und vor allem sagen Sie ihm auf keinen Fall, dass wir hier sind, oder das Ganze wird ein böses Ende nehmen. Verstanden?«

Sylvie zog ihre Hand schroff beiseite, stellte den Lautsprecher an und antwortete:

»Stéphane? Wo bist du, um Himmels willen? Es ist gleich 19 Uhr!«

»Hör zu! Du musst im Internet etwas für mich suchen! Ohne Fragen zu stellen, okay?«

Mit einer Kopfbewegung bedeutete Wang ihr, darauf einzugehen. Sylvie stürzte zum Computer und öffnete kurz darauf den Browser.

»Ich höre.«

»Geh auf die Kinoseite, sie befindet sich bei den Bookmarks. Dann gibst du *Am Rande des Abgrunds* ein, das ist ein Film aus dem Jahr 1988.«

Sylvie kam der Aufforderung nach. Sie spürte die bedrückende Gegenwart der beiden Polizisten, die direkt hinter ihr standen.

»Hast du es gefunden?«, fragte Stéphane. »Dann schaust du auf die Details zu dem Film und sagst mir, wie der Chefszenenbildner heißt.«

Ein Klick mit der Maus. Sylvie erstarrte. Wang, der neben ihr hockte, bemerkte ihre Erregung.

»Es … Es ist John Lane.«

»Das ist es! Er hat …«

»Was machst du?«, unterbrach ihn Sylvie. »Komm bitte nach Hause, ich würde gerne einen ruhigen Abend mit dir verbringen.«

»Nein, ich fahre jetzt aus Méry los, ich will noch rasch zu Hector Ariez.«

Sylvie schlug die Augen nieder. Stéphane sprach weiter.

»Du wirst es mir nicht glauben, aber Mélinda …«

Sie legte hastig auf. Moh Wang stürzte zu ihr.

»Warum haben Sie aufgelegt?«

Die junge Frau fühlte sich immer unwohler.

»Weil ich nicht unser Privatleben vor Ihnen ausbreiten will. Ich weiß nicht einmal, ob Ihr Besuch hier legal ist. Also gehen Sie jetzt.«

»Wer sind John Lane und Hector Ariez?«

»Ein und dieselbe Person. John Lane ist ein Pseudonym.«

»Gut. Können Sie mir seine Adresse geben?«

Sylvie nahm einen Bleistift und kritzelte sie auf einen Zettel. Vic bemerkte, dass ihre Finger zitterten. Lag dies an den Antidepressiva?

»Wer ist dieser Mann?«, fragte er.

Sylvie konnte nicht mehr, die beiden Männer mussten so schnell wie möglich von hier verschwinden.

»Ein Filmszenenbildner, das steht auf der Website. Er und Stéphane sind sich schon ein paarmal begegnet. Und wenn er dorthin fährt, dann will er bestimmt mit ihm über die Arbeit sprechen.«

Wang packte seinen Kollegen an der Schulter und zog ihn ein Stück beiseite.

»Du wirst jetzt dorthin fahren«, befahl er.

»Was, das ist doch wohl nicht dein Ernst? Weißt du, wie spät es ist?«

Wang blickte Sylvie an. Sie saß zusammengesunken auf ihrem Stuhl, den Kopf in die Hände gestützt.

»Du fährst jetzt sofort los, habe ich gesagt. Er hat nur dreißig Kilometer Vorsprung. Wenn du dich beeilst, müsstest du kurz nach ihm bei diesem Hector Ariez eintreffen. Du überprüfst, ob seine Antworten mit denen seiner Frau übereinstimmen. Ich bleibe so lange bei ihr, damit sie ihn nicht in der Zwischenzeit anruft. Währenddessen überprüfe ich das Alibi im Restaurant.«

»Du übertreibst wirklich, Himmelherrgott. Ich habe auch ein Leben, verdammt!«

»Du hattest doch eben schon Zoff mit deiner Frau. Das ist wohl jetzt auch egal.«

Vic zögerte. Wenn er ablehnte, würde die Sache bestimmt Mortier zu Ohren kommen.

»Gut. Aber ich brauche dein Handy, mein Akku ist leer. Ich lasse dir meins da und gebe dir auch mein Ladegerät. Wenn es ein Problem gibt, rufe ich dich an.«

Wang verzog das Gesicht.

»Mach keinen Quatsch mit meinem Spielzeug, oder es setzt was.«

An Vic gewandt, unterbrach Sylvie die beiden Polizisten.

»Übrigens …«

Er drehte sich um.

»Ja?«

»Der Latexhandschuh, den Sie da eingesteckt haben, guckt aus Ihrer Tasche hervor. Ich garantiere Ihnen, dass Sie Ärger bekommen werden. Alle beide.«

33. Samstag, 5. Mai, 20 Uhr 28

Stéphane parkte hinter Hector Ariez' rotem Porsche. Beim Anblick des Nummernschildes – 8866 BLC 92 – sah er eine ganze Passage seines Traums »Fahrt nach Sceaux« wieder vor sich. Er hörte erneut die Suchmeldung im Radio, in Zusammenhang mit Mélindas Tod. Er hatte das rosafarbene Taschentuch auf seinem Sitz vor Augen und Stéfur, der mit schweißnasser Stirn und kahlrasiertem Schädel mit einer Pistole in der Hand aus dem Ford stürzte.

»Stéphane Kismet?«, fragte Victoria Ariez erstaunt, als sie die Tür öffnete. »Sie schon wieder?«

»Ich muss John sehen. Sofort.«

Die blonde junge Frau wich leicht zurück.

»Weshalb?«

Stéphane ging entschlossen auf sie zu.

»Weil es sein muss.«

Victoria sah ihn misstrauisch an. Die ungekämmten Haare, die zerknitterten Kleider, der Schweißgeruch … Schließlich erklärte sie:

»Er arbeitet. Bitte kommen Sie herein. Ich werde ihn holen.«

»Nein, ich komme mit Ihnen. Ich muss ihn unter vier Augen sprechen. Doch zuvor habe ich eine Frage an Sie.«

»Ja?«

»Kennen Sie den Terminplan Ihres Mannes?«

»Zum Teil, ja. Warum?«

»Was hat er am 8. und 9. Mai vor?«

Victoria überlegte.

»Ich habe keine Ahnung. Aber er arbeitet zurzeit recht viel für den Film *Die Spur des Bösen*, und ich weiß nur, dass am 9. Mai unser Hochzeitstag ist, wir sind seit sechs Jahren verheiratet.«

»Glückwünsch«, antwortete Stéphane mechanisch.

Sie durchquerten kostbar möblierte Zimmer und erreichten dann Hector Ariez' Büro. Victoria klopfte zweimal kurz und öffnete die Tür einen Spalt.

»Liebling? Stéphane Kismet ist hier bei mir. Er will unbedingt mit dir sprechen.«

»Stéphane Kismet?«

Sie warteten ein paar Sekunden, dann erschien ein großgewachsener Mann mit feinen Gesichtszügen und leicht gekrümmter Nase in der Tür. Er trug graue Bermudashorts und ein grünes Poloshirt von Lacoste.

»Stéphane?«

»Guten Tag, Hector. Können wir unter vier Augen reden?«

Ariez schien zu zögern, und aus diesem scheinbar unbedeutenden Zögern zog Stéphane den Schluss, dass er sich nicht täuschte. Dann bat ihn der Szenenbildner herein und bot ihm einen Sessel an. Er gab seiner Frau einen Kuss und schloss die Tür. Ohne ein Wort zu sagen, nahm er eine Kristallkaraffe und füllte zwei dicke Gläser mit Whisky. An den Wänden hingen Fotos mit den Widmungen berühmter Golfer: Tiger Woods, Padraig Harrington, Zach Johnson.

»Ihre Hände zittern ja«, bemerkte Stéphane. »Haben Sie ein Problem?«

»Ich muss mich entspannen, ich habe den ganzen Tag gearbeitet, und ich bin noch nicht fertig. Ich habe eine Mail beantwortet, die mich sehr wütend gemacht hat. Was verschafft mir die Ehre Ihres Besuches, an einem Wochenende und dazu noch zu so später Stunde?«

Er hatte ihm den Rücken zugewandt, während er mit ihm

sprach. Stéphane ließ rasch seinen Blick durch das Büro schweifen. Ein schlichtes ordentliches Zimmer, ohne jeden Schmuck: saubere Fensterscheiben, gespitzte Bleistifte und in einer Ecke sorgsam verstaut eine Videoausrüstung – Kamera, Stativ, Fotoapparat. Das Gegenteil des unbeschreiblichen Durcheinanders, das in Darkland herrschte.

»Was denken Sie?«

Hector reichte ihm ein Glas. Auf seiner Stirn glänzten Schweißperlen.

»Sie mögen Whisky, wenn ich mich recht entsinne«, sagte Ariez. »Das hier ist ein fünfundzwanzigjähriger Aberfeldy Single Malt.«

Stéphane beschloss, seinen Gesprächspartner zu überrumpeln.

»Erzählen Sie mir von Mélinda Grappe.«

»Von wem?«

»Mélinda Grappe. Das zehnjährige Mädchen, das in Mérysur-Oise wohnt.«

Hector Ariez deutete ein kaum wahrnehmbares Lächeln an, das Stéphane nicht aufgefallen wäre, wenn er ihn nicht so eindringlich angeschaut hätte.

»Sie sind hierhergekommen, um mich zu fragen, ob ich eine Mélinda Grappe kenne?«

»Genau.«

»Und das hätte sich nicht am Telefon klären lassen?«

»Nein.«

Ariez führte sein Glas an die Lippen, ließ seine Geschmackspapillen vom Whisky anregen und trank dann mit gleichgültiger Miene einen Schluck.

»Dieser Name sagt mir nichts. Ist sie Schauspielerin?«

»Machen Sie sich nicht über mich lustig! Ein kleines Mädchen mit Lockenhaar, grünen Augen und einer Zahnlücke.«

Ariez wich ein paar Schritte zurück und schaltete den Bildschirm seines Computers aus.

»Nein, tut mir leid, ich kenne dieses Mädchen nicht.«

Stéphane atmete durch die Nase aus, wie ein Büffel.

»Und kennen Sie Hennocque?«

Der Szenenbildner schüttelte langsam den Kopf.

»Auch nicht. Was wollen Sie eigentlich? Victoria hat mir schon von Ihrem merkwürdigen Verhalten gestern erzählt. Und heute scheint es Ihnen nicht besserzugehen.«

Stéphane leerte seinen Whisky in einem Zug, ohne eine Miene zu verziehen.

»Sie können sich nicht vorstellen, wie gut es mir geht. Sie erinnern sich also nicht, dann werde ich Ihrem Gedächtnis auf die Sprünge helfen. Sie haben 1988 das Szenenbild für den Film *Am Rande des Abgrunds* im Steinbruch Hennocque gestaltet. Sie waren der Szenenbildner.«

Ariez tippte sich mit dem Zeigefinger an die Schläfe.

»Wo Sie es sagen … Aber ich kann mich nicht an jede Kulisse erinnern, die ich geschaffen habe. Das ist schließlich schon eine Weile her, nicht wahr?«

»Sie lügen. Ich weiß, dass Sie lügen.«

Stéphane sprach immer lauter. Ariez ging in die Defensive.

»Könnten Sie mir endlich erklären, weshalb Sie an zwei Tagen hintereinander hier auftauchen und sich dazu noch äußerst merkwürdig verhalten? Haben Sie Probleme mit Everard? Er hat mir von Martinez' Büste erzählt, an der Sie arbeiten. Zu viel Druck? Kann ich Ihnen helfen?«

Stéphane stand auf, knallte sein Glas auf den Schreibtisch und setzte eine aggressive Miene auf.

»Martinez' Büste ist mir scheißegal! Und ich war noch nie so entspannt! Zeigen Sie mir Ihren Terminkalender! Ich will wissen, was Sie am 8. und 9. Mai vorhaben!«

»Wollen Sie mich auf den Arm nehmen?«

Stéphane stürzte zu einem Taschenkalender und wollte ihn an sich nehmen. Doch Ariez riss ihn ihm aus den Händen.

»Rühren Sie das nicht an!«

Stéphane hob drohend einen Zeigefinger.

»Sie sind in der letzten Zeit oft nach Méry-sur-Oise gefahren, nicht wahr? Sie … Sie haben dort ein kleines Mädchen beobachtet, das Mélinda Grappe heißt. Vielleicht nehmen Sie nicht Ihren Porsche, nein, das wäre zu auffällig, sondern ein anderes Fahrzeug, einen Lieferwagen, den Sie mieten, wahrscheinlich unter falschem Namen. Unter welchem Namen? Was für ein Pseudonym ist es diesmal?«

»Sind Sie krank, oder was? Sie kommen hierher, um mich zu bedrohen? Sie gehören in ärztliche Behandlung, Kismet!«

Stéphane hatte seine Nerven nicht mehr unter Kontrolle.

»Ich weiß, was Sie vorhaben, Ariez. Und ich garantiere Ihnen, dass ich das nicht zulassen werde. Sie werden dieses Mädchen nicht anrühren. Nichts von dem, was geschehen soll, wird geschehen.«

Hector Ariez packte ihn an der Schulter, öffnete die Tür und stieß ihn in den Gang hinaus.

»Ihre Frau muss ganz schön unglücklich sein mit so einem Geistesgestörten wie Ihnen!«, rief er aus. »Sie brauchen keinen Arzt, Sie gehören in die psychiatrische Anstalt! Und jetzt verschwinden Sie von hier!«

Stéphane war glutrot. Bevor er wegging, wandte er sich noch einmal an Victoria Ariez:

»Passen Sie auf Ihren Mann auf, Madame! Er ist nicht der, für den Sie ihn halten!«

Er kehrte zu seinem Ford zurück. Als er gerade außer sich vor Wut losfahren wollte, ging plötzlich die Beifahrertür auf. Ein Mann setzte sich neben ihn und hätte dabei fast die Digitalkamera zerstört, die auf dem Sitz lag.

Da wusste Stéphane, dass es sich um den Victor aus seinen Träumen handeln musste.

34. Samstag, 5. Mai, 20 Uhr 48

»Parken Sie bitte ein Stück weiter«, sagte Vic und steckte seinen Polizeiausweis wieder ein. »Dort, hinter meinem Wagen.«

Die Farbe, der Riss in der Windschutzscheibe … Stéphane erkannte sofort das Fahrzeug wieder, dem er auf dem Parkplatz vor dem Trois Parques begegnet war.

»Wie haben Sie mich gefunden?«

Das war der einzige Satz, der ihm in den Sinn kam. Ein wenig überrascht schaute Vic ihn an.

»Ist das so wichtig?«

Stéphane fragte sich, ob er gerade verrückt wurde.

»Besitzen Sie eine Sig Sauer?«

»In der Tat. Kennen Sie sich damit aus?«

»Ich … Wir … Wir benutzen sie bei Dreharbeiten für Krimis.«

Stéphane wusste weder, was er sagen, noch, was er tun sollte. Die Waffe aus seinen Träumen gehörte höchstwahrscheinlich diesem Polizisten. Wie würde er in ihren Besitz kommen?

»Eine Sache ist seltsam«, sagte Vic, als er Stéphanes Nervosität bemerkte. »Ein Polizist setzt sich in Ihren Wagen, und Sie fragen ihn nicht etwa, was er dort tut, sondern, wie er Sie gefunden hat. Kommt das in Ihrem Beruf häufig vor, dass ein Kripobeamter in Ihr Auto steigt?«

Obwohl so viele Fragen in ihm brannten, wusste Stéphane, dass er vorsichtig vorgehen musste. Bullen waren nicht gerade der ideale Gesprächspartner, um sich über seine Vorahnungen zu unterhalten. Für sie klang das Wort eher wie Vorsatz. Andererseits musste er so viel wie möglich über diese verstümmelten Frauen herausbekommen. Er improvisierte:

»Der Mann am Empfang des Trois Parques hat mir von einem Polizisten erzählt, der mich zu suchen schien. Ich nehme an, dass Ermittlungen Sie zu diesem trostlosen Hotel geführt haben und Sie mich nun vernehmen wollen, weil ich dort gewesen bin? Eine Routineuntersuchung?«

Vic nickte lächelnd. Aus diesem Lächeln konnte Stéphane das junge Alter und die Unerfahrenheit seines Gesprächspartners herauslesen.

»Ganz richtig«, erwiderte Vic. »Sie nehmen mir die Worte aus dem Mund. Man könnte meinen, Sie sehen die Zukunft voraus.«

»Das mag sein. Handelt es sich um einen Mordfall?«

»Immer besser. Sie wissen Bescheid.«

»Die Kripo setzt sich wohl kaum wegen einer gestohlenen Handtasche in Bewegung. Was mich am meisten überrascht, ist Ihr Alter ... Ihr Akzent ... Sind Sie neu?«

Vics Lächeln verschwand, und sein Gesichtsausdruck wurde entschlossener.

»Gut, kommen wir zur Sache. Sie arbeiten an einem Film mit, *Die Spur des Bösen*, der zurzeit in den Studios Calendrum gedreht wird. Waren Sie vor kurzem einmal dort?«

»Seit gut zwei Wochen nicht mehr. Warum?«

»Was haben Sie gestern im Trois Parques gemacht?«

»Ich habe beobachtet.«

Vic warf einen Blick auf die Digitalkamera, die er vor sich gelegt hatte.

»Sie haben beobachtet ... Was denn, die Zugvögel? Oder die Bäume?«

»Ein Polizist mit Humor? Wie ich mir gedacht habe, Sie sind neu. Ich bin auf der Suche nach Inspiration für meine Monster.

Ich klappere alle ungewöhnlichen Orte ab, auf die ich stoße. Katakomben, Biologielabore, Friedhöfe, sonderbare Hotels, und das alles vermenge ich dann in meinem Kopf.«

Mit halb geschlossenen Augen blickte Vic in die Ferne.

»Der Typ mit dem Armstumpf hat erzählt, Sie hätten versucht, sich in Ihrem Auto den Arm aufzuschlitzen. Seltsam für jemanden, der einfach nur beobachtet.«

Stéphane beugte sich vor, kramte unter seinem Sitz und hob einen der beiden Äpfel auf, die er eingesteckt hatte, als er gestern zum Trois Parques gefahren war.

»Dieser Rüpel ist einfach in meinen Ford gestiegen, bevor ich gerade meinen Apfel schälen wollte. Und hat mein Messer mitgenommen. Ich habe sehr daran gehangen. Es hat meinem Adoptivvater gehört, und er hat es dazu benutzt, Fische zu zerlegen.«

»Ich verstehe.«

»Sagen Sie ... Während meiner Tour zu diesen ungewöhnlichen Orten habe ich von einem Museum für angeborene Krankheiten erfahren. Dupuytren. Kennen Sie es?«

Vic biss unmerklich die Zähne zusammen. Kismets Äußerungen stimmten vollkommen mit denen seiner Frau überein. Und Wang hatte in der Zwischenzeit angerufen, um das Alibi mit dem Restaurant zu bestätigen.

Stéphane Kismet war nicht der Täter.

»Warum habe ich den Eindruck, dass Sie mich vernehmen, und nicht umgekehrt?«, erwiderte der junge Polizist.

»Ein Mann, der genau weiß, wo ich mich gerade aufhalte, setzt sich in aller Ruhe in meinen Ford. Ich habe doch wohl das Recht, ein wenig mehr darüber zu erfahren, nicht wahr?«

»Gut, machen wir weiter. Seit wann führen Sie Ihre Beobachtungen im Trois Parques durch?«

»Oh, erst seit gestern. Ich habe im Internet recherchiert und bin dabei auf diesen Ort gestoßen, und weil er mir sehr merkwürdig vorkam, bin ich schnellstens dorthin gefahren.«

»Sie sind also nachmittags in Dupuytren gewesen und abends im Trois Parques?«

»Woher wissen Sie, dass ich nachmittags in Dupuytren war? Oder …«

Stéphane überkam es heiß. Plötzlich wurde ihm klar, wie sich alles abgespielt hatte.

»So ist das also! Sie waren ebenfalls dort! In Zusammenhang mit Ihrem Fall!«

»In der Tat!«

Stéphane schnipste mit den Fingern und rutschte unruhig hin und her.

»Und auf diese Weise haben Sie zu mir gefunden. Weil ich meine Visitenkarte beim Verwalter hinterlassen habe! Sie sind zu mir nach Hause gefahren und … während ich meine Frau angerufen habe, standen Sie daneben und haben alles mitangehört! Deshalb klang sie so seltsam!«

»Vor Ihnen kann man wirklich nichts verbergen.«

Stéphane wies auf die gelbe Eintrittskarte des Museums, die Sylvie auf das Handschuhfach gelegt hatte.

»Sie müssen mir sagen, warum Ihre Ermittlungen Sie zu diesem Museum geführt haben.«

»Warum sollte ich das?«

»Weil … Weil ich aus einem Grund, den ich nicht kenne, in Ihren Fall verwickelt bin. Hören Sie, Victor, ich glaube, dass das Schicksal uns zusammengeführt hat.«

»Was haben Sie gerade gesagt?«

»Ich glaube, dass das Schicksal …«

»Nein, davor. Wie haben Sie mich genannt?«

»Victor, warum?«

Der Polizeileutnant runzelte die Stirn.

»Woher wissen Sie, dass ich Victor heiße? Niemand nennt mich so.«

Stéphanes Oberlippe begann zu zittern.

»Weil … Weil es auf Ihrem Polizeiausweis stand.«

Die beiden Männer taxierten sich schweigend. Vic atmete tief ein und griff dann nach der Digitalkamera, die vor ihm lag.

»Nicht schlecht, Ihre Spiegelreflexkamera. Ich gestehe, dass ich noch zwischen einer Spiegelreflex- und einer Bridgekamera schwanke. Denken Sie, es besteht tatsächlich ein Unterschied?«

»Lassen Sie sie bitte liegen.«

Vic hielt sie prüfend in der Hand, tat so, als interessiere er sich für die Optik, und schaltete sie ein.

»Das Display ist wirklich genial. Sehr hell.«

»Was machen Sie da?«

Stéphane wollte ihm den Apparat abnehmen, doch Vic hinderte ihn daran und schaute trotz seines Protests die Fotos auf dem kleinen LCD-Bildschirm durch. Zuerst erblickte er nur Bilder von Prothesen, dann ein Mädchen, das Kismet aus seinem Wagen heraus auf der Straße fotografiert hatte.

Er blickte finster drein.

»Warum haben Sie dieses kleine Mädchen heimlich fotografiert?«

»Das kann ich Ihnen nicht sagen. Sie wären der letzte Mensch auf der Welt, der mir glauben würde.«

»Sie können es ja versuchen. Dann werden wir sehen.«

»Nein. Sagen Sie mir zuerst, was Sie im Museum Dupuytren gemacht haben. Sagen Sie es mir.«

Der Polizist starrte auf die Hände seines Gesprächspartners, die das Lenkrad umklammert hielten. Stéphane Kismet glaubte an irgendetwas. Er glaubte felsenfest an irgendetwas, doch Vic konnte nicht erraten, woran.

Er spürte, dass er ein kleines Zugeständnis machen musste, um zu begreifen.

»Ich habe in einem Fall von Diebstahl ermittelt.«

»Die aufgebrochene Tür … Der Verwalter hat mich angelogen. Was für ein Diebstahl?«

»Sirenomelie, sagt Ihnen das etwas?«

Durch die Augen der beiden Männer ging ein Leuchten. Vic wusste, dass Kismet ihm nichts vorspielte, er heuchelte nicht.

»Ihr Mann hat ein Sirenenbaby gestohlen? Aber warum?«

»Tut mir leid, das ist vertraulich. Warum interessiert Sie dieser Fall so sehr?«

»Ich ... Ich suche ebenfalls nach dem Sensationellen, deshalb«, sagte Stéphane aufs Geratewohl. »Jemand, der Monster stiehlt, ist wahrscheinlich auch selber eins.«

Er schloss einen Augenblick lang die Augen und versuchte, sich seine Träume noch einmal vollständig ins Gedächtnis zu rufen. Die Fotos der verstümmelten Opfer, die Nachrichten an den Wänden von Zimmer Nummer 6, das Telefongespräch mit dem Polizisten. Nichts, was mit einem Sirenenbaby zu tun hatte.

»Und jetzt Ihre Geschichte«, sagte Vic.

Stéphane spielte mit dem Feuer, aber er musste den Leutnant zum Reden bringen. Er begann zu erzählen:

»Hat meine Frau Ihnen nichts über meine Vergangenheit erzählt? Meine ... Visionen?«

»Nein. Wir haben nur über Ihre Arbeit gesprochen.«

»Ich sehe seit meiner Kindheit Bilder. Ich spüre Ereignisse, kurz bevor sie sich ereignen.«

Vic zeigte keinerlei Regung. Céline glaubte ebenfalls an diesen Unsinn, an die Macht des Geistes, das Karma und so weiter. Er jedoch nicht. Ein Kripobeamter, der leidenschaftlich Schach spielte, Sohn einer Polizistenfamilie. Trotzdem spielte er das Spiel mit, obwohl es sinnlos war, da Kismet für die Mordnacht anscheinend ein Alibi hatte.

»Meinen Sie Visionen?«

»Nicht wirklich. Es handelt sich weder um Intuitionen noch um Vorahnungen. Ich weiß nicht, wie ich es beschreiben soll. Ich habe fast noch nie in meinem Leben geträumt. Und wenn doch, dann so wie jeder andere auch, doch ich habe mich nie an etwas erinnert. Das passiert Schlafwandlern oft.«

»Auch ich erinnere mich selten an meine Träume, wenn Sie das beruhigt. Und Sie sind Schlafwandler?«

»Seit meiner Kindheit, aber zum Glück passiert dies nicht jede Nacht, und ich entferne mich nicht wirklich von der Stelle, wo ich schlafe. Kurz gesagt, als ich etwa zehn Jahre alt war, hat mich mein Adoptivvater immer mit zum Angeln genommen. Wir sind frühmorgens zu den Wildbächen in die Vogesen aufgebrochen. Um mich zu wecken, setzte er sich eine alte Dracula-Maske auf, wissen Sie, so ein abscheuliches Plastikteil, das von einem Gummiband gehalten wurde. Er beugte sich über mich und rüttelte mich leicht am Arm. Und wenn ich die Augen öffnete …«

»Seltsame Art, ein Kind aufzuwecken.«

»Ich kann Ihnen versichern, es hat funktioniert. Ich bin jedes Mal in die Höhe gesprungen. Er wollte mich auf die harte Tour erziehen, einen Mann aus mir machen. Mein Adoptivvater war ein Mann aus den Bergen, verstehen Sie?«

»Absolut.«

»Abends, wenn die meisten Eltern ihren Kindern Märchen von Prinzessinnen erzählten, hat er mir von Monstern und Werwölfen erzählt, die mich mitnehmen würden, wenn ich mich weiterhin wie ein kleines Kind aufführte, nachts umherwanderte oder weinte. Ich war völlig verängstigt. Ich schlief mit Angst im Bauch ein. Und doch bin ich nie aus dem Schlaf aufgeschreckt, hatte nie Alpträume, nichts. Nichts ist aus meinem Kopf herausgedrungen, alles hat sich dort angesammelt.«

»Und … aus diesem Grund stellen Sie jetzt Monster her. Heute fließt alles aus Ihren Händen.«

»Das sagen jedenfalls die Psychiater, bei denen ich war.«

Er machte eine kurze Pause, dann fuhr er fort:

»Ich habe nie geträumt, wenigstens glaubte ich das, doch ich habe mein ganzes Leben lang vorhergesehen, wie ich Handlungen ausführte, auf derart intensive Weise, dass ich glaubte, diese in die Tat umsetzen zu müssen. So ähnlich wie ein Déjà-vu, doch zehnmal so stark …«

Vic unterbrach ihn.

»Etwa wie wenn Sie sich die Treppe hochgehen sehen und dabei denken: ›Diese Treppe bin ich doch schon einmal hochgegangen. Und jetzt wird gleich eine Frau auf den Treppenabsatz treten.‹ Und während Sie dies denken, tritt sie tatsächlich auf den Treppenabsatz, nur wissen Sie nicht, ob Sie diesen Gedanken kurz zuvor hatten oder während sie gerade heraustrat. Das passiert mir die ganze Zeit. Das scheint physisch bedingt zu sein, die Informationen beider Augen kommen zeitversetzt im Gehirn an.«

»Nein, nicht in meinem Fall. Ich führe Handlungen aus, die nicht in Bezug zu einer logischen Folge von Ereignissen stehen. Im Jahr 1998 bin ich mit dem Zug nach Rennes gefahren. Damals konnte man noch die Fenster herunterschieben. Irgendwann, als wir an einem roten Haus mit schwarzen Dachziegeln vorbeifuhren, in die mit weißen Dachziegeln die Jahreszahl 1918 gesetzt war, habe ich plötzlich den Zug entgleisen sehen. Die Vision war derart heftig, dass ich die Notbremse gezogen habe und aus dem Fenster gesprungen bin.«

»Wow!«

»Ich bin völlig zerlegt im Krankenhaus aufgewacht, hatte über zehn Knochenbrüche und Blutergüsse am ganzen Körper. Jeder andere wäre tot gewesen, nicht jedoch ich. Ich habe wie durch ein Wunder überlebt.«

»Und der Zug?«

Stéphanes Gesicht verzerrte sich.

»Ich bin mitten in einer Kurve hinausgesprungen. Die Überlebenden haben ausgesagt, der Zug hätte plötzlich gebremst und sei dann entgleist. Aufgrund von defekten Bremsen, wie die Fachleute festgestellt haben.«

Vic lehnte seinen Nacken an die Kopfstütze und schwieg ein paar Sekunden lang.

»Mein Gott … Indem Sie glaubten, der Zug würde entgleisen, haben Sie genau dies herbeigeführt.«

»Ich glaube, er wäre auf jeden Fall entgleist. Tatsächlich habe ich, als ich das Haus mit den Dachziegeln erblickte, nicht wirklich gesehen, wie der Zug entgleiste. Ich *wusste*, dass er entgleisen würde. Ein Teil von mir wusste es. Als ob es mir jemand ins Ohr geflüstert hätte. Ich hatte keine andere Wahl, ich musste die Notbremse ziehen und springen. Später, als ich versucht habe, das alles zu erzählen, habe ich lange Stunden beim Psychiater zugebracht. All die Passagiere, die durch meine Schuld umgekommen sind oder verletzt wurden, ließen mir keine Ruhe mehr. Die Fachärzte sprachen immer wieder von ›visuellen Halluzinationen‹, ›Hang zum Selbstmord‹, ›Schizophrenie‹. Aber ich bin nicht schizophren. All das ist real. Und ist es doch nicht. Letztendlich bin ich …«

Vic nickte.

»Gut, Monsieur Kismet …«

»Sie glauben mir nicht, oder?«

»Es fällt mir nicht leicht, verstehen Sie?«

Stéphane zuckte mit den Schultern.

»Das ist normal, ein Polizist muss schließlich mit beiden Beinen auf dem Boden stehen. Sogar meine Frau glaubt mir nicht. Sie sieht den einzigen Ausweg darin, mich zu Psychiatern zu schicken. Als ob ich die magisch anziehen würde.«

Vic holte tief Luft und richtete sich auf seinem Sitz auf.

»An Vorahnungen glaube ich nicht. Ich denke vielmehr, dass sich das alles durch eine Vielzahl unsichtbarer Ereignisse erklären lässt, die um uns herum geschehen. Auf dem Gymnasium hat uns zum Beispiel ein Lehrer von dem Schriftsteller Robertson erzählt, der 1898 …«

»… einen Roman veröffentlicht hat und darin die Tragödie der Titanic beschreibt, die sich zweiundzwanzig Jahre später ereignete, ich weiß. Und ich weiß auch, was Ihr Lehrer noch gesagt hat. Dass es Hunderttausende von Büchern und Ereignissen gibt und damit ebenso viele Geschichten und dass aufgrund der Gesetze des Zufalls, der Wahrscheinlichkeit und der vergehenden Zeit sich eines Tages eine von ihnen ereignen wird, bis aufs Detail genau. Je mehr Bücher, Bilder, Berichte, Ereignisse es gibt, umso mehr Vorahnungen wird es auch geben.«

»So kann man sagen, ja. Vorahnungen oder Zufälle, wie Sie wollen.«

Vic wies auf die Digitalkamera.

»Und was ist nun mit dem Foto des Mädchens? Ebenfalls eine Vision?«

Stéphane senkte die Augen.

»Ich glaube, dass sie sterben wird. Sehr bald.«

Vic versuchte, sich seine Ungeduld und seinen Wunsch, nach Hause zu fahren, nicht allzu sehr anmerken zu lassen.

»Gut … Und auf welche Weise?«

»Sie wird in einem überfluteten Steinbruch, in Hennocque, getötet werden. Und ich glaube, dass Hector Ariez in diese Sache verwickelt ist.«

»Deshalb sind Sie also hier.«

Vic konnte nun besser nachvollziehen, was der Mann im Trois Parques und der Museumsverwalter gesagt hatten, die beide von einem seltsamen, beinahe aggressiven Verhalten gesprochen hatten. Er begriff auch die offenkundige Verzweiflung von Sylvie Kismet. Ihr Mann schien ganz schön gestört zu sein.

»Nehmen Sie Antidepressiva? Neuroleptika? Anxiolytika?«

»Ich habe sie abgesetzt … Alles Dreckszeug. Sagen Sie, werden Sie Erkundigungen über Hector Ariez einziehen?«

»Tut mir leid, aber so funktioniert das nicht.«

»Aha … Haben Sie Kinder?«

»Nein.«

»Wenn Sie ein Mädchen in Mélindas Alter hätten, würden Sie es verstehen.«

Stéphane blickte vor sich auf die Straße.

»Dauert es noch lange?«

»Was denn?«

»Bis zur Geburt?«

Vic versuchte, seine Überraschung zu verbergen.

»Was erzählen Sie da? Meine Frau erwartet kein Kind. Sind Sie verrückt, oder was?«

»Warum lügen Sie?«

»Hören Sie auf damit, verstanden?«

»Verläuft die Schwangerschaft nicht gut?«

»Halten Sie den Mund, habe ich gesagt! Oder Sie haben meine Faust im Gesicht!«

Dieses Scheinverhör hatte schon lang genug gedauert. Schließlich reichte Vic Stéphane zwei Visitenkarten. Dieser arme Kerl hatte offenbar psychische Probleme und eine Menge Sorgen, bei dem Mordfall konnte er ihm jedenfalls nicht weiterhelfen.

»Da stehen all meine Kontakte drauf, beruflich und auch privat, für den Notfall.«

»Ist das alles?«

»Ja, das ist alles! Oder wollen Sie mir etwa noch erzählen, wie das Abenteuer vom hässlichen kleinen Entlein ausgegangen ist? Ich werde mich mit Ihnen in Verbindung setzen, wenn notwendig. Punkt aus. An Ihrer Stelle würde ich den Rat Ihrer Frau befolgen und wieder einen Psychiater aufsuchen.«

Vic stieg aus dem Wagen. Stéphane tat es ihm gleich und stellte sich ihm in den Weg.

»Sie müssen mir mehr über Ihren Fall sagen. Sie müssen mich noch weiter befragen!«

Vic musste lachen.

»Das ist wirklich originell! Jemand, der sich von der Polizei befragen lassen will! Wir telefonieren, wenn nötig, einverstanden?«

»Hören Sie! Es werden schreckliche Dinge passieren und ...«

»Es passieren jeden Tag schreckliche Dinge. Bitte machen Sie Platz.«

Stéphane packte ihn an der Schulter. Vic stieß ihn zurück.

»Nehmen Sie Ihre Flossen da weg!«

»Ich ... Das wollte ich nicht. Entschuldigen Sie, ich ... Sagen Sie mir wenigstens, in wie vielen Mordfällen Sie ermitteln! Zwei? Sind es zwei Morde?«

»Ein Mord. Das reicht.«

»War das Opfer blond oder dunkelhaarig?«

»Was sagen Ihre Visionen?«, fragte Vic gereizt.

»Dunkelhaarig?«

»Tut mir leid, aber sie war blond. Sie sollten sich im Büro für nicht eingetretene Visionen beschweren.«

Stéphane spürte, wie ihn eine tiefe Verzweiflung überkam. Wenn er anfing, von der mit Nadeln gespickten Leiche der blonden Frau zu sprechen oder von der Dunkelhaarigen, die mit Stacheldraht an einen Schrank gefesselt war, würde er im Gefängnis landen.

Er betrachtete die Visitenkarte. Er wusste, dass er Victor Marchals Nummer schon bald in sein Telefon mit dem zerbrochenen Display eingeben würde. Und dass die beiden Männer sich wiedersehen würden, was auch geschehen mochte. Im Traum duzten sie sich.

Er wusste auch, dass die Dunkelhaarige von den Fotos sterben würde, ohne dass er etwas dagegen tun konnte.

Der junge Leutnant ließ gerade den Motor an, da stürzte Stéphane plötzlich zum Wagen und trommelte gegen die Scheibe. Mit einem Seufzer ließ Vic die Scheibe herunter.

»Was denn jetzt noch?«

»Ein Detail, nur ein winziges Detail.«

»Bitte machen Sie es kurz.«

»Sagen Ihnen die Zahlen 46 oder 47 irgendetwas?«

»Sollten sie? Auf Wiedersehen, Monsieur Kismet.«

Stéphane wich zurück und sagte, ohne den Leutnant aus den Augen zu lassen:

»Ihre Frau ... Sie sollten jetzt bei ihr sein.«

Hinter ihnen war ein langes Krächzen zu hören. Ein Zweig bog sich unter einem Raben. Stéphane starrte ihn an und sagte:

»Sehen Sie diesen Raben? In Indien gilt er als Todesbote, der den Menschen ein unvermeidliches Unglück verkündet.«

Vic war kurz davor zu explodieren.

»Warum erzählen Sie mir das alles?«

»Heute habe ich versagt. Es ist mir nicht gelungen, den Lauf der Dinge zu verändern. Und aus diesem Grund werden wir uns bald wiedersehen, egal, was geschieht.«

Als Vic völlig verstört das Ende der Straße erreicht hatte, warf er im Rückspiegel einen letzten Blick auf Stéphane, der reglos auf der Fahrbahn stand.

Er hatte das unglaubliche Gefühl, diese Szene schon einmal erlebt zu haben.

35. Samstag, 5. Mai, 20 Uhr 55

Cassandra Liberman war todmüde. Sie war den ganzen Tag von Geschäft zu Geschäft gelaufen, von Verwaltung zu Verwaltung, um die letzten Vorbereitungen für ihre Reise zu treffen. Sie würde zunächst nach Burkina Faso fahren, anschließend nach Madagaskar. Dieser einmonatige Aufenthalt würde zweifellos einen entscheidenden Wendepunkt in ihrer noch jungen Karriere darstellen.

Sie kehrte nach Hause zurück und packte die Objektive aus, die sie gekauft hatte. Teleobjektive für Porträtaufnahmen, eins für Makroaufnahmen, ein Weitwinkelobjektiv. Sie hatte fast fünftausend Euro ausgegeben, doch das war die Sache wert. Sie würde von ihrer Reise mit einer Fotosammlung zurückkehren, die die Leute in Scharen anlocken würde, ganz wie zu Zeiten der »Großen Shows«, als Stars wie John Doogs oder James Elroy – ein Trompeter ohne Beine – vorgeführt wurden.

Cassandra war auf eine wahre Goldader gestoßen. Sie machte Jagd auf die schlimmsten Anomalien, die die Natur beim Menschen hervorbringen konnte, nahm diese in ein Verzeichnis auf, fotografierte sie, gab dem Ganzen ihre persönliche Note und stellte sie dann in namhaften Galerien aus. Und in Afrika gab es wahre Schätze zu entdecken, was Missbildungen und spektakuläre Krankheiten anging.

An diesem Abend ging Cassandra glücklich zu Bett. Sie hatte den Kopf voller Träume.

Eine Weile später tauchte sie aus ihrem Dämmerzustand wieder auf und hatte sofort ein merkwürdiges Gefühl.

Es kam ihr drückend heiß im Zimmer vor.

Ein mechanischer Blick auf den Radiowecker zeigte ihr, dass es erst 23 Uhr 53 war. Dennoch hatte sie den Eindruck, schon lange geschlafen zu haben.

Die junge Frau richtete sich träge auf und schaltete das Nachtlicht an. Ihre Hände, die Stirn, die Bettlaken, das Kopfkissen! Alles war schweißnass.

Warum war es so heiß?

Sie warf die schwere Daunendecke zur Seite. Vollständig nackt stand sie auf und öffnete das Fenster. Draußen war es etwa zehn Grad warm. Sie ließ sich die frische Luft über die Brust, die Schläfen, hinter die Ohren streichen. Die reinste Wohltat.

Vor einem aufgedunsenen Mond bebten die Bäume wie dunkle Wärter in der Nacht. Und ringsumher raschelte die Natur feindselig in der Dunkelheit.

Ihr lief ein Schauder über den Rücken. Cassandra schloss das Fenster, zog ein dünnes schwarzes Hemd über und beschloss, die Treppe hinunterzusteigen. Die Klimaanlage musste sich verstellt haben. Das Haus war zwar noch neu und dieses System der Temperaturregelung angeblich neuester Standard, doch irgendwann einmal passierte es immer.

Noch halb verschlafen ging sie ins Wohnzimmer und schaltete im Vorübergehen sämtliche Lichter an. Das Haus war in eine beunruhigende Stille getaucht, man konnte das leise Surren der elektrischen Geräte hören. Computer, Kühlschrank, Tiefkühltruhe. Doch auch wenn Cassandra das Düstere mochte, bekam sie es nun mit der Angst zu tun, so wie jede andere Frau von vierundzwanzig Jahren, die allein am Waldrand lebte, auch. Ehrlich gesagt hasste sie es, mitten in der Nacht aufstehen zu müssen.

Sie erreichte das Esszimmer. Das Thermostat befand sich an

der Wand gegenüber, neben der Küche. Die Hitze brannte ihr in den Lungen. Wie warm war es?

»28 Grad? Das ist doch Wahnsinn!«

Cassandra drückte auf den Knopf »Minus«, bis das Display 15 Grad anzeigte, sie mochte es kühl. Die Elektronik war wirklich super, solange sie nicht anfing herumzuspinnen.

Sie nutzte die Gelegenheit, um den Monitor ihres Computers einzuschalten, und sah sofort, dass Amandine online war. Sie hinterließ ihr eine kurze Nachricht: »Bis morgen, meine Süße, ich lege mich wieder hin, mit der unbändigen Lust, dir im Parques deine sechs Zehen abzulutschen-☺.«

Sie gähnte herzhaft und ging dann in die Küche. Die Gluthitze hatte ihr die Kehle ausgetrocknet.

Als sie die Kühlschranktür öffnete, trat sie mit dem Fuß auf etwas Eiskaltes. Cassandra blickte hinab.

Auf dem Boden befand sich eine winzige Pfütze.

Mit gerunzelter Stirn hockte sie sich nieder. Das Wasser war eiskalt, als ob … Sie kniete sich hin und legte den Kopf auf die Fliesen, um unter das Gerät zu schauen. Irgendetwas … Sie verzog das Gesicht und fasste darunter.

Sie holte einen Eiswürfel hervor.

Erschrocken stand sie wieder auf. Ringsumher war nichts. Kein Geräusch. Kein Gegenstand, der verschoben worden war.

Cassandra kam sich blöde vor. Der Eiswürfel war sicher aus dem Eisfach gefallen, als sie die Tür geöffnet hatte. Bei der Hitze begann er sofort zu schmelzen.

Sie lachte nervös. Sie war wirklich zu dämlich!

Sie trank eine Flasche mit kaltem Wasser zur Hälfte aus und spritzte sich Wasser ins Gesicht und in den Nacken. Das kühle Nass tat ihr unglaublich gut.

Als sie die Flasche wieder an ihren Platz stellte, warf sie einen Blick auf das obere Fach des Kühlschranks. Die Tür war korrekt geschlossen. Wie hatte der Eiswürfel dort herausfallen können?

Es war vergebliche Mühe, die Tür zu öffnen. Warum sollte

sie versuchen, das Unbegreifliche zu begreifen? Warum sollte sie sich wegen nichts ängstigen? Sie konnte einfach wieder zumachen und sich wieder schlafen legen.

Doch ihre Hand fasste nach dem Griff des Eisfachs. Sie musste es wissen. Um sich zu beweisen, dass es keine Gespenster gab.

Sie öffnete die Tür. Ihr Herz begann zu rasen. Cassandra wich drei Schritte zurück und griff zitternd nach einem Messer.

Der Eiswürfelbehälter stand tatsächlich dort, doch er war leer.

Dabei hatte sie ihn am Vortag aufgefüllt, das wusste sie ganz genau.

Irgendjemand musste sich im Haus versteckt halten.

Vor Angst wie gelähmt legte die junge Frau die Hand auf ihre Schulter. In der anderen Hand hielt sie die scharfe Klinge.

Was ging hier vor? Wurde sie langsam paranoid? Nein, nein, was die Eiswürfel anging, war sie sich sicher.

Der Kühlschrank begann, noch lauter zu surren.

Cassandra erschauderte. Wenn sie hier stehen blieb, würde sie vor Angst vergehen. Sie musste versuchen, schnell in den ersten Stock hinaufzulaufen, sich im Schlafzimmer einzuschließen und von ihrem Handy aus die Polizei anzurufen. Ja, losrennen, ohne herauszufinden, ob sich der Eindringling noch im Haus befand oder es bereits wieder verlassen hatte.

Auf Zehenspitzen ging sie bis zur Türschwelle. Die Treppe befand sich nur drei oder vier Meter entfernt auf der linken Seite. Sie atmete leise ein und stürzte dann in die Eingangshalle, das Messer hielt sie ausgestreckt vor sich. Keuchend rannte sie die Treppe hinauf, ohne sich ein einziges Mal umzudrehen. Vielleicht verfolgte er sie. Oben im Flur hastete sie in ihr Schlafzimmer.

Als sie drinnen war, drehte sie den Schlüssel rasch zweimal im Schloss. Sie war gerettet.

Erst als sie tief Luft holte, die Stirn an die Tür gepresst, stieg ihr der Geruch in die Nase.

Der furchtbare Geruch nach Leiche.

Derselbe Gestank wie am Vorabend im Garten.

Cassandra ließ ihre verkrampfte Hand auf dem Türgriff liegen, unfähig, sich zu bewegen.

Denn hinter ihr knarrte der Fußboden.

Sie fing an zu schreien und kämpfte gegen ihren erstarrten Körper an, um sich endlich umzudrehen.

Sie hätte ihr Messer schwingen müssen, doch es fiel ihr aus der Hand.

Sie wurde von Entsetzen gepackt.

Dann wurde alles um sie herum schwarz.

Ihr letzter Blick fiel auf ein Monster.

Das Abscheulichste, das sie je im Leben gesehen hatte.

In ihrem so kurzen Leben …

36. Sonntag, 6. Mai, 2 Uhr 12

Sylvie lag zusammengekauert und mit angezogenen Beinen auf dem Sofa. Sie zitterte.

Der LCD-Fernseher vor ihr zeigte ein altes Video von ihrer Hochzeit, mit abgenudelter Tonspur, so oft war es schon zurückgespult worden. Auf dem Video stand Stéphane – schlampig gekleidet und mit falschem Bart – auf einem Podium und zog mit seinen beiden Schwagern und einem ganzen Trupp Freunden eine Schau ab. Die Gäste im Saal bogen sich vor Lachen. Stéphane strahlte vor Lebensfreude.

Die junge Frau schaute nicht mehr hin, sie war ganz in Anspruch genommen von der Brutalität ihrer inneren Bilder. Sie sah ihren Mann, der sich im Laufe der Jahre immer mehr in seiner Werkstatt abkapselte, um seine Monster herzustellen, Aufträge annahm, die ein vernünftiges Maß überstiegen, bis er völlig in Arbeit versank. Ein Ehemann, der sämtliche Beziehungen hatte abbrechen lassen: zu Familie, Freunden und sogar ihren Brüdern, die nicht begriffen, wieso sie mit diesem Geistesgestörten zusammenblieb, der an Schizophrenie litt und sich selbst zerstörte. Ein Mann, der immer weiter in den Wahnsinn abglitt. Ein Mann, der ganz einfach anders war als die anderen. Anders und krank.

Sylvie hörte, wie die Haustür geöffnet wurde. Sie zuckte zusammen.

Sie stand rasch auf und rannte in die Eingangshalle.

Stéphane kniete auf dem Boden vor der Keramikstatue, er war völlig betrunken und starrte die Figur sprachlos an. Noch ein Element aus seinem Traum, das Wirklichkeit wurde.

Sylvie stürzte sich auf ihn und trommelte wie wild auf seine Brust.

»Du Dreckskerl!«, schrie sie und fing an zu weinen.

»Ich … ich habe geglaubt, dir sei etwas zugestoßen! Du gehst nicht mehr ran, wenn ich anrufe! Warum nicht? Warum?«

Schwankend stand Stéphane auf.

»Alles ist in mir drin. All diese Bilder … Sie verfolgen mich Tag und Nacht, das kannst du dir nicht vorstellen, sie lassen mir keine Ruhe mehr. Diese schrecklichen Fotos von den verstümmelten Leichen, diese Stimmen in meinem Kopf. All diese Unfälle, diese Toten … Alles vermengt sich, ich verstehe nichts mehr, Sylvie. Hilf mir … Bitte hilf mir.«

Sylvie ließ sich neben ihn fallen.

»Wie soll ich dir denn helfen? Was soll ich tun?«

Stéphane blickte mit geröteten Augen zu ihr. Die Tränen liefen ihm in den Mund.

»Mir glauben … Du musst mir einfach nur glauben.«

Sie strich ihm über den Nacken und half ihm aufzustehen.

»Das geht über meine Kräfte. Du musst dich behandeln lassen. Ein Arzt kann dir helfen, da herauszukommen, davon bin ich überzeugt. Das hat schon einmal funktioniert.«

Sie seufzte gequält und bemerkte:

»Ich habe letzte Nacht die Tätowierung auf deiner Hüfte gesehen. Das hat doch keinen Sinn.«

»Für mich bedeutet es etwas.«

»Und außerdem ist die Polizei heute da gewesen, sie sagen, du treibst dich an Orten herum, die mit einem Verbrechen zu tun haben. Ich habe dich verteidigt, so gut ich konnte, ich habe mir irgendwas ausgedacht, habe gelogen, für dich. Aber mein Gott, Stéphane, du verschwindest jetzt schon seit Tagen immer wieder, ohne was von dir hören zu lassen. Du drehst völlig durch, stürzt dich in seltsame Wahnvorstellungen. Ich habe Angst. Vor dem, was du möglicherweise getan hast.«

Stéphane lehnte sich an die Wand.

»Du denkst doch wohl nicht, dass ich irgendetwas verbrochen haben könnte?«

Seine Frau antwortete nicht. Sie war in die Dunkelheit zurückgewichen, hielt die geballte Faust an den Mund. Die Situation wurde von Tag zu Tag schlimmer.

Stéphane ließ sich langsam hinabgleiten, bis er auf dem Boden saß. Sein Atem roch nach Whisky.

»Ich glaube, dass Hector Ariez ... ein kleines Mädchen töten wird. Die kleine Mélinda aus meinem Traum ... Alles wird Wirklichkeit, Sylvie. Unerbittlich. Und ich bin bloß ein Zuschauer. Ein einfacher Zuschauer, der nichts ausrichten kann.«

Sylvie versuchte, ihr Schluchzen zu unterdrücken, doch es gelang ihr nicht.

Aus dem Wohnzimmer war Gelächter zu hören. Auf dem Video hatte Stéphane wahrscheinlich gerade eine Champagnerflasche geköpft.

»Hörst du?«, fragte Stéphane. »Hörst du, wie glücklich wir waren? Weißt du noch, wie wir uns begegnet sind, damals, als wir als Statisten auftraten? Du warst eine Frau am Strand, und ich spielte einen Idioten, der gerade ertrank ...«

»Das ist alles so lange her.«

Stéphane blickte zu Sylvie auf.

»Du hättest dir nicht die Haare abschneiden lassen dürfen. Und auch nicht diese Figur kaufen dürfen. Warum hast du das getan?«

»Ich will ganz einfach, dass du mich beachtest. Und weißt, dass ich existiere.«

Stéphane trocknete seine Tränen.

»Ich habe heute diesen jungen Polizisten gesehen. Der hier gewesen ist. Er ist nicht dumm. Er scheint wunschlos glücklich zu sein, seine Frau erwartet ein Kind. Alles verläuft gut für ihn.

Siehst du, es gibt Leute, die in der Lage sind, glücklich zu sein. Oder glauben, es zu sein.«

»Er hat mir gesagt, er könne keine Kinder haben«, antwortete Sylvie erstaunt.

»Dann hat er dich angelogen, seine Frau ist schwanger. Wir werden alle eines Tages dazu genötigt zu lügen. Glaubst du, die Helden lügen auch?«

»Die Helden?«

Verzweifelt stand Sylvie wieder auf.

»Ich glaube, ich werde es dir gleichtun. Ich werde mir ein Glas einschenken, randvoll. Dann werde ich mich auch für Was-weiß-ich-wen halten. Und wer weiß, vielleicht werde ich unsere Zukunft sehen. Eine sehr düstere Zukunft.«

Als sie fünf Minuten später zurückkehrte, fand sie Stéphane zusammengekauert auf dem Boden liegend.

Er war eingeschlafen.

37. Sonntag, 6. Mai, 4 Uhr 25
Fünfter Traum: Die Videokassette

»Kommst du endlich?«, hörte man Vics Stimme fragen.

»Noch einen Augenblick! Ich muss pinkeln!«, antwortete Stéphane.

Auf seiner linken Hüfte war eine Tätowierung zu sehen. »Erzähl mir von Mélinda. Meine Nachrichten stehen an der Wand von Zimmer Nummer 6. Im Trois Parques. Schreib auch deine dort auf.«

Taumelnd kam er aus der Toilette und durchquerte die große Eingangshalle. Die Figur lag noch immer zertrümmert auf dem Boden. Er ging unter dem nüchternen Porträt der Baronin von Reille her und traf Vic im Wohnzimmer. Der Polizist hatte sich seit Tagen nicht mehr rasiert.

Er rauchte eine Marlboro.

Auf dem niedrigen Tisch standen jede Menge leere Flaschen.

»Ich komme um vor Hitze«, gestand Stéphane. »Das geht mir immer so, wenn ich Bier trinke. Sylvie und ich …«

»Dann solltest du vielleicht damit aufhören. Du hast schon genug getrunken. Bald kannst du nicht mehr gerade stehen.«

»Ist mir doch egal. Warum sollte ich noch gerade stehen können? Sag es mir.«

»Du musst. Ich hab ein wenig zurückgespult. Sieh mal genau hin.«

Mit der Zigarette im Mund drückte Vic auf die Wiedergabetaste des Videorecorders.

Stéphane starrte auf das verschwommene Bild. Die Kamera, mit der die Aufzeichnung gemacht worden war, schien weit oben angebracht zu sein, in einer Ecke neben einer Straßenlaterne. Im Hintergrund konnte man undeutlich die schwarzen Umrisse einer Fabrik erkennen – geometrische Formen, überragt von einem hohen Schornstein. Unten auf dem Bildschirm waren Datum und Uhrzeit eingeblendet: Samstag, 5. Mai 2007, 22 Uhr 09.

»Alles ist vollkommen identisch«, sagte Stéphane kaum hörbar. »Es hat nicht funktioniert.«

»Warte, es kommt gleich … Jetzt!«

Auf dem Video goss es in Strömen. Plötzlich erschien eine Gestalt im Blickfeld und schlüpfte zu einem Loch im Drahtzaun. Sie trug einen Rucksack, Handschuhe und einen langen schwarzen Regenmantel. In dem Moment, als sie unter einer Straßenlaterne herging, hielt Vic das Bild an.

»Das ist unser Mörder«, sagte Vic, während er sein Bier austrank.

»Nichts hat sich verändert. Rein gar nichts …«

Trotz des Regens und der schlechten Bildauflösung konnte man das Gesicht auf dem Bildschirm erkennen. Es sah furchterregend aus, voller Schwellungen, die Augen waren tief eingefallen und die Haare unter einer Kapuze verborgen. Vic stellte die Helligkeit auf Maximum ein.

»Meinst du, er trägt eine Maske?«

Stéphane stand auf und trat näher an den Bildschirm heran. Unter dem DVD-Laufwerk zeigte die Stereoanlage Datum und Uhrzeit an. 13. Mai 2007, 0 Uhr 20.

»Ich weiß es nicht. Auf diesem Überwachungsvideo sieht man rein gar nichts. Es ist dunkel, es gießt in Strömen. Doch es sieht ganz nach der Prothese aus, die ich dir gegeben habe, nicht wahr?«

»Beinahe, ja.«

»Mehr haben wir nicht?«

»Nein. Dieses Arschloch ist nicht zu fassen«, antwortete Vic mit gesenktem Kopf.

Er schien sich in sein Schicksal zu ergeben.

Stéphane öffnete eine weitere Flasche.

»Auf unser Pech …«, sagte er mit unglaublich trauriger Stimme.

Er hob die Flasche und fügte hinzu:

»Wenn du uns jetzt siehst, Stéphane. Viel Glück. Auf dein Wohl, armer Kerl.«

38. Sonntag, 6. Mai, 4 Uhr 30

Stéphane fuhr aus dem Schlaf hoch. Er fragte sich, wieso er dort auf dem Boden in der Eingangshalle lag.

Er stand langsam auf und versuchte, sich den letzten Abend in Erinnerung zu rufen. Die Unterhaltung mit dem Polizisten, vor Hector Ariez' Haus, sein Stopp in einer Kneipe, der Reigen der Whiskys, seine Auseinandersetzung mit Sylvie, dann … ein schwarzes Loch.

Er hatte entsetzliche Kopfschmerzen. Er ging ins Wohnzimmer und warf einen Blick auf die Stereoanlage. 4 Uhr 33 morgens, Sonntag, der 6. Mai.

Da fiel ihm sein Traum wieder ein. Victor Marchal, mit von Müdigkeit gezeichneter Miene und einer Zigarette im Mund. Stéfur, wie er zum Fernseher ging. Das Standbild. Das Datum auf der Stereoanlage. Sonntag, 13. Mai 2007, 0 Uhr 20.

Er ballte die Fäuste. Jetzt kannte er den genauen Zeitabstand zwischen seinen Träumen und der Realität. Sechs Tage und zwanzig Stunden.

In Stéphane stieg Panik hoch. Die Träume wurden immer konkreter. Und der Stichtag des ersten näherte sich rasend schnell. Es war die Nacht von Mittwoch auf Donnerstag.

Er versuchte, ruhiger zu werden, zu begreifen. Mit diesem Traum hatte er nun die Gewissheit, dass sich seine Gestalten in der Zukunft von einem Traum zum nächsten in reeller Zeit bewegten. Sie führten ein Leben, aßen, schliefen, ihre Wunden verheilten … Ein richtiges Leben, in dem die Zeit genauso verstrich wie bei ihm in der Gegenwart. Die Stunden hatten sechzig Minuten, die Minuten sechzig Sekunden.

Wenn diese Träume also wahr waren, dann stammte das Überwachungsvideo von gestern Abend, dem 5. Mai, 22 Uhr.

Gestern Abend um 22 Uhr war ein Mann mit furchterregendem Gesicht in eine Fabrik eingedrungen und hatte in einem Rucksack etwas von dort gestohlen. Der Mörder, der von dem Polizisten gesucht wurde. Der Mörder der blonden Frau und der künftige Peiniger der Dunkelhaarigen, deren Leiche man wohl bald finden würde, eingewickelt in Stacheldraht.

Was hatte er geklaut? Wie war Stéfur an diese Kassette gelangt?

Erregt rannte Stéphane in den Keller und schloss sich in Darkland ein. Er fuhr mit den Fingern über seine Hüfte. Der Einfall mit der Tätowierung hatte funktioniert, Stéfur hatte die gleichen Worte an derselben Stelle stehen.

Stéphane war es gelungen, ihm eine Nachricht zu übermitteln. Natürlich handelte es sich nur um Zeichen auf der Haut, doch zumindest wusste die Gestalt aus seinen Träumen nun, dass sie verstanden und beobachtet wurde.

»Wenn du uns jetzt siehst, Stéphane. Viel Glück. Auf dein Wohl …« Diese Worte gingen ihm nicht mehr aus dem Kopf. Dazu dieses Bild: Stéfur, der ihm mit der Flasche zuprostete. Er spürte, wie die Wut in ihm emporkroch.

»Du dämlicher Säufer!«, schrie er und zerbrach einen Bleistift. »Hast du nichts Besseres zu tun, als zu trinken? Warum hast du mir nicht gesagt, was für eine Videokassette du dir da angeschaut hast? War das zu kompliziert für dein kleines beschränktes Hirn?«

Er schlug mit der Faust auf die Werkbank und fegte Carla Martinez' Büste zu Boden. Zum Teufel mit Everard und all den anderen. Im Vergleich zu dem, was er gerade durchmachte, war das alles bedeutungslos.

Warum half Stéfur ihm nicht? Warum hatte er nichts an die Wände geschrieben, das er lesen und verstehen konnte?

Stéphane stützte den Kopf in die Hände. Wahrscheinlich hatte sein Doppelgänger in der Zukunft keine andere Wahl. Bestimmt konnte auch er nicht frei handeln. Und er wusste mit Sicherheit nicht, wann Stéphane von ihm träumte, zudem dauerten seine Träume immer nur wenige Minuten.

Hatte Stéfur ins Trois Parques zurückkehren können? Und wenn ihn die Umstände daran gehindert hatten? Warum war Victor bei ihm, warum saß er da und trank Bier, während die gesamte Polizei Frankreichs hinter ihm her war? Was war geschehen, wie hatte sich die Situation so grundlegend ändern können?

War er, Stéphane, daran schuld? Seine Unternehmungen in der Gegenwart?

Er richtete sich auf und schnipste mit den Fingern. Ja, das war möglich! Hatten seine Nachforschungen den Mord an Mélinda verhindert? Hatten seine Ermittlungen den geplanten Gang der Ereignisse verändert und somit auch die Zukunft beeinflusst?

Ja, ja! Die Drohungen Ariez gegenüber hatten diesen bestimmt von seiner Tat abgehalten.

Eilig ergriff Stéphane einen dicken schwarzen Textmarker und begann, die Wände vollzuschreiben. Die Idee mit der Tätowierung hatte funktioniert. Also musste es auch mit den Nachrichten klappen. Wenn Stéfur erneut hierher zurückkehrte, wie es der letzte Traum vermuten ließ, würde er die meiste Zeit an seinem Rückzugsort verbringen. Und dann musste er diese Sätze lesen.

Stéphane schrieb also: »Du musst mir alles über Mélinda erzählen. Wie hast du den Polizisten Victor wiedergetroffen? Wen sucht er? Was ist auf der Videokassette? Erzähl mir von den Ermittlungen. Mir ist klar, dass du nicht weißt, wann ich von dir träume, aber ich bitte dich … Schreib deine Nachrichten an die Wände, und bleib im Zimmer, um sie zu betrachten. Deine Augen werden mir als Kamera dienen. Ich muss es wissen! Wir können den Lauf der Ereignisse verändern! Und Menschen retten!«

Und er schrieb weiter und weiter.

Dann setzte er sich auf seinen Drehstuhl. Nun stand alles dort an der Wand. All die Fragen, die ihm unter den Nägeln brannten. In Bezug auf ihn, auf Stéfur, auf all diese unerklärlichen Phänomene.

Stéfur brauchte nur zu antworten und ebenfalls an die Wände zu schreiben, dann würde sich alles klären.

Voller Energie schüttete der junge Mann sich einen Rest kalten Kaffee ein. Vielleicht war die Zukunft doch nicht so unveränderlich, wie Jacky, der Physiker, behauptete. Er konnte sein Schicksal bewältigen, den geplanten Lauf der Ereignisse verändern. Er war frei.

Stéphane holte sein Heft heraus und schrieb die Ereignisse seines Traums in der richtigen Reihenfolge auf. Die Bilder des Überwachungsvideos. Die Daten und Uhrzeiten. Dann machte er sich daran, das Gesicht des Monsters zu beschreiben. Einige Angaben waren sehr präzise, andere eher vage. Das Gespräch zwischen Victor und Stéfur kam ihm zum Beispiel völlig zusammenhanglos vor. Die beiden Männer hatten von einer Maske gesprochen. Aus ihrem Gespräch ging hervor, dass Stéfur Victor eine Prothese übergeben hatte, die dem Gesicht des Mörders ähnelte. Wo und wann? In wie vielen Tagen?

Da kam Stéphane eine ungeheuerliche Idee. Er ließ seinen Stift fallen und rannte in ein angrenzendes Zimmer, in dem jede Menge Puppen lagen, daneben Arme und Beine aus Plastik oder Polystyrol. Er fand einen passenden Kopf und legte ihn auf die Werkbank, wo zuvor Martinez' Büste gestanden hatte.

Er öffnete drei Dosen vulkanisiertes Latex und begann, seinen Abdruck zu formen. Mit beeindruckender Geschwindigkeit verteilten seine Hände, glätteten, kneteten. Sie formten

Höcker, Löcher, Dellen. Das Gesicht wurde immer verzerrter, immer abscheulicher, wie auf dem Video. Trug der Mann eine Maske oder nicht? Was für eine Krankheit hatte das Fleisch derart zerfressen können?

Stéphane hielt das schauderhafte, von der Natur zerstörte Gesicht eines Mörders in Händen. Ein Gesicht, das er eigentlich erst in einigen Tagen hätte sehen sollen.

Er hatte einen Vorsprung gegenüber der Zukunft gewonnen.

Er war dabei, die Dinge zu verändern.

Er hob den Blick zu dem unmenschlichen Antlitz. Plötzlich lief ihm ein Schauder über den Rücken, er wich zurück. Vor ihm stand das leibhaftige Böse. Ein Dämon, mit dem er es aufnehmen musste. Vielleicht besaß er deshalb diese *Gabe* für Vorahnungen …

Seine Uhr zeigte 9 Uhr 45 an.

Er ließ alles stehen, rannte zum Wasserhahn, um sich die Hände zu waschen, und lief dann rasch in den ersten Stock hinauf.

Im Schlafzimmer lag Sylvie und schlief tief und fest. Neben ihr stand eine fast leere Wodkaflasche. Ihr Make-up war verlaufen, bis auf ihre Wangen, die Bettlaken und das Kopfkissen.

Er erblickte seine Digitalkamera, die an den Computer angeschlossen war. Dabei hatte er sie im Ford liegenlassen. Warum interessierte sich Sylvie für die Fotos?

»Pass auf Sylvie auf«, hatte Stéfur im dritten Traum an die Wände im Hotel geschrieben. Warum?

Er zog ein kurzärmeliges Hemd und eine schwarze Jeanshose an, fuhr sich rasch mit der Bürste durchs Haar und rannte los.

In der einen Hand hielt er die Schlüssel von seinem Auto und die grüne Latexmaske aus dem Film *Die Maske*. In der anderen ein großes Küchenmesser.

9 Uhr 55. Er würde rechtzeitig in Méry-sur-Oise ankommen.

Die Messe begann erst um 11 Uhr.

39. Sonntag, 6. Mai, 10 Uhr 23

Vic ärgerte sich über sich selbst. Auf dem Weg von Boulogne-Billancourt nach Chevreuse hatte er die ganze Zeit an Céline denken müssen, daran, wie er heute Morgen ohne ein Wort einfach aufgebrochen war. Nach ihrem heftigen Streit am Vorabend hatten sie erneut in getrennten Räumen geschlafen. Er lag zusammengekrümmt auf einer aufblasbaren Matratze im Zimmer des Babys. Und sie in Tränen aufgelöst unter ihrer Daunendecke im Schlafzimmer. Sie hatte bereits angedroht, für ein paar Tage zu ihrer Mutter nach Avignon zu fahren.

Und heute Morgen, als Mortier ihn bei seinem einsamen Frühstück unterbrochen hatte, um ihn über die Entdeckung eines neuen Opfers zu informieren, war Vic einfach davongelaufen. Eigentlich hatte er an diesem Sonntag den Schaden wiedergutmachen wollen, doch nun befand er sich auf dem Weg zu einem weiteren Tatort.

Kaum drei Wochen waren vergangen, seitdem er seinen neuen Job angetreten hatte, und in seiner Beziehung kriselte es bereits. Zum Glück war bald das Baby da. Wang hatte recht, dieser Fall war nichts für einen Anfänger. Nach vier Tagen Ermittlungen musste Vic sich dies eingestehen.

Der junge Leutnant bog in den Weg zum Haus von Cassandra Liberman ein, einem schönen Gebäude aus Ziegelstein, das am Waldrand lag, ohne direkte Nachbarn. Was mögliche Zeugen anging, drohte der Fall, erneut ein Flop zu werden …

Vic stieg aus dem Peugeot und bahnte sich seinen Weg zwischen den verschiedenen Spezialisten hindurch, die dort bereits zugange waren. Neben der Spurensicherung und der Gendarmerie war auch die Kripo von Versailles anwesend. Die Gendarmen mit ihren blauen Käppis waren als Erste eingetroffen, nachdem eine rothaarige junge Frau namens Amandine Gosselin die Leiche gefunden und die Polizei verständigt hatte.

Wang und Joffroy standen am Eingang und rauchten. Mortier unterhielt sich mit dem Kapitän der Versailler Kripo. Überall waren Leute beschäftigt, ein jeder auf seine Aufgabe konzentriert. Im Garten, auf dem Weg, an Türen, Fenstern und natürlich im Innern des Hauses. Die Gesichter waren verschlossen, ihre Mienen undurchdringlich. Vic trat zu den beiden Leutnants aus seinem Team und begrüßte sie.

»Und, sieht es nach demselben Mörder aus?«, fragte er lustlos.

»Nein, was glaubst du?«, erwiderte Joffroy schroff. »Ich hoffe, du hast nicht gefrühstückt.«

»Dieses Mal schon. Ich hatte nicht wirklich damit gerechnet, an einem Sonntagmorgen hier aufkreuzen zu müssen.«

»An so was solltest du dich gewöhnen. Hat dir dein alter Herr das nie gesagt?«

»Mein Vater hat mir nie viel von der düsteren Seite seiner Arbeit erzählt.«

»Dann muss er stumm wie ein Fisch gewesen sein.«

Vic starrte mit gefährlichem Kribbeln in den Fingern auf die Zigaretten. Diesmal musste er dort hineingehen, an einen frischen Tatort, wo die Leiche noch warm in ihrem Blut lag. Er nahm ein Kaugummi und versuchte, sich auf das Schlimmste gefasst zu machen.

»Was ist passiert?«, fragte er.

Wang trat seine Kippe mit dem Schuhabsatz aus. Selbst er schien nicht ganz auf dem Damm zu sein.

»Musst du dir selber ansehen, mein Junge. Diesmal kann ich es dir nicht erklären.«

»Sehr ermutigend«, erwiderte Vic und rieb sich die Hände.

»Es ist nicht unsere Aufgabe, dich zu ermutigen.«

Ein Techniker mit blassem Gesicht trat auf den Treppenabsatz und holte tief Luft. Ein paar Sekunden später ging er wieder hinein.

Vic musste schlucken.

»Zwei Opfer in weniger als einer Woche. Was denkt ihr darüber?«

»Ein Irrer, bei dem die Sicherung durchgebrannt ist und der sich auf alles stürzt, was sich bewegt«, antwortete Wang.

»Gibt es einen Bezug zwischen ihr und Leroy?«

Joffroy tippte sich mit dem Zeigefinger an die Schläfe.

»Bist du bescheuert, oder was? Wir haben ihre Leiche gerade erst gefunden, Chip! Kapierst du das nicht? Das ist dein Job! Du bist nicht mehr der dumme Zuschauer, der vor seinem Fernseher sitzt und darauf wartet, dass was passiert!«

Normalerweise war Joffroy schon mit Vorsicht zu genießen, doch nun brach er alle Rekorde. Letztendlich hatte er bestimmt auch seine persönlichen Probleme. Vic wandte sich an Wang.

»Kommst du mit rein, Moh?«

Er schüttelte den Kopf.

»Zuerst rauche ich noch eine. Das muss sein. Du kannst zu Demectin gehen, sie nimmt noch ein paar Proben, bevor die Leiche weggebracht wird. Normalerweise geht es bei ihr eher ruhiger zu. Doch seit ein paar Tagen hat sie ordentlich zu tun.«

Vic zögerte, blickte zu Mortier hinüber, der sich mit seinem Kollegen aus Versailles unterhielt, und beschloss dann hineinzugehen. In der Eingangshalle warf er sein Kaugummi in einen Mülleimer und ließ sich von einem Techniker einen sterilen Overall geben.

»Was ist passiert?«, fragt er den ihm unbekannten Mann mit gezwungenem Lächeln.

»Sie müssen in den ersten Stock hinaufgehen. Nehmen Sie auch einen Mundschutz mit.«

»Wegen des Verwesungsgeruchs?«

»Ja. Ein widerlicher Gestank.«

Schweigend zog Vic Hose, Handschuhe, Haube, Kittel, Überschuhe und Mundschutz über.

Er musste dort hineingehen. Alles andere ausblenden. Das Lächeln, die Gefühle, die Menschlichkeit. Und dem Bösen entgegentreten. Den Pflichten dieses schrecklichen Berufs nachkommen.

Als er den ersten Stock erreicht hatte, drehte ihm der Geruch beinah den Magen um, wie schon beim ersten Mal. Vorsichtig ging Vic durch den Bereich, den die Spurensicherung markiert hatte. Er war sich nicht mehr sicher, ob er weitermachen sollte. Es war Sonntag, verdammt noch mal, der Tag, an dem die Leute sich ausruhten, Sport trieben oder vor dem Fernseher saßen und ein Bier tranken.

Vor der Tür zum Schlafzimmer gestand er sich noch ein paar Sekunden zu, schloss die Augen, öffnete sie wieder, versuchte, den Kopf freizubekommen, und ging dann hinein.

Zuerst wanderte sein Blick zum Bett und der Daunendecke, doch diesmal hatte das Gemetzel nicht dort stattgefunden. Rechts davon, an der Wand, bot sich ihm ein unvorstellbarer, blutiger Anblick.

Vic verzog das Gesicht und schaffte es, seinen Magen unter Kontrolle zu halten. Mehrere ernste Mienen wandten sich ihm zu, dann machten alle mit ihrer Arbeit weiter. Es wurden Fotos geschossen, Proben entnommen, Messungen durchgeführt, Notizen gemacht. All das stand in seltsamem Kontrast zu diesem Ort des Gemetzels. Modernste Technik traf auf primitivste Barbarei.

Die Frau war mit Stacheldraht an einen stabilen Kleiderschrank gefesselt, aufrecht stehend, die Arme hingen schlaff herab, die Füße waren nackt und zusammengebunden, zerfetzt von den Drahtfesseln. Die obersten Fingerglieder waren abgetrennt worden, so dass nun blutige Stalaktiten daraus hervorragten.

Doch das war nicht das Schlimmste. Das Schlimmste war der Kopf.

Er war nach rechts geneigt, der Schädel mit einem braunen Tuch bedeckt, das bis auf die Schultern reichte. Von dort fiel ein anderer Stoff, diesmal blau, bis zu den Knöcheln hinab. Das Gesicht war völlig zerfetzt. Lippen und Zunge waren abgeschnitten, das Kinn wurde von einem riesigen Haken durchbohrt, der unterhalb der Unterlippe wieder hervortrat. An das Ende dieses metallenen Bogens war ein Seil geknüpft, an dem Stoffsäcke unterschiedlicher Größe und Schwere befestigt waren. Das Ganze war so schwer, dass der Unterkiefer abgerissen war. Der Blick verlor sich im Nichts, reflektiert auf das eigene Leiden.

Vic wagte nicht, sich das Martyrium dieser Frau vorzustellen. Der Stacheldraht, der ihr die Haut zerschnitt, der Haken, das abgerissene Fleisch und vor allem die entsetzliche Angst.

Gisèle Demectin trat zu dem jungen Leutnant.

»Nicht besonders hübsch anzusehen, nicht wahr?«

Sie nickte den Technikern der Spurensicherung zu, die gerade mit einer Bahre und Kneifzangen ausgerüstet eintrafen. Vic trat ebenfalls näher. Auf dem Schrank hinter dem Opfer stand mit Kreide geschrieben: »82/100«.

»Wann ist sie gestorben?«, fragte Vic.

»Ich würde sagen, etwa zwischen acht und zwölf Uhr. Wahrscheinlich ist sie erstickt, das geht aus den Petechien hervor. Nachdem ihr Unterkiefer abgerissen ist, war sie wohl nicht in der Lage, das ganze Blut auszuspucken. Es ist in ihre Lungen eingedrungen, und sie ist in ihrem eigenen Blut ertrunken.«

Der Geruch war unerträglich. Vic versuchte, durch den Mund zu atmen. Er fragte Demectin:

»Hat sie ebenfalls Einstichspuren am Unterarm?«

Die Gerichtsmedizinerin nickte.

»Wahrscheinlich hat er ihr ebenfalls Morphium gespritzt. Sehen Sie sich die mit Körnern gefüllten Säcke an, die an ihrem Unterkiefer hängen, beachten Sie die unterschiedlichen Gewichte. Er hat zuerst die dicken, schweren Säcke angebracht, um den Mund offen zu halten und die Kiefermuskulatur zu belasten. Dann hat er das Ganze mit leichteren Gewichten ›reguliert‹, um die Muskeln so weit wie möglich zu dehnen, bevor diese reißen. Sie können sich die Schmerzen ausmalen, als die Wirkung des Morphiums nachließ.«

Demectin nahm ihre Brille ab und wischte sich mit einem Taschentuch über die Stirn.

»In diesem Bereich des Gesichts finden sich zahlreiche Muskeln und Nerven, er ist äußerst schmerzempfindlich. Sie werden auch feststellen, dass das Opfer, wie schon beim ersten Mord, stark geschwitzt hat. Daraus lässt sich schließen, dass ihr Martyrium sehr lange gedauert hat. Und er hat sie ebenfalls mit Essig eingerieben.«

Vic hatte das Gefühl zu ersticken. Er verspürte den unbändigen Wunsch, seinen Mundschutz hinunterzureißen, ihn auf den Boden zu schmeißen und nach Hause zu fahren, um seine Frau in die Arme zu nehmen.

»Und … Ist sie vergewaltigt worden?«

»Nein.«

Die Gerichtsmedizinerin zog ihre Handschuhe aus und bedeutete den Technikern, die Leiche wegzuschaffen, dann fügte sie hinzu:

»Ah, noch etwas. Wie schon beim ersten Mal hat er neben ihrer rechten Hand einen Gegenstand hinterlassen, diesmal lag er auf dem Schrankknauf. Ein Kameraobjektiv 35–200 mm.«

Vic spürte, dass jemand hinter ihm stand. Es war Wang.

»Nun?«, fragte sein Kollege. »Der zweite Tatort innerhalb von vier Tagen, dabei bist du nicht mal einen Monat bei der Kripo. Du gehörst zur obersten Kategorie, mein Junge.«

»Die unterste wäre mir lieber gewesen.«

Demectin verabschiedete sich von ihnen und ging aus dem Zimmer.

»Ich frage mich, ob ich für diesen Job gemacht bin, verdammt«, sagte Vic.

»Diese Frage stellt sich jeder mindestens einmal. Nur für dich ist es reichlich früh.«

Wang nahm ein Paprikabonbon aus der Tasche.

»Dieses Arschloch hat überall die Spiegel zertrümmert, in sämtlichen Zimmern«, sagte er, bevor er es in den Mund steckte. »Vom Keller bis hoch zum Speicher.«

Vic runzelte die Stirn.

»Was?«

»Du hast richtig gehört. Beim letzten Mal hast du mir von *Roter Drache* erzählt. Nun, hier ist es dasselbe. Die Spiegel sind alle zerschlagen worden.«

»Hatte er das auch bei Leroy gemacht?«

»Nein. Aber meiner Meinung nach gefällt dem Matador seine eigene Visage nicht. Vielleicht verstümmelt er seine Opfer deshalb, damit sie ihm ähnlich sehen. Und das ist ihm gelungen. Hast du übrigens die Note gesehen? 82 von 100. Vielleicht eine künstlerische Note, wer weiß? Oder ein Index für die Ähnlichkeit? Ja, ein Index für die Ähnlichkeit mit ihm, nachdem er sie verstümmelt hat. Leroy hat nur eine dürftige 78 bekommen. Er macht Fortschritte ...«

Wang deutete auf das Linoleum.

»Ich weiß nicht, ob du bemerkt hast, dass sich auf dem Boden, wie schon bei Leroy, kleine Pfützen befinden. In der Küche, vor dem Schlafzimmer und neben dem Opfer.«

»Wasser aus dem Wasserhahn?«

»Wahrscheinlich, das muss noch überprüft werden. Wir haben keine Ahnung, was er damit treibt.«

»Haben wir die Kreide?«

»Diesmal nicht. Und im Moment gibt es nicht einen einzigen Fingerabdruck. Auch dort macht er Fortschritte. Aber wir haben wieder die Abdrücke von einem Stativ, auf dem einzigen Teppich im Zimmer. Er hat wieder gefilmt, und das will er uns wissen lassen. Denn seine Ausrüstung hätte er auch woanders hinstellen können.«

Vic konnte keinen klaren Gedanken mehr fassen, er war unfähig, all die Informationen aufzunehmen. Er lehnte sich an die Wand.

»Du bist nicht gerade sehr gesprächig«, bemerkte Wang.

»Ich habe schlecht geschlafen. Und außerdem geht mir das alles sehr nahe.«

»Lohnt es sich noch, mit dir zu reden?«

Vic atmete tief aus.

»Mach schon. Ich höre dir zu. Auch wenn es nicht so aussieht, aber ich höre dir zu.«

»Es gibt nirgendwo mehr Strom.«

»Die Sicherungen?«

»Spurlos verschwunden, wie bei Leroy. Und da, muss ich zugeben, sind wir wirklich mit unserem Latein am Ende. Die Sache ist völlig schleierhaft. Vielleicht hat er Angst vor dem Licht? Ein Vampir?«

»Kann ich das Fenster aufmachen?«, fragte Vic einen Techniker.

»Machen Sie schon. In dieser Ecke sind wir fertig.«

Vic nahm seinen Mundschutz ab und sog die frische Luft ein. Er schloss die Augen und flog in Gedanken davon. Er dachte an Avignon mit seiner strahlenden Sonne, den vielen Grillen. Dann drehte er sich wieder um, nicht mehr ganz so verwirrt.

»Warum hat er sie so angezogen? Was sollen die Tücher auf ihrem Kopf? Offenbar versucht er, sie in einer bestimmten Pose zu arrangieren. Das ist zumindest mein erster Eindruck. Die Kleidung, die Haltung ihres Kopfes sind nicht natürlich.«

»Wenn man dir zwanzig Kilo ans Kinn hängt, ist es auch nicht einfach, eine natürliche Haltung einzunehmen.«

»Nein, das wollte ich nicht sagen, sondern ... denk an Leroy, an die Puppen. Es sah aus wie eine Inszenierung. Und hier legt er ein Objektiv neben die Leiche. Ist sie Fotografin?«

»War sie, gut beobachtet.«

»Vielleicht will er uns auf etwas aufmerksam machen, indem er die Gegenstände auf diese Weise arrangiert.«

»Hat dein Freund, dieser Arzt oder Historiker, ich weiß nicht mehr, noch nichts über die Puppen und Leroy herausgefunden?«

»Ich habe keine Neuigkeiten. Und dieses Scheißhandy ist immer noch leer.«

»Vielleicht solltest du dir ein neues kaufen. Und vielleicht auch die Windschutzscheibe deines Autos austauschen.«

»Ach ja? Und wann?«

»Du hast echt Sorgen«, bemerkte Wang, die Hände in den Taschen vergraben.

»Nichts im Vergleich zu ihr, verdammt. Ist ihre Freundin, die ihre Leiche gefunden hat, schon vernommen worden?«

»Wir haben damit angefangen. Ein Psychologe, Joffroy und ein paar Männer von der Versailler Kripo sind bei ihr. Ich brauche dir nicht zu sagen, dass sie unter Schock steht. Wir werden sehen, was die Vernehmung ergibt, aber … irgendetwas an der Sache ist komisch.«

»Inwiefern?«

»Das Opfer ist Fotografin, in der Tat. Doch wie es aussieht, mit einer recht speziellen Ausrichtung. Komm mal mit.«

Sie stiegen die Treppe ins Erdgeschoss hinab und dann noch weitere Stufen, die in den Keller führten. Dort betraten sie einen Raum mit einer dicken Holztür, die der Schlosser hatte aufbrechen müssen. Drinnen waren Männer damit beschäftigt, Fotos zu machen und Spuren aufzunehmen.

Als Vic in der Mitte des Zimmers stand, drehte er sich einmal um die eigene Achse. An den Wänden hingen Poster. Digitale Fotomontagen. Mickey Rourke mit sechs Fingern an der Hand, Johnny Depp mit einem Gesicht, das entstellt war wie beim Elefantenmenschen, Bruce Willis mit nur einem Arm.

»Schon wieder Missbildungen«, murmelte Vic, während er die Fäuste ballte. »Das darf doch nicht wahr sein.«

Er trat mit dem Fuß ins Leere.

»Moh?«

»Ja?«

»Gib mir eine Kippe.«

»Sicher?«

Vic berührte mit den Fingerspitzen die Streichholzschachtel in seiner Tasche.

»Ja. Gib her …«

Mit hämischem Lächeln hielt ihm Wang eine hin.

»Wir wussten, dass du nicht lange durchhältst.«

»Wer?«

»Alle.«

»Du auch?«

»Vor allem ich.«

Vic nahm sie, roch sehnsüchtig an ihr und trat zu dem Poster von Mickey Rourke. Dann drückte er die Zigarette auf das Gesicht aus Glanzpapier.

»Die Kippe im Mund steht ihm jedenfalls besser als die sechs Finger an der Hand, findest du nicht?«

Er warf die Zigarette hoch, Wang fing sie auf.

»Schert euch doch alle zum Teufel. Ich fange nicht wieder an zu rauchen. Selbst wenn ich dem leibhaftigen Teufel begegnen sollte.«

40. Sonntag, 6. Mai, 10 Uhr 45

Stéphane wartete schon zwanzig Minuten, und noch immer war keine Mélinda zu sehen. Und wenn sie nicht zur Messe ging? Wie sollte er sie dann ansprechen? Am Montag nach Schulschluss und riskieren, ihre Freunde auf sich aufmerksam zu machen?

Stéphane biss in seinen Apfel, während im Radio ein Song der Rolling Stones lief. Ein Stück entfernt hatte gerade ein Mann die Motorhaube seines Wagens geöffnet. Aus dem Motorraum stieg heller Rauch empor. Stéphane schenkte dem keine große Beachtung und ließ seinen Blick zu einem Tabakladen links von ihm schweifen. Er war sogar am Sonntag geöffnet. Er blickte erneut auf die Uhr und stieg aus dem Wagen, eine nette Zahlenreihe im Kopf. Warum sollte er eigentlich nur die negativen Seiten der Zukunft hinnehmen? Der Traum vom Trois Parques hatte ihm die Lottozahlen vom Mittwoch enthüllt, also konnte er auch davon profitieren

In der Bar saßen ein paar Stammgäste herum. Stéphane nahm einen Schein mit sechs Kästchen, und während er die Zahlen 4–5–19–20–9–14 ankreuzte, fühlte er sich von der Last des Schicksals regelrecht erdrückt. War Lotto nicht das Symbol des Zufalls? Neunundvierzig Kugeln, die zu einem bestimmten Augenblick in Rotation versetzt und durcheinandergewirbelt wurden, damit eine Kombination von sechs Zahlen daraus hervorging, mit einer Wahrscheinlichkeit von etwa eins zu dreizehn Million. Wie konnte das Schicksal derart kleine unvorhersehbare Details kontrollieren?

»Mit Superzahl?«, fragte der Tabakhändler. »Sie scheinen wirklich daran zu glauben.«

Stéphane legte einen Fünfzigeuroschein vor sich.

»Ich habe den Vorteil, in die Zukunft zu sehen. Aber um ehrlich zu sein, hoffe ich, dass diese Zahlen nicht gezogen werden.«

»Aus diesem Grund spielt man ja auch«, antwortete der Tabakhändler und legte seinen Schein auf die Theke.

Stéphane blickte nervös zu Mélindas Einfamilienhaus hinüber. Plötzlich begann sein Puls zu rasen. Die Eltern hatten gerade die Eingangstür zugemacht und verabschiedeten sich von dem Mädchen.

Mélinda ging durch das Gittertor und lief dann allein und in zügigem Tempo die Straße entlang.

Ohne nachzudenken, rannte Stéphane zum Ausgang.

»Oh! Sie haben Ihren Schein vergessen!«, rief der Kunde, der hinter ihm stand.

Aber Stéphane stürzte bereits nach draußen.

Er holte die Maske aus dem Film *Die Maske* aus dem Wagen und lief auf dem gegenüberliegenden Bürgersteig entlang, bis er auf gleicher Höhe wie Mélinda war.

Zunächst bemerkte das Mädchen ihn nicht. Denn Mélinda zählte gerne die Anzahl ihrer Schritte bis zur Kirche. Doch plötzlich wurde sie in ihrem Spiel abgelenkt.

Auf der anderen Straßenseite lief ein Mann, der die Maske aus einem ihrer Lieblingsfilme – *Die Maske* – trug und wild gestikulierte. Er sprang in die Höhe, drehte sich um sich selbst, fuchtelte mit den Armen herum. Mélinda ging in einen Park und versuchte, ihn zu ignorieren. Unmöglich. Dieser Mann war wirklich zu komisch, mit seinen großen weißen Zähnen, den Krötenaugen und dem Gesicht, das grün war wie ein Hollywood-Kaugummi.

Die Maske lief pfeifend an ihr vorüber. Dann begann er, auf Händen zu gehen, und stürzte plötzlich schwer zu Boden. Mélinda hörte ein Murren und wusste, dass die Maske sich wirklich weh getan hatte. Sie blieb stehen und hielt die geballten Fäuste an den Mund.

Stéphane nahm die Maske ab, sein Gesicht war schmerzverzerrt.

»Das wird mir eine Lehre sein, den Clown zu spielen. Ich bin wirklich zu alt für so einen Blödsinn.«

Das Mädchen glaubte, seinen Ohren nicht zu trauen.

»Du hast ja dieselbe Stimme wie im Film!«

»Aber leider bin ich nicht Jim Carrey. Jim Carrey ist die richtige Maske, und er ist wesentlich gelenkiger als ich!«

Stéphane blickte sich unauffällig um. Abgesehen von einer alten Frau mit Hund, die in der Ferne zu sehen war, ging niemand in dem Park spazieren. Er hockte sich vor das Mädchen. Sie trug ein blaues Kleidchen, eine weiße Strickjacke und schwarze Stiefeletten. Sie sah wirklich hinreißend aus mit ihren hübschen grünen Augen.

»Hör zu, Mélinda, die Maske muss dir etwas zeigen.«

»Du weißt, wie ich heiße?«

»Du weißt ja auch, wie ich heiße, nicht wahr?«

»Ja, aber du bist berühmt, das ist nicht dasselbe.«

Stéphane hielt ihr das Latexgesicht hin.

»Hier, nimm mal. Aber pass auf, mach sie nicht kaputt, sie ist echt, und ich hänge sehr daran.«

»Ganz echt?«

»Hundertprozentig, es ist ein Geschenk von Jim Carrey höchstpersönlich. Kennst du den Steinbruch von Hennocque?«

Mélinda nickte, während sie stolz mit der grünlichen Maske herumspielte und sie schließlich überstreifte.

»Ja, er ist nicht weit von uns zu Hause entfernt. Aber mein Papa hat mir verboten, dorthin zu gehen. Es ist gefährlich.«

»Das ist gut, Mélinda, sehr gut. Du hast recht. Nur würden

ich und die Maske dir dort gerne etwas zeigen. Etwas, das sehr wichtig für dich ist.«

Sie schüttelte den Kopf.

»Nein, nein, nein. Ich gehe zur Messe. Und außerdem soll ich nicht mit Fremden mitgehen.«

Stéphane nahm ihr zärtlich die Maske ab.

»Bin ich denn noch ein Fremder für dich? Und die Maske auch?«

»Nein, ich ... Es ist seltsam, aber ich glaube, ich habe dich schon einmal gesehen. Warst du schon mal hier in diesem Park?«

»Vielleicht, wer weiß? Und was die Messe angeht, so sagst du deinen Eltern einfach, du wärst dort gewesen. Der Ablauf wird sich schon nicht großartig ändern.«

Er zog die Maske wieder an und begann, einen Pfarrer zu imitieren, indem er mit gekrümmtem Rücken die Hände zum Himmel erhob und mit übertriebener Gestik Gebete aufsagte. Die Kleine brach in lautes Gelächter aus.

»Kommst du jetzt mit?«, fragte Stéphane, nun wieder ernst. »Meine Überraschung lohnt sich wirklich.«

Er musste harte Überzeugungsarbeit leisten, doch mit Hilfe der Maske ließ sie sich überreden, in den Ford zu steigen, ohne dass dies jemand bemerkte. Stéphane hatte die Umgebung von Hennocque bereits ausgekundschaftet. Er parkte in einer kleinen abschüssigen Straße, nahm Mélinda an die Hand und durchquerte dann mit ihr eine dichte Reihe von Sträuchern. Dahinter erhob sich ein hoher Drahtzaun, doch ein Stück weiter links befand sich ein großes Loch, durch das man den Steinbruch betreten konnte.

»Ich wusste nicht, dass man hier durchsteigen kann«, sagte Mélinda beeindruckt.

»Hast du es schon einmal versucht?«

»Nein, einmal wollten mich Freunde mitnehmen, aber ich bin nicht mitgegangen. Jungen wollen immer zu verbotenen Orten.«

»Das ist richtig. Aber du darfst nie zu solchen Orten gehen.«

»Das mache ich auch nie.«

»Wie man sieht.«

Stéphane hatte eine Taschenlampe mitgenommen. Und unter dem rechten Hosenbein kratzte eine Messerklinge an seinem Bein.

Dort, wo sie standen, konnten sie von niemandem gesehen werden. Sie waren durch dichte Baumreihen vor den Blicken geschützt.

»Wir sind Abenteurer!«, rief er mit einer Piratenstimme. »Jack Sparrow und seine Bande! Zum Angriff!«

»Zum Angriff!«, erwiderte Mélinda und hob die Arme.

Stéphane drang als Erster in die dunkle Felsöffnung ein und schaltete seine Taschenlampe an.

»Komm mit«, murmelte er.

Mélinda drehte sich um, zögerte kurz und folgte ihm dann.

»Nun, ist das nicht besser als die Messe?«, fragte er.

Überall perlten Wassertropfen herab. In der tiefen Stille hallten die Stimmen von den Wänden wider.

»Ja, das ist es.«

»Du erstaunst mich. Weißt du, warum du jeden Sonntag in die Kirche gehst?«

»Eigentlich nicht. Ich soll dorthin gehen, das ist alles.«

Stéphane lief vorsichtig weiter, dabei hielt er das Mädchen an der Hand. Der Weg wurde gefährlich. Der Boden war rutschig wegen des Sickwassers, der Unebenheiten im Fels, dem unsichtbaren Gefälle. Vor ihnen gingen mehrere nummerierte Stollen ab – 86, 87, 88. Wo befand sich der überflutete? Welche Richtung mussten sie einschlagen?

Stéphane konnte den Gedanken nicht zulassen, dass dieses kleine Mädchen neben ihm bald tot hier aufgefunden würde.

»Wirklich hübsch«, sagte Mélinda mit staunenden Kinderaugen. »Gehen wir weiter?«

Mit gerunzelter Stirn legte Stéphane die Lampe ab und kniete sich hin.

»Nein, Mélinda, wir gehen nicht weiter. Es ist zu Ende.«

Langsam tauchte er die Hand unter sein Hemd und hob das Messer empor. Das Kind wollte schreien, doch er presste ihr die Hand auf den Mund.

»Nein, nein!«, sagte Stéphane. »Oh, entschuldige! Bitte schrei nicht! Hör mir zu, und schwör, dass du nicht schreist, ja?«

Mélinda nickte beunruhigt.

»Dieses Messer ist für dich! Ich will dir nicht weh tun!«

»Was?«

»Ich habe wirklich eine Begabung dafür, anderen Leuten Angst einzujagen ... Ich werde dieses Messer hier verstecken, genau an dieser Stelle, in diesem Felsen.«

Er stand auf und legte die Waffe in einen winzigen Hohlraum in Höhe von Mélindas Kopf.

»Siehst du? Merk dir diese Stelle gut. Wir müssen hier vorüber, wenn wir weiter hinabsteigen wollen. Merk sie dir gut.«

»Warum machst du das? Warum versteckst du ein Messer hier?«

»Mélinda, du darfst niemals, niemals mit einem Fremden mitgehen, verstehst du mich? Ich bin ein Fremder, und ich hätte dir sehr weh tun können.«

»Aber du bist nett, du ...«

Stéphane schüttelte den Kopf.

»Die Fremden sind immer nett. Sie versuchen, dich zum Lachen zu bringen, sie versprechen dir Sachen oder ahmen die Maske nach, Donald Duck oder Mickey Mouse, aber das ist alles falsch. Sie tun das, um dich anzulocken. Das wollte ich dir zeigen, als ich dich hierhergebracht habe.«

»Ja ... Ja, ich verstehe.«

Dann beschrieb er ihr Hector Ariez und fügte hinzu:

»Wenn dich dieser Mann eines Tages zwingen sollte hierherzukommen und dir etwas Böses antun will, dann nimmst du dieses Messer und stößt ihm die Klinge hier in den Bauch. Und dann läufst du schnell zum Ausgang, verstanden?«

»Verstanden. Ich will jetzt wieder hinaufgehen. Mir ist kalt.«

»Wir werden wieder hinaufgehen. Heute ist Sonntag, aber am Dienstag oder Mittwoch solltest du dich vor allen Männern in Acht nehmen, denen du begegnest, ja? Vergiss nicht, was dir die Maske gesagt hat! Nimm dich vor allen Leuten in Acht.«

»Ich werde es nicht vergessen.«

»Versprich es mir. Versprich mir auch, dass du nie wieder hierherkommst.«

»Ich verspreche es.«

Endlich verließen sie die Stollen. Bevor sie ins Auto stiegen, nahm Stéphane eine Rolle Küchenpapier aus dem Kofferraum und machte Mélindas Schuhe sauber.

»Noch eine Sache, Mélinda. Erzähl weder deinen Eltern noch irgendwem sonst von unserer Begegnung. Vergiss nicht, du hättest in der Kirche sein sollen, okay?«

»Ja, ja, verstanden.«

»Sehr gut. Um wie viel Uhr kommst du normalerweise nach Hause?«

»Um viertel nach zwölf.«

»Dann können wir jetzt fahren.«

Bevor Stéphane sie an der Straßenecke absetzte, küsste er sie zärtlich auf die Stirn.

»Ich habe dich sehr gern, Mélinda. Als ich ein bisschen älter war als du, hatte ich eine ganz besondere Freundin, die dir sehr ähnlich sah. Sie hieß Ludivine.«

»Seht ihr euch nicht mehr?«

Stéphane blickte zu Boden.

»Pass gut auf dich auf. Gibst du mir die Maske zurück? Ich hänge sehr daran.«

Sie gab sie ihm schweren Herzens.

»Kommst du noch mal wieder?«

»Ich denke nicht. Aber ich werde nie weit weg sein. Das verspreche ich dir.«

Sie hätte seine Tochter sein können. Ein unerfüllbarer Traum.

Er sah zu, wie sie wegging, mit der Genugtuung, seine Pflicht erfüllt zu haben. Mélinda würde nie wieder mit einem Fremden mitgehen. Er hatte das Schicksal beeinflusst, davon war er überzeugt.

Erst als sein Blick auf den Beifahrersitz fiel, sah er das Tuch. Es war aus Mélindas Tasche gefallen.

Das kleine rosafarbene Taschentuch, das mit einem Teddybären bestickt und noch ganz sauber war.

Das blutbefleckte Taschentuch aus seinem Traum.

Dieser Traum, wo im Radio nach ihm gefahndet wurde, nach dem mutmaßlichen Mörder eines kleinen Mädchens namens Mélinda.

41. Sonntag, 6. Mai, 12 Uhr 29

Mit dem Kaffeebecher in der Hand warteten Mortier und Vic vor Cassandra Libermans Haus, als Joffroy zu ihnen trat. Hinter ihm stieg Amandine Gosselin in Begleitung einer Psychologin in ein Polizeiauto. Die junge rothaarige Frau war in eine dicke Wolldecke gehüllt. Für sie würde das Leben nie wieder sein wie früher.

»Und?«, fragte Kommandant Mortier.

Bevor Joffroy antwortete, holte er eine Thermoskanne aus dem Kofferraum eines Peugeot und schenkte sich einen Kaffee ein. Wang war drinnen geblieben, um die Ermittlungen fortzusetzen, zusammen mit den Technikern der Spurensuche und ein paar Unerschrockenen.

»Diese beiden Frauen haben sich erst vor kurzem kennengelernt. Und raten Sie mal, wo!«

»Im Trois Parques?«

»Bingo.«

Joffroy deutete mit seinem Plastikbecher in Richtung Haus und fuhr fort:

»Gosselin zufolge war Liberman fasziniert von Missbildungen. Sie selbst hat sechs Zehen an jedem Fuß, und Liberman hat diese immer wieder fotografiert, gestreichelt oder abgelutscht. Auf ihrem PC müssen sich Hunderte von Fotos befinden, allein von ihren Flossen. Eine Fetischistin bis ins Mark hinein.«

Mortier verzog das Gesicht.

»Der Matador sucht sich seine Opfer also unter den Gästen dieses Hotels?«

»Sieht ganz so aus«, erwiderte Joffroy. »Und er interessiert sich nicht für die Leute mit Missbildungen, sondern für diejenigen, die diese ausnutzen, um ihre Triebe zu befriedigen. Vielleicht ist er der Meinung, sie zögen Profit aus der Sache. Er kennt ihre Praktiken, ihre speziellen Neigungen. Also muss es sich um jemanden handeln, der in irgendeiner Weise schon einmal Kontakt zu diesen Frauen gehabt hat. Im Trois Parques oder anderswo.«

»Das Trois Parques wird also weiterhin überwacht?«

»Ja.«

Der Polizeikommandant setzte eine zufriedene Miene auf.

»Sehr gut. Was noch?«

Joffroy führte sie an die Seite des Hauses, dorthin, wo sich die Lüftungsöffnung befand.

»Das Opfer hatte Amandine Gosselin per SMS anvertraut, dass sie am Vorabend von dieser Stelle aus beobachtet wurde. Sie sprach von Leichengeruch und einem grauen Auto.«

»Gibt es Spuren im Gras?«

»Nichts.«

Mortier ging in die Hocke und warf einen Blick durch die Öffnung, dabei sprach er leise zu sich selbst:

»Du bist also in aller Ruhe hierhergekommen, um Stielaugen zu machen, und dann bist du am nächsten Tag wiedergekommen, was? Du hast die Eingangstür aufgebrochen und bist mit deiner Ausrüstung seelenruhig die Treppe hinaufgestiegen. Du hast sie geweckt, sie mit dem Stacheldraht an den Schrank gefesselt, ihr Morphium in den Arm gespritzt. Und dann hast du mit deiner Arbeit begonnen, du Dreckskerl. Was hat sie getan, um so etwas zu verdienen? Warum bist du derart über ihr Gesicht hergefallen? Bittest du sie, dich anzuschauen, wenn du ihnen die Finger abschneidest? Was macht dich derart an? Wenn du hörst, wie sie dich anflehen?«

Mortier fuhr sich mit der flachen Hand über sein steinernes Gesicht. In diesem Moment begriff Vic, dass dieser kahlköpfige Hüne mit den harten Zügen nicht nur ein Polizist war, sondern auch ein Mann mit Frau und Kindern, mit Sorgen, Freuden, Nöten. Mit einem tiefen Seufzer stand der Kripobeamte wieder auf. Joffroy fuhr fort:

»Gosselin hatte das Trois Parques vor etwa einem Monat aus Neugier aufgesucht, nachdem sie bei einer Party von dem Ort gehört hatte. Dort hat sie Cassandra Liberman kennengelernt, die mit den Leuten vögelte oder sie dafür bezahlte, dass sie ihre Missbildungen fotografieren durfte. Diese Frau war völlig übergeschnappt, sie wollte gerade nach Afrika reisen, um dort alle möglichen krankhaften Missbildungen zu fotografieren.«

»Das wird ja immer besser.«

»Mehr hat uns die Rothaarige nicht erzählt. Sie hatte nie das Gefühl, dass man sie beobachtete oder sogar verfolgte. In dem Hotel waren sie und Liberman immer äußerst vorsichtig. Nichts Auffälliges also, wenn man einmal von dem seltsamen Zwischenfall mit dem Typen absieht, der am Vorabend unbedingt das Zimmer Nummer 6 mieten wollte und sich außerdem nach ihrer Adresse erkundigt hat.«

»Stéphane Kismet, nicht wahr?«

»Genau.«

Mortier wandte sich Vic zu und ermunterte ihn mit einer Kopfbewegung, das Wort zu ergreifen.

»Wie ich Ihnen bereits erklärt habe«, sagte der junge Leutnant, »ist dieser Typ sehr launisch und nicht ganz bei Trost. Er redet völlig ungereimtes Zeug daher und hat mir von seinen Träumen und Vorahnungen erzählt. Für den ersten Mord hat er ein Alibi – er war mit seiner Frau in einem Restaurant essen –, und außerdem ist sein Auto blau, nicht grau.«

»Das seiner Frau ist grau«, stellte Joffroy klar.

»Genauso wie meins, das des Kommandanten oder das Millionen anderer Leute. Kismet wohnt bei sich zu Hause im

Keller. Er stellt Monster her, Wachsmodelle für den Film, und erregt überall Aufmerksamkeit, wo er hinkommt. Ich habe einen seiner Latexhandschuhe ins Labor gebracht, damit sie seine Fingerabdrücke mit denen auf der Kreide vergleichen. Sein Handschuh war benutzt, doch die Fingerabdrücke stimmten nicht überein, außerdem gibt es keine Maisstärke im Innern. Er ist nicht unser Mann.«

»Chip hat recht«, pflichtete Joffroy bei. »Wie es aussieht, hat er das Zimmer Nummer 6 im Trois Parques für eine ganze Woche gemietet. Der Mann am Empfang schäumte vor Wut, da Kismet ihm die Tapete mit Textmarker vollgekritzelt hat. Warten Sie …«

Er holte einen Zettel aus der Tasche.

»Hören Sie gut zu, das ist die Sache wert: ›Ich bin Stéphane, und ich glaube, dass die Nachrichten, die du aus der Zukunft auf die gegenüberliegende Wand schreibst, an mich gerichtet sind. Heute ist Freitag, der 4. Mai, es ist kurz vor Mitternacht. Und welcher Tag ist bei dir? Ich konnte nicht alle Nachrichten lesen. Du musst mir sagen, wie ich dir helfen kann. Warum man dich sucht. Die Polizei ist hier gewesen, im Trois Parques. Warum?‹«

Die drei Männer blickten sich vielsagend an.

»Gut«, erwiderte Mortier. »Er kapselt sich ab, ist einsam, leidet an seltsamen Wahnvorstellungen und ist überzeugt davon, dass man ihn heimlich beobachtet oder dass er Opfer einer Verschwörung ist. Ich habe einen Cousin, der schizophren ist, und das ist ähnlich. Wir behalten ihn trotzdem im Auge, vielleicht hat er irgendetwas gesehen. Und sonst, am Tatort selbst? Was ist deine Meinung, Chip?«

Vic zerdrückte seinen Plastikbecher mit der Hand. Er stand noch unter dem Eindruck von dem, was er gesehen hatte.

»Erinnern wir uns an das erste Opfer, Leroy. Sie befriedigte ihre Neigungen mit Hilfe der Missbildungen, sie war eine unheilbringende Sirene, die mit Amputierten vögelte. Also hat er sie auf dieselbe Art bestraft, indem er ein Sirenenbaby bei ihr hinterließ.«

»Er hat es ihr mit gleicher Münze heimgezahlt.«

»Genau. Im Fall des zweiten Opfers hat es sich ähnlich abgespielt. Cassandra Liberman näherte sich dem Entsetzlichen hauptsächlich mit Hilfe von Fotos. Also entstellt er ihr das Gesicht, setzt sie in Pose und lässt ein Fotoobjektiv am Tatort liegen.«

»Er passt sich den Profilen seiner Opfer an. Und schlägt dementsprechend zu.«

»Ja, er tötet in Übereinstimmung mit ihrem Beruf oder ihren Trieben, wahrscheinlich bestraft er sie für die Verachtung, die sie für körperliche Besonderheiten empfinden. Das heißt, auch er muss eine solche Besonderheit aufweisen, wie wir von Anfang an vermutet haben. Der Blick, den die Leute ihm zuwerfen, muss ihn anwidern, ebenso wenig erträgt er es, wenn man ihn berührt, deshalb amputiert er seinen Opfern Lippen, Finger und Zunge. Das deutet darauf hin, dass er ledig ist, sozial isoliert und einen Beruf ausübt, wo er vor den Blicken anderer geschützt ist. Vielleicht ist er Nachtwächter, Lagerarbeiter, Mechaniker, kurzum, ein Job, wo er nicht auffällt. Er hat die Verachtung, die verbalen Attacken und Spötteleien lange genug ertragen. Jetzt hat er ein Alter physischer und intellektueller Reife erreicht und schlägt zu. Er ist robust, selbstsicher, etwa fünfundzwanzig, fünfunddreißig Jahre alt.«

»Warum vergewaltigt er sie nicht?«

»Vielleicht interessiert ihn das nicht.«

»Oder aber er ist nicht dazu in der Lage. Vielleicht ist er impotent, wie Kismet. Also übt er am restlichen Körper Rache. Er hat Libermans Gesicht regelrecht zu Hackfleisch gemacht, es sieht aus, als hätte eine Granate ihr das Gesicht zerfetzt. Warum bei ihr noch mehr als bei Leroy? Kannst du mir das erklären?«

Vic schüttelte den Kopf.

»Man kann nicht gerade sagen, dass er Leroy verwöhnt hat,

aber … ich weiß es nicht. Liberman hat das Leiden der Menschen, die sie fotografiert hat, ausgenutzt, um Profit daraus zu ziehen. Deshalb musste sie für alle büßen, der Matador hat sich an ihrem Gesicht ausgelassen. Das Gesicht betrachtet man immer zuerst, es steht für die Identität eines Menschen und auch für das Anderssein. Haben Sie bemerkt, dass er nach den 78 von 100 Punkten bei Liberman nun 82 von 100 erteilt hat? Was will er erreichen? 100 von 100? Was benotet er? Die Ähnlichkeit? Dann ist da noch der Ausdruck ihres Mundes, er ist schmerzverzerrt, genau wie bei Leroy. Offensichtlich misst er diesem Teil des Gesichts große Bedeutung bei.«

Wang trat zu ihnen, in der Hand hielt er ein dickes Album.

»Liberman hat sich nicht damit begnügt, Missbildungen zu fotografieren«, stellte er fest. »Sie hat sich auch mit all den Greueln beschäftigt, die die Geschichte im Hinblick auf den menschlichen Körper hervorgebracht hat. Sie besaß jede Menge Bücher über Folter, Inquisition, Chirurgie, das Sezieren, doch am verblüffendsten ist das hier …«

Er hielt das Album empor.

»Es war in einer Schublade eingeschlossen, die wir aufbrechen mussten. Offensichtlich hat es der Mörder also nicht bemerkt. Es enthält jede Menge Schwarzweiß-Negative, auf denen furchtbare Dinge abgebildet sind. Anscheinend handelt es sich um historische Dokumente aus dem Ersten Weltkrieg, die Liberman aufgetrieben hat.«

»Ist es schlimmer als das, was du normalerweise siehst?«, fragte Mortier.

»Das hier ist rekordverdächtig. Das Beste ist, dass es auch ein Dankschreiben gibt. Und daraus geht hervor, dass die Fotos zu diesen Negativen zurzeit im Museum der städtischen Hospitäler in Lyon ausgestellt sind. Doch vor allem …«

Wang schlug das Album auf, nahm ein Negativ heraus und reichte es Mortier.

Der Kommandant hielt es gegen den Himmel. Joffroy und

Marchal traten näher. Ihre Züge verzerrten sich. Auf dem Negativstreifen war das völlig zerfetzte Gesicht eines Mannes zu sehen, dessen Haut unsauber wieder zusammengenäht worden war. Der untere Teil des Kinns wurde von einem Haken durchbohrt, an dem Säcke unterschiedlichen Gewichts hingen.

Das entstellte Gesicht einer *Gueule cassée*, eines Gesichtsverletzten aus dem Ersten Weltkrieg.

Das Werk des Matadors auf Cassandra Libermans Gesicht war die originalgetreue Reproduktion davon.

Mortier fasste sich an die Stirn. Dann wandte er sich an Vic.

»Du gehst doch öfter ins Museum, du fährst jetzt mit dem TGV nach Lyon. Gleiche die Informationen ab, mit Dupuytren, dem Trois Parques, mit allem, was dir in den Sinn kommt.«

»Kommandant, heute ist Sonntag, ich …«

»Wie, heute ist Sonntag? Ist das etwa ein Problem?«

»Nein.«

»Ich will dieses Arschloch haben, und zwar so schnell wie möglich.«

Vic seufzte und wandte sich in hartem Tonfall an seinen Vorgesetzten:

»Mein Handy ist leer, leihen Sie mir Ihres, damit ich meine Frau anrufen kann? Um ihr wenigstens Bescheid zu geben, falls das nicht zu viel verlangt ist.«

42. Sonntag, 6. Mai, 16 Uhr 34

Zurück in seinem großen Haus hatte sich Stéphane in Darkland verschanzt. Als einzige Lichtquelle diente ihm eine Halogenlampe, die auf niedrigste Einstellung gedimmt war. Hier, auf dem Friedhof seiner morbiden Geschöpfe, umgeben von den an Stéfur gerichteten Nachrichten, fühlte er sich sicher, geschützt vor der Außenwelt.

Aufmerksam blätterte er sein Heft durch, auf der Suche nach neuen Hinweisen, weiteren Ermittlungsspuren. Er hatte Ariez getroffen, den Polizisten, Mélinda, hatte Dupuytren ausfindig gemacht, das Trois Parques, Hennocque, er hatte die weiße Kreide gesehen, die asiatische Statue und noch weitere Elemente. Doch nun musste er alles neu ordnen. Versuchen, Klarheit in diese verworrene Geschichte zu bringen und dann zu handeln.

Er vollzog in Gedanken Stéfurs Weg nach, wie er ihn sich vorstellte, trotz der Lücken zwischen den einzelnen Träumen. Seinen Notizen und Berechnungen zufolge hatte alles am Donnerstag, den 10. Mai, gegen 2 Uhr 30 angefangen. Vielleicht lief er schon in weniger als vier Tagen in Tränen aufgelöst und mit blutigen Händen durch dieses Haus, auf dem Weg zu den Weinflaschen. Dort würde jemand eine Sig Sauer, zweifellos die von Victor Marchal, auf ihn richten. Auch wenn Stéphane die Frage von allen Seiten beleuchtete, er sah nur eine Möglichkeit, woher das Blut an seinen Händen stammen konnte. Mélinda …

Der zweite Traum »Fahrt nach Sceaux«. Noch immer am 10. Mai, um 19 Uhr 30 würde Stéfur mit der Waffe im Wagen zu Hector Ariez fahren. Wie war er an die Waffe gekommen? Auf dem Beifahrersitz lagen Mélindas rosafarbenes Taschentuch und mehrere Kleidungsstücke, allesamt blutverschmiert. Darunter die Anglerjacke seines Vaters, die vor Jahren irgendwo in den Vogesen verlorengegangen war.

Er musste diese schrecklichen Ereignisse verhindern und den unerbittlichen Gang der Dinge aufhalten. Mit allen Mitteln.

Stéphane schüttelte den Kopf und lief in den Weinkeller.

Nach dem ersten Traum war er mit Sylvie hier hinuntergegangen und hatte den Burgunder und den Bordeaux vertauscht, so dass sie wie im Traum angeordnet waren. Irgendjemand, irgendetwas, ein unsichtbarer Marionnettenspieler tat alles, damit die Träume Wirklichkeit wurden – bis ins kleinste Detail. Doch Stéphane war entschlossen, sich diesem Jemand zu widersetzen.

Er musste alles versuchen, vor allem das Einfachste. Deshalb legte er die Flaschen wieder in ihre ursprüngliche Lage zurück. Den Bordeaux nach unten, den Burgunder darüber. Nur ein dummes Detail, das möglicherweise alles veränderte, die Träume Lügen strafte und den Gang der Ereignisse störte.

Dann ging er wieder ins Erdgeschoss hinauf, packte die asiatische Statue und schmetterte sie zu Boden. Dann sammelte er die Scherben auf und steckte sie in einen Müllsack. Wie sollte die Figur in seiner Zukunft auf diesem Tisch stehen, wenn sie nicht mehr existierte? Nun musste er noch Mélindas Taschentuch wegwerfen. Er zögerte und nahm sich fest vor, es ihr zurückzugeben, wenn dieser ganze Wahn zu Ende war. Er wollte dieses Mädchen wiedersehen, das Taschentuch würde ihm als Vorwand dienen.

Schließlich schloss er sich wieder in Darkland ein und konzentrierte sich von neuem auf seine Träume, um sie weiter zu analysieren. Im zweiten Traum saß Stéfur am Steuer seines Ford und hörte Radio. Die Nachrichtensprecherin meldete, dass man Mélinda tot im Steinbruch Hennocque aufgefunden hatte. Und offensichtlich wurde nach ihm gefahndet.

Stéphane führte eine Tasse mit kaltem Kaffee an den Mund. Wie konnte er trotz aller Informationen in den Mord an einem kleinen Mädchen verwickelt werden? Und wenn er Opfer eines abgekarteten Spiels geworden war? Und wenn sich der Verdacht gegen ihn selbst richtete, weil er Ariez daran hindern wollte, das Mädchen zu töten? Ja, das war denkbar. Es war sogar ausgesprochen logisch. Und es würde erklären, warum er in dem Traum mit einer Sig Sauer in der Hand vor Ariez' Haus auftauchte. Er wollte sich rächen.

Er verstand. Er verstand immer mehr, was sich ereignen würde, wenn er nichts daran änderte. Wenn er nicht gegen das Schicksal ankämpfte.

Der folgende Traum. Am nächsten Tag, dem 11. Mai, gegen 14 Uhr. Das Trois Parques. Stéfur hatte sich in ein Hotelzimmer geflüchtet. Sein Schädel war kahl rasiert, und er hatte eine Latexmaske dabei, unter der er sein Gesicht verbarg. Auf dem Bett lagen Fotos von Tatorten. Eine blonde und eine dunkelhaarige Frau waren auf äußerst brutale Weise ermordet worden. Wie waren die Aufnahmen in seine Hände gekommen? Hatte der Polizist, dieser Victor, sie ihm gegeben? Anscheinend war Stéfur tief verzweifelt, da er sich die Waffe in den Mund gesteckt hatte und schon abdrücken wollte. Was hatte er getan? Was hatte er sich vorzuwerfen, dass es so weit gekommen war?

Stéphane ballte die Faust. Nein, er würde niemals jemandem etwas Böses antun.

Und doch war sein Leben von Toten gesäumt. Ludivine Coquelle. Gaëlle Montieux. Und die Opfer des Zugunglücks.

In demselben Traum hatte Stéfur auch Nachrichten an die Wände geschrieben. Warum »Halte dich von Mélinda fern«? Inzwischen wusste Stéphane, dass er das Notwendige erledigt hatte. Er konnte nur noch hoffen, dass das Mädchen die Lektion verstanden hatte und nie wieder mit einem Fremden mitging. Er konnte die Situation nicht verschlimmert haben, indem er die Mitteilung missachtet hatte.

Der andere Satz, der seine Frau betraf, beunruhigte ihn weitaus mehr. »Pass auf Sylvie auf«. Warum? Was hatte sie mit dieser Geschichte zu tun? Hatte sie sich ebenfalls etwas vorzuwerfen? Warum »Fliehe sofort mit Sylvie von hier«? Befanden sie sich in Gefahr? Wer konnte sie bedrohen? Und was hatten die anderen Mitteilungen zu bedeuten, »Noël Siriel« und »Deine Nachrichten PF 101«?

Ihm fiel ein, dass er die Formulare, die er für die Eröffnung des Postfachs 101 brauchte, noch immer nicht ausgefüllt hatte. Das musste er bald erledigen.

Dann war da noch dieses Telefongespräch im Hotelzimmer, zwischen Stéfur und Victor. Ihr unverständliches Gespräch über diese Sache mit der Wissenschaft, die Zahlen 46 und 47.

»Schon verrückt, wie das Schicksal sich wegen einer winzigen Kleinigkeit verändern kann. 46 oder 47, was macht das schon aus?«

Stéphane schloss die Augen. Im Traum fragte Stéfur den Polizisten nach seiner Frau. Victors Tonfall nach zu urteilen kriselte es in ihrer Beziehung. Stéfur riet ihm, zu ihr zurückzukehren.

Warum hatte Victor die Schwangerschaft seiner Frau vor Sylvie verheimlicht? Normalerweise erzählt ein Mann voller Stolz davon. Warum reagierte er auf diese Weise? Was machte ihm Angst? »Warum hast du das nicht verhindern können?«, hatte Victor zu Stéfur gesagt. Was hätte er verhindern sollen? Ihre Trennung? Einen Unfall? Seinen Tod? Er kannte diese Frau nicht einmal.

Er holte die private Visitenkarte des Leutnants hervor. Sollte er zu ihm fahren, nach Boulogne-Billancourt?

Fieberhaft stand Stéphane wieder auf und stellte seine Tasse neben diese furchtbare Maske, das mutmaßliche Gesicht des Mörders, das er auf dem Überwachungsvideo gesehen hatte.

»Wer bist du? Wo verbirgst du dich? Was hast du an diesem Abend in der Fabrik gestohlen? Wie werden wir dich finden?«, fragte er sich.

Luft, er brauchte Luft.

Im Gang bemerkte er, dass die Tür zu seinem Geheimzimmer mit den abscheulichen Fresken einen Spalt offen stand. Er runzelte die Stirn und ging hinein. Wer war hier drin gewesen? Wohl kaum Sylvie. Die Polizisten? Victor Marchal?

Er blieb zwischen den beiden Spiegeln stehen, die sein Spiegelbild unendlich vervielfachten, und überprüfte, ob nichts durcheinandergebracht worden war. Dann trat er zu der Darstellung des Sirenenbabys. Wahrscheinlich war sie auch den Polizisten aufgefallen, und die hatten darin einen merkwürdigen Zufall gesehen. Und doch war es ein Zufall. Mit dem Diebstahl von Dupuytren hatte Stéphane nichts zu tun.

Er wollte gerade wieder hinausgehen, als er auf einmal stehen blieb, den Blick auf ein Baby mit breiter, flacher Nase gerichtet, das seltsam auseinanderstehende Augen und einen abgeflachten Hinterkopf hatte.

Ein mongoloides Baby.

Sein Herz fing an zu rasen.

Die Zahl siebenundvierzig.

»Umso mehr, als es siebenundvierzig noch nie gegeben hat.«

Die Anzahl der Chromosomen in den Zellen eines mongoloiden Babys. Die dreiundzwanzig Chromosomen vom Vater, die dreiundzwanzig von der Mutter sowie das überzählige Chromosom, das Ergebnis einer genetischen Anomalie …

Stéphane stürzte zu seinem Handy und wählte die Nummer des Polizisten. Die Mailbox sprang an. Wahrscheinlich war das Telefon ausgeschaltet.

Er lief rasch wieder hinauf, hinterließ Sylvie eine Nachricht und rannte zu seinem Wagen.

Sein Ziel war Boulogne-Billancourt.

In der Zukunft war es Stéfur nicht gelungen, eine Tragödie zu verhindern. Wahrscheinlich den Tod des Babys oder den seiner Mutter.

Doch er würde es schaffen.

43. Sonntag, 6. Mai, 17 Uhr 12

Zwei Stunden nach seiner Abfahrt aus Paris fuhr der TGV im Bahnhof von Lyon ein. Als Vic auf den Bahnsteig trat, erblickte er engumschlungene Paare und verspürte eine tiefe Traurigkeit. Vielleicht hätte einem anderen, der für den Beruf des Polizisten, die Tage und Nächte im Dienst gemacht wäre, dieser Sonntagsausflug Spaß gemacht. Sein Vater war nie da gewesen. Aber er wollte seiner Frau, seinem Kind nicht dasselbe antun, das hatte er sich geschworen.

Als er allein über den Asphalt schritt, begriff er, dass er wahrscheinlich den Beruf verfehlt hatte. Es gab so viele Jobs, die weniger düster und destruktiv waren, vor allem für jemanden, der so leidenschaftlich, so pedantisch und so gebildet war wie er.

Er betrat eine Apotheke, die Notdienst hatte, und kaufte sich ein Röhrchen Guronsan. Er hasste Aufputschmittel, Schlafmittel, Drogen. Doch nun hatte er keine Wahl …

Er winkte ein Taxi heran und fragte nach dem Hôpital de l'Hôtel-Dieu. Dort hatte er einen Termin mit Dominique Sertis, dem Museumsverwalter der städtischen Hospitäler, vereinbart.

Der Mann war etwa fünfzig Jahre alt und nicht viel größer als Wang, doch er machte seine geringe Körpergröße durch Ausstrahlung wett.

Zunächst erklärte Vic den Grund seines Besuchs – den brutalen Mord an Cassandra Liberman – und bat dann, sich die Ausstellung ansehen zu dürfen. Dabei hatte er nur einen Gedanken im Kopf: endlich nach Hause zu fahren. In der Eingangshalle lud ihn Dominique Sertis zu einem Kaffee ein.

»Diese Ausstellung ist ein echter Erfolg. Mehrere tausend Besucher, deshalb werden wir sie bis Ende Juni verlängern.«

Sie gingen langsam zum Museum und betraten den ersten Saal, in dem medizinische Geräte und Instrumente ausgestellt waren. Chirurgie, Geburtshilfe, Urologie, Odontostomatologie …

»Wie kamen Sie auf die Idee?«

»Unser Ziel ist es, dem Publikum die Anfänge der plastischen Chirurgie zu Beginn des 20. Jahrhunderts näherzubringen. Wir haben schon früh Kontakt zu Mademoiselle Liberman aufgenommen, da sie eine bedeutende Sammlung von Originalaufnahmen besaß. Neben dieser einzigartigen Fotosammlung haben wir acht Wachsmodelle von authentischen *Gueules cassées* bestellt, die nach Fotos und Zeugenaussagen angefertigt wurden. Die Ausstellung zeigt auch die Techniken, die für die Wiederherstellung des Gesichts angewandt wurden, sowie das Aufkommen von Prothesen und Transplantationen. Sie werden sehen, das ist alles sehr überholt.«

Vic stellte die routinemäßigen Fragen, ohne dass sich wesentliche Neuigkeiten für die Ermittlungen ergeben hätten. Nachdem er sich ein paar überflüssige Notizen gemacht hatte, setzte er in Begleitung des Museumsverwalters seine Besichtigung fort.

Nachdem sie einen weiteren Saal durchquert hatten, in dem sich die Archive befanden, kamen sie zu den Schwarzweißaufnahmen, die jeweils mit einem kurzen erklärenden Text versehen waren. Vic hatte erneut das Gefühl, sich in einen Vorort der Hölle zu begeben. Die entsetzlichen Bilder forderten jegliche Vorstellungskraft heraus.

»Cassandra hat diese Bilder am Computer überarbeitet, so dass sie aktueller und heller erschienen. Eine vorzügliche Arbeit.«

»Kannten Sie sie gut?«

»Wir sind uns nur drei- oder viermal begegnet, während der Vorbereitungen zu der Ausstellung. Sie war zwar sehr berechnend, doch auch voller Leidenschaft und sehr professionell.«

»Indirekt hat diese Leidenschaft sie getötet.«

Vic trat zu den vergrößerten Soldatenporträts, allesamt sehr junge Männer. Die Gesichter waren verstümmelt, verbrannt, zerfetzt. In ihr Fleisch bohrten sich barbarische Apparate aus Metall. Hautfetzen, die von anderen Körperstellen stammten – Armen oder Beinen – waren ans Kinn transplantiert worden. Auf einer Aufnahme erkannte Vic einen Mundspreizer, der dem, den Leroys Mörder benutzt hatte, sehr ähnlich sah.

»Erzählen Sie mir von diesen Männern«, bat Vic mit bewegter Stimme. »Erzählen Sie mir die Geschichte dieser armen Burschen.«

Mit der Präzision eines Uhrmachers rückte Sertis einen schief hängenden Rahmen gerade.

»Der Erste Weltkrieg hat die furchtbarsten Verletzungen verursacht, die man sich vorstellen kann. Man spricht oft von den im Kampf Gefallenen, doch dieser Krieg war vor allem ein Gemetzel, das fast drei Millionen Verwundete hinterließ, davon dreihunderttausend Verstümmelte. Wissen Sie, wer dafür verantwortlich war?«

»Die Menschen? Die Generäle? Die Armee? Die Dummheit der Menschheit?«

»Die Artillerie. Siebzig Prozent der Verletzungen sind auf Granatensplitter zurückzuführen. Im Vergleich dazu wurden nur sehr wenige Soldaten durch Kugeln oder Bajonette getötet. Der Explosionsvorgang der Granaten wurde dahingehend optimiert, dass die Splitter selbst beim Durchschneiden eines menschlichen Körpers möglichst wenig an Geschwindigkeit einbüßten. Sie waren in der Lage, einen Körperteil abzureißen und ihren Schwung noch Dutzende von Metern fortzusetzen, so dass man Körperteile fand, die sich in den Rumpf ihrer

Nachbarn gebohrt hatten. Als die Krankenträger die Front erreichten – dies geschah vor allem nachts, damit sie nicht dem feindlichen Beschuss ausgesetzt waren –, konnten sie die Lebenden nicht von den Toten unterscheiden. Und unter den Lebenden mussten sie auswählen. Unzählige Verletzte lagen endlos lang auf den Schlachtfeldern und rangen mit dem Tode, weil man glaubte, dass es keine Hoffnung mehr für sie gab. Und auch weil die Krankenträger, die zwar einiges gewöhnt waren, einen derartig grauenhaften Anblick nicht ertrugen. Lesen Sie diese Zeugenaussage hier.«

Vic las mit lauter Stimme:

»Ich wende die Augen ab, doch ich habe gesehen, und ich werde nie wieder vergessen, und wenn ich hundert Jahre alt werde. Ich habe einen Mann gesehen, der anstelle des Gesichts einen blutigen Krater hatte. Nase, Wangen, alles war verschwunden, stattdessen klaffte ein großes Loch, in dem die Organe des Rachenraums zuckten. Dort, wo sich die Augen befunden hatten, hingen nun die Augenlider in Fetzen hinab …«

Nervös fasste sich der junge Leutnant an die Stirn.

»Wie furchtbar … Ging von diesen Leute ein Geruch aus? Ich meine, all die Wunden, ihre …«

»In der Tat, es war ein regelrechter Leichengeruch. Sie sabberten in einem fort, ihre Verletzungen entzündeten sich innerhalb kürzester Zeit, und trotz der Antiseptika verströmten sie einen entsetzlichen Gestank.«

Sertis zuckte mit den Schultern.

»Die *Gueules cassées* sind wohl das schlimmste Erbe des Krieges, wie Sie selbst sehen können.«

Ja, das konnte man sehen, und auch der Matador wollte, dass seine Tat bemerkt wurde. Genauso wie mit der Sirene und dem Museum Dupuytren wollte er, dass auch die Parallele mit den *Gueules cassées* gezogen wurde, er wollte zeigen, dass man mit dem Entsetzlichen keine Scherze trieb oder es zur Schau stellte für die Blicke all der Neugierigen, die nach Tod und Leid lechzten. Leroy und Liberman hatten den Preis für ihre Verachtung gezahlt.

Der Leutnant trat zu anderen Fotografien und blieb vor dem Abzug des Negativs stehen, das Wang ihnen gezeigt hatte. Der Verwalter erklärte:

»Die Sacktechnik. Sie soll verhindern, dass sich die Kiefermuskulatur zusammenzieht.«

Zweifellos hatte sich der Matador von dieser Aufnahme für sein »Werk« inspirieren lassen.

»Der Erste Weltkrieg«, fuhr Sertis fort, »war der der Improvisation. Niemand hatte mit dem gerechnet, was dann geschah, mit so viel Unmenschlichkeit. Die Artillerie sorgte dafür, dass die Hospitäler rasend schnell überfüllt waren. Einige verschlossen vor den *Gueules cassées* sogar die Türen, vor den ›Sabbernden‹, wie sie genannt wurden. Doch angesichts der immer zahlreicheren Gesichtsverletzungen – zwischen fünfzehn- und dreißigtausend – entwickelte sich schließlich die Kiefer- und Gesichts-Chirurgie, die zuvor so gut wie nicht vorhanden war. Die Sacktechnik war eine der grausamsten Methoden bei der Wiederherstellung des Gesichts. Man bohrte einen Haken ins Fleisch, unter das Kinn, und hängte Gewichte daran, um zu verhindern, dass sich das Gewebe zusammenzog. Stellen Sie sich nur das Leiden des Verletzten vor, der dies Tag für Tag erdulden musste.«

Es folgten weitere Fotografien.

»Schauen Sie sich diese schrecklichen Instrumente an, Dilatatoren, Wundspreizer, Mundöffner. Diese Männer überlebten zwar, doch wie viele begingen in den Krankenhäusern Selbstmord? Wie viele wurden von ihrer eigenen Familien verstoßen? Wie viele starben vor Verzweiflung?«

In Dupuytren hatte Achille Delsart in Bezug auf John Merrick genau das Gleiche gesagt. Die beiden Verwalter drückten sich ähnlich aus, als ob man angesichts solcher Greuel zwangsläufig Demut lernte.

Der junge Leutnant wies auf einen Spiegel, der im Hintergrund eines Fotos zu sehen war.

»Ist der Spiegel da zerbrochen?«

»Gut gesehen. Viele *Gueules cassées* waren vom Anblick ihres eigenen Gesichts entsetzt, die meisten erkannten sich nicht wieder oder wollten sich nicht wiedererkennen. Übrigens war dieser ›Unglücksgegenstand‹, wie sie ihn nannten, in einigen Krankenhäusern verboten.«

Vic konnte es nicht fassen. Der Matador hatte seine Inszenierung derart ausgefeilt, dass er sogar dieses Detail kopiert hatte.

Sie gingen in den nächsten Raum, wo acht Modelle von *Gueules cassées* in Lebensgröße ausgestellt waren. Die Figuren, die Militäruniformen trugen, schienen aus Fleisch und Blut zu bestehen, ihr Anblick war furchterregend.

»Sehr beeindruckend«, bemerkte der Polizist. »Wenn man bedenkt, dass es so etwas tatsächlich gegeben hat.«

»Diese Wachsfiguren sind großartig, nicht wahr?«, sagte der Verwalter. »Stéphane Kismet hat wunderbare Arbeit geleistet.«

Vic glaubte, nicht richtig zu hören.

»Der ... der Stéphane Kismet, der für den Film arbeitet? Mit langen schwarzen Haaren und ... wohnhaft im Departement Oise?«

»Genau der. Sämtliche Werke sind am Nacken mit ›S. K.‹ signiert, Sie können es überprüfen.«

Vic trat näher an eine Wachsfigur heran und schaute hinter den Nacken. »S. K.«

»Kannten sich Liberman und er?«

Sertis schüttelte den Kopf.

»Nein, jedenfalls soviel ich weiß. Die Foto- und Wachsprojekte wurden getrennt ausgeführt. Wissen Sie, Kismet hat nicht nur für uns gearbeitet, er fertigt oft Modelle für andere Museen an, die sich mit Anatomie befassen. Es ist nicht weiter erstaunlich, wenn Sie beim Besuch derartiger Ausstellungen auf ihn treffen. Er ist eine zentrale Figur auf diesem Gebiet.«

Der Polizeileutnant nickte. Kismet war Cassandra Liberman im Trois Parques vor dem Zimmer Nummer 6 begegnet, doch anscheinend hatten sie sich nicht gekannt, wie Amandine Gosselin und der Mann am Empfang ausgesagt hatten.

Handelte es sich schon wieder um einen bloßen Zufall?

Aufmerksam betrachtete Vic die Wachsfiguren vor ihm. Konnte man sich etwas Grausameres vorstellen, als dass einem ein Teil des Gesichts weggerissen wurde, die Zähne barsten und man auf einem Schlachtfeld liegend auf Hilfe hoffte? Zu sehen, wie die Waffenbrüder zerfetzt wurden? Was war schlimmer? Zu überleben oder zu sterben?

Hatten Leroy und Liberman wie diese Soldaten gefleht, sie zu töten, damit der Schmerz endlich aufhörte?

Hatten sie sterben wollen?

Plötzlich blieb Vic stehen, als sei ihm auf einmal etwas klargeworden.

»Mein Gott! Das benotet er!«

»Wie bitte?«

»Der Schmerz! Er benotet den Schmerz!«

Der junge Polizist fing an, zwischen den Puppen hin- und herzugehen. Der Matador spritzte Morphium, bearbeitete seine Opfer – die abgetrennten Extremitäten, die Nadeln im Fleisch bei Leroy, der Stacheldraht und die Säcke bei Liberman – und wartete darauf, dass der Körper wieder erwachte. Und dann stellte er sich vor sie und bewertete die Qual, die aus ihren Augen sprach, aus ihrem Schrei, dem Zucken ihrer Nerven.

Der Matador versuchte, den Höhepunkt des Leidens herbeizuführen, und notierte ihn an der Wand, wie eine Trophäe. Schmerz lässt sich nicht in Worte fassen oder beschreiben. Die einzige Möglichkeit ist, ihn zu erleben oder zu betrachten. Ganz und gar. Zu beobachten, wie sich die Züge verzerren, die Lautstärke des Schreis zu ermessen, der durch den Knebel dringt, zu hören, wie die Zähne knirschen.

»Ich weiß, dass dir das weh tut. Sehr, sehr weh. Wie sehr, was meinst du? Siebzig? Du hast gut geschrien, du bekommst eine hervorragende Note auf meiner Schmerzskala.«

Wenn er ihren Schmerz ermaß, dann litt er wahrscheinlich ebenfalls. Unter einem echten starken körperlichen Schmerz, wahrscheinlich von einer Krankheit verursacht, die die regelmäßige Zufuhr von Morphium erforderte.

Vic betrachtete seinen Unterarm, die geballte Faust. Auch in ihm kroch die Schlange der Krankheit empor. Zervikobrachiale Neuralgie, ein unsichtbares Übel, das weder mit Hilfe des MRT noch mittels Elektromyographie oder Röntgenstrahlen aufgespürt werden konnte. Ein Übel, das er sorgsam für sich behielt und von dem nur sein Arzt wusste. Eine bösartige Krankheit, die ihn wohl eines Tages unfähig machen würde, eine Waffe zu halten.

Der Matador hingegen wollte seinen Schmerz teilen. Auf explosive Art und Weise.

Was für eine grausame Methode würde er beim nächsten Mal finden, um die bei Liberman erzielten 82 von 100 zu übertreffen? Wann und wo würde er wieder zuschlagen?

Und wen würde er diesmal auswählen?

44. Sonntag, 6. Mai, 17 Uhr 53

Nachdem Vic am Vormittag überstürzt aufgebrochen war, hatte Céline beschlossen, gründlich aufzuräumen, um auf andere Gedanken zu kommen. Ihr Mann hatte die Wohnung wortlos verlassen, nachdem ihn erneut das Kommissariat angerufen hatte. Wenn er keine Grenzen setzte, würden sie demnächst von ihm verlangen, den Mond vom Himmel zu holen.

Voller Egoismus hoffte sie, er möge alles hinschmeißen. Damit sie nach Avignon zurückkehrten, bevor es zu spät war.

Céline packte den Kinderwagen aus, der noch in seinem Karton dastand. Stolz klappte sie ihn auseinander und probierte ihn im Wohnzimmer aus, dabei stellte sie sich vor, wie das Baby darin vor sich hin lallte. Wäre es doch endlich schon so weit.

Die junge Frau brachte ein paar Sachen ins Kinderzimmer und räumte sorgfältig mehrere gelbe und orangefarbene Plüschtiere ein – neutrale Farben, die sowohl für einen Jungen als auch für ein Mädchen passten. Als sie die Tür gerade wieder schloss, klingelte es an der Gegensprechanlage.

Ein wenig überrascht nahm sie ab. Konnte das Vics Vater sein?

»Madame Marchal?«

»Ja?«

»Ich bin ein Freund von Victor. Kann ich ihn sehen?«

»Er ist nach Lyon gefahren.«

»Ich muss mit Ihnen reden.«

Céline zögerte, dann drückte sie auf den Knopf. Ein Freund von Vic, hier in Paris?

Sie rannte ins Badezimmer und fuhr sich mit der Bürste durchs Haar. Sie trug eine Jogginghose, war ungeschminkt, hatte müde, verquollene Augen von der vergangenen Nacht. Es lebe die Weiblichkeit! Sie wollte sich noch etwas Wasser ins Gesicht spritzen, doch da klingelte es bereits.

»Ja, ja! Ich komme!«

Als sie die Tür öffnete, konnte sie eine leichte Verwunderung nicht verbergen. Der eindringliche Blick, der schmale Mund – der Besucher hatte eine gewisse Ähnlichkeit mit ihrem Mann.

Irritiert räusperte Stéphane sich und sagte:

»Darf ich kurz reinkommen?«

Céline strich eine Haarsträhne zur Seite.

»Es ist … Ähm … Ja, natürlich. Bitte. Entschuldigen Sie meine Aufmachung, aber ich war dabei aufzuräumen und …«

»Kein Problem.«

Die Diele war klein, genauso wie das Wohnzimmer, in das sie ihn führte. Stéphane war verlegen, dass er derart in die Privatsphäre des Polizisten eindrang.

Er warf unauffällig einen Blick auf den Bauch der jungen Frau, der unter ihrer blauweißen Tunika verborgen war. Es war nicht offensichtlich, beinahe noch unsichtbar. Unmöglich, ihre Schwangerschaft zu erahnen.

Céline bat ihn, auf dem Sofa Platz zu nehmen, setzte sich ihm gegenüber und schien darauf zu warten, dass er etwas sagte. Stéphane wusste weder, wo er anfangen, noch, wie er das Thema anschneiden sollte. Eigentlich wusste er nicht einmal, worüber er überhaupt mit ihr reden sollte.

Er holte Vics Visitenkarten heraus und legte sie auf den Tisch.

»Um Ihnen die Wahrheit zu sagen, ich bin nicht wirklich ein Freund Ihres Mannes.«

»Das habe ich mir gedacht. Niemand nennt ihn Victor. Sind Sie ein Kollege?«

»Nicht direkt. Er ist gestern Abend bei mir gewesen, um mich zu befragen, im Zuge von Ermittlungen. Ich versichere Ihnen, dass ich nur ein Zeuge bin, aber ich habe eine sehr wichtige Information für ihn.«

Céline runzelte die Stirn.

»In diesem Fall verstehe ich den Grund Ihres Besuches nicht. Sie haben seine Telefonnummer, konnten Sie ihn nicht anrufen?«

»Ich habe es versucht, doch er war nicht zu erreichen.«

Céline seufzte und schüttelte den Kopf.

»Ja, sein Handy entlädt sich immer wieder. Und er hatte noch keine Zeit, es auszutauschen. Oder vielmehr haben sie ihm keine Zeit gelassen.«

»Reden Sie von seinen Kollegen? Seinen Vorgesetzten?«

Stéphane bemerkte den ausweichenden Blick seiner Gesprächspartnerin. Sie schien sich nicht wohl zu fühlen. Er stand auf und gab ihr die Hand.

»Oh! Entschuldigen Sie, ich habe mich gar nicht vorgestellt. Ich heiße Stéphane Kismet und arbeite für den Film. Genauer gesagt in der Maske. E. T., Aliens und andere scheußliche Geschöpfe in der Art, dafür bin ich zuständig.«

»Wissen Sie, ich schaue nur selten fern.«

»Zum Glück machen das nicht alle so, sonst müsste ich stempeln gehen.«

Sie setzte ein gezwungenes Lächeln auf. Stéphane beugte sich vor.

»Hat Ihr Mann Ihnen nicht von mir erzählt?«

»Nein. Er spricht nicht viel über seine Arbeit. Ich glaube, im Moment ermittelt er in einem Mordfall, aber viel mehr könnte ich Ihnen nicht dazu sagen. Lassen Sie mir Ihre Telefonnummer hier, dann kann er Sie anrufen, wenn er zurückkommt.«

Stéphanes Augen erstrahlten.

»Wie ich sehe, erwarten Sie ein Kind?«

Auf Célines Wangen erschienen winzige Grübchen.

»Das sieht man doch noch gar nicht! Woher wissen Sie das?«

»Oh, ich habe auf dem Küchentisch noch verpackte Fläschchen liegen sehen. Wann ist es so weit?«

»Im Oktober, wenn alles gutgeht.«

»Wird es ein Junge oder ein Mädchen?«

Céline zögerte mit der Antwort. Warum ging er nicht endlich?

»Ich will es nicht wissen. Vic wüsste es gerne, aber ich bin ein wenig abergläubisch und denke, man sollte sich die Überraschung bis zum Schluss aufbewahren.«

»In Vietnam gibt es einen Aberglauben, um das Geschlecht eines Kindes vorherzusagen. Wenn die Zeugung an einem Montag, Mittwoch oder Freitag stattgefunden hat, wird es ein Junge.«

Céline nickte, sie hatte das Gefühl, dass dieser Mann mehr wusste, als er zu verstehen gab. Es war Sonntag, spätnachmittags. Warum hatte er nicht bis zum nächsten Tag gewartet, um Vic zu kontaktieren? Warum war er hierhergekommen? Und warum war er hinaufgestiegen, obwohl ihr Mann nicht zu Hause war?

Sie versuchte, ihrer Stimme Festigkeit zu verleihen, obwohl tief in ihrem Innern eine leichte Furcht aufkeimte.

»Sie scheinen die Traditionen dieses Landes besser zu kennen als ich. Dabei stamme ich von dort«, erwiderte sie.

»Tatsächlich? Ich liebe dieses Land, es fasziniert mich seit meiner Jugend. Ich habe schon meine erste Sparbüchse geopfert, um mir ein Buch über die *Nam Tien* zu kaufen.«

»Der Marsch nach Süden ...«

Stéphane nickte zustimmend.

»Meine Frau und ich wollten in den Urlaub dorthin fahren.«

»Sie wollten?«

»Ja. Entschuldigen Sie, doch das ist zu kompliziert.«

Céline stand höflich auf.

»Wie ich Ihnen bereits gesagt habe, wird mein Mann nicht

so bald nach Hause kommen. Und … Es tut mir leid, aber ich habe noch zu tun.«

Stéphane bewegte sich keinen Millimeter. Da begriff die junge Frau, dass irgendetwas nicht stimmte.

»Erzählen Sie mir von Ihrem Mann«, bat er. »An Ihrem Akzent höre ich, dass Sie nicht aus Paris stammen?«

Sie fühlte sich immer unwohler. Vic pflegte zu sagen, man könne die Gefühle, die Beweggründe der Leute an ihren Händen ablesen. Und dieser Mann rieb sich in einem fort nervös die Hände.

Céline wich noch weiter zurück, sie wollte, dass er auf der Stelle die Wohnung verließ.

»Könnten Sie mir vielleicht klar sagen, was Sie wollen? Ich kann ihm etwas ausrichten.«

Plötzlich stand Stéphane auf und blickte ihr fest in die Augen.

»Ich bin nicht seinetwegen gekommen, sondern Ihretwegen.«

Célines Herz begann zu rasen.

»Meinetwegen? Aber …«

»Es könnte sein, dass Ihnen oder Ihrem Baby etwas zustößt.«

Er ballte die Fäuste. Céline wies mit dem Zeigefinger auf die Eingangstür. Ihre Stimme zitterte.

»Ich … Ich bitte Sie. Gehen Sie.«

Stéphane trat noch ein Stück näher und gestikulierte dabei wild mit den Händen.

»Nein, nein, haben Sie keine Angst! Haben Sie keine Angst vor mir! Ich bin wirklich sehr ungeschickt im Umgang mit Menschen. Das ist ein Missverständnis! Wenn Sie Angst haben, wird es nicht funktionieren.«

»Ich möchte, dass Sie mich jetzt allein lassen.«

»Ich … Hören Sie, ich weiß, dass Ihnen mein Besuch zu dieser Uhrzeit seltsam vorkommt, aber haben Sie irgendwelche Befürchtungen in Bezug auf Ihr Kind?«

»Was? Mein Kind? Was erzählen Sie da?«

»Haben Sie Untersuchungen durchführen lassen, die Anzeichen für Trisomie ergeben haben?«

Céline stand nun mit dem Rücken an der Wohnzimmerwand. Da geschah etwas Seltsames. Sie hatte den Eindruck, dass sie den Satz, den sie gerade aussprechen wollte, bereits gesagt hatte, im Zeitlupentempo. Und das beunruhigte sie noch mehr.

»Was wollen Sie? Sagen Sie mir, was Sie wollen, und gehen Sie, bitte.«

Stéphane bewegte sich nicht.

»Nur, dass Sie mir antworten. Und dann werde ich gehen, das schwöre ich Ihnen.«

»Warum …«

»Antworten Sie bitte. Was ist mit Ihrem Baby?«

Céline explodierte, sie konnte nicht mehr.

»Nein! Das ist zu persönlich! Verschwinden Sie, oder ich schreie!«

Mit versteinerter Miene kam Stéphane näher. Er erinnerte sich an die Worte in seinem Traum:

»Warum hast du das nicht verhindern können?«

»Was hätte ich denn tun sollen? Eine schwangere Frau entführen?«

Er fuhr fort, mit einer Stimme, die einem das Blut in den Adern gefrieren ließ:

»Ich werde nicht ohne eine Antwort gehen, haben Sie mich verstanden?«

Céline sprang beiseite, doch Stéphane, der nicht wusste, was er tun sollte, packte sie am Kragen. Sie fing an zu schreien, kratzte ihn am Unterarm. Er stieß sie gegen die Sitzbank, sie fiel auf die linke Seite und stand fieberhaft und völlig verängstigt wieder auf.

Von Panik ergriffen, hob Stéphane die Hände empor.

»Entschuldigen Sie! Entschuldigen Sie, das … das wollte ich nicht!«

Er ging auf sie zu, doch sie wich zurück, hielt sich beide Arme vor das Gesicht.

»Sie müssen mir glauben, um Himmels willen!«, wiederholte Stéphane. »Ich will Ihnen nichts tun!«

Céline blieb reglos stehen. Dieser Typ war völlig durchgeknallt.

»Wenn ich Ihnen sage, was Sie hören wollen, schwören Sie dann, dass Sie mir nichts tun werden?«

»Aber ich will Ihnen doch nichts tun! Für wen halten Sie mich? Für geistesgestört? Fangen Sie jetzt auch noch damit an?«

Er hatte geschrien, völlig außer sich. Dann holte er tief Luft.

»Ich gebe Ihnen mein Wort«, flüsterte er. »Aber bitte, halten Sie mich nicht für ein Monster.«

Sie setzte sich auf die Armlehne eines Sessels und schlang ihre Arme um die Schultern, sie war wie gelähmt, völlig verschreckt.

»Die Ultraschalluntersuchung im vierten Monat hat gezeigt, dass eine erhöhte Nackendichte vorlag und keine Nasenknochen vorhanden waren. Dies ist ein Anzeichen für Trisomie 21. Woher wussten Sie, dass dieses Risiko besteht? Sind Sie bei Doktor Sénéchal, meinem Gynäkologen, gewesen? Hat Vic Ihnen davon erzählt? Oder haben Sie uns nachspioniert?«

»Aber nein! Ich bin nicht bei Ihrem Gynäkologen gewesen und habe Ihnen auch nicht nachspioniert! Hören Sie auf damit!«

»Woher wissen Sie es dann?«

»Ich hatte eine Vision.«

»Eine Vision?«

Stéphane wippte leicht auf der Stelle, dabei biss er sich auf die Fingerspitzen.

»Ich versuche nur zu verstehen. Um Ihnen zu helfen. Ich weiß nicht, weshalb, aber ich weiß, dass Ihnen möglicherweise ein Unglück zustößt, Ihnen oder Ihrem Baby, schon in den nächsten Tagen.«

Céline erschauderte. Dieser Typ jagte ihr furchtbare Angst ein. Bei ihm konnte jederzeit die Sicherung durchbrennen. Sie musste versuchen, aus der Wohnung zu fliehen.

»Was für ein Unglück?«

»Eine Tragödie, die Ihren Mann zutiefst erschüttern wird. Er sagte, dass er die Wissenschaft hasst. Ich glaube, er wollte von einem überzähligen Chromosom sprechen. Beabsichtigen Sie, eine Untersuchung durchführen zu lassen? Im Rahmen Ihrer Schwangerschaft?«

Céline schwieg. Dieser Verrückte wollte ihrem Kind etwas antun. Wahrscheinlich war er aus der Irrenanstalt ausgebrochen und in Besitz ihrer gynäkologischen Unterlagen gelangt. Er war in der Lage, ihr den Bauch aufzuschlitzen, um seine Visionen zum Verstummen zu bringen. Sie sah eine Schere auf dem Esstisch liegen. Wenn sie schnell genug war, bliebe ihm keine Zeit zu reagieren.

Doch sie verwarf den Gedanken. Er musste sehr viel stärker sein als sie. Sie beschloss, ihm zu antworten, um ein paar wertvolle Sekunden zu gewinnen.

»Ich lasse morgen früh eine Fruchtwasseruntersuchung durchführen. Man entnimmt ein wenig Fruchtwasser, um genauere Ergebnisse zu bekommen.«

Stéphane schnippte mit den Fingern.

»Das ist es! Mein Gott!«

Er stürzte zu ihr und packte sie am Handgelenk.

»Sie dürfen nicht dorthin gehen! Ich weiß nicht, ob Ihnen auf dem Weg dorthin oder bei Ihrem Gynäkologen etwas zustoßen wird, aber Ihr Baby hat keine Trisomie! ›Zumal es siebenundvierzig nie gegeben hat‹!«

Sie fing an zu weinen.

»Sie tun mir weh … Bitte …«

Stéphane drückte noch fester zu.

»Nein, nein, Sie verstehen nicht! Ich will Ihnen nicht weh tun, im Gegenteil, ich will Sie schützen! Wenn Sie zu dieser

Untersuchung gehen, werden Sie Ihr Kind verlieren! Wollen Sie das? Für seinen Tod verantwortlich sein?«

»Nein! Nein!«

Er ließ sie los.

»Ich kann Ihnen keine Beweise liefern, doch Sie müssen mir glauben.«

»Ich … Ich glaube Ihnen. Ich werde nicht zu dieser Untersuchung gehen. Ich schwöre Ihnen, dass … dass ich nicht dorthin gehen werde.«

Stéphanes Gesicht hellte sich auf, doch gleich darauf verdüsterte es sich wieder.

»Sie lügen.«

»Nein.«

»Warum sollte ich Ihnen vertrauen?«, fragte er sie.

Wenn dieser Geistesgestörte von irgendetwas überzeugt war, dann durfte man ihn auf keinen Fall verärgern. Feinfühlig antwortete Céline:

»Weil ich es Ihnen sage. Ich glaube Ihnen. Also müssen Sie mir ebenfalls glauben.«

Diesmal packte sie ihn. Sie starrte ihn mit flammenden Blicken an.

»Sie *müssen* mir glauben.«

Stéphane wich zurück bis zur Eingangstür, er war mit den Kräften am Ende. Dort umklammerte er die Türklinke und sagte:

»Sie sind abergläubisch, Sie glauben daran. Ihr Kind ist nicht mongoloid. Lassen Sie nicht zu, dass das Schicksal es Ihnen raubt, indem Sie morgen zu dieser Untersuchung gehen.«

Dann verschwand er und zog leise die Tür hinter sich zu.

45. Sonntag, 6. Mai, 23 Uhr 05

Die Schlafmittel begannen allmählich zu wirken. In dem kalten Kellerraum, inmitten seiner Monster und all der Notizen an den Wänden, fühlte Stéphane sich wohl, weit entfernt von allem. Beinah, als schwebte er in den Wolken.

Es würde geschehen. Der Traum. Die Verbindung mit der Zukunft. Die Begegnung mit der Hölle. Hatte Stéfur die Nachrichten an den Wänden von Darkland gelesen? Hatte er auf die gleiche Weise geantwortet? Die Fragen verblassten bereits. Er war schon ganz benommen.

Während er langsam wegdöste, zuckte sein Körper plötzlich zusammen. Stéphane richtete sich auf, seine Sinne waren wieder hellwach.

Es waren Geräusche zu hören. Von oben. Jemand hämmerte an die Eingangstür.

Noch ganz betäubt von den Schlaftabletten stand er auf und stieg ins Erdgeschoss hoch. Wer schlug zu dieser späten Stunde an die Tür? Er malte sich schon das Schlimmste aus. Ein Unfall? Die Polizei? Die Gendarmerie? Und wenn Mélinda …

Als er die Eingangshalle erreicht hatte, warf er einen Blick hinauf in den ersten Stock. Sylvie hielt das Geländer umklammert, sie hatte einen blauen Seidenpyjama an, darüber einen dicken Morgenrock. Ihre roten Augen zeugten davon, dass sie die ganze Nacht geweint hatte. Sie wechselten einen beunruhigten Blick. Wer trommelte da an die Tür?

Kaum hatte Stéphane geöffnet, als ein Schatten hervorstürzte und ihn zu Boden drückte. Ein dumpfer Schlag, dann ein Hieb auf das linke Auge, der ihn beinah bewusstlos gemacht hätte.

Sylvie fing an zu schreien.

Mit nackten Füßen rannte sie die Treppe hinab.

»Hören Sie auf! Hören Sie auf, um Himmels willen!«

Schläge prasselten auf ihn nieder, auf Bauch, Brust, in die Seiten. Stéphane lag zusammengekauert da, er zog die Beine an, hielt sich beide Hände vor das Gesicht.

»Dreckskerl! Du verdammter Dreckskerl«, schrie der Mann.

Sylvie packte Vic Marchal am Hemd und zog ihn nach hinten. Der Polizist stieß sie zurück. Er war außer sich, seine Fäuste wirbelten durch die Luft. Er schien sich zum ersten Mal zu prügeln.

»Was ist in Sie gefahren?«, rief die junge Frau, während sie sich zu ihrem Mann hinabbeugte. »Sind Sie wahnsinnig geworden?«

Vic keuchte wie ein Raubtier. Er streckte drohend den Zeigefinger aus.

»Ihr Mann, dieser Irre, ist bei meiner Frau gewesen! Er … Er war in unserer Wohnung und hat sie bedroht!«

Mühsam stand Stéphane auf. Sein linkes Auge lief bereits blau an. Als er sich an den Mund fasste, blieb ein Tropfen Blut an der Hand zurück.

»Verdammt … Sie haben ganz schön zugeschlagen.«

Sylvie zitterte am ganzen Leib.

»Ich werde Strafanzeige gegen Sie erstatten!«, stieß sie hervor. »So einfach kommen Sie nicht davon!«

»Du wirst nichts tun …«, flüsterte Stéphane ihr zu. »Du wirst gar nichts tun. Ich möchte keine Strafanzeige erstatten.«

»Was? Bist du verrückt? Wir können ihn nicht hier reinlassen und …«

»Lass es gut sein, ja?«

Vic konnte sich nicht beruhigen.

»Wenn Sie so etwas noch einmal machen«, sagte er drohend, »dann schwöre ich, dass ich Sie töten werde! Kommen Sie meiner Frau nie wieder zu nahe!«

Sylvie fing wieder an zu schreien:

»Was geht hier eigentlich vor? Was geht hier vor?«

»Meine Frau ist schwanger! Und dieser Geistesgestörte hat ihr erzählt, dass unser Baby sterben wird!«

Sylvie blickte Stéphane verzweifelt an. In ihren glanzlosen Augen konnte man lesen, dass sie dem Leutnant Glauben schenkte. Entmutigt steckte sie die Hände in die Taschen.

»Sag mir, dass er lügt. Sag mir, dass du nicht bei seiner Frau gewesen bist … Dass du nicht gesagt hast, ihr Baby würde sterben. Dass du nicht schon wieder eine Vision gehabt hast.«

Mit gesenkter Stirn erklärte Stéphane:

»Doch. All das ist wahr. Dieses Baby wird sterben.«

Sylvie wich zurück, bis sie gegen die Wand stieß.

»Mein Gott …«

Stéphane dehnte den schmerzenden Brustkorb, dann wandte er sich an Vic:

»Sie müssen mir glauben. So verrückt das auch klingen mag, Sie müssen mir glauben. Wenn Ihre Frau zu dieser Untersuchung geht, wird Ihr Baby sterben. Warum sollte ich Sie anlügen? Ich will Ihnen nur helfen!«

»Das Schlimmste ist, du Arschloch, dass Céline dir beinah geglaubt hat. Als ich nach Hause kam, saß sie völlig erschüttert in einer Ecke, sie war in Tränen aufgelöst. Ich konnte sie nur mit größter Mühe davon überzeugen, morgen zu diesem verdammten Termin zu gehen.«

Der junge Leutnant rieb sich heftig über den Unterarm.

»Doch sie wird hingehen. Glaub mir, sie wird hingehen«

»Sie werden es bereuen. Um Gottes willen, es geht um Ihr Kind!«

»Was ich am meisten bedauere, ist, dass ich dich nicht krankenhausreif geschlagen habe.«

Stéphane stützte den Kopf in die Hände, er blickte zu Boden. Er sprach leise zu sich selbst:

»Kommen Sie nicht an und jammern rum, wenn es zu spät ist.«

Langsam wandte Vic sich zur Tür.

»Ich will dich nie wiedersehen. Und Sie, Madame, sollten etwas unternehmen. Diesen Geistesgestörten kann man nicht frei rumlaufen lassen.«

Stéphane tupfte sich den Mundwinkel mit einem Papiertaschentuch ab.

»Sagen Sie mir nachher nicht, dass ich etwas hätte tun können. Dass ich Sie nicht gewarnt hätte.«

Doch Vic war bereits verschwunden. Weit entfernt in der Dunkelheit hörte man quietschende Reifen.

Als Stéphane sich umdrehte, las er in den Augen seiner Frau eine unbeschreibliche Angst. Weder Unverständnis noch Mitleid, sondern das blanke Entsetzen eines Kindes.

»Auch du wirst bald merken, dass das alles wahr ist«, murmelte er. »Aber dann wird es zu spät sein.«

Mit hängenden Schultern ging er wieder hinab in seinen Keller.

Ohne jede Lust, völlig willenlos, mit dem Gefühl, nur eine Marionnette zu sein, betrachtete er sich im Spiegel. Noch waren keine Einstichspuren zu sehen, keine Kratzer im Gesicht. Doch er hatte bereits den Bluterguss am Auge.

Genau wie in den Träumen.

Es gab nichts mehr zu tun. Keine Möglichkeit, den unausweichlichen Lauf der Dinge zu stoppen.

Was er auch tun mochte, er war überzeugt davon, dass sein erster Traum Wirklichkeit werden würde, bis ins letzte Detail.

Er schlief ein mit dem unerträglichen Gedanken, dass in drei Tagen eine Kette von Ereignissen sein Leben grundlegend verändern würde.

46. Montag, 7. Mai, 6 Uhr 30
Sechster Traum: Der Phantomwald

Stéphane warf seinen abgenutzten Kohlestift beiseite und nahm einen neuen. Ein Schweißtropfen fiel auf seine Zeichnung, die neben der Sig Sauer lag. Er hob den Kopf, nahm eine Whiskyflasche und trank mehrere Schlucke. Dann stand er auf und schmetterte die Flasche gegen die Wand. Daneben lag bereits ein zertrümmerter Radioapparat.

Darkland war nun verlassen, seiner Seelen beraubt, ohne seine Figuren, ohne jedes Leben. Die Monster standen – unter weißen Tüchern verhüllt – nebeneinander in einer Ecke, mit Ausnahme von Darkness. Die Wände waren fast alle mit grellroter Farbe bedeckt, die mit groben Pinselstrichen aufgetragen worden war.

Schwankend trat Stéphane näher an einzelne Passagen der Nachrichten heran, die unter der Farbe noch lesbar waren. »… Kassette anschauen … Erzähl mir von den Ermitt … Du weißt nicht, wann ich von dir träume, doch ich bitte dich …«

»Wir haben es versucht, du und ich«, murmelte er. »Wir haben es wirklich versucht. Es hat nur wenig gefehlt, dann hätten wir es geschafft. Doch dieses *Wenige* hat uns jedes Mal gefehlt. Es war alles so schwer zu verstehen, und wir hatten so wenig Zeit. Ich liebe dich, mein Freund. Wenn du mich hören kannst: Ich liebe dich …«

Stéphane ging zu den Puppen und nahm ein Tuch nach dem anderen ab. Dann blieb er vor Darkness stehen, dem Monster mit dem geöffneten Schädel. Völlig entkräftet zog er den kleinen Kopf heraus, der sich dort an Stelle des Gehirns befand. Schließlich hielt er die herausgerissene Latexkugel in der Hand.

»Jetzt ist alles vorbei. Du hast mir nicht helfen können. Und ich habe dich nicht verstehen können.«

Langsam drehte er sich zu dem Porträt um, das er zu zeichnen begonnen hatte. Auf dem Blatt hatte Sylvie kurze Haare und glatte, ebenmäßige Züge. Doch nach und nach fügte Stéphane Kohlestriche hinzu, die ihr Gesicht immer mehr verzerrten. Die Augen quollen aus ihren Höhlen, das Kinn verzog sich, die Wangen bedeckten sich mit Beulen und Dellen, bis das Gesicht schließlich völlig entstellt aussah. Der Stift drückte fest aufs Papier und hinterließ dicke unförmige Spuren.

»Warum? Warum nur?«

Verzweifelt ließ Stéphane seinen Kohlestift fallen. Er legte den Ellbogen auf den Tisch und ließ seinen Kopf auf den Arm sacken. Und dort, neben seiner Zeichnung, begann er zu weinen, bis er schließlich erschöpft einschlief.

47. Montag, 7. Mai, 7 Uhr 30

Stéphanes Stimme fuhr nieder wie ein Fallbeil:

»Wo gehst du hin?«

Sylvie zuckte zusammen. Ihr Mann war gerade in der Badezimmertür aufgetaucht. Er hatte lange zerzauste Haare, seine Augen glühten, der Bart war ganz struppig. Die Ränder seines linken Auges waren schmutziggelb.

»Du siehst wirklich zum Fürchten aus«, erwiderte sie. »Du stinkst nach Schweiß und nach Alkohol. Du hast immer mehr Ähnlichkeit mit einem Raubtier, das sich in seinem Bau verkriecht.«

Stéphane deutete ein furchtbares Lächeln an.

»Hast du Angst vor mir? Nein, ich sollte wohl eher Angst vor dir haben.«

Sylvie machte den Deckel ihrer Mascara-Tube zu.

»Was erzählst du da? Schon wieder einer deiner Träume?«

Stéphane lehnte sich an den Türrahmen.

»Du bist in letzter Zeit ziemlich oft weg gewesen. Tagelang. Und abends haben wir jedes Mal gestritten. Sogar wenn ich unten in Darkland geblieben bin. Ich dachte, du wärst im Schlafzimmer, dabei warst du wahrscheinlich woanders. Wo bist du gewesen?«

Sylvie wollte hinausgehen, doch er versperrte ihr mit drohender Miene den Weg.

»Wo bist du gewesen?«

Sie blickte ihn selbstbewusst an.

»Bei Nathalie. Was geht dich das an?«

»Pech für dich, ich habe bei ihr angerufen. Und sie hat dich seit zwei Wochen nicht mehr gesehen. Was sagst du jetzt?«

Sylvie blickte zu Boden und wollte sich an ihm vorbeidrängen. Doch Stéphane hinderte sie daran und packte sie am Arm.

»Sag mir, wo du in all diesen Nächten gewesen bist!«

»Lass mich los!«

»Hast du dir irgendwas vorzuwerfen? Was hast du mit der kleinen Mélinda zu tun? Mit diesen schrecklichen Morden? Ein grausam entstelltes Gesicht, sagt dir das was?«

»Mein Gott! Du tust mir weh!«

Stéphanes Bewegungen wurden immer nervöser.

»Du stehst in Verbindung mit all dem, was um mich herum geschieht, nicht wahr?«

»Nein!«

»Du kaufst diese Figur, lässt dir die Haare abschneiden! Du tust alles, damit meine Träume Wirklichkeit werden! Du machst Termine bei Psychiatern für mich aus, versuchst, mich mit Medikamenten zu betäuben. ›Nimm dies! Schluck das!‹ Was führst du im Schilde?«

Sie stieß ihn beiseite. Dann rannte sie die Treppe hinab, riss ihre Handtasche an sich und lief aus dem Haus.

Stéphane stürmte ans Fenster. Bevor sie losfuhr, nahm sie ihr Handy heraus und hielt es sich ans Ohr.

»Du Miststück … Mit wem telefonierst du?«

Er dachte an all seine Träume. Hier im Haus. Im Hotel. Zusammen mit dem Polizisten. An den fehlenden Ehering … In seinen Alpträumen hatte Stéfur so gut wie nie von Sylvie gesprochen. Wo war sie, während Victor und Stéfur sich im Wohnzimmer das Video anschauten? Warum hatte er ihr in seinem letzten Traum dieses entstellte Gesicht gemalt, das genauso aussah wie das auf der Videokassette? Eine unbewusste Übertragung, eine Wahnvorstellung, oder wusste Stéfur etwas, das er noch nicht wusste? »Pass auf Sylvie auf« … Wer hatte die Monster mit einem weißen Tuch bedeckt? Wer hatte versucht, die Nachrichten an den Wänden von Darkland mit roter Farbe zu übermalen? Wer wollte ihn daran hindern zu kommunizieren? Sie? Seine eigene Frau?

Er ging ins Schlafzimmer und entdeckte die Digitalkamera, die am Vortag an den USB-Stick angeschlossen gewesen war, doch nun war sie sorgsam vom PC entfernt worden. Er riss sie an sich und wollte sich die Fotos ansehen. Der Speicher war gelöscht.

Stéphane schaltete den PC an, der Computer verlangte ein Passwort. Er gab »Edelweiss« ein, einen Code, den sie immer benutzte.

Er öffnete das Verzeichnis für die Fotos und stellte fest, dass es ebenfalls leer war.

»Wo hast du sie versteckt?«

Mit zittriger Hand rieb er sich über die Lippen. Über die Optionen des Ordners stellte er die versteckten Dateien auf sichtbar und ließ eine Suche nach allen Dateien mit dem Kürzel »jpeg« über das System laufen. Diesmal hatte seine Suche Erfolg. Er klickte einen Ordner an, der sorgfältig im System verborgen war.

Er öffnete die Bilder und runzelte verblüfft die Stirn. Sylvie hatte ihn aus sämtlichen Blickwinkeln abgelichtet, als er zusammengekauert auf dem Boden lag und schlief. Sie hatte auch Darkland fotografiert, seine Monster, die zertrümmerte Büste von Martinez und die Latexmaske mit dem Gesicht von der Videokassette. Und noch vieles mehr. Die Schlafmittel, die neben ihm lagen, in Nahaufnahme. Die Whiskyflasche, voll, halbleer, leer. Seine Tätowierung. Das geschwollene Auge. Die letzte Aufnahme stammte also von der vergangenen Nacht. Dieses Miststück spionierte ihm nach. Auch das Foto von Mélinda, das er aus seinem Auto heraus gemacht hatte, war im Computer versteckt.

Was für ein Spiel spielte seine Frau? Was versuchte sie zu beweisen? Tief im Innern flüsterte ihm eine Stimme etwas ein. Etwas Unvorstellbares.

Daraufhin suchte er noch weiter.

Während er die Verzeichnisstruktur weiter hinaufging, entdeckte er ein weiteres Verzeichnis. Tonaufnahmen. Er klickte die erste Audiodatei an.

Und glaubte, seinen Ohren nicht zu trauen.

Sylvie hatte alles sorgfältig aufgezeichnet. Ihre Unterhaltungen … Seine Selbstgespräche in Darkland … Sogar seine Auseinandersetzung mit dem Polizisten! ›Sag mir, dass er lügt. Sag mir, dass du nicht bei seiner Frau gewesen bist … Dass du nicht gesagt hast, ihr Baby würde sterben. Dass du nicht schon wieder eine Vision gehabt hast.‹ Stéphane erinnerte sich: Als er von dem Polizisten zusammengeschlagen worden war, hatte Sylvie die Hände in die Taschen gesteckt und alles noch einmal wiederholt, als ob sie Beweise sammelte.

Mit zitternder Hand öffnete er die Mailbox, doch er fand nichts Verdächtiges. Vielleicht hatte sie bessere Vorkehrungen getroffen als bei den Fotos und die kompromittierenden E-Mails gelöscht.

Stéphane stand auf und blickte sich um. Er wühlte in den Papieren auf dem Schreibtisch, dann fiel sein Blick auf die Schublade. Er versuchte, sie zu öffnen, doch ohne Erfolg. Sie war abgeschlossen. Er zog mit aller Gewalt am Griff und riss schließlich das Schloss heraus.

In einem Fach fand er das digitale Diktiergerät. Es war winzig klein. Er suchte weiter. Unter dem Gerät entdeckte er Röntgenaufnahmen, die von seinem Unfall mit der kleinen Gaëlle Montieux stammten: Aufnahmen von seinem Gehirn, nach seinem Schädeltrauma. Er hob einen Stapel Dokumente hoch. Fotokopien seiner psychiatrischen Untersuchungen, aus mehreren Jahren. Briefe mit der Unterschrift seines behandelnden Arztes. Rezepte für Antidepressiva, Anxiolytika, Beruhigungsmittel. Die Akte des Autounfalls. Eine Ansammlung von Papieren, die seinen Weg durch die Krankenhäuser und Fachpraxen nachzeichnete.

Stéphane musste sich auf den Schreibtisch stützen. Er spürte, wie ihn die Kräfte verließen.

Seine Frau trug Unterlagen zusammen, mit denen sie seinen geistigen Verfall nachweisen wollte. Damit man ihn für verrückt erklärte.

Er senkte die Augenlider. Vor seinem inneren Auge zogen Bilder vorbei. »Pass auf Sylvie auf«. Endlich bekam Stéfurs Nachricht einen Sinn.

Sylvie wollte ihn in eine psychiatrische Anstalt einweisen lassen.

Er erinnerte sich an die Einstichspuren auf seinem Unterarm, die er in seinen Träumen gesehen hatte.

Er wich zurück, bis er gegen das Bett stieß, und ließ sich auf die Matratze fallen. Er saß in der Falle. Allein auf der Welt, ohne jemanden, dem er sich anvertrauen konnte.

Wenn er nicht sofort floh, wie es ihm Stéfur riet, würde er vielleicht bald in der geschlossenen Anstalt landen. Doch wohin sollte er fliehen? Zu seinen Adoptiveltern? Nein. Wenn er in den Vogesen abtauchte, würde er diese verdammte Anglerjacke anziehen, die er verloren glaubte, und sich dann mit blutigen Händen in seinem Keller wiederfinden.

Nein, er würde nicht fliehen. Man wollte ihn einsperren? Nun gut, sollte man ihn doch einsperren!

»Kommt schon!«, schrie er. »Kommt und holt mich! Sperrt mich doch ein, ihr verdammten Idioten! Dann wird nichts von dem, was geschehen soll, geschehen! Ich bin völlig verrückt, seht ihr? Also sperrt mich ein, mehr will ich ja gar nicht!«

Er kauerte sich auf das Bett und fing an zu weinen. Sylvie, seine eigene Frau … Er konnte ihr nicht einmal böse sein. Hatte sie nicht schon ein paarmal die Notbremse gezogen? Doch er hatte nichts begriffen, war viel zu besessen, zu selbstsüchtig gewesen. Sie wollte nur Liebe, und er hatte sie mit Unverständnis und seinem Selbstmitleid genervt.

Auf einmal klopfte es laut an der Tür. Stéphanes Sinne waren sofort in Alarmbereitschaft. Das musste der Polizist sein. Oder schon die Krankenpfleger?

Er stürzte die Treppe hinunter und öffnete, dabei hielt er drohend einen Baseball-Schläger in die Höhe, um sich zu verteidigen.

»Hey! Bist du jetzt völlig übergeschnappt, mein Junge?«

Everard, der seine seltsame lange Wildlederjacke anhatte, riss die Augen auf.

»Donnerwetter! Hast du eine Maske auf, oder ist das tatsächlich deine Visage?«

Stéphane blieb ein paar Sekunden reglos stehen.

»Entschuldige, aber … ich bin krank.«

Der Produzent von ZFX Méliès Films drängte sich in die Türöffnung.

»Das sieht man. Ist die Prothese von Martinez fertig? Ich brauche sie. Und zwar jetzt. Wir fangen morgen um 10 Uhr an zu drehen.«

»Hör zu, es tut mir leid, aber ich hatte keine Zeit und …«

Everard wurde ganz steif.

»Steph, Steph! Oh, Steph! Sag mir, dass das nicht wahr ist, ja? Du gehst jetzt die Büste holen, gibst sie mir, und ich verschwinde wieder. Verdammt, ich sollte nicht hier sein und meine Zeit verplempern. Du kannst dir nicht vorstellen, was für Probleme ich habe.«

»Nicht so viele wie ich, glaub mir.«

»Ach ja? Und was für Probleme? Auf deine Scheißprothese warten über fünfzig Leute, also wirst du sie mir jetzt sofort geben!«

Stéphane versuchte, ihn zu beruhigen.

»Ich hole sie dir, einverstanden?«

Everard klopfte ihm auf die Schulter.

»Mach schon, du kleiner Witzbold! Du wirst dich wirklich nie ändern.«

Als Stéphane wieder aus dem Kellergeschoss heraufkam, legte er ihm die schlaffe Büste in die eine Hand und die Glasaugen in die andere.

»Hier, sieh zu, wie du damit klarkommst. Und jetzt verschwinde.«

Everard blieb einen Moment lang sprachlos stehen. Dann hob er das Stück Latex mit den Fingerspitzen empor und sagte ungläubig: »Nein … Willst du mich verarschen?«

»Seh ich so aus? Ich hab was Ansteckendes. An deiner Stelle würde ich nicht länger hier rumhängen.«

Everard lief rot an.

»Du mieser kleiner Junkie! Du wagst es, mich so abzuservieren?«

»Ich habe keine Wahl. Ich schwöre dir, ich habe keine Wahl.«

»Besorg dir schon mal einen guten Anwalt!«

»Das ist meine geringste Sorge. In drei Tagen wird ein Preis auf meinen Kopf ausgesetzt sein, vielleicht werde ich in der psychiatrischen Anstalt landen. Ich glaube sogar, dass ich bald abkratzen werde. Also schick sie mir, deine Anwälte. Sollen sie mich einlochen. Du weißt nicht, was für einen Gefallen du mir damit tätest. Und jetzt …«

Er stieß ihn nach draußen.

»… hau ab.«

Everard blieb noch minutenlang vor der geschlossenen Tür stehen und stieß wüste Beleidigungen aus, bevor er schließlich verschwand.

Noch immer geschockt von seinen Entdeckungen, goss Stéphane sich ein großes Glas Whisky ein und setzte sich ins Wohnzimmer in einen Sessel. Dann holte er sein Handy mit dem zerbrochenen Display und das Telefonbuch und wählte die Nummer von Mélindas Eltern. Als die Mutter abnahm, gab er sich für den Direktor ihrer Schule aus und spielte ihr eine kleine Nummer vor, um sicherzugehen, dass das Mädchen noch lebte.

Gott sei Dank war dies der Fall. Vorerst.

Er holte tief Luft, noch immer beunruhigt. Denn ein Problem blieb noch: In wenigen Stunden würde die Frau des Polizisten, diese hübsche Vietnamesin, wahrscheinlich die schlimmste Tragödie ihres Lebens durchmachen.

Er wusste es und konnte nichts daran ändern.

48. Montag, 7. Mai, 10 Uhr 30

»Komm mal her, Marchal! Ich habe eine Idee, eine verdammt gute Idee, und ich brauche ein Auto!«

Vic blickte von Libermans gerichtsmedizinischem Bericht auf und starrte Wang an.

»Ich hab keine Lust mehr, ständig den Chauffeur zu spielen, verstehst du? Außerdem erwarte ich einen wichtigen Anruf von meiner Frau, sie lässt heute Morgen eine Untersuchung durchführen. Ich bleibe hier.«

»Du bist nicht hier, um herumzusitzen. Deine Frau interessiert uns nicht. Komm her!«

Wang riss das Handy aus dem Ladegerät, packte seinen Kollegen, zog ihn aus dem Büro, das sie provisorisch bezogen hatten, und deutete auf einen der Installateure.

»Schau dir den Typen da an, schau ihn dir gut an«, sagte er und ging mit raschem Schritt auf die Treppe zu, in der Hand eine kleine Phiole. »Er schwitzt, mein Junge. Er schwitzt, weil ihm warm ist. Weil sein Schweißbrenner Hitze erzeugt. Genau wie unsere Opfer, sie haben sich zu Tode geschwitzt.«

»Ich weiß. Und auch, dass ihr Martyrium extrem lange gedauert hat und sehr schmerzhaft war. Hörst du mir überhaupt zu?«

Doch Wang lief bereits die Treppe hinab. Mit einem Seufzer folgte ihm Vic in Richtung Erdgeschoss.

*

Cassandra Libermans Haus war nur noch ein Grab aus Ziegelsteinen, ein unheimlicher Ort, den die Leute noch über Generationen hinweg als Schauplatz eines blutigen Verbrechens in Erinnerung behalten würden. Das Haus war unbewohnbar geworden. Unverkäuflich.

Wang riss die Polizeisiegel vor der Eingangstür ab, steckte den Schlüssel ins Schloss und ging als Erster hinein. Vic zuckte zusammen, als ein Windzug die Tür hinter ihnen zuschlug. In den riesigen Räumen hing noch immer ein schwerer ranziger Geruch.

»Gut …«, flüsterte Vic. »Redest du jetzt, oder brauchtest du nur einen Chauffeur?«

Wang ging ins Wohnzimmer.

»Erinnerst du dich noch, was im Bericht der Gerichtsmedizinerin über die Zimmertemperatur stand, sowohl bei Liberman als auch bei Leroy?«

»Nicht sehr gut, nein. Ich weiß nur noch, dass sie mit Hilfe der Temperatur den Todeszeitpunkt bestimmt hat.«

»In beiden Fällen betrug die Raumtemperatur 18 Grad. Sie war genau gleich.«

Vic zuckte mit den Schultern.

»Und?«

»Wenn du die Temperatur auf 18 Grad einstellst, brauchst du keine dicke Daunendecke zum Schlafen. Wie die bei Liberman im Schlafzimmer.«

»Hmm … Ist das alles?«

Moh Wang ging zum Thermostat, die Hände in den Taschen vergraben.

»In dem Bericht steht auch, dass Demectin Spuren von Maisstärke an den Opfern entdeckt hat.«

»Das weiß ich. Unser Mörder hat seine Latexhandschuhe ausgezogen, um seine Opfer zu berühren, und sie anschließend wieder angezogen.«

Wang holte einen unbenutzten Handschuh aus seiner Tasche.

»Zieh ihn an, dann wieder aus und noch einmal an …«

Neugierig geworden kam Vic der Aufforderung nach. Anschließend wies Wang auf die äußeren Enden des Handschuhs.

»Was siehst du?«

»Puder.«

»Genau. Wenn du einen Handschuh ausziehst, hast du die Hände voller Puder. Wenn du ihn also mit Hilfe der anderen Hand wieder anziehst, bleiben auf der Außenseite des Handschuhs Puderspuren zurück.«

»Und weiter?«

»Nachdem man den Handschuh wieder angezogen hat, hinterlässt er also eine winzige Menge Maisstärke auf allem, was man anfasst.«

Wang holte eine Phiole aus seiner Tasche und schüttete ein wenig Flüssigkeit auf den Knopf des Thermostats. Sie fing an, blasslila zu schimmern.

»Bingo. Maisstärke reagiert auf Jod und verfärbt sich.«

Vic rieb sich über das Kinn.

»Er hat also die Temperatur zunächst erhöht und dann, nach seinem Mord, den Knopf wieder auf 18 Grad eingestellt?«

Wang nickte und holte eine Zigarette hervor, zündete sie jedoch nicht an.

»Genau, und das ist noch nicht alles. Halt dich fest, gleich gibt's was zu lachen.«

»Mir ist im Moment nicht besonders nach Lachen zumute.«

»Erinnerst du dich daran, dass ein paar von Leroys Haaren leicht angesengt waren?«

»Ja. Bei Liberman allerdings nicht, jedenfalls laut Bericht.«

»Genau, das ist mir immer wieder durch den Kopf gegangen, doch ich habe es nicht begriffen. Warum Leroy, und Liberman nicht?«

»Nämlich?«

»Weil Liberman kurze Haare hatte und Leroy lange.«

»Das ist mir zu hoch.«

»Weißt du, wie sich die Verbrennungen erklären lassen? Es waren elektrische Heizungen. Der Mörder hat tragbare elektrische Heizungen mitgebracht.«

»Was?«

»Erinner dich, was Réré, unser Penner mit dem Riesenzinken, gesagt hat. Er hat erzählt, er hätte gesehen, wie der Mörder mit ›Gittern‹ ins Haus gegangen ist. Das waren bestimmt diese Heizungen. Unser Mörder hat sie neben das Opfer gestellt und dann angeschlossen. Ein paar Haare, die sich zu nah am Heizkörper befanden, sind angebrannt. Er wollte, dass es sehr heiß wird, um uns über den Todeszeitpunkt zu täuschen.«

Vic blieb vor Staunen der Mund offen stehen.

»Donnerwetter! Super beobachtet!«

»Was unsere gestohlenen Sicherungen angeht, so habe ich zwei Thesen. Entweder er macht sich über uns lustig und nimmt sie mit wie eine Art Symbol, wie um zu sagen: ›Zerbrecht euch schön den Kopf darüber, ihr Idioten, während ich mich prima amüsiere.‹ Oder, und das ist logischer, er stellt die Leistung der Heizungen immer höher, während er seine Arbeit verrichtet, bis schließlich die erste Sicherung durchbrennt. Und als er schließlich geht, nimmt er nicht nur eine, sondern alle mit, um die Spuren zu verwischen.«

Wang begann, auf und ab zu laufen.

»Zur Bestimmung des Todeszeitpunkts kann der Gerichtsmediziner sich auf das Diagramm nach Henssge stützen oder die Kaliumkonzentration in der Glaskörperflüssigkeit messen. Demectin arbeitet mit der ersten Methode, die ihr zufolge zuverlässiger ist. Sie verwendet ein Nomogramm, das zahlreiche Faktoren berücksichtigt, wie Rektal- und Außentemperatur, feuchte oder trockene Umgebung etc. Bei einer Raumtemperatur von etwa 18 Grad gibt es direkt nach dem Eintritt des Todes ein Zeitfenster von zwei Stunden, in dieser Zeit variiert die Körpertemperatur kaum, bevor sie dann nach und nach abfällt. Der Gerichtsmediziner berücksichtigt all diese Daten, um den Todeszeitpunkt zu bestimmen. Aber wenn du das Zimmer und den Körper vor Eintritt des Todes stark erwärmst, verfälschst du die Ergebnisse, da es dann sehr viel länger dauert, bis die Temperatur sinkt. Es sieht so aus, als hättest du um Mitternacht gemordet, doch in Wirklichkeit hast du sehr viel früher agiert. Am nächsten Morgen bemerken wir nichts, weil die Raumtemperatur wieder auf den am Thermostat eingestellten Wert, also 18 Grad, zurückgegangen ist. Vor einigen Jahren gab es schon einmal einen solchen Fall. Damals hatte ein besonders spitzfindiger Mörder die Leiche in Decken eingewickelt und sie später wieder hervorgeholt, doch Decken hinterlassen Fasern. Bei elektrischen Heizungen hingegen ist es unsichtbar, abgesehen davon, dass die Opfer stark schwitzen.«

Wang kratzte sich mit seinem riesigen Daumennagel am Ohr.

»Und weil er so clever ist, lässt er sogar absichtlich ein Stück zerbrochene Kreide liegen, auf dem sich der Fingerabdruck von jemand anderem befindet. Kurz, verstehst du, worauf ich hinauswill?«

Vic blickte zur Decke empor.

»Du denkst an Kismet, nicht wahr?«

»Sein Alibi im Restaurant ist hinfällig, da das Verbrechen wahrscheinlich vor der von der Gerichtsmedizinerin bestimmten Zeit stattgefunden hat. Und wenn du genau hinsiehst, ist alles sehr logisch. Das Trois Parques, die Monster, Dupuytren, und nun noch die Sache mit der Ausstellung in Lyon, gemeinsam mit Liberman. Nicht zu vergessen die elektrischen Heizungen, die bei ihm rumstanden, als wir dort waren.«

»Ich habe ebenfalls zwei Stück zu Hause.«

»Ja, aber gib zu, dass das eine ganze Menge ist. Ich glaube, wir sollten uns diesen Typen noch einmal gründlicher vorknöpfen.«

Vic schüttelte den Kopf.

»Nein, nein. Das mit Kismet haut nicht hin. Ich bin nach wie vor überzeugt davon, dass er nichts mit der Sache zu tun hat. Er ist zu überspannt, fällt überall auf, wo er hinkommt. Im Museum, dem Trois Parques. Unser Mörder ist organisiert, gewissenhaft, überlässt nichts dem Zufall. Kismet ist eher ein Wirrkopf.«

Er dachte kurz nach, dann sprach er weiter:

»Außerdem ist dem Bericht zufolge unser zweites Opfer etwa zwischen 2 Uhr und 3 Uhr morgens getötet worden. Wenn man die Sache mit den Heizungen berücksichtigt, würde dies bedeuten, dass der Mord schon um 22 Uhr stattgefunden hat, wenn nicht sogar noch früher. Und weißt du, wo sich Kismet zu dieser Zeit aufhielt? Er war bei Hector Ariez und danach mit mir zusammen. Auch wenn Sceaux nicht weit von Chevreuse entfernt ist, so kann er es unmöglich geschafft haben, in so kurzer Zeit hierherzufahren, alles so herzurichten und Liberman diese schrecklichen Greuel zuzufügen.«

»All das sind nur ungefähre Schätzungen.«

Vics Handy vibrierte. Er umklammerte es fest. Céline …

»Entschuldige bitte.«

Er ging in die Küche und nahm ab.

»Céline?«

»Nein.«

Am anderen Ende der Leitung war nicht seine Frau, sondern ein Mann.

Ein Arzt, der mit ernster und monotoner Stimme zu sprechen anfing.

Vic sank auf die Knie.

Und begann laut zu schreien.

49. Montag, 7. Mai, 12 Uhr 23

Céline lag reglos in einem Krankenhausbett, ihre Züge waren von tiefer Traurigkeit gezeichnet. Die Neonröhren überzogen ihr Gesicht mit einem grellen Schimmer. Der Gynäkologe stand neben ihr.

»Der Kaiserschnitt hat eine Vollnarkose erforderlich gemacht«, erläuterte Doktor Sénéchal. »Es wird eine Weile dauern, bis sie wieder aufwacht. Wir werden sie mindestens bis Donnerstag hierbehalten müssen. Ein Psychologe wird heute Abend kommen, um mit Ihrer Frau und Ihnen zu reden.

Mit Tränen in den Augen strich Vic über die Haare seiner Frau. Er drehte sich um und fragte den Arzt:

»Erklären Sie mir, was passiert ist.«

Sénéchal erzählte, dass während der Untersuchung eine Komplikation in der Plazenta aufgetreten war. Ein extrem seltener Fall, der bewirkt hatte, dass die Fruchtblase vorzeitig platzte.

Vic verfiel in ein langes Schweigen, er war am Boden zerstört. Stéphane Kismets Worte hallten in seinem Kopf wider. Schließlich erklärte er:

»Ich will, dass Sie das Fruchtwasser trotzdem untersuchen lassen.«

»Aber … warum?«

Vic blickte dem Arzt fest in die Augen.

»Ich will wissen, ob mein Kind mongoloid war oder nicht. Ich will wissen, ob man mir die Wahrheit gesagt hat.«

»Wer? Was für eine Wahrheit?«

»Ich will es wissen.«

Sénéchal warf ihm einen mitfühlenden Blick zu.

»Wir können das Geschehene nicht ungeschehen machen. Warum wollen Sie unnötig leiden? Sie müssen versuchen, diese Wunde so schnell wie möglich verheilen zu lassen, gemeinsam mit Ihrer Frau. In einem solchen Fall wird oft geraten, dass …«

Vic packte sein Handgelenk.

»Bitte, tun Sie das für mich.«

Nach einem kurzen Schweigen antwortete ihm der Gynäkologe mit ernster Miene:

»Ich werde Sie anrufen, sobald ich die Ergebnisse vorliegen habe.«

Vic küsste Céline und stellte dem Arzt eine letzte Frage:

»Mein … Dieses Kind … War es ein Junge oder ein Mädchen?«

»Ein Junge. Es war ein Junge.«

Nachdem Vic das Zimmer verlassen hatte, rannte er zu den Toiletten und spritzte sich eiskaltes Wasser ins Gesicht. Wie konnte das alles so schnell geschehen? In welcher Verfassung würde Céline wieder aufwachen? Wie sollte sie nun ihr neues Leben in Paris ertragen? Und was war mit dem Kinderzimmer, das bereits fertig eingerichtet war? Dem Kinderwagen, den Fläschchen, Lätzchen, all den Plüschtieren?

Voller Überdruss, am Ende seiner Kräfte zog er seine Streichholzschachtel hervor und betrachtete sich im Spiegel. Weshalb sollte man sich Grenzen setzen, sich beherrschen, wenn man doch jederzeit sterben konnte, sogar im Bauch der Mutter, dem Ort auf der Welt, wo man besonders geborgen und sicher war? Warum sollte man auf etwas verzichten und sich etwas versagen, wenn doch jemand anders an unserer Stelle über Leben und Tod entschied? Es gab Leute, die drei Schachteln am Tag rauchten und erst im hohen Alter starben. Jugendliche, die vor Gesundheit strotzten und an einem Hirn-Aneurysma starben, während sie gerade über ihren Hausaufgaben saßen. Kleine Kinder, die bei einem Feuer ums Leben kamen. Wer entschied darüber? Und warum?

Als er wieder im Gang stand, nahm er sein Handy heraus und rief in Avignon an. Célines Mutter … Sie brach zusammen.

Sie würde den TGV nehmen und im Laufe des Tages nach Paris kommen.

Dann kehrte Vic zurück zu Sénéchal und fragte ihn:

»Wann wird meine Frau aufwachen?«

»Oh … Das wird noch fünf bis sechs Stunden dauern, denke ich. Zudem wird die Narkose wahrscheinlich in den natürlichen Schlaf übergehen. Sie war sehr erschöpft, als sie hier ankam. Seit wann hat sie nicht mehr geschlafen?«

Vic antwortete erst Sekunden später, er war mit seinen Gedanken völlig woanders.

»Wir schlafen beide im Augenblick sehr schlecht. Rufen Sie mich an, wenn es irgendein Problem gibt.«

»Bleiben Sie nicht hier?«

Vics Blick trübte sich.

»Ich muss jemanden treffen. Einen ganz außergewöhnlichen Menschen.«

50. Montag, 7. Mai, 14 Uhr 11

»Es ist passiert … Habe ich recht?«

Ohne eine Antwort abzuwarten, bat Stéphane Vic, mit nach unten in seine Werkstatt zu kommen.

Verblüfft blickte der junge Leutnant sich um. An den Wänden standen Dutzende, Hunderte von Sätzen, in einem gigantischen Strudel. Stéphane Kismet hatte dort Geschehnisse ohne jeden Zusammenhang beschrieben. Es war die Rede von Daten, von Tod, der Zukunft, von Mélinda, Ariez, von Krankheiten. Für wen waren sie bestimmt? Für eine unsichtbare Gestalt? Einen Geist? Und warum? Beim Betreten dieses Raumes musste man unwillkürlich an den Unterschlupf eines Geistesgestörten denken. Vielleicht war Stéphane Kismet wirklich verrückt geworden. Ein Verrückter, der in die Zukunft sehen konnte.

Völlig erstarrt senkte der junge Polizist den Kopf.

»Sie hatten recht. Vollkommen recht, mein Gott.«

»Es tut mir leid für Ihr Baby.«

Vic wagte sich ein Stück vor in diese Welt aus Monstern und Wahnsinn. Er hatte das Gefühl, in Kismets Gehirn vorzudringen, tief in sein Unbewusstes, den Ursprungsort der schlimmsten Alpträume. Sein Herz pochte laut.

»Sie … Sie haben vorhergesehen, dass meine Frau schwanger war, dass unser Kind möglicherweise an Trisomie litt, Sie haben mich Victor genannt, dann haben Sie prophezeit, dass unser Baby sterben wird. Sie haben gesagt, das Schicksal hätte beschlossen, dass sich unsere Wege kreuzen. Das müssen Sie mir erklären. Von Anfang an.«

Stéphane holte eine Whiskyflasche aus einer Plastiktüte.

»Trinken Sie ein Glas mit?«

»Ein großes Glas. Wenn man bedenkt, dass ich noch vor drei Tagen Alkohol gehasst habe ... Aber jetzt schlafe ich nicht mehr, ich esse nicht mehr, stopfe mich mit Tabletten voll, um durchzuhalten ... Fehlt nur noch der Glimmstängel.«

Er holte eine noch ungeöffnete Packung Zigaretten und seine Streichholzschachtel hervor.

»Erlauben Sie?«

»Machen Sie. Aber erzählen Sie mir nicht, dass Sie heute wieder anfangen.«

Vic strich mit dem unversehrten Streichholz mehrmals erfolglos über die Reibfläche der Schachtel, dann gelang es ihm schließlich, es anzuzünden. Er führte die Zigarette an den Mund.

»Doch, in diesem Moment, vor Ihren Augen. Und es tut mir nicht leid. Kein bisschen.«

»Sie sollten das nicht tun.«

»Fangen Sie nicht auch noch damit an. Es gibt schon genug Leute, die mir sagen, was ich zu tun oder zu lassen habe. Langsam reicht es mir.«

»In einem meiner Träume, wo wir beide eine Videokassette anschauen, rauchen Sie, es war also vorgesehen, dass Sie wieder anfangen. Das Schicksal manipuliert auch Sie.«

Vic hustete, dann drang der Rauch langsam in seine Lungen ein. Er empfand kein besonderes Vergnügen, doch es tat ihm gut, sich über das Verbot hinwegzusetzen, sich wenigstens einmal frei zu fühlen.

»Wie geht es Ihrer Frau?«, fragte Stéphane.

Vic trank einen großen Schluck Whisky und betrachtete dabei eine furchterregende Maske, die auf der Werkbank lag.

»Bitte erklären Sie es mir. Ihre Visionen. Sagen Sie mir alles, was Sie wissen.«

Stéphane setzte sich auf seinen Drehstuhl und verschränkte die Arme.

»Ich weiß nicht, ob ich das kann. Es ist wichtig, dass Sie mir glauben, und ich bin mir nicht sicher, ob …«

»Auch wenn ich es absolut nicht begreife, wie sollte ich es nicht glauben? Unser Baby ist gestorben, und Sie wussten, dass das geschehen würde, dabei liegt die Wahrscheinlichkeit, dass so etwas passiert, fast bei null. Ein anderer Gynäkologe, ein anderer Zeitpunkt, ein anderer Ort, eine rote statt einer grünen Ampel, und der Fötus hätte höchstwahrscheinlich überlebt. Und Sie haben das alles vorhergesehen, auf so präzise Weise …«

Stéphane trank seinen Whisky in einem Zug aus, drehte sich um, nahm sein Heft und verließ das Zimmer.

»Kommen Sie mit. Es ist nur wenige Kilometer entfernt. Ich möchte es Ihnen dort erzählen. An dem Ort, wo alles angefangen hat. Vor so langer Zeit …«

*

Stéphane fuhr in Richtung Coye-la-Forêt, bog auf die Landstraße und parkte fünf Minuten später am Straßenrand. Die beiden Männer gingen in ein Wäldchen hinein und kamen dann zu einem alten Bahngleis. Stéphane stieg über einen wackligen Drahtzaun und trat dann auf die Gleise.

»Nun, kommen Sie mit?«

Der Polizist folgte ihm, und sie liefen gemeinsam über das Schotterbett. Stéphane begann zu erzählen:

»Juli '92, ich war fünfzehn Jahre alt. Meine Adoptiveltern fuhren in den Ferien regelmäßig nach Coye in die Vogesen, zu ihren Familien. Ich liebte diese Stadt, weil ich dort jedes Jahr meine Freundin namens Ludivine Coquelle wiedersah, die kleine Tochter der Nachbarn. Wir kannten uns, seit wir sieben Jahre alt waren.«

Er hob einen Stock auf und warf ihn weit von sich, dann lief er weiter zwischen den Schienen entlang.

»Ludivine und ich haben oft zusammen hier gespielt. Wir dachten, das Bahngleis sei verlassen.

»Ist es das nicht?«

»Nein.«

Stéphane wies auf eine Kurve, etwa hundert Meter von ihnen entfernt.

»Dort drüben ist es passiert.«

»Sie sollten nicht auf den Schienen gehen.«

»Mir wird nichts passieren. Zumindest heute nicht. Wenigstens diesen Vorteil haben die Zukunftsträume.«

Er beschleunigte seinen Schritt und fuhr mit bewegter Stimme fort:

»Wir sind genau hier, auf diesem Abschnitt, entlanggegangen. Ludivine war direkt vor mir. Sie balancierte auf der linken Schiene. Ich sehe noch ihre Arme, die sie wie Flügel ausgebreitet hatte, ihre Haare im Wind. Ich sehe das alles noch so deutlich vor mir. Ich habe vieles vergessen, doch nicht diese Minuten. Plötzlich, als sie …«

Er lief noch zehn Meter weiter und stellte sich dann auf das rissige Holz.

»… über diese Schwelle hier lief, die etwas heller ist als die anderen, habe ich vor meinem inneren Auge etwas gesehen … Einen Zug, der in der Kurve auftauchte.«

Sichtlich betroffen schloss er die Augen.

»Da bin ich nach rechts gesprungen und habe geschrien: ›Es kommt ein Zug! Geh da weg, Ludivine! Geh da weg!‹ Sie hat sich zu mir umgedreht, gelacht und gerufen: ›Soll er doch kommen!‹ Zwei Sekunden später schoss das Ungetüm hervor.«

Kopfschüttelnd blieb Vic stehen.

»Mein Gott … Das Mädchen ist zu Tode gekommen, und nicht Sie.«

Stéphane blieb einen Moment lang schweigend stehen.

»Ich habe etwas Unglaubliches überlebt«, fuhr er endlich fort. »Meine Frau, meine Bekannten wissen nichts von dieser Geschichte. Diese Bilder verzehren mich wie ein Geschwür. Als ich vor zwei Monaten den Tod der kleinen Gaëlle Montieux verschuldet habe, sahen die Gendarmen keinen Zusammenhang zu diesem Fall von Coye, der etwa fünfzehn Jahre zurückliegt. Ich will mir lieber nicht vorstellen, was sie gedacht hätten, wenn sie die Parallele gezogen hätten.«

»Und doch können Sie nichts dafür.«

»Ich hätte sie retten können, statt zur Seite zu springen. Ich hätte zu ihr laufen und sie wegstoßen müssen.«

Er blickte in die Ferne.

»Sechs Jahre später habe ich versucht, einen Zugunfall zu verhindern, den ich vorhergesehen habe. Ich zog die Notbremse, doch das Bremssystem war defekt, und Dutzende von Fahrgästen wurden getötet. Und wiederum bin ich mit dem Leben davongekommen. Dabei hätte jeder andere den Sprung aus dem Zug nicht überlebt. Und vor genau zweiundsechzig Tagen habe ich versucht, mit dem Auto einem kleinen Mädchen auf der Straße auszuweichen, und habe sie aus genau diesem Grund ein kleines Stück weiter mit dem Wagen erfasst. Ich bin gegen einen Baum geprallt. Wie durch ein Wunder wurde ich gerettet, weil ich den Mercedes genommen hatte, während ich sonst immer mit meinem alten Ford fahre.«

»Sie wohnen nicht weit von hier … Sie sind fünfzehn Jahre nach dem Unfall zurückgekehrt, um das alles zu verstehen, nicht wahr?«

Stéphane biss die Zähne zusammen.

»Ich bin direkt nach unserem Umzug vor drei Monaten hierhergefahren, um mich zu erinnern. Es ist so lange her.«

Er blickte zu Boden.

»Erst seit ein paar Tagen, seitdem ich mich an meine Träume erinnern kann, weiß ich, dass Stéfur – die Person in meinen Träumen, eine Art Doppelgänger von mir in der Zukunft – die ganze Zeit über da gewesen ist. Er war das kleine Männchen auf meinen Zeichnungen in der Schule. Er hat mich dazu gebracht, die Notbremse zu ziehen. Seinetwegen habe ich bei dem Kilometerstein auf der N16 gebremst. Und er hat mir auch gesagt, ich solle Ludivine vor dem Zug warnen. Er versucht, die Unfälle zu verhindern, die er gesehen hat, indem er mich mit Hilfe dieser Träume warnt. Aber die Träume nützen nichts, die Unglücke geschehen trotzdem, weil das Schicksal alles dafür tut. Und ich überlebe, wahrscheinlich, weil das Schicksal nicht vorhergesehen hat, dass ich auf diese Weise sterbe. Dieses verdammte Schicksal lässt sich nicht beeinflussen. Sehen Sie, was mit Ihrer Frau passiert ist. Ich habe alles darangesetzt, die Untersuchung zu verhindern, und doch … Egal, was ich mache, es gelingt mir nicht, den Lauf der Ereignisse zu ändern.«

Stéphane trat zu Vic und blickte ihm in die Augen.

»Es wird Zeit, dass ich Ihnen alles erkläre, was ich über Ihren Fall weiß. Und wenn Sie mich ins Gefängnis stecken, umso besser. Es ist besser als das, was möglicherweise geschieht, und ich will nicht noch mehr Tote auf dem Gewissen haben. Weil mir ihre Schreie und ihre Gesichter nicht mehr aus dem Kopf gehen, verstehen Sie?«

Vic nahm eine Zigarette und wollte sie anzünden, doch er fand kein Streichholz. Wütend warf er sie zu Boden.

»Ich verstehe nichts, aber ich höre Ihnen zu.«

»Seit Donnerstag«, fuhr Stéphane fort, »erinnere ich mich an diese Träume, die mich wahrscheinlich seit meiner Kindheit verfolgen. Ich sehe mich in einer Zukunft, die um sechs Tage und zwanzig Stunden verschoben ist. Ich habe alles in diesem Heft hier notiert. Lesen Sie es. Es fehlen ein paar Seiten, doch das Wesentliche steht da. Der Schlag, den Sie mir auf mein linkes Auge verpasst haben. Das kaputte Display meines Handys. Ihr Anruf in genau vier Tagen, in dem Sie mir von Ihrer Frau erzählen, von den Zahlen sechsundvierzig und siebenundvierzig, der Anzahl der Chromosomen bei einem mongoloiden

Kind. Alles, wirklich alles wird Wirklichkeit. Und ich kann nichts daran ändern.«

Vic nahm das Notizbuch.

»Wer sagt mir, dass du das alles nicht erst im Nachhinein aufgeschrieben hast?«

»Lesen Sie … Lies dieses Heft, und du wirst verstehen. Du wirst auch feststellen, dass wir uns darin duzen. Noch ein Puzzleteil, das dazu passt.«

Vic entfernte sich ein Stück von den Bahngleisen, setzte sich an einen Baumstamm und tauchte in diese irrsinnige Welt ein. Er las die Notizen aufmerksam durch.

»Mein Gott …«

Sein Gesicht verzerrte sich mit jeder Seite, die er umblätterte.

»Du sprichst von den Fotos vom Tatort, die in der Ecke oben links einen Fehler aufweisen! Das ist vertraulich. Wie konntest du davon wissen?«

»Ich habe es gesehen, das ist alles.«

»Das mit Stacheldraht gefesselte Opfer … Der Haken im Mund … Mein Gott … Du hast das am Freitag aufgeschrieben, und in der Nacht von Samstag auf Sonntag ist Liberman gestorben.«

»Liberman … Der Name sagt mir irgendetwas.«

»Sie hat an der Ausstellung über die *Gueules cassées* in Lyon mitgearbeitet. Die dunkelhaarige Frau, der du im Trois Parques begegnet bist. Im Zimmer Nummer 6.«

Stéphane nahm den Schlag hin, er wirkte noch verzweifelter.

»Alles hängt zusammen. Wir sind wie die Gefangenen in einem Wollknäuel, das gespickt ist mit Zufällen.«

Vic nagte an den Fingernägeln, während er weiterlas. Dann ließ er das Heft sinken, ihm war unbehaglich zumute.

»Die Einstichspuren auf deinem Unterarm, von denen du in dem Notizbuch erzählst …«

»Sie sind noch nicht da. Hast du eine Idee?«

»Der Mörder spritzt seinen Opfern Morphium in den rechten Unterarm.«

Mit verstörter Miene schob Stéphane seinen Ärmel ein wenig hoch.

»Dieses Blut an meinen Händen, in dem ersten Alptraum … Kann das bedeuten, dass er versucht hat, mich zu töten? Dass es mir gelungen ist zu fliehen?«

»Er tötet Menschen, die einen Bezug haben zu deiner Welt. Leute, die Missbildungen in der Öffentlichkeit ausstellen oder sie benutzen, um mit ihrer Hilfe ihren Ehrgeiz zu befriedigen. Liberman. Leroy. Du entsprichst genau dem Profil seiner Opfer.«

Stéphane wurde leichenblass. Vic stand auf und ging ein paar Schritte.

»Nein, nein. Das ist nicht möglich«, sagte der Polizist. »Es kann nicht sein, dass du die Zukunft in Händen hältst, man kann Ereignisse nicht im Voraus kennen. Das stellt zu viel in Frage. Du … Du …«

»Was denn? Ich bin verrückt? Oder vielleicht selber der Mörder, den du suchst? Glaubst du, dass ich diese Frauen ermordet habe? Dass ich deinem Baby etwas antun wollte, es heute Morgen getötet habe? Und dieser fehlerhafte Film, das hast du selbst gesagt! Wie hätte ich davon wissen können?«

Vic hob einen großen Kieselstein auf und schleuderte ihn gegen einen Baum.

»Verdammt! Wie ist das möglich?«

»Ich weiß es nicht, Victor. Ich weiß es wirklich nicht. Aber das geschieht mit mir. Und ich versichere dir, dass das nicht lustig ist. Ich kenne zwar die Lottozahlen der nächsten Ziehung, aber das ist diesen ganzen Horror nicht wert, der damit einhergeht. Das ist schlimmer als ein Fluch.«

Der Polizist hob das Heft empor.

»Du beschreibst darin das Gesicht des Mörders! Du schilderst Tatsachen, die nur der Polizei bekannt sein können! Wie kannst du in all das verwickelt sein? Wie konntest du an all diese Informationen kommen, sogar in der Zukunft?«

Stéphane breitete die Arme aus.

»Ist dir das denn noch immer nicht klar?«

»Was denn? Dass ich es mit einem Hellseher hoch zehn zu tun habe?«

»Nein! Dass wir uns auf einer Zeitschleife bewegen! Ich bin in diese Sache verwickelt, weil diese Zukunft jetzt, in diesem Augenblick, Wirklichkeit wird! Du wirst mir diese Fotos vom Tatort geben, egal, was geschieht! Ich glaube, dass ich von Anfang an den Inhalt dieser Träume erst geschaffen habe, indem ich es verhindern wollte. Zum Beispiel die gelbe Eintrittskarte zum Museum. Ich habe sie in meinen Träumen gesehen und bin deshalb nach Dupuytren gefahren. Sonst hätten wir uns wahrscheinlich nie kennengelernt, denn du hast nur deshalb zu mir gefunden.«

Mit ernster Miene blickte Stéphane noch einmal auf die Eisenbahnschwelle.

»Und jetzt bleiben noch etwa zwei Tage, bevor der letzte Traum wahr wird. Wenn wir nichts unternehmen, dann wird übermorgen Nacht …«

Vic unterbrach ihn:

»Und diesen Wahnsinn soll man an einem einzigen Tag begreifen? Außerdem sagst du, es fehlen Seiten.«

Stéphanes Augen blitzten auf.

»Könntet ihr euch nicht zu mehreren daranmachen? Einer überwacht Hector Ariez. Ein anderer passt auf Mélinda auf. Und auch auf mich. Ich will nicht sterben. Und auch nicht das durchmachen, was diese armen Frauen durchgemacht haben.«

»Was soll ich denn tun? Soll ich mich etwa vor meinen Kommandanten hinstellen und ihm erklären, dass ich im Besitz eines magischen Heftes sei, in dem mehrere Morde aufs Genaueste beschrieben werden?«

Stéphane starrte ihn an.

»Wenigstens bin ich jetzt nicht mehr allein. Es ist nicht unbedeutend, dass wir uns gerade auf diesen Schienen befinden. Sie sind parallel, genau wie unsere Schicksale. Sie bleiben miteinander verbunden, hängen voneinander ab. Wir waren dazu bestimmt, uns zu begegnen.«

»Danke.«

Stéphane wies auf das Heft.

»Lies das alles noch einmal. Du wirst Zusammenhänge begreifen, die mir nichts sagen. Nachforschungen anstellen, das ist doch dein Job, nicht wahr? Versuch, etwas zu finden! Es ist die Sache wert, sich den Kopf zu zerbrechen.«

Vic blätterte die Seiten um. Die meisten lösten sich schon vom Einband, er achtete darauf, dass er sie nicht durcheinanderbrachte.

»Diese seltsame Tätowierung auf deiner Hüfte … Hast du sie wirklich machen lassen?«

Stéphane schob sein T-Shirt hoch.

»Gut. Wenn man deinen Notizen Glauben schenkt, dann sieht es nicht so aus, als würden wir diesen Mörder bald schnappen, da wir ihm in der Zukunft noch immer hinterherjagen.«

»Es sei denn, du begreifst den Sinn von diesem ganzen Gefasel.«

Vic presste die Lippen zusammen und setzte seine Lektüre fort.

Ein paar Minuten später bemerkte Stéphane, dass er die Stirn runzelte.

»Hast du eine Spur?«

Vic holte ein Blatt Papier aus der Tasche. Die Adresse, die ihm Achille Delsart in Dupuytren gegeben hatte.

»Mein Gott! Hier steht ›Noël Siriel‹! Weißt du, wer Noël Siriel ist?«

»Nein, der Name sagt mir nichts.«

»Er finanziert Dupuytren!«

Vic klappte sein Handy auf.

»Ich rufe im Kommissariat an.«

Doch Stéphane stürzte zu ihm und packte seinen Arm.

»Nein, nein, du rufst niemanden an. Du hast selbst gesagt, dass du keine logische Erklärung dafür liefern kannst.«

»Was? Ich soll allein dorthin fahren? Und wenn ich mir deinetwegen Ärger einhandle?«

»Du wirst keine Schwierigkeiten bekommen. Ich fahre mit dir.«

Vic legte ihm eine Hand auf die Schulter.

»Nein, du versuchst zu schlafen.«

»Ich will dir helfen! Ich will diesen Dreckskerl schnappen, ich …«

Vic starrte ihn an.

»Hast du denn noch immer nicht begriffen, dass du mir am besten helfen kannst, indem du schläfst?«

Er hielt das Heft vor sich.

»Ich behalte es noch eine Weile, ich brauche es. Du hast das alles im Kopf.«

»Nicht mehr richtig. Weißt du, es gerät alles so schnell durcheinander …«

»Ich gebe es dir bald zurück. Und vor allem darfst du von nun an mit niemandem mehr außer mir von Siriel, von unserer Begegnung oder deinen Visionen sprechen. Wir begeben uns gerade außerhalb des Gesetzes, setzen uns über all das, was ich in der Schule gelernt habe, hinweg. Wir befinden uns nicht einmal mehr in einer logischen Welt.«

Im Weggehen fügte er noch hinzu:

»Immer wenn Céline und ich an einem alten Landhaus in der Nähe von Avignon vorbeikamen, das zum Verkauf stand, haben wir angefangen zu träumen. Ich habe gerade mein Kind verloren, das Schicksal hat es mir genommen. Ich habe Angst, dass ich meinen Beruf hassen werde. Diese Lottozahlen in deinem Heft. Ich glaube, ich werde sie spielen. Auch wenn ich nicht sonderlich überzeugt bin, dass ich daran glaube …«

51. Montag, 7. Mai, 18 Uhr 39

Vic fuhr allein durch den dichten Wald von Halatte nördlich von Paris. Er hatte die Autobahn verlassen, war über die Nationalstraße gefahren und dann auf eine Landstraße abgebogen. Laut der Adresse, die ihm der Museumsverwalter von Dupuytren gegeben hatte, und den Angaben des GPS würde er das Haus von Noël Siriel in wenigen Kilometern erreicht haben.

Vic blickte auf die Uhr. Célines Mutter war wahrscheinlich gerade im Krankenhaus angekommen, weniger als drei Stunden, nachdem sie in Avignon losgefahren war. Am Telefon hatte Vic ihr erklärt, dass Céline noch lange schlafen würde und er so bald wie möglich zu ihr kommen wolle. Weshalb er nicht bei ihr war, hatte er ihr nicht mitgeteilt, dazu hatte er keine Zeit gehabt. Der Akku seines Handys war schon wieder leer, und er war nicht mehr erreichbar.

Ein tiefes Schlagloch holte ihn zurück in die Wirklichkeit. Die Räder schlugen durch, das Fahrzeug machte einen leichten Schlenker, bevor es Vic gelang, wieder geradeaus zu lenken. Über ihm verschwand die Sonne. Die Bäume standen so dicht, als wollten sie ihn zermalmen. War das als Warnung zu verstehen? Entlang der Straße standen nur noch vereinzelte Häuser.

Vic ging die Frage wieder und wieder durch, doch er begriff nicht, wie der Stéphane Kismet aus der Zukunft – da er sich etwas anderes nicht vorstellen konnte – den Namen Siriel an die Wand geschrieben haben konnte. Welche Rolle spielte dieser alte Sammler in dieser makabren Geschichte? Wie konnte man eine so ausgeprägte Sehergabe besitzen? Das war völlig unlogisch.

Vic bog in einen Weg ein, der etwa hundert Meter weit in den Wald führte. Am Ende erblickte er ein massives Tor und hohe Ziegelsteinmauern, die halbkreisförmig angeordnet waren. Das Haus war riesig und schien sehr alt zu sein. Vic parkte vor dem Gittertor und klingelte an der Sprechanlage, über der eine kleine Kamera installiert war.

Eine etwas raue Stimme fragte:

»Ja?«

Vic hielt seinen Polizeiausweis vor das Objektiv.

»Vic Marchal, Kriminalpolizei. Ich würde gern mit Monsieur Siriel sprechen.«

Nach einer kurzen Stille zischte es aus der Sprechanlage.

»Ich mache Ihnen auf. Gehen Sie durch die Eingangstür. Das Wohnzimmer liegt direkt vor Ihnen.«

Die beiden Metallflügel öffneten sich und gaben den Blick auf ein großes, üppig bewachsenes Grundstück frei. Hinter einer Reihe von Bäumen stand ein leistungsstarker Geländewagen. An den Hauswänden rankte Efeu empor, bis hinauf zum Dach, auf dem ein hoher Schornstein Rauch ausstieß. Mit zugeschnürter Kehle lief Vic weiter. Niemand außer Kismet wusste, wo er war. Und seinen Vorgesetzten konnte er keine Erklärung liefern. Dieser Besuch musste geheim bleiben. Um jeden Preis.

Er stieß die Eingangstür auf und ging hinein, seine Waffe griffbereit.

In der großen kreisrunden Eingangshalle, in der es ausgesprochen dunkel war, hingen riesige Gemälde an den Wänden, eine makabre Abfolge von religiösen Bildern und Kriegsszenen. Vic betrachtete sie genau, das Ganze war wirklich prächtig, doch zugleich herzzerreißend. Denn die Gemälde zeigten ausnahmslos Tod, Gewalt und Leid. Sie vereinten das Schreckliche mit dem Göttlichen und waren so angeordnet, als wollten sie Gott und der Religion die Schuld an den Kriegen und dem Wahnsinn der Menschen anlasten. Die Gesichter waren von Angst und tiefem Schmerz gezeichnet. Vic zitterte vor Erregung. Er drehte sich um die eigene Achse und blieb plötzlich vor einem Bild stehen.

Unter einem Goldrahmen war zu lesen: »*Das Massaker an den Unschuldigen*«. Im Vordergrund sah man zwei tote Babys, von einem Messer hingemetzelt. Und dahinter Mütter auf der Flucht, mit ihren Kindern auf dem Arm. Das Schlimmste waren wahrscheinlich die Gesichter dieser Frauen, die in purpurne Stoffe gehüllt waren und mit offenem Mund ihr Entsetzen zum Himmel schrien.

Genau diesen Gesichtsausdruck hatte auch Annabelle Leroy gehabt. Und die achtzehn Puppen am Fuß ihres Bettes ließen an diese Kinder auf den Armen ihrer Mütter denken.

»Dieses Bild von Reni ist wirklich außergewöhnlich, nicht wahr?«

Vic zuckte zusammen und drehte sich um. Ein ganzes Stück von ihm entfernt, bereits im angrenzenden Zimmer, stand ein Mann von gut sechzig Jahren, vielleicht sogar siebzig. Er trug eine graue Flanellhose und ein blaues Hemd. Vic versuchte, seine Überraschung zu verbergen, als er sein Gesicht erblickte. Siriel hatte dicke, gräuliche Flecken auf Stirn und Wangen, sie sahen wie Fischschuppen aus. Er war eher zierlich, stand leicht gebeugt da und war mit Sicherheit außerstande, einen Körper wie den von Liberman emporzuheben.

Siriel sprach weiter, ohne näher zu treten.

»Der Reni zeigt den verzweifelten Akt der Liebe – anhand dieser Mütter, die versuchen, ihre Kinder vor den Armen der Mörder zu beschützen. Sehen Sie sich auch diese Werke von Bellini, Poussin und all den anderen an. Sie haben hier die bedeutendsten Gemälde vor Augen, was die Darstellung von Leid angeht.«

Noël Siriel bat Vic ins Wohnzimmer, während er selbst sich entfernte.

»Treten Sie ein, aber kommen Sie mir nicht zu nahe. Halten Sie Abstand, einverstanden?«

Vic ging weiter, ohne zu begreifen. Hatte Siriel eine ansteckende Krankheit, oder misstraute er ihm? Er hielt eine Gelatinekapsel zwischen Daumen und Zeigefinger, die er aufmerksam betrachtete, wie ein Juwelier einen Diamanten. Der Polizist betrat das Zimmer, das von einem mächtigen Bücherregal umrandet war, voll mit Werken, die in punkto Schönheit miteinander wetteiferten. Währenddessen stellte sich Siriel an einen offenen Kamin, der sich in der Mitte des Regals befand und in dem brennende Holzscheite lagen.

Während Siriel selbst stehen blieb, bat er Vic, ein Stück entfernt von ihm Platz zu nehmen, an einem Tisch, der aus einem einzigen Baumstamm herausgeschnitten worden zu sein schien. Auf der rechten Seite zeigte ein kleiner Überwachungsbildschirm den Eingang neben der Sprechanlage.

»Darf ich erfahren, was mir den Besuch eines so jungen und ehrgeizigen Polizisten verschafft?«

»Warum ehrgeizig?«

»Sonst wären Sie zu zweit gekommen. Ich glaube, so wird das gehandhabt, nicht wahr?«

Vic beschloss, gleich zur Sache zu kommen.

»Ich ermittle in einem Fall von mehreren äußerst perversen Morden, die uns ins Museum Dupuytren geführt haben. Und nun befrage ich dessen Hauptsponsor. Das sind Sie.«

»Welch unerbittliche Logik«, erwiderte der alte Mann. »Und?«

»Wie es scheint, war das richtig von mir. Ganz offensichtlich hat sich der Mörder von einem Ihrer Bilder inspirieren lassen, dem Reni. Ein seltsamer Zufall, finden Sie nicht? Zuerst Dupuytren und nun dieses Gemälde …«

Siriel deutete ein Lächeln an. Seine blauen Augen waren unter dicken grauen Augenbrauen verborgen.

»Ah, der Reni. Mein Lieblingsgemälde. Leider habe ich nur

eine Kopie. Sie ist zwar sehr gut, doch das Original bleibt unerreichbar. Allerdings besitze ich auch Originale. Ich habe hier optimale Feuchtigkeits-, Licht- und Temperaturverhältnisse, damit meine Sammlung nichts von ihrer Kraft einbüsst. Sie wird bald zusammen mit mir hier untergehen. Ich werde sie um nichts in der Welt vererben.«

»Bitte beantworten Sie meine Frage. Wie kommt es, dass ein Mörder sich von Ihrem Bild inspirieren ließ?«

»Mein Bild? Das Thema ›Massaker an den Unschuldigen‹ haben Dutzende von Malern interpretiert, nicht nur Reni. Glauben Sie nicht, es handelt sich um einen reinen Zufall?«

»Ja, genau. Lustig, dass Sie von Zufall reden.«

Siriel holte ein Taschentuch hervor, befeuchtete es mit einem Zerstäuber und tupfte sich sorgfältig die Lippen ab. Vic verstand nicht, warum er so nah am Feuer stehen blieb. Warum setzte er sich nicht ebenfalls?

»In was für einem Mordfall ermitteln Sie?«, fragte Siriel.

»Das wissen Sie nicht?«

»Natürlich nicht. Woher sollte ich es wissen? Sie sind doch wohl nicht hierhergekommen, weil Sie mich verdächtigen?«

Der junge Polizist wusste nicht genau, weshalb er hier war, doch er wusste, dass er sich auf der richtigen Fährte befand. Der Name Siriel in Kismets Heft und jetzt diese Bilder, die perfekt zu der Ermittlungsspur passten. Und dann dieses Gesicht, das von einer seltsamen Hautkrankheit gezeichnet war. Siriels offensichtliches Misstrauen. Er musste in den Fall verwickelt sein.

»Wir haben es mit einem Mörder zu tun, der einen starken Geruch am Tatort hinterlässt und ganz offensichtlich an einer schweren körperlichen Krankheit leidet, die möglicherweise angeboren ist.«

Siriel schloss die Augen und holte tief Luft.

»Offenbar ein weiterer Grund, weshalb Sie mich verdächtigen. Bitte erzählen Sie mir mehr.«

»Warum?«

»Vielleicht kann ich Ihnen helfen? Wie Sie sehen, kenne ich mich mit angeborenen Krankheiten aus.«

Vic zögerte. Sollte er wirklich alles preisgeben und ihm mitteilen, was sie bisher herausgefunden hatten? Oder ihm die Stirn bieten und das Risiko auf sich nehmen, dass er sich verschloss wie eine Auster? Vic entschied sich für die erste Option, mit offenen Karten zu spielen.

»Unser Mörder fesselt seine Opfer, spritzt ihnen Morphium und foltert sie dann. Er erwärmt ihren Körper, um die Gerichtsmedizin bezüglich des Todeszeitpunkts zu täuschen. Doch das hat nicht funktioniert. Wir sind sehr viel weiter, als er denkt.«

Siriel blickte ihn mit ernster Miene an. Selbst so nah am Feuer schwitzte er kein bisschen. Der Polizist fuhr mit seiner Schilderung fort.

»Bislang hat er zwei Opfer auf äußerst grausame Weise umgebracht. In beiden Fällen hat er ihnen die empfindlichsten Organe des Tastsinns abgetrennt, weil er es nicht erträgt, dass man ihn berührt, wahrscheinlich aufgrund von vergangenen Traumata. Er dagegen streichelt seine Opfer gerne, dafür zieht er sogar seine Latexhandschuhe aus.«

»Vergewaltigt er sie?«

»Nein. Eins der Opfer wurde mit aufgeschlitztem Bauch aufgefunden, der Körper war von Nadeln durchbohrt, das Gesicht verzerrt wie das der schreienden Frauen auf dem Bild von Reni. Um sie herum lagen achtzehn Puppen, eine davon völlig deformiert. Bei dem anderen Opfer hat er Gewichte benutzt. Er hat sie ans Kinn gehängt, wie man es bei den *Gueules cassées* im Ersten Weltkrieg machte. Außerdem hat der Mörder jedes Mal eine Note erteilt, die er mit Kreide an die Wand geschrieben hat.«

Siriel hing wie gebannt an den Lippen seines Gesprächspartners.

»Was für eine Note?«

»Er beurteilt ihr Leiden.«

»Ihr Leiden. Das berührt mich.«

»Warum?«

»Wissen Sie, welcher Zusammenhang zwischen den Gemälden in meiner Galerie besteht?«

»Das Leiden?«

»Es ist der Schrei. Der Schrei, den Maria ausstößt, als man ihr Christus aus den Armen reißt. Der Schrei der Mütter, denen man die Babys raubt. Der Schrei der Soldaten, die auf dem Schlachtfeld mit dem Tode ringen. Nur mit Hilfe des Schreis lässt sich das Leiden bildlich darstellen. Der Schrei äußert sich in einer Explosion visueller, physischer und akustischer Sinneseindrücke. Mit seiner Hilfe wird der Schmerz messbar. Er führt den Menschen zu dem zurück, was er ist: ein Tier, das nur den Schrei hat, um sich zu schützen, um zu überleben und zu hoffen, dass sein Verfolger von ihm ablässt. Jemanden zum Schreien zu bringen bedeutet, seiner Macht über ihn Ausdruck zu verleihen. Von ihm Besitz zu ergreifen.«

Siriel blickte Vic in die Augen. Sein Gesicht verriet keinerlei Gefühlsregung.

»Was ich Ihnen erzählt habe, scheint Sie zu inspirieren«, sagte der Leutnant. »Sprechen wir nun ein wenig über Sie, wenn Sie nichts dagegen einzuwenden haben.«

»Wissen Sie, mein Leben ist nicht besonders aufregend.«

»Darf ich erfahren, weshalb Sie ein Museum wie Dupuytren finanzieren?«

Im Schein der Flammen betrachtete Siriel erneut seine Gelatinekapsel.

»Vitamin D. Wissen Sie, wozu es gut ist?«

»Nicht genau, und ich denke nicht, dass …«

»Der Großteil von Vitamin D wird bei Sonnenbestrahlung von der Haut gebildet. Es ist äußerst wichtig für Knochen und Zähne, ein Mangel kann zu Multipler Sklerose führen, zu Bluthochdruck, Herz-Kreislauf-Erkrankungen und allen Arten von Krebs. Ich habe Krebs, Monsieur, unheilbaren Knochenmarkkrebs, und im günstigsten Falle habe ich noch wenige Wochen zu leben.«

Vic ließ nicht locker:

»Das tut mir leid, aber warum finanzieren Sie Dupuytren?«

»Die Leute müssen begreifen, dass Missbildungen und körperliche Unterschiede zu der von Gott gewollten Vielfalt gehören. Ich will, dass sie aufhören zu lachen, wenn ihnen ein Mensch mit einem Fibrom oder einer Zyste im Gesicht begegnet. Ich will, dass sie ihren Nächsten respektieren, egal, wie sein Körper aussieht. Dupuytren gibt Zeugnis von der wahren Natur der Dinge. Ein Museum wie dieses muss es geben.«

Vic stand auf und legte seine Hände flach auf den Holztisch.

»Monsieur Siriel, haben Sie etwas mit diesen Morden zu tun?«

Siriel hob langsam den unteren Teil seines Hemdes hoch. Vic verzog innerlich das Gesicht. Die Wunden waren nicht nur auf dem Gesicht, sie zerfraßen seinen gesamten Körper.

»Ich leide seit der Geburt an einer besonders schweren Form von lamellärer Ichthyose, einer angeborenen Krankheit, die für dieses abstoßende Aussehen der Haut verantwortlich ist. Doch das Schlimmste ist nicht die Krankheit. Sie verursacht keine Schmerzen, man stirbt nicht daran, und heutzutage gibt es gute Medikamente, die, sagen wir … den Schaden begrenzen. Nein, nein, das Schlimmste ist …«

Er ballte die Fäuste. Jetzt sprach ein unsäglicher Hass aus seinem Gesicht.

»… die Boshaftigkeit der Menschen. Meine Kindheit und Jugend waren die Hölle. Einsamkeit, Ablehnung, die Blicke der anderen … Alles, was ihnen einfiel, war, sich über mich lustig zu machen, mit dem Finger auf mich zu zeigen, mich wie ein Monster zu behandeln.«

Er befeuchtete sich wieder die Lippen mit seinem gefalteten Taschentuch.

»Für die anderen sind wir doch bloß Zirkustiere. *Freaks.*«

»Wir?«

»Ja, wir …«

»Wer begeht diese abscheulichen Morde? Und warum?«

Siriel blieb ganz ruhig. Nichts schien ihn mehr bewegen zu können.

»Ich weiß es nicht.«

»Sie lügen.«

Der alte Mann wies auf den Ausgang.

»Mehr kann ich Ihnen nicht sagen. Dort geht es hinaus … Ich werde Sie nicht begleiten.«

Vic warf ihm einen vernichtenden Blick zu.

»Ich werde wiederkommen. Ich versichere Ihnen, dass ich wiederkommen werde. Und zwar mit Begleitung.«

»Das hoffe ich sehr. Mein Haus steht Fremden jederzeit offen.«

Während Vic bereits in Richtung Eingangshalle ging, rief Siriel ihn noch einmal zurück.

Der Polizeileutnant riss die Augen auf. Der alte Mann hatte eine Waffe auf ihn gerichtet.

»Sie wollen mich also verlassen, ohne dass Sie Ihre Antwort bekommen haben?«, fragte Siriel. »Was für ein miserabler Polizist sind Sie doch. Um ehrlich zu sein, schlimmer hätte ich es nicht treffen können. Setzen Sie sich dort an die Wand. Wir werden ein bisschen miteinander reden.«

Er schüttelte den Kopf, als hätte ihn Mitleid ergriffen.

»Ich hatte gedacht, die Haut des Sirenenbabys, die Idee mit dem Essig, der Geruch nach Wundbrand am Tatort, das *Massaker an den Unschuldigen* oder dieser Grégory Mache hätten Sie schneller zu mir geführt. Ich habe wirklich geglaubt, Sie würden gar nicht mehr kommen und ich müsste schließlich sterben, ohne von Ihrer Unwissenheit zu profitieren.«

Vic spürte, wie sich eine entsetzliche Schlinge um ihn zusammenzog. Siriel wusste über alles Bescheid.

»Grégory Mache? Wollen Sie sagen, dass …«

»Er ist lediglich der Verwalter. Das Trois Parques gehört mir.«

Siriel nahm einen Schürhaken und warf ein brennendes Holzscheit auf das Parkett.

»Es ist vorbei«, fuhr er fort. »Ihr Besuch hier befreit mich endlich, meine Geschichte geht zu Ende, während eine neue beginnt. Die Nachfolge ist gesichert, wie man sagt. Mein Nachfolger wird gute Arbeit leisten.«

Mit einem leichten Knistern griff das Feuer auf die Holztäfelung des Bücherregals über. Vic wollte aufstehen, doch Siriel hinderte ihn daran, indem er einen Schuss abfeuerte, der knapp einen Meter von seiner rechten Schulter entfernt vorbeiging.

»Möchten Sie mich verlassen, ohne es zu erfahren?«

»Was erfahren?«

»Ihre Inkompetenz stimmt mich wirklich traurig.«

Er verteilte weiter glühende Holzscheite auf dem Boden.

»Der Mann, den Sie suchen, kennt die Mechanismen des Schmerzes wie kein Zweiter. Er kennt seine Wirkung, seine verschiedenen Formen, seine Geschichte. Er zeichnet den Weg des Schmerzes durch die Zeiten hindurch nach. Die Darstellung auf dem Gemälde von Reni, die *Gueules cassées*, Frida Kahlo oder die Madonna von Bentalha, die von Stoffen umhüllt ist wie eines Ihrer Opfer … Haben Sie sie nicht in Cassandra Liberman wiedererkannt?«

»Wer ist der Mörder?«, fragte Vic.

Siriel führte die Gelatinekapsel an den Mund und zerbiss sie, sein Gesicht verzerrte sich. Vic wollte aufstehen. Wieder ertönte ein Schuss, diesmal fünfzig Zentimeter entfernt.

»Dieses Gift soll innerhalb weniger Minuten töten, ohne irgendeine Form von Schmerz zu verursachen. Wir werden sehen … Nicht der, den Sie suchen, ist das Monster. Die Monster sind all die, die gaffen, die den Kopf zu den Unfallopfern umdrehen, die nach dem Unglück der anderen lechzen. Das Monster ist die Gesellschaft. Und die Gesellschaft muss dafür zahlen.«

Das Feuer kroch die Wände entlang und entflammte die

Bücher. Vic zog die Knie an den Oberkörper. Er konnte nichts machen. Siriel hatte bereits alles vorbereitet, als Vic geklingelt hatte.

»Wann wird er wieder zuschlagen?«, fragte der Polizist.

»Bald ... sehr bald. Die Vergeltungsmaschinerie ist in vollem Gang. Ich konnte sein nächstes Opfer sehen. Und aus dem Jenseits werde ich mich an seinem Leiden erfreuen.«

Er holte eine DVD aus seiner Tasche hervor und betrachtete sie lächelnd.

»Hier ist alles drin«, murmelte der alte Mann. »Eine einfache DVD, die nur auf Sie gewartet hat und sämtliche Antworten auf Ihre Fragen enthält.«

Er warf sie in den Kamin.

»Jetzt löst sie sich in Rauch auf, und Sie sind machtlos dagegen. Haben Sie schon einmal eine Phantasievorstellung in Bilder gefasst? Dieses nicht greifbare Etwas, das Sie sich nicht für Geld kaufen können? Mir ist es gelungen ... Ich habe mir den Film meiner Phantasievorstellung geleistet. Und mein Vollstrecker den seines Leidens. Deshalb fühlen wir uns so verwandt.«

Siriel krümmte sich. Ihm lief ein Speichelfaden aus dem Mund, den er mit seinem Taschentuch wegwischte.

»Doch nicht so schmerzlos ... Mein Gott ...«

»Sagen Sie mir, wer es ist!«, schrie der Leutnant und rückte ein Stück nach rechts, um den Flammen zu entgehen, die gefährlich näher krochen.

»Sie ... Sie haben mir gesagt, er würde die Körper erwärmen ... Gute Schlussfolgerung ... Haben Sie kein Wasser daneben gefunden?«

»Ja! Kleine Pfützen auf dem Boden. Woher stammen sie?«

Siriel kniff die Augen zusammen. Die Flammen erhoben sich nun direkt vor der Tür zur Eingangshalle. Unter der Decke sammelte sich dichter schwarzer Rauch.

»Man muss immer gut auf die Details achten. Er erwärmt die Körper nicht, um irgendetwas hinauszuzögern. Halten Sie ihn für so dumm? Bewegen Sie sich weg von der Kriminalwissenschaft, und ergründen Sie, was die Natur uns bietet …«

»Unsere Sinne?«

»Gehen Sie über unsere fünf Sinne hinaus, suchen Sie weiter … Womit gleicht man den Mangel aus? Wären Sie ein guter Ermittler, hätten Sie versucht, das zu empfinden, was Ihr Mörder vor diesen glühend heißen Körpern empfunden hat. Dann hätten Sie verstanden. Sie hätten die Gegensätze zusammengebracht, wären über sich selbst hinausgewachsen.«

»Sagen Sie mir mehr! Reden Sie! Wer ist es?«

Unter heftigem Zucken bäumte sich Siriel noch einmal auf, dann stürzte er zu Boden, den Blick ins Leere gerichtet. Vic eilte zu ihm und rüttelte ihn.

»Reden Sie, mein Gott!«

Doch der alte Mann war tot.

Der Polizist stand auf und warf einen Blick auf den Kamin. Die DVD war durch die Hitze verkohlt und hatte sich verformt. Alles ringsumher brannte, Bücher, Dokumente, Möbel. Nichts war mehr zu retten. Er rannte durch die Wand aus Feuer, die sich vor ihm erstreckte und ihm den Weg versperrte. Der Stoff seiner Jacke entzündete sich. Er schrie auf und zog sie aus, während er weiter durch die Gemäldegalerie rannte. Endlich gelangte er nach draußen.

Luft. Der Wald. Das Leben.

Plötzlich fror Vic. Seine Jacke war verbrannt. Und mit ihr Stéphanes Heft. In Rauch aufgelöst …

Keuchend wandte er sich zum Tor. Siriel hatte sein Leben, seine Sammlungen geopfert, damit kein einziges Geheimnis nach draußen drang. Er hatte das Wissen um seine schrecklichen Taten mit sich genommen.

Doch bevor er starb, hatte er seinen Hass weitergegeben. Ein Mörder, der an seiner Stelle handelte und wohl nie damit aufhören würde.

Plötzlich blickte Vic auf. Hinter ihm knackte etwas. Er drehte sich um. Vor ihm erhoben sich die schwarzen Baumstämme in der Dunkelheit. Der Wind fegte durch die Blätter. Er zielte mit der Pistole in alle Richtungen und beschloss, schnell zu seinem Auto zu laufen.

Doch auf einmal fingen seine Nasenflügel an zu beben.

Dieser Geruch. Der Geruch nach Leiche.

Er verbarg sich hier irgendwo.

Vic richtete seine Waffe ins Leere, nach links, nach rechts, vor sich, hinter sich. Sein Herz fing an zu rasen.

In den Blättern raschelte es. Ohne nachzudenken, eröffnete Vic das Feuer, schoss dreimal hintereinander. Die Erschütterung traf seine Schulter wie ein Blitz. Daraufhin breitete sich ein anderes Feuer aus: der Schmerz. Vic krümmte sich, fasste sich an den Unterarm, sein Mund schien zu bersten. Sein Blut war nur noch eine Flut von Nadeln. Seine Waffe fiel zu Boden. Dann existierte nichts mehr außer der Feuersglut in seinem Innern.

Als sie sich endlich auflöste, lag Vic zitternd auf dem Boden, zusammengekauert wie ein Hund.

Der Mond über ihm verdunkelte sich, als hätte er sich plötzlich verfinstert. Dabei stand nicht eine Wolke am Himmel.

Im selben Augenblick wurde der Verwesungsgeruch stärker.

Links von ihm raschelte das Gras. Direkt neben seinem Ohr.

Dann spürte er, wie etwas Kaltes seine Schläfe berührte.

52. Montag 7. Mai, 21 Uhr 18
Letzter Traum: Der Friedhof

Es regnete. Dieser eiskalte heftige Regen, der das Land überschwemmt und die Blumen umknickt. Stéphane stand vor dem Eingang zum Friedhof von Lamorlaye und starrte auf die lange Prozession aus schwarzen Anzügen, Hüten und Regenschirmen, die zu den Fahrzeugen drängten und dann in Richtung Stadt verschwanden.

Er blieb reglos dort stehen, mit hängenden Armen, die Fäuste geballt, während die Kälte ihm in die Wangen, die Kopfhaut, den Nacken zwickte.

»Siehst du, es alles hat nichts genützt«, sagte er. »Überhaupt nichts. Wenn ich nur hätte klarer sein können. Aber wie hätte ich das sein sollen, bei all den furchtbaren Gedanken, die mir im Kopf herumgehen? Nach all dem, was passiert ist? Wie soll man da einen klaren Kopf behalten?«

Vic Marchal, der einen schwarzen Anzug, ein weißes Hemd und eine dunkle Krawatte trug, stellte sich neben ihn und schützte ihn mit seinem großen Regenschirm.

»Du hast getan, was du konntest. Das alles ist so unlogisch. Woran soll man da noch glauben?«

Mit abwesendem Blick führte er eine Zigarette an den Mund und zündete sie in aller Ruhe an. Die Tropfen trommelten auf den Stoff über ihren Köpfen.

»Wir werden ihn schnappen, Stéphane. Ich schwöre dir, dass wir diesen Dreckskerl kriegen werden. Wir sind ganz dicht dran.«

»Das ändert nichts mehr. Sie ist tot. Er hat sie ermordet, und nichts wird sie zurückbringen.«

Stéphane strich sich lange über das feuchte Gesicht und stieß tiefe Seufzer aus.

»Das Schlimmste ist, dass ich diesen Traum bereits geträumt habe. In meinem letzten Alptraum habe ich uns beide vor dem Grab stehen sehen, im selben Regen, unter denselben Schirmen, neben denselben Leuten. Dieselben Blumen auf dem Grab, dieselbe Farbe des Marmors, dieselben Vasen. Wie ist es möglich, dass man Situationen so genau kennt und sie doch nicht verhindern kann?«

»Weil dir die wichtigsten Elemente fehlten. Man kann kein Puzzle zusammensetzen, wenn man nicht alle Teile besitzt.«

Langsam drehte sich Stéphane zum Grab um, das mit Blumen und Platten bedeckt war. Er bückte sich, hob die auf dem Boden liegenden Sträuße auf und legte sie behutsam nebeneinander. Dann strich er mühsam mit dem Handrücken über die in den Marmor eingravierte Schrift.

»Sylvie Kismet – 1974–2007«.

»Diese Grabinschrift habe ich im Traum gesehen. Ich wusste, dass sie sterben würde.«

Er sackte auf die Knie.

»Warum? Warum konnte ich sie nicht retten? Mein Schatz!«

Und er weinte herzzerreißend, während der Regen immer heftiger fiel.

53. Dienstag, 8. Mai, 7 Uhr 22

Stéphane fuhr aus dem Schlaf hoch. Er stürzte aus seiner Werkstatt und rannte hinauf in den ersten Stock.

»Sylvie! Sylvie! Oh nein!«

Das Bett war leer. Es war bereits 7 Uhr 24. Warum war er erst jetzt aufgewacht? Die Schlaftabletten, die ihm geholfen hatten, schneller einzuschlafen … Mein Gott!

Es war Dienstag. Morgen Nacht würde er mit blutigen Händen durch dieses Haus laufen. Es war Sylvies Blut, dessen war er sich nun sicher.

Mit mulmigem Gefühl im Magen stürzte er an ein Fenster. Der graue Audi stand nicht da. Er eilte zu seinem Handy, wählte die Nummer seiner Frau und erwischte nur die Mailbox. Voller Panik hinterließ er ihr eine Nachricht:

»Du bist in Gefahr, du musst sofort zur Polizei gehen!«

Er packte ein paar saubere Kleidungsstücke ein und streifte Jeans und T-Shirt über. Er nahm sich nicht einmal die Zeit, sich zu waschen oder zu frisieren. Seine Haare fielen ihm wirr über die Schultern, der Bart wucherte. In der Küche zerkleinerte er drei Schlaftabletten und löste sie in einer Flasche Wasser auf.

Dann brauste er im Ford davon.

Noch nie in seinem Leben war er in der Stadt so schnell gefahren. Er überholte auf Biegen und Brechen, scherte in letzter Sekunde wieder ein und löste damit Hupkonzerte und Lichthupen aus. Dann kam ein Stau auf dem Autobahnring. Es war unmöglich weiterzukommen. Stéphane rief wieder und wieder an. Hinterließ weitere Nachrichten auf der Mailbox. Aus den anderen Autos heraus sahen ihn seine Leidensgenossen mit merkwürdigen Blicken an.

»Was ist los?«, schrie er. »Haltet ihr mich auch für verrückt? Wird man mich mein ganzes Leben lang für verrückt halten? Ja, ich bin verrückt, völlig verrückt!«

Endlich kam der Autobahnring. 8 Uhr 43. Dann das innere Stadtgebiet von Paris. Die Hauptstadt streckte ihre langen Avenuen, ihre Boulevards und Straßen aus. Schließlich erreichte er das Immobilienbüro. Stéphane parkte auf dem Bürgersteig direkt vor dem Eingang und stürzte in das Gebäude.

»Sylvie! Ich will zu Sylvie Kismet! Ich bin ihr Mann und möchte sofort zu ihr!«

Die Dame am Empfang sah ihn misstrauisch an, nahm dann ihr Telefon und wählte eine interne Nummer.

»Es geht keiner ran«, sagte sie schließlich und legte auf. »Wenn Sie bitte warten wollen …«

Keuchend ging Stéphane wieder nach draußen vor den Eingang. Normalerweise kam Sylvie an der Gare du Nord an, nahm dann die Métro und ging den restlichen Weg bis zum Büro zu Fuß. Sie hatte sich verspätet, ganz einfach. Er begann, nervös auf und ab zu laufen. Er konnte nichts anderes tun, als zu warten.

Nach endlos langen Minuten erblickte er sie endlich am Ende der Straße, sie sah tadellos aus in ihrem beigefarbenen Kostüm. Er rannte ihr entgegen.

»Sylvie! Oh!«

Die junge Frau warf ihm einen erstaunten Blick zu, in dem rasch Furcht aufblitzte.

»Lass mich in Ruhe!«, rief sie und ging weiter. »Fahr zurück nach Hause! Ich habe einen anstrengenden Tag vor mir, das ist jetzt nicht der richtige Augenblick!«

Stéphane stellte sich ihr in den Weg.

»Du bist in Gefahr. Der … Der Mörder wird dich umbringen.«

»Gut, wir werden sehen.«

»Du musst mir glauben!«

»Ich glaube dir. Alles, was du willst. Fahr jetzt nach Hause.«

Als sie neben dem Ford angekommen waren, packte Stéphane ihr Handgelenk.

»Du musst mit mir kommen! Wir müssen fliehen! Wir müssen …«

Sylvie versuchte, sich loszureißen. Ihre Wangen liefen rot an.

»Lass mich in Ruhe, oder ich schreie um Hilfe!«

Stéphane zögerte nicht eine Sekunde. Er blickte sich um, zerrte sie zum Wagen und stieß sie hinein. Diesmal schrie Sylvie wirklich.

»Was tust du da? Hör auf! Hör sofort auf!«

Stéphane gelang es, die Beifahrertür zu schließen und zu verriegeln. Draußen blieben ein paar Schaulustige ungläubig stehen. Sylvie wehrte sich, sie kratzte Stéphane im Gesicht. Ihre Finger hinterließen drei deutliche Striemen auf seiner Wange. Dann zog sie mit aller Kraft am Türgriff, so dass er schließlich abriss. In einem unglücklichen Reflex verpasste Stéphane ihr eine Ohrfeige.

»Oh! Es tut mir leid! Das wollte ich nicht.«

Er fuhr los, raste bis ans Ende der Straße und hielt dort noch einmal an. Mit drohender Miene drückte er seine Frau gegen die Rückenlehne und presste ihr die Wasserflasche mit den Schlaftabletten an die Lippen.

»Trink! Trink das!«

Sylvie weinte.

»Ich … Bitte … Nein …«

»Trink!«

Sie fügte sich und starrte ihn an, ihre Augen waren vor Entsetzen weit aufgerissen.

»Tu mir nicht weh …«

»Niemals! Ich werde dir nicht weh tun! Ich weiß, dass du mich für verrückt hältst, aber ich tue das alles, um dich zu beschützen. Ein paar Tage … Nur ein paar Tage, dann wird alles wieder normal, so wie vorher.«

»Es war noch nie irgendetwas normal. Lass mich, Stéphane, bitte. Ich habe Angst.«

Stéphane betrachtete sich in dem kleinen Spiegel in der Sonnenblende. Die Kratzer in seinem Gesicht. Der herausgerissene Türgriff auf dem Boden. Wie in einem seiner Träume.

»Wie ist das möglich?«

Als Sylvie ihren Mann in dieser Verfassung sah, zerriss es ihr das Herz. Der geistige Verfall war so plötzlich gekommen.

»Wohin …«, murmelte sie. »Wohin bringst du mich?«

»Nicht nach Hause. Mit Sicherheit nicht nach Hause.«

Der Wagen quälte sich aus dem Gewirr der Pariser Straßen, folgte dann dem Schild nach Lyon und bog schließlich auf die A6. Sylvie kämpfte gegen die Müdigkeit an. Stéphane sah, wie sie einschlief. Eine so hübsche Frau. Er würde sie beschützen. Daran könnte ihn niemand hindern. Es würde nichts geschehen. Diesmal behielt er die Oberhand.

Doch plötzlich wurde er langsamer, verspürte den schmerzlichen Wunsch umzukehren. Wenn er aus Paris floh, wie sollte er dann auf Mélinda aufpassen? Wie sollte er auch sie beschützen? Seine Finger verkrampften sich. Das Mädchen oder seine Frau.

Er hatte seine Wahl getroffen. Die schrecklichste Entscheidung seines Lebens. Er würde Mélinda im Stich lassen, ihr Lockenhaar, ihre Zahnlücke.

»Es tut mir so leid, meine Kleine. Verzeih mir. Bitte, verzeih mir …«

Ein paar Stunden später hielt er auf einem Rastplatz an. Er trank eine kleine Flasche Wasser und nutzte die Gelegenheit, um den Akku aus seinem Handy zu nehmen. Dann suchte er in den Taschen von Sylvies Kostüm nach ihrem Handy. Es war unauffindbar, genauso wie ihre Handtasche, die sie wahrscheinlich bei der Auseinandersetzung vor dem Büro verloren hatte. Ihre Papiere, ihr Geld … Halb so schlimm, es gab Dringenderes.

Anschließend fuhr er weiter. Nach weiteren drei Stunden Fahrt tauchten die ersten Berge auf.

Nicht die Vogesen, wo das Schicksal wahrscheinlich gnadenlos auf ihn wartete …

Sondern die Berge der Ardèche …

54. Dienstag, 8. Mai, 9 Uhr 45

Seit etwa einer halben Stunde saß Vic im Krankenhaus auf einem Sessel neben dem Bett seiner Frau und ruhte sich aus. Bevor er zu ihr gekommen war, hatte er in einer Privatambulanz Röntgenaufnahmen von seinem Kopf machen lassen, doch es wurde keine Verletzung festgestellt. Er hatte erklärt, er sei die Treppe hinuntergestürzt.

Die Wahrheit war weitaus schlimmer. Der Mörder hatte ihm mit dem Kolben seiner Pistole einen heftigen Schlag auf den Hinterkopf verpasst, und Vic war mehrere Minuten lang bewusstlos auf dem Boden liegen geblieben. Dann hatte er es mühsam geschafft, sein Auto zu erreichen, während Siriels Haus in Flammen aufging.

Seitdem quälte ihn eine Frage. Warum hatte ihn der Mörder nur bewusstlos geschlagen und nicht getötet? Wahrscheinlich hatte er ihn verschont, weil er sich allem überlegen fühlte und Vic nicht zu seinem Plan gehörte.

Ihm, Vic Marchal, Polizeileutnant der Ersten Division, Sohn eines der berühmtesten Polizisten des Landes, drohte Schlimmeres als ein Berufsverbot. Er war verantwortlich dafür, dass Noël Siriel, eine Schlüsselfigur in dem Fall, Selbstmord begangen hatte. Und das konnte ihn in ernsthafte Schwierigkeiten bringen.

Dieser alte Sadist war nicht mehr da, seine Geheimnisse hatten sich mit ihm in Luft aufgelöst. Pech für die Ermittlungen, für seine Kollegen, für seine zukünftigen Opfer. Vic musste das Geheimnis für sich behalten. Um jeden Preis.

Seitdem ihr Mann neben ihr saß, hatte Céline fast kein Wort gesprochen. Sie hatte sich an ihn geschmiegt, mit trockenen Lippen, den Blick ins Leere gerichtet. Nichts konnte sie trösten. Dieses Kind, das sie im Bauch getragen hatte, dessen Bewegungen sie gespürt hatte ... Nichts konnte diesen Verlust wiedergutmachen.

»Der Mann ...«, flüsterte sie endlich. »Der Mann, der gestern bei mir war und mir erzählt hat ... das Baby würde sterben ...«

»Ich habe ihn nicht wiedergesehen«, log Vic. »Ich weiß nicht, wo er ist, ich kenne ihn nicht. Du musst ihn vergessen. Vergiss das alles. Paris, meinen Beruf, das Baby. Deine Mutter und ich werden uns um dich kümmern. Einverstanden, mein Schatz?«

Sie seufzte, schloss die Augen und schlief schließlich ein.

Eine Stunde später begann Vics Handy, das er zum Aufladen an eine Steckdose angeschlossen hatte, zu vibrieren. Der junge Mann stand vorsichtig auf und nahm es in die Hand. Die SMS informierte ihn über eine neue Nachricht auf seiner Mailbox noch vom Vortag, die er noch nicht abgehört hatte. Sein Freund, der Arzt. Vic presste das Telefon ans Ohr.

»Vic, hier ist Gilles. Tut mir leid wegen der Verspätung, aber ich hatte ein paar gesundheitliche Probleme. Ich habe deine Fotos vom Tatort gesehen, und mir ist etwas eingefallen. Diese von Nadeln durchbohrte Frau, die Babys, das schmerzverzerrte Gesicht. Es war offenkundig, und noch einmal: Es tut mir leid, dass ich dich habe warten lassen. Dein Mörder hat sich von zwei wichtigen Quellen inspirieren lassen, von Kunstwerken, die in Zusammenhang mit dem moralischen Schmerz und dem physischen Leiden stehen. Ich werde es dir im Einzelnen bei einem persönlichen Gespräch erklären, aber ich kann dir die Sache schon einmal kurz schildern. Zunächst einmal ähnelt die Art und Weise, wie er die blonde Frau getötet und in Szene gesetzt hat, dem Selbstporträt Frida Kahlos, einer berühmten mexikanischen Malerin, das sie von Nadeln durchbohrt zeigt. Sie erkrankte im Alter von acht Jahren an Kinderlähmung, diese Krankheit deformierte ihren rechten Fuß und brachte ihr den Spitznamen ›Frida, der Krüppel‹ ein. Mit achtzehn Jahren, als sie gerade aus ihrer Kunsthochschule nach Hause fuhr, stieß ihr Bus mit einer Straßenbahn zusammen. Sie wurde vom Bauch bis zur Vagina von einer Eisenstange durchbohrt. Sie litt viele Jahre lang unter unerträglichen Schmerzen. Dafür stehen diese Nadeln auf ihrem Körper. Als ob die Menschen auf dieser Erde geboren werden, um zu leiden. Später erkrankte Kahlo an Fibromyalgie, einer allgegenwärtigen unheilbaren Krankheit. Daraufhin malte sie nur noch Bilder, die einen Bezug zu dieser Hölle haben. Dein Mörder findet sich wahrscheinlich in ihr wieder. Such eine Verbindung zu einem unsichtbaren dauerhaften Leiden und dem Schmerz, im moralischen Sinne. Leidet er ebenfalls an Fibromyalgie? An einer inneren, nicht direkt erkennbaren Krankheit? Kurzum, kommen wir zurück zu den Fotos, denn das ist noch nicht alles. Die Anordnung der Stoffe, die Art und Weise, wie er das Gesicht ausgerichtet hat, und die Inszenierung der Babys haben mich an die bildliche Darstellung einer Szene aus der Bibel erinnert, ›Das Massaker an den Unschuldigen‹. Ich kann dir jetzt nicht alles erzählen, ruf mich an, wenn …«

Vics Handy begann zu piepen. Ein paralleler Anruf. Vic stoppte die Mailbox und ging leise aus dem Zimmer. Kommandant Mortier … Vic atmete tief ein und nahm den Anruf entgegen.

»Wo bist du?«, fragte sein Vorgesetzter als Erstes.

»Im Krankenhaus bei meiner Frau, ich hätte Sie anrufen sollen, aber …«

»Wir haben unseren Mann.«

Vic runzelte die Stirn.

»Was?«

»Nun, so gut wie, es ist nur noch eine Frage von Stunden. Es wurde Strafanzeige erstattet. Ein Mann hat mitten auf der Straße eine Frau gewaltsam in sein Auto gezerrt. Wir haben die Handtasche gefunden, es ist die von Sylvie Kismet. Und rate mal, wer der Typ ist?«

»Stéphane Kismet?«

»Bingo! Mit dieser Geschichte der elektrischen Heizungen ist sein Alibi im Restaurant hinfällig.«

»Aber er war zur Zeit des zweiten Mordes mit mir zusammen. Und ...«

»Wer sagt dir, dass er sich nicht etwas anderes hat einfallen lassen? Wir werden ihn persönlich fragen. Fest steht jedenfalls, dass dieser Dreckskerl mit überhöhter Geschwindigkeit gefahren ist, und es würde mich auch nicht wundern, wenn er seine eigene Frau angreift.«

Vic war sprachlos, Mortier war auf einer völlig falschen Spur. Stéphane Kismet musste einen wichtigen letzten Traum gehabt haben, der ihn zu diesem stürmischen Aufbruch bewegt hatte.

»Marchal? Bist du noch dran?«

»Ja, Kommandant ... Ich ... Ich bin bloß ein wenig überrascht. Ich hätte nicht gedacht, dass Kismet ...«

»Das hättest du nicht gedacht, ja, das ist das Problem. Ich rufe dich nicht zum Spaß an. Du hast gepatzt und kannst dich auf einigen Ärger gefasst machen.«

Vic bekam es mit der Angst zu tun. Er hatte auf Stéphanes Mailbox eine Nachricht hinterlassen, mit der Bitte, ihn sofort zurückzurufen. Wenn seine Kollegen darauf stießen ... Zum Glück hatte er in der Nachricht Siriel nicht erwähnt.

»Und ... Und wissen Sie, wo er sich befindet?«

»Noch nicht, doch wir werden ihn über sein Mobiltelefon oder das seiner Frau lokalisieren. Außerdem werden wir die Suche auf die Kameras an den Mautstellen, den Tankstellen etc. ausdehnen. Weißt du, heutzutage kommen Leute auf der Flucht nicht weit. Wir hoffen nur, dass wir rechtzeitig kommen, bevor er ihr etwas antut.«

»Und was soll ich machen?«

»Was du willst.«

Der Kommandant legte auf. Vic blieb ein paar Sekunden lang wie gelähmt stehen, dann ging er nach draußen vor das Krankenhaus, um eine zu rauchen. Warum hatte Kismet seine Frau gezwungen, in sein Auto zu steigen? Wovor hatte er Angst? Warum rief er ihn nicht zurück?

Er setzte sich auf eine Bank und stützte den Kopf in die Hände. Er hatte das Heft mit den Träumen verloren, vielleicht seine letzte Chance, Kismets Beweggründe zu verstehen. Und auch seine Chance, im Lotto zu gewinnen. Das Landhaus in der Nähe von Avignon … Ihm fiel ein, was Stéphane über das Schicksal gesagt hatte: Es ließ nicht zu, dass man das, was vorhergesehen war, veränderte.

Er fühlte sich unwohl. Er musste so vieles in den Griff bekommen: die Ermittlungen, den Verlust des Babys, diese Träume, und sich dann noch eingestehen, dass ein Mann in die Zukunft sah. Das war zu viel für einen einzelnen Menschen.

Vielleicht kannte Stéphane Kismet die ganze Wahrheit. Er wusste, was geschehen würde. Er war unschuldig, und wahrscheinlich würde man ihn wegen Mordes verhaften.

Da betete er. Er betete, dass dieser arme Kismet nicht von Siriel sprach, falls er geschnappt wurde.

55. Dienstag, 8. Mai, 17 Uhr 30

Das Dorf Labeaume war in den Fels gebaut, am Hang einer Felswand. Es hatte derart steile und enge Sträßchen, dass dort kein Auto fahren konnte. Der Ort, der oberhalb der Beaume thronte, einem Nebenfluss der Ardèche, schien sich außerhalb der Zeit zu entwickeln. Kein Mensch war draußen zu sehen, kein Fensterladen geöffnet, kein Geräusch zu hören, außer dem beunruhigenden Pfeifen des Windes an den Mauern aus Stein. In zwanzig Jahren hatte sich nichts verändert.

Damals hatte Stéphane mit seinen Adoptiveltern gelegentlich Julien, den Bruder seines Vaters, besucht, bevor sie aufgrund familiärer Probleme jeglichen Kontakt zueinander abgebrochen hatten. Als er jetzt an die Tür klopfte, hoffte er inbrünstig, das Haus leer vorzufinden, da sein Onkel Julien, wie er sich erinnerte, hauptsächlich in der Provence lebte.

Niemand öffnete. Wenigstens einmal war ihm das Glück gewogen. Es bot ein perfektes Versteck. Unauffällig stieg Stéphane eine kleine, in Stein gehauene Treppe hinab und umrundete das Gebäude. Er wickelte ein T-Shirt um seine Faust und schlug eine Fensterscheibe ein. Nachdem er hineingestiegen war, entriegelte er die Eingangstür, ging hintenherum wieder hinaus und kehrte zu seinem Wagen zurück, den er am Ende eines steinigen Weges abgestellt hatte.

Erst nach Einbruch der Dunkelheit kehrte er zurück, beladen mit Lebensmitteln, die er auf einem Rastplatz gekauft hatte, und mit Sylvie auf dem Arm. Er schloss die Haustür hinter sich, ganz außer Atem, doch mit dem beruhigenden Gefühl, dass ihn niemand gesehen hatte.

Falls man ihn suchen würde, so käme niemand auf den Gedanken, dass er sich hier aufhalten könnte. Sogar für seine Eltern existierte sein Onkel Julien nicht mehr.

Seine Uhr zeigte 22 Uhr 39 an. Noch gut vierundzwanzig Stunden, bevor der erste Traum – »Die Weinflaschen« – Wirklichkeit wurde, bevor er mit Sylvies Blut an den Händen in den Keller seines Hauses hinabstieg.

Während er im Schlafzimmer saß, betrachtete er seine Frau, die auf dem Bett lag, und empfand Liebe und zugleich tiefe Traurigkeit. Was für ein seltsames Gefühl zu wissen, dass sich ihr Schicksal in diesem Moment veränderte. Sie würde leben, dabei hätte sie von einer mörderischen Hand niedergemetzelt werden sollen. Warum sie? Warum?

Die junge Frau erwachte und blickte sofort angsterfüllt drein. Mit halb geöffnetem Mund schaute sie sich um. Die Steinwände, die alten Möbel, der Staub, die geschlossenen Fensterläden, das schwache Licht …

»Wo sind wir?«

»Bei einem Onkel, den ich seit meiner Kindheit nicht mehr gesehen habe. Hier sind wir in Sicherheit.«

Stéphane legte ihr eine Decke über die Schultern.

»Es ist kalt«, fuhr er fort. »Als ich klein war, habe ich es gehasst, in diesem alten Haus zu übernachten.«

Sylvie kauerte sich zusammen. Sie berührte ihre Lippen.

Stéphane gähnte, dann fiel sein Blick auf ein vergilbtes Foto an der Wand. Darauf war sein Onkel zu sehen, der voller Stolz eine schöne Forelle emporhielt. Er erinnerte sich weder an sein Gesicht noch an seine Stimme. Ihm waren nur Erinnerungsfetzen geblieben. Gelächter, Streitereien … Er stand auf und öffnete die Schublade einer Kommode. Ein Fotoalbum. Andächtig nahm er es heraus und blies die Staubschicht weg.

Das Leben seines Onkels Julien war von Einsamkeit geprägt gewesen. Er hatte weder Frau noch Kinder gehabt. Verblasste Abzüge ohne Leben, nur Schnappschüsse am Ufer des Flusses. Stéphane spürte, wie ihm die Tränen in die Augen stiegen, als er seine Adoptiveltern sah, die mit den Füßen im Wasser standen. Paul und Marie. Seit wann hatte er nicht mehr mit ihnen gesprochen?

Stéphane strich seine Haare nach hinten und blätterte eine Seite um. Plötzlich glaubte er, den Boden unter den Füßen zu verlieren.

Das Foto zeigte seinen Vater. Er stand bis zu den Knien im Wasser und trug seine Anglerjacke. Diese verdammte Anglerjacke, die er verloren glaubte! Vielleicht war sie hier versteckt! Hier, in der Ardèche!

Plötzlich wurde er ganz steif, er war schockiert und zitterte am ganzen Körper. Es kam ihm vor, als spielte ihm jemand einen üblen Streich. Sein Blick wanderte durchs Zimmer. Er stürzte zu einem schweren Schrank, während Sylvie ihm beunruhigt mit den Blicken folgte. Auf der linken Seite fand er nichts, nur mit Naphtalin imprägnierte Wollpullover, dicke Karohemden, verschlissene Regenkleidung. Doch auf der rechten Seite ganz hinten entdeckte er sie. Khakifarben, mit dem verrosteten Metallring, einem Riss an der Klappe und dem Ölfleck am Kragen. In seiner Verzweiflung hatte er das Gefühl, dass die Jacke ihn angrinste.

Er riss sie von ihrem Haken und wollte sie zerreißen, doch es gelang ihm nicht. Wie um sein Schicksal herauszufordern, zog er sie über und schrie zum Himmel empor:

»Hast du gesehen? Hast du das gesehen, ich habe sie an! Das wolltest du doch! Und was hast du jetzt mit mir vor? Willst du mich teleportieren?«

Dann rannte er in die winzige Küche, fand ein dickes Jagdmesser und kehrte ins Schlafzimmer zurück. Sylvie fing an zu schluchzen. Mit weit aufgerissenen Augen richtete Stéphane die Waffe auf sie.

»Was? Glaubst du wirklich, das sei für dich bestimmt? Ich würde dir die Kehle durchschneiden? Vielleicht hast du recht, wer weiß? Du hast tatsächlich versucht, mich einweisen zu lassen, nicht wahr? Ich habe die Papiere neben dem Computer entdeckt! Habe ich deine Pläne durchkreuzt?«

»Das ist nicht …«

Plötzlich ertönte von der Eingangstür ein gewaltiger Krach. Blitzschnell drangen bewaffnete Männer in das Zimmer ein, und ohne dass er Zeit hatte, etwas zu begreifen, fand sich Stéphane auf dem Boden wieder. Um seine Handgelenke schlossen sich Handschellen, während er sich laut schreiend wehrte.

Kommandant Mortier trat zu Sylvie, die von panischer Angst ergriffen war.

»Alles in Ordnung, Madame?«

»Ich … Ja, aber lassen Sie ihn los! Er hat mir nichts getan. Er ist mein Mann, um Gottes willen!«

Verstört blickte sie den Polizisten an.

»Wie haben Sie uns gefunden?«

»Ihr Handy … Es muss in Ihrem Auto liegen. Wir haben das Signal geortet.«

Mit strenger Miene drehte Mortier sich um, da Stéphane nicht aufhörte zu schreien. Er war völlig hysterisch.

»Verdammt noch mal, erledigen Sie Ihren Job, ich leg doch nicht achthundert Kilometer mit einem Geistesgestörten zurück, der mir die Ohren vollbrüllt!«

Ein Polizeiarzt kam mit einer Spritze und stieß sie Stéphane in den Arm. Mit letzter Kraft bäumte er sich auf, so dass die Nadel in seinem Fleisch zerbrach. Blut spritzte auf.

»Halten Sie ihn fest!«

»Nein!«, rief Stéphane. »Nein! Meine Frau wird sterben! Bitte, nein!«

Er wurde gepackt, dann bohrte sich erneut eine Nadel in seinen rechten Unterarm.

Und eine unheilbringende Flüssigkeit spritzte in seine Venen.

56. Mittwoch, 9. Mai, 17 Uhr 32

»Ich will zu ihm.«

»Das wirst du nicht, Marchal. Nicht jetzt. Er ist eben erst aufgewacht, sie haben ihm eine ordentliche Dosis verpasst. Er wird gerade verhört. Wir versuchen zu begreifen, weshalb er diese Spritztour in die Ardèche unternommen hat.«

Vic schlug mit der Faust gegen die Wand.

»Scheiße!«

Mit unbewegtem Gesicht drückte Joffroy seine Zigarette im Aschenbecher aus.

»Deshalb brauchst du nicht gleich das ganze Kommissariat zu zertrümmern ... Wang kümmert sich um das Geständnis. Dann ist es an der Justiz zu bestimmen, wie groß seine Mitschuld ist. Dieser Dreckskerl wird alles daransetzen, damit er nicht in den Knast muss und man ihn für verrückt erklärt. Ich will, dass er im tiefsten Loch krepiert. Man mordet nicht auf diese Weise, ohne zu wissen, was man tut. Soll er verrecken!«

Vic hielt es nicht mehr auf seinem Platz.

»Wann kann ich ihn sehen?«

»Fahr in aller Ruhe nach Hause. Meiner Meinung nach brauchen wir noch bis Mitternacht. Wang wird nicht so schnell von ihm ablassen.«

»Hört auf, mir ständig zu sagen, ich soll nach Hause fahren, okay?«

Seine Lippen zitterten leicht, dann erklärte er schließlich:

»Dieser Typ hat mit der Sache nichts zu tun.«

»Das werden wir sehen. Er behauptet, er hätte sich an jenem Abend in einer Kneipe volllaufen lassen, nachdem du ihn befragt hast, in jener Nacht, in der Liberman getötet wurde. Ich glaube nicht einen Augenblick daran.«

Vic blickte seinen Kollegen selbstbewusst an.

»Er ist unschuldig.«

Joffroy zuckte mit den Schultern.

»Also wirklich … Der Kommandant hatte recht, du bist für diesen Beruf nicht geeignet. Außerdem kannst du dich noch auf gehörigen Ärger gefasst machen. Anscheinend hast du ihn wiedergesehen, ohne uns zu informieren. Es gibt eine Nachricht von dir auf seiner Mailbox. Was hat das zu bedeuten?«

»Er war mir sympathisch, ist das verboten?«

»Seltsamer Umgang.«

»Auch nicht seltsamer als das, was du so machst. Die Klopapierrolle in meiner Schublade, das warst du. Ich habe Zwiebackkrümel gefunden. Das hat dir Spaß gemacht, du Idiot, was?«

Der Leutnant in der abgewetzten Motorradjacke hob drohend den Zeigefinger.

»Sachte, Chip, ganz sachte, okay?«

Vic war außer sich. Auf seiner Stirn trat eine Vene hervor.

»Erklär mir, wieso er seine Frau entführt hat. Was sagt er?«

»Du bist erledigt, Mann. Du hast einen Monat lang durchgehalten. Letztendlich gar nicht so schlecht für einen, der seine Beziehungen hat spielen lassen.«

Joffroy ging aus dem Zimmer und knallte die Tür hinter sich zu. Sekunden später verließ Vic das Büro und schloss sich in seinem Wagen ein. Er schlug auf das Lenkrad. Was für Arschlöcher! Er hasste sie, alle. Doch auch nicht mehr als sich selbst. Er zündete sich eine Kippe an und atmete den Rauch durch die Nase ein. Dann fuhr er eine Weile umher, fand eine unbelebte Straße, stellte den Sitz herunter, und als er sicher war, dass ihn niemand sehen konnte, fing er an zu weinen. Hemmungslos.

57. Mittwoch, 9. Mai, 20 Uhr 36

Im Radio lief *One* von U2. In Darkland herrschte eine Atmosphäre dumpfer Erstarrung. Sylvie stand auf der Trittleiter und bewegte die Farbrolle in alle Richtungen, um die furchtbaren Sätze an der Wand mit roter Farbe zu übermalen. Das war anstrengend, doch sie musste ihre Hände beschäftigen, den Kopf freibekommen und Stéphanes Träume auslöschen. Wenn sie das Zimmer in diesem Zustand ließ, bedeutete dies, den Wahn ihres Mannes weiter hinzunehmen. Jede Spur davon musste so schnell wie möglich verschwinden.

Plötzlich fiel ihr Blick auf die Beschreibung eines recht seltsamen Traums. Sie erstarrte, las die Sätze aufmerksam durch und starrte dann fassungslos auf ihre Farbrolle. Wie war das möglich? Ihre Knie gaben nach, und sie musste sich an der Leiter festhalten, um nicht hinunterzufallen.

Das Lied *One* war gerade zu Ende, als Sylvie auf einmal ein Geräusch zu hören glaubte, hinten aus dem Kellergeschoss.

»Ist … Ist da jemand?«

Mit gerunzelter Stirn stieg sie von der Leiter, legte ihre Utensilien ab und ging vorsichtig zur Tür. Sie blickte in den langen, dunklen und staubigen Gang, dann zuckte sie mit den Schultern. Wahrscheinlich die Katze.

Doch während sie sich umdrehte, war sie sich plötzlich sicher, dass jemand hinter ihr stand. Bevor sie etwas sehen konnte, legte sich eine Hand auf ihr Gesicht. Sie fing an zu schreien.

»Oh! Ganz ruhig!«, sagte eine Männerstimme. »Ich bin's doch nur!«

Sylvie befreite sich aus der Umklammerung und schmiegte sich an Hector Ariez.

»Mein Gott, hättest du nicht anklopfen können? Ich hätte beinah einen Herzinfarkt bekommen!«

»Es war offen.«

Sie stieß einen erleichterten Seufzer aus.

»Danke, dass du gekommen bist. Ich …«

Hector blickte ihr tief in die Augen.

»Ich kann nicht bleiben. Meine Frau wartet auf mich, es ist unser Hochzeitstag.«

»Oh nein …«

Er küsste sie ungestüm, sie umarmte ihn mit genauso viel Leidenschaft.

»Du hast mir gefehlt«, flüsterte er. »Du fehlst mir die ganze Zeit.«

»Bald wird das alles vorbei sein. Ich habe wirklich alles getan, um ihn zu retten. Ich habe ihn so geliebt. Wirklich …«

»Dieser Irre hätte dich töten können. Hast du alles Nötige für seine Einweisung unternommen?«

»Ja. Ich werde die Papiere morgen unterzeichnen.«

Sie schlug die Augen nieder. Ihre Lippen zitterten.

»Was ist los?«, fragte Ariez. »Was bedrückt dich?«

»Diese Notizen an den Wänden hier. Komm mal mit.«

Sie betraten das Zimmer. Sie schaltete das Radio aus.

»Das ist ja furchtbar«, bemerkte der Szenenbildner. »Wie hat er das alles aufschreiben können?«

»Er schildert nur die Träume, die er seit fast einer Woche hat.«

»Die Träume? Fängst du jetzt auch damit an?«

Sie zögerte und antwortete dann:

»Als ich hier hereingekommen bin, habe ich als Erstes diese sechs schrecklichen Monster in eine Ecke gestellt und sie mit weißen Tüchern bedeckt. Ich wollte sie nicht mehr sehen. Dann habe ich diesen Topf mit roter Farbe genommen, um das alles auszulöschen.«

»Das hast du richtig gemacht.«

Sylvie wies mit dem Finger auf einen Satz.

»Lies, was dort oben geschrieben steht. Ich habe es gesehen, als ich es gerade übermalen wollte.«

»› ... Kassette‹.«

»Nein, daneben.«

»›Hauntedmouth, Pepperbrain, Darkness, bedeckt mit weißen Tüchern. Überall an den Wänden von Darkland rote Farbe, in breiten Bahnen aufgetragen‹? ...«

Ariez runzelte die Stirn.

»Und?«

»Und? Ich trage gerade rote Farbe auf, in breiten Bahnen! Er hat das aufgeschrieben, bevor ich es getan habe. Dabei habe ich diese Sätze niemals gelesen.«

»Reiner Zufall, mehr nicht.«

»Und dann gibt es noch weitere kleine Details. Als würden sich bestimmte Dinge genau in diesem Moment ereignen.«

Hector ging zu einem Bettlaken und hob es hoch. Darunter wurde Darkness sichtbar.

»Dann bringen wir das Schicksal eben durcheinander! Wir müssen nur die Tücher hier wegnehmen, um diesen Schwachsinn zu widerlegen.«

Sylvie lief herbei und zog mit zitternder Hand die weißen Tücher wieder an ihren Platz.

»Nein! Lass sie bitte so. Schau, dort steht, dass alle Monster bis auf Darkness zugedeckt sind. Und du hast gerade ausgerechnet sein Tuch weggezogen. Findest du das nicht ungeheuerlich?«

Ariez stürzte zu ihr und presste sie auf den Schreibtisch. Sylvie gab sich seinen Zärtlichkeiten hin. Sie schliefen zwischen Gläsern und Latexmasken miteinander.

»Du warst anders als sonst«, sagte Ariez, während er seine Kleidung wieder in Ordnung brachte.

»Wie hättest du es gerne?«

Er strich ihr vorsichtig mit dem Handrücken übers Kinn.

»Wenn du willst, komme ich in zwei Tagen wieder. Morgen werde ich den Tag zu Hause mit meiner Frau verbringen. Wir müssen Opfer bringen. Und außerdem ist es im Moment besser, diskret zu sein. Bist du sicher, dass es gehen wird?«

»Für eine Frau, deren Mann behauptet, sie würde diese Nacht sterben … Kannst du nicht bleiben? Erfinde eine Ausrede, ich weiß nicht … Ein Anruf von der Arbeit, der in letzter Minute dazwischengekommen ist. Das machst du doch immer!«

»Nein, es tut mir leid. Heute Abend geht das nicht. Warum schläfst du nicht in unserem Hotel?«

»Nein, nein. Ich mache noch die Papiere für morgen fertig, dann werde ich für eine oder zwei Wochen bei Nathalie wohnen.«

Ariez' Blick fiel auf die Sätze aus dem zweiten Traum, wo Stéphane beschrieb, wie er bei ihm zu Hause in Sceaux auftauchen würde, mit der Waffe in der Hand. Dies sollte am folgenden Tag geschehen. Er knöpfte seine Jacke zu, ihm war plötzlich unwohl.

»Ich rufe dich trotzdem morgen an, am späten Nachmittag.«

»Ich habe kein Handy mehr, sie haben es im Kommissariat behalten. Ich gebe dir die neue Festnetznummer. Schreibst du sie auf?«

Er kam der Aufforderung nach. Sylvie begleitete ihn hoch ins Erdgeschoss und sah zu, wie er wegging.

»Übrigens«, rief er, als er in seinen Wagen stieg. »Hier stinkt es ziemlich. Das solltest du morgen früh mal überprüfen, aber irgendwo vor dem Haus muss ein totes Tier liegen.«

Er schaltete die Scheinwerfer erst ein Stück später ein, bevor er auf der N16 Gas gab.

Sylvie schloss die Tür zweimal ab, ihr lief ein Schauder über den Rücken. Hector hatte recht, über der Eingangshalle hing ein starker ranziger Geruch. Eine verstopfte Rohrleitung?

Sie lief in den Keller, schaltete das Radio wieder ein und fuhr fort, die Wände mit roter Farbe zu bemalen. Sie musste das alles auslöschen.

Im Radio wurde die Ziehung der Lottozahlen angekündigt. Sylvie hielt inne. Sie stieg rasch von der Trittleiter hinab und suchte an der Wand. Ja, da auf der linken Seite. Dort standen Zahlen. 4–5–19–20–9–14.

»Lotto, Lotto … Warum ausgerechnet jetzt?«

Die Ziehung hatte gerade angefangen, und Sylvie hatte auf einmal den Eindruck, dass nichts mehr um sie herum existierte, außer der Stimme des Sprechers, die im Zimmer widerhallte.

»4 …«

Vier. Ein Schlag in die Brust. Dort stand sie, dort stand diese verdammte Zahl geschrieben. Sylvie rieb sich nervös über die Lippen. Nicht weiter schlimm, nur ein Zufall, schon wieder. Letztendlich kam es gar nicht so selten vor, dass ein paar Zahlen übereinstimmten.

»5 …«

Ein Hieb mit dem Skalpell. Sylvie las die noch sichtbaren Wörter.

»Das kleine rosafarbene Taschentuch mit der Stickerei … Sylvie nicht mehr trauen … Vielleicht wird Hector Ariez Mélinda töten.«

»19 …«

Sie hatte das Gefühl, als würde sie von einer gewaltigen Flutwelle erfasst. Sie erinnerte sich an all die merkwürdigen Zufälle in den letzten Tagen. Das Nummernschild, von dem Stéphane geträumt hatte. Es war das von Hectors Auto gewesen. Dann der schreckliche Augenblick, als sie glaubte, er habe ihr Verhältnis entdeckt, dabei handelte es sich nur um Träume, um seine Visionen.

»Sechs Tage und zwanzig Stunden Zeitdifferenz. Der erste Traum: Donnerstag, 10. Mai, 2 Uhr 35 morgens … Ich habe Blut an den Händen.«

Sylvie blickte auf die Uhr. Mittwoch, 9. Mai, kurz vor 21 Uhr.

Wütend nahm sie ihre Rolle wieder in die Hand und übermalte die Worte mit breiten Bahnen. Nichts davon durfte mehr sichtbar sein! Nichts!

»Zwanzig«, dachte sie. »Zwanzig, zwanzig, zwanzig.«

»20 …«

In ihrem Kopf geriet alles ins Strudeln. Die Details, diese winzigen Details. Die zweite asiatische Statue, die sie wieder an ihren Platz gestellt hatte, als sie nach Hause gekommen war. Ihr Haarschnitt. Die vertauschten Weinflaschen. Die Alpträume … Diese schrecklichen Alpträume wurden Wirklichkeit.

»9 …«

Nein! Ihr ganzes Leben schien sich in Rauch aufzulösen. Bilder schossen ihr durch den Kopf. Stéphane, der vom Zug sprang. Stéphane, der ohne Grund bremste. Stéphane, schwer verletzt. Diese unbekannten Orte, die ihm doch immer bekannt vorkamen. Und wenn er doch nicht verrückt war? Wenn er all diese Visionen wirklich gehabt hatte?

»Du bist in Gefahr, Sylvie. Der Mörder wird dich umbringen«, hatte er zu ihr gesagt, nachdem er sie in sein Auto gezerrt hatte.

Sie hörte nicht mehr zu, sie wusste, dass nun die 14 gezogen wurde. Unvermeidlich.

»Und zum Schluss die Nummer 14 …«

Sie ließ ihre Rolle zu Boden fallen, rannte in den Weinkeller und vertauschte in der Dunkelheit die zwei Weinflaschen, als ob sie plötzlich die Träume durchkreuzen, den Lauf der Dinge ändern konnte, während ihr Mann sich seit Jahren damit abmühte und nur Unverständnis erntete. Warum hatte sie die Figur eben so wie im Traum hingestellt, während Stéphane ihre Doppelgängerin zertrümmert hatte? Und warum hatte sie zwei identische Statuen gekauft? War nicht alles genau so vorhergesehen? Sie stützte den Kopf in die Hände. Wurde sie nun ebenfalls verrückt?

Da begriff sie. Sie musste diesen Leutnant anrufen, Victor

Marchal. Ihm erklären, dass Stéphane nicht geisteskrank war. Dass er wahrscheinlich eine Begabung, eine gewisse Sensibilität besaß. Dass seine Träume mit den ungeheuerlichen Mordfällen zu tun haben mussten. Sie rannte zurück in die Werkstatt, um die Nummer des Polizisten zu suchen, wollte zu einer Schublade stürzen, doch da stoppte sie etwas in ihrem Lauf.

Der Geruch. Dieser entsetzliche Leichengeruch, der auf einmal von Darkness ausging.

Sylvie drehte sich um, ihr Herz setzte aus. Ihr Blick wanderte durch den dunklen Raum: die Gläser, das alte angesammelte Material, die sechs Monster, bedeckt mit …

Der jungen Frau stockte der Atem. Darkness starrte sie mit seinen scheußlichen Augen an. Sein Tuch war verschwunden. Wie es die Nachricht an der Wand besagte.

Wie gelähmt begann Sylvie, die zugedeckten Phantome zu zählen. Eins … Zwei … Drei … Vier … Fünf … Und sechs …

Dabei hätten es nur fünf sein dürfen.

Langsam bewegte sich eins der Bettlaken auf sie zu, schwankend wie eine Marionnette.

Sylvie wollte fliehen, doch das Phantom stürzte sich bereits auf sie und hüllte sie ein – für einen letzten makabren Tanz.

58. Mittwoch, 9. Mai, 23 Uhr 23

Schweißgebadet, mit gerunzelter Stirn und müden Augen kamen Wang und Mortier aus dem Verhörraum. Vic wartete im Gang, die Hände in den Taschen.

»Und?«, fragte er.

Wang zuckte mit den Schultern.

»So etwas habe ich noch nicht gesehen. Er schreit, er wolle mit seiner Frau sprechen, wiederholt in einem fort, sie würde sterben. Schlimmer als ein wütendes Tier, dieser Typ. Wir könnten ihn zu Tode foltern, er würde uns nicht mal sein Alter nennen.«

»Zu Tode foltern, damit kennst du dich aus, was? Deine mit Laser entfernte Tätowierung, dieser Drache … Die alte chinesische Mafia …«

»Halt die Klappe!«

Während Wang mit bösem Blick davonging, wandte Vic sich an Mortier:

»Wir müssen sofort jemanden zu Kismets Frau schicken.«

»Fängst du jetzt auch damit an? Das haben wir gerade getan, um ihn ein wenig zu beruhigen. Wir haben ihn auch zu Hause anrufen lassen. Sylvie Kismet ist nicht drangegangen, aber dieser Verrückte hat ihr eine Nachricht hinterlassen. Etwa in der Art: ›Die Polizei wird gleich kommen, aber du musst sofort fliehen, sonst wird er dich töten. Er wird dich töten, vor 2 Uhr 35 morgens!‹ Ganz schön bekloppt, was?«

Vic blickte auf die Uhr. Es war 23 Uhr 41.

»Wann ist die Streife losgefahren?«

»Sie müsste gleich da sein.«

»Warum lassen wir ihn nicht laufen, um Himmels willen? Joffroy hat mir gerade gesagt, dass er ein Alibi für den Mord an Liberman hat.«

Mortier zündete sich eine Zigarette an. Auf dem Boden lagen elektrische Kabel herum.

»Wir haben die Bestätigung eben erst erhalten, in der Mordnacht hing er wirklich in einer Bar in Lamorlaye rum. Er ist tatsächlich unschuldig. Da seine Frau keine Strafanzeige gegen ihn wegen des Ausflugs in die Ardèche erstatten will, müssten wir ihn in der Tat bald auf freien Fuß setzen. Sie möchte nicht, dass die Justiz einschreitet, weil sie ein Verfahren eingeleitet hat. Wie ich es verstanden habe, will sie ihn morgen einweisen lassen, es fehlt nur noch eine Unterschrift. Ab in die psychiatrische Anstalt.«

»Wir müssen ihn laufen lassen! Jetzt sofort!«

»Nein. Seine Frau will ihn vor der Einweisung nicht mehr am Hals haben. Wir haben ein kleines Motiv gefunden, um ihn noch hierzubehalten, und zwar wegen Einbruch. Warum interessierst du dich für ihn? Was hat dein Anruf auf seinem Handy zu bedeuten?«

Vic fühlte sich in die Falle gelockt und beschloss, mit offenen Karten zu spielen. Innerlich kochte er.

»Er hat vorhergesagt, dass mein Baby sterben würde, das verbindet. Ist Ihnen noch nie in den Sinn gekommen, dass seine Intuitionen wahr sein könnten? Dass sich seine Frau *wirklich* in Gefahr befindet?«

Mortier warf ihm einen vernichtenden Blick zu.

»Willst du mich verarschen, oder was?«

»Stéphane Kismet entspricht exakt dem Profil der Opfer, er stellt missgestaltete Figuren her, um daraus Gewinn zu erzielen. Und seine Frau zu töten, wäre eine Möglichkeit, ihm Leid zuzufügen. Ihn über den körperlichen Tod hinaus zu quälen.«

»So ein Schwachsinn!«

Das Handy des Kommandanten klingelte.

»Die Streife …«

Nachdem er abgenommen hatte, verzerrte sich sein Gesicht zu einer Grimasse. Mit zusammengebissenen Zähnen legte er auf, in seinem Blick stand Verzweiflung geschrieben.

Er brauchte nichts zu erklären.

59. Donnerstag, 10. Mai, 2 Uhr 28

Stéphane sprang aus Vics Auto. Draußen unter dem dichten Laubwerk vor dem Haus überzogen die Blaulichter die Baumstämme mit einem bläulichen Schimmer. Männer sprachen in Walkie-Talkies, Fahrzeuge fuhren los, die Bänder der Polizeiabsperrung klapperten im Wind. Alles schien zu Ende zu sein.

Ohne nachzudenken, mit abgespannten Gesichtszügen rannte Stéphane in Richtung Eingangshalle. Als Vic ihm folgte, erblickte er hinter der Scheibe eines Krankenwagens die Gerichtsmedizinerin. Wahrscheinlich war die Leiche bereits weggebracht worden. Mit seinen Nerven am Ende, blieb Vic bei seinen Kollegen stehen, während Kismet das schändliche Haus betrat.

Stéphane stieg die Treppe hinauf und lief ins Schlafzimmer, wo Techniker in Schutzanzügen gerade dabei waren, die letzten Proben zu nehmen.

»Hey Sie!«, rief einer von ihnen.

Die Männer wollten ihn daran hindern näher zu kommen, doch er stürzte bereits zum Bett und zerrte schreiend an den blutverschmierten Bettlaken. Im Zimmer hing ein unerträglicher Verwesungsgeruch, es herrschte eine Gluthitze.

»Meine Frau! Oh, mein Gott! Wo ist die Leiche meiner Frau?«

Jemand packte ihn, er wehrte sich, kämpfte verzweifelt. Dann schwanden seine letzten Kräfte, und er ließ sich mit einem Gefühl der Ohnmacht aus dem Zimmer führen. Er war am Boden zerstört, sein Blick war auf seine Hände gerichtet, seine blutbefleckten Hände.

»Es tut mir leid, Monsieur, aber die Leiche ist bereits auf dem Weg in die Gerichtsmedizin«, erklärte einer der Techniker. »Nehmen Sie die Taschenlampe hier, es gibt keinen Strom mehr. Und lassen Sie uns unsere Arbeit beenden … Bitte.«

Stéphane konnte noch die Fesseln und all das Blut sehen, bevor die Tür ins Schloss fiel. Benommen, mit Tränen in den Augen richtete er sich auf, schaltete die Lampe ein und ging wieder hinunter, dabei hinterließ er rote Spuren auf der Treppe. Vor seinen Augen drehte sich alles. Taumelnd drückte er auf einen Lichtschalter, doch ohne Erfolg. Er ging unter dem Porträt der Baronin von Reille her, schleppte sich bis in die Eingangshalle, wo er die Figur aus seinem ersten Traum erblickte, die völlig unversehrt dort stand. Wutentbrannt fegte er sie zu Boden und wandte sich dann zur Kellertür. Er stieg die Stufen hinab. Diese verfluchten acht Stufen.

Er wusste genau, was er tun würde. Er hatte es geträumt, und nun erlebte er es. Seine Zukunft traf ihn mit voller Wucht.

Der gelbliche Lichtkegel fiel auf einen Spiegel. Bestürzt und voller Verzweiflung blieb er stehen und überprüfte jedes Detail. Der Bluterguss am Auge, die drei Kratzer, die Anglerjacke … Alles war da, wirklich alles! Außer sich vor Schmerz ballte er die Faust und schlug mit voller Wucht gegen die reflektierende Fläche.

Er begriff immer besser, je weiter er vordrang.

Er begriff das Unbegreifliche.

Die Zeitschleife schloss sich, hier und jetzt.

Stéphane wurde Stéfur. Er war immer nur einer gewesen. Der andere, die Person aus seinen Träumen, existierte nicht als solcher. Dieser andere war er. Hier und jetzt.

Er schüttelte den Kopf und rannte in den Weinkeller. Die Flaschen konnten nicht wie im Traum daliegen, er hatte sie vertauscht! Er betete von ganzem Herzen, dass sie noch so wie zuvor angeordnet waren, damit wenigstens ein winziger Teil seines Schicksals sich verändert hatte. Um sich zu beweisen, dass er nicht nur eine Marionnette war. Dass er Sylvie mit größerer Anstrengung hätte retten können. Dass er sie den Klauen des Monsters hätte entreißen können.

Langsam fiel der Lichtstrahl auf die Flaschen. Da sah er es, während ihm die Tränen in die Augen stiegen.

Der Bordeaux lag oben, der Burgunder darunter.

Genau wie im Traum. Diese verfluchten Flaschen lagen genau so wie im Traum. Jemand anders, vielleicht Sylvie, musste sie abermals vertauscht haben. Seine Frau … Vielleicht hatte seine Frau ihm in den letzten Augenblicken ihres Lebens geglaubt.

Er ließ sich auf die Knie fallen und stöhnte laut auf. Die Lampe rollte über den Boden und beleuchtete die Einstichspuren auf seinem Unterarm. Er begann zu weinen, mit dem Gesicht am Boden, mit der Nase im Staub, dem Mund voller Staub, doch dann packte ihn die Wut, und er stand wieder auf.

Er war Stéfur geworden! Er war der Mann aus seinen Träumen!

In seiner tiefen Verzweiflung begriff er den Sinn all dessen, was geschehen war: ein Stéphane der Vergangenheit würde nun von ihm träumen. Ein Stéphane, der identisch mit ihm war, der gerade seine Antidepressiva abgesetzt hatte, der begreifen würde, dass er träumte, und in die Zukunft sah. Und letztendlich nichts daran ändern konnte.

Ein Stéphane, der sechs Tage und zwanzig Stunden vor ihm lebte.

Er wurde zum Stéfur eines Stéphane in der Vergangenheit. Er wurde derjenige, von dem dieser Stéphane träumen würde.

In seinem Kopf geriet alles durcheinander. Ein ständiger Neuanfang. Das Möbiusband.

Irgendwo in seinem Gehirn hörte er, wie seine Frau um Hilfe rief.

Wie sollte er den Stéphane aus der Vergangenheit warnen? Wann würde er träumen? Welche Sekunden seines Lebens würde er mit ihm teilen?

Und Sylvie …

Er schwenkte die Taschenlampe und blickte sich suchend um, dann sah er das Stück Kreide auf dem Kohlehaufen liegen, diese Kreide, die er selbst dort gefunden hatte, und begann, an die Wände zu schreiben.

»Wann wirst du das alles lesen?«

Er schrieb alles auf, was ihm in den Sinn kam, ohne jeden Zusammenhang, ohne nachzudenken, während er noch das Blut auf den Laken vor sich sah, noch den widerwärtigen Verwesungsgeruch in der Nase hatte. »Du träumst von einer Zukunft, die um sechs Tage und zwanzig Stunden verschoben ist. Du musst diese Träume ignorieren. Ignoriere sie alle! Ignoriere Mélinda, ignoriere mich, ignoriere alles, was möglich ist. Sylvie wird am 10. Mai sterben. Rette sie. Rette sie, hast du verstanden?« Ihm wurde bewusst, dass er fast im Dunkeln schrieb und seine Sätze obendrein kaum verständlich waren. Wie sollte Stépas, der Stéphane aus der Vergangenheit, seine Träume ignorieren, wo er ihm doch klar mitteilte, dass Sylvie sterben würde? Er strich den letzten Satz durch – »Sylvie wird sterben« –, bis die Kreide zwischen seinen Fingern zerbröselte. Als er gerade seine Taschenlampe aufheben wollte, tauchte auf einmal jemand hinter ihm auf und richtete die Waffe auf ihn.

Zitternd steckte Vic seine Sig Sauer wieder ein.

»Ich habe dich schreien hören und dachte … Lass es gut sein …«

Stéphane lehnte sich an eine Wand. Außer Sylvies Gesicht existierte nichts mehr in seinem Kopf.

»Meine Frau … Was hat er mit ihr gemacht …«

Der Polizist biss die Zähne zusammen. Plötzlich hasste er seinen Beruf, diese Gegend. Er begriff, dass er in einem Polizeikommissariat nichts zu suchen hatte, mit Männern, die ihn anwiderten, die den ganzen Tag lang in Blut und Eingeweiden stocherten.

»Ihre Leiche ist auf dem Weg in das gerichtsmedizinische Institut, aber unser Gerichtsmediziner wird sein Möglichstes tun, um sie zu respektieren.«

»Sie zu respektieren?«

Stéphane kauerte sich zusammen, den Kopf auf die Hände gestützt.

»Glaubst du, ich weiß nicht, wie das abläuft?«

»Du kannst ihr ein schönes Begräbnis bereiten.«

»Ein Begräbnis … Ein Begräbnis … An diesem Tag wird es regnen … Und du wirst da sein, neben mir am Grab stehen.«

Ihm traten die Tränen in die Augen.

»Vic, damit kann ich nicht leben. Es ist völlig unmöglich. Zugleich weiß ich, dass ich nie den Mut haben werde, mich zu erschießen. Weil … Weil …«

Der Leutnant kniete sich vor ihn und fasste seine Hände.

»Wir haben etwas, Stéphane. Zum ersten Mal seit Beginn dieser Sache haben wir etwas Konkretes. Und zwar dank dir. Dank dir, verstehst du?«

Stéphane blickte traurig auf.

»Das hat alles keine Bedeutung mehr … Indem wir die Ereignisse verhindern wollten, haben wir sie erst verursacht … Ich bin nur ein Punkt, der sich auf einem endlosen Band bewegt.«

»Nein, erinnere dich an deinen Telefonanruf vom Kommissariat aus, gegen 23 Uhr. Es hat bei euch im Schlafzimmer geklingelt, und der Mörder hat die für deine Frau bestimmte Nachricht gehört. Das hat ihn in Panik versetzt. Und er hat Fehler begangen.«

Stéphane hörte nicht mehr richtig zu, sein Gesichtsausdruck war völlig leer. Sylvie, tot …

»In seiner Panik hat er einen Rucksack mit einer luftdicht verschlossenen Dose liegen lassen. Darin befand sich verwestes Fleisch. Stücke von Aas.«

»Aas …«

»Daher stammte der Geruch an den Tatorten. Du hast die Zukunft geändert, Stéphane. Du hast tatsächlich die Zukunft geändert. Vielleicht hast du damit verhindert, dass es neue Opfer gibt.«

»Ich habe in meinen Träumen die Fotos der anderen Leichen angeschaut«, antwortete Stéphane mit belegter Stimme. »Ich habe gesehen, welche Qualen er diesen Frauen zugefügt hat. Das hat er auch Sylvie angetan, nicht wahr?«

»Nein, nein. Hier war es anders … Er hatte keine Zeit mehr. Deine Frau hat nicht gelitten. Das schwöre ich dir.«

Stéphane schluchzte auf, dann wies er auf die Sätze, die an der Wand des Weinkellers standen.

»Ich habe das alles aufgeschrieben, aber ich weiß, dass es nichts nutzen wird. Wenn ich nichts verändern konnte, so wird der Stéphane aus der Vergangenheit, das Ich, das vor einer Woche gelebt hat, ebenfalls nichts verändern können. Nichts konnte verhindert oder wenigstens in eine andere Richtung gelenkt werden. Alles war vergeblich.«

60. Donnerstag, 10. Mai, 6 Uhr 54

Nichts existierte mehr. Nur ein paar Geräusche in der Ferne und das erste Tageslicht. Stéphane stand langsam vom Sofa auf, sein Kopf schmerzte, seine Augen waren geschwollen und brannten. Als er Vics blasses und abgespanntes Gesicht erblickte, fiel ihm alles wieder ein, brach mit voller Wucht über ihn herein. Reglos blieb er einen Moment lang stehen.

Als er gerade die Whiskyflasche, die auf dem niedrigen Tisch stand, ergreifen wollte, hinderte Vic ihn daran.

»Nicht, Stéphane.«

»Und jetzt? Was soll jetzt aus mir werden? Wird man mich in den Knast stecken? Wird man mich einweisen? Darf ich nicht einmal meine Frau zu Grabe tragen?«

Der Polizist rieb sich nervös die Hände. Die Spezialteams hatten das Haus verlassen.

»Nichts von all dem. Wir werden das tun, was man normalerweise in einem solchen Fall tut. Wir werden die Einrichtungen zur Betreuung von Opfern kontaktieren, und ...«

»Nein, das möchte ich nicht. Ich will nie wieder von Psychiatern, Ärzten oder Krankenhäusern hören. Nie wieder ...«

»Aber du hast keine Freunde oder Familie mehr, nicht wahr?«

»Freunde? Familie? Ich weiß nicht einmal, wo ich herstamme. Ich bin in einer Familie aufgewachsen, die nicht die Meine war, bei Eltern, die mich für verrückt hielten und am Ende verstoßen haben.«

»Und von Seiten deiner Frau?«

»Sie hatte nicht mehr mit vielen Leuten Kontakt, meinetwegen. Ich werde einen ihrer Brüder anrufen, mit dem ich seit Jahren kein Wort mehr geredet habe. Er muss sich um alles kümmern. Ich kann das nicht. Nicht alleine.«

Der Polizeileutnant fuhr sich mit den Händen übers Gesicht. Er war todmüde, und am frühen Nachmittag würde Céline aus dem Krankenhaus entlassen werden.

»Dieses Haus ist zwar riesig, aber du kannst nicht hierbleiben, an diesem Ort, wo deine Frau getötet wurde. Das Schlafzimmer ist versiegelt, und das alles ist nicht gut für dich. Vielleicht solltest du für ein paar Tage in ein Hotel gehen, du ...«

»Ich habe mein ganzes Leben mit dem Schrecklichen zu tun gehabt, ich bin selber ein Monster. Wer mit mir zu tun hat, hasst mich oder aber kommt um. Lass mich bitte in Ruhe.«

Stéphane stand auf und ging in die Küche. Er nahm zwei Aspirin und die Schachtel mit Antidepressiva.

»Sylvie hat immer auf diesem Stuhl hier gesessen. Ich habe sie nicht mal mehr angeschaut, und jetzt, wo sie tot ist, sehe ich nur noch sie. Ich rieche ihr Parfüm, ich sehe, wie sie sich mit ihrem Eiswürfel über die Lippen fährt, so wie jeden Morgen, immer zur selben Zeit, in einem ihrer hübschen Kostüme.«

Er drehte sich zu dem Polizisten um, während die Katze zu ihrem leeren Milchschälchen ging.

»Was wird mit Sylvie geschehen? Wann darf ich ihre Leiche mitnehmen?«

»Ich werde dafür sorgen, dass sich das gerichtsmedizinische Institut und der Bestattungsdienst um alles kümmern.«

»Fahr zurück zu deiner Frau, sie hat ihr Baby verloren. Ich danke dir, aber es wird schon gehen ...«

»Nein, es wird nicht gehen.«

»Und außerdem hast du zu tun, du ...«

Vic seufzte.

»Man wird mich wahrscheinlich von den Ermittlungen abziehen. Sie waren im Keller und haben die Sätze an den Wänden gesehen. Wo du die Opfer beschrieben hast, die Sache mit dem fehlerhaften Film … Ich habe gesagt, ich hätte dir das alles erzählt, sogar die vertraulichen Informationen. Um dich zu schützen.«

»Was? Aber …«

»Ich habe dich gedeckt, in allen Details. Die Tatorte, die Vermutungen, die Fortschritte in dem Fall. Alles. Dies war die einzige Möglichkeit, dich nicht als einen Komplizen des Mörders hinzustellen. Der Kommandant hatte mich bereits verwarnt, weil ich Fotos an einen befreundeten Arzt geschickt hatte. Für mich ist die Sache so gut wie vorbei, ich werde nicht alt werden in der Ersten Division, nicht mal bei der Polizei.«

»Es tut mir leid, dass ich dich in diese Situation gebracht habe. Erst mit Siriel, und jetzt das …«

»Danke, dass du bei der Vernehmung nichts gesagt hast.«

»Das war nicht besonders schwierig, sie halten mich wirklich für verrückt.«

Vic biss die Zähne zusammen.

»Siriel wusste Bescheid. Er wusste, wer der Mörder ist, er besaß einen Film, der wahrscheinlich eine Antwort auf all unsere Fragen geliefert hätte. Dieser Mann war das leibhaftige Böse.«

Stéphane deutete ein trauriges Lächeln an.

»Jetzt sind wir im Unglück verbunden.«

Geistesabwesend blickte er auf sein Handy, das zu vibrieren begann. Auf dem Display erschien ein Name: »Duval«.

»Mein Freund, der Physiker … Er ruft schon ungefähr zum zehnten Mal an. Wahrscheinlich hat er im Lotto gewonnen. Im Radio war von zwei Gewinnern die Rede. Das ist alles so unglaublich. Und jetzt lass mich allein. Ich muss abschalten. Ich habe meine Frau getötet. Ich habe nichts tun können, um sie zu retten.«

61. Donnerstag, 10. Mai, 10 Uhr 12

Sie war tot. Wirklich und wahrhaftig. Das war kein Alptraum mehr. Nichts würde sie zurückbringen. Niemals. Wie sollte er mit diesem Schmerz weiterleben?

Stéphane saß auf den Stufen vor der Eingangstür, in der Hand hielt er mehrere Blatt Papier und einen Stift, doch er war unfähig, irgendetwas niederzuschreiben. Er hatte das Gefühl, dass er gerade erst begriff, was geschehen war. Er ließ sich die Sonne auf das Gesicht scheinen, eine unglaubliche Wohltat. Dann stand er auf und schritt über das riesige Grundstück, wo die Vögel zwitscherten und die Bäume im Wind rauschten. Heute war ein wunderschöner Frühlingstag. Er wanderte an den schattigen Pferdeweiden entlang nach Lamorlaye, umgeben vom Blau des Himmels, dem Grün der Blätter und dem Rot der Erde. Auf dem Platz nahmen Kinder Reitunterricht, saßen aufrecht auf ihren Pferden. Plötzlich musste er an Mélinda denken, das kleine Mädchen aus Méry-sur-Oise.

Er blickte auf die Uhr, dann wühlte er in seinen Taschen. Das Heft mit den Träumen war nicht mehr da. Es war im Haus von Siriel verbrannt, wie Vic erklärt hatte. Er ballte die Fäuste, schloss die Augen und versuchte, sich zu erinnern, noch ganz benommen von den Tabletten und dem Alkohol. In seinem zweiten Traum war er auf dem Weg nach Sceaux, im Radio wurde gerade die Fahndung durchgegeben, die Sonne ging unter, der Mond stand am Himmel. Es musste 19 Uhr oder 19 Uhr

30 sein. Blieben also allerhöchstens noch sieben oder acht Stunden bis zu den Nachrichten im Radio. Vielleicht war es bereits zu spät.

Von Panik ergriffen, suchte er eine Telefonzelle und fand eine neben der Post.

»Madame Grappe?«

»Wer ist da?«

Er schnappte nach Luft.

»Ihre Tochter ist in Gefahr.«

»Wer sind Sie?«

»Gehen Sie sofort Ihre Tochter holen, denn sonst, das schwöre ich Ihnen, werde ich sie heute entführen. Sie heißt Mélinda, hat lockiges Haar und eine Zahnlücke. Ich habe in ihrer Schulakte nachgeschaut, ich bin in ihre Schule eingebrochen, fragen Sie den Direktor. Ich habe sie Tag für Tag beobachtet. Wenn Sie mir nicht zuhören, wird Ihre Tochter sterben. Ich werde sie mit meinen eigenen Händen töten. Gehen Sie sie sofort holen.«

Er legte wieder auf, in der Hoffnung, ihr genug Angst eingejagt zu haben, damit sie etwas unternahm.

Wie in Trance ging er dann zurück zu den Weiden und setzte sich an einen Baum. Er nahm ein Blatt Papier und seinen Stift heraus und begann, einen langen Brief zu schreiben – an Stépas, den Stéphane aus der Vergangenheit. Wahrscheinlich würde er ihn niemals lesen, doch das spielte keine Rolle. Stéphane musste die Gedanken in seinem Kopf ordnen und versuchen, das Unmögliche zu begreifen.

Während er über seine Situation nachdachte, über Stépas und Stéfur, und seine schrecklichen Schlussfolgerungen schwarz auf weiß niederschrieb, wurde ihm eine verblüffende Tatsache klar: In der Vergangenheit lebte Sylvie noch. Ihre Trennung hatte nicht im räumlichen Sinne, sondern in der Zeit stattgefunden. Es war kein Problem von Kilometern. Sondern von Tagen.

Plötzlich packte ihn eine ungeheure Freude. Er wusste nun,

dass es möglich war, die Ereignisse zu verändern. Hatte er den Mörder nicht mit seinem Anruf vom Kommissariat aus gestört? Hatte er der Polizei nicht neue Hinweise geliefert, indem er sich seiner Träume bediente? Und wenn er die Geschichte verändern, die Vergangenheit beeinflussen konnte, indem er Stépas Nachrichten zukommen ließ? Dann könnte er möglicherweise Sylvies Tod verhindern!

Ja, das war möglich. Ihm blieben noch sechs Tage, um den Mörder zu finden und die Information dann dem Stéphane der Vergangenheit zu übermitteln, der sie wiederum dem Victor der Vergangenheit mitteilen würde. Dann würde Sylvie nicht getötet werden.

Während er seinen Brief niederschrieb, hatte er das Gefühl, immer weiter in das Unbegreifliche und das Absurde abzugleiten. Als er ihn noch einmal durchlas, kam es ihm vor wie das Werk eines Geistesgestörten.

Endlich begriff er, was es mit dem PF 101 auf sich hatte. Wahrscheinlich konnte er auf diese Weise Stépas die Informationen zukommen lassen. Zwischen Zukunft und Vergangenheit kommunizieren. Oder in die andere Richtung. Er bedauerte, dass er es nicht schon früher gemietet hatte, vielleicht war dieses Fach der Schlüssel zu allem.

Er kehrte zum Haus zurück, um die Formulare und Papiere zu holen, und lief dann zur Post, um die notwendigen Schritte zu unternehmen. Zwanzig Minuten später hielt er den Schlüssel zum Postfach 101 in der Hand.

Als er die kleine Holztür öffnete, um seinen Brief hineinzulegen, schnürte sich ihm die Kehle zu. In dem Fach befand sich bereits ein gefaltetes Blatt Papier. Er schloss die Tür sofort wieder zu und stürzte zum Schalter.

»War dieses Fach in letzter Zeit vermietet?«

»Nein.«

Der Angestellte sah in seinen Unterlagen nach und fügte dann hinzu:

»Ehrlich gesagt ist es noch nie gemietet worden. Sie sind der Erste.«

Fassungslos kehrte Stéphane zu seinem Baum zurück. Beklommen faltete er den Brief auseinander, den er in dem Fach vorgefunden hatte. Er erkannte sofort seine eigene Handschrift.

Er schloss die Augen, öffnete sie wieder und fing an zu lesen …

Donnerstag, 10. Mai 2007

Lieber Stéphane,

ich muss zugeben, es kommt mir seltsam vor, mir selbst zu schreiben.

Ich weiß nicht, wie das alles angefangen hat, wie viele es zuvor gegeben hat, wie viele es noch geben wird. Ich schreibe diesen Brief jetzt, am Fuß eines Baumes sitzend. Letzte Nacht ist meine geliebte Frau gestorben, ich habe eben Mélindas Mutter angerufen und bin an den Pferdeweiden entlanggewandert.

Ich bin einer deiner Vorgänger. Ich habe ebenfalls von einem Stéfur geträumt, so wie auch dieser Stéfur wiederum von einem Stéfur geträumt haben muss und so weiter. Wir sind alle Stéfurs, Spiegelbilder, gefangen im Spiegel unseres eigenen Lebens. Wir folgen in einem fort aufeinander, mit einem Abstand von sechs Tagen und zwanzig Stunden, und führen alle immer wieder dasselbe Leben.

Wie du in diesem Moment, so träume auch ich nicht mehr. Warum? Ich weiß es noch nicht. Hat sich das Zeitfenster geschlossen? Oder aber bedeutet es einfach nur, dass ich sterben werde?

Wir haben Sylvie nicht zurückbringen können. Weder der Stéphane, der von mir träumt (mein Stépas), noch der andere Stéphane, der von dir träumt (dein Stépas), haben je etwas unternehmen können, um den Lauf des Schicksals zu verändern. Du hast nichts tun können, genauso wenig wie ich. Denn wenn es dem Stéphane der Vergangenheit, Stépas, gelänge, sie zu retten, würde wahrscheinlich etwas Unmögliches geschehen. Sie ist heute gestor-

ben, und nun ist ihre Leiche in den Händen des Gerichtsmediziners. Anders als Schrödingers Katze kann sie nicht tot und lebendig zugleich sein. Das Schicksal mag keine Paradoxa, deshalb tut es alles, um sie zu verhindern. Eine Glühbirne, die kaputtgeht. Die Notwendigkeit zu fliehen, ein unerwarteter Sturz, irgendein belangsloses Detail.

Natürlich hast du geglaubt, dass sich gewisse Dinge zwischen der Vergangenheit und der Zukunft ereignen, eine Form von »Übertragung« oder Paradox, die man nach Belieben unter Kontrolle bringen könnte. Aber schau dir deine linke Hüfte an. Die Tätowierung ist bereits da. Sie ist nicht durch »Übertragung« entstanden, wie du wahrscheinlich geglaubt hast, als du sie dir hast machen lassen, nachdem du vor ein paar Tagen geträumt hattest. Diese Tätowierung existiert in der Zukunft, weil du sie dir in der Vergangenheit hast machen lassen, ganz einfach. Genauso wie diese sinnlosen Nachrichten, die wir beide für Stéfur an die Wände im Hotel oder in Darkland geschrieben haben. Hast du mal darüber nachgedacht, wie unsinnig das alles ist? Stéfur, das sind wir selbst in sechs Tagen. Es hat keinen Sinn, etwas aufzuschreiben, das wir bereits wissen. Und was soll dieser Brief, schließlich hast du soeben denselben geschrieben, davon bin ich überzeugt. Egal. Er bringt mich zum Nachdenken.

Wir kommen immer an denselben Punkt: In dieser Welt stirbt Sylvie, das Baby des Polizisten stirbt, und Mélinda wird wahrscheinlich sterben, ohne dass wir etwas dagegen tun können. Das ist unser kleines Leben. Unsere kleine Geschichte, in die sich niemand einzumischen hat.

So … Es tut mir leid, mehr weiß ich im Moment nicht. Ich bin genauso durcheinander wie du. Warum geschieht das mit uns? Wer hat uns auf dieses verdammte Möbiusband gesetzt? Warum ändert sich nichts, egal, was wir tun?

Vielleicht halten wir den unwiderlegbaren Beweis in Händen, dass Zeitreisen, Zeitschleifen oder Parallelwelten existieren, aber ich glaube, wir sind dazu verdammt, diesen Beweis für uns zu be-

halten, meinst du nicht auch? Die psychiatrische Anstalt hat ihre Tore weit geöffnet …

Noch etwas, das dich vielleicht beruhigen wird. Sylvie lebt.

Ja, sie lebt in der Vergangenheit, ihr seid nicht sehr weit voneinander entfernt, dein Stépas ist noch bei ihr. Letztendlich gibt es nur sechs Tage Abstand. Nicht die räumliche Distanz trennt euch heute, sondern die Zeit, man muss nur ein kleines bisschen aufgeschlossener sein als der Durchschnitt. Mit dieser Sichtweise wird alles sehr viel besser gehen, du wirst sehen.

Abgesehen davon, dass sie in sechs Tagen wiederum sterben wird.

Ich bin wirklich sehr pessimistisch, aber gib zu, dass es Grund dazu gibt.

Gut. Wie es aussieht, haben wir uns nichts mehr zu sagen, letzten Endes wissen wir alles voneinander, nicht wahr? Letztendlich erfährst du durch diesen Brief nichts Neues, da es deine eigenen Gedanken sind. Ich muss zurück, Sylvies Familie wird heute Abend eintreffen. Und im Übrigen musst auch du zurück, aus demselben Grund.

Wenn du deine unendlich vielen Spiegelbilder zwischen den beiden Spiegeln anschaust, dann denk an mich. Ich bin eines von ihnen. Und gewiss bin ich in diesem Augenblick tot.

Bis bald, vielleicht an einem anderen Ort.

PS 1: Bitte leg diesen Brief zurück an seinen Platz, für die Nachfolgenden. Doch zuvor tu etwas für mich, für die Stépas, die nach dir kommen werden. Dreh dieses Blatt um, und mach ein kleines Kreuz darauf. Auf diese Weise wirst du erfahren, wie viele Stéfurs dir schon vorangegangen sind.
PS 2: Während ich diesen Brief noch einmal lese, komme ich immer mehr zu der Erkenntnis, dass ich verrückt bin.

Verblüfft blickte Stéphane auf. Jede seiner Bewegungen schien wie im Zeitlupentempo abzulaufen.

Dieser Brief war derselbe, den er gerade an seinen Stépas geschrieben hatte, Wort für Wort.

Er stand auf, und bevor er das Originalblatt wieder in das PF 101 zurückbrachte, beschloss er, es zu wenden, um zu erfahren, wie viele Stéphanes dieses PF 101 bereits benutzt hatten. Um zu erfahren, seit wann sie sich auf diesem Band bewegten, er und die anderen. Um zu erfahren, wie viele Spiegelbilder sich im Spiegel zeigen würden.

Und da hatte er wieder das Gefühl, dass die Welt zusammenbrach.

Die Rückseite war voller Kreuze.

Unendlich viele Kreuze.

62. Donnerstag, 10. Mai, 15 Uhr 37

Vic und Céline hatten gerade den Treppenabsatz vor ihrer Wohnung erreicht, da erblickten sie einen zusammengekauerten Mann vor ihrer Tür. Als Stéphane den Kopf hob, erstarrte die junge Frau und hielt sich die Hand vor den Mund.

»Das ist er … Er hat …«

»Ich weiß«, erwiderte Vic mit gerunzelter Stirn. »Was machst du hier?«

Plötzlich stand Stéphane auf, sein Blick war ausweichend, er konnte den von Céline nicht ertragen.

»Ich muss mit dir reden. Ich habe versucht, dich auf deinem Handy zu erreichen. Es ist immer noch leer. Ich habe eine sehr wichtige Information für dich.«

Instinktiv legte Céline die Hand auf ihren Bauch. Ihre Augen waren noch immer vom Weinen gerötet.

»Wie haben Sie das von dem Baby gewusst?«

Stéphane beschloss, sie endlich anzusehen.

»Meine Vision, erinnern Sie sich?«

Die junge Frau nickte.

»Sie hätten mir glauben müssen«, fügte er hinzu.

Eilig öffnete Céline die Tür, ihre Kehle war wie zugeschnürt. Sie ging an den noch verpackten Fläschchen vorbei, an den Schnullern, den Artikeln zur Säuglingspflege und schloss sich dann ohne ein Wort im Schlafzimmer ein, während Vic Stéphane ins Wohnzimmer führte.

»Was machst du hier, um Himmels willen? Ich komme gerade vom Bahnhof. Wir haben Célines Mutter eben erst zurückgebracht, und meine Frau braucht mich jetzt!«

»Schenkst du mir ein Glas ein?«

»Nein. Noch einmal: Was machst du hier?«

»Ich werde nicht lange bleiben, ich muss wieder zurück, Sylvies Familie wird im Laufe des Tages eintreffen. Du musst mir sämtliche Informationen über die Morde an diesen beiden Frauen geben. Fotos, Namen, Adressen, alles!«

»Hör zu, dafür habe ich jetzt nicht den Kopf. Ich weiß nicht, ob …«

»Tu es! Ich habe dir mein Heft anvertraut, mein Privatleben, ich habe dir vertraut! Jetzt vertrau du mir.«

Vic blickte ihn seltsam an. Stéphane wirkte wesentlich natürlicher als am Vormittag. Er war eher seltsam erregt.

»Einverstanden.«

Vic kam mit einem dicken Umschlag voller Fotokopien zurück und reichte ihn Stéphane.

»Pass gut darauf auf. Was hast du vor?«

»Du hast mir gesagt, der Mörder hätte einen Rucksack und eine Dose mit verdorbenem Fleisch vergessen, als …«

»Richtig. Mehr weiß ich leider nicht, ich kehre morgen zur Arbeit zurück und glaube, dann gibt es Ärger.«

»Erinnerst du dich an meinen Traum mit der Videokassette? Wo wir beide sehen, wie der Mörder durch ein Loch im Drahtzaun einer Fabrik steigt und dabei von einer Überwachungskamera gefilmt wird?«

»Ja, das habe ich, glaube ich, in deinem Heft gelesen. Ich erinnere mich nicht mehr genau.«

»Er hatte einen Rucksack dabei. Und zwar sehr wahrscheinlich den, den ihr bei mir zu Hause neben Sylvie gefunden habt.«

Stéphane holte ein zusammengefaltetes Blatt Papier aus seiner Tasche.

»Ich wusste nicht, um welche Fabrik es sich handelt, doch nun weiß ich es.«

»Machst du Scherze?«

»Es handelt sich um eine Tierkörperbeseitigungsanlage. Dort hat der Mörder sein vergammeltes Fleisch geklaut.«

»Eine Tierkörper … Verdammt, das erscheint mir logisch.«

»Ich habe im Internet nach einer solchen Fabrik im Raum Paris gesucht und habe vier Stück gefunden. Und bei meiner weiteren Suche bin ich sogar in Internetblogs auf Fotos gestoßen. Unzufriedene Einwohner, die wütend über den unerträglichen Gestank sind. Der Gestank von Tierkadavern.«

Stéphane faltete das in Farbe ausgedruckte Blatt auseinander und legte es auf den Tisch.

»Die Fabrik in Saint-Denis. Das ist die aus meinem Traum!«

Er und Vic warfen sich einen vielsagenden Blick zu.

»Bist du sicher?«, fragte der Polizist.

»So gut wie. Soweit ich mich erinnern kann, passt diese hier am besten. Die Form der Gebäude, der Schornsteine … Die anderen weisen zu viele Unterschiede auf.«

Vic rieb sich über das Kinn.

»Eine Fabrik … Er stiehlt das Fleisch also aus einer Fabrik. Aber warum lässt er es nicht einfach bei sich zu Hause vergammeln?«

»Könntest du das hier in deiner Wohnung machen? Ohne die Aufmerksamkeit deiner Frau oder der Nachbarn zu erregen? Ich habe den Gestank gerochen, er war ekelerregend, er hing fast überall in unserem Haus. Diese Fabrik ist schon alt, er steigt einfach durch ein Loch und bedient sich, da besteht kein großes Risiko. Die Kamera, die ihn gefilmt hat, scheint auf die andere Straßenseite hin ausgerichtet zu sein. Vielleicht gehört die Kamera nicht mal der Fabrik.«

»Und weiter?«

»Ich brauche dich, du musst sofort dorthin fahren und Ermittlungen aufnehmen, Fragen stellen. Vielleicht findest du die

Kassette oder entdeckst neue Spuren. Du bist Polizist, mit dir werden sie sprechen. Mich würden sie auf der Stelle rausschmeißen. Hast du gesehen, wie blass ich bin? Erledige das. Tu es für mich. Für Sylvie.«

Der Polizist warf einen Blick in Richtung Schlafzimmer.

»Ich kann nicht. Ich … Ich werde meine Kollegen anrufen, sie werden …«

Stéphane schüttelte den Kopf.

»Nein! Das musst du tun! Wenn du jemand anders darauf ansetzt, kommen wir nicht an die Informationen, und die Suche entgleitet uns. Hast du nicht gesagt, dass sie dich von dem Fall abziehen werden? Außerdem ist diese Sache unlogisch und äußerst unwahrscheinlich. Es geht nicht mehr um Ermittlungen oder irgendwelche Verfahren, und das weißt du. Versuch es allein, und wenn du nichts herausfindest, dann gibst du deinen Kollegen einen Tipp, einverstanden?«

Vic dachte kurz nach.

»Okay, ich fahre also nur hin und sofort wieder zurück. Aber … etwas begreife ich nicht. Wenn du von der Kassette geträumt hast, dann …«

»Ich weiß. Mein Telefonanruf diese Nacht vom Kommissariat aus hat bewirkt, dass der Mörder seine Dose mit Fleisch vergessen hat. Wir dachten, wir hätten die Ereignisse verändert, aber … ich habe vor vier Tagen von dieser Kassette geträumt, in meinem Traum hatten wir sie bereits in Händen! Das bedeutet, dass wir zu dieser Tierkörperbeseitigungsanlage gefunden haben. Und um zu dieser Anlage zu finden …«

»Brauchten wir die Dose mit dem vergammelten Fleisch. Und folglich muss auch der Telefonanruf letzte Nacht stattgefunden haben. Dein Stéfur hatte also bereits genau dasselbe wie du unternommen. Scheiße … Die Schleife …«

»Wir haben überhaupt nichts verändert. Dieser Anruf war von Anfang an vom Schicksal vorhergesehen wie alles andere auch. Aber … ich will weiter daran glauben, dass wir die Zukunft beeinflussen können. Ich muss daran glauben. Ich möchte für Sylvie kämpfen. Für ihre Erinnerung.«

Vic rieb sich über die Schläfen.

»Das ist verrückt. Wie konnte das vorhergesehen sein? Das ist unmöglich!«

»Ja, leider.«

»Nein, vielleicht haben meine Kollegen am Tatort, in deinem Haus, Spuren gefunden, die uns zu dieser Fabrik geführt hätten, auch ohne diese Dose mit Fleisch. Vielleicht gewinnen wir wirklich gerade Zeit. Und die Zukunft, so wie du sie geträumt hast, verändert sich tatsächlich.«

»Ich würde sehr gerne daran glauben. Fahr jetzt zu der Anlage. Bevor deine Kollegen es tun. Wir beide haben jetzt dasselbe Ziel: den Mörder zu fassen.«

63. Donnerstag, 10. Mai, 17 Uhr 12

Stéphane saß in Darkland und starrte auf die gegenüberliegende Wand. Der Text, der dort geschrieben stand, lief auch auf Sylvies digitalem Diktiergerät ab, direkt neben ihm. Dank der Akte, die Vic ihm gegeben hatte, verfügte er über genaue Beschreibungen der Morde, er wusste von den elektrischen Heizungen, hatte die Adressen der Opfer notiert. Es war die Rede von Dupuytren, dem Trois Parques, der Tierkörperbeseitigungsanlage. Ereignisse, die bereits stattgefunden hatten, andere, die noch in der Zukunft lagen. Er musste es versuchen, musste alles auf eine Karte setzen. Möglichst viele Nachrichten in Stépas' Traum hineinpacken, auch wenn er genau wusste, dass dies wahrscheinlich nicht funktionieren würde. Als ehemaliger Stépas wusste er dies nur zu gut.

Stéphane hatte nur ein Ziel: die Vergangenheit zu entflammen, alles durcheinanderzubringen, Schwachstellen und Inkohärenzen zu schaffen, um so vielleicht dazu beizutragen, dass der Mörder festgenommen wurde, bevor er Sylvie tötete. Er wusste nicht, welche Auswirkungen das haben würde, welche Paradoxa oder unvorstellbaren Reaktionen daraus entstehen könnten. Aber er musste alles daransetzen, einen Riss zu verursachen.

Seine lange Nachricht endete mit den Worten:

»Du wirst das alles in einem Brief abschreiben und diesen bei einem Polizisten abgeben, Victor Marchal. Seine Adresse lautet: 14, Avenue Pierre Grenier, Appartement B2, Boulogne-Billancourt.

Und sprich mit niemandem darüber, nicht einmal mit Sylvie. Auf keinen Fall. Ich werde dir in den nächsten Träumen alles nach und nach erklären.

Viel Glück.«

So einfach war das also. Man musste nur hier sitzen bleiben und abwarten. Wahrscheinlich würde Stépas nichts davon begreifen, aber er würde den Anweisungen Folge leisten und handeln.

Als seine Augen langsam ermüdeten – so konzentriert starrte er an die Wand –, hörte Stéphane plötzlich im Wohnzimmer das Telefon klingeln. Er schüttelte den Kopf.

»Scheiße …«

Sylvies Familie war noch nicht angekommen. Hatte sie sich verfahren? Er zögerte und rannte dann hinauf ins Erdgeschoss. Auf dem Display des Telefons sah er eine Nummer, die ihm irgendetwas sagte. Für den Bruchteil einer Sekunde schloss er die Augen. Ja, es war die von Hector Ariez, die er vor ein paar Tagen in Méry in sein Handy eingegeben hatte. Woher kannte dieser Dreckskerl ihre neue Festnetznummer?

Mit zitternder Hand nahm er ab, ohne ein Wort zu sagen, als hätte er plötzlich begriffen. Sylvies Geistesabwesenheit, die Blicke, ihre Verwirrung, sobald er den Namen Hector Ariez erwähnte.

Sylvie, Hector Ariez. Hector Ariez, Sylvie …

Er vernahm eine männliche Stimme.

»Sylvie? Ist es jetzt vorbei? Sitzt er im Loch?«

Stéphane umklammerte den Hörer immer fester.

»Sylvie? Warum antwortest du nicht? Ist jemand bei dir? Du kannst nicht antworten, nicht wahr?«

Es war totenstill.

»Ich habe verstanden. Ruf mich später an. Ich liebe dich …«

Er legte auf. Mit unglaublicher Wut schmetterte Stéphane das Telefon an die Wand.

»Sitzt er im Loch?«, hatte er gefragt. Im Loch.

Da spürte Stéphane, dass er in der Lage war, ebenfalls einen Menschen zu töten. Dieses Arschloch hatte es mit seiner Frau getrieben, während er sich im Wahn seines Unterbewusstseins verlor. Wie hatten sie es wagen können?

Er zog seinen Ehering ab und legte ihn auf seine Handfläche. Sylvie ... Warum? Er atmete tief ein und versuchte, seine Wut zu zügeln. Er erinnerte sich an den zweiten Traum, »Fahrt nach Sceaux«: Wie er mit der Waffe neben sich zu Ariez fuhr. Das war wahrscheinlich Stéfurs Fehler gewesen. Er war in Zorn geraten. Nein. Er würde in aller Ruhe zurück in seine Werkstatt gehen und mit weit geöffneten Augen vor seinen Notizen sitzen bleiben. Zuerst musste er die Informationen übermitteln. Die Rache käme später an die Reihe, sehr viel später, wenn Sylvie gerettet wäre. Er hatte Zeit.

Er ließ seinen Ehering auf dem Tisch liegen und wandte sich zur Kellertür.

Als er gerade an einem Fenster der Eingangshalle vorüberging, sah er sie. Gendarmen in schweren Stiefeln, die wild entschlossen über den Rasen liefen. Stéphane geriet in Panik, sofort hallte ein Name in seinem Kopf wider: Mélinda.

Man wollte ihn wegen Mélinda abholen.

Sein Herz fing an zu rasen. Er drückte sich an eine Wand. Die Gendarmen kamen näher und hämmerten an die Tür. Direkt neben ihm. Einer von ihnen hielt einen tragbaren Rammbock.

»Hier ist die Gendarmerie! Machen Sie auf!«

Sekunden später ertönte ein ohrenbetäubender Krach, dann explodierte das Türschloss.

Die Pistolen zielten in alle Richtungen. Doch Stéphane war verschwunden.

In Anbetracht der Größe des Hauses mussten die Gendarmen sich trennen. Zwei gingen hinauf in die oberen Stockwerke, einer ins Erdgeschoss und einer in den Keller.

Minuten später erhielt der Letzte von ihnen einen Schwall

rote Farbe ins Gesicht und einen Schlag mit einer Metalldose auf den Schädel. Er brach stöhnend zusammen.

Verwirrt und von panischer Angst ergriffen, hob Stéphane die Pistole auf. Seine Hände zitterten, die Farbe tropfte von seinen Fingern. Was hatte er getan? Er fasste sich wieder, lief in die Werkstatt und suchte einige Sachen zusammen: die Haarschneidemaschine, die sauberen Kleidungsstücke von Darkness, eine Latexprothese, die Akte von Leutnant Marchal. Er stopfte alles in eine alte Tasche, kehrte zurück in sein Zimmer mit den Zeichnungen von den missgebildeten Babys und stieg durch ein kleines Fenster in den Garten.

Wenige Sekunden später startete der Ford und verschwand am Ende des Weges.

Stéphane holte tief Luft. Das war knapp gewesen. Doch wo sollte er jetzt hinfahren? Man würde ihn überall suchen, überprüfen, wo er mit Karte bezahlte, wahrscheinlich die Fahndung im Radio und Fernsehen durchgeben. Niemand würde ihn unterstützen oder ihm glauben, außer dem Polizisten. Doch ein Polizist blieb ein Polizist.

Er durfte sich nicht schnappen lassen. Nicht, bevor er Sylvie gerettet hatte.

Er betrachtete die Sig Sauer des Gendarmen, die neben der Tasche lag. Dann nahm er Mélindas rosafarbenes Taschentuch aus dem Handschuhfach und wischte sich die Farbe von den Händen. Mélinda … Was konnte mit ihr passiert sein? Er schlug mit voller Wucht auf das Armaturenbrett.

Auf der N16 Richtung Paris hielt er auf dem Seitenstreifen an und zog die Kleider von Darkness an. Schwarze Hose und schwarzweiß kariertes Hemd.

Dann stellte er sich, ohne weiter nachzudenken, vor den Außenspiegel, hielt die Haarschneidemaschine an den Kopf und rasierte sich seine schönen schwarzen Haare ab. Die langen Haarsträhnen flogen im Wind davon. Als er seinen weißen glattrasierten Schädel sah, begriff er, dass er nur noch ein Mann auf der Flucht war, den man notfalls ohne zu zögern erschießen würde.

Mit gewaltiger Wut im Bauch fuhr er wieder los. Diesmal verspürte er den heftigen Wunsch, dass einer seiner Alpträume in Erfüllung ging.

Er würde Hector Ariez abknallen. Der Mann, der seine Frau gevögelt und ihm den Verstand benebelt hatte.

Danach würde er ein Versteck finden, irgendeinen Ort, wo man ihm keine Fragen stellen würde. Einen Ort, an dem er seine Nachrichten hinterlassen konnte.

Er klappte die Sonnenblende herunter und nahm den kleinen Schlüssel zur Nummer 6. Das Zimmer im Trois Parques, das er für eine Woche gemietet hatte. Sein Stéfur war dort gewesen, es war ihm gelungen, seine Nachrichten an die Wände zu schreiben. Also musste es auch ihm gelingen, da alles Wirklichkeit wurde. Letztendlich brauchte er nur den Träumen zu folgen.

Er blickte auf die Uhr. Es war kurz nach 19 Uhr 30.

Dann schaltete er das Radio ein und drehte die Lautstärke voll auf. Dort war die Rede von einem Lottogewinner sowie von der kleinen Mélinda, deren Leiche man im Steinbruch Hennocque gefunden hatte.

Wahrscheinlich hatte Stépas die Nachrichten in Darkland nicht lesen können, da sich die Gendarmen im Haus befanden.

Aber er würde sie im Gasthof lesen, in seinem nächsten Traum. Das musste er, um jeden Preis, denn die Zeit lief ab, und die Sylvie der Vergangenheit näherte sich ihrem tödlichen Ende.

64. Freitag, 11. Mai, 0 Uhr 23

Als Vic spürte, dass Céline hinter ihm stand, drückte er auf die Stopp-Taste. Mit glasigen Augen drehte er sich um. Die Cognacflasche war fast leer.

»Sie haben eben in den Nachrichten wieder von dieser kleinen Mélinda gesprochen«, sagte er mit einem Seufzer. »Ich verstehe nicht, was ihr zugestoßen sein kann. Stéphane wusste es, er hat es vorhergesehen.«

Céline schlang den Arm um den Hals ihres Mannes und legte den Kopf auf seine Schulter.

»Und wenn er es doch war? Wenn er dem Mädchen wirklich etwas angetan hat?«

»Nein, nein. Ich schwöre dir, wenn du die Panik in seinen Augen gesehen hättest, als er von seinen Träumen erzählte, dann hättest du ihm geglaubt. Ich werde morgen zum Steinbruch gehen und versuchen zu begreifen.«

Céline blieb reglos stehen und gab sich ihrer tiefen Traurigkeit hin. Vic nahm sein Glas und trank noch einen großen Schluck.

»Wenn ich ihn nur erreichen könnte. Aber er muss sein Handy ausgeschaltet haben. Armer Kerl …«

Céline ging um das Sofa herum und schmiegte sich in seine Arme. Vor ihnen auf dem Schwarzweißbild der Kassette flackerte eine Gestalt, die gerade durch ein Loch im Zaun geklettert war und nun über Bauschutt und in Beton eingelassene Metallstangen hinwegstieg. Zweifelnd starrte Vic auf den Bildschirm.

»Das Verrückte ist, dass Stéphane von dieser Kassette geträumt hat und dass sie tatsächlich existiert. Ich habe sie von einer Fabrik für Chemie-Recycling, die gegenüber von der Tierkörperbeseitigungsanlage liegt. Begreifst du das? Das, was ihm zustößt, was ich nicht glauben wollte, stellt so vieles in Frage.«

Er öffnete Célines rechte Hand und fuhr mit dem Zeigefinger über ihre Lebenslinie.

»Und wenn wirklich alles im Voraus geschrieben stände? Und wenn wir nichts in der Hand hätten? Wenn wir nur ein Werkzeug wären, kontrolliert von einer unsichtbaren Armee? Wenn irgendwo in einem Buch steht, dass unser Kind ...«

Céline kauerte sich noch weiter zusammen und presste ihre Wange an seinen Oberkörper.

»Das bist nicht du, der da spricht«, murmelte sie. »Du, der nur an die realen Dinge glaubt ... Du hast zu viel getrunken ...«

»Ich stelle mir diese Frage ständig. Sie geht mir nicht mehr aus dem Kopf. Was wäre passiert, wenn es Kismet gelungen wäre, die Fruchtwasseruntersuchung an jenem Tag zu verhindern?«

»Streu kein Salz in die Wunde, Vic.«

Er schwenkte die bernsteinfarbene Flüssigkeit im Glas hin und her.

»Weißt du, ich erinnere mich noch an meine Unikurse und an die Theorie des amerikanischen Physikers Hugh Everett über Parallelwelten. Er hat behauptet, dass jede Wahl, die wir im Laufe unseres Lebens treffen, die Welt teilt. Es geht nicht um Gott, um die Schöpfung oder den Zufall, sondern um etwas völlig anderes. Damals fand ich das völlig schwachsinnig.«

Céline seufzte leise, doch sie blieb an ihn geschmiegt sitzen und hörte ihm weiter zu.

»Zum Zeitpunkt ihrer Entstehung hat die Welt zahlreiche Möglichkeiten: der Wert der Gravitationskonstante, der Elektronenmasse … Die Sache ist die, dass sie sich jedes Mal teilt, wenn eine dieser Möglichkeiten nicht gewählt wird. Auf diese Weise entstehen lauter Parallelwelten, sie unterscheiden sich je nach der Bedeutung dieser Hauptparameter. In den meisten dieser Welten ist kein Leben möglich. Sie sind zu dicht, zu heiß, zu ausgedehnt, was auch immer. Dennoch kann sich in einem kleinen Teil dieser Welten Leben entwickeln, weil alle Konstanten die notwendige Bedeutung haben. Dies ist in unserer Welt der Fall. Wir existieren nur, weil wir uns in dieser Welt befinden. Es gibt weder Zufall noch göttliche Schöpfung.«

Er trank sein Glas aus. Seine Hand zitterte.

»Mit jedem entscheidenden Ereignis, und das schon von Beginn an, entsteht eine Parallelwelt. Eine, wenn das Ereignis Wirklichkeit wird, und die andere, wenn dies nicht der Fall ist. Wie bei Schrödingers Katze. Also hast du wahrscheinlich in einer Parallelwelt, in einer anderen Vergangenheit, die Fruchtwasseruntersuchung nicht durchführen lassen, weil es Stéphane Kismet gelungen ist, uns zu überzeugen, und unser Kind lebt noch. Es …«

Céline stand auf und sah ihn mit tränenüberströmten Augen an.

»In der Welt, in der wir leben, wird unser Kind nie geboren werden, Vic. Und das musst du endlich akzeptieren.«

Nach einer kurzen Pause fügte sie hinzu:

»Ich werde für ein paar Tage zu meiner Mutter fahren, bis es mir wieder bessergeht. Ich muss aus dieser Wohnung hier raus, ich kann nicht mehr.«

Vic nahm den Schlag hin.

»Du gibst unser neues Leben also bereits auf?«

»Unser neues Leben war mit dem Baby. Ohne Kind, mit einem Beruf, der dich zugrunde richtet, bin ich nicht in der Lage, das alles zu ertragen. Nicht so kurz nach dieser Tragödie … Ich muss nachdenken, sei mir nicht böse.«

Sie stand auf und blickte ihren Mann an, der sich nicht einmal umdrehte.

»Ich fahre morgen früh«, sagte sie noch. »Ruf mich nicht an, ich werde dich anrufen, wenn ich mich besser fühle.«

Sie verschwand im Schlafzimmer und zog leise die Tür hinter sich zu.

65. Freitag, 11. Mai, 0 Uhr 46

Auf dem Parkplatz vor dem Trois Parques hielt ein Auto neben einem Mann, der in der Dunkelheit an einen Baum gelehnt wartete. Die Frau am Steuer ließ die Fensterscheibe hinab und hob fragend das Kinn. Der Mann mit dem verbrannten Gesicht nickte, die Hände in den Taschen vergraben. Wenn man ihm tief in die Augen schaute, konnte er einem Angst einjagen. Doch im Dunkeln konnte die Frau das nicht sehen. Um sie herum herrschte tiefe Finsternis, die Bäume streckten im Mondlicht ihre unheimlichen Schatten aus.

Im Licht der Scheinwerfer ging das Paar für diese eine Nacht am Schild des Gasthofs vorbei. Der Mann hatte eine alte Tasche in der Hand.

Der Mann am Empfang stellte keine Fragen, er hob nicht einmal den Kopf zu dem von Flammen gezeichneten Gesicht. Wahrscheinlich aus Gewohnheit. Ohne ein Wort bezahlte die Frau und ging in Richtung von Zimmer Nummer 24. Sie wog bestimmt gut hundertzwanzig Kilo und schien nicht besonders umgänglich zu sein. Lange Fingernägel, schwarze Klamotten, spitz zulaufende Schuhe. Das würde ein hübsches Vergnügen werden. Als sie sich umdrehte, runzelte sie die Stirn: Hinter ihr stand niemand mehr. Wo war dieser Typ mit dem verbrannten Gesicht hin, den sie vögeln wollte?

Stéphane nahm den Schlüssel aus seiner Tasche und betrat das Zimmer Nummer 6. In dieser Verkleidung würde ihn hier niemand suchen. Dennoch hatte er den Ford vorsichtshalber ein ganzes Stück weiter weg geparkt, tief im Wald.

Er nahm seine Latexmaske ab, zog die Vorhänge vor und schaltete das Licht ein. Überrascht riss er die Augen auf. Die Tapete war erneuert worden, sie war nun grün mit gelben Streifen, wie im dritten Traum – »Das Trois Parques« – und nicht mehr blau. Stéphane schlug sich mit der Hand an die Stirn. Das war logisch, verdammt logisch! Der Mann am Empfang hatte wahrscheinlich seine mit Textmarker geschriebenen Worte gesehen und daraufhin neu tapeziert.

Stéphane setzte sich aufs Bett, legte die Waffe neben sich und holte tief Luft. Nachdem er in Sceaux angekommen war, hatte er hinter Hector Ariez' Porsche mit dem Nummernschild 8866 BCL 92 geparkt und war dann leise ausgestiegen. Er hatte geklingelt, Ariez hatte geöffnet, hinter ihm war seine Frau zu sehen. Doch Stéphane hatte nicht den Mut gehabt, Sylvies Liebhaber umzulegen. Also hatte er nur seine Beziehung zerstört, indem er Victoria Ariez enthüllte, dass ihr Mann sie betrog.

Sylvies Familie war wahrscheinlich bereits in Lamorlaye angekommen und hatte erfahren, dass er wegen Mordes an einem kleinen Mädchen gesucht wurde.

Er schaltete den Fernseher ein und wartete auf die Kurznachrichten. Anders als Stéfur achtete er darauf, nicht zu laut zu stellen. Er durfte keinen Rausschmiss riskieren.

Er legte die Tasche auf die Matratze, nahm die Akte über die Morde und einen Textmarker heraus und schrieb erneut an die Wände, was er bereits in Darkland notiert hatte. Der Inhalt eines Briefes, der an Victor Marchal zu übergeben war.

Eine Stunde später stand alles da. Die neue Tapete war bedeckt mit logischen und klar verständlichen Erklärungen. Der Stéphane der Vergangenheit würde es verstehen.

Als Stéphane den Blick zum Fernseher hob, wo gerade die Nachrichten liefen, musste er an Mélinda denken. Er brach in Tränen aus.

66. Freitag, 11. Mai, 10 Uhr 35

»Es ist offiziell, Marchal. Du bist nicht mehr an dem Fall dran.«

»Kommandant, ich …«

Mortier stieß eine letzte Rauchwolke aus und drückte seine Kippe dann in einem Aschenbecher aus.

»Was willst du? Glaubst du, du könntest dir alles erlauben? Glaubst du, du könntest vertrauliche Informationen einfach so weitergeben, sogar an Verdächtige oder irgendwelche Ärzte? Du bist wirklich völlig durchgeknallt, Marchal!«

Mechanisch nahm Mortier eine neue Zigarette und stand auf.

»Du bist zu weit gegangen. Geh zurück in dein Büro, oder kauf dir ein Telefon, das funktioniert, während ich was anderes für dich suche.«

»Was anderes? Was soll ich tun?«

»Was?«, wiederholte er mit ironischem Unterton. »Du brauchst nur den Gendarmen zu helfen, deinen Freund Kismet wiederzufinden. Ich wusste genau, dass bei diesem Typen irgendwann die Sicherung durchbrennt. Erst entführt er seine Frau, und jetzt die Sache mit diesem Mädchen. Schade, dass seine Frau nicht mehr die Papiere für seine Einweisung unterzeichnen konnte, dann wäre das kleine Mädchen jetzt noch am Leben.«

Vic fühlte sich unwohl. Er hatte die Videokassette von der Überwachungskamera, worauf der Mörder zu sehen war, in seiner Tasche. Wenn er sie Mortier gab, würde das die Situation weiter verschärfen. Wahrscheinlich würde dieser sich die Gelegenheit nicht entgehen lassen, ihn endgültig rauszuschmeißen und ihm eine Menge Ärger zu bereiten.

»Sagen Sie mir wenigstens, ob Sie neue Hinweise bei den Ermittlungen haben … neue Spuren …«

»Willst du es wirklich wissen? Wir verrennen uns!«

»Haben Sie das Fleisch gefunden? Gibt es weitere Informationen?«

»Warum versteifst du dich so darauf?«

»Bitte.«

Mortier seufzte.

»Unsere Experten haben sich mit den Bakterienstämmen beschäftigt, insbesondere die der …«

Er blätterte in einer Akte.

»… *Pseudomonaden*, die aus dem Verdauungstrakt und dem Fleischsaft stammen. Wir sind wirklich weit gekommen, was?«

»Dem Fleischsaft? Könnte es nicht sein, dass er das Fleisch aus einer Fleischfabrik oder einer Tierkörperbeseitigungsanlage hat?«

»Oder aus einer Gartenecke. Fleisch vergammeln zu lassen, dürfte doch wohl nicht so schwer sein.«

Er zerknüllte ein Blatt Papier und warf es in den Mülleimer.

»Sie haben uns einen Profiler ans Bein gehängt, er ist dabei, alles zu analysieren und ein Profil zu erstellen. Was den ersten Tatort angeht, hat er sich scheinbar von einer religiösen Sache inspirieren lassen.«

»Aha? Und was für eine Sache?«

»Hör zu, Marchal, ich hab keine Zeit, um mit dir zu plaudern. Zumal wir bis Montag aus den Büroräumen raus sein müssen, wir sind fast die Letzten, hast du das noch nicht bemerkt? Los, hau ab!«

Vic ging hinaus und knallte die Tür hinter sich zu. Es stimmte, die Gänge wurden immer leerer, die Stockwerke über ihnen waren bereits verlassen.

Er ging zu den Toiletten, stellte seine Tasche aufs Waschbecken und spritzte sich kaltes Wasser ins Gesicht. Auch wenn er in gewisser Hinsicht erleichtert war, nicht mehr an diesem schrecklichen Fall mitzuarbeiten, so fühlte er sich doch beraubt. Diese Ermittlungen hatten sein Leben Tag und Nacht beherrscht.

Man hatte ihn von den Ermittlungen abgezogen. Man hatte ihm Céline genommen. Er hatte als Polizist versagt und als Ehemann.

Außer sich vor Wut packte Vic seine Tasche und zog ab. Er hatte noch einen anderen Fall aufzuklären. Der vielleicht noch unbegreiflicher war.

*

Es war entsetzlich kalt und feucht. Vic schlug den Kragen seiner Jacke hoch und duckte sich, um unter einer Felsnase hindurchzugehen. Kapitän Lafargue von der Gendarmerie Méry-sur-Oise, der vor ihm ging, blieb stehen und trat dann auf einen besonders steilen Abhang im Steinbruch Hennocque.

»Passen Sie auf, es ist rutschig.«

Vorsichtig kam Vic näher. Auf dem Boden befand sich eine dünne Wasserschicht. Die beiden Männer hielten sich an Wucherungen an den Wänden fest und kamen so langsam bis zu einem überschwemmten Stollen.

»Hier im Wasser haben drei Amateurhöhlenforscher sie gestern um 17 Uhr 20 entdeckt. Wir sind bereits kurz darauf hier eingetroffen. Die Leiche trieb auf dem Wasser, und auf dem Boden des Beckens lag eine zerbrochene Taschenlampe. Den ersten Erkenntnissen zufolge hatte das Mädchen eine Schädelfraktur, wahrscheinlich wurde es ertränkt.«

»Wahrscheinlich?«

»Ich warte noch auf die Obduktionsergebnisse.«

Vic hielt sich am Felsen fest und wies auf einen begehbaren Stollen über ihnen.

»Könnte es nicht sein, dass sie einfach ausgerutscht ist, das Bewusstsein verloren hat und ertrunken ist? Es ist ganz schön rutschig hier. Das würde die zerbrochene Lampe erklären.«

»Natürlich … Und ein zehnjähriges Mädchen soll alleine hierhergekommen sein?«

»Warum nicht? Ich habe Löcher im Zaun bemerkt, als ich den Steinbruch betreten habe. Es ist doch möglich, dass Kinder zum Spielen hierhergekommen sind.«

Der Gendarm verzog das Gesicht. Anscheinend hasste er es, wenn man ihm ins Handwerk pfuschte.

»In der Tat, das kommt vor. Aber äußerst selten.«

»Gab es nie Unfälle?«

»Worauf wollen Sie hinaus?«

»Ich will verstehen, wie das alles so schnell vor sich gehen konnte. Weshalb jetzt bereits nach Stéphane Kismet gefahndet wird, obwohl noch keine Obduktionsergebnisse vorliegen. Was genau werfen Sie ihm vor?«

»Sie werden es bald kapieren. Wir gehen wieder raus, dann gebe ich Ihnen eine kurze Zusammenfassung, einverstanden?«

Lafargue leuchtete mit seiner Taschenlampe nach hinten, um Vic zu bedeuten, dass er umkehren wollte. Mühsam kletterten die beiden Männer den Abhang hinauf, dann holte der Gendarm tief Luft und erklärte:

»Gestern gegen 11 Uhr erhält Madame Grappe einen seltsamen Telefonanruf. Ein Mann teilt ihr mit, dass er Mélinda entführen und töten würde. Unmittelbar, nachdem sie aufgelegt hat, läuft sie in den Park, wo Mélinda mit ihrem Freund Arthur spielen wollte, weil ihre Lehrerin krank ist. Doch dort ist niemand. Sie läuft zu Arthurs Mutter: Der Junge ist da, allein in seinem Zimmer. Er erzählt ihr, wie er auch uns später erzählen wird, dass er zusammen mit Mélinda im Park gespielt hat und sie dann nach Hause gehen wollte. Zu diesem Zeitpunkt hat er sie das letzte Mal gesehen. Ihm zufolge war das gegen 10 Uhr 30. Das kleine Mädchen ist nie zu Hause angekommen.«

»Der Anruf kam aber doch erst eine halbe Stunde später!«

»Wer weiß? Vielleicht hat Kismet noch vor dem Telefonanruf agiert, um Verwirrung zu stiften. Die Obduktion wird den Todeszeitpunkt bestätigen. Nach dieser Drohung geht jedenfalls alles ganz schnell. Ohne zu zögern, starten wir den Krisenplan für den Fall einer Entführung. Warum so schnell? Weil am letzten Wochenende jemand in das Büro des Direktors von Mélindas Schule eingebrochen ist und die Schulakten durchsucht hat. Nachdem der Plan lanciert ist, gehen zwei Anrufe ein: Eine Schuldirektorin berichtet, dass sich ein Mann mit langen schwarzen Haaren, der auf der Suche nach einer gewissen Mélinda war, letzten Samstag auffällig verhalten habe. Und ein Tabakwarenhändler, der gegenüber vom Haus der Grappes wohnt. Er erinnert sich, dass ein Typ, auf den die Personenbeschreibung von Kismet passt, ein Los mit sechs Richtigen im Lotto gespielt hat und dann eilig aufgebrochen ist! Haben Sie nicht im Radio davon gehört?«

Vic versuchte, ruhig zu bleiben. Er hatte die Zahlenkombination nicht spielen können.

»Nein, davon habe ich nicht gehört.«

»Sechs Zahlen, plus Superzahl. Der Schein ist letztlich einem Mann in die Hände gefallen, der zufällig dort vorbeikam, während Kismet aus dem Laden rannte! Ein harter Schlag für Kismet, was? Und daraufhin rastet er aus.«

»Möglich, ja.«

»Es wäre eine Erklärung, meinen Sie nicht? Der Typ erfährt, dass er seinen Schein verloren hat, dann brennt bei ihm die Sicherung durch.«

»Das sind doch bloß Vermutungen ...«

»Kurzum, gleichzeitig ermitteln wir den Ort, von wo der Anruf an Madame Grappe getätigt wurde. Es handelt sich um eine Telefonzelle in Lamorlaye.«

Vic biss die Zähne zusammen, ein Umstand, der dem Blick des Kapitäns nicht entging. Der Gendarm fuhr fort:

»Natürlich kontaktieren wir auch die Gendarmerie dieser Stadt. Und dort erinnert sich ein Brigadier ebenfalls an einen Mann, auf den die Personenbeschreibung zutrifft. Das führt uns zu Stéphane Kismet. Wir haben Glück, weil Kismet wegen eines angeblich gestohlenen Fahrrads ein paar Tage zuvor in der Gendarmerie war, so dass wir die Informationen rasch abgleichen können.«

Vic fühlte sich immer unwohler.

»Deshalb ist er noch nicht zwangsläufig schuldig«, bemerkte er.

»Nein, aber das ist noch nicht alles. Gestern gegen 17 Uhr sind vier Gendarmen zu Kismet gefahren. Dort wird einer von ihnen angegriffen, und Kismet ergreift die Flucht. Seltsame Reaktion für einen Burschen, der ein reines Gewissen hat, nicht wahr? Und als ob das noch nicht alles wäre …«

Er ging zu einer Vertiefung im Felsen.

»Hier an dieser Stelle haben wir ein Messer gefunden. Einige Fingerabdrücke auf dem Griff stimmen mit denen überein, die wir in Kismets Haus entdeckt haben. Bei einer solchen Beweislage haben Sie noch Zweifel?«

»Einige Fingerabdrücke, sagen Sie? Haben Sie eine Idee, woher die anderen stammen?«

»Das spielt keine Rolle. Das wird er uns sagen, sobald wir ihn haben.«

Vic war völlig erledigt. Als sie den Steinbruch verließen, hatte er das Gefühl zu ersticken. Er holte tief Atem, stützte die Hände auf die Knie. Sein Handy klingelte. Auf dem Display erschien der Name »S. Kismet«. Er ging ein Stück zur Seite und nahm nervös ab.

»Stéphane?«

»Ja …«

»Was treibst du, mein Gott? Wo steckst du? Die Polizei sucht überall nach dir!«

Stéphane saß in seinem Hotel, er war am Ende seiner Kräfte

und konnte kaum das Telefon halten. Er kam um vor Hunger und Durst und war todmüde. Ihm schwirrte der Kopf, er wusste nicht, ob Stépas bereits geträumt hatte oder dies noch geschehen würde. Vic redete auf ihn ein, drängte ihn, sich der Polizei zu stellen, und warf ihm vor, dass er seine Frau nicht habe retten können, diese merkwürdige Sache mit der Wissenschaft, mit den Zahlen sechsundvierzig und siebenundvierzig.

Nachdenklich neigte Stéphane den Kopf. Sechsundvierzig, siebenundvierzig … Die Chromosomen! Die Chromosomen des menschlichen Karyotyps!

Da, mitten im Gespräch, stockte Stéphane plötzlich das Herz: Diese Sätze hatte er schon einmal gehört, Wort für Wort. In einem vergangenen Traum. Hier und jetzt! Wahrscheinlich träumte Stépas genau in diesem Moment!

Plötzlich hämmerte es laut an seiner Tür, so dass er verstummte. Von Panik ergriffen legte er auf.

Am anderen Ende der Leitung blieb Vic reglos stehen, das Handy hielt er noch in der Hand. Hinter ihm knallte der Kapitän seine schlammbedeckten Schuhe gegen den Fels. Der junge Leutnant blickte auf seine Turnschuhe, die ebenfalls voller Schlamm waren. Da wurde ihm mit einem Mal alles klar.

Er lief zu dem Mann in Uniform.

»Dieser Junge, der mit Mélinda gespielt hat, Arthur!«

»Ja?«

»Geben Sie mir seine Adresse!«

*

Die Frau, die ihm die Tür öffnete, hatte eine ernste Miene und müde Augen. Aus ihrem Blick sprach etwas Strenges, Autoritäres. Vic stellte sich vor und fragte sie nach Arthur.

»Seit Mélindas Tod kommt mein Sohn nicht mehr aus seinem Zimmer«, erzählte sie. »Es ist schrecklich, ich hoffe, dass sie diesen Dreckskerl bald schnappen.«

»Darf ich kurz mit Ihrem Sohn sprechen?«, fragte Vic, während er näher trat.

»Ja, aber bitte schnell. Er ist noch ganz verstört.«

Er ging in den Flur.

»Ich würde gerne die Schuhe sehen, die er gestern anhatte, als er mit Mélinda im Park gespielt hat.

Sie runzelte die Stirn.

»Warum?«

»Nur eine kleine Routinekontrolle.«

»Ach, die Polizei. Nachher muss immer alles kontrolliert werden. Sie wären jetzt besser woanders, statt meinen Sohn zu belästigen.«

»Vielleicht, Madame. Vielleicht ...«

Sie kam mit einem Paar Turnschuhe wieder. Vic bemerkte sofort, dass sie mit Schlamm bedeckt waren. Die Erde war noch ein wenig feucht.

»Diese Erde ... Es hat doch gestern nicht geregnet.«

»Und? Was wollen Sie?«

»Könnte ich jetzt bitte Arthur sehen?«

»Das können Sie.«

Sie begleitete ihn bis zum Zimmer des Jungen. Arthur spielte mit einer Autorennbahn. Als er Vic erblickte, beugte er sich vor, presste die Hände auf den Schalthebel und beschleunigte sein kleines blaues Fahrzeug auf der großen Acht.

»Sag dem Herrn guten Tag!«, rief die Frau mit strengem Gesichtsausdruck.

Ängstlich blickte Arthur auf. Vic drehte sich um.

»Ich würde gerne allein mit ihm sprechen, wenn Sie nichts dagegen haben.«

Die Mutter nickte und schloss die Tür.

»Arthur, ich bin Polizist, und ich bin hier, um zu verstehen, was gestern wirklich geschehen ist.«

Der Junge kauerte sich noch weiter über seiner Rennbahn zusammen. Er gab keine Antwort.

»Arthur? Hast du gestern mit Mélinda im Park gespielt?«

»Ja«, antwortete er, ohne aufzublicken.

»War Mélinda deine beste Freundin?«

»Meine beste …«

Vic ging in die Hocke. Er sah zu, wie das Auto seine endlosen Runden drehte, auf der von der Rennbahn gebildeten Acht.

»Weißt du, dass ein Mann möglicherweise ins Gefängnis muss, weil man glaubt, er hätte deiner Freundin etwas Böses angetan?«

»Das ist gut so.«

»Ich kenne diesen Mann, er ist ein sehr netter und außergewöhnlicher Mensch und würde niemals einem Kind etwas Böses antun. Weißt du denn, weshalb man glaubt, dass er Mélinda etwas Böses angetan hat?«

»Nein.«

Vic riss das elektrische Auto von der Rennbahn. Arthur schaute mit seinen blauen Augen auf.

»Du bist gestern mit Mélinda im Steinbruch von Hennocque gewesen, nicht wahr?«

Der Junge warf einen Blick zu der geschlossenen Tür. Sein Mund verzerrte sich.

»Nein, das ist nicht wahr«, protestierte er leise. »Mama hat mir verboten, dorthin zu gehen! Ich tue immer, was Mama sagt!«

Vic drehte sich um, blickte zur Tür und sah wieder zu Arthur.

»Und deine Mutter würde mit dir schimpfen, wenn du dorthin gehen würdest? Sie würde dich schwer bestrafen, nicht wahr?«

Der Junge knetete seine Finger.

»Ja. Ich bin nicht dort gewesen. Das darf ich nicht.«

Da wurde Vic das ganze Ausmaß des Missverständnisses klar. Es war schrecklich, unvorstellbar.

»Schau meinen Polizeiausweis an … Schau ihn an.«

Vic fasste Arthurs Hände und drückte sie fest.

»Ich verspreche dir, dass dich niemand bestrafen wird. Niemand, okay?«

Arthur nickte leicht. Vic begann zu sprechen.

»Ich sage dir nun, was ich glaube: Mélinda hat dir von dem Steinbruch Hennocque erzählt. Sie hat dir gesagt, sie sei vor kurzem dort gewesen, es sei ein wunderbarer Ort, und sie wüsste, wie man dort hineinkommt. Also wollte sie es dir zeigen, sie hat dich überredet, und du bist mit ihr gegangen. Ein tolles Abenteuer, was? Ihr seid durch den Park gegangen, durch den Zaun gestiegen und habt schließlich die verbotene Höhle betreten. Bestimmt hatte sie eine Taschenlampe dabei. Ich glaube sogar, dass Mélinda dir dort ein Messer gezeigt hat, um dich zu beeindrucken. Und du hast dieses Messer angefasst.«

Vic sprach langsam weiter, während sich Arthurs Gesichtszüge immer mehr verzerrten.

»Danach seid ihr noch weiter gelaufen, bis zu diesem steilen Abhang, und dort ist sie ausgerutscht. Sie hat sich den Kopf gestoßen und ist ein paar Meter tiefer ins Wasser gefallen. Da bist du in Panik geraten, hast es mit der Angst zu tun bekommen und bist weggerannt. Du hast dich zu Hause in deinem Zimmer eingeschlossen und das Geheimnis für dich behalten. So, Arthur, und nun …«

Er legte seine Hand unter das Kinn des Jungen.

»… wirst du mir sagen, dass all dies wahr ist.«

Es dauerte zehn, vielleicht zwanzig Sekunden, bis das Kind den Mund aufmachte.

»Schwören Sie, dass Sie Mama nichts davon erzählen werden?«

*

Vic hatte Stéphane schließlich doch noch erreicht und ihn überzeugen können, sich zu stellen. Seine Unschuld würde durch die Zeugenaussage des kleinen Arthur erwiesen werden, dessen Fingerabdrücke sich zusammen mit denen Mélindas auf dem Messer befanden. Er wurde nicht mehr des Mordes beschuldigt.

Als Vic aus der Gendarmerie trat, überlegte er, was genau geschehen war: Indem Stéphane Kismet Mélinda retten wollte, hatte er ihren Tod herbeigeführt. Sie war in diesen Steinbruch zurückgekehrt, weil er sie dorthin mitgenommen hatte.

Es hatte sie auf dieselbe Weise getötet, wie er zuvor schon Gaëlle Montieux in der Kurve der N16 getötet hatte, Ludivine Coquelle auf den Eisenbahngleisen oder die Passagiere im Zug: indem er alles tat, um ihren Tod zu verhindern.

Stéphane Kismet konnte nicht nur in die Zukunft sehen. Stéphane Kismet war verflucht.

67. Freitag, 11. Mai, 20 Uhr 23

Nachdem sie ein kleines Zimmer im Kommissariat betreten hatten, schloss Vic die Tür zweimal ab und ließ die Rollos herunter.

»Wir befinden uns hier in einem Verhörraum im dritten Stock, dieser und der Stock darunter sind bereits wegen des bevorstehenden Umzugs verlassen. Hier wird uns niemand stören. Wir tun, was ich dir gesagt habe, okay?«

Stéphane saß zusammengekauert auf einem Stuhl und starrte auf seine Hände. Seine Augen waren vor Müdigkeit ganz angeschwollen.

»Bist du sicher, dass deine Kollegen mich in Ruhe lassen werden?«

»Keine Sorge, du stehst unter meiner Obhut. Sie erledigen gerade die letzten Formalitäten, damit du entlassen werden kannst. Das dauert eine Weile, weil du auf einen Gendarmen losgegangen bist.«

Stéphane hob den Kopf.

»Ich habe mein Möglichstes getan, Vic. Es hat sich nichts geändert. Alles gerät durcheinander, vermengt sich. Die Vergangenheit, die Zukunft. Ich weiß nicht mehr, was wahr ist. Ich glaube, ich werde verrückt.«

»Dann sind wir zu zweit.«

»Alles, was ich getan habe, war vergeblich, das Gleiche gilt für Stéfur. Wir drehen uns im Kreise, ich und all die anderen

Stéfurs. Vielleicht ist die Nachricht ins Trois Parques gelangt, aber ich musste im entscheidenden Moment fliehen, als mir gerade klar wurde, dass Stépas mich sehen konnte. Der Mann am Empfang hatte das Zimmer weitervermietet, die Typen hätten mir die Fresse poliert, wenn sie mich dort erwischt hätten. Am Tag davor war es dasselbe, als diese Gendarmen bei mir aufgetaucht sind und ich nicht bei meinen Nachrichten bleiben konnte. Mein Gott, die Träume sind so kurz. Ohne diese Alpträume wäre Mélinda nicht gestorben. Ich hätte mich von Mélinda fernhalten sollen. ›Halte dich von Mélinda fern‹. Alles um mich herum gerät zur Katastrophe.«

Vic hielt einen roten Textmarker in der Hand und ging vor einem großen weißen Blatt Papier auf und ab, das an einer verspiegelten Scheibe befestigt war.

»Deshalb werden wir systematisch vorgehen und nur das Notwendigste übermitteln. Das muss funktionieren. Wir beide werden das schaffen.«

»Wir beide? In der Vergangenheit kennen wir uns noch nicht! Wie soll das gehen?«

»Wir sind uns an dem Abend begegnet, als Cassandra Liberman getötet wurde, also am Samstag, den 5. Mai, gegen 22 Uhr, und zwar vor dem Haus von Hector Ariez. Erinnerst du dich?«

»Ja, ja.«

»Berücksichtigt man deine Zeitdifferenz von sechs Tagen und zwanzig Stunden, dann ist in der Vergangenheit jetzt Samstag, der 5. Mai, kurz vor 1 Uhr morgens. Wir müssen versuchen, den Zeitraum, wenn dein ›Ich in der Vergangenheit‹ träumen wird, möglichst genau einzugrenzen. Erinnerst du dich, was du zu dieser Zeit gemacht hast? In der Nacht vom 4. auf den 5. Mai?«

Stéphane stützte den Kopf in die Hände.

»Ich weiß es nicht, ich kann mich nicht erinnern. Das war von Anfang an das Problem. Wenn ich mich an alles erinnern könnte oder mein Heft nicht verbrannt wäre, dann wäre es sehr viel einfacher.«

»Streng dich an!«

Stéphane versuchte, sich die Reihenfolge der Ereignisse ins Gedächtnis zu rufen. Er brauchte eine Weile, dann antwortete er:

»Am frühen Nachmittag war ich mit Sylvie im Dupuytren, dann … am Abend, glaube ich, im Trois Parques, weil ich von dem Hotelzimmer geträumt hatte. Dem Zimmer Nummer 6.«

Vic nickte.

»Genau, dort sind wir uns begegnet, ohne uns zu sehen. Du hast nach einem Streit mit Grégory Mache den Parkplatz verlassen, und ich kam gerade an, weil ich auf der Suche nach einem Typen mit Wundbrand war. Und dann?«

»Ich war bei Jacky, meinem Freund, dem Physiker. Er hat mir all diese Geschichten von den Wassertropfen in der Rhône und dem Möbiusband erzählt. Dann bin ich zurück ins Trois Parques gefahren, um dort die Nachrichten für Stéfur an die Wand zu schreiben.«

»Sehr gut, du hast schon daran geglaubt, du wusstest bereits, dass du in die Zukunft sehen kannst. Und danach?«

»Danach habe ich mir die Tätowierung machen lassen … Anschließend bin ich nach Hause gefahren. Das muss so gegen 2 Uhr morgens gewesen sein. Ich habe überhaupt nichts mehr verstanden. Sylvie und ich haben uns gestritten, wie so oft. Sie hat mir ein Foto an den Kopf geworfen und ist weggefahren. Sie hatte sich die Haare schneiden lassen, genauso wie in meinen Träumen, das hat mich zutiefst erschüttert. Danach habe ich ein paar Glas getrunken. Und dann … Ich weiß es nicht. Ich muss eingeschlafen sein.«

Vic blickte auf die Uhr und rechnete schnell nach.

»2 Uhr morgens? Das ist perfekt. In der Vergangenheit wirst du wahrscheinlich in vier oder fünf Stunden einschlafen. Erinnerst du dich an deinen Traum?«

»Nein, tut mir leid. Es war sehr verschwommen, alles ganz grau. Ich erinnere mich an das Geräusch von Schritten, von Schreien. Treppen …«

»Was noch? Was noch, um Himmels willen?«

»Nein, nein … Es fällt mir nicht ein. Ich hatte gerade eine halbe Flasche Whisky getrunken!«

Vic atmete laut ein.

»Wollen wir hoffen, dass dein Stépas diesmal nicht so viel trinkt.«

»Es gibt keinen Grund, weshalb sich das ändern sollte.«

Vic stellte einen Plastikbecher und eine Wasserflasche auf den Tisch und legte ein Röhrchen daneben.

»Guronsan. Nimm zwei davon, das wird dich wach halten.«

»Hör zu, ich bin am Ende, mir brennen die Augen, ich habe in den letzten Tagen so gut wie nicht geschlafen.«

Vic füllte den Becher mit Wasser, warf die Tabletten hinein und reichte ihn Stéphane.

»Trink.«

Stéphane kam der Aufforderung nach und zog eine Grimasse. Der Leutnant sah zufrieden aus und setzte sich vor das große weiße Blatt.

»Gut. Wir dürfen uns vor allem nicht verzetteln und dich mit Informationen erschlagen, sonst setzt du noch falsche Prioritäten, handelst unüberlegt und beschwörst ein Unglück herauf. Wir müssen so klar und eindeutig sein wie möglich.«

Dann schrieb Vic auf das Blatt:

»Ich bin Vic Marchal, wir werden uns am Samstag vor Hector Ariez' Haus begegnen. Du wirst mir im Auto von deinen Träumen erzählen und mir sagen, dass ich die ganze Zeit schon wusste, dass Joffroy die Klopapierrolle in meiner Schublade versteckt hatte, weil ich dort Zwiebackkrümel gefunden habe. Dass ich abscheulichen Cognac getrunken habe. Dass Céline schwanger ist und das Baby möglicherweise mongoloid. Dann wirst du mir Folgendes sagen:

Céline darf auf keinen Fall zu der Fruchtwasseruntersuchung gehen, sonst wird das Baby sterben.

Die Tierkörperbeseitigungsanlage in Saint-Denis. Dorthin

wird der Mörder sich am Samstag, den 5. Mai, um 22 Uhr begeben.

So viel zu mir. Was dich betrifft, so darfst du auf keinen Fall Mélinda Grappe zum Steinbruch Hennocque mitnehmen. Das wird sie töten. Am besten vergisst du dieses Mädchen.«

Stéphane kratzte sich an der Wange. Sein kahlrasierter Schädel glänzte im Neonlicht.

»Mein Stéfur, alle Stéfurs haben das bestimmt schon versucht. Und sind gescheitert.«

»Nein! Es wird funktionieren. Das Schicksal überwacht dich, all das, was du tust, was du aufschreibst. Aber mich nicht. Da liegt die Schwachstelle.«

Stéphane dachte einen Augenblick lang nach.

»Wir sind uns gegen 20 Uhr vor dem Haus von Ariez begegnet, dort wird Stépas dir also all diese Informationen übergeben. Aber was ist, wenn du keine Zeit hast, zu der Tierkörperbeseitigungsanlage zu fahren? Wenn du mir nicht glaubst?«

»Ich werde genug Zeit haben«, antwortete Vic. »Und ich werde dir glauben, ganz bestimmt, da du mir Dinge erzählst, die nur ich weiß.«

»Warum schreibst du mir nicht lieber deine Handynummer auf? So könnte Stépas dich sofort anrufen, wenn er aufwacht. Wir würden Zeit gewinnen!«

»Nein, nein. Mein Handy entlädt sich immer wieder, vielleicht erreichst du mich nicht. Und außerdem, kannst du dir vorstellen, dass du mir das alles am Telefon erzählst?«

Stéphane las die Nachricht noch einmal und schüttelte den Kopf.

»Bei unserer ersten Begegnung in meinem Auto erzähle ich dir möglicherweise gar nichts, behalte alles für mich und versuche, allein Licht in diese verworrene Geschichte zu bringen.«

Plötzlich stand Vic auf und packte ihn am Kragen.

»Nein! Du wirst mit mir reden, verstanden? Du musst mit mir reden!«

»Du kannst mir sagen, was du willst, was kann ich schon daran ändern?«

Vic zog an seinen Haaren.

»Das ist doch Irrsinn!«

»Ich war dieser Stéphane in der Vergangenheit, ich habe empfunden, was er angesichts seiner Träume empfindet. Angst, Unverständnis, das Gefühl, in den Wahnsinn zu verfallen. Er wird dir im Auto nichts erzählen, selbst mit all diesen persönlichen Informationen, die du aufgeschrieben hast. Weil du ihn verdächtigst, und er spürt, dass er in der Falle sitzt. Die beste Lösung wäre gewesen, einen anonymen Brief bei dir zu Hause einzuwerfen, das hätte ...«

»Wir haben keine Zeit, ich bin nie zu Hause! Wir müssen ihn in der Fabrik schnappen, um jeden Preis! Das wird funktionieren. Versuch jetzt, dich zu entspannen und dich vorzubereiten. Du musst konzentriert sein.«

Er blieb reglos sitzen, bereit für eine lange Wartezeit.

Vier Stunden später, gegen Mitternacht, schüttelte Vic den Kopf, um nicht einzuschlafen. Stéphane hatte ebenfalls immer wieder das Gefühl einzunicken, doch er kämpfte hartnäckig gegen die Müdigkeit an.

Eine Weile später hörten die beiden Männer aus dem Stockwerk unter ihnen, wie plötzlich Stühle gerückt wurden. Eine Fensterscheibe zerbrach. Dann ertönten Schreie: »Es brennt! Alle raus hier!«

Voller Panik drehte der Polizist sich um. Hinter den Rollos war bereits ein roter Schimmer zu sehen. Unter der Tür kroch Rauch hindurch. Als er die Tür öffnete, drang eine dicke graue Wolke ins Zimmer.

»Scheiße! Das darf nicht wahr sein! Es brennt!«

Er hielt seinen Ärmel schützend vor die Nase und musste husten.

»Komm mit!«

Stéphane rührte sich nicht.

»Nein, ich bleibe. Genau so war es im Traum! Überall dieses Grau! Stépas wird bald träumen! Wir sind durch den Gang gelaufen und …«

Vic lief zu ihm und packte ihn am Ärmel.

»Wenn du hierbleibst, wirst du krepieren!«

Er riss ihn von seinem Sitz hoch und zog ihn zur Tür. Im Gang war die Hitze bereits unerträglich. Sie stiegen über elektrische Kabel hinweg und bogen dann hustend auf eine Treppe. Die grauen Wolken brannten ihnen in den Augen, reizten die Lungen. Sie trafen auf andere Männer, von denen man nur schwarze Springerstiefel sah. Stéphane hatte plötzlich das Gefühl eines heftigen Déjà-vus, er hatte diese dicken Schuhe bereits in seinem Traum gesehen! Dieser Rauch, die Flammen! Wahrscheinlich träumte Stépas genau in diesem Moment!

Da machte er auf einmal kehrt. Als er den Verhörraum gerade wieder betreten wollte, packte Vic ihn am Kragen.

»Was machst du da? Wir verschwinden, verdammt noch mal!«

Stéphane drehte sich um. Ihm verschwamm alles vor Augen. Man konnte fast nichts mehr erkennen.

»Eine Minute!«, schrie er. »Ich will nur eine Minute da rein! Er muss es wissen! Wir müssen es ihm erklären!«

»In einer Minute wird es zu spät sein! Du wirst bei lebendigem Leib verbrennen! Wir haben keine Zeit mehr! Los!«

»Nein!«

»Los!«

Eine riesige Flamme loderte an der Tür empor. Das Feuer tobte. Stéphane wehrte sich verzweifelt und befreite sich schließlich aus der Umklammerung.

»Schau doch!«, schrie er. »Das Schicksal tut alles, damit ich nicht hier hineingehe! Aber diesmal wird es mich nicht kriegen! Lieber krepiere ich!«

Er eilte in den Raum und schloss die Tür zweimal ab. Dichter Rauch stieg ihm in Augen und Nase. Er taumelte und tastete sich bis zu dem Spiegel vor, während Vic gegen die Tür hämmerte. Er konnte nichts mehr sehen, weder irgendwelche Gegenstände noch, was dort geschrieben stand.

Er atmete Kohlenmonoxyd ein, spuckte aus und rief:

»Frau von … Victor … Lass die Fruchtwasseruntersuchung nicht machen … Sonst … wird dein Baby … sterben … Du wirst … getäuscht … Geh nicht dorthin … Auf keinen Fall …«

Ihm schwirrte der Kopf, er krümmte sich, wäre beinah zusammengebrochen. Um ihn herum wütete das Feuer. Doch er musste kämpfen. Um jeden Preis. Jetzt. Es kippte. Er kämpfte gegen das Schicksal an. Mühsam brachte er hervor:

»Die Tierkörperbeseitigungsanlage … Saint-Denis … Samstag, 5. Mai, … 22 Uhr. Töte den Mann, der dort … durch das Loch im Zaun steigt … Der Mörder … Töte ihn!«

Er fiel auf die Knie, fasste sich an die Brust, mit der anderen Hand tastete er nach dem Türgriff. Unter größter Mühe versuchte er aufzustehen. Vergeblich. Er fühlte, wie seine Kräfte ihn verließen. Das Schicksal versuchte, ihn zu vernichten.

Da hörte er eine Scheibe bersten und spürte, wie ihn eine starke Hand emporhob und in das Flammenmeer zerrte.

Und während Vic ihn hinaustrug, wusste er, dass er es geschafft hatte. Dass Stépas, der in diesem Moment von ihm träumte, seine Nachricht erhalten würde.

Er hatte das Schicksal überlistet. Er hatte diesen abscheulichen Würfelspieler überlistet.

Als sie Sekunden später ins Freie kamen, brachen Vic und Stéphane im selben Augenblick zusammen und stürzten zu Boden. Als hätte man ihnen einen heftigen Schlag ins Gesicht verpasst.

Später im Krankenhaus schilderte Vic dieses seltsame Gefühl, einen Schlag abbekommen zu haben, aber die Ärzte führten die Bewusstlosigkeit auf eine Kohlenmonoxidvergiftung zurück, da sie giftigen Rauch eingeatmet hatten.

Doch die Blutuntersuchungen lieferten keine überzeugenden Ergebnisse.

68. Samstag, 5. Mai, 4 Uhr 12
Sechs Tage und zwanzig Stunden zuvor ...

Als Stéphane erwachte, lag er zusammengekauert neben seinem Bett auf dem Boden. Nachdem er am Vortag im Trois Parques und danach bei seinem Freund Jacky gewesen war, hatte er sich einen Rausch angetrunken. Davon hatte er nun leichte Kopfschmerzen, doch in seinem Kopf hallten noch einzelne Worte wider. Schreckliche Worte.

»Mörder. Töte ihn. Samstag, 5. Mai. 22 Uhr. Tierkörperbeseitigungsanlage. Saint-Denis.«

Was hatte dieses Gefasel zu bedeuten? Der Stéphane aus seinem Traum hatte mit dem Tode gerungen und von einem Victor gesprochen. Und von dessen schwangerer Frau. Von einer Fruchtwasseruntersuchung, die unbedingt verhindert werden musste. Dieser Victor musste derselbe Victor sein, mit dem er in seinem vorherigen Alptraum am Telefon gesprochen hatte, als er sich im Trois Parques befand. Der Victor, der von diesen rätselhaften Zahlen geredet hatte, sechsundvierzig und siebenundvierzig. Wer war das? Wie sollte er ihn erreichen, wenn er seinen Familiennamen nicht kannte?

»Du dämlicher Stéfur! Was hast du da auf dem Boden mitten in dem Rauch gemacht?«

Er stand auf, hätte beinah das Gleichgewicht verloren und musste sich auf die Matratze stützen. Da er noch vom Alkohol benebelt war, konnte er sich nur undeutlich an einzelne Bruchstücke seines Alptraums erinnern, doch die Worte, seine eigenen Worte waren noch da. »Mörder. Tierkörperbeseitigungsanlage. Töte ihn.«

Töten? Wen? Und warum?

Vor ihm auf den Bettlaken lag das Polaroidfoto, das Sylvie mit kurzgeschnittenen Haaren zeigte. Stéphane betrachtete die Tätowierung, die er am Vortag hatte machen lassen: »Erzähl mir von Mélinda. Meine Nachrichten stehen an der Wand von Zimmer Nummer 6. Im Trois Parques. Schreib auch deine dort auf.« Er zog seine Hose an und ging in seine Werkstatt hinab. Dort nahm er eilig sein Heft mit den herausgelösten Seiten, in das er seine Träume notiert hatte. Dies war der vierte merkwürdige Traum gewesen. Wegen der vorherigen war er am Vortag nach Dupuytren gefahren, um dort Erkundigungen einzuziehen, anschließend ins Trois Parques, wo er die Nachrichten auf die blaue Tapete geschrieben hatte. Diesmal hatte er gesehen, wie er im Todeskampf dalag, kaum noch sprechen und atmen konnte. Wo mochte das gewesen sein? In dem Traum standen die Sätze anscheinend auf einem großen Blatt Papier. Doch wegen des dichten Rauchs hatte er sie nicht lesen können. Sicher handelte es sich um eine Nachricht, die Stéfur an ihn richten wollte.

Was war geschehen? Wie hatte dieser blöde Stéfur in eine solche Situation geraten können?

Stéphane verfluchte die Gestalt aus seinen Träumen. Wenn Stéfur wenigstens klare und zusammenhängende Informationen liefern würde!

Bestürzt und zugleich schockiert las er noch einmal, was er gerade aufgeschrieben hatte. »Mörder.« Was für ein Mörder? Der, der die beiden verstümmelten Frauen auf den Fotos umgebracht hatte? Welcher Bezug bestand zu einer Tierkörperbeseitigungsanlage?

Er blickte auf die Uhr. Es war kurz vor 5 Uhr morgens, am Samstag, dem 5. Mai. Er musste Klarheit in die Sache bringen. Verstehen, was diese verdammten Träume zu bedeuten hatten, wie es möglich war, dass er in etwa sechs Tagen in einem brennenden Zimmer mit dem Tode rang und ungereimtes Zeug daherredete.

Zunächst musste er versuchen, die kleine Mélinda zu finden. Rasch nach Méry-sur-Oise fahren, dort die Schulen abklappern und herausfinden, welche Rolle sie in dieser verworrenen Geschichte spielte.

Und am Abend dann zu der Verabredung gehen, die die Gestalt aus seinen Träumen in Saint-Denis vorgegeben hatte. Vor 22 Uhr.

Wenn er erst einmal bei der Fabrik wäre, würde er improvisieren. Doch eins war sicher: Er würde niemanden töten.

*

Auf dem Weg nach Méry rief ihn Everard, der Produzent, an, um sich nach der Prothese zu erkundigen. Stéphane versicherte ihm, dass er sie ihm am Montag vorbeibringen würde, also in zwei Tagen. Er nutzte die Gelegenheit, um ihn nach der Nummer von Hector Ariez zu fragen und sie in sein Telefonverzeichnis einzugeben.

Später, nachdem er überprüft hatte, dass tatsächlich ein Gendarm Lafargue existierte, und er einer besonders unsympathischen Direktorin begegnet war, brach er in eine Grundschule ein. Mehrere Blätter aus seinem Heft flogen davon, und das Display seines Handys zerbrach, als er vom Gittertor stürzte. Doch es gelang ihm, die Identität einer gewissen Mélinda Grappe herauszufinden. Ein kleines Mädchen mit grünen Augen, einer Zahnlücke und einer Kette mit Kreuz um den Hals. Er wusste sofort, dass sie es war, das Mädchen, von dem in seinen Träumen die Rede war.

Er wartete vor einem Tabakladen, doch er konnte nicht mit dem Mädchen sprechen, weil ihre Eltern bei ihr waren. Nicht weiter schlimm, er würde später wiederkommen. Vielleicht am nächsten Sonntag, wenn sie zur Messe ging. Er würde sie in den Steinbruch Hennocque führen, um ihr Angst einzujagen und sie davon zu überzeugen, nie wieder einen Fuß dort hineinzusetzen.

Gegen 19 Uhr parkte er vor dem Haus von Hector Ariez, überzeugt davon, dass zwischen ihm und der kleinen Mélinda eine Verbindung bestand. Der Chefszenenbildner hatte 1988 in Hennocque eine Kulisse gestaltet, für einen Film mit dem Titel *Am Rande des Abgrunds.* Sie tranken in seinem Büro einen Whisky, das Gespräch nahm rasch einen unangenehmen Verlauf, und Stéphane beschuldigte ihn offen, das kleine Mädchen heimlich zu beobachten.

Um 20 Uhr, als er gerade das Haus von Ariez verließ und zu der Tierkörperbeseitigungsanlage fahren wollte, stieg ein Polizist zu ihm in den Wagen. Ein gewisser Victor Marchal, der mit einer Sig Sauer bewaffnet war und ihn nach dem Grund seines Besuchs in Dupuytren und im Trois Parques befragte.

Es war der Victor aus seinen Träumen, dessen war er sich sicher.

Während des Gesprächs mit dem Polizisten blickte Stéphane ständig auf die Uhr. Saint-Denis, hatte der Stéfur aus seinen Träumen gesagt, er sollte dorthin fahren und jemanden töten.

Während ihrer gesamten Unterredung blieben die beiden Männer misstrauisch. Stéphane räumte ein, dass er sich für Orte interessierte, die in Zusammenhang mit Missbildungen standen, und erklärte, dass er sich nur zufällig im Trois Parques aufgehalten hatte. Der Leutnant sprach nicht von den Morden. Und Stéphane erzählte ihm nicht, was er geträumt hatte. Er befürchtete, dass man ihn verdächtigte und festnahm oder dass er in eine Sache verwickelt wurde, mit der er nichts zu tun hatte. Wer würde schon einem Kripobeamten erzählen, dass ihm eine Gestalt, die nur in der Einbildung existierte, den Mord an einem Mann aufgetragen hatte?

Dennoch schilderte er ein paar Begebenheiten aus seiner Vergangenheit – die Unfälle, die sich in seiner Nähe ereignet hatten –, doch er merkte bald, dass ihn der Polizist für geisteskrank hielt und er sich schweren Ärger einhandeln konnte, wenn er mit seinen Erklärungen fortfuhr.

Während der Polizist zurück zu seinem Wagen ging, fragte Stéphane ihn, ob ihm die Zahlen sechsundvierzig und siebenundvierzig etwas sagten. Doch der Leutnant schien diese Frage nicht zu verstehen.

Stéphane zögerte ein letztes Mal, ob er ihm von der Tierkörperbeseitigungsanlage erzählen sollte, wo er möglicherweise auf den Mörder treffen würde. Doch dann beschloss er, nichts zu sagen.

Er würde schon allein klarkommen.

*

Die letzten Sonnenstrahlen verschwanden hinter einer Reihe von Bäumen, als Stéphane sich den wuchtigen Gebäuden aus Blech und Beton näherte.

Er zog seine Schirmmütze tiefer in die Stirn, blickte sich um und stieg dann durch ein Loch im Zaun – dasselbe Loch, das er in seinem Traum gesehen hatte. Er passte auf, dass er sich nicht an den Metallspitzen verletzte, die aus dem Bauschutt ragten, und versteckte sich dann hinter einer Mulde.

Von dort aus konnte er die verschiedenen Bereiche der Fabrik beobachten: die Einfülltrichter zum Entladen, die Zerkleinerungsanlage, die Dampfkessel, die riesigen Abflussrohre … Er blieb lange reglos dort stehen, in der Hand hielt er ein Messer. Das Wort »Mörder«, das Stéfur ausgesprochen hatte, ging ihm nicht aus dem Kopf.

Der Himmel hatte sich mit schweren bedrohlichen Wolken zugezogen. Der Wind wurde stärker und pfiff zwischen den Rohren und dem Gewirr aus Metall hindurch.

Plötzlich erblickte Stéphane einen Schatten, der um den Bauschutt herumlief und dann durch das Loch im Zaun schlüpfte.

Er umklammerte sein Messer noch fester. Die Gestalt bog nach rechts, ging auf eine mit einer Plane abgedeckte Grube zu. Sie drehte sich um und verschwand dann unter der schwarzen Plastikfolie.

Von Panik ergriffen, richtete Stéphane sich auf. Die Informationen, die ihm Stéfur in seinem Traum übermittelt hatte, entsprachen der Wahrheit. Gegen 22 Uhr war jemand in die Fabrik eingedrungen.

»Der Mörder. Töte ihn«, hatte Stéfur ebenfalls gesagt, als er mit dem Tode rang.

Stéphane näherte sich der Plane und hob sie vorsichtig an. Darunter befand sich ein Schacht, an dessen Ende ein Tunnel abzweigte. Der Geruch war unerträglich.

Er fing an zu weinen. Schwere Tropfen fielen auf die Kunststoffplane.

Mit zusammengebissenen Zähnen klammerte Stéphane sich an eine Leiter, die an der Wand befestigt war, und stieg leise hinab. Unten trat er in eine klebrige Flüssigkeit. Leichenflüssigkeit. Es herrschte völlige Dunkelheit, die nur vom Lichtkegel einer Taschenlampe durchschnitten wurde. Reglos drückte sich Stéphane an die Wand.

Der Mann war nur etwa zehn Meter von ihm entfernt. Sein deformiertes Gesicht war von Schwellungen übersät, die Lippen hingen wie Zysten herab. Der Schatten beugte sich hinab, schnitt und riss blutige Fleischstücke ab und steckte sie in luftdicht verschlossene Dosen.

Stéphane spannte sämtliche Muskeln an. Beinah hätte er sich übergeben. Da lief plötzlich eine Ratte quiekend an ihm vorbei.

Die Gestalt erstarrte, dann stand sie auf, streifte rasch den Rucksack über und richtete den Lichtstrahl auf das Tier. In diesem Moment schien die Zeit stillzustehen. Stéphane war überzeugt davon, dass der Mann sein Herz schlagen hörte. Er drückte sich noch näher an die Wand, hielt den Atem an, doch dann fiel der Lichtstrahl auf sein Gesicht.

Plötzlich bog der Mann nach rechts ab und verschwand.

Ohne nachzudenken, lief Stéphane mit dem Messer in der Hand hinterher, über eine klebrige Masse aus Innereien, Nerven und Blut. Er nahm die Abzweigung zu seiner Rechten und bemerkte zu spät, dass es sich um eine Sackgasse handelte. Er konnte noch sehen, wie der Mann ihn gegen eine Wand schleuderte, dann verspürte er einen stechenden Schmerz.

Benommen stand er wieder auf, während er hinter sich Schritte vernahm, die sich entfernten. Mühsam schleppte er sich bis zur Leiter, nahm seinen ganzen Mut zusammen, um hinaufzusteigen, und rannte bis zum Zaun. Es goss in Strömen, es war unmöglich, irgendetwas zu erkennen.

Als er völlig außer Atem, nach Leichenflüssigkeit stinkend, die Straße erreichte, konnte er niemanden mehr sehen.

Der Mann war wie vom Erdboden verschluckt.

Stéphane hatte die Verabredung verpatzt, diese Chance, das Schicksal zu verändern.

Er war gescheitert.

69. Samstag, 12. Mai, 18 Uhr 45
Sechs Tage und zwanzig Stunden später …

Vic und Stéphane saßen im Peugeot und betrachteten das karge Gebäude des gerichtsmedizinischen Instituts am Quai de la Rapée. Sie waren gerade aus dem Krankenhaus gekommen, wo eine Reihe von Untersuchungen durchgeführt worden waren, die jedoch nichts Konkretes ergeben hatten. Die beiden Männer erinnerten sich lediglich daran, dass sie eine Art Schlag auf den Kopf abbekommen hatten, als sie aus dem brennenden Kommissariat ins Freie gelangt waren, und dort das Bewusstsein verloren hatten, um Stunden später in einem anonymen Zimmer wieder aufzuwachen. Die Ärzte schrieben dies der Rauchvergiftung zu.

Stéphane blickte erneut auf die Uhr. In einer Vergangenheit von sechs Tagen und zwanzig Stunden war der Mörder vor einer Stunde in die Tierkörperbeseitigungsanlage eingedrungen.

Vor einer Stunde hatte Stépas also, sofern er die Nachricht wirklich erhalten und die Anweisung ausgeführt hatte, den Mörder seiner Frau getötet. Und damit den Lauf der Ereignisse verändert.

»Ich möchte glauben, dass es funktioniert hat. Ich habe gesehen, wie das Schicksal gewütet hat, als das Kommissariat in Flammen aufging. Ich habe gesehen, wie es mich daran hindern wollte, bis zum Ende zu gehen. Doch im Gegensatz zu meinem Stéfur bin ich bis zum Ende gegangen.«

Vic holte tief Luft.

»Bist du sicher, dass du mitkommen willst? Ich kann auch alleine gehen.«

Mit zusammengepressten Lippen nickte Stéphane.

»Ich will es sehen.«

Sie stiegen aus Vics Auto und liefen auf das Gebäude zu, erregt und verängstigt zugleich. Es wehte ein leichter Wind. Stéphane schlug den Kragen seiner Jacke hoch.

Am Empfang zeigte der Leutnant seinen Polizeiausweis vor und nahm Stéphane mit in das Kellergeschoss, wo die Leichen aufbewahrt wurden. Sie betraten einen großen, von Neonlicht erleuchteten Raum. In die Wände waren lauter kleine, metallene Türen eingelassen.

Vic trat zu dem Angestellten der Leichenkammer und bat ihn, die Leiche der Nummer 88 sehen zu dürfen, wo laut Obduktionsbericht Sylvie Kismets Leiche lag.

Stéphane trat näher, er hatte die Hände gefaltet, seine Kehle war wie zugeschnürt. Seltsamerweise musste er an Schrödingers Katze denken, von der man nicht wusste, ob sie tot oder lebendig war, solange man die Kiste noch nicht geöffnet hatte. Sylvie konnte tot sein, doch ebenso lebendig.

Als der Angestellte die Schublade aufzog, schloss Stéphane die Augen und ertappte sich dabei, wie er etwas murmelte, das wie ein Gebet klang.

Er hoffte auf ein Wunder. Doch er fand nur die brutale Wirklichkeit vor.

Auf dem Brett aus Edelstahl lag ein schwarzer Sack. Darin konnte man eine menschliche Form erahnen. Vic blickte Stéphane mit trauriger Miene an und zog langsam den Reißverschluss auf.

Stéphane spürte, wie sich ihm der Magen umdrehte. Er rannte hinaus.

Vic blieb reglos stehen, er war niedergeschlagen und mit seinen Kräften am Ende. Auch er hatte gehofft. Für Sylvie natürlich. Aber auch für Céline, für das Baby. Er kam sich völlig idiotisch vor. Wie hatte er glauben können, dass ein Fötus, der aus dem Bauch seiner Mutter entfernt worden war, auf einmal wieder dort sein konnte? Dass eine verstümmelte Frau, deren Leiche schon verweste, ihren Leichensack verlassen haben konnte?

Resigniert zog er den Reißverschluss wieder zu und bat dann den Angestellten mit belegter Stimme:

»Die 104 bitte …«

Es war sinnlos, doch er musste es mit eigenen Augen sehen.

Auch dort war kein Wunder geschehen. Er erkannte das zerfetzte Gesicht von Cassandra Liberman.

Er musste sich damit abfinden. In der Tierkörperbeseitigungsanlage war nichts geschehen. Wahrscheinlich hatte der Stéphane der Vergangenheit die Nachricht nicht erhalten.

Nachdem Vic hinausgegangen war, zündete er sich im Hof des Instituts eine Zigarette an. Er erinnerte sich, dass er kaum ein paar Tage zuvor zum ersten Mal hierhergekommen war, mit gutem Willen und dem geheimen Wunsch, ein untadeliger Polizist zu sein, auf den man stolz sein konnte. Nun war er ein Nichts. Als er den Bürgersteig entlangging, erblickte er Stéphane, der neben der Motorhaube des Wagens stand, und begriff, dass er weinte. Er hatte so sehr daran geglaubt. Für ihn war seine Frau heute zum zweiten Mal gestorben.

Plötzlich rannte Stéphane mit erhobenem Zeigefinger auf ihn zu. Er wies mit dem Finger auf die Überwachungskamera des gerichtsmedizinischen Instituts.

»Die Kassette!«, rief er. »Hast du die Kassette der Überwachungskamera noch?«

»Sie ist noch in meiner Tasche, im Kofferraum. Warum?«

»Wir müssen zu mir fahren und sie anschauen.«

Vic seufzte.

»Es sind nun fast vierundzwanzig Stunden vergangen, Stéphane. Seit vierundzwanzig Stunden versinken wir in einer Art von kollektivem Wahnsinn. Das muss aufhören.«

»Auf dieser Kassette können wir sehen, ob Stépas die Nachricht wirklich erhalten hat. Vielleicht können wir verstehen, weshalb er gescheitert ist.«

Vic zögerte, dann wies er mit dem Kopf auf sein Auto.

»Ich gebe sie dir, wenn du willst, aber du kannst sie alleine anschauen. Ich fahre nach Hause.«

Der Polizist öffnete den Kofferraum und runzelte die Stirn.

»Was soll denn das?«

»Was?«, fragte Stéphane und trat näher.

»Keine Tasche, keine Kassette. Ich hatte sie gestern hier hineingelegt! Ich wollte sie schon meinem Kommandanten geben, doch da er mich von dem Fall abgezogen hat und ich befürchtete, Probleme zu bekommen, habe ich es nicht getan. Ich habe die Tasche wieder in den Kofferraum gelegt, ich sehe es noch genau vor mir.«

Skeptisch strich sich Stéphane über das Kinn.

»Wahrscheinlich war dein Kofferraum nicht richtig zu. Und man hat dir die Tasche geklaut, während wir im Krankenhaus waren. Auf jeden Fall ist sie jetzt weg. Scheiße!«

Stéphane begann, nervös auf und ab zu gehen. Plötzlich schnalzte er mit den Fingern.

»Du wirst mich zutiefst hassen. Aber du musst noch einmal nach Saint-Denis fahren, um eine neue Kopie zu bekommen. Danach fahren wir nach Lamorlaye.«

Vic blickte finster drein.

»Willst du mich verarschen?«

»Bitte tu es für mich. Das ist das Letzte, um das ich dich bitte, das schwöre ich dir. Wir müssen diese Kassette so schnell wie möglich anschauen. Das ist ein weit geöffnetes Fenster in die Vergangenheit. Zu Stépas …«

70. Samstag, 12. Mai, 19 Uhr

Es klopfte an die Tür einer kleinen Kammer, die kaum sechs Quadratmeter groß war und zu einem Fotolabor und Videoschneideraum umgebaut worden war.

»Darf ich reinkommen?«, fragte eine weibliche Stimme.

Der Mann nahm seine Kopfhörer ab und drehte sich jäh um. Schweißperlen traten ihm auf die Stirn.

»Es ist abgeschlossen, ich komme gleich. Noch eine Minute, ja? Ich muss noch Fotos fertig entwickeln.«

Der Mann nahm rasch die DVD aus seinem Schneidetisch und legte sie in eine Metalldose, die er abschloss. Dann räumte er drei 8-mm-Filme, mehrere Röntgenaufnahmen sowie einen Stapel medizinischer Unterlagen in eine Schublade. Hinter ihm waren Schwarzweißfotos von Landschaften und Tieren mit Klammern an einer Leine befestigt, doch sie waren schon lange getrocknet.

Der Mann wischte sich mit dem T-Shirt über die Stirn und trat an die Tür.

»Hast du ausgemacht?«, fragte er.

»Ja, es ist gut.«

Er schloss die Tür auf, ging hinaus und machte sie sofort wieder zu. Dann schaltete er das Licht an, so dass ein geräumiges Zimmer mit hohen Deckenwänden sichtbar wurde, das aussah wie eine alte Werkstatt. Dort lag alles Mögliche an Werkzeug und Material herum. Lötkolben, Sägen, Äxte, verschiedene

Eisenwaren. Es gab kein Fenster, nur eine Treppe, die zum darüberliegenden Stockwerk führte.

Er drehte sich zu seiner Frau um.

»Ich habe dir schon einmal gesagt, dass du mich hier nicht stören sollst.«

Sie hielt ihm Desinfektionsmittel hin.

»Hier sind sie.«

Er bedankte sich nicht. Er ließ seine tarnfarbene Hose herunter, nahm eine Kompresse ab und betrachtete die lange Narbe an seinem linken Unterschenkel. Obwohl die Wunde mit vier sorgfältig ausgeführten Stichen genäht worden war, hatte sie sich am oberen Ende leicht infiziert. Der Mann reinigte sie sehr gewissenhaft mit einem in Betadine getränkten Wattebausch.

»Du hättest ins Krankenhaus gehen sollen«, sagte seine Frau vorwurfsvoll. »Du bist kein Arzt. Nach einer Woche hätte das besser vernarbt sein müssen.«

»Ich habe schon Schlimmeres gesehen.«

Er legte die sauberen Verbände auf, die ihm seine Frau in einem kleinen, an ihrem Gürtel befestigten Lederetui mitgebracht hatte.

»Hast du die neuen Nähsets?«, fragte er.

»Noch nicht.«

Mit besorgtem Blick ging seine Frau auf und ab.

»Ich mache mir Sorgen«, gestand sie. »Du verletzt dich immer öfter, und jedes Mal ist es schlimmer. An dieser Schnittwunde hättest du sterben können.«

»Deshalb gibt es die Nähsets.«

»Aber stell dir doch nur vor, wenn …«

»Hör auf damit. Und jetzt lass mich in Ruhe, ich muss noch an meinen Fotos arbeiten.«

Die Frau wollte näher treten, doch er streckte abwehrend die Hand aus.

»Lass mich in Ruhe, habe ich gesagt.«

Sie ließ es dabei bewenden. Es war besser, nicht weiter zu drängen.

Kaum war sie verschwunden, da schloss sich der Mann wieder in seinem Labor ein. Die Fotos interessierten ihn nicht, sie hingen schon seit Tagen dort, ohne dass seine dämliche Frau es bemerkt hatte.

Nein, ihn interessierte nur die DVD.

Er holte sie wieder aus der Metalldose und schob sie in ein DVD-Laufwerk.

Dann setzte er seine Kopfhörer auf, stellte den Ton ein wenig lauter und ließ den Film ablaufen.

Er fuhr sich mit der Zunge über die Lippen.

Der Film war grandios.

71. Sonntag, 13. Mai, 0 Uhr 10

Es war fast Mitternacht, als die beiden Männer bei Stéphane zu Hause ankamen, nachdem sie endlich eine Kopie des Überwachungsvideos in Händen hielten. Vic verstand nicht, wie Stéphane Kismet noch in dem Haus leben konnte, wo seine Frau brutal ermordet worden war. Wie es aussah, hatte er nicht vergessen, sich mit Alkohol einzudecken. Der Kühlschrank war voller Bierflaschen, und auf dem Küchentisch standen vier Whiskyflaschen – eine davon war bereits leer.

Stéphane öffnete zwei Bierflaschen und bot eine davon Vic an, der die Videokassette in der Hand hielt.

»Je mehr ich darüber nachdenke, umso mehr komme ich zu dem Schluss, dass unsere Suche sinnlos ist«, sagte der Polizist. »Man kann die Toten nicht zurückbringen. Genauso wenig kann sich der Inhalt dieser Kassette ändern.«

Stéphane trank mit beeindruckender Geschwindigkeit sein Bier aus. Er machte eine zweite Flasche auf.

»Wir werden sehen. Komm mit.«

Im Wohnzimmer zog Vic seine Jacke aus und setzte sich aufs Sofa. Er zündete sich eine Zigarette an und stieß den Rauch durch die Nase aus. Stéphane ließ sich nicht davon abbringen, er glaubte noch immer daran. Er steckte die Kassette in den Videorecorder und spulte zurück, dann drückte er auf die »Play«-Taste. Auf dem Bildschirm erschienen in rascher Folge Standbilder. Stéphane spulte schrittweise vor, bis die Uhr unten auf dem Bildschirm 21 Uhr 55 anzeigte. Um 22 Uhr sah man, wie der Mörder durch das Loch im Zaun stieg und in Richtung Fabrik lief. Dann entschwand er aus dem Blickfeld.

»Das kenne ich zur Genüge, es ist genau derselbe Ablauf«, sagte Vic und stand auf. »Gleich wird es Bindfäden regnen, dann kommt unser Mann wieder heraus und verschwindet. Als wär er nie dort gewesen.«

Er nahm noch eine Bierflasche und trank einen großen Schluck.

»Siehst du? Nichts hat sich verändert. Was geschehen ist, ist geschehen.«

Er zog lange an seiner Zigarette und drückte sie dann mit einer Geste des Abscheus in einem Kronkorken aus. Er blickte Stéphane traurig an.

»Ich gehe zurück nach Avignon. Ich werde ein, zwei Jahre lang weiter Psychologie studieren und anschließend in der Praxis von Célines Bruder arbeiten. Ich werde aufhören zu trinken, zu rauchen, werde nicht mehr wie eine wandelnde Leiche aussehen. Ich kann nicht mehr bei der Polizei arbeiten, nach dem, was bei Siriel passiert ist, mit alldem, was ich verheimliche. Und dann ist da noch dieser stechende Schmerz in meinem Arm, der mir jedes Mal, wenn ich eine Waffe halte, das Leben zur Hölle macht. Ich muss weg aus dieser Stadt. Wir werden unsere überteuerte Wohnung verkaufen und in eine kleine Mietwohnung im Süden ziehen. Von dem Geld, das uns bleibt, können wir leben, bis es uns wieder bessergeht.«

Stéphane antwortete nicht, doch sein Blick sagte, dass er verstand. Der junge Leutnant trank sein Bier aus und wies mit dem Kinn auf den Fernseher.

»Jetzt kommt es …«

Als die Uhr unten im Bild 22 Uhr 10 anzeigte, sah man eine Gestalt in Richtung Ausgang durch das Loch klettern. Während sie zur Straße lief, drehte sie sich noch einmal zur Fabrik um, als sei sie völlig außer Atem. Und als sie weiterrannte, achtete sie nicht auf die Metallstangen, die aus den alten, neben dem Zaun umherliegenden Betonblöcken ragten. Der Mann stürzte schwer. Dann verschwand er aus dem Blickfeld. Unmöglich zu sagen, ob er wieder aufgestanden war oder nicht.

Mit gerunzelter Stirn beugte Vic sich vor.

»Warte! Diese Stelle ist ja ganz anders als das, was ich beim ersten Mal gesehen habe! Spul zurück!«

Doch Stéphane wandte den Blick nicht vom Bildschirm. Denn sein Doppelgänger in der Vergangenheit – auch wenn man Stéphane nicht erkennen konnte, weil er eine Schirmmütze trug und nicht zur Kamera aufblickte – war soeben in einer Ecke des Bildes aufgetaucht. Er lief ebenfalls zum Zaun, stieg durch das Loch und verschwand, die Hände in die Seiten gestützt.

Stéphane sprang auf.

»Es hat funktioniert! Er ist zur Tierkörperbeseitigungsanlage gefahren! Er hat zwar den Mörder nicht aufhalten können, doch er hat die Nachricht verstanden! Er weiß, dass das alles wahr ist!«

Verblüfft stand Vic ebenfalls auf, während Stéphane ein drittes Bier erhob.

»Gut gemacht, Bursche! Du hast es geschafft! Auf dich!«

Mit einem Funken Hoffnung in den Augen schaute er Vic an.

»Es ist uns gelungen, etwas zu verändern!«

Der Leutnant war völlig ratlos.

»Möglich«, erwiderte er, noch ganz durcheinander von dem, was er gesehen hatte. »Doch die Morde haben dennoch stattgefunden. Damit müssen wir uns ein für alle Mal abfinden. Was tot ist, ist tot. Für dich genauso wie für mich … Ich werde die Kassette meinem Kommandanten geben, vielleicht kommen sie damit weiter. Wenn der Mörder sich verletzt hat, dann hat er wahrscheinlich Blut verloren, und sie können DNA-Analysen machen. Aber zuvor möchte ich noch etwas überprüfen …«

Er nahm die Fernbedienung und spulte die Kassette zurück.

Um »21 Uhr 32« sah man, wie ein Mann mit Schirmmütze die Fabrik betrat.

»Du bist nicht zu erkennen, weder beim Hineingehen noch beim Verlassen der Fabrik. Meine Kollegen werden dich nicht belästigen.«

Stéphane verlor seine Begeisterung. Vic hatte recht. Ein Teil der Nachricht hatte den Empfänger höchstwahrscheinlich erreicht, doch letztendlich hatte sich nichts geändert.

»Ich gehe jetzt«, sagte der Polizist, während er die Kassette herausnahm. »Ich habe noch ein gutes Stück Weg vor mir, ich falle um vor Müdigkeit, und mir schwirrt der Kopf. Ich muss schlafen.«

»Du kannst auch hierbleiben, wenn du willst.«

»Nein, das ist nett, aber ich fahre lieber nach Hause.«

Während Vic seine Jacke anzog, sagte Stéphane zu ihm:

»Am Montag ist Sylvies Beerdigung. Ich weiß, dass du sie nicht kanntest, aber …«

»Ich werde da sein.«

*

Als Vic zu Hause ankam, schenkte er sich noch einen Cognac ein, damit er allein, ohne Céline, besser einschlafen könnte. Sie fehlte ihm schrecklich.

Er bemerkte nicht, dass der Füllstand der Flasche sich seit dem letzten Mal auf unerklärliche Weise erhöht hatte …

72. Sonntag, 6. Mai, 5 Uhr 32
Sechs Tage und zwanzig Stunden zuvor …

Der Traum war frappierend gewesen. Unglaublich. Stéphane hatte gesehen, wie Stéfur mit Vic Marchal im Wohnzimmer auf dem Sofa saß und Bier trank, und vor allem, wie sie sich eine Videokassette ansahen. Sie stammte von einer Überwachungskamera, die auf die Tierkörperbeseitigungsanlage gerichtet war! Eine Kassette, auf der zu sehen war, wie er den Mann mit dem entstellten Gesicht verfolgte!

Es handelte sich um seinen Abstecher dorthin vom Vortag. Auf dem Video schien sich der Flüchtige an einer Stahlstange verletzt zu haben. Stéphane hatte nichts bemerkt, wegen des starken Regens, den Wassertropfen, die ihm in die Augen liefen, dem Schmerz in seiner Seite. Doch vielleicht gab es vor Ort noch Spuren. Er rannte zu seinem Ford und fuhr eilig los.

Nachdem Stéphane sein Auto in dem verlassenen Industriegebiet geparkt hatte, überquerte er die Straße und betrachtete eine der Stahlspitzen neben dem Zaun. Er bemerkte die Überwachungskamera, wandte ihr den Rücken zu, zog seine Schirmmütze tief ins Gesicht und trat näher. An der Stange hing ein Fetzen blutverschmierter Stoff. Vielleicht konnte die Polizei etwas damit anfangen? Aber wie sollte er ihn ihr übergeben? Wie sollte er ihnen zu verstehen geben, dass es sich um ein Stück von der blutverschmierten Hose des Mörders handelte? Da hatte er eine Idee: Er würde die Information anonym an diesen Polizisten, Vic Marchal, schicken und ihm den genauen Ort mitteilen, wo die Straftat begangen worden war. Er ging zurück zu seinem Auto, nahm seine digitale Spiegelreflexkamera heraus und fotografierte seinen »Tatort«.

Dann suchte er auf dem Boden nach Blutspuren. Doch der Regen vom Vortag hatte alles ausgelöscht.

Als er wieder in seinem Wagen saß, begriff er immer besser, was geschehen war. Stéfur hatte ihn gebeten, zu der Tierkörperbeseitigungsanlage zu fahren, um den Mörder abzufangen, und hatte dann wahrscheinlich die Kassette vom 5. Mai gegen 22 Uhr angeschaut, um alles quasi live zu verfolgen. Eine raffinierte Methode, um in der Zeit vor- und zurückzuspringen und die Vergangenheit zu beobachten.

Stéphane malte sich aus, wie groß Stéfurs Enttäuschung gewesen sein musste, während er vor seinem Bildschirm saß. Denn auch wenn er nun diese Fotos für die Polizei in den Händen hielt, so war es ihm doch nicht gelungen, den Mörder zu töten.

Doch sein anderer Auftrag durfte nicht fehlschlagen. Er würde heute Abend zu der Frau dieses Polizisten fahren und alles dafür tun, dass sie morgen nicht zu der Fruchtwasseruntersuchung ging. Selbst wenn er dafür Gewalt anwenden musste.

Gegen 7 Uhr war er wieder zu Hause und begann, das entstellte Gesicht des Mörders nachzuformen, so wie er es in Erinnerung hatte.

Am späten Vormittag fuhr er nach Méry-sur-Oise und schaffte es, die kleine Mélinda anzusprechen, während sie auf dem Weg zur Messe war. Er führte sie zum Steinbruch Hennocque und jagte ihr einen gehörigen Schrecken ein, so dass er glaubte, sie würde nie wieder mit einem Fremden mitgehen. Es hieß zwar »Halte dich von Mélinda fern«, doch er konnte die Zukunft nicht verschlimmert haben.

Später, am Nachmittag, warf er einen Umschlag in einen Briefkasten neben dem Wachhäuschen des Kommissariats. Er war an Vic Marchal adressiert und enthielt die Fotos von dem blutverschmierten Stück Stoff aus der Fabrik sowie eine auf dem Computer getippte Nachricht: »Der Mörder, den Sie suchen, hat sich neben dem Zaun der Tierkörperbeseitigungsanlage in Saint-Denis an einer Eisenstange verletzt, wie Sie auf den beiliegenden Fotos sehen können. Er hat dort vergammeltes Fleisch gestohlen. Eine Kassette der Überwachungskamera wird Ihnen den Beweis dafür liefern, dass ich die Wahrheit sage.«

Nun musste er sich um die Sache mit der Fruchtwasseruntersuchung kümmern. Er musste Vic Marchals Frau davon überzeugen, dass sie ihr Baby verlieren würde, wenn sie sich nicht davon abbringen ließ.

Als er bei ihr ankam, erfuhr er, dass Marchal nach Lyon gefahren war. Die junge Frau war also allein. Das kam ihm gelegen, doch ihr Gespräch nahm einen ungünstigen Verlauf. Wütend und frustriert verließ er die Wohnung. Sie hatte beteuert, dass sie am nächsten Morgen nicht zu ihrem Gynäkologen gehen wollte. Doch sie hatte gelogen, das wusste er.

Als er gerade die Tür seines Autos öffnen wollte und noch einmal zum dritten Stock und seinen kleinen Fenstern emporblickte, fragte er sich, was er tun sollte. Konnte er in aller Ruhe nach Hause fahren und zulassen, dass dieses Kind starb? In der Tierkörperbeseitigungsanlage war er kläglich gescheitert, als er den Mörder nicht aufhalten konnte, er durfte nicht noch einmal versagen. Der Stéphane der Zukunft hatte sich klar ausgedrückt. Diese Untersuchung musste mit allen Mitteln verhindert werden.

Als er in seinen Wagen stieg, hatte er nur noch einen Namen im Kopf. Einen Namen, den ihm Céline Marchal wenige Minuten zuvor genannt hatte: Sénéchal. Der Name ihres Gynäkologen.

Doktor Sénéchal.

Er zog die Schirmmütze auf und band seine Haare zu einem Pferdeschwanz, den er unter seinem Pullover verbarg.

Dreißig Minuten später parkte er in einer kleinen Straße, lief fünf- oder sechshundert Meter dicht an den Mauern entlang und klingelte dann an einem schönen Bürgerhaus, das im Süden von Issy-les-Moulinaux gelegen war.

Seine Lippen waren fest zusammengepresst.

In der Hand hielt er einen schweren Stock.

73. Sonntag, 13. Mai, 15 Uhr 32
Sechs Tage und zwanzig Stunden später ...

Als sein Handy klingelte, warf Vic einen Blick auf die Uhr des Radioweckers. 15 Uhr 32. Er war noch ganz benommen von seinem wohltuenden Schlaf und brauchte eine Weile, um in die Wirklichkeit zurückzukehren. Es war Sonntagnachmittag, die Sonne schien durch die Rollos, und auf der Straße spazierten Leute umher. Das Leben ging weiter.

Dann stand er eilig auf und lief zu seinem Telefon, das er an einer Steckdose in der Küche auflud. Er betete, dass es Céline sei, die ihm endlich mitteilte, dass sie wieder zurückkehrte.

Doch es war nicht Céline, es war Mortier.

»Marchal, darf man erfahren, was du treibst?«

Vic fuhr sich mit der Hand durch das zerzauste Haar.

»Kommandant? Was gibt es?«

»Der Matador, sagt dir das was? Ich erinnere dich daran, dass wir heute Nachmittag arbeiten. Du kennst die neue Adresse, nicht wahr? Wir geben nicht auf, nur weil es in Bessières gebrannt hat. Beeil dich.«

Schroff wie gewöhnlich legte er auf. Es war Sonntag, mein Gott ...

Vic hatte es satt, wie eine Schachfigur herumgeschoben zu werden. An einem Tag zog man ihn von dem Fall ab, am nächsten wurde er wieder gebraucht. Heute würde das ein Ende haben.

*

Sämtliche vier Stockwerke der alten Polizeizentrale waren in Rauch aufgegangen. Das Gebäude sah aus wie ein verkohltes Skelett aus Metall. Im Hof, hinter dem Wachhäuschen, erblickte Vic mehrere Fahrzeuge seines Kommissariats und der Spurensicherung, wahrscheinlich die Experten für Brand und Sprengstoff, die noch immer versuchten, die Ursache für das Feuer herauszufinden. Wie es schien, war es im zweiten Stock ausgebrochen, und zum Glück hatte es keine Toten gegeben. Den letzten Meldungen zufolge wurde ein elektrisches Problem vermutet.

Vic fuhr die Rue de Rome entlang bis zur Rue Legendre und bog ein Stück weiter erneut ab, wobei er sich am GPS orientierte. Als er auf einen großen gepflasterten Hof fuhr, wo ein Polizist in Uniform seine Papiere verlangte, erblickte er an eine Mauer aus weißem Stein gelehnt Mortiers dicke Gestalt. Das Gebäude, das auf einer Seite spitz zulief und ein Schieferdach mit kleinen Dachfenstern hatte, wirkte wie der Sitz der Pariser Kriminalpolizei im Kleinformat. Vor einer Woche wäre Vic wahrscheinlich voller Stolz hier hineingegangen, doch heute war dies absolut nicht der Fall.

Er trat zum Kommandanten und hielt ihm die Videokassette hin.

»Sie sollten einen Blick hineinwerfen«, sagte er mit Bitterkeit in der Stimme, ohne seinen Vorgesetzten zu begrüßen.

Mortier starrte ihn frostig an.

»Was ist das?«

»Das steht in direktem Zusammenhang mit den Fleischstücken, die bei Stéphane Kismet gefunden wurden. Als Sie mich von dem Fall abgezogen haben, hatte ich Sie darauf hingewiesen, dass sie vielleicht aus einer Tierkörperbeseitigungsanlage stammen, ich habe mich nicht getäuscht. Der Beweis befindet sich hier drin.«

Er wich ein Stück zurück, die Hände in den Taschen, während Mortier ihn mit seltsamer Miene ansah. Vic befeuchtete sich die Lippen, bevor er anfing zu reden. Die Worte, die er nun aussprechen würde, waren wahrscheinlich die schwierigsten in seinem Leben.

»Ich kündige.«

Mortier blieb unbewegt. In seinem eisigen Blick las Vic eine merkwürdige Überraschung, dabei hatte er eher mit dem Blick des siegreichen Kriegers gerechnet, angesichts eines Feindes, den er schon lange loswerden wollte.

»Drehst du jetzt völlig durch, Marchal? Willst du mich verarschen mit dieser Kassette?«

»Keinesfalls.«

Mortier strich über seinen kahlen Schädel.

»Das Schlimmste ist, dass es dir ernst zu sein scheint. Du weißt, dass wir seit fast einer Woche eine Kopie dieser Kassette vorliegen haben?«

In den letzten Tagen hatte Vic gelernt, die seltsamsten Entwicklungen hinzunehmen, doch dies war zu viel. Ihm wurde schwarz vor Augen, und wenn Mortier ihn nicht festgehalten hätte, wäre er zu Boden gesackt.

»Hey, Marchal!«

»Ja, Kommandant … Meine Bewusstlosigkeit und der Sturz von gestern haben wohl Spuren hinterlassen. Ich glaube, ich leide unter Gedächtnisstörungen.«

»Nicht nur unter Gedächtnisstörungen. Du willst einfach so kündigen, obwohl du einer meiner besten Männer bist. Du sagst, ich hätte dich von dem Fall abgezogen. Ich bezeichne das eher als vorübergehenden Wahnzustand. Ich werde also so tun, als hätte ich nichts gehört, und du kannst ausnahmsweise wieder nach Hause fahren. Du siehst nicht gut aus.«

Vic stützte sich auf ein Fenstersims. Er war sich nicht sicher, ob er richtig gehört hatte, so etwas konnte Mortier nicht gesagt haben. Nicht der Mortier, der ihn auf unfeine Weise von dem Fall abgezogen hatte. Er blickte mit seinen schwarzen Augen auf und fragte:

»Wie sind Sie an diese Kassette gekommen?«

Mortier drückte seine Kippe aus, hob sie auf und warf sie in den Mülleimer.

»Aufgrund eines Geniestreiches, der deinem Hirn entsprungen ist.«

»Das heißt?«

Aus Mortiers Augen sprach plötzlich eine gewisse Besorgnis für seinen Mitarbeiter.

»Letzten Montag, am Tag nach dem Mord an Cassandra Liberman, hast du uns von der Tierkörperbeseitigungsanlage in Saint-Denis aus angerufen. Du hattest deine eigene Spur verfolgt und herausgefunden, wie er sich sein Fleisch besorgt, und noch besser …«

Mortier hob die Kassette.

»… dank dir haben wir nun eine ungefähre Vorstellung davon, wie er gebaut ist, und verfügen zudem über sein DNA-Profil.«

Vic glaubte, seinen Ohren nicht zu trauen. War es möglich, dass es dem Stéphane der Vergangenheit schließlich doch gelungen war, ihn zu erreichen oder ihm irgendeine Nachricht zu übermitteln?

»Sein … Sein DNA-Profil?«, wiederholte er.

»Muss ich dir wirklich alles noch einmal erzählen?«

»Bitte …«

»Der Matador hat sich am Ausgang der Fabrik an einer Eisenstange verletzt. Da es an dem Abend in Strömen gegossen hat, waren keine Spuren mehr vorhanden, doch glücklicherweise konnten wir mit Hilfe des Luminols sehen, dass der Typ stark geblutet hat. Die fluoreszierenden Flecke haben uns ein paar Meter weiter geführt, hinter eine Lagerhalle. Und dort haben wir etwas sehr Seltsames im Gras gefunden. Eine Nadel, Chirurgiefaden und eine kleine Flasche mit Desinfektionsmittel.«

»Kann es sein, dass er sich selber genäht hat?«

»In der Tat scheint das der Fall zu sein, direkt neben der

Wand der Lagerhalle, wie aus den Blutspuren hervorgeht. Doch nicht die Tatsache, dass er sich selbst genäht hat, überrascht mich. Ich frage mich vor allem, was er mit diesem Nähset vorhatte. Als ob er damit gerechnet hätte, sich zu verletzen. Und trotz dieser schweren Verletzung ist er gleich im Anschluss zu Cassandra Liberman gefahren und hat sie getötet.«

Vic konnte es nicht glauben, das ging über seinen Verstand.

»Ich erinnere mich vage, jetzt, wo Sie es sagen«, erklärte er. »Auf der Kassette gab es doch noch einen zweiten Mann?«

»Ja. Das ist noch immer das große Fragezeichen. Wir hatten zunächst einen Angestellten in Verdacht, doch das war wohl eine falsche Fährte. Vielleicht jemand, der sich in der Gegend herumtrieb, wir ermitteln noch. Los, hau schon ab, Vic. Ich hab noch zu tun.«

Vic, er hatte ihn Vic genannt.

»Und wo stehen wir jetzt mit dem Fall?«, fragte der Leutnant.

Sein Vorgesetzter runzelte die Stirn.

»Dein Unfall von gestern war wohl doch schlimmer, als ich dachte. Oder täusche ich mich? Warum hast du im Krankenhaus nichts gesagt? Warum hast du nichts von deinen Beschwerden erzählt?«

»Der Fall, Kommandant …«

Mortier seufzte.

»Wir verfolgen vor allem die Spur mit der DNA, außerdem werden die Untersuchungen der näheren Umgebung im Industriegebiet von Saint-Denis ausgeweitet, wir klappern die Krankenhäuser ab, die Pflegedienste, die Vertriebswege der Nähsets. Wir tun, was wir können. Wir brauchen jeden Mann, es fehlt uns an Leuten.«

Bevor der Kommandant das Gebäude betrat, gab er ihm die Kassette zurück und fügte hinzu:

»Es ist das erste Mal, dass ich so etwas sage, aber geh noch einmal zum Arzt. Du hast letzte Woche jede Nacht länger gearbeitet als Wang. Und glaub mir, das ist wirklich eine Leistung.«

Die Tür schloss sich hinter ihm. Vic blieb sprachlos stehen, allein mitten in dem gepflasterten Hof. Er konnte sich absolut nicht an das erinnern, wovon ihm der Kommandant berichtet hatte, er war vor der letzten Nacht noch nie bei dieser Tierkörperbeseitigungsanlage gewesen, das wusste er. Und er war ebenfalls überzeugt davon, dass er nicht bis spät in die Nacht gearbeitet hatte, geschweige denn, dass er solche Gedächtnislücken hatte. Doch was war dann mit ihm geschehen? Wieso war der Kommandant im Besitz der Kassette, auf der beide Männer zu sehen waren? Hatte die Tatsache, dass der Stéphane aus der Vergangenheit die Tierkörperbeseitigungsanlage aufgesucht hatte, das Schicksal derart verändern können? War es möglich, dass eine Welt existierte, in der Vic in den Augen seiner Kameraden ein schlechter Polizist war, und eine andere, in der sie ihn für einen guten Polizisten hielten?

Voller Zweifel dachte er daran, was Stéphane ihm über den Brand im Kommissariat gesagt hatte. Seinen Eindruck, das wütende Schicksal inmitten der Flammen gesehen zu haben.

Die Vergangenheit …

Da spürte Vic auf einmal, wie sein Herz zu rasen begann. Er holte sein Handy hervor und wählte Célines Nummer. Sie ging nicht dran, deshalb hinterließ er ihr eine Nachricht auf der Mailbox: »Ich weiß, dass du mich hörst, mein Liebling, ich weiß auch, dass du mich anrufen wolltest. Aber wenn du mich genauso liebst, wie ich dich, dann nimm den nächsten Zug, und komm zurück.«

*

Es war bereits dunkel. Vic ging in seiner Wohnung auf und ab und blickte besorgt auf den Umschlag, der auf dem Küchentisch lag. Er hatte ihn in einer Schublade gefunden, zusammen mit Fotokopien der Akte »Matador«. In dem Umschlag befanden sich Fotos von einer blutverschmierten Stahlstange sowie ein anonymer Brief: »Der Mörder, den Sie suchen, hat sich neben dem Zaun der Tierkörperbeseitigungsanlage in Saint-Denis an einer Eisenstange verletzt, wie Sie auf den beiliegenden Fotos sehen können. Er hat dort vergammeltes Fleisch gestohlen. Eine Kassette der Überwachungskamera wird Ihnen den Beweis dafür liefern, dass ich nicht lüge.«

Vic begann zu verstehen. Etwas, das über seinen Verstand hinausging und all das in Frage stellte, was er gelernt hatte. Etwas, das ihm Angst einjagte.

Plötzlich hörte er, wie der Schlüssel im Schloss umgedreht wurde. Er sprang vom Sofa auf und rannte in den Flur. Als Céline mit ihrem Trolley auftauchte, schlang er die Arme um sie.

»Ich hatte so sehr auf deinen Anruf gewartet«, murmelte sie. »Und gehofft, du würdest mich anrufen, bevor ich dich anrufe. Und du hast angerufen ...«

Vic legte ihr einen Finger auf die Lippen, zog ihr Mantel und Jacke aus und knöpfte den unteren Teil ihrer Bluse auf. Seine Finger zitterten, sie konnten die kleinen Knöpfe kaum greifen. Da begriff er, was Stéphane Kismet angesichts der Schublade in der Pathologie hatte empfinden müssen, und konnte nun nachvollziehen, welche Angst und zugleich Hoffnung er verspürt haben musste.

Céline ließ ihn gewähren. Seit wann hatte er sie nicht mehr so berührt? Es schien ihr eine Ewigkeit her zu sein. Der Bauchnabel wurde sichtbar. Vic kniete sich nieder und hob den restlichen Stoff hoch.

Dieses Bild würde er nie wieder vergessen.

Céline hatte keine Kaiserschnittnarbe mehr.

Da explodierte er vor Freude. Er drückte seine Frau fest an sich und weinte an ihrem Hals. Zwischen seinen Schluchzern murmelte er Sätze, die sie kaum verstand. Als er mit tränenüberströmten Augen zu ihr aufblickte, sagte er:

»Ich will, dass wir morgen früh einen Ultraschall machen lassen. Ich will das Baby sehen.«

Céline lächelte, wunschlos glücklich über so viel Energie und Liebe.

»Aber warum denn?«

»Weil … Weil ich ein neues Leben beginnen will. Ich möchte jeden Tag mit euch beiden genießen.«

»Du lässt dich nicht mehr von deiner Arbeit kaputtmachen?«

Vic schüttelte den Kopf.

»Deshalb bist du zu deiner Mutter gefahren, nicht wahr? Weil ich wegen der Arbeit überhaupt nicht mehr nach Hause gekommen bin und weil … wir uns gestritten haben? Nicht wegen des Babys, oder?«

»Natürlich nicht wegen des Babys. Was hat das damit zu tun? Ich wollte dir zu verstehen geben, dass ich auch noch da bin, das ist alles.«

Vic hob sie vorsichtig hoch und trug sie zum Bett.

Er vergaß alles um sich herum. Er vergaß Stéphane, der allein in seiner Werkstatt saß und immer mehr in den Wahnsinn abglitt. Voller Egoismus dachte er nur noch an sich, an seine Frau, an das Baby. Er dachte nur noch an den Augenblick, und sie schliefen bis zum Morgengrauen miteinander.

*

Sie hatten erst nachmittags einen Termin bekommen. Der Gynäkologe, der Sénéchal vertrat – dieser war bei sich zu Hause überfallen worden –, verteilte Gel auf Célines Bauch, schaltete den Bildschirm ein und fuhr mit der Sonde langsam über Célines Bauch.

Vic kam es vor, als bewegte der Arzt sich im Zeitlupentempo, als zöge sich jede seiner Bewegungen unendlich hin. Er starrte auf den kleinen Schwarzweißmonitor und sah in Célines tiefschwarzen Augen, dass auch sie wartete, mit der Erregung, die nur eine werdende Mutter verspüren kann.

Und da explodierte auf einmal das Leben. Der vier Monate

alte Fötus, der dem Schoß der Mutter entrissen worden war, befand sich tatsächlich dort, durch die Nabelschnur mit seiner Mutter verbunden.

Der werdende Vater musste gleichzeitig lachen und weinen. Er hörte jeden Herzton, den der Apparat übertrug, sah jede noch so winzige Bewegung. Die junge Frau hob den Kopf, legte ihre Hände flach auf den Bauch, sie war glücklich. Glücklich zu sehen, wie sehr ihr Mann sich mit einem Mal verändert hatte und wie sehr er dieses Baby lieben würde.

74. Montag, 14. Mai, 17 Uhr 18

Es regnete. Dieser eiskalte, heftige Regen, der das Land überschwemmt und die Blumen umknickt. Stéphane löste sich aus der Menschenmenge und trat mit tränenüberströmten Augen ein Stück vor. Als Blumensträuße auf den Sargdeckel geworfen wurden, fiel er vor dem Grab auf die Knie. Die Tropfen zerplatzten auf seinem kahlen Schädel und auf seinen Schultern.

Niemand half ihm aufzustehen. Für sie alle war Stéphane Kismet krank, stellte eine Gefahr für sich selbst und die anderen dar.

Da tauchte ein Mann, der eben erst angekommen war und den niemand kannte, hinter der Menschenmenge auf, half ihm aufzustehen und stützte ihn. Dieser Mann war Vic. Er wechselte einen stummen Blick mit Stéphane, und beide blieben schweigend dort stehen, während der schwere Marmorblock sich auf das Grab senkte.

Es war vorbei. Unzählige Blumen ergossen sich über das Grab, bevor der lange Zug aus schwarzen Anzügen langsam verschwand, ohne ein Wort, ohne einen letzten Blick.

Stéphane schaute zu Boden.

»Du bist trotzdem gekommen?«

»Natürlich …«

»Siehst du, es hat alles nichts genützt. Wenn ich nur hätte klarer sein können … Aber wie hätte ich das schaffen sollen, bei all diesen furchtbaren Gedanken, die mir durch den Kopf gehen? Nach all dem, was passiert ist? Wie soll man da klar im Kopf bleiben?«

Er nahm eine Blume und riss die Blütenblätter eins nach dem anderen ab.

»Das war mein letzter Traum in der Vergangenheit. Wir beide, hier, vor diesem Grab. Jetzt haben wir keine Möglichkeit mehr, mit Stépas zu kommunizieren. Nach all dem, was ich erzählt und aufgeschrieben habe, wird Stépas aufwachen und alles tun, um Sylvie zu retten, doch egal, wo er hingeht, wo er sich versteckt, man wird ihn finden. Wir können nicht gegen das Schicksal ankämpfen, es ist zu stark.«

Vic stellte sich vor Stéphane und blickte ihm in die Augen.

»Mein Baby lebt. Du hast es geschafft, den Lauf der Dinge zu verändern.«

Durch Stéphanes Körper pulsierte ein unbestimmbarer Strom, eine nie verspürte Form von Energie. Er deutete ein trauriges Lächeln an. Vic fasste seine Hände.

»Es ist ein Junge. Vor wenigen Stunden erst hat der Gynäkologe gesagt, dass er sich äußerst gut entwickelt. Du hast ihm das Leben gerettet.«

»Ich habe also nicht nur Schlechtes bewirkt?«

Vic legte ihm einen Arm um die Schulter und führte ihn ein Stück abseits.

»Ich verstehe nicht ganz«, sagte Stéphane und atmete tief ein, dabei rieb er sich mit einem Taschentuch über die Augen. »Wie ist es möglich, dass deine Frau so schnell wieder schwanger geworden ist?«

Vic schüttelte den Kopf.

»Nein, nein, so war das nicht. Was ich dir jetzt erzähle, wird dir unglaublich vorkommen, aber Céline hat nie eine Fruchtwasseruntersuchung machen lassen. Weil Stépas ihren Gynäkologen zusammengeschlagen hat. Hör mir gut zu. Ich denke, als du bei dem Brand den Flammen getrotzt hast, ist es dir schließlich doch gelungen, dich dem Schicksal zu widersetzen, und von diesem Zeitpunkt an haben sich die Dinge verändert. Stépas hat die Nachricht in seinen Träumen erhalten, eine Nachricht, die er nie hätte erhalten dürfen. Und aufgrund dieser Inkohärenz ist wohl in Stépas' Gegenwart, nachdem er aufgewacht ist, alles so abgelaufen, als hätte sich die Welt zwei geteilt, genau wie bei Schrödingers Katze. Die Welt, in der Stépas die Nachricht nicht erhalten hat, das ist die Welt, in der wir bis jetzt gelebt haben, und die Welt, in der er die Nachricht erhalten hat, das ist die Welt, in der der Gynäkologe überfallen wurde, in der Céline ihr Baby nicht verloren hat, in der auf der Kassette zwei Personen zu sehen sind, in der der Mörder sich verletzt hat. Die Welt, in der wir uns jetzt befinden!«

Nachdenklich beobachtete Stéphane, wie der Regen zu Boden prasselte.

»Und du willst sagen, dass wir uns mit Stépas' Hilfe von der alten Vergangenheit in eine andere Vergangenheit bewegt haben?«

Vic fuhr sich mit der Hand durchs Haar.

»Genau so ist es! Es ist unbegreiflich, aber es ist, als wären wir hinübergewechselt. Ja, so ist es. Wir beide sind von der alten Welt in die neue gewechselt, die, in der Stépas die Nachricht erhalten hat. Und ich glaube, das war genau in dem Moment, als wir aus dem brennenden Kommissariat ins Freie geflohen sind. Ich habe dich auf dem Rücken getragen. Erinnerst du dich? Wir haben eine Art Schlag verspürt. Und direkt danach sind wir beide bewusstlos geworden.«

Stéphane hörte ihm schweigend zu, er sah fix und fertig aus.

»Es war, als ob dich etwas mit aller Kraft angesaugt hätte«, fuhr Vic fort, »und ich bin mit dir fortgerissen worden, weil ich dich festgehalten habe. Rein physikalisch gesehen haben wir uns nicht fortbewegt, aber irgendwie haben wir eine Dimension durchquert, die weder Zeit noch Raum ist. Du bist ein außergewöhnlicher Mensch, du besitzt eine Fähigkeit, die niemand verstehen kann.«

Mit glanzlosem Blick starrte Stéphane auf den Grabstein.

»Jedenfalls ist es gewiss keine Gabe, sondern ein Fluch.«

»Nein, Stéphane. Mein Baby wird geboren werden.«

»Aber für mich ist es kein Glück, für mich hat sich nichts geändert. Mélinda und Sylvie sind in beiden Welten gestorben. In der alten und der neuen.«

»Weil die Veränderungen nicht bedeutend genug waren. Der Mörder ist nur verletzt worden, nicht getötet. Er hat seine Aufgabe weitergeführt. Und Stépas konnte weder verhindern, dass Mélinda in den Steinbruch ging, noch dass sich das Kommissariat in Rauch auflöste, weil die Veränderung in der Vergangenheit keinen ausreichenden Bezug zu den anderen Ereignissen hatte. Wir leben in einer anderen Welt, sehr nah an der alten. Offen gestanden sind sie beinah miteinander verbunden.«

Vic glaubte nicht wirklich daran, doch dies war die einzige Möglichkeit, das Unerklärliche zu erklären. Er fügte hinzu:

»Seitdem ich das Baby im Bauch meiner Frau gesehen habe, denke ich an etwas anderes, und das lässt mir keine Ruhe. Erinnerst du dich an das Ereignis, das bewirkt hat, dass ich zu dir zurückgekehrt bin und dir geglaubt habe?«

Stéphane nickte langsam und antwortete:

»Ich hatte den Tod deines Babys vorhergesagt. Ich war dabei, in Darkland meine Nachrichten aufzuschreiben, als du zu mir zurückgekommen bist, um meine Geschichte anzuhören und mir zu helfen.«

»Genau. Aber in dieser Welt ist es nicht tot. Das heißt, mein ›Vic in der Vergangenheit‹ ist wahrscheinlich nicht zu dir zurückgekehrt, bevor du deine Frau entführt hast, denn dazu bestand kein Grund. Und folglich habe ich in dieser Welt auch dein Heft mit den Träumen wohl noch nicht gelesen. Ich habe die Parallele zu Siriel noch nicht gezogen. Also bin ich noch nicht zu ihm gefahren. Und das heißt …«

Stéphane starrte ihn an, während er die Fäuste ballte.

»… vielleicht ist dieser alte Sadist noch am Leben.«

75. Montag, 14. Mai, 20 Uhr 10

Wieder fuhr Vic durch den Wald von Halatte, den er eigentlich nie wieder hatte betreten wollen, und erblickte schließlich das Haus von Noël Siriel. Er parkte am Straßenrand.

»Es ist verrückt«, sagte er zu Stéphane. »Ich war auf die Stunde genau letzten Montag hier, und da brannte das Haus gerade lichterloh.«

Vom Peugeot aus blickte er auf die Sprechanlage.

»Früher oder später rechnet Siriel damit, dass die Polizei bei ihm auftaucht. Er wird auf der Hut sein, bereit, Selbstmord zu begehen und alles in Flammen aufgehen zu lassen. Doch am wichtigsten ist, dass ich die DVD bekomme, die er bei sich trägt. Du wartest hier. Wenn ich in zehn Minuten nicht zurück bin, kommst du nach, okay?«

»Einverstanden. Sei vorsichtig.«

»Pass du auch auf, und rühr dich nicht von der Stelle. Bei meinem letzten Besuch trieb sich der Mörder hier herum, er hat mich niedergeschlagen.«

»Sehr beruhigend. Doch bei meinen Visionen dürfte …«

»Dürfte dir eigentlich noch nichts passieren, ich weiß.«

Vic stieg aus. Er klingelte an der Sprechanlage und hielt seinen Polizeiausweis vor die kleine Kamera, wie schon beim ersten Mal.

Eine etwas raue Stimme fragte:

»Ja?«

»Vic Marchal, Kriminalpolizei. Ich würde gern mit Monsieur Siriel sprechen.«

Nach einer kurzen Pause zischte es aus der Sprechanlage.

»Ich mache Ihnen auf. Gehen Sie durch die Eingangstür. Das Wohnzimmer liegt direkt vor Ihnen.«

Während die Flügel des Portals sich öffneten, lief Vic rasch hindurch. Es war wirklich verblüffend, es kam ihm nicht mehr vor wie ein Déjà-vu, *es war* tatsächlich eins.

Er ging durch den Garten und zog seine Waffe. Er wollte Siriel möglichst schnell überraschen.

Die Haustür stand offen, der Leutnant betrat die Eingangshalle mit den großartigen Gemälden, in der Hand hielt er die Sig Sauer. Er blieb einen Moment lang in der Galerie stehen und hoffte, Siriel würde wie beim ersten Mal in seinem Blickfeld auftauchen. Doch es geschah nichts dergleichen.

Vorsichtig ging Vic weiter und erreichte das Wohnzimmer. Siriel stand am anderen Ende des Zimmers direkt neben dem Kamin und hielt die DVD in der Hand.

»Er war es also«, sagte er und wies mit dem Kopf auf den Überwachungsmonitor. »Der Mann mit den langen dunklen Haaren. Er hat meinen *Freund* in der Tierkörperbeseitigungsanlage überrascht.«

Vic warf kurz einen Blick auf den Monitor. Dieser Schwachkopf von Stéphane war aus dem Wagen gestiegen und wartete mitten vor dem Sichtfeld der Kamera. Der junge Leutnant richtete die Waffe auf Siriel.

»Legen Sie sofort diese DVD auf den Boden, oder ich schieße.«

»Sie sind also nur wegen der DVD hergekommen? Stellen Sie sich keine Fragen? Erwarten Sie keine Antworten?«

»Ich habe meine Antworten bereits.«

Die Antwort schien ihn zu verunsichern.

»Wissen Sie denn, was auf dieser DVD zu sehen ist?«

»Ihre Phantasievorstellung und das Leiden des Mörders.«

Mit zusammengepressten Lippen neigte Siriel den Kopf. In seinen Augen blitzte etwas auf, Überraschung, gepaart mit Hass. Plötzlich warf er die DVD in den Kamin und wollte die Waffe, die vor ihm lag, ergreifen, doch da ertönte ein Schuss. Eine Kugel traf den alten Mann in die Brust und schleuderte ihn zu Boden.

Der Polizist stürzte herbei und holte die DVD mit dem Schürhaken aus den Flammen. Er hob sie auf. Offensichtlich war sie nicht beschädigt.

Vic drehte sich zu Siriel um, der in seinem eigenen Blut dalag. Seine Lippen bewegten sich leicht.

»Woher … Woher wussten Sie …«, brachte er röchelnd hervor.

Mit zusammengebissenen Zähnen trat ihm Vic aufs Gesicht.

»Ich habe dich schon einmal sterben sehen, du Dreckskerl. Diesmal wird es dir nicht besser ergehen.«

Der Alte tat seinen letzten Atemzug.

Jenseits der Tür hörte er ein Geräusch. Vic drehte sich um, die Nerven zum Zerreißen gespannt, und hätte beinah einen Schuss abgefeuert.

Keuchend kam Stéphane angelaufen. Er blieb reglos stehen. Dann fiel er, dem man alles genommen, entrissen, gestohlen hatte, wie ein hungriger Wolf über die Leiche des alten Mannes her und schlug wieder und wieder auf ihn ein. Der magere Körper bebte unter den Schlägen.

»Warum? Warum, du dreckiges Arschloch?«

Vic steckte seine Waffe zurück ins Holster und zog seinen Freund am Arm.

»Lass ihn. Das bringt doch nichts mehr.«

Stéphane richtete sich wieder auf, seine Augen brannten vor Wut. Er wies auf die DVD, die Vic in den Händen hielt, und drehte sich zu einem großen Flachbildschirm um.

»Leg sie ein.«

»Ich sollte sie besser zuerst allein anschauen.«

Stéphane entriss sie ihm und schob sie in das DVD-Laufwerk.

Er schaltete den Bildschirm an.

Da begann das Unglaubliche.

Eine Unmenge von Sequenzen folgte aufeinander, mal als unterschwellige Bildfetzen, mal als starre Bilder, dann wieder Fragmente, die kaum länger waren, einfache Inserts, visuelle Hiebe mit dem Skalpell. Bilder in schwarzweiß, Farbe und Sepiatönen wechselten miteinander ab. Zeitraffer, Zeitlupen, Überblendungen. Die Opfer in den unterschiedlichen Stadien ihres Martyriums. Zwischen diesen Aufnahmen waren Röntgenbilder von Knochenbrüchen zu sehen, Fotos von Wunden und Verbrennungen. Die beiden Zuschauer kniffen die Augen zusammen, schüttelten die Köpfe, sie sahen, ohne zu sehen, hörten, ohne zu begreifen. Geräusche – Sägen, Hämmer, Schreie, knisternde Flammen – begleiteten die Bilder. Eine wahre Explosion von Blut, Eingeweiden, Leiden. Als für einen kurzen Moment ein schreiender Mund sichtbar wurde, in den jemand einen Stofffetzen stopfte, brach Stéphane zusammen.

Der Mund seiner Frau.

Dann, nur wenige Sekunden später, zwischen zwei besonders widerwärtigen Aufnahmen, erschien ein Bild ihrer großen blauen Augen. Dann eins von ihrer Brust, bevor wieder neue Qualen, die Leiden der anderen Opfer vorbeizogen. Danach folgten erneut Röntgenaufnahmen von Knochenbrüchen. Ein Kopf, ein Schienbein, ein zertrümmertes Handgelenk, im Hintergrund hörte man Kinderlachen, Spöttereien, Pfiffe. Wieder Fotos vom Körper eines Kindes, gespickt mit Nadeln. Tränen, Gelächter. Ein Fakir, der sich die Zunge durchbohrte. Inder, die über glühende Kohlen liefen oder sich in Glasscherben wälzten.

Die beiden Freunde saßen reglos da. Nun erschien ein grausam entstelltes Gesicht auf dem Bildschirm. Eine Hand, die elektrische Heizungen vor einen schweißgebadeten Körper stellte. Ein Handschuh, der das Fleisch berührte, es erkundete. Unter das Jammern der Opfer mischte sich ein langgezogenes, lustvolles Stöhnen. Kräftige Finger tauchten in eine Schale voller Eiswürfel, kneteten das Fleisch durch. Dann ertönten Schreie. Ein Skalpell blitzte auf. Und überall Blut.

Dauer des Films: zwei Minuten und vierundzwanzig Sekunden.

Dann wurde der Bildschirm blau.

Vic, der sich beinah übergeben hätte, ging zum DVD-Laufwerk und hielt die DVD an. In seinem Kopf dröhnte es. Er legte die Hände vors Gesicht, unfähig, ein einziges Wort hervorzubringen. Stéphane saß zusammengesunken da, den Blick ins Leere gerichtet. Schließlich machte er den Mund auf und fragte:

»Was war das?«

Mit Tränen in den Augen blickte Vic ihn an.

»Eine Phantasie ... Wir haben ... Siriels Phantasie gesehen, und das Leiden des Mörders ...«

Stéphane hob den Kopf.

»Das Leiden des Mörders? Was für ein Leiden?«

»Ich weiß es nicht. Ich weiß es nicht, mein Gott.«

Sie blieben einen Moment reglos sitzen. Schließlich nahm Vic die DVD heraus und steckte sie ein.

Daraufhin ging er zu Siriels Leiche, drehte sie um, riss sein Hemd entzwei und steckte einen Finger in das Loch, das die Kugel gebohrt hatte. Es war zu tief. Er nahm einen Brieföffner vom Schreibtisch, und schließlich gelang es ihm mit verzerrten Gesichtszügen, das Metallstück herauszuholen. Dann nahm er den Schürhaken, um Glut und brennende Holzscheite auf dem Boden zu verteilen.

Stéphane packte ihn am Arm.

»Warum willst du alles verbrennen? Warum rufen wir nicht deine Kollegen an?«

»Weil ich schon wieder eine Grenze überschritten habe. Ich will nicht wegen diesem Monster in den Knast und meine Frau und mein Kind allein zurücklassen. Ich will zurück nach Avignon und wieder ein normales Leben führen. Sag mir, dass du mich verstehst, Stéphane. Sag es mir.«

Ohne eine Antwort ließ Stéphane ihn los, und Vic vollendete seine zerstörerische Handlung. In dem Moment, als die erste Flamme hochschoss, murmelte er:

»In einer anderen Vergangenheit hat dieses Haus schon einmal gebrannt. Geben wir dem Schicksal zurück, was ihm zusteht.«

76. Dienstag, 15. Mai, 2 Uhr 37

Er hatte warten müssen, bis Céline eingeschlafen war, dann hatte er die Kopie der DVD hervorgeholt und in das Laufwerk im Wohnzimmer geschoben. Bevor Vic auf die Fernbedienung drückte, machte er alle Türen zu, trank ein großes Glas Cognac in einem Zug aus und schloss dann kurz die Augen. Was für seltsame und gegensätzliche Gefühle ... Vor einer Woche hatte er sein Kind verloren, und Céline lag niedergeschlagen im Krankenhaus. Und nun ... Alles war völlig anders. Zwar hatten sie Sylvie Kismet nicht zurückholen können, doch das Baby, sein Baby, sein Blut wuchs weiter im Bauch seiner Frau heran.

Als der Bildschirm aufflackerte, trafen ihn die Bilder erneut mit unglaublicher Wucht. Doch Vic zwang sich, den furchtbaren Anblick zu ertragen. Er suchte nach einem aufschlussreichen Detail. Wer folterte diese armen Frauen? Was wollte der Mörder mit diesem makabren Werk zum Ausdruck bringen? Waren seine Unterschrift, die Spur seiner Identität in diesem widerwärtigen Film versteckt?

Beinah hätte Vic wieder ausgeschaltet. Warum sollte er die DVD nicht anonym an das Kommissariat schicken? Dort würden sie sie analysieren, neue Erkenntnisse gewinnen, auf neue Spuren stoßen ... Ja, warum nicht?

Doch er wollte durchhalten. Für Stéphane. Dieser arme Kerl, der gerade allein in seinem großen Haus saß und ebenfalls eine Kopie dieser schrecklichen Greuel analysierte.

Also vergaß Vic alles andere und zwang sich, eine professionelle Perspektive einzunehmen. Ein Abstieg in die Hölle.

Der Film war eine mit Ton versehene Videomontage von höchster Qualität. Die Ausführung war perfekt. War dies die Arbeit eines Fachmannes? Eines Amateurs? Sicher war, dass er an einem geheimen Ort arbeitete, geschützt vor den Blicken anderer.

Vic kniff die Augen zusammen. Es war unmöglich, das Gesicht des Matadors zu erkennen – er trug eine Latexmaske, die der von Stéphane geformten sehr ähnlich sah. Nie war er im Stehen oder in Nahaufnahme zu sehen. Der Film war so geschnitten, dass man ohne ausgefeilte Technik oder anthropometrische Analysen weder seine Größe noch seine körperlichen Besonderheiten bestimmen konnte. Dieser Dreckskerl hatte seine Vorkehrungen getroffen.

Vic ließ den Film mehrmals in Zeitlupe ablaufen, analysierte jede Sequenz und hielt einzelne Bilder lange Zeit an. Auf einmal stieß ihm etwas ins Auge. Die immer wieder eingeschobenen Röntgenaufnahmen folgten jeweils auf eine blutige Szene und hatten alle eines gemeinsam. Die Knochen waren kurz, viel zu kurz für einen Erwachsenen. Vic drückte sich noch tiefer in seinen Sitz. Die gebrochenen Schienbeine, Oberschenkelknochen und Schlüsselbeine gehörten einem Kind. Vic hatte den Eindruck, dass es sich um ein und dasselbe Kind handelte. Ein malträtiertes Skelett, das in den verschiedenen Stadien seiner Entwicklung geröntgt worden war. Zweifellos das Knochengerüst des Mörders. Doch warum wies es so viele Verletzungen auf? Auf einer Aufnahme zählte Vic achtzehn Brüche. Er runzelte die Stirn, ging näher an den Bildschirm heran und zoomte möglichst nah auf die rechte untere Ecke.

Sein Herz fing an zu rasen, vielleicht hatte er etwas entdeckt.

Ein Datum. Er glaubte, »1987« zu lesen.

Dann, auf weiteren Röntgenaufnahmen ein wenig später, erschienen die Jahreszahlen »1989«, »1990«, »1992«.

Sonst nichts. Lediglich diese Daten.

Vic schenkte sich noch ein Glas ein und kehrte dann zu dem Video zurück. Während dieses Kind herangewachsen war, hatte es sich fortwährend die Knochen gebrochen. Warum? Litt es an einer Krankheit, die sie anfällig machten, wie bei der Glasknochenkrankheit? Wurde es brutal geschlagen? Oder aber hatte es immer wieder schwere Unfälle gehabt?

Vic musste an Stéphane denken. Seinen Sprung aus dem Zug. Seine zahlreichen Autounfälle. Die vielen Krankenhausaufenthalte.

Er verwarf den Gedanken und dachte eher daran, was Siriel gesagt hatte, vor seinem ersten Tod. »Ich habe mir den Film meiner Phantasievorstellung geleistet. Und mein Vollstrecker den seines Leidens.« Wenn dieser Film so zahlreiche Röntgenaufnahmen zeigte, musste es einen triftigen Grund dafür geben. Wahrscheinlich sollten sie das Leiden des Matadors darstellen.

Daraufhin schaute sich der junge Mann andere Szenen genauer an, die regelmäßig zwischen diesen schrecklichen Bildern wiederkehrten. Der alte Fakir, der sich die Zunge durchbohrte und dabei völlig reglos in die Kamera starrte. Kein Schlag mit der Wimper, kein Verziehen des Gesichts. Direkt danach erschien eine Gestalt, die langsam über glühende Kohlen schritt. Und im Anschluss daran ein Mann, der sich seelenruhig in Glasscherben wälzte, während sein Körper anfing zu bluten. Konzentriert spulte Vic zurück und stoppte das Bild bei dem Gesicht des Mannes auf den glühenden Kohlen, sobald es sichtbar wurde. Ohne Zweifel, es handelte sich jedes Mal um denselben Mann, einen etwa sechzigjährigen Inder, der diese Heldentaten für die Kamera vollbrachte. Für den Matador höchstpersönlich.

Wer war dieser Mann? Warum hatte der Mörder sich für ihn interessiert?

Vic blieb noch minutenlang vor dem Fernseher sitzen und betrachtete die Bilder, ohne zu begreifen, welche Verbindung zwischen ihnen bestand. Offensichtlich gab es einen Bezug zu den körperlichen Übergriffen, dem Leiden, dem Schmerz. Doch welchen?

Das Leiden … Dieses Wort kam in den Ermittlungen ständig vor.

Vic betrachtete die Hand des Mörders auf dem Bildschirm. Zunächst mit Handschuh, dann nackt, wie er sie in die Schale mit den Eiswürfeln tauchte, um dann über die glühend heißen Bäuche der Opfer zu streichen, die durch die Hitze der vollaufgedrehten Heizungen schweißgebadet waren. Wie sah das Gesicht des Mörders in diesem Augenblick aus? Was wollte er mit diesen Liebkosungen erreichen? Warum wechselte er die Hitze der elektrischen Heizungen mit der Kälte der Eiswürfel ab? Vic dachte an die kleinen Wasserlachen an den Tatorten. Eiswürfel …

»Gehen Sie über unsere fünf Sinne hinaus, suchen Sie weiter … Womit gleicht man den Mangel aus?«, hatte Siriel gesagt.

»Womit bloß?«, fragte sich Vic genervt. »Von welchem Mangel sprichst du?«

Die raue Stimme des alten Mannes ging ihm nicht mehr aus dem Kopf.

»Wären Sie ein guter Ermittler, hätten Sie versucht, das zu empfinden, was Ihr Mörder vor diesen glühend heißen Körpern empfunden hat. Dann hätten Sie verstanden. Sie hätten Gegensätze zusammengebracht, wären über sich selbst hinausgewachsen.«

Was für Gegensätze? Warm und kalt? Feuer und Eis?

Vic stand auf und drehte das Thermostat voll auf.

Er musste es versuchen.

Er sah sich den Film noch einmal an, ließ sich von den Bildern überfluten, von der düsteren Welt des Monsters. Dann ging er in die Küche, öffnete den Kühlschrank und füllte eine Schale mit Eiswürfeln. Er schloss leise zwei elektrische Heizungen an und stellte sie auf. Die Geräte begannen, den Raum aufzuheizen. 27 Grad. 29 … 35 …

Vic zog sein T-Shirt aus und setzte sich neben die glimmenden Radiatoren. Schnell bedeckte sich sein Körper mit einer dünnen Schweißschicht. Auf seiner Stirn, den Schläfen und Schultern begannen Tropfen zu perlen. Er stellte sich den Mörder vor, wie er sein Opfer beobachtete, das zwischen diesen beiden Heizungen gefesselt dalag. Was hatte er empfunden? Hatte er eine Erektion gehabt?

Er sah wieder den Fakir vor sich, der mit unbewegtem Gesichtsausdruck auf die glühenden Kohlen sprang. Während die Hitze weiter anstieg, dachte er an die Opfer, die abgetrennten Finger, Zungen, Lippen. Er dachte an das Nähset, das Mortier in der Nähe der Tierkörperbeseitigungsanlage gefunden hatte.

Die Eiswürfel vor ihm begannen zu schmelzen. Die Hitze wurde allmählich unerträglich. Vic krümmte sich, er war in Schweiß gebadet, dann tauchte er seine heiße Hand in die eiskalte Schale. In dem Moment verspürte er einen heftigen Schmerz. Ein Kältebogen, der sich von den Fingerspitzen bis in die Hand, den Arm, die Brust ausdehnte.

Die Kälte … Die Kälte tat ihm weh. Genauso wie die Hitze.

Und der Gegensatz verstärkte das Leiden noch.

Die Röntgenaufnahmen, die gebrochenen Knochen, die Noten an der Wand … Der Mörder wollte den Schmerz seines Opfers aufsaugen. Er wollte wissen, was es empfand.

Er stimulierte seine Thermorezeptoren, malträtierte sie mit Hilfe von Hitze und Kälte, um sich der Schmerzgrenze anzunähern.

Da, in diesem Spiel der Extreme, begriff Vic mit einem Mal.

Er begriff, welchen Sinn der Mörder mit seinen Eiswürfeln und den Heizungen sublimieren wollte, welchen Mangel er mit Hilfe dieser Flut von Gewalt ausgleichen wollte.

Er verstand nun auch, warum er ständig ein Nähset bei sich trug.

Es lag auf der Hand.

77. Dienstag, 15. Mai, 5 Uhr 23

Stéphane saß im Wohnzimmer auf dem Sofa, in der Hand hielt er eine Kopie der DVD, doch er wagte nicht, den Fernseher einzuschalten, und ließ sich von der Stille einlullen. Die Bilder, die Schreie, die blutigen Gesichter verfolgten ihn. Er wusste, dass er von nun an keinen Frieden mehr finden würde.

Er betrachtete seine geöffnete Whiskyflasche. Er begriff noch immer nicht. Warum Sylvie? Was hatte sie mit den anderen Opfern zu tun? Wie hatte der Mörder sie ausgewählt?

An diesem Abend fiel es ihm wie Schuppen von den Augen: Seine verdammten Träume oder Vorahnungen hatten stets eine Tragödie nach sich gezogen. Leute, die vielleicht nicht hätten sterben müssen, waren gestorben. Und Sylvie war nun Teil dieses Kreislaufs. Abwesend blickte Stéphane zu Boden.

Er versuchte, sich an die letzten Tage zu erinnern, die Zeit, die angefüllt mit Schrecken, Qualen und Leiden verstrichen war. Auf welche Weise war seine Frau in seine Träume verwickelt gewesen? Wie hatten die Alpträume ihr Schicksal verändert? Wie hatten sie ihren Tod verursachen können?

Nervös spielte Stéphane mit der DVD. Wahrscheinlich befanden sich alle Antworten da drin, auf diesen abscheulichen Bildern, die ihm nicht mehr aus dem Kopf gingen.

Er war überzeugt, dass er seine Frau ins Unheil gestürzt hatte. Doch was war diesmal das auslösende Ereignis gewesen? Was für ein Signal? Wahrscheinlich war Sylvie dem Mörder vor kurzem begegnet, obwohl dies nicht vorgesehen war. Wer konnte es sein? Ein Produzent? Ein Arzt? Ein Psychiater? Ja, ein Psychiater. Dieser Robowski. Dieser Termin, zu dem er nicht gegangen war, weil er auf Mélinda aufgepasst hatte. Vielleicht, vielleicht auch nicht.

Stéphane schloss die Augen, während in seinem Kopf Gesichter vorbeizogen. Ariez, Marchal, Everard, Siriel, der Mann am Empfang des Trois Parques, Machine … Zumeist Unbekannte, denen er aufgrund seiner Träume begegnet war.

Vielleicht hatte einer von ihnen diese abscheulichen Morde gefilmt. Hatte dieses Extrakt an Schrecken angefertigt, das Stéphane in Händen hielt.

Da löste sich plötzlich eins der Gesichter von den anderen.

Stéphane hielt sich die DVD vor die Augen. Er sah den Blick des Mörders darin.

Fünf Minuten später, nachdem ihm die Auskunft eine Adresse genannt hatte, verließ er mit quietschenden Reifen das Grundstück.

78. Dienstag, 15. Mai, 7 Uhr 26

Als Vic das im 15. Arrondissement gelegene Krankenhaus Necker, zu dem ihn seine Internetrecherchen geführt hatten, erreichte, parkte er rasch auf einem Lieferantenparkplatz und stieg hastig aus. In diesem Krankenhaus wurden unter anderem genetische und angeborene Krankheiten bei Kindern behandelt.

Stéphane war weder auf dem Handy noch auf dem Festnetz zu erreichen. Warum ging er nicht ran?

Mit einiger Mühe gelang es Vic, sich einen Weg durch das Labyrinth der Klinik bis zur Abteilung für Kinderpsychiatrie zu bahnen und dort einen Ansprechpartner zu finden, Professor Shaffran. Der junge Leutnant stellte sich rasch vor und legte ihm dann den Screenshot der Röntgenaufnahmen vor, den er mit Hilfe seines Computers von der DVD ausgedruckt hatte. Das Ganze war von bescheidener Qualität, doch die zahlreichen Brüche waren deutlich darauf zu erkennen.

»Meine Schlussfolgerungen haben mich zu Ihnen geführt«, erklärte er. »Ich bin auf der Suche nach diesem Patienten.«

Shaffran, ein Mann um die vierzig, ließ seinen Stift zwischen den Finger kreisen.

»Und mehr haben Sie nicht? Nur Fotokopien von Röntgenaufnahmen?«

»Ja, von einem Kind, das möglicherweise über Jahre hinweg in Ihrem Krankenhaus behandelt wurde.«

»Möglicherweise?«

»Sie haben hier doch Kinder unter Beobachtung, die an seltenen Krankheiten leiden, nicht wahr?«

»Ja, unter anderem ... Auch wenn das nicht der Hauptteil unserer Arbeit ist.«

»Und die angeborene Schmerzunempfindlichkeit gehört dazu?«

Shaffrans Gesichtsausdruck veränderte sich. Er nahm die Fotokopien in die Hand und runzelte die Stirn.

»Die angeborene Schmerzunempfindlichkeit, in der Tat. Diese Aufnahmen sind leider typisch. Von wann stammen sie?«

»Aus den Jahren 1987, 89, 90 und 92.«

Shaffran ließ die Blätter auf seinen Schreibtisch fallen.

»Fast zwanzig Jahre später ist dieser Patient höchstwahrscheinlich tot. Tut mir leid.«

»Er ist nicht tot.«

Mit skeptischer Miene blickte der Professor Vic an.

»Wissen Sie, Patienten, die an dieser Krankheit leiden, erreichen selten das Erwachsenenalter. Sehen Sie sich diese Röntgenbilder an, sie sprechen für sich. All diese Brüche ... Und das ist nicht alles. Seit dem frühesten Kindesalter beißen sich an dieser Krankheit leidende Kinder die Zunge durch, nagen sich die Finger blutig oder fassen brennend heiße Kochplatten an, ohne es zu merken. Vor einigen Wochen hatte ich den Fall eines zehn Monate alten Babys, das immer noch auf allen vieren kroch, weil beide Beine gebrochen waren. Solange die Eltern gut auf sie aufpassen, kommen die Kinder damit zu Rande. Aber stellen Sie sie sich vor, wenn sie in die Schule kommen, auf der Straße unterwegs sind, wo sie ständig irgendwelchen Übergriffen ausgesetzt sind, ohne sich dessen bewusst zu sein. Stellen Sie sie sich als Erwachsene vor, auf sich selbst gestellt, mit der realen Welt konfrontiert. Ein einfacher Schnitt kann zum Tod führen. Egal, wie man darüber denkt, aber Schmerz ist sinnvoll. Er warnt uns vor Gefahren und schützt somit unseren Körper.«

Vic dachte an den Vorfall in der Tierkörperbeseitigungsanlage, von dem Mortier erzählt hatte, wo der Matador sich an den Stahlstangen verletzt und dann aus dem Staub gemacht hatte, um nur ein paar Meter weiter seine Wunde zu nähen.

»Diese Kranken besitzen noch ihren Tastsinn, nicht wahr? Dank der Thermorezeptoren und der Mechanorezeptoren?«

»In der Tat. Ihre Nozizeptoren, also die Nervenendigungen, die auf Schmerz reagieren, sind fehlerhaft, doch die Rezeptoren des Tastsinns sind noch funktionstüchtig.«

»Das heißt, sie können sich nicht vorstellen, was Schmerz bedeutet? Ist es möglich, dass sie sich ihm annähern? Zum Beispiel, indem sie ihre Hand in eiskaltes Wasser und anschließend in kochendes Wasser tauchen?«

»Ab 45 Grad oder unter 0 Grad geben die Thermorezeptoren keine zusätzlichen Informationen ab. Normalerweise übernehmen dies die Nozizeptoren. Aber Sie haben recht, wenn man eine Hand auf eine sehr heiße Oberfläche legt und direkt danach auf eine sehr kalte, kann man auf diese Weise die Thermorezeptoren möglichst weit anregen, um zu erfahren, wie Schmerz sich anfühlt. Etwa wie ein Gummiband, das man möglichst weit spannt, ohne dass es reißt. Andererseits fassen diese Patienten gerne Dinge an, um einen Ausgleich zu schaffen, etwas zu empfinden, ein Bewusstsein für ihren Körper und die Gefahren, denen er ausgesetzt ist, zu bekommen.«

Vic stand wieder auf und legte seine Hände flach auf den Schreibtisch.

»Führen Sie eine Kartei über diese Patienten?«

»Natürlich, was denken Sie denn. Doch das ist vertraulich und …«

Der Polizist holte drei Fotos aus seiner Tasche und hielt sie dem Professor hin.

»Das hat dieser nette Junge getan, und er ist im Begriff weiterzumachen. Also erzählen Sie mir bitte nichts von Ärztegeheimnis in Bezug auf eine zwanzig Jahre alte Kartei. Ich möchte Namen. Und zwar sofort.«

Mit verzerrtem Gesicht schob Shaffran die Fotos beiseite, zögerte kurz und griff dann nach seiner Maus.

Er gab einen Code ein, öffnete eine Datei, dann eine weitere … Rasch erschien eine Liste mit etwa dreißig Personen.

Vic stockte sofort bei einem Namen. Genauer gesagt bei einem Vornamen.

Ein Vorname, der nur ein Zeichen des Schicksals sein konnte. Ein Zufall, der auf ein leidvolles Dasein hinwies.

Als der Professor vom Bildschirm aufblickte, war Vic bereits verschwunden.

79. Dienstag, 15. Mai, 8 Uhr 14

Die Adresse hatte ihm die Frau gegeben, es war kaum hundert Meter von der Tierkörperbeseitigungsanlage in Saint-Denis entfernt. Eine alte Werkstatt in einer ehemaligen Fabrik.

Dort, so hatte sie erklärt, verbrachte ihr Mann die meiste Zeit seiner Freizeit damit, alte Möbel zu renovieren sowie zu fotografieren und zu filmen. Seine Leidenschaften, wie sie sagte. Seine Leidenschaften …

Er war verheiratet. Dieses Monster, das Menschen auf grausamste Weise ermordete, war verheiratet.

Nachdem Stéphane über einen Drahtzaun geklettert war, entdeckte er im Hinterhof ein zerbrochenes Fenster. Sorgfältig entfernte er die scharfen Glasscherben und stieg durch die Öffnung.

Mit einem Messer bewaffnet, drang er leise in einen großen leeren Raum vor, in dem es ganz dunkel und staubig war.

Plötzlich hörte Stéphane, wie unter seinem Fuß zerstoßenes Glas knirschte. Er erstarrte. Um ihn herum war nichts zu hören, kein Atemgeräusch, nicht ein Murmeln. Er ging weiter, immer dicht an der dreckigen Wand entlang, bis er schließlich eine Treppe erblickte. An ihrem Fuß zweigte ein Gang ab, den er vorsichtig betrat. Er gelangte in eine düstere fensterlose Werkstatt, die nur von ein paar Notleuchten erhellt wurde.

Da spürte er auf einmal, dass jemand hinter ihm stand. Er hatte keine Zeit mehr, sich umzudrehen.

Er verspürte einen unerträglichen Schmerz in der Wade, so dass er zu Boden sackte und beinah das Bewusstsein verloren hätte.

Zusammengekrümmt fasste er sich ans Bein und sah, wie sich die blaue Flamme eines Schweißbrenners näherte. Der Mann trat ihm sein Messer aus der Hand, packte ihn am Kragen und schaute ihm in die Augen.

»Du?«, fragte er erstaunt.

Stéphane spürte, wie er vom Boden emporgehoben und zu einem Stuhl getragen wurde. Er schrie vor Schmerzen.

»Dieses Brennen, das du in der Wade spürst, macht dich unfähig, zu handeln oder einen klaren Gedanken zu fassen, es lähmt dich ebenso wie die Angst. Du kannst nicht mehr laufen, du kannst nichts mehr gegen mich ausrichten.«

Der Mann legte seinen Schweißbrenner neben eine elektrische Säge und wies mit dem Finger auf einen Sessel, der mit langen Stahlspitzen bedeckt und an Rücken- und Armlehnen mit Spanngurten versehen war.

»Wie gefällt dir mein Möbelstück? Es war eigentlich für die nächste kleine Hure vorgesehen, doch da du zu mir gekommen bist …«

Er wühlte in einer Schublade, kniete sich vor Stéphane hin, schob seinen Ärmel hoch und gab ihm eine Spritze.

»So … Morphium … Du wirst ein wenig benebelt sein, doch du wirst sehen, der Schmerz wird rasch nachlassen. Zunächst jedenfalls.«

»Warum tun Sie das?«, stöhnte Stéphane.

Der Mann erhob sich, ohne weiter auf die Frage einzugehen.

»Ich habe deinen Telefonanruf mitbekommen, deine Nachricht gehört, während ich mich um deine Frau gekümmert habe. Woher wusstest du, dass ich genau in diesem Moment handeln würde? Und wie hast du mich gefunden?«

Das Mittel begann bereits zu wirken. Stéphane fühlte sich ein wenig benommen, während das Brennen in seiner Wade langsam nachließ.

»Das Foto von dem kleinen Mädchen mit den vier Beinen und vier Armen, das Sie mir in Dupuytren gezeigt haben … Sie sind in Indien gewesen und haben dort diesen alten Mann gefilmt, der sich die Zunge durchbohrt … auf der DVD.«

»Du bist wirklich brillant, auch wenn mir das nicht erklärt, wie du an diese DVD gekommen bist oder wie du mich in der Tierkörperbeseitigungsanlage gefunden hast.«

»Scheren Sie sich zum Teufel … Sie Monster …«

Achille Delsart verpasste ihm eine heftige Ohrfeige.

»Nein, *du* bist das Monster! So wie alle, die angesichts des Hässlichen in Verzückung geraten! Die sich lustig machen, die die anderen verstoßen! Ich erinnere mich an den Blick deiner Frau in Dupuytren beim Anblick dieser unglückseligen Körper. Dieser Blick hat mich wahnsinnig gemacht, ich will ihn nie wieder sehen. Diesen Blick habe ich bestraft.«

Er rückte den Folterstuhl näher heran.

»Für die anderen war ich immer nur ein Versuchskaninchen. In der Schule wurde ich bei den Prügeleien immer nach vorn geschickt. Ich war stolz, fühlte mich geschmeichelt, wichtig, doch letztendlich wurde ich nur benutzt. Man stach mich, zwickte mich, stieß mir Nadeln ins Fleisch, verbrannte mich mit dem Feuerzeug, nur um zu ›spielen‹, um ›auszuprobieren‹. Ich musste alles erdulden, ich habe nie einen Schmerz verspürt, doch das innere Leiden war schlimmer als alles andere. Und dann hat Siriel mir den Weg gezeigt. Er hat mir klargemacht, dass ich für die Leute auch nicht anders war als ein John Merrick. Leroy und Liberman habe ich übrigens bei dieser Ausstellung ausgewählt. Denn natürlich waren sie da, um sich an den Fotos vom Elefantenmenschen zu weiden …«

In seinen Augen funkelte etwas Undefinierbares auf. Vielleicht das absolute Böse.

»Ich muss sagen, dass deine Frau eine Ausnahme war. Sie ist

sozusagen durch deine Schuld gestorben. Wenn du nicht an diesem Tag das Museum besucht hättest, wäre ich ihr nie begegnet. Und sie wäre noch am Leben. Ein trauriger Schicksalsschlag, nicht wahr?«

Achille blickte auf die Uhr und wandte sich zu seinem umgebauten Sessel.

»Jetzt wird es ernst. Nicht, dass die Wirkung des Morphiums nachlässt, bevor du bequem sitzt, das wäre Verschwendung.«

Stéphane wollte aufstehen, doch er taumelte und sank wieder zu Boden. Dann versuchte er, sich nach rechts zu drehen, um auf allen vieren zu fliehen.

»Es wird Zeit, Schluss mit dir zu machen«, schrie Achille und betätigte seine Handkreissäge.

Das Sägeblatt drehte sich, das Gerät heulte auf.

»Willst du das mal probieren?«

Er legte das Werkzeug auf den Boden, packte Stéphane an der Schulter und zerrte ihn zu dem Sessel. Stéphane fühlte sich schlaff, leblos, als hätten ihn sämtliche Kräfte verlassen. Doch plötzlich ließ er sich mit seinem ganzen Gewicht auf seinen Peiniger fallen und schlang den Arm um ihn.

Völlig überrumpelt stolperte Achille, verfing sich mit den Füßen im Kabel der Säge und stürzte zu Boden. Das Sägeblatt schnitt ihm tief ins linke Bein. Das Blut spritzte beiden Männern ins Gesicht.

»Du dreckiges Arschloch!«, knurrte der Mörder, völlig unempfänglich für den Schmerz.

Dann fielen sie übereinander her. Das elektrische Gerät pfiff, schleuderte purpurfarbene Spritzer umher. Achille gewann rasch die Oberhand. Stéphane war nur noch eine schlaffe Gestalt ohne jede Energie.

Im Halbdunkel tastete der Matador nach der Säge. Es gelang ihm, sie zu ergreifen, doch er schaffte es nicht mehr aufzustehen. Er wurde bleich, das Leben wich aus seinem Körper, das Blut strömte aus seinem Bein. Er brach zusammen.

Taumelnd setzte sich Stéphane auf seinen Oberkörper, von seinem Gesicht und den Kleidern tropfte Blut hinab. Er war nicht wiederzuerkennen.

Mit beiden Händen ergriff er die Säge.

»Für meine Frau«, sagte er, während er die gezähnte Scheibe an die Augen des Mörders führte. »Für sie und all die anderen.«

Als Stéphane ihm gerade den Kopf abtrennen wollte, erklangen plötzlich zwei Schüsse und ließen ihn innehalten. Das Gerät prallte auf Achilles Körper. Das Rad drehte sich pausenlos weiter und gab dabei ein dumpfes Geräusch von sich …

Stéphane fiel auf die Seite, er spürte die kalte Liebkosung der Fliesen an der Wange. Er schwebte in den Wolken, es ging ihm gut, er verspürte keinen Schmerz mehr. In seiner Brust befand sich ein kleines rotes Loch.

Vic stand zusammengekrümmt da, sein Gesicht war schmerzverzerrt, er presste die Hand auf seinen rechten Unterarm.

Als der Polizist aufblickte, hallte plötzlich ein furchtbarer Schrei im Gebäude wider.

»Nein!«

Er stürzte zu Stéphane. In der Dunkelheit hatte er sich von den Gestalten in Bewegung täuschen lassen. Er hatte den Mann getötet, den er für den Mörder hielt. Seinen Freund …

Mit blutüberströmtem Gesicht gelang es Stéphane, ein Lächeln anzudeuten.

»Du hast also meine Träume unterbrochen …«

Er hustete und fuhr dann fort:

»Ich musste ebenfalls Gegenstand meines eigenen Fluchs werden. Letztendlich habe ich von mir selbst geträumt.«

»Stéphane! Nein! Bitte, bleib bei mir!«

Mit letzter Anstrengung krallte Stéphane seine Finger hinter Vics Rücken zusammen.

»Ich weiß, dass all dies eines Tages nicht passieren wird. Ich weiß, dass ihr, du und einer der Stépas, es eines Tages schaffen werdet und dass Sylvie leben wird …«

Sein Atem wurde langsam, dann ging eine Art Leuchten durch seine Augen.

Da spürte Vic, wie der Druck in seinem Rücken nachließ.

Mit zärtlicher Geste löste er den Engel, der sein Kind gerettet hatte, und küsste ihn auf die Stirn.

Epilog
Vierzehn Monate später

»Ich hätte nicht gedacht, dass ich diese Stadt einmal wiedersehe«, flüsterte Céline mit leichter Bitterkeit in der Stimme.

Vic, der am Steuer saß, massierte ihr mit einer Hand den Nacken, während er auf die Pariser Ringautobahn bog.

»Es ist für den guten Zweck. Morgen sind wir in Vietnam … Und bei deinen Großeltern. Bist du glücklich?«

»Sehr. Ein Urenkel, kannst du dir das vorstellen?«

Die junge Frau drehte sich zu dem Baby um. Sie strahlte.

»Stéphane wird gleich aufwachen.«

Vic zwickte sich in die Wangen und rieb sich die Augen. Die Fahrt von Avignon hierher war zwar anstrengend gewesen, und im Auto herrschte drückende Hitze, doch schwitzte er ungewöhnlich stark. Wahrscheinlich die Nervosität vor dem Flug. Und dann dieser schreckliche Alptraum, an den er nur noch eine vage Erinnerung hatte. Darin hatte er diese Zahl gesehen – 880 –, die auf dem Boden geschrieben stand, wobei sich die Einerziffer langsam drehte. Als aus der 0 plötzlich eine 8 geworden war, so dass eine 888 entstand, war plötzlich ein riesiges Flammenmeer am Himmel aufgetaucht und hatte sein Gesicht und das seiner Frau verbrannt. In dem Moment war er schreiend aufgewacht.

»Dann lass uns die Ruhe noch ein wenig genießen«, antwortete er lediglich.

Nachdem sie auf dem Parkplatz des Flughafens geparkt hatten, holten sie ihr Gepäck heraus und setzten das Baby in den Kinderwagen. Das Kind hatte schöne schwarze Haare wie seine Mutter und die dunklen Augen seines Vaters.

Der Flug war pünktlich, der Start für 17 Uhr 12 vorgesehen. An diesem Tag, dem 9. Juli 2008, war Roissy proppenvoll. Auf der Anzeigetafel wurden die Ziele in rascher Folge angezeigt. Die Urlauber warteten, weinten, lachten, regten sich auf. In der Halle herrschte lautes Stimmengewirr.

15 Uhr 25. Die Gepäckaufnahme ging unbehindert vonstatten.

In einer Cafeteria nahm das Paar noch ein kühles Getränk zu sich. Vics Finger zitterten, auf seinem Hemd bildeten sich Ränder. Er tat alles, damit Céline nichts bemerkte, doch irgendetwas stimmte nicht mit ihm.

16 Uhr 45. Als die Familie gerade für den Flug 796 einsteigen wollte, wurde eine Verspätung von unbestimmter Dauer verkündet.

»Was ist los?«, fragte Céline. »Du fummelst die ganze Zeit an deinen Händen herum.«

Vic starrte auf die Anzeigetafel.

»Diese Verspätung beunruhigt mich«, sagte er, während er an den Fingernägeln kaute. »Warum nur unser Flug, jetzt, wo wir einsteigen sollen? Schau! Dort steht das Flugzeug. Warum versucht man, uns auf dem Flughafen festzuhalten? Als ob das mit Absicht geschähe.«

Céline seufzte.

»Nein, das geschieht nicht mit Absicht. Nein, sie versuchen nicht, uns auf dem Flughafen festzuhalten. Solche Verspätungen kommen ständig vor.«

»Nein. Irgendetwas stimmt nicht. Da bin ich mir sicher.«

Die junge Frau drückte seine Hand. In der letzten Zeit war Vic sehr angespannt gewesen. Er hatte sich ein wenig zurückgezogen.

»Bitte«, sagte Céline. »Du musst damit aufhören, überall Zufälle zu sehen, alle zu verdächtigen, ständig zu glauben, man lauere dir auf.«

Vic begann, die Menschen in der Halle zu beobachten. Der Kripobeamte in ihm war noch wach. Von dem ganzen Lärm hatte er Kopfschmerzen. Plötzlich zeigte die Anzeigetafel über ihnen an: »Flug 796 verspätet. 18 Uhr 14.«

»Verdammt, was soll das schon wieder?«, sagte Vic mit Panik in der Stimme.

»Nichts ...«, antwortete Céline seufzend.

Vic hielt es nicht mehr auf seinem Platz. Er holte ein weiteres Getränk aus dem Automaten und trank es in einem Zug aus. Es wurde nicht besser, er zitterte noch genau so. Die Hitze war furchtbar drückend. Nach einer halben Stunde fing das Baby an zu weinen.

Wieder änderte sich die Anzeigetafel für die Abflüge: »Flug 796 Boarding.«

»Siehst du«, sagte Céline.

Rasch drängten sich die Passagiere vor dem Abfluggate. Familie Marchal reihte sich in die Schlange ein.

Es gelang Vic nicht, ruhiger zu werden. Er suchte die Gesichter um ihn herum mit den Augen ab. Als er sich ein Stück zur Seite beugte, bemerkte er einen kahlköpfigen Mann, der sitzen geblieben war und einem Kind einen Kartentrick vorführte. Der Mann stand auf, hob seine beiden Taschen auf und ging zu der Schlange. Er trug ein schwarzes T-Shirt mit einer Aufschrift, die für eine Pokerwebsite warb: »www.888.com«.

888.

Mit einer jähen Bewegung packte Vic den Kinderwagen, fasste seine Frau am Handgelenk und zog sie beiseite.

»Wir müssen hier raus. Auf der Stelle.«

Er lief in Richtung der Haupthalle, schob den Kinderwagen mit dem Baby vor sich her. Verblüfft folgte ihm Céline.

»Was ist los? Vic!«

»Auf der Stelle, habe ich gesagt!«

Er passierte die Kontrollen in umgekehrter Richtung, unter dem Vorwand, sie könnten das Flugzeug wegen eines Notfalls in der Familie nicht nehmen, und bahnte sich dann einen Weg durch die Menschenmenge, lief immer schneller.

»Los!«, schrie er. »Beeil dich!«

Céline lief hinter ihm her und versuchte verzweifelt, ihn zur Vernunft zu bringen, doch er hörte ihr nicht zu. Völlig außer Atem kamen sie bei den Taxiständen an.

Da wurde Vic von tiefer Verzweiflung gepackt. Alles war verstopft. Straßen, Zufahrtswege, Parkplätze. Es war unmöglich, den Ort zu verlassen, zu fliehen. Er riss das Baby aus dem Kinderwagen, ließ ihn stehen und stürmte weiter. Céline, die hinter ihm lief, konnte nicht mehr.

Schließlich erreichten sie ein riesiges Betongebäude, das den hinteren Teil eines unterirdischen Parkhauses begrenzte. Vic zwang Céline, sich niederzuhocken. Sie waren am Ende ihrer Kräfte.

18 Uhr 08. Plötzlich fing die Erde an zu beben.

Die Verpuffung ließ die Scheiben mit unglaublicher Wucht bersten. Die Glassplitter flogen bis zu ihren Füßen.

Überall waren Schreie zu hören, Gebrüll, zuschlagende Türen, Hupen. Die Abflughalle versank in einer riesigen Wolke aus Funken und Staub.

Langsam blickte Vic auf, seinen Sohn fest an sich gepresst. Céline saß völlig verzweifelt neben ihm. Der junge Mann strich ihr behutsam über die Wange und fing an zu weinen.

Es passierte ihm.

Da begriff er, warum er in diese ganze Sache verwickelt gewesen war.

Er war immer wie Stéphane gewesen. Und heute erwachten die Visionen.

Es war eine Gabe. Und ein Fluch.

Ich danke dem Verlag Le Passage für seine Unterstützung. Dank an Yann, der es verstanden hat, sich auf den Text einzulassen, und mich in Hinblick auf das Möbiusband begleitet hat. Das war kein Leichtes bei dieser Geschichte.

Jo Nesbø

Schneemann

Kriminalroman

ISBN 978-3-548-28123-0
www.ullstein-buchverlage.de

Ein Serienmörder tötet auf bestialische Art und Weise. Seine Opfer: junge Mütter. Auf der fieberhaften Jagd nach dem unheimlichen »Schneemann« kämpft sich Kommissar Harry Hole durch ein Labyrinth aus Verdächtigungen und falschen Spuren. Immer neue Morde geschehen. Als Hole selbst ins Visier des Killers gerät, entwickelt sich ein gnadenloses Duell.

»Der vielleicht beste Krimi des Jahres, eine spektakuläre Symphonie des Schreckens und des Bösen.« *tz*

»Sein Meisterstück« *Der Spiegel*

UB528

ullstein

Chris Carter

Der Kruzifix-Killer

Thriller

Deutsche Erstausgabe

ISBN 978-3-548-28109-4
www.ullstein-buchverlage.de

Los Angeles: Die Leiche einer wunderschönen Frau wird gefunden, zu Tode gequält und bestialisch verstümmelt. Keinerlei Spuren. Bis auf ein in den Nacken geritztes Kreuz, ein Teufelsmal: das Erkennungszeichen eines hingerichteten Serienmörders. Detective und Profiler Robert Hunter wird schnell klar, dass der Kruzifix-Killer lebt. Er mordet auf spektakuläre Weise weiter. Und er ist Hunter immer einen Schritt voraus – denn er kennt ihn gut. Zu gut.

Er kennt keine Gnade. Er tötet grausam. Und er ist teuflisch intelligent.

UB513

ullstein